KB119121

김해윤

희곡집

숭실대학교 한국문학과예술연구소 학술자료총서 04

김해운

희곡집

김 병 학
엮음

學古房

지금으로부터 여든 다섯 해 전, 1932년 9월 9일 노령 연해주 블라디보스토크에 한민족 최초로 《원동 고려인극장》이라는 우리말 전문연극극장이 설립되었다. 이것은 재소고려인 역사와 문화에 커다란 획을 그은 사건이었다. 이 극장을 통해, 그리고 나중에 생겨난 다른 우리말 극장들을 통해 중앙아시아 고려인과 사할린 한인 문화예술이 종합적으로 꽃피고 발전했으며, 이 극장들에서 시의 적절하게 무대에 올린 연극과 가무들이 역사의 고비마다 부침을 거듭했던 고려인(한인)들을 따뜻이 어루만지고 굳건히 이끌어주었기 때문이다.

무엇보다도 고려인 극장들은 무서운 기세로 휘몰아쳐오던 러시아어의 비바람 속에서도 시종일관 순수한 우리말로 관객을 울리고 웃김으로써 고려인들에게 모국어를 잊지 않도록 해주었으며 우리말 가요를 널리 퍼뜨림으로써 그들에게 뿌리를 잊지 않도록 만들어주었다. 극장이 있었기에 구소련 고려인들의 모국어문화와 민족전통은 쉽게 쇠락하지 않고 가혹한 정치사회적 한계에 맞서 오랫동안 제 본분을 다할 수 있었다. 진실로 소련의 우리말극장들은 모국어 신문사와 함께 재소고려인의 민족문학과 문화예술을 굳건하게 이끌어온 쌍두마차였다.

《원동 고려인극장》의 역사를 이어받아 질긴 생명력을 이어오고 있는 《카자흐스탄 고려극장》을 비롯하여 한때 중앙아시아 돌의 도시 타쉬켄트에서 일어섰던 《타쉬켄트 조선극장》, 그리고 깊고 푸른 동해바다로 둘러싸인 사할린 섬에서 비상의 날개를 펼쳤던 《사할린 조선극장》이 남겨놓은 모국어 유산들은 구소련 고려인뿐만 아니라 우리 한민족 모두에게 더없이 값진 보물이다. 사실 이 극장들이 존재하여 활동한 것 자체가 우리 문화사에 빛나는 한 페이지였다. 단지 여러 가지 이유로 우리에게 오랫동안 접힌 채로 넘겨져 왔을 뿐.

아쉽게도 《카자흐스탄 고려극장》을 제외한 《타쉬켄트 조선극장》, 《사할린 조선극장》, 그리고 강제이주 이전 《원동 고려인극장》은 한때 혜성처럼 눈부시게 떠올라 빛을 발했던 제 모습을 세월의 장막 속으로 아주 가지고 들어가 버렸다. 하여 그 극장들에 실존했던 역사적 사실들은 시간의 바람에 다 떨어져나가고 대신 희미한 전설들만 생겨나 주변을 떠돈 지 오래다. 이런 상황에서 우리가 옛 우리말극장들의 진면목을 찾아내기는 결코 쉽지 않다. 하지만 귀중한 보물을 발견해야 할 사명은 언제나 우리 후손들에게 있을 것이다.

《원동 고려인극장》과 《타쉬켄트 조선극장》 설립을 주도하였고 《사할린 조선극장》을 중흥시킨 뒤 말년에 《카자흐스탄 고려극장》으로 돌아간 인물이 있었다. 그는 뛰어난 배우였을 뿐만 아니라 탁월한 연출가이기도 했으며 고려인 연극사에 길이 남을 희곡들을 쓴 작가이기도 했다. 한반도 부산에서 태어나 소련으로 건너가서 바람처럼 살다 간 김해운이 그 주인공이다. 접혀져 있던 역사의 페이지가 어느 날 우연히 펼쳐져 자칫 아주 사라져버릴 뻔 했던 그의 수적들 일부가 밝은 빛 아래로 나오게 되었다. 이참에, 그가 수고하며 열정을 쏟아 부었던 소련의 옛 우리말극장들의 모습도 간략하게나마 오늘의 역사 속으로 불러내보기로 한다.

그가 쓴 작품들 중에는 재소고려인들이 자랑스러워하는 항일투쟁의 역사도, 강제이주 이후 고려인들이 절망을 이겨내고 땀 흘려 일하던 의욕의 현장도, 우리의 고전을 당시의 관점으로 공들여 극화한 옛이야기도, 스탈린 치하에서 상부의 지시로 어쩔 수 없이 체제와 개인숭배를 찬양한 글도 있다. 고려인들이 살아오면서 체험한 영광과 부끄러움이 다 녹아들어가 있다. 살아나가기 위해 때때로 칼날 위를 걸어야 했던 고려인 인텔리들이

처한 특수한 상황과 한계를 너그럽게 보듬어줄 수 있다면 우리는 그들은 물론 우리 자신에 대한 이해의 지평까지도 아득히 넓힐 수 있을 것이다.

엮은이의 부끄러운 작업을 이해하고 늘 격려해주시는 숭실대학교 한국문학과예술연구소장 조규익 교수님과 보잘 것 없는 작업의 결과물을 흔쾌히 책으로 내주신 도서출판 학고방의 하운근 사장님께 감사를 드린다.

무대공연예술에 헌신한 구소련 고려인 연극인 선배들을 기리며

2017년 정월
빛고을에서 엮은이 삼가 씀

일러두기

1. 우리에게 익숙지 않은 방언, 토속어, 외래어 등은 그 옆에 작은 괄호를 열고 그에 대응하는 한국어를 달아주었다. 내용이 길어지는 것은 각주로 처리하였다.
2. 외국어로 표기된 단어나 줄임말은 그 옆에 작은 괄호를 열고 그 발음에 해당하는 우리말자모로 표기해주고 우리말 뜻을 달아주었다. 내용이 길어지는 것은 역시 각주로 처리하였다. 단 한자는 그대로 두었다.
3. 글자색이 바래서 알아볼 수 없거나 찢겨나간 부분의 철자는 □ 기호로 표시해주었고, 보충할 필요가 있다고 판단되는 철자는 작은 대괄호[ ]안에 넣어 보충해주었다.
4. 문장부호나 띄어쓰기는 적절히 가감, 배열하였다.

목차 █

≪원동 고려인극장≫
(1932~1937)
시기에 쓴 희곡

동 북 선

(1935년본)

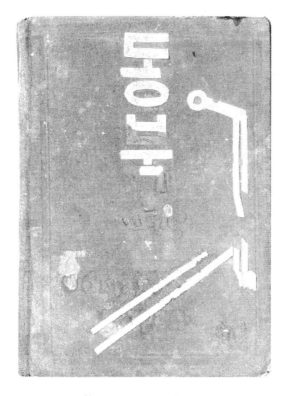

희곡 '동북선'(1935년본) 표지

이 희곡원고의 두 번째 장과 마지막 장에는 1939년 9월, 당국에서 검열을 하고 임시상연을 허가한다는 짧은 러시아어문장이 덧씌어져 있고 직인이 찍혀있다. 희곡이 끝나는 부분에 원문과 번역문을 실어놓았다.

東北線

一千九百三十五年

海蔘新韓村

金海雲 作

희곡 '동북선'(1935년본) 내지

희곡 '동북선'(1935년본) 본문 첫장

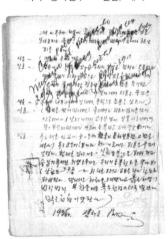

희곡 '동북선'(1935년본) 마지막 장. 여기에는 연극 동북선이 타쉬켄트 조선극장 무대에 오르기 위해 1939년 9월 29일과 30일에 검열을 받았음이 러시아어로 기록되어 있다.

연극 동북선 공연광고(선봉신문)

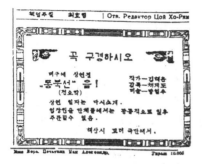

1935년 4월 18일

1935년 5월 11일

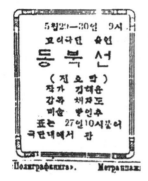

1935년 5월 27일

1935년 7월 11일

1935년 9월 15일

1936년 2월 6일

▌동장인물

1. 김익선 ················ 빈천한 농민 (45세)
2. 그의 처 ·············· (40세)
3. 김정순 ················ 익선의 딸 (17세)
4. 김일호 ················ 익선의 맏아들 (20세)
5. 리순선 ················ 빈천한 리웃집 처녀, 일호의 애인 (18세)
6. 순선의 모친 ········ 싹 빨래하는 녀자 (40세)
7. 김수만 ················ 동래 부자, 익선의 사춘 (50세)
8. 수만의 처 ············ 술파는 녀자, 퇴기 (42세)
9. 김춘길 ················ 화류객, 수만의 맏아들 (19세)
10. 감독 ················· 철도닥긔 삼십구호역 감시하는 자 (30)
11. 십장 ················· 포악한 곤보 (35세)

12. 은철 ················· 오랜 목도군
13. 창수 ················· 부상자
14. 철우 ················· 놀음 잘 노는 목도군
15. 최시운 ·············· 반벙어리 농군
16. 금산 ················· 술 잘 먹고 싸홈 잘 하는 자
17. 일만 ················· 열락원
* 12~17. 합비 닙은 목도군들. 30세로붙엄 25세까지

18. 서만춘 ·············· 청루간 주인, 외눈봉사 (35세)
19. 뽀이 ················· (40세)
20. 만봉 ················· 오랜 긔생
21. 월게 ················· 청루간에 들어온 지 오라지 안은 긔생 (22세)
22. 금색 ················· 청루간에 들어온 지 오랜 녀자 (27세)

24. 경부보 ·················· 30세
25. 현병장교 ·············· 30세
26. 현병 ····················· 28세
* 24~26. 일본 사람

27. 순사 ····················· 35세
28. 강제로동하는 일군들 A, B, C, D
[29.] 집 헐리고 울고 단니는 녀자 (45세)

뎨 일 막
- 지경동 김익선의 가정 -

무대: 익선의 집 앞마당이다. 때는 록음이 만발한 四五月이다. 집은 욱어
진 초가이며 집웅에는 드믄드믄 풀가지도 피엿고 호박너울이 버더 있다.
문허진 토담에는 푸른 니끼가 돋아있어 옛 흔적을 알인다. 마당 앞에는 그
리 크지 않은 복송아나무가 섯는데 성숙하는 때라 닢이 만발하엿다. 멀이
집 뒤로는 뉘여한 산이요 굽이도라진 빈탈길이 보인다.

막이 열이면: 정순의 모친은 웃방문을 열어놓고 다듸미질을 하며 산넘어 먼
골에서는 란포 틔우는 소리가 가다금 가다금 요란하며 벅국새 소리도 뒷
산곡에서 다듸미소리 끝마다 벅국! 벅국! 들인다.

정순모 - (서답(빨래)을 피루며) 오늘이 기한인데 다 되지 못하면 그 욕설을
　　　엇지나!
　　　(퇴마루에 나서서 이마에 손을 얹고 서산 고개를 바라보며) 해는 발
　　　서 기우려지는데 야이들이 웨 오지 않을가? 란포돌에 상하지나 않었
　　　는지.
　　　(별안간에 갓가운 곳에서 란포가 터지면서 돌덩이가 집웅을 따리고
　　　둘너떠러진다.)
　　　아이구! 야들이 암만해도 큰일 낫다. (방안에 드러가서 정신없이 앉
　　　앗다가 한숨 끝에 다시 다듸미질을 한다.)
정순 - (미나리 광주리를 들고 순선이와 토담 옆으로 지나오며) 야 순선아!
　　　들어와 놀다가 가지?
순선 - 야 벌서 보리저녁 때가 되엿는데… (미소하는 낯으로 마당에 들어선
　　　다.)

정순모 - 너이 인제 오는구나. 란포소리가 엇지 요란한지 나는 마음을 놓지 못햇다. 이제 금박 어제보다 더 큰 돌이 와서 떠러젓다. 저것 보아라. (돌맹이를 가르친다.)

정순 - (돌을 쥐여보며) 엄마 저 건너 출순이(춘순이) 어머니는 오늘도 모(묘)에 가서 울고 오는 모양입데. 치마자락에 눈물을 싯으며 논두렁을 지나갑데.

순선 - 앗가도 아마 사람이 상한 모양이더라. 란포소리가 난 뒤에 몰여가더니 힌옷 입은 사람을 넷시서 들고 나오는 것 같더라.

정순모 - (눈이 둥그래지고 혼급하면서) 야 이게 무슨 소리냐, 그래 정영 보앗늬?

정순 - 오 앗가 큰길로 나가던 것 말인냐? 야 그게 확실이 사람이 옳틱? (다 잡고 물ㅅ는다.)

순선 - 내가 똑똑히 보앗다.

정순모 - 야들아! 너의 아부지가 안인가? (격이 막이는 소리로 진정치 못한다.)

정순 - 엄마두. 아부지는 그 웃구역에서 일하는데 별 호갑을 다 쓰오. (어머니의게 안심을 준다.)

정순모 - (좀 안심하며) 야 기찬 일도 있지. 신신한 사람들을 죽게 하니 어듸 마음을 놓겠늬? 춘순이를 보지 못 햇늬? 열두살이나 먹겨서 눈 깜작새에 즉살을 햇으니 얼마나 한심하냐? 이 일본사람들 란포질 통에 이 동리 사람들이 몇이나 살 줄 아늬? 타관에 가 있는 제 아비 안다면 얼마나 기차고 통분해 하겠늬? 그래 미나리는 얼마나 켓늬? (광주리를 드러다 본다.)

순선 - 이집 큰집 논두렁에는 많은 것 같으나 욕할가 못 들엇갓숫꼬마.

정순 - 발서 갈 때에 길에서 보고 논드렁 봅는다고(밟는다고) 욕합데.

정순모 - 그래 일가라고 하면서도 굶어죽어도 빈 논드렁에 미나리도 케 먹지 못한다더냐? (성이 나서) 이것이라도 넣고 데워라. (방안으로 들어가며 문을 닫는다.)

순선 - 야 정순아! 너는 베게 모를 다 틀엇늬?

정순 - 아직도 다 틀지 못햇다. 파랑실이 모자라서 근심햇더니 오라반이가 두 통을 사다가 한 통은 나를 주고 한 통은… (말끝을 맺지 못하고 웃으며 순선의 낯을 볼 때 순선이는 살그머니 머리를 숙인다.) 자비로(스스로) 쓰겟다고 하더라. 너는 다 틀엇늬?

순선 - (자괴에 취하여 붉어진 낯으로) 나도 다 틀지 못햇다. 나는 파랑실은 있어도 붉은 실이 모자라겟다. 엄마 기다릴 터인데 가야 하겟다.

정순 - 저녁에 놀너오너라 응. (말끝을 높이며 다정스러이 청택한다.)

순선 - (미소하며) 보구?

순선모 - (토담 안에 드러서며) 네 여기 와 있늬?

정순 - 어머니 단녀왓음둥?

순선모 - 오냐, 인차 집으로 오지 않고. 란포소리가 요란하니 어듸 마음을 놓겟늬? 미나리는 얼마나 켓늬?

순선 - 얼마 케지 못햇소. 갓가운 뜰에는 다 케고 없읍데.

순선모 - 그만이 케드리는 게 있을 태기 있늬. 그래도 이 땅에 하도 많이 있는 풀이길네 있는 줄 아라라. (정순이를 향하야) 너이 어머니 있늬?

정순 - 예 있슷꼬마. 엄마 순선이네 어머니 왓소.

정순모 - (피루던 서답을 들고 퇴마루에 나서며 반가워 한다.) 아이구 동갑이 왓소? 오라간만이요!

순선모 - 밤낮 그렇게 다듸미질만 하고 견듸오?

정순모 - 오늘이 기한이요. 다 되지 못하면 그 얽맹이 십장놈한테 욕설을 엇지겟소? 동갑이는 대림질을 다 햇소?

순선모 - 나는 어제 갖어다 주엇소. 잘 대리지 못햇다고 한참 툭박을 받엇소마는 엇지겟소. 이제 이집 큰집 서답만 싳으면 다 되오.

정순 - 안니 큰집 서답도 있소. (기차서 골머리를 떤다.)

정순모 - 우리 집에 갖어오기는 어떠한 게지 몇 해동안 내 손에서 서답을 싳어 입어도 이렇다 저렇다 말 한마듸 없소.

순선-우리 집은 날마다 꼭 한 번식은 와서 야단을 치고 가오. 어제는 엇진 줄 아오? (격분해 한다.)

순선모-그만두어라.

정순모-아이고 그렇지 않으면 모르는 줄 아오.

순선모-그래도 제 친척의 말이라면 다 듯기 좋지 못하머니.

정순모-동갑이 글세 이것 보오. 이런 흉년시절에 사흘 나흘 굶어도 쉰밥 한 술 어떳탄 말 한마듸 없고 날마다 와서 돈 내라는 호통질이요. 글세 한구들에 八寸이 안요.

순선모-동갑이 이 집은 사촌이나 되니 그러오. 우리 집은 엇지겟소. 서마지기 밭뙤기조차 빼앗고도 날마다 와서 야단이요. 설버서 못 살겟소. 영감이 없으니 없쇠여겨져서 이제는 입에 담지 못할 질욕을 막 하는 줄 아오. 어데 가서 살아나 있는지… (치마 자락에 눈물을 싳는다.)

정순모-그래 편지도 없소? 기찬 놈의 세월이야!

순선-(우는 어머니를 보고 역시 저고리 고름 끝에 눈물을 숫으며) 엄마 그만두고 가기오.

순선모-만주란 게 어댄지, 거기는 일본군사들이 조선사람은 독립군이라 해서 막 되는대로 잡아 죽인다오. 글세 동갑이, 어제는 남아지 빗(빚) 대신에 (순선의 억개를 짚고) 이것이라도 팔아서 빗을 갓어오라고 하지! (순선의 억개를 짚고 락노(낙루)하며) 팔자도 엇지면 이리 거북한지!…

(이때에 갓가운 곳에서는 또 란포가 요란하게 터진다.)

정순모-(정신없이 나서며) 또 누가 죽지나 않엇는지?

순선-엄마 가오.

순선모-(맥없이 이러서며) 친척도 슬 데 없음머니. 글세 조곰치라도 생각한다면 이집 사람도 나이 이십에 살이(스무 살이) 안이요. 장가나 보내주어서 잘 살게 햇으면 장차라도 얼마나 좋겟소? 이집 사람같이 순직한 사람이 또 어데 있겟소!

정순모 - 아이고 꿈같은 소리를 다 하오.

일호 - (지게를 지고, 칠기태(칡줄기)를 감아들고, 머리에 꽃 한 가지를 꼽고,
　　　　먼 산길에 진한(지친) 거름을 허둥거리며 마당에 들어선다.)

정순모 - 네 인제 오늬?

순선모 - 나무하려 갓던가?

일호 - 예

순선 - (일호의 시선이 마조치자 몸을 돌려 먼 산을 치어다 본다.)

정순모 - 야 정순아! 빨리 저녁을 해라. 네 배곺으겟고나!

정순 - (미나리 광주리를 들고 정주(부엌)로 들어간다.)

순선모 - 나무를 해도 큰집에서 저녁도 대접지 안습데?

일호 - 저녁은 먹엇음니다마는, 그러나 눈치바람에 어듸로 다 갓는지… 산
　　　　에 가서는 칠기떡(칡떡)도 엇지 그리 맛이 좋은지…

정순모 - 칠기떡도 하도 만니 먹으니 칠기 말만 해도 몸쌀이 친다.

순선모 - 이 동내서는 미나리와 칠기 않이면 다 죽엇을 게오.

정순 - (일호의 머리에 꼽인 꽃을 보고) 아이구 오라바니 그 꽃을 나를 주
　　　　오. (갓가이 오며)

일호 - (잊엇다가 생각는 듯이) 오, 엿다. 너는 이 꽃을 갖엇으면 저녁을 먹
　　　　지 않어도 배부르겟다. 그것이 빛이 곱아 (웃으며 농담격으로) 사랑
　　　　화라는 것이다.

정순 - 오라바니도 별말슴을 다 하오. 그러면 나는 저녁도 먹고… 그리고…
　　　　나는 사랑화를 안니 갖이겟소. 엿다 순선아! 네나 갖어라.

순선 - (웃으며 섯다가 어느새 저도 알지 못하게 꽃을 받엇다가 다시 부끄
　　　　러움이 생기면서) 싫다. 야 (얼신 도려준다.)

정순 - (순선의 부끄러움을 보며) 엇재? 갖어라! 야…

일동 - (모다 얼골에 웃음이 빙긋이 떳다.)

순선모 - 자네도 부즈런이 버러서 장가를 가야 하지 않겟는가? 늘상 품파리

만 하겟는가?

정순모 - 장가 비위야 하지만 그렇게 뜻대로 되오?

정순, 순선 - (서로 웃는다.)

일호 - (못 들은 채 사방을 두루두루 삷인다.)

순선 - 엄마 해 저가는데 가기요.

순선모 - 가자. 동갑이 놀라오오. 우리는 밤이면 이 딸이 다듸미질 하다가
　　　는 영감 말을 하고는 울음으로 잠이 드오.

정순모 - 울어 소용 있소! 동갑이 잘 나가오.

정순 - 순선아! 저녁에 오너라 응?

순선 - 보구?…

일호 - 어머니 평안이 던녀갑소.

순선모 - 예 (순선이와 일호는 시선으로 웃으며 전송한다.)

정순모 - 네 아부지는 얼마다 시장하시겟늬! 돈도 못 받는 일에 온흘도 란
　　　포돌에 사람이 죽엇더란다. 오늘도 큰 돌맹이가 와서 떠러젓다.

일호 - 이제 이 철도길 닦기에 큰일을 치고야 말 게오. 지산촌 농민들은 집
　　　을 헐기고 산 옆에서 풀막을 치고 삽데.

정순모 - 아니 집을 헐다늬, 야 기찬 세월도 있다.

정순 - 엄마 미나리는 다 대윗소마는 무엇을 넣고 죽을 수겟소.

정순모 - 글세 엇지겟늬? 아이구 참! (안탁갑은 생각에 머리를 글그며 정주
　　　로 들어간다.)

일호 - (어두어오는 석양빛을 보며) 잃은 새벽붙어 심산골에서 나무를 해와
　　　도 밥 한 술 먹어지지 않는 이놈의 노릇을… 어… (가슴에서 아름찬
　　　한숨이 울어나오며 방으로 들어간다.)

(해는 서산을 넘어갓다. 산 넘에서는 일군들을 헤치는 종소리가 울어온다.
산 옆 빈탈길에는 강제로동 갓던 주민들이 맥없는 다리를 허둥지둥 끌고,
광이도 메고, 가래도 메고 나려온다.)

I 주민-이사람 익선이! 오늘 저녁에는 자네 사춘한테 이약이 해보게.

익선-(맥이 진한 대답을 겨우 한다.) 친척이지만 회계상 거래야 내게 상관
　　있는가? 저녁에 찾어들가서 이약이하게. 나는 모르겠네.

II 주민-글세 그럿키는 하네마는 하엿튼 좀 이약이하게. 그래도 자네에게
　　는 친척이 안인가? 딴 남보다야 낫겟지. (허둥허둥 지나간다.)

정순-아이구 아부지 인제 오시네. (광이를 받는다.)

정순모-인제 오오. 야! 정순아! 빨리 저녁을 차려라.

정순-예 (속히 정주로 들어간다.)

익선-(무엇을 무겁게 생각하며) 여보 정순어미, 여기와 좀 앉소. (퇴마루
　　에 걸안는다.) 야 일호는 산에서 왔소?

정순모-예 왔소. 아마 저녁을 먹는 갑소.

익선-글세 뭐래도 아는 바에 세월이 점점 이렇게 강박하여지니 이 백사지
　　같은 땅에서 살아갈 일이 마견하오. 오늘도 강제로동을 하며 곰곰이
　　생각하니 헐 수 없이 떠나가는 수밖에 없소.

정순모-떠나가다니? 어듸로 간단 말슴이요?

익선-오늘도 강제로동 하려 온 사람들의 말을 드르니 지금 중영지에는(중
　　국 땅에는) 전쟁인데 거기서도 새 철도를 닦는데 목도군들의 벌이가
　　좋다오. 그래 우리 몟 사람이 단속을 햇소. 그래도 일호가 섬가락이
　　나 차리고 또 여기에 내 사춘에 있으니 남보다야 낳겟지?

정순모-여보 그런 말은 그만두오. 한 구들에 팔촌이라고 합데마는 하는
　　즛을 보면 남만도 못 합데.

익선-이놈의 철도를 개척하는 통에 그이도 손해가 얼마라고 그러오. 아모
　　게와도 말하지 말고 자기만 그런 줄 알고 있소. 또 사촌이 알면 가기
　　도 전에 벼락불이 떠러질 게오. 중영지로 가서 그래도 신수가 좋아서
　　잘 별면 아이 장가도 보내고, 원 이다지 가난뱅이 노릇이야 하겟소?

정순모-저 앞에 순선이 아버지도 간지 일년이 되여도 소식이 없어서 밤낮
　　울음으로 지나는데.

정순 - (방문을 열고) 아부지 저녁을 잡소.

익선, 정순모 - (집으로 들어간다.)

(때는 발서 사방이 어두엇다. 산 밑에 욱어진 초가집 안에서 조희창에 빛 외는(비치는) 불빛만이 거물거리고 뒷산곡에서는 두견새가 슬은 울음을 짖 는다.)

수만 - (토담 안에 거만이 들어서며 큰 기츰을 하고) 사람이 있는가? 없는 가?

정순모 - 예 있웃꼬마. 아즈반님 오섯음등? (허리를 굽인다.)

수만 - (대답은 큰 기츰으로) 익선이 있소?

정순모 - 예. 여보 아즈반님 왓소.

익선 - (방안에서 그릇소리가 나며) 야 정순아! 상 치워라. (마루에 나서며) 형님 단여왓음니까?

수만 - 여기 좀 앉게. 그런데 자네도 아다 싶이 이놈의 철도 따문에 손해가 얼마인가? 빗 진 놈들이란 밤이면 도망가고 열세 마지기 밭과 뒤ㅅ 영골 논을 헤처서 철도를 닦는다고 측양말까지(측량 말뚝까지) 밖아 놓 앗으니, 딴 남도 안고 그래도 사촌형제지간이 안인가? 이런 때에 는 좀 도아주어야 하겟네. 허니 (큰 기츰을 하며) 자네도 좀 생각을 하게.

익선 - 글세 형님 아모리 사촌형제간이라도 빗 갚을 생각이야 없겟음니까? 그러치만 어듸 마음대로 됨니까? 그리고 형님! 실로 나는 빗바지 노 릇은 못하겟음니다. 동리사람들 형편을 번연히 알고 같은 처지에 가 슴 앞은 말을 하기는 기참니다. 더욱히 집행은…

수만 - 남의 서름에 제까지 못 살구 나앉겟는가? 제 살 도리를 해야. 준 것을 도로 받는데 아모렇게 받으나 무슨 상관이 있단 말인가? 그리 고 정영 못 물 형편에 있는 사람들은 붓잡아다가 밭도 갈이고 논도 랑도 치게 못하겟는가? 으흠. (단배대로 마루를 따리면서 큰 기츰을 한다.)

익선 - 글세 형님! 풀닢과 나무뿌리로 사는 사람들이 빗은 어떻게 갚으며 또는 제 분김에 헤매이는 사람들과 어떻게 작고 와서 일을 하라고 하겟음니까?

수만 - 어험! 그래 자네는 부엉새처럼 밤낮 울기만 하겟는가? 나도 이저는 좀 독해야 살아가겟네. 보라니 저 앞집 순선이 애비 윤백이란 놈은 도망간 지 일 년이 되여도 편지 한 장 없지 그뿐인가?… 허니 자네도 친척으로 인정하거던 좀 생각해보게. 이렇다고 해서 자네게서 없는 돈을 내란 말은 안일세! 으흠…

익선 - 글세 형님도 보시는 바에 날마다 풀죽으로 사는 살림에 철도 닭기 강제로동까지 하게 되니 어떻게 주선하게 하겟음니까?

수만 - 음 (대통으로 퇴마루를 힘 있게 따리며) 그러면 자네도 응공(은공) 모르는 놈들과 한가지구만. 그만두라니 지금 세월에는 친척도 송용없어.

순선 - (정순이한테 놀라왓다 토담 안에 드러서니 수만의 호령이 높으기로 거름을 조심이 수만의 옆으로 지난다.)

수만 - 이애! 네 에미는 오늘 낮에 오라고 햇는데 웨 안니 왓늬? 집까지 집행하지 않은 것이 원수인 모양이구나.

순선 - 이제 금박 갓슷꼬마. (말끝은 겁나고 조심성에 입안으로 떠러진다.)

정순 - (나와서 순선이를 안도하며) 이제 오늬? 어서 드러가자! (드러간다.)

일호 - (방문을 열고 내다본다.)

수만 - (일호를 향하야) 야, 너는 웨 나무는 모다 피나무를 해 왓늬? 일가의 일이라고 모다 나그네의 피나무 죽을 먹이는 모양이구나. 음.

일호 - 피나무는 많지 않는데 공연한 말슴잇꼬마.

수만 - 무엇이 엇재? 공연한 말? (격분이 본다.)

익선 - 엑이! 이 비러먹을 놈의 인간들! (통트러 욕한다.)

수만 - 하엿튼 죽는 소리만 말고 있다 어러우면 또 돌려 쓰더라도 쪽백이와 솥을 파라서라도 갚도록 하게. 나붙어라도 더 참을 수 없네. (이러서서 거만하게 나가다가 도라서 드러오며) 야 일호야! 래일은 일즉이 물도 길ㅅ고 나무도 페야지. 그리고 논도렁에 풀도 **빼**야 하겠다.

일호 - 예. (할 수 없이 억제의 대답이다.)

익선 - (말없이 수만의 뒤를 따라 토담까지 전송한다.)

정순모 - (뒤ㅅ따라 나오며) 아즈반님! 평안이 단여갑소.

수만 - (들은 채 안이 하고) 으흠 (하고 토담구비를 도라진다.)

익선 - (퇴마루 끝에 앉아서 단배대에 단배를 무겁게 누르며 묵묵히 무엇을 생각한다.)

정순모 - (수만이 가는 거동을 보며) 세상도 기차다. 친척도 소용없어. (정주로 들어간다.)

익선 - (불연듯이 무슨 생각이 부밪인다.) 설버서 못 살겠다. 에라 한번 죽지 두 번 죽겟늬! 죽엄이 두 번은 없느라! (안방으로 들어간다.)

일호 - (집단을(짚단을) 안고 퇴마루에 앉으며) 야 정순아! 문이나 좀 여려 놓아라. 시원한 바람이나 들어가게. (앉아서 색기를 꼰다.)

정순 - (순선이와 방안에서 그름 등잔 밑에서 베게모를 튼다.)

순선 - (이러서며) 야 정순아! 나는 가야 하겠다. 어머니 혼자서 기다릴 터인데…

정순 - 달이 뜨면 가려므나. 오늘이 스므날이니 좀 있으면 달이 뜨겟다. (다정스러이 만유한다.)

순선 - (갈가말가 생각한다.)

일호 - (색기를 꼬며) 집에 가면 아부지 생각에 울기만 한다는데 좀 더 놀다가 가렴. (유순하게 감정스러이 말한다.)

순선 - (다시 미소하는 낯으로 마음을 도려키고 앉아 베게모를 튼다.)

일호 - 정순아! 깃분 노래나 불너보지…

정순 - (순선이를 보고 서로 부끄러워 하며) 오라버니 먼첨하고…

일호 - 내야 농군놈이 무슨 노래를 알겟늬? 안다면 곡상 알에(곡산 아래) 부

엉새 소리나 알고 그렇지 않으면 깊은 산중에서 새들과 휘ㅅ파람이
나 부럿지. 얼는 한 곡조 해라. 어제 드를라니 뒤ㅅ버득에서 너이
두리 나물을 케면서 잘 하더구나.

정순- 아이구, 그것은 언제 또 드럿소? (순선이와 웃는다.) 그러면 네 한마
듸 해라.

순선- (내우하며(내외하며) 안 한다.)

정순- 그러면 같이 하자.

정순, 순선- (노래를 한다.)

무리를 짖여 거름거름이
록음을 밟아 올라 가노라
산상에 올라 두러앉으니
산수평풍일세

일월광채 찬란한 중에
산천경게 아름답고나
두 눈을 드러 삷여보니
금수강산일세

(두 처녀의 노래는 어두엄의 적막을 깨치고, 두 산곡에 두견새 소리는 노
래 끝마다 부엉! 부엉! 운다.)

일호- 참 잘 하는구나

정순- 오라바니 이제는 할 차레오. 빨리 하오.

일호- 나는 모른다. 부엉새 소리를 드러 무엇 하겟늬?

정순- 그래도 하오.

일호- 야 이게 빗바지보다 더 하구나. 그러면 드러라 응.

야삼경 깊은 밤에
천리타향 먼 곳에서
고향이 섧어 운다.
부엉

해는 어이 저무러
서산을 넘을 제
나물 케는 청춘과부
랑군이 그리워서
애고 지고 운단다.
부엉

사방십리 장포(창포)밭에
처녀총각 안고 논다.
새벽 닭이 울어서
어이기(여의기) 섧어 운다.
부엉

(아주 숙스럽고도 감정스러이)

일호-어떤냐? 응. (순선이와 시선이 마조첫다.)
정순-아이고 오라반이도 그게 어듸 노래요?
순선-(머리를 숙이고 웃기만 한다.)

익선-(보따리를 들고 맥없이 거러나온다.)
정순모-(뒷따라 나오며) 여보 어듸를 가자고 이러오!
익선-야 정순아! 일호야! 이러와 좀 앉어라.
일호, 정순-(말없이 아부지 곁에 와서 앉는다.)

익선 - 암만 생각해도 살길이 없다. 허는 수 없이 이미 작정한 바라 고향을 떠나서 중영지로 가야 하겟다. 너의를 두고 가는 낸들 마음이 좋을 수 있늬? (단배를 무겁게 넣으며) 그래도 가서 죽지나 않으면 돈양 벌겟지. 네 나이 금년에 스므 살이 아니늬? 그래 장가도 보내고 좀 이 모양을 면해야 하지 않겟늬?

정순 - 아부지 어듸로 가자고 이러오. (애결한 목소리로 낫아간다.)

익선 - 그래도 이곳에 도척 같은 일가이지만 너의 오춘 수만이가 있으니 내 간 다음에라도 좀 삶여보겟지?…

정순모 - 그런 말은 하지도 마오. 남만도 못합데.

익선 - (한숨을 길게 쉬며) 자하! 아모래도 떠날 길이니 가야. 야 일호야! 정순아! 내 간 뒤에라도 우리 가산에 풀이나 제 때에 쎄여주어라. 그리고 너는 우리 집안 큰 사람이니 모든 가사를 잘 처리해라. (무겁게 거름을 시작한다.)

일호 - (서름 막힌 어조로) 아부지! 풀죽은 논호아(나누어) 먹더라도 어대로 간단 말슴이요?

정순모, 정순 - (옷자락에 매여달리며 운다.)

익선 - 여보, 아이들이나 다리고 잘 있소. 도라오겟지?!… (거러나간다.)

정순 - 아부지 가지 마오. (옷깃을 막 부든다.)

익선 - 정순아! 울지 마려라 응! 이 집도 내가 짖엿고 이 복송아나무도 내가 심엇다. 이 복송아나무에서 닢이 다시 돌아나고 꽃이 피고 뒤ㅅ산에서 두견새가 저렇게 울 때면 내가 다시 도라오마 응? 울지 마려라. (머리를 다시금 스다드므며 문허진 옛 토담을 지나 나간다. 뒤산에 두견은 집 떠나는 익선의 마음을 더욱더 애처럽게 부엉! 부엉!)

순선 - 아버니, 거기 가서 우리 아부지를 보시거던 집에서 보고 싶어 운다고 일너 주시오. (눈물을 싲는다.)

익선 - 오냐 렴려 마러라. 일너주마. (토담을 도라진다.)

(五月 스므 날 둥근 달이 山 넘에로 올리 솟는다.)

일호, 정순모, 순선-(가는 아부지의 현상을 보고 섯다.)

(이때에 고향을 떠나온 어떤 목도군의 부르는 노래는 구슯이 토담 밑으로
지나간다.)

안니 떠러지는 나의 거름을
한숨에 내 고향을 리별하고서
한줄기 두망강을 리별햇도다.

정순모-(산빈탈길로 도라지난 남편을 보며) 여보, 내년 봄에는 기여이 도
라 오소!
목도군-(싸라저 가는 노래)

치운 바람 불고 눈보라 치는
이곧에서 작객하는 고향에 서름
달 밝고 서늘한 밤 문전에 서서…

(멀리 멀리 싸라저 갓다. 두견새 소리만이 더욱더 돋아난다. 부엉! 부엉!)

정순-(사라저가는 아부지의 현상이 산빈탈길에 도라지자 토담에 엎어지
며) 아부지, 가지 마오! (아부지는 산구비를 도라젓다. 정순이는 업
드러저 운다.)
일호-아부지… (말 못하고 운다.)
순선-(운다)
정순모-(치마자락에 눈물을 스쓰며 운다.)

- 일막 일장은 끗엇다. -

뎨 일 막 이 장

무대: 변함이 없다.

때는 익선이가 떠나간 지도 벌서 보름이 되엿다. 먼동이 번— 하여 온다. 역시 뒤ㅅ산곡에서는 벅국새가 울기 시작한다. 산밑에 욱어진 일호 집도 잠들엇다.

정순모 - 야가 새벽에 강가에 나가더니 웨 오지 안는가? (수건을 털어쓰며 근심스러이 찾아간다.)

일호 - (곤한 잠이 채 깨이지도 않은 듯이 방으로 나오며) 아마 아츰거리 없다더니 벌서 나물 케려 간 모양이구나! (벅국이 우는 뒤ㅅ산을 바라보며) 아부지가 가신지도 발서 보름이 되는구나! 무사히 가섯는지! (산길을 머니 바라보다가 지게를 지고 나무하려 갈 차로 나선다.)

은철 - (노래를 부르며 토담을 지나 일텀으로 가는 길이다. 일호를 보앗다.) 일호, 발서 나무하려 가는가?

일호 - 은철인가?

은철 - (토담으로 갓가이 오며) 자네 아부지가 어듸로 갓엇다더니 소식을 못 들ㅅ는가?

일호 - 아모 소식도 없네.

은철 - 자네 요사이에 떠도는 소문을 못 들는 모양이군. 이사람 집에 물이나 있으면 한 그릇 빌게. 아츰 굶은 신세에 물이나 한 그릇 얻어먹지. (웃음격으로 말한다.)

일호 - (정주로 들어가며) 들어오게

은철 - (마당에 들어서며) 집에는 아모도 없는가?

일호 - 없네. 나물 케려 간 모양이네.

은철-아니 새벽에 발서 나물 케려 가서! 이 지경동 백성들은 풀닢과 나무 뿌리가 안니면 다 굶어죽엇을 테야. (물을 마인다.)

일호-(간신이 은철의 곁에 와 앉으면서) 그래 무슨 소문이 떠돈단 말인가?

은철-(토담 밖을 휘— 도라보고는 담 밑에 앉으며) 사실인지는 알 수 없으나 지금 만주벌에는 일본군벌들이 불상한 촌락을 막 모조리 불 지르며 토벌을 한다네. 그중에도 더욱히 조선촌락이라데.

일호-(두 눈이 둥그래지며) 토벌을!… (의심스러이) 설마 아버지야?… 자네는 그 소문을 어듸서 들엇는가?

은철-우리야 무슨 소문을 못 들겟는가? 하로에도 강제로동에 몇 백명식 새 사람들을 끄려드리니 별 소식을 다 들ㅅ네. 그런데 요사이에는 자네 오춘이 일팀으로 감독놈 찾으려 자조 오는 것을 보니 아마 무슨 특별한 유고가 있는 모양이데. 친척의 말이니 멀 할는지는 모르나 자네 오춘 백부가 구장과 패걸이를 해 갖이고 동리 사람들과 하는 짓을 보면 숭축한 두상이데.

일호-기차지만 헐 수 있는가? 돈이 많으니 그러지!

은철-위선 순선이네 집에 가서 하는 즛을 보게. 엇재던 지금 세상에는 친척이라고 믿을 세상이 아니라 제 살 도리를 해야 되네. 이놈의 동북선 따문에 다 쫓겨나고 거지가 되야 말 것이네.

일호-(긴 한 숨을 쉬며) 외놈의 철도닦기는 우리 지경동을 못 살게 만드네.

은철-(인차 말끝을 잇대여) 그래도 이렇게 망하는 통에 자네 오춘은 기회로 삼아 빈한한 사람들을 더 못 살게 하며 일가라고 하면서도 더 부러먹데.

(산 넘에서는 목도군들을 부르는 종소래가 요란이 땡땡 한다.) 아이 오늘 아츰에 늦엇네. 또 별금하고 빰까지 맞는 모양이구나. (급히 나간다.)

일호-그 늦엇어 안 됫네.

은철-(웃으며) 자네게야 잘 살고 역은(약삭빠른) 오춘이 있으니 못 살 렴려야 없겠지?… (급히 급히 산길로 달려간다. 란포소리는 드문드문 산천을 울인다.)

일호 - (은철 가는 것을 보다가) 잘 살고 역은 오춘이 있으니 못 살 렴려는 없어? (생각하다가 다시 산을 치어다 보며) 망할 자식 남의 사정은 알지도 못하고. 그래 지금 잘 산단 말인가. (제 분 김에 지게를 지고 마당으로 걸어 나온다.)

순선 - (물동이를 이고 토담어구로 들어오며) 야 정순아! 물 이려 가자.

일호 - 정순이 없다. 뜰로 간 모양이다.

순선 - (무안한 듯이 도라서 나간다.)

일호 - 야 순선아! 어제 저녁에는 웨 놀러오지 않엇늬?

순선 - (간신이 도라서며) 이집 큰집 아버니와 길닦기 십장하고 어제 밤이 깊도록 술이 취해 와서 야단을 치고 갓숫꼬마. (머리를 숙인다.)

일호 - 십장하고? 그래 무엇이라고 하던냐?

순선 - 별일은 없엇읏꼬마. 빗을 맞어 못 물겟거던… (더 말을 못 하고 머리를 숙이고 있다.)

일호 - (위안하여 준다.) 순선아! 서러 마러라. 아부지가 도라오시고 하면 나도 힘끝 벌겟다. 돈이 없으니 그러지 안늬?

순선 - 글세 돈이 없으니 그러지 (머리를 들지 못하고 말한다.)

일호 - 돈이 없는 천대야 말해서 무엇하겟늬? 그런데 순선아! 내가 너를 주려고 (가슴 속에 손을 넣어 무엇을 끄어낸다.)

순선 - (머리를 들며 미소하는 낯으로) 무엇임둥?

일호 - 이 실 말이다. 너도 비게모를 튼다지. 들으라니 원앙새를 튼다더구나. (참아 말 못하고) 엿다.

순선 - (슬멋이 받으며) 파랑 실은 있는데 붉은 실이 모자라겟읏꼬마.

일호 - 그러면 붉은 실을 사다주지. 그런데 내 삼지 부탁은 어떻게 되늬?

순선 - (겨우 말을 한다.) 글세 거기다 쓰자고…

일호 - (열정이 떠옳으며) 그러면 이 낫을 팔아서라도 붉은 실을 사다주마 응.

순선 - (웃으며) 그저 나무는 무엇으로 하자고?

일호 - 아니다. 그것은 웃음에 말이다. 나는 산에 가서 혼자서 적적히 단배를 피울 때마다 삼지 생각을 한다.

순선 - 나는 가겟웃꼬마. (일호의 얼골을 치어다 본다.)

일호 - 순선아! 오늘 저녁에는 기여히 놀라와서 노래나 부르르므나. 나는 어제 저녁에 삼태성이 저 애기산을 기우러질 때까지 기다럿다.

순선 - (내우하며) 보구서…

수만 - (구장과 토담을 지나오며 순선이와 일호의 행동을 [보고]) 야 이 자식아 상금도 나무하려 가지 않엇늬? 너는 잃은 아츰붙어 남의 농군하고 무슨 수작을 하늬?

일호 - (아모 말없이 도라서서 산길로 올라간다.)

순선 - (엇지도 겁나고 무안한지 동이를 이지도 못하고 들고 속히 속히 토담을 도라젓다.)

수만 - (일호의 거동을 보며) 못된 송아지 엉덩이에서 뿔이 난다더니 날마다 풀죽도 근근득식하면서 또 뉘집 시악시붙어 음.

구장 - (붙는 불에 키질 격으로) 아마 저의끼리는 약속이 단단한 모양입데다. 어제 저녁에도 감독한테 갓다오던 길에 보니 저 토담 밑에서 (웃으며) 그 머 더 말해서는… 허허허허

수만 - 음 그까짓 것은 별일 없소마는, 글세 구장 말과 같이 그렇게 된다면 집값들은 주어야지?

구장 - 물론 주겟지?

수만 - (입을 푸루며) 주면 얼마나 주겟소? 하엿튼 그렇게만 된다면 내 일도 망하는 판이오! 글세 보오다, 빗진 사람들이란 강제로동만 하게 되니 버러서 빗 물 사이가 있소? 내 사춘도 간다 온다 말없이 갓지. 이제 그 게집아이 애비 윤백이란 놈도 간지 일년이 넘어도 종무소식

이요. 하여튼 외놈의 철도 따문에 망하고 나았는다니 음!

구장 - 군용철도인지라 정부의 지령을 받아서 군청에서 하는 것을 엇진다
고 그러오? 엇재던 모든 것이 다 제 나라가 없으니 그렇지 안소?!
수만씨도 별 수 없이 군청에 가서 빗진 사람들의 집값을 미리미리
챈기시요. 괜이 그러다가는 그것도 차레지지 못할 것이오.

수만 - 글세 그놈들이 하는 일이니 별 수야 없지마는 하엿튼 구장 (간신이
닥아앉으며) 그 값들을 내 앞으로 넘기는 데는 구장이 좀 힘을 서
주어야 하겟소.

구장 - (무슨 권능이나 있는 듯이) 그렇게 하지요. 그리고 수만씨도 이저는
딴 길을 잡아야 하오. 웨 객주나 큼즉이 열어놓고 술도 팔며 햇으면
수입이 적지 않을 것이요. 차차 철도가 변다해 지면 목도군들도 많
을 것이 안이오.

수만 - 글세 나도 딴 길을 잡아야지 이러다가는 아주 망하고 나았을 터이
야! 하엿튼.

정순모 - (딸을 뒤ㅅ세우고 들어온다.)

구장 - 일쯤이 어듸 갓다 오심니다?

정순모 - 예 아즈반님 오섯음둥!

수만 - 으흠 새벽붙어 집을 비워놓고 무얼 하려 단이요?

정순모 - 아츰거리 없어서 나물 케려 갓다 오는 길이꼬마! 야 정순아! 어서
들어가 보아라. 야 일호는 또 아츰 굶은 채로 산에 갓겟고나!

정순 - (나물 광주리를 들고 들어간다.)

수만 - 그런데 야 익선이한테서는 아모 소식도 없소?

정순모 - 아모 소식도 없엇꼬마. (근심스러이 말한다.)

수만 - 보오다 글세! 이러니 엇지 산단 말이요? 빗을 젓다고 말이 아니라
지금 세월에는 친척도 소용없고 독해야 살아간단 말이요.

구장 - (옳다는 듯이 머리를 꺼덕거리며 단배를 넣는다.)

(산길로써는 감독이 목도군 한 사람을 다리고 나려와서)

목도군 - 바로 이 집이 올시다.

감독 - 오! 구장, 마츰 잘 만낫소.

수만 - 아이 감독님 평안하시우?

감독 - 오! 수만씨 오라간만이올시다.

수만 - 무슨 어제 보앗는 데도 오라간만이겟소? (아주 얼렁댄다.)

감독 - 하루밤에도 만리장성을 쌓는다고 발서 어제 하루가 갓지. (우슴 격
　　　 으로 말을 던진다. 옆착에서 목책을 끄어내며) 구장! 어저케 이약이
　　　 하던 것이 어떻게 되엿소?

구장 - (굽절며) 예 말들은 다 햇음니다. 모다 와― 하고 떠드나 정부일이
　　　 니까 그뿐이지요. 그런데 감독! 란처한 일이 있음니다. 그 집들을 헐
　　　 게 되면 그 값은 어떻게 함니까?

정순모 - (정주문을 열고 내다본다.)

감독 - (의심이 생각하며) 물론 주겟지요. 그런데 웨 뭇슴니까?

수만 - (아주 얼렁대며 감독 곁에 나사서며) 예… 감독나으리 글세 집들을
　　　 헐게 되면 손해가 큰 것은 사실이 안이요?

감독 - 물론 빗진 사람들이 허지에 나앉게 되니 그럴 터이지요.

수만 - 글세 말이올시다. 집을 허는 것은 정부일이니 별 수 없지만 (내다
　　　 보는 정순모를 보고) 그 문을 좀 닫소. 그 집값들을 군청으로붙어
　　　 미리 나의 앞으로 넘어오게 못할가요? (아주 간사이 닥아서며)

구장 - (곁에 섯다가) 감독이 말슴하면 안 될 리 있소?

감독 - (거만하게 서서) 혹시 될 수도 있겟지?

수만 - 그러면 감독 나으리 그 집값을 나의 앞으로 넘어오게 하시요. (곁을
　　　 죽근하면서 얼렁댄다.)

감독 - 말해보지요. 그런데 이 집이 지경동 오십칠 변지 김익선의 택이 올
　　　 슴니까?

수만 - (좀 놀라며 이상이 무러본다.) 예 내 사촌 동생의 집이올시다. 그래
　　　 웨 그러심니까?

감독-예 그렷음니까?

구장-(아라들엇다. 머리를 거덕거리며 마당 옆으로 피해간다.)

감독-이 집을 군청으로붙어 헐라고 명령이 왓음니다. 장차 여기로 철도가 놓인담니다.

수만-(어이없는 듯이) 안니 이 집을…

정순모-(달려나오며) 나으리님! 이 집을 헐게 됨둥?

감독-네 그렷음니다.

정순모-나으리님, 이 집을 헐게 되면 엇지 산단 말슴임둥.

감독-(호기덩덩하야) 정부에서 하는 일이니 내야 알 수 없지요. 지금 시작해. (목도군을 시긴다.)

목도군-(슳은 듯이 들어간다.)

(이때에 순선이는 물을 이고 토담을 지나가다가 정순모가 우는 관경과 감독의 하는 말을 듣고 급히급히 지나간다.)

정순-(방문 기동을 잡고 서서 떨며 운다.)

정순모-나으리님! 당신도 조선사람이지요. 이 토굴까지 헐면 어듸로 가서 살란 말임둥. (애결하며 운다.)

감독-(아주 무심하게) 어듸로 가서 살 것을 내가 알 수 있소? 웨 먼하고 서서 (두 번째 독촉한다.)

수만-(어이 없이 섯다가) 주인도 없는 살림에 집까지 헐게 되면 어듸로 간단 말이요?

구장-울어서 소용없는 일이지. (마당 옆에 앉아서)

감독-수만씨 같은 오춘이 게신데 요만한 토굴 하나 짛기야 멀… (비소하며 말한다.)

정순모-구장님! 세금 받을 때에는 별 말슴을 다 하시고 이런 때에는 아모 상관도 없음둥? (울면서 애결한다.)

수만-(성을 높이며) 정부 일을 구장인들 어지란 말이요? 집값이나 받도록 해야지.

감독 - (개화장을 드러치려고 하며) 이 자식아 빨이 시작해라!

목도군 - (광이를 억지로 들고 기동뿌리를 찍으려 한다.)

정순 - (달려나와 목도군을 붓잡으며 울음썩긴 애걸을 한다.) 여보시요. 오
　　늘은 우리 집을 헐지마는 래일은 당신네 집을 헐 것을 생각해 보시요.

목도군 - (감독의 눈치만 보고 섯다.)

(이때에 순선이는 동리사람들을 알리워갖이고 달려 드러온다.)

남녀로소간에 - 안니 사람 사는 집을 헐다니?…

l 로인 - 여보 구장, 당신은 이런 때에 아모 말슴도 없소? 어제ㅅ게 세금 받
　　아갈 때에 무엇이라고 햇소 에? (막 아다모르기로(막무가내로) 대여든다.)

감독 - (아니꼽은 듯이 보다가) 당신한테 무슨 상관있어?

l 로인 - 우리도 이 동리에 살기에 말이요.

동리남녀 - 웨 상관없단 말이요?

순선모 - 세상도 기차다. 산 사람 집을 헐다니!…

감독 - (혼자서는 엇지 할 수 없어서 무엇을 동경하고 급히 퇴장한다.)

구장 - 여보, 헐면 거저 헐겟소. 상당한 값을 주겟지?

수만 - 당신이 그 지금 공연한 집탈이요. 정부 일을 엇진다고 그러오. 피차
　　에 자루를 쥔 놈과 날을 쥔 놈인 겐데 흥…

구장 - (엇지 할 수 없어서 있다가 수만이 말 기회를 타서 나서며) 악독한
　　일본놈들이 하는 짓을 낸들 엇지겟소? (사방을 슬밋슬밋 삶이며) 또
　　군청에 소지나 서서 올려보지?

수만 - 그 괜찬은 말이오.

l 로인 - 소지가 무슨 소용이 있단 말이요.

동리사람들 - (왓작 떠든다.) 소지는 무슨 놈의 개코같은 소지란 말이요? 당
　　장 집을 헐게 마러야지.

감독 - (일본 현병 두 사람을 다리고 산길로 나려온다. 한 사람은 장도와
　　단총을 찾고 한 사람은 장총을 메엿다. 감독은 산허리에서 나려다
　　보고, 둘은 마당에 들어서며)

군인-(장총을 나려들고 발을 구르며) 나니 사와시데 오르노까? 하얏구 오소마와레.[1] (웨 떠드러? 각금 헤여들지)

동리사람들-(겁내여 뒤ㅅ거름질을 하며) 기찬 일도 있다, 익선이도 없는데. 수만씨 그래 정영 헐게 됨니까? 구장님 좀 말슴해 보시오.

구장-홍 (못 들은 채 도라앉는다.)

장교-하얏구 슈다쯔시예![2] (군인의게 명령한다.)

군인-하이. 하얏구 있게.[3] (총으로 내민다.)

노인-이놈들아 그래 사람 사는 집을 헌단 말인냐?

군인-(노인의 뺨을 치며) 고라 몽구윤나.[4] (내여민다.)

정순모-(수만의 곁에 가서 울며) 아즈반님 엇지겟소?

수만-울어서 소용없소.

장교-오이 민나 히밧즈사례![5] (속히 불을 놓아)

군인-하이.(예.) (방으로 달려 드러간다.)

수만-(슬믓슬믓 주민들을 보며) 구장! (나가자고 눈짓한다.)

군인-(방에서 의복가지, 박아지, 베게들을 마당에 내여던진다.)

정순모-(의복가지를 걷어않으며) 하나님이여 우리는 악한 일이라고 안니햇것만! (하늘을 우르러 본다.)

군인-(석유병을 들고 집안 퇴마루에 훌훌 뿌린 다음 불을 붖인다.)

동리사람들-(토담을 둘여사고) 이놈들아! 산 사람 집에다 불을 지른단 말인냐? 불이야! 불이야!

군인, 장교-(총을 들고 토담 밑에 주민들을 들어오게 못 한다.)

수만, 감독, 구장-(산언덕에서 나려다 본다.)

---

1) 나니 사와가시떼 오르노까? 하얏구 오사마레: 뭘 그렇게 떠들고 있어? 입 다물지 못해!
2) 하야꾸 슈빠츠!: 빨리 출발해라.
3) 하이. 하야꾸 있게: 예. 빨리 가라.
4) 고라 몽꾸 이우나: 야, 잔소리 마라!
5) 오이 민나 힛밧데 사례!: 어이, 다들 끌고 가!

정순모 - 이놈들아! 대대손손으로 사라오던 우리 집을 불을 지른단 말인냐?

　　(손펵 소리는 사람의 심장을 찌른다.)

(불빛은 점점 크게 되고 동리 사람들은 하늘이 문허질 듯 "불이야! 불이야!")

- 이장끝(第一幕二章終) -

데 이 막
- 지경동 김익선의 사촌 동내부자 김수만의 가정 -

무대: 왼쪽 방은 수만의 방이다. 적은 상이 놓이엿고 벽에는 도라가며 고
대 문장들의 한문시가 보기 좋게 붙엇으며 또는 신미술가들의 자연경치화
도 붙엇다. 그리하야 고대 흔적도 나며 새문명의 모범도 보인다.
오른쪽 방은 대청마루를 건너서 보이는데 손님들이 유하는 객실이다. 그
앞에는 지경동 신려관 객실 주인 김수만이라고 현판을 썻다. 방과 방 사이
에 놓인 대청마루를 통하엿어는 후원으로 통하는 밀창문이 있다. 후원에
는 한창 여러가지 꽃들이 만발하엿다. 대청마루 기둥과 방 앞 기둥에는 립
춘서들을 대자로 크게 써 붙엇다. ('립춘대길, 만사현통, 소제하니 황금출
이요, 개문하니 만복래라.' 이때위 글을 써 붙엇다.)

막이 열이면: 수만이는 자기 방에서 문서질과 수판 통기는 일에 정신이 집
중되엿고 객실에서는 손님 한 분이 가이없게 수심가를 부른다.

손님 -

　　황금이 있을 때에는

평양이 금수강산이더니
일푼이 없고 보니
이 내 신세는 적막강산이로구나!
생각을 하면…
황금만능이 나의게는 원수로구나!

수만 - (손님의 한탄하는 소리 듣ㅅ고) 음! 또 건달놈인 모양이군? 여보 거기 있소? (안해를 부른다.)

처 - (후원 문으로 나오며 경울(거울)을 들고 동지ㅅ게로 눈섭을 뽑는다.) 예 여기 있소다. 들어가오. (수만이안테로 들어간다.)

수만 - 저 방에 온 손님꺼서 밥값을 회게햇소?

처 - 못 햇서요. 아마 오늘은 가지 않을 모양 같에요.

손님 - (흥얼거리는 신세타령은 또 높아진다.)

먹고 싶은 생각은 간절하나
랑중에 무일푼하니
견이불식이로구나!

수만 - 여보 손님!

손님 - (벌떡 이러나며) 예

수만 - 이리 좀 나오시오.

손님 - (무슨 일인지 옆착을 어루만지며 나온다.)

수만 - 말슴허기는 미안합니다마는 식비를 회게해야 되겟음니다.

손님 - 미안할 것 있음니까, 상당이 받어야 하지요. 주인양반 앞섯 날 피치 알지 못 하였음니다. (통성을 청한다.)

수만 - (통성을 한 다음에 처를 향하야 물ㅅ는다.) 아마 열세 상이지?

처 - 예. 그런데 더 회게해야 할 것은 오십 전자리 한 상이 있어요.

손님 - 오십 전자리 상은 내가 청하지도 않엇는데… 하엿튼 먹은 사람이
　　 니… (옆착을 맞인다.)

수만 - 여보 그래 못 물겟다는 말슴이요?

처 　 - (눈섭을 뽑으며) 다른 곳에서는 알 수 없지만 이 지경동은 그렇지
　　 않어요. 청하지 않어도 잡소앗으면 물어요.

손님 - 또 이 지경동은 억지로 밥을 팔아먹는가?

처 　 - (화를 내며) 그러기에 그 밥상은 특별하지 않엇서요?

손님 - 예 소곰과 청장은 대단이 만습데다. 하엿튼 얼마요?

수만 - (안니꼽게 보다가 수판을 놓고) 사원 십전이요.

손님 - 그런데 참 이것 미안하게 되엿음니다. 불행이 랑중에 현금 三원 밖
　　 게는 없음니다.

수만 - 아니 여보! 그러면 엇지란 말이요?

처 　 - 흠! 그 양반 비우가 끝이 없곤.

손님 - (돈은 없을망정 투철하게 사정한다.) 주인양반 피차간 초면이올시다
　　 마는 래일 다시 만나면 구면이 아니오니까? 나도 오래동안 성진 정
　　 미소에서 일하다가 정미소 문이 닿지게 되여 헐 일이 없어서 도라단
　　 이는 중에 이곳에서 국경으로 통하는 일본사람 새 철도닦기가 개척
　　 된다 하기에 왓음니다. 차첨 일하게 되면 갖어다 드리지요.

수만 - 으흠 일본사람 철도를 닦가서 밥값을 물어 음! 여보 별 말슴 말고
　　 의복이라도 빗어놓고 각금 나가시요.

처 　 - 그 양반 렴치도. 사람을 믿고 살지 누가 밥해줄 때에 길닦기를 믿고
　　 주엇소. 아이 그 참 별꼴을 다 보겠네. (수만이를 보며 꼭 받으란 동작
　　 으로) 나는 모르겟소다. 하고 싶은 대로 하오다. (성을 내며 나간다.)

손님 - (수만의 입만 처어다 보고 앉앗다.)

수만 - 여보 이 양반, 엇질템이요?

손님 - 글세 의복을 벗어놓으라면 놓겟음니다마는 너무 과하지 않습니까?
　　 돈 일원 십전에 의복을 벗어놓기는 참…

수만 - 허! 그 양반 그 참 딱하게 잡드리요.

처 - (마루끝에서 손질하며 꼭 받으라고 수만이를 축인다.)

수만 - 여보 웨 가만이 앉앗소. 돈을 만드오. (더욱 떠든다.)

손님 - (할 수 없이 쪽기를 벗으며) 돈 일원 십전에 의복을 벗어놓아? 엿소다. (방바닥에 던지고 객실에 들어가서 봇다리를 들고 나오며) 여보, 산은 마조 만나지 못 하지만 사람은 만날 때가 있소다.

수만 - (단배대를 들고 나오며) 무엇이 엇잿다오? 빨리 가오. 지난 밤 꿈자리가 어즈럽더니 별꼴을 다 보겠군.

손님 - (대청마루에 앉은 수만 처와 수만이를 흘겨보며) 한뉘로 보다리 장사들의 등골이나 빼여먹소다. 낫뿐놈… (나간다.)

처 - (벌덕 이러서며) 무엇이 엇잿다? 조론 조 상할 년석!

수만 - (가는 손님의게) 여기 이 망할 자식! 너는 한뉘로 비러나 먹어라.

처 - 아 그것이 몇 푼이나 된다고 그러오?

수만 - 그것이라도 볏기지 않고 놓으면 거저 이러버리라고? 눈을 감으면 코를 베여먹을 세상인데… 그것도 목도군들한테 갓다 주엇다가 한 一 円(일엔) 각수는 벤벤하오. 그런데 이 정순이와 순선이란 게집애들은 일은 잘 하오?

처 - (건성스러이 말을 끄어낸다.) 아이고 일은 무슨 일을 한다고. 작고 울기만 하지… 나는 성화가 나서 죽겟서요.

수만 - 울기는 웨 울어. 야! 정순아 (소리처 부르나 아모 대답도 없다.) 이놈의 게집애가 또 어듸로 갓이 안엇소?

처 - 금박 있엇는데…

수만 - (성이 나서 고함을 친다.) 정순아! 순선아!

정순 - (후원에서 놀란 듯이) 예 (조심이 나온다.)

수만 - 귀가 먹엇늬? 웨 대답을 안 하늬?

처 - (안니꼽게 보며) 또 보지 않아도 낮잠이나 잣겟지?

정순 - (머리를 숙이고) 못 들엇숫꼬마! 서답 싯으려 가자고…

처 - 헝 들ㅅ고도 요망스럽게 못 들은 채

수만- 울기는 웨 밤낮 우늬? 애비연석은 도망가고, 에미 장려(장례)까지 지내
      주고 다려다가 먹여살이는 것이 싫어서 우늬? 순선이는 어듸로 갓늬?

정순- (머리를 숙인 채로 아모 말도 없다.)

처 - 또 에미한테로 갓을 테지? 일은 무슨 일은 한다고 그래오? 밤낮 에
      미년한테로만 가는데… 내게만 성화지 (영감의 감정을 독군다.)

수만- (성을 내며) 에미한테로는 웨 간단 말인가? 각금 가서 에미, 딸을 불
      너오너라. (호령을 나린다.)

정순- (머리를 숙인 채로 거러나간다.)

수만- (나가는 거동을 보고) 음! 청드는 사람이나 있으면 시원이 주어 버러
      야지, 성화가 나고 꼴이 보기 싫어서 (대통을 떤다.)

처 - 누가 그런 게집애들을 청을 들겟소. 우리 원산 같으면 구젠물(구정물)
      도 치우지 않을 것이오.

수만- 빗두룸이 말한 데는 있소만… (문서 책을 두지며) 보오 글세, 순선이
      애비년석만 해도 삼백원이요. 사춘인지 무엇인지 한 것은 말할 것도
      없고… 또 철도개척을 한 턱 믿고 려관을 경영한 것도 시원치 않으
      니 근심이 놓여야 살지?!

처 - 목도군들의게는 외상으로 술을 작고 먹겨놓고설랑은 돈은 언제나
      받을려고 그러오?

수만- 렴려 마오. 발서 감독하고 다 약속이 있어서 그러오. 동내에 헐게
      되는 집값들도 요즘에 내한테로 된다고 합데. 저 일호네 집이 삼십
      오원이라오. 음!

처 - (어이없어하며) 아이, 집값이 삼십 오원이야? 기차지!

수만- 관청에서 하는 일을 엇지겟소. 그놈들의 하는 짓이 괴심하지만 외놈
      의 관청을 미울(미워할) 수 있소?

처 - 하엿튼 관청도 강도판이야! (마루로 나오다 일호가 빈 지게를 지고
      오는 것을 보앗다.) 웨 빈 지게를 지고 오늬?

일호 - 군인들이 나무하려 못 가게 합듸다.

수만 - (이러서 나오며) 무엇이 엇재? 군인들이 나무하려 못 가게 해? 그것
　　　은 엇재서?

일호 - 알 수 없읏꼬마.

수만 - 음! 허기 슳으면 거저 슳다고 하지 그런 거즛말도 하는가?

처 　 - 흥, 제집 나무가 안인데 무얼 그러오? (일호를 흘겨본다.)

일호 - 아니올시다. 나무군들이 슻대 도려왓읏꼬마.

수만 - (화를 내며) 거기로 못 가게 하면 웨 다른 대로 못 갓늬? 오춘의 나
　　　무 허기가 그렇게도 슳늬?

구장 - (떠드는 관경을 보고 드러오며) 수만씨, 나무 안 해왓다고 야단치심
　　　니까?

처 　 - 구장님 오섯슴니까?

구장 - 예

수만 - 세상이 망할 놈의 세상이지. 먹겨살려도 공을 모르니. 오춘 나무 허
　　　기가 슳여서 거저 왓다오.

구장 - 그것은 공연한 말슴이오. 군청에서 지산촌과 이 지경동 나무군들을
　　　금지햇음니다.

수만 - (놀라며) 아니 군청에서? 무슨 리유로?

구장 - (마루에 올라가 앉으며) 이 철도를 닦는 것은 중영지로 넘어서 북쪽
　　　로국 국경으로 들어갈 동북선이래요. 그래서 이 길을 보호하기 위해
　　　서는 화차 길 옆으로 석벽을 쌓고 산림을 잘 보호해야 수재의 위험
　　　이 없겠다고 해서 나무군들을 금햇음니다. 그리고 들을란니 나무는
　　　일본사람 화목조합의 나무를 사 때라고 하더구만.

수만 - 음! (일호를 보며) 별 수 없다. 철도닦기 목도군 노릇이나 해라. 구
　　　장! 방으로 들어갑시다. (두 사람은 마루에서 이러나서 방으로 들어
　　　간다.)

처 　 - (일호의 얼골을 독살있게 보며) 나무까지 못하게 되엿으니 이저는

무슨 노릇을 하여 밥버어리를 하나?

일호 - (섧고도 분하여) 목도군 노릇을!

처 　- (독살 있게) 물도 질고 나무도 페야지. (흐겨보며 나간다.)

일호 - (할 수 없이 분을 참으며 나간다.)

수만 - (방에서 거만하게 단배대를 떨며) 글세 이놈들이 엇지자고 이리 악
　　　독하게 하는가? 숳단 조선 백성은 다 죽으란 즛이지!

구장 - 글세 지금 일본이 그렇게 하지 않으면 안이 될 것이요. 대륙을 점령
　　　하려 들어가는 판에 모든 군용품을 운반하기 위한 철도를 이렇게 심
　　　하게 닦지 않으면 되겟소? 발서 "라진"항에는 군기와 군인들이 꽉 들
　　　어찻소.

수만 - 이런 때에 잘 던비는 사람은 살게 되지만 깍닥 잘못하면 절단이요.
　　　음! (단배를 뻑뻑 빤다.)

구장 - 그래 지금 세상에는 제 억빨리야지(재빨라야 하지)…

정순 - (조심이 들어와서) 다려왓읏꼬마.

수만 - (마루에 석 나서며) 여보 그런데…

순선모 - (허리를 굽이며) 평안하심둥?

구장 - (형편을 삶이고 자미 없을 것을 알고) 수만씨 다시 봅시다. 나는 가
　　　야 하겟오. (슬밋슬밋 보며 퇴장)

수만 - 예 (구장을 전송하고 순선모의게 향하야) 남에 집에다 일하라고 주
　　　엇으면 주엇지 웨 작고 다려가는가 말이요?

처 　- (후원에서 고함을 친다.) 이애 정순아! 빨내를 싳어야지 거기 무슨
　　　참관이야?

정순 - (아모 말없이 순선이를 보고 들어간다.)

처 　- (손가락을 내여 젓으며) 이애 남에 집에 일하려 왓으면 일을 해야지
　　　가기는 웨 작고 가, 응? (순선모를 향하야) 여보다, 일도 식히기 싫
　　　고 빗도 물기 슗으면 딸을 팔아서라도 돈을 갖어와야지? (독성 있는
　　　눈동자로 본다.)

순선모－(허리를 굽이고) 무슨 그럴 리가 있겠음니까?

수만－남에 집에 왔으면 굽서고 일이나 해야지. 울기는 웨 밤낮 우늬?

순선모－그게 아직 철이 없어서 그럿꼬마.

처 －흥 철이…

수만－철리라니? 나이 이십에 살인데 철이 없어? 당신도 어듸 일가나 있으
면 가서 얻어먹소. 녀자식도 자식이라고 믿고 있단 말이요. 음! (대
통으로 대청마루턱을 따린다.)

순선모－(섧은 듯이) 그래도 나의게는 허나 성하나 그게 한나뿐이꼬마.

처 －(손가락으로 얼골에다 젓으며) 그래설랑 작고 다려간단 말이요? 그
만 두시외다. 남의 흥만 내지 말고.

일호－(들어와서 학대받는 그 관경을 보며 숫돌에 낫을 석석 간다.)

춘길－(얼취하여 혼급히 달려드로오며) 야 일호야! 누가 오거던 아니 왔다
고만 해다구 응?

처 －아이 이것 또 무슨 꼴이야.

춘길－아니 어머니 그 저… (어름빗틀거린다.)

수만－야 이 자식아! 청림촌으로 갓다오라고 햇더니 네 어듸로 갓다 왓늬?
응?

춘길－(조심하나 신체는 그양 비틀거린다.) 예 갓다 왔음니다. 빗은 차첨
물겟다고 합듸다.

철우－(합비(외투) 입은 목도군이다. 급히 달려드로오며) 야 춘길아! 이 자
식 도망은 어쩨서 응? (잡아 쥐며)

춘길－쉬! 야 그만 (아부지 있는 것을 눈짓한다.)

철우－오늘은 꼭 결판을 내겟다.

수만－야 이놈아! 또 무슨 짓을 첫늬?

춘길－(능청스러이) 아니… 저… 가거라. 야 있다가 보자.

처 －(알아맞인듯이) 집안이 망하는 판이오. 또 보지 않아도 빗받지군이
겟군?

수만-(목도군을 대해서) 보건대 젊은 사람이 무슨 일인가?

철우-(좀 말하지 말해하다가) 아모래도 말슴해야 되겟음니다. 다른 일이
아니라 저 춘길이가 나한테 빗 백원이 있음니다. 오늘 우연이 만나
서 놀다가 간다 온단 말없이 도망하엿기에 그 행실이 불측하여서 여
기까지 딸아왓음니다. 하여튼 말이 낫으니 오늘은 아버지끼서라도
해결해 주십시오.

처 -흥 글세 내 말이 틀이지 안치. 거저 그래

수만-(철우를 향하야 견문한다.) 무슨 일에 빗을 젓단 말인가? (춘길을 향
하야) 아니 이 자식아! 백원이나 되는 빗을 저서 어듸다 섯늬? 응?
(죽일 듯이 분했다.)

철우-(미안하여서) 거저 작란으로 인해서

수만-옳지 노름으로 인해서 거저 좀… 음 그래 아들의 노름 빗을 물란 말
인가? 흥 (코웃음을 껄껄하며) 어리썩은 젊은 사람 도라가라니…

철우-(분이 나서) 어리석어?… 야 춘길아, 돈을 내라. (잡아단인다.)

춘길-야는 거저 이런다니. 좀 가거라. 야! (쩨쩨 헤를 굽센다.)

처 -(닥아앉으며) 여보, 아들의 노름 빗을 아비더려 물란 법을 어듸서 보
앗소? 세상이 망하는 판이군. (눈을 흘겨본다.)

수만-돈을 못 물겟네. 그래 엇질 템인가? (배심을 내여밀며) 공연이 감옥
밥을 먹지 말고 도라가라니. 아모리 사람이 못 낫기로 아들의 노름
빗을 물이란 말인가? (호령을 지른다.) 어듸서 그런 불측한 행사를?
각금 나가라니. (두 눈을 잡아먹을 듯이 부르뜨고 본다.)

철우-(형편을 보니 돈은 받기 틀렷다.) 여보! 아모리 호령에 흉년이 드럿
기로 너무 과함니다. 그만두시요. 당신은 아들 빗은 못 물겟다고 하
면서 웨 부모의 빗에 남에 자식들은 다려다가 부려먹소?

처 -조론 저 망할… (눈을 딱 부르뜨고 본다.)

수만-(죽일 듯이 대여든다.) 무엇이 엇재? 각금 나가거라, 이 망할 자식.
콩밥을 먹기 전에…

철우-예 감니다. 춘길아! 돈도 돈이건이와 볼 날이 있다. (분하여 나간다.)

춘길-글세 빨이 가거라. 어느 영 갓드면 어떻겟늬? (아부지 눈치를 슬밋슬밋 본다.)

수만-야 자식아! 노름을 놓아? (설대로 따린다.)

일호-(수만이를 부뜬다.)

순선모-긔만 하십쇼.

처 -여보, 긔만은 무슨 긔만이야. 가만두오다.

수만-(일호를 밀치며) 놓아라. 이 비려먹을 놈들!

춘길-(아부지를 꽉 않으며) 아부지! 엇제 이러시오? 성을 내여 바우를 차면 제 발등이 상함네. 어머니! 의붓자식이라고 이렇게 괄세해서 됨니까?

처 -무엇이 엇잿다? 그래설랑 술만 먹고 노름을 노는가? (뀌떨지게 목청을 높이며 독을 슨다.)

춘길-아버지 엇지겟소? 좀 달리 생각해보오. 허나 성하나 나 하나밖에 있소? (울듯이 사정한다.)

수만-(몸을 눅켜 주저앉으며) 네 이 자식아! 사람이 중치가 막혀서 (다시 성을 내며) 이 망할 놈의 자식! 암만해도 때려죽여야지 (달려든다.)

일호-(또 부든다.)

춘길-(또 역시 꽉 부든다.)

구장-(멀리서 오며) 예 집에 있을 것입니다. (싸흠하는 관경을 보고 놀래며) 이것 웬 일이요?

감독-수만씨 안영하심니까? 웨 이래심니까!

수만-(숨이 차서) 감독…

경부보-(일본사람인데 일본말로) 난니 얏가마시에 오르노까?[6]

----

6) 난니 야까마시 이르노까?: 뭘 꾸물거리고 있는 거냐?

수만-(□분명하게 가르치며) 이 자식들이 노름을 논대요.

감독-아하 (경부보의게 변역한다.) 고노모노랑아 도박구시레 이마시다.[7]

경부보-(독성을 이르키며) 도박구시다? 겟밧꾸세요[8] (춘길을 향하야) 박
　아 난또유노까?[9]

춘길-(굽절면서도 빗틀거리며) 긴 순 끼쯔도 이마쓰[10]

구장-감독 그이는 수만씨의 자제분이올시다.

감독-(미안한 듯이 번역한다.) 아레와 수진노 고데쓰[11]

경부보-(알아듯고서) 아하 쇼가나[12]. (일호를 향하야) 기사마 나마에와나
　니?[13] (귀를 쥐여 흔든다.)

일호-나는 노름을 아니 노랏음니다.

순선모-(옆에 서서 보면서) 그 사람은 안니 노랏웃꼬마.

경부보-(빰을 치며) 몽꼬윤나 바가나 얏쯔.[14]

감독-이이에 아레자 나니데쓰.[15]

수만-(미안한 것을 무릅쓰고 얼렁댄다.) 어려분 어서 드러갑시다.

경부보-후엔나 고조이네.[16] (독성 있는 눈으로 흘겨보며 들어간다.)

일호-(박해받은 일이 분하여 떨이는 주먹을 억지로 참는다.)

춘길-(모면햇다는 듯이) 일호야! 오늘 내 대신에 네가 맞엇구나 응? (팔을
　쥐며 말한다.)

일호-(분하여 뿌리치며) 놓아라. (낫을 들고 나간다.)

---

7) 고노모노라가 도박구시레 이마시다.: 이놈들이 도박하고 있습니다.
8) 도박구시다? 겟밧꾸시나사이.: 도박을? 묶어라.
9) 바가 난또유노까?: 바보 같은 새끼, 무슨 말을 지껄이는 거야?
10) 깃또 이마쓰: 꼭 있겠다.
11) 아레와 슈진노 고데쓰: 저 사람은 주인의 아들입니다.
12) 아하 쇼가나.: 아, 그렇군.
13) 귀사마, 나마에와나니?: 너, 이름이 뭐야?
14) 몽꼬유나 바가나 야쯔.: 떠들지 마라, 바보 같은 자식아.
15) 이에, 아레자 나이데쓰.: 아니오, 그게 아니오.
16) 후벤나 고조다네.: 참 귀찮은 녀석이군.

순선모 - (수만처 뒤를 쪼차 후원으로 들어간다.)

감독 - (방에 들어가서) 수만씨 새 려관을 열어서 자미가 많지요? 길닦기 일군들도 많고 하니.

수만 - (얼령대며) 더 말슴 있습니까? 건다리놈들이 많아서 그렇지. 여보! 여보! (처를 부른다.)

처 - (후원 문을 열면서) 외 그러오?

수만 - 저 어룬들도 오고 햇는데 (귀에 대고 수군거린다.) 그래 갖어오오.

처 - (머리를 꺼덕거리며) 이애 정순아! 술 한 상 차려오너라.

수만 - (들어와 앉으며) 요사이에는 주민들을 모집하기에 매우 다사하시겟 소 예?

감독 - 내야 어느 때나 눈뜰 새이가 있습니까?

경부보 - (감독의 귀에 대고 무엇이라고 중얼거린다.)

수만 - 그런데 감독, 앞서 저 동내 집값들은 언제나 주게 됩니까?

감독 - (얼는 대답 못한다.) 수일 내로 될 것입니다. 그런 리유가 있지요. (경부보의게 번역한다.) 웃지다녜노 몬따이데쓰.[17]

경부보 - (웃으며) 아하 야룬다.(하라.)

감독 - (웃으며) 렴려말라고 합니다.

구장 - (얼렁대며) 그렇겟지요.

정순 - (술상을 들고 후원 문으로 조신이 나온다.)

경부보 - (귀여히 보며) 오도로시다네 김이노 남아에와?[18]

감독 - 성명이 무엇야?

수만 - (말없이 머리를 들지 못하는 정순이를 보고) 나가거라. 그 머 촌아이 들이 되여서 줄ㅅ 나서(몰라서) 그럿습니다.

감독 - 수만씨! 그런데 경부끼서 찾어온 일이 있습니다.

---

17) 우찌다노 몬다이데쓰.: 우찌다의 문제입니다.
18) 오도로이따네 기미노 나마에와? 놀랍구나, 네 이름이 무엇이냐?

수만-예 무슨 말슴이요. 어서 말슴하십시요.

감독-달은 말슴이 아니라 이 동리에서 철도길 아니 닦겟다고 떠드는 놈들을
　　　좀 알려달라고 일부러 찾어왓음니다. (아주 정식으로 말을 청한다.)

수만-(머뭇머뭇하며 생각하다가) 예 알만함니다. 대강 짐작하는 놈은 있
　　　음니다. 요 앞서 떠든 일도 대강 짐작하지요. 잡어치워야지.

구장-그런 놈들은 더욱히 이런 려관으로 만니 단일 터이요. 주민들 가운
　　　데야 저 앞에 그 태봉이란 놈이 데일이지

감독-(번역한다.) 왓갸리데 오리마쓰.[19)

경부보-(되엇다는 듯이 목책을 내여 적으며) 쇼 나리마쇼.[20)

감독-(술을 붓는 수만이를 보고) 수만씨! 이런 좌석에서도 수만씨가 술을
　　　붓겟소?

수만-그래? (얼령대며 생각하다가) 예 허허허 여보 여기로 좀 나오오.

처　-또 웨 그러오?

수만-좀 얼신 오오. 어룬들이 청하는데

처　-(조심이 들어온다.)

감독-(웃으며) 청한 것은 다름 안니라 이런 좌석에서 수만씨의 내외분에
　　　게 인사를 안니 청할 수 있음니까?

처　-천만에 말슴이외다. (아양을 부린다.)

수만-술이나 한 잔 붓소.

처　-(앉어서 술을 붓는다.)

경부-(감독의 귀에다 무엇이라고 중얼거리며 웃는다.)

감독-허허 경부님꺼서 아즈만님의 조선소리나 한 곡조 들엇으면 함니다.

일동-허허 하하 (웃는다.)

구장-소리야 이 집 아즈먼님을 덮을 이가 없지요.

---

19) 와꺄테 오리마쓰.: 알고 있습니다.
20) 소 나리마소: 예 그렇게 합시다.

처 - (그 길고 긴 목아지를 내여 두루며 아양을 낸다.) 저는 이저는 늙어
　　설랑은…
수만- 아 이런 때에 한 마듸 하구려.
구장, 감독- 한 마듸 하시오. (웃음으로 청한다.)
처 - (할 수 없이 그 긴 목을 가다듬어 시작한다.)

　　오섯읍니까 오섯읍니까
　　나를 보자고 오섯읍니까

　　밉고 곱기는 볼 타시요
　　정들고 안 들기는 말할 탓이라.

　　왓다가서요 왓다가서요
　　남자는 밤중에 왓다가서요

　　이럿읍니다. 이저는 목소리조차 늘거설랑은… 어서 술들이나 드서요.

일동- 하하하하 (잔들을 든다.)
경부보- (잔을 들지 않고 가스러이 본다.)
감독- (미안해서) 아 수만씨, 경부께서는 아마 이런 매운 안주가 되여서 잔
　　을 안 드는 모양인데…
수만- (미안천만이 되여서) 예 그게 어렵소? 여보 좀 나가보오. (귀속말로
　　무엇이라고 한다.)
처 - 예 그렇게 하오. 이애 순선아!
순선- 예
처 - 전방에 가서 과자 오십 전에치만 사오너라. (옥색 주먼니에서 돈을
　　내여준다.)

순선-예 (과자 사려갓다.)

구장-아즈머니 들어오십시요.

처 -(들어오며 그 큰 키를 굽으리며) 아이고 내야 무슨 참려가 있다고.

감독-나도 소리 한 마듸 할 것입니다. 아즈먼님 대답하서야 합니다.

수만-아 하고 말고. 어서 감독끠서 한 마듸 하시오. 그러면 나도 한 마듸
　　하지. (얼령댄다.)

감독-(경부의게 말한다.) 우다노 교쇼 시마쓰.[21]

경부보-(웃으며) 아하 쇼 데스네.(예 그렇구만요.)

감독-(소리는 잘 하지 못하건이와 목청도 없다. 그러나 틀이야 아조 거만
　　하다.)

　　엘화만소
　　띄우리라 띄우리라
　　배를 무어 띄우리라
　　한강수 깊은 물에다
　　배를 무어 띄우리라
　　엘화만소 엘화 대신야

처 -(소리 끝을 받아서)

　　둥둥 치는 북장구
　　둥둥 치는 북장구
　　피리 젓대 행금소리에
　　거대하던 손님들의
　　억게춤이 저절로 나노나

---

21) 우타 고쇼 시마쓰.: 노래 교섭하겠습니다.

엘화만소 엘화 대신야

감독 - (소리 끝을 받는다.)
구장 - 참 잘 하시오. 소리에야 이 집안 덮을 리가 없지요.
감독 - (흥이 나서)

록음방초 성화시에
나물을 먹고 물을 마이고
팔을 베고 누엇으니
장부의 살림사리
이만하면 유족일다
엘화만소 엘화 대신이야

처 - (흥을 돋으며 목을 길룩거리면서 소리 끝을 받아서)

삼각산 뎨일봉에
봉학이 앉어서 춤을 추고
한강수 깊은 물에
하두룡마가 낫단 말인냐
엘화만소 엘화 대신이야

감독 - 아즈먼님 참 잘 하십니다. 내가 젓읍니다.
수만 - 이저는 늙엇으니 그럿치 하나 젊엇을 때에야… (아주 얼는거리며)
　　　허허허허 자 술들을 마이시요.
구장 - (얼취하여) 허허 그렇게 됫겟소.

순선 - (과자를 사가지고 조심이 술상머리에 놓는다.)

감독 - (웃으며 순선의 안목을 보며) 수만씨 이애도 집에 아임니까?

수만 - 아니 거저 일하는 애이올시다.

감독 - 성명이 무엇이야? 소리나 한 마듸 하지?

순선 - (아주 수접게) 저는 모룻꼬마.

감독 - (손목을 쥐며) 하라는데 내위는 무슨 내우야!

순선 - (뿌리치며) 웨 이럼둥? 저는 모룻꼬마.

일호 - (마당 옆에서 낫을 갈다가 그 관경을 보고 이러서며) 여보시요. 신부 럼 하는 사람과 웨 그러시오?

감독 - (아니꼽게 보며) 네게 무슨 상관있어?

경부보 - (독을 부리며) 난니 호에로노까?(뭐라고 지껄이느냐?)

처 - (수만이에게) 저런 저 망할. 여보 좀 말하오. (엿구리를 숙숙 지른다.)

구장 - 음 (도라앉는다.)

수만 - 나가거라 이 자식아, 건방지게 좃타. 범이 색기를 많이 낳으면 시레 손이를 낳는다더니 음…

일호 - (분하여 나간다.)

순선 - (그 틈에 나갓다.)

수만 - (자미 없게 된 좌석을 보고) 저것이 다 제 오춘 숙질이 된다오.

감독 - 예 그럿읍니까? 그 참 불행임니다. (경부 귀에다 말한 다음에 두 사 람은 껄껄 웃는다.)

수만 - (미안하여) 음 구장, 엇재 도라 앉앗소? (좌석에 흥미를 회복식히려 고 얼령댄다.)

만춘 - (어떤 보따리 진 사람을 다리고 들어온다.)

수만 - (놀라게 깃버하며) 아니 만춘씨 래일 오신다더니.

만춘 - (왼쪽 눈은 멀엇는데 오른 눈을 도리키며) 급한 볼일이 있어… (탁주 성대로 말하며 방안을 삸인다.)

수만 - (같이 온 사람을 보며) 저 사람은 어전(어떤) 사람이요?

만춘-길닭이 목도질하려 온대요. 려관을 무르니 같이 왓습니다.

감독-(그 말에 귀가 뛰여서) 목도질을 하려고 와서. (경부의게 변역한다.) 하다랏구 다메니 기마시다.[22] 어듸서 왓으며 셩명은 무엇이야?

손님-(반벙어리 말로) 저저 여기서 한 칠십 리 되는 지암동에서 살다가 헐 수 없어서 떠낫음니다.

감독-(머리를 꺼덕거리며) 셩명은 무엇이야?

손님-최 최… 최시운이라고 함니다.

감독-예 알만하오. 래일로 저 웃산 밑 지경동 철도시설 삼십구호 역에 감독 김철산을 찾어와 (서슬이 덩덩하게 떠든다.)

시운-(황소하여) … 예 그럿음니까?

수만-(그제야 없던 마음을 내여) 여보시요 날내 그 방으로 들어가시요. (객실로 인도한다.)

경부보-(감독을 향하야) 이꼬(갑시다).

감독-이꼬(갑시다). 수만씨 이저는 가야하겟음니다.

수만-아니 더 놀다가 가시지.

감독-잘 노랏음니다.

경부보-(수만처를 향하야) 사이나라. (감독을 부른다.) 간독구상[23]

감독-하이(예)

경부보-(감독의 귀에다 대이고 무엇이라고 이른다.)

감독-수만씨, 래일 아츰 아홉 시에 경찰서로 좀 왓다 가람니다.

수만-(어름어름하다가) 예 앗가 그 일 따문에?

감독-예 그럿음니다.

수만-예 갑지. 가고말고. 그따위 놈들을 없쇠최워야 우리도 좃치 않겟소?

감독-물론, 자 그러면 다시 봅시다.

---

22) 하다라꾸 다메니 기마시다.: 일 하러 왔습니다.
23) 사요나라: 안녕히 계세요 ; 간독구상: 감독님

수만 - 감독, 평안이 나가시오. (아주 간사하게)

구장 - 아이구 나도 가야지.

수만 - 구장, 더 놀다가 가시지.

구장 - 잘 노랏소. 감독! 저 저 아 감독! (하며 뒤ㅅ따라 나간다.)

수만 - 구장 잘 나가오. (그 순간에 만춘이는 잊엇는 듯이) 아 만춘씨 웨 서
　　　고 있소? 어서 올너오시오.

만춘 - (방으로 들어간다.)

처 　 - 이애 순선아 술상 좀 치워라.

순선 - (조심이 들어와서 술상을 들고나간다.)

만춘 - (외눈을 잔득 크게 뜨고 보고는) 삼백원 저 애 오니까?

수만 - (시원치 않은 대답을 한다.) 예. 그런데 만춘씨 좀 란처합니다. 글세
　　　이놈의 철도 따문에 나의게는 손해가 얼마인지?… 게다가 빗진 놈들
　　　이 도망까지 하니 음 (대를 뚝뚝 떤다.)

만춘 - 그래 엇지 된단 말슴이요? (탁주목청으로 닥아앉으며 물ㅅ는다.)

수만 - (미안하여서) 크게 상관되는 일은 없으나 그 애가 저의끼리 내 오춘
　　　족하고 관계가 있는 모양이요. 그래도 친척이 되니 허는 말이올시
　　　다. (단배를 풀석풀석 빤다.)

만춘 - (낫아앉으며) 수만씨 같은 집에다 그런 가난뱅이 시악시를 다려다가
　　　무엇 할려고 그러시오. 시악시가 없어서 그런 것 또 나는 다른 곳에
　　　서 청을 드는 것도 거절햇지!

수만 - 그럿키는 한데 그런데 대관절 어떻게 햇으면 좋겟소?

만춘 - (아주 익숙은 듯이) 아 그것이야 어렵소? 그 채무증서를 나한테로
　　　넘기면 그만이 안이요?

수만 - (좀 생각을 하더니) 옳지. 그러면 내가 만춘씨의게 빗을 젓다고 하고

만춘 - 암 그렇지요.

수만 - 그러면 대면을 해야 되겟소 구려?

만춘 - 해야 하지요.

수만-(아라들은 듯이 머리를 꺼덕거리며) 음— 여보! 여보! (처를 부른다.)

처 -아 또 웨 그러오. (좀 화를 낸다.)

수만-거기 순선이 에미 있소?

처 -예 있소다. 저 후원 축담에서 그양 울고 있어요. 보기 슳여설랑은…

수만-여기 좀 드러오라고 하오. (도라나가는 처를 다시 부르며) 여보 (귀
속말로 숙떡거린다.)

처 -(알아들엇다.) 예— (후원으로 들어가며) 순선아, 어미하고 들어오
란다. (그 독하던 음성이 좀 순하여젓다.) 이애 정순아! 마루 좀 슬
려라.

정순-(비를 들고 나와서 마루를 쓴다.)

순선모-(순선이를 다리고 들어온다.)

수만-이리 좀 올라오오. (모녀는 조심이 방안으로 들어온다.) 다른 것이
아니라 내가 이 어룬한테 삼백 원 채무가 있는데 그 빗을 지금 나로
써는 갚을 수 없소. 그래서 윤백이하고 채무상 관계를 이 어룬의게
넘기게 되니 그런 줄 아오다.

순선모-아니, 어떤 양반인줄도 모르는데 어떻게…

수만-그것이야 상관있소? 내나 다른 사람이나. 만춘씨 계약서를 써야지?

만춘-암 쓰구 말고.

수만-(필묵을 갈아서 만춘의게 준다.)

만춘-(오른 눈에다 대이고 계약서를 쓴다.)

순선모-(말 한 마듸 못하고 섯다.)

수만-(기약서를 읽어보고) 자 여기다가 지장을 찍으시요.

순선모-(베루에 먹을 손가락에다 뭇어서) 글세 찍기는 하지만 기한은 언
제임둥? (찍엇다.) 아마도 야 아버지가 와야 되겟웃꼬마.

만춘-(기약서를 얼핏 넣으며) 내게야 상관없지요. 열흘이 기한이요. 그 다
음에는 내 하고 싶은 대로 하지요.

순선모-(기막혀서) 안니 열흘이라니? 그게 무슨 말슴임둥? (수만니를 향

하야) 대감님!

수만 - 으흠 (대통을 따리면서) 이저는 내게는 상관없소다.

정순 - (마루를 슬다가 엿듣는다.)

처 - (후원 문에서 내다보며) 이애 정순아! 너는 무엇을 얼빠진 년처럼 들고 있늬? 그릇을 닦아라.

정순 - (놀랏어 들어간다.)

수만 - 이저는 래일붙어라도 순선이를 다려가시요.

순선모 - (어이없어서 울음석긴 말로) 글세 어떻게 열흘 동안에…

처 - (아주 모르는 듯이) 이애 순선아, 저 정순이를 좀 도아 주러므나. (가장 유순하게)

순선 - (울음 섞긴 음성으로) 엄마 가기요. (모녀는 울며 후원으로 들어간다.)

처 - (수만이를 보고 서로 되엿다고 눈짓하고 후원으로 들어간다.)

만춘 - 되엿음니다. 모래면 이곳으로 나려오겟음니다. 자 받으시요. (돈뭉치를 준다.)

수만 - 예 그런데 준비는 다 되엿소? (돈을 헨다.)

만춘 - 군청에서야 목도군들의 구역이니 더욱더 좋아하지요.

수만 - (웃으며 돈을 넣는다.)

만춘 - 그런데 요 앞집에도 볼 일이 있으니 수만씨 좀 같이 가 보실가요? 그리고 오늘은 한 잔식 하십시다.

수만 - 허허 한 잔식 또요? 가봅시다. (외투를 입는다.)

처 - (마루에 나와서) 어듸로 가오?

수만 - 저 양반하고 좀 갓다오겟소. 순선이란 게집애를 잘 달래오.

처 - (외눈봉사와 시선이 마조치니 서로 빙긋이 웃는다.)

수만 - 만춘씨 갑시다. (두 사람은 나간다.)

처 - (단배대를 쥐여 떨며 가장 자선심이 있는 듯이) 이애 순선아! 네 배 곺으겟고나. 어머니하고 함끼 저 그륵장에 밥을 먹지? (큰 키를 곺으리고 어청어청 거러 대청마루를 지나 후원으로 들어가자 해는 서산을 넘어 때는 어두운 밤이 도라온다.)

순선모 - (울면서 마루 우로 걸어나온다.)

일호 - (색기통을 안고 들어오다가 순선모를 보고 놀란다.)

순선모 - (일호를 보며) 이사람, 우리의 빗을 다른 사람에게 넘겻다네.

일호 - (놀라며) 예 빗을 다른 사람의게 넘겻음둥! (엇지 할 줄 모르다가 우는 어머니를 위안식힌다.) 어머니, 돈이 없으니 섧은 생각이야 비할 대 있음둥?

순선모 - (더욱 감동되여 운다.)

일호 - 어머니, 저녁에 오춘님 들어오시면 내가 말해보지요. 순선이와… 내 관계를 볼지라도, 간대로… 어머니, 안심하고 도라가십시요.

순선모 - (눈물을 슷으며) 세상도 기차지. 친척도 슬 데 없고 선하면 잘 산다는 것도 판판 거즛말일세. (울며 나간다.)

일호 - (혼자서 묵묵히 생각한다.) 빗을 다른 사람에게 넘겨? 설마 나의 오춘이.

처 - (후원에서 소리지른다.) 이애 정순아, 저녁을 해라.

(멀리서는 목도군들을 놓는 종소래가 떵떵 들인다. 때는 밤이 되엿다.)

은철 - (멀리서 노래를 부르며 온다.)

지경동이 우루루 란포 튀는 소리에
뒷집에 큰 란군 반보따리만 산다.
에헤 에헤용 반보따리만 산다.

(노래소리는 갓가워오며) 이사람 창수! 막걸이도 한 잔식 먹을 겸 일호도 만날 겸 들어가볼가? 응?

창수 - 이사람, 그 많은 돈에 막걸이까지 먹고 엇지나?

은철 - (마당에 들어서며) 아모리 목도군이기로 한 잔식 먹을 때도 있어야지? (주인을 부른다.) 치기영 치기영!

창수 - 이사람, 무슨 소리를?

은철 - (웃으며) 허허

처 - (후원 문을 열고) 웨 불넛소.

은철 - 막걸이가 있음니까? 두어 사발 주시요.

처 - (아니꼽게 보며) 막걸이가 없소다. 금박 다 나가서요.

은철 - 막걸이도 유지 신사나 먹겟군.

창수 - 그런 모양일세.

처 - (아니꼽게 문을 닫고 들어간다.)

일호 - (수심이 천만하여 마당을 지난다.)

은철 - 오, 이사람 일호가 안인가?

일호 - 은철인가?

은철 - 무슨 일에 그리 수심이 많은가? 머슴살이가 밥버서?(힘들어서?) (빗으러 말한다.)

창수 - 이사람, 가세. (나간다.)

은철 - 가세. 아마 연구가 퍽 복잡한 모양일세.

일호 - 나의게 무슨 연구가 있겟는가?

은철 - 웨 자네의게라고 연구가 없겟는가? 우리 같은 목도군에게도 연구가 태산 같은데 큰나큰집 머슴군이 되여서 연구가 없을 리 있나? (웃음 격으로 말한다. 다시 음성을 돌리며) 그런데 오늘 들을라니 군청에서 이 지경동과 지산촌 나무군들의 나무까지 못하게 햇다고? 하엿튼 모다 철도를 닦으란 수작이야!

일호 - (수심천만하여 그런 말은 귀속에 들지 안는다.) 알 수 없지?

창수 - (멀리서 부른다.) 이사람— 빨리 오게.

은철 - (나오며) 다시 보게. 하여튼 우리한테로 놀라 나오게. 조흔 이약이도 들을 겸. (나간다.)

일호 ─ 차첨 놀려가지. (시원치 않게 대답한다.) (혼자말로) 나의 오춘이 아
　　　모리 모질기로 내가 말하면 들겟지? (묵묵히 생각하다가) 외놈의 철
　　　도 따문에 아부지는 중영지로, 대대손손이 나려오며 살던 우리 집을
　　　불태우고, 어머니는 글로 말미암아 세상을 떠낫는데 내가 외놈의 철
　　　도를 닦아? (다시 생각에 잦어든다.)
수만 ─ (술에 취하여 빗틀거리며) 야 정순아! (소리처 부르나 대답이 없다.)
　　　이놈에 집귀신들은 밥만 먹고 대답할 줄은 모르는가? 정순아! (다시
　　　부른다.)
처 　 ─ (달려나와 부드러드리며) 어듸서 이렇게 취햇서요?
수만 ─ 저 ─ 앗가 왓던 외눈봉사 손님하고 한 잔 햇소. 일이 있소? 나도 좀
　　　깃분 날이 있어야지. 여보 노댁이 (팔을 쥐여끌며 노래 한 곡조가
　　　나온다.)

　　　뒷동산에 할미꽃아
　　　무슨 꽃이 못 되여
　　　등 고불고 가시 돋은
　　　이런 꽃이 되엿는?
　　　(노래 곡조도 안니고 주정 반에 웃음거리로 흥얼대면서 안해의 팔을
　　　쥐연단인다.)

처 　 ─ (도려 쥐여단이며) 아이고 숭축해. 내가 그래 등 굽은 할미꽃이야?
수만 ─ 그래 무슨 꽃이 좋은고? 그러면 다른 꽃을 만들지. (또 한 곡조 흥얼
　　　댄다.)

　　　꽃 중에 고흔 꽃
　　　무슨 꽃이 못 되여
　　　춘삼월 호시절에

청산에도 안니 피고
제 멋대로 제 잘낫다고
오육월 삼복에
누릿누릿 이 꽃 보소 (안해의 얼골을 보며)
우리 집 뒤ㅅ담에
호박꽃이 되엿는고?

처 -(혹시 조흔 꽃이나 불너줄가 아랏더니 호박꽃을 부르니 좀 아니꼽아
　　서) 허 그 참, 여보! 내가 호박꽃이요?
수만-(얼령대며) 그대나 내나 이저는 죽으러진 호박꽃이 되엿단 말이요.
　　허허허허
처 -이 외투를 벗고 주므시오. (두루막을 벗긴다.)
일호-(몇 번을 무슨 말을 하려다가 다시다시 생각하고 최후 결심을 다하
　　여 수만의게 말한다.) 맛아반님 말슴할 게 잇옷꼬마.
수만-응 무슨 말? 어서 해라.
일호-(아주 어려워하며) 저 순선이 아부지 빗을 다른 사람의게 넘기는데
　　대한 말슴잇꼬마.
수만-그래 엇잿단 말이냐?
일호-글세 그것은 맛아버니 할 일이지마는 빗을 다른 사람의게 넘기면 사정
　　있음니까?… 내가 버러서라도 빗을 물겟으니 어떻게 넘기지 말도록 하
　　십쇼. (어려워하며) 그리고 순선이와 나하고는 (더 말을 못 한다.)
처 -흥 (백 도라앉는다.)
수만-그것은 이저는 나는 모른다. 어제쯤 말햇드면 모르겟다마는 이제야
　　나는 상관없게 되엿다. 그리고 네 지금 장가갈 궁리를 하늬? 삭 걸
　　어라. 일 푼 없는 놈이 장가는 무슨 장가냐?
일호-그러면 못 하시겟다는 말슴임둥?
수만-그렇다.

일호-(잠기엿던 분을 참지 못하여) 오춘님! 너무 강박합니다. 아모리 돈 없는 일가라고 그렇게 서름을 주어서는 안 됩니다. 웨 나는 장가를 못 감니까?

수만-(두 눈이 둥그래지며 참아 일호외게서 처음으로 그런 말을 들엇다.) 무엇이 엇잿다? 너무 강박하다? 이 자식아! 내가 너를 장가를 가지 말라니? 지금이라도 당장에 가거라. 그렇게 강박하게 생각하거던 내 집을 떠나서 잘 살아라.

일호-네 떠나라고? (더욱 분하여) 오춘님! 누가 당신 사춘 내 아부지를 중 영지로 쫓앗소? 너무 그러지 마십시요. 산이 있으면 그림자가 있읏 꼬마. (행랑방으로 분김에 달려 들어간다.)

수만-(분이 나서) 그래 내가 쫓앗늬? 집에 저런 엉뚱한 놈이 있는 줄은 꿈도 꾸지 않엇지. 각금 나가! 비러먹다가 철도역에서 백모래밭에 헤를 박고 죽어도 앗갑지 않겠다. (고함을 질너) 정순아! 단배대 갖 어 오너라.

정순-(겁나서 단배대를 말없이 갖어온다.)

처 -(영감의 엿꾸리를 숙숙 지르며 투긴다.) 조런 저 망할. 여보 당장 에…

일호-(헌 의복 한 가지를 들고 나오며) 선하면 잘 산다는 것도 백주에 도 적놈들의 말이다.

정순-(마루를 뛰여 나려오며) 오라바니 가지 마오. 나는 누구를 믿고 살라 오? (매여달려 운다.)

일호-(격이 막혀 눈물을 짚으며) 정순아 울지 마라.

처 -(독성 있는 눈과 고함으로) 저기 들어갈 수 없늬?

정순-(할 수 없이 일호의 옷깃을 놓고 들어간다.)

일호-(분하고도 섧은 날이다.) 오춘님! 내가 당장에 나가서 저 울밑에서 객사를 할지언정 당신의 밥은 아니 먹을 것이오.

수만-(이러서서 설대를 두루며) 각금 나가거라. 은공 모르는 강도 같은 놈

일호-(최후로 섧은 발악이다.) 예, 내가 강도요? 열세 살붙어 칠년 동안을
　　버러주어도 돈 한 푼 주지 않고 옷 한 벌 없으니 내가 강도요? (도라
　　서 나간다.)
정순-(나오며) 오라바니
처　-(총알 같은 말성으로) 저기 들어가
정순-(말 못하고 들어간다.)
순선-(후원 문에서 울음 썩긴 음성으로 가이없이 나가는 일호를 부른다.)
　　일호!
처　-(순선이와 정순이 우는 것을 보고 독성 있고도 심장을 깨뚤는 듯한
　　말로) 그 문 닫다! (후원 문은 닫첫다. 보름달에 두 처녀의 설음에
　　우는 그림자는 후원 밑창에 빗엇다.)
일호-(그 관경을 보며 안니 떠러지는 거름을 억지로 나간다.)
수만, 처　-(마루에서 독사 같은 눈으로 나가는 일호를 본다.)

─ 막은 자옥마다 자옥마다 닿진다. ─

데 삼 막
─ 목도군들의 공동 숙사 ─

무대: 어듭컴컴한 방 안에는 단배 연기가 자욱하게 찻으며 창문으로 도라
가면서 신문장도 붙엇고 쯪어저서 펄넉거리기도 한다.
왼쪽, 오른쪽에는 목도군들이 자는 층게진 나리(나릐(нары). 나무침상)들이
놓이엿는데 봇다리, 때묻은 이불들이 무질서하게 놓여있다.
때는 늦은 석양이다. 창문으로 통하여서는 뒤산봉에 저녁노을이 빛엇다.

막이 열이면: 창수는 왼쪽 아래 층계에서 머리가 중상되여 그의 아름소리는 자욱한 연기 속으로 아이구! 아이구! 애처럽게 들이고 철우는 창문을 열고, 시운이는 정문을 밤즘(반쯤) 열고 서서 군인들이 라팔 불며 양고 치며 노래하고 지나가는 것을 서서 본다. 군인들의 부르는 노래와 라팔, 북소리는 산천을 울인다.

≪료요 죠도 요와 홋게데
　아리 아끼 즈기노
　강에 승오꾸
　기리 다즈 고오루 고료노
　나까나루 쌍꼬 도비후에데≫
(발 구르는 소리와 함끼 점점 사라저서 갓다.)

창수-(아름소리로) 아이구! 야 군인들도 많이 간다.
시운-(정문을 짚고 서서) 야 많기도 하다. 말쯤(멀쩡) 젊은 군인들이.
철우-어듸로 작고 저렇게 많이 가는가? 야 많기도 하다. 어떤 군인들은 산천을 두루두루 삶이네.
창수-(아름소리로) 아마 재향군인들이 야외연습을 가는 모양이네. 부모친척을 리별하고 전쟁에 나갈 겐데 슲으지 않을 수 있나?!
시운-(처음 듯는 말이다.) 그래 저 군인들이 전쟁에 나갈 군인들인가?
창수-아이구! 지금 만주에는 전쟁이 나서 막 죽는다네.
시운-(다시 내다보며) 야 기차다. 마쯤(마침) 날창을 꼽아 메고.
철우-(침대에 와서 앉으며) 우리가 림시라도 목도길을 닦아놓지 않엇드면 저것들이 한 백리 도라가나 그렇지 않으면 산을 넘노라고 전쟁연습을 하기 전에 다 죽으나 일이 있을 게야!
창수-(신음하면서) 그렇지 않으면 무슨 일에 철도나 길닦기를 이렇게 지독하게 식히겟는가? 구장의 말과 같이 '인민들의 교통을 위해서' 그것은 사두(사돈)에 팔춘도 붙지 않네.

시운 - (잘 알지 못하는 모양으로) 글세 교통을 위한다면 청림촌 길을 닦지, 이 길은 아마 군인들이나 단일 철도인 갑소. (다시 헌 의복을 깁는다.)

철우 - (부러진 목도채를 칼로 다듬는다.)

일호 - (십장과 같이 오며 문밖에서붙어 떠들석하며 들어온다. 이날은 일호가 일 잘한다고 해서 감독부에서 합비를 내여주엇다. 일호는 합비를 들고 들어오며) 예 예 그럴 수 있습니까? (방안에 들어오며) 예 그렇게 하겟음니다.

십장 - (의기 덩덩하여) 그리고 그 합비는 관청에서도 신용 있고 일 잘하는 사람을 보아서 주는 것이니까? 그런 줄 알고 괸이 되지 못하는 놈들의 말을 들엇다가는 다른 놈들보다 방맹이를 더 얻어 맞을 것을 알어.

일호 - (그 말에는 의심이 생겻다.) 무슨 말을 들ㅅ지 말란 말임니까?

십장 - 떽 하면 일을 아니 하겟다니, 또는 싹전을 올리라니 하는 수작을 햇다가는, 더군다나 합비 입은 목도군들게는 용서가 없어. (창수를 향하야) 너는 밤낮 앓기만 하겟늬? 관청에서 일은 작고 재촉하는데.

창수 - (중상한 신음소리로) 아이구! 십장님 아직 낳기는 고사하고 점점 더 함니다. 아마 화약독이 더러간 모양 같음니다. 아이구! (말끝은 신음소리다.)

십장 - (거만하게 아니꼽게 보며) 화약독은 무슨 화약독이야. 일하기 슲으니 하는 수작이지. 그러나 일하기 슲으면 밥분(힘든)놈이야 한 놈이지. (비웃으며 나간다.)

창수 - (그 말에는 참을 수 없다.) 그래, 돈 받지 않고 거저 앓는데 관청에서야 손해가 없겟지요? (빗꼬아 말한다.)

십장 - (픽 도라서며 포악하게 보며) 일을 못하니 말이지.

철우, 시운 - (십장을 아니꼽게 보며 목도채도 깍고 의복도 깁는다.)

창수 - (너무도 십장의 비인간적 행동을 보며) 그래, 죽는 것은 괜찬고 일만 중해해야 됨니까? 사람은 사람이고 철도는 철도이겟지! 아이구! (중상한 머리를 붓들며 자리에 슳어진다.)

십장 - (위험(위협)한다.) 괜이 가만이 있어. 이 철도 일은 다른 일과 달라.

철우 - (너무도 가이없어서 비소하며 말한다.) 이 철도는 일본 군인들이 단일 큰 대철도일인 겐데 죽더라도 빨리 해야지. 십장님의 말슴이 천 번도 더 옳습니다.

시운 - (의복가지를 저 십장 앞에다 보이며) 십장님! 우리는 언제나 저런 의복을 탈 수 있읍니까?

십장 - 알 수 없어. 일만 잘하면 탈 수 있겟지. 저런 것처럼 일해서는 합비는 고사하고 귀ㅅ밑에서 주먹탕이 떠나지 않을 테야.

시운 - (십장의게 애원하며) 십장님! 거저 의복도 주고 좋은 일도 주시면 일이야 식히는 대로 안니 하겟읍니까? 십장님 저도 좀 타게 해주십시요 예?

십장 - (거만하게) 응 감독하고 리론해보구서.

시운 - (너무 좋아서) 예 예 예 무슨 일이던지 하 하 하라는 데로 다 하겟읍니다.

철우 - (밉살이 보며 목도채를 깍다가 참지 못하여 비웃는 말을 한다.) 십장님! 합비를 내여주고 청돌 두자 팔모자리(팔모짜리) 한 반백 개만 목도식혀 보시요. 그래도 합비를 입자고 하는가. (웃는다.) 이사람 자네, 무슨 기운이 있어서 사등뼈가 늘어나고, 촉대뼈가 후러들고, 목에서 담이 끓고, 이마에서 비가 오도록 목도질을 하겟는가? 그래도 입겟는가? (비꼬아 웃으며 시운이에게 물ㅅ는다.)

시운 - (무엇이고 말도 못 하고 눈만 껌뻑거리며 곤보(곰보) 십장만 치어다 본다.)

십장 - (철우의게 대여들며) 그래서 너는 일을 하지 않늬?

철우 - (조곰치도 두럼 없이 대답을 주어댄다.) 그래서 일을 하지 않는 것은 안니올시다. 래일붙어는 새 힘으로 새 목도질을 하려고 아주 든든한 목도채를 깍습니다. 칼도 잘 들지 안습니다. (웃으며 힘잇게 석석 깍는다.)

십장 - (밉살이 보며 일호를 향하야) 야 너는 래일 아츰붙어 종치기 전 한 시를 몬저 나와야 되겟서.

일호 - 예 (시원치 않은 대답이다.)

십장 - (방안을 휘 삶이고는 독성 있게 나간다.)

철우 - (나가는 거동을 보고서) 자식! 빡빡 얼구맹이를 해갖이고. 저 자식은 아흔아홉 구영 구영마다 심술이야, 쇠 탄 개처럼 웃줄대면서. 얽어도 곱은 사람이 있건만, 내 원 눈꼴이 시굴어서 음. (목도채를 깍는다.)

일호 - (앓는 창수를 보며) 오늘은 어떳읍니까?

창수 - (신음하는 음성으로 일호의 사정을 안탁갑게 말한다.) 어이구! 일호 는 합비까지 탓으니까 래일 아츰붙어는 남 두곱이나 일을 해야 하겟 네구려? 응? 아이구! (겨우 눕는다.)

일호 - (합비를 쥐고 깊이 생각하다가 자리에 그만 드러눕는다.)

시운 - (일호의 합비를 부러히 보며 의복을 집으며) 의복도 없는데 저런 것 이나 한 벌 입엇으면 오직 좋겠나. (철우를 향하야)

철우 - 래일 십장이 감독하고 말해서 합비를 타 입겟는데 근심할 것 있는 가? 청돌 두자 팔모자리 목도질이 매우 맛이 좋을 걸. (비웃어 말을 한다.)

시운 - (부럽기도 하지만 겁도 난다.) 저것을 입으면 꼭 그런가? (일호의 합 비를 쥐여본다.)

창수 - (시운이의 짓이 너무도 안탁가워서) 여보, 당신이 합비가 무엇인지 알고나 작고 달나고 하오?

시운 - (어름어름하며) 모 모르지?…

철우 - 그런데 웨 죽어도 타겟다고 하는가? 그것을 입은 다음에는 자네 농 사질하던 것과는 좀 다르네.

시운 - (사방을 삶이고 생각하니 저를 놀이는(놀리는) 줄 알엇다. 또 숨술을 (심술을) 내여 그런 줄 알고 화를 내며) 그러구 여구 주엇으면… 이 입지. (급하게 되니 그의 말은 더욱더 반벙어리다.)

창수 - 아이구! 참 사람이 기차서 (누어서 신음한다.)

철우 - (격분한 말로) 에— 목도채가 부러지도록 일을 해도 벍언 살 한 점 가리우지 못하니 세상은 망할 놈의 세상이야! (칼날을 번적번적 목도채를 깍는다.)

금산 - (예 이 막에 수만의 려관에서 의복까지 밥값에 벗기우고 와서 목도군 노릇을 하는데 술이 잔득 취하여 이리 빗틀 저리 빗틀거리며 들어온다.) 이사람 잘 가라니. 에 다시 보게 (문을 닫고 걸어 들어오며) 이 사람들 잘 되엿네. (이리 빗틀 저리 빗틀)

철우 - 잘— 되엿소. 혼자도 먹고 단이는 법이 있는가?

금산 - 글세 자네들이 없으니 자미는 없데마는 일 갓다 오던 길에 옛 친구를 맞나서 광월루에 새 기생이 왓다기에 구경도 할 겸 가서 한 잔식 먹엇네.

시운 - (비죽이 웃으며) 또 광월루 노름까지 해 햇는가?

금산 - (큰 자랑이나 되는 듯이) 이 사람 말할 것 있는가? 죽엄에 로소가 없네. (흥타령이 나온다.)

높은 고목도 늙어지면 울던 새도 덜 오구요
곱던 꽃도 떠러지면 오던 나븨도 오지 않고
깊던 물도 옅어지면 놀던 고기도 도망간다.
우리 인생도 늙어지면 오던 님도 안이 오네.

(취한 선웃음을 치며) 허허허 우리 인생도 늙어지면 이팔청춘이 그만일세. 그리고 또 광월루에는 새 긔생이라고 하는 게집애를 보앗네. 어듸서 촌것을 갖어다놓고 기생이라고. 게다가 작고 울기만 하겟지. 한참 놀이다가 외눈봉사 주인한테 말햇더니 다리고 들어가서 단단이 욕을 보이데. 그래서 불상하여서 돈은 돈대로 주고 왓네.

철우-울 적에 그만두지 맞게까지야.

시운-식히는대로 들ㅅ지 않으면 맞어야지. (제야 아는 듯이)

일호-(그 말을 들ㅅ고 참다가 견딀 수 없어서 이러나며) 그것이 불상하지도 않어서 맞기까지 만들엇단 말이요? 당신이 사람이 안이요!

금산-(멀꾸르미 보더니) 이 제길할 무엇이 엇재? 네게 무슨 상관 있늬? 그참 별 멍퉁구리를 다 보겟군. 허 그 (멸시(멸시)하여 말한다.)

일호-(분이 떠올라서) 그래 그들은 당신만 못해서 기생노릇을 하는 줄 아오? 당신은 목도군이지만 그들 기생만한 것 같지 않소. (격분이 본다.)

철우-(일호의 분을 보더니) 이 사람들 싸우겟는가?

금산-(빗틀거리며) 이 자식아! 나는 목도군이고 너는 무엇인냐? 이것 어듸서 이런 것이 다 봉로방에 와서 던비는가. 허 그 별 식충이가 다 있어. (아주 멸시하며 말을 하고 도라선다.)

일호-(달려들며) 이 자식아! 그래 네가 사람의 즛을 햇늬? 개자식!

금산-(팔을 걷우며 빗청거리며) 이 제길할 자식을 질을 좀 드려놓아야 되겟군. (멕심(멱살)을 틀어쥐며) 야 이 자식아! 한 번 더 옴겨라.

시운-(엇질 줄 모르고 앉앗다가 말인다.) 아 이 사람들 놓으라니, 괴 괸이 이러지 않는가?

일호-(분이 머리끝 올라서 힘있는 주먹으로 따렷다.) 이 자식아 놓아라. (금산이는 땅에 엎어젓다.) 너도 그들을 알 적에는 눈에서 눈물이 안 니라 피가 날 터이다.

금산-(한 개 맞고 나니 정신이 혼돈되엿다.) 아이구 이 사람들, 저런 놈을… 이 자식아 더 처라 더 처 응… (누어서 얘리24)를 댄다.)

---

24) 「동북선」 개정본에는 이 부분이 '얄개를 댄다.'라고 나와 있지만 여기서는 정확한 뜻을 알기 어렵다. 조금이라도 가능성 있는 뜻을 찾아본다면: 1. '얘리'는 러시아어 нерв(네르브:신경)에서 음차한 말로 보인다. 고려인들은 신경이 곤두서거나 화가 날 때 '신경질을 부리다'란 뜻의 러시아어 동사 нервичать(네르비차치)를 고려말

시운-(어름거리며) 이 사람들 그 그만두라니.

창수-(너무도 기차서) 아이구!

철우-(칼을 번적 자리에 뿌리며) 이 사람 가만이 두게. 얼마나 싸호는가
　　　보게. (화를 쓰며 문을 털석 닫고 나간다.)

시운-(겁도 나고 엇질줄 몰라셔) 이사람 어듸로 가는가? 이 이거 좀 마
　　　말이지 않고.

금산-(누어서 기여들며 애리를 댄다.) 죽여라. 엿다! 더 처라 응? 이 자식
　　　네 오춘놈은 사람의 깝질을 볏기고 너는 사람치기를 배웟늬 응? 엿
　　　다! 더 처라 응? (겁이 나서 감이 치지는 못하고 지금 떠든다.)

일호-(분이 아직도 나리지 않엇다.) 가만이 있거라, 죽지 말고. 그럿치 않
　　　어도 통분하다. (니를 악문다.)

은철-(목도줄을 억개에 걸치고 노래를 부르며 드러온다. 그 뒤로는 일만
　　　이도 따라온다.) 이 사람 일만이 빨리 좀 오게. (두 사람은 방 안에
　　　들어섯다.)

금산-(은철이를 보더니 동정해 달라는 듯이 대여들며) 더 처라 응? 이 자
　　　식아. 네가 봉로방에 온 지 몇을이 되늬? 응?

은철-(금산이를 부들며 어진 영문인지 모르고 놀라며) 이사람 가만이 있
　　　게. (말이여 놓는다.) 대체 무슨 짓들인가? 일팀에서 분푸리를 제 동
　　　무끼리 한단 말인가?

시운-(화를 쓰며) 저 저 사람이 무슨 광월루 어쩌구 하 하더니만 싸 싸홈
　　　이 터젓네.

금산-(은철의게 고하며 왁작 떠든다.) 이사람 은철이, 저런 멀적한 년석이
　　　어듸 있는가? 내가 오늘 친구를 맛나서 광월루 노름을 햇다니 이 모

　　　화 된 발음으로 가져와 '애리비치 하다'라고 표현하기도 한다. 2. 또 고려인들은
　　　'화가 나다', '열불이 나다'라는 뜻으로 '여리가(열이) 올라오다'라고 표현하므로 '애
　　　리'는 '열'에서 나온 말일 수도 있다.

양을 만드럿네. (상처를 보이며) 아이구! 저 년석이 기생년이 제 에
미나 되는지?…

은철 - (무엇을 생각하고 머리를 드러 일호를 보고 아는 듯이) 그럴 수도
있네. 자네는 가서 노랏으면 노랏지 무슨 헤실헤실하게 말을 할 택
이 있는가? (금산이를 책망하고) 이사람, 분하지만 좀 참게 (일호를
만유한다.)

일호 - (은철의 만유를 들ㅅ고 분이 좀 가라앉는 듯 하야 침석으로 올라간
다.)

은철 - (중상한 창수를 드러다 보며) 창수, 오늘은 좀 어떤가?

창수 - (겨우 머리를 도르켜) 낳기는 고사하고 점점 더하네. 가다금 가다금
정신이 전부 잃어지네. 그런데두 십장놈은 와서 야단을 두들거리고
갓네.

은철 - 그놈이야 전체 아는 것이 그것이고 행실이 그것인데 말해 무엇 하겟
는가? 오늘도 아모 것도 못 먹엇겟네 그려. (옆착에서 좋이에 산 빵
을 준다.) 엿네. (한숨을 크게 쉬며) 에헤 — 망할 놈의 세상이야!

일만 - 돈 한 푼 있으니 약이나 써보겟는가? (근심스러이 동경(동정)한다.)

시운 - (물ㅅ지도 안는 말을) 은철이, 이 일호는 오늘 외투를 탓네. (부러워
하며 일호를 건너다 본다.)

은철 - (이상이 놀라며) 합비를 타서? (일호의 합비를 펼처서 등댁이에 둥
글고 힌 도장 안에 동역동(東)자를 크게 슨 것을 보며) 그 좋구만.
그러나 그놈들의 것이 한 푼이 오면 우리의 것은 죽은 해골이 가야
되네! 이사람 이저는 돈도 잘 벌게 되엿구만. 합비까지 탓으니 응?
(합비를 준다.)

일호 - (귓창흔듯이) 모르겟네, 합빈지 무엇인지?

일만 - 놈들이 간사하기는 해. 그래 시워놓고는 신용자니 이력자니(이력자니)
해가지고는 작고 부린단 말이야! 하여간 은철이? (무엇을 하라고 눈
짓한다.)

은철-(말을 하려고 하다가 시운이를 보고) 이사람 자네도 이런 것 타기 소원이지 응?

시운-(급해서) 그 그러구 말구. 어듸에 있는가?

은철-(수단스러이) 자네 요 앞집 봉로방에 가서 나를 좀 기다리게. 십장하고 말해보세 응?

시운-(좋아서) 자네, 말하면 되겟네. 꼬 꼭 오게. 인차 오겟는가?

은철-(아주 능통하게) 인차 가겟네. 꼭 내 갈 때까지 기다리게.

시운-(나가며) 그러면 이 사람 꼭 인차 오게. (퇴장한다.)

은철-(그 거동을 보며) 자식, 네가 아직 얼을 모르는구나. 합비가 무슨 독갑이 감투인줄. 촌에서 지주 감투보다 더 될 것. (문을 닫는다.)

일만-덩덩하니 굿이라고 아직 얼을 모르는 모양일세. 농촌에서 지주 놈이 보리밥 한 그륵, 막걸이 한 잔으로 얼이는 것도 잘 모른 모양일세.

은철-이사람 일호 이러나 앉어 내 이약이나 들지. 그래도 나는 자네보다 합비도 몬저 타 입고 햇으니 법도 낫게 알지. 이러나게 응? (권고한다.)

일만-이러나게, 이사람. 한 번 싸홈하기는 려사(예사)인데 그것 무슨 그렇게 분해하는가?

금산-(술이 깨이는 모양이다.) 이 사람들 이것 어듸 터지지 않엇는가? (보이며) 응, 오늘 큰 대사를 격거거던. (어루만진다.)

일호-(간신이 이러나 앉는다.)

은철-내가 늘 자네들과 말하는 바이지마는 이 합비를 입은 다음에는 일본 군벌놈들의 도장이 이 등에 찍켜젓음을 보겟지? (자기 합비를 가르치며) 자네는 돈을 많이 벌겟다고 애서 일하니 합비를 내여주엇네마는 돈은 고사하고 래일붙어 채죽이 더 나릴 것이야. 그럿치 않어도 풀뿌리로 지내는 이 지경동 주민들을 누가 저렇게 허지에 내모랏는가? 이놈의 철도닭기 따문이 안니고 무엇인가?

일만-이 철도는 군인들 밖에 단이지 못할겐데 앗가도 군인들이 흠석(흠뻑)

목도길로 지나 가더구만.

은철 - 그 군인들은 야외연습을 가는 재향군인들이네. 그렇게 군사연습을
하여 갖이고는 이 철도를 놓고 화차를 타고 대번에 저 북쪽 로국 국
경까지 간다네. 말은 좋게 인민들의 교통을 위한다고 해서 막 붓잡
아다 강제로동을 식히지 않는가? 이놈의 철도는 만주를 먹은 것처
럼 강동을 먹자고 전쟁준비를 하는 철도야. 우리의게는 아모 유익
이 없네.

금산 - (그 말을 그렇게 중히 듣지 않는다.) 유익이 있고 없고 우리의게야
상관있나. 목도질이나 해주고 돈이나 받앗으면 됫지.

일만 - 교통을 위한다면 웨 온 고을 사람이 다 단이는 청림촌 길을 닦지 않
고 슬 데 없는 국경산을 끊노라고 수탄 인민을 죽이면서 야단인가?

은철 - 자네 아부지는 철도닦기에 강제로동을 견듸지 못하여 중영지로 쪽
겨갓지. 자네가 지금 원수처럼 생각하는 오춘 수만이는 이런 기회를
타서 주민들을 더 못 살게 하며, 일가라고 하면서도 더 부려먹자고
하는 것을 이저는 알만 하겠네. 우리의게는 어느 것이나 다 때려부
세야 되.

일호 - (오춘이란 말을 듣고 도라앉으며) 오춘? 나의게는 오춘이 없네.

일만 - 그러기에 오늘 야외연습 가는 군인들도 아주 슲어하며 산천을 두루
두루 삷이고는 한숨을 쉬며 지나가네.

은철 - 일본이 지금 만주를 점령하고 또 강동 국경으로 향하야 이런 철도
신장로를 닦는다네. 불상한 군인들은 일본 양반놈들을 위하야 전쟁
에서 피를 흘이네. 오늘은 이 철도로 군인들과 무기를 슱어가고 래
일은 그네들의 해골을 싫어올 이놈의 철도를 웨 닦겟는가, 글세 응?

일만 - 간사하고도 어굴한 놈들이야. (은철의 말을 돕는다.)

금산 - (도정신하야 말을 들더니) 생명을 도모하기 위해서는 허는 수 있는
가? 안만 어굴하지만…

은철 - (기분이 떠올라서) 생명이 다 무엇인가? 이것은 차라리 죽기만 못한

노룻이야. 떡 하면 빰맛기, 벌금, 징역사리… 위선 이 안을 보라니. 무슨 냄새가 나는가? 또는 사람이 저렇게 란포돌에 상하여도 조곰치나 관계하는가? 일 못하는 날붙어 무엇을 먹는가? (열정적으로 금산, 일호의게 묻ㅅ는다.)

금산-(두 눈이 도정신하여 그 말을 들ㅅ고) 그러키는 해. 날강도판이야.

일만-그것이야 더 헐말 있는가? 우리는 둘재네. 저 거리에서 집을 헐고 어린 자식들을 안고 산빈탈로 도라단이는 주민들은 어떻겟는가?

일호-(말없이 길고도 큰 한숨이 자욱한 연기를 뚤고 나온다.) 에 ―

은철-그래서 나는 이런 저런 것 생각하고 이런 의견을 냇네.

금산-(낮아앉으며) 그래 무슨 의견인가?

은철-(창문으로 사방을 삻여보고 조희장을 내여 읽는다.) 위선 목도군들의 로동싹을 일본사람들과 같이 주어야 할 것이네.

일만-그것 참 좋은 것이네. 일은 같이 하고 돈은 덜 받으니 됫는가?

금산-일본사람이라구 그러지.

은철-사람도 일본사람 조선사람이 딴가?(다른가?) 잘 살고 못 살고 거기에 관계가 있지.

금산-(그 말을 들ㅅ고 생각하다가) 그래 이약이하게. 조선 목도군이나 일본 목도군이나 상놈이야 매 일반이지.

일만-알어들엇는가? 목도질하는데 무슨 차별이 있단 말인가?

은철-(창수를 가르치며) 부상된 로동자들의게 무료치료와 사회보험을 주어야 될 것이며 감독, 십장들이 목도군들을 구타하며, 벌금하는 일을 금지할 것이고 로동자들의게 휴가 일과 휴식 시간을 주어야 될 것이네. 그 다음에는 주민들의 집 허는 일을 금지하며 의미 헌 집들은 건축을 회복할만한 돈을 내여주어야 하겟네.

일호-(그 말을 들ㅅ고 자기 처지를 생각하니 또 울분이 떠오른다.) 그게 다 소용 있나? (이를 악물고 생각한다.)

금산-그래 해보고 안 되면 되는 대로 해볼 판이지.

일만 - 이사람들 가만이 있게. 그래 이약이 하게.

은철 - (일호의 말을 듣고) 자네가 내 말을 듣지 않다가는 자네도 자네 아부지처럼 쫓기여 갈 것을 잊지 말게.

일호 - (분이 나서) 렴려말게. 갈 바 하고야 피값이야 안 해. 외놈의 철도가 우리 지경동을 못 살게 만들엇네.

일만 - 하 그 사람. 그래 은철이 계속하게.

은철 - 이것을 관리측에 올려서 이것대로 안 되는 때에는 우리는 이 철도닦기를 걷어치워야 되겟네.

금산 - 일을 중지해? (두 눈이 둥그래서 겁나한다.)

일호 - (은철이를 곁눈질해 보며 도라앉는다.)

은철 - 으심할 것은 없네. 우리도 우리의 살길을 닦지 않으면 안 되.

일만 - 거기에 으심할 것이 무엇인가? 선하면 잘 산다는 것이 백주에 도적놈들의 수작이야.

창수 - (신음하면서도) 올네. 우리의 길을 닦아야 되네.

금산 - (좀 생각더니 불련이 솟는 열정에) 올네. 거저 버러만 주겟는가?

일만 - 도적놈을 보고 눈을 감으면 그것은 같은 도적놈이야.

은철 - 이렇게 사는 것은 차라리 죽기만 못한 노릇이네. 자네들이 내 이약이를 들어보겠는가?

일동 - 무슨 이약인가 들어보지 (낫아앉으면서)

은철 - 우리 칠춘이 저 성진에 게섯네. 그 아들이 강동으로 간 지 십년이 넘어도 종무소식이더니 마츰 기별을 드르니 로동을 하다가 왼팔이 불너젓다는 말을 듯고 부모들은 밤낮 울음으로 세월을 보냇네.

금산 - 그럼 저 창수 형편 갓구만.

일만 - 그래서 어떻게 되엿는가?

은철 - 그래 그 후 몇 해만에 또 기별을 드르니 저 로시야 남방 송림이 많은 국가 휘양소(휴양소)에 가서 국가 보험비로 팔을 곳엇는데 그 전보다 더 튼튼하여 갖이고 지금은 단합농장에서 파종하는 긔게 운전수

노릇을 한다데. 또는 장가까지 가서 어린 자식까지 보앗다데. 우리 같이 즘승처럼 버려주는 데는 세상에 둘 없는 일이야.

창수 - (그 말을 듣ㅅ고 감동되야) 은철이! 우리도 그런 휘양소로 가보고 죽을가?

은철 - 사람이 히망이 없으면 되나? 하자면 될 것이지. 또 그 나라에서는 닷쇄에 하로는 휘식일, 하로에 일곱 시 일을 하고는 좋은 양복에 활동사진관으로, 연극장으로 제 집 단이듯이. 이사람들, 나는 저녁에 해가 지고 북두칠성이 돋아날 때에는 그 나라를 생각하네.

금산 - 은철이, 우리도 그와 같은 세상을 가?

일만 - 땅덩어리가 하나인데 거기에는 정말 딴 세상이야.

금산 - 왼(제일) 못 된 깍장이같은 놈들이. 걷어치워야. (목청 높여 떠든다.)

일호 - 은철이 그런 세상이 있을가?

일만 - 이놈들이 심술을 서서 그러지, 하로 밧비 부세치우고 우리도 그런 세상을 짖어야 되네.

은철 - (창수를 가르치며) 이렇게 란포돌에 맞어 죽고 목도채에 깔려 죽는 것은 차라리 세상에 안 나기만 못한 노릇이야. 그런데두 외놈들은 강동을 먹어서 우리처럼 만들려고 애스네. 그러니 이 제길할 놈의 철도를 웨 닦겟는가?

창수 - 은철이, 나는 휘양소에 가서 나의 머리를 곷엇으면 나의 정복이와 어린 만금이도 다시 볼 수 있겟지?! 아이구! (상처를 부뜬다.)

은철 - (위로하며) 렴려 말게. 다 우리의게 달려서. 넘우 심란하지 말게. (늎인다.)

창수 - 아이구! 참 기찬 놈의 세상이야. (늎는다.)

은철 - (저편 구석에 가서 은근이 일만이를 부른다.) 일만이 이리 오게. 앗가 내 이약이 하던 것을 지산촌에 있는 그 사람의게 전하고 이 조희장을 인차 불에 태워버리라고 일으게 응. (요구조안을 내여준다.)

춘길-(문밖에서 아주 양순한 음성으로 문을 두다리며) 들어갈 만 함니까?

금산-(놀라서) 이사람 은철이, 치우라니. 빨이 치우게.

일호-(역시 놀라서) 은철이

일만-치우게.

은철-떠들지들 말게. (속히 와 앉으며 헷소리 잡소리를 즈어낸다.) 그 자
　　식을 내가 받어 놓앗지.

일만-(능청스럽게 둘러맞이며) 그래서 어떻게 되엿는가? (가서 문을 볏긴
　　다.)

춘길-(드러오며) 안령들 하심니까?

은철-예 춘길씨 단여오섯음니까?

일호-(춘길이를 보고 도라눕는다.)

금산-(도라앉아 단배를 붗인다.)

춘길-(사면을 삶이면서) 철우씨가 어듸로 갓음니까?

금산-(아주 털게 대답한다.) 예 어듸로 또 대싸홈하려 간 모양이요. 무슨
　　일에 찻소? 돈 받을 것이 있소?

춘길-아니 거저 좀 볼 일이 있어서. (시침을 뚝 따고 기색이 변해지면서)
　　그런데 온 것은 다름 안나라 우리 집 돈양거래에 대하여 왓소. 당신
　　은 웨 돈을 갖어오지 않어서 공거름을 걸게 안 하오? (은철이를 향
　　하야 책망이 크다.)

은철-(공순이) 오늘은 없음니다. 차첨 갖어다 드리지요. 친구의 빗을 대답
　　하고(책임지고) 안 물리가 있음니까? 무슨 수고스러운데 오기까지 햇
　　음니까? 월급날이면 꼭 갖어다 드리지요.

춘길-(조곰치도 양보치 안는다.) 오늘은 기여히 받어가야 되겠소. 당신네
　　같으면 술장사 밥장사가 다 망하고 나앉을 터이요.

은철-(성이 나서 주먹을 번적 들며) 이 제길할!

춘길-(놀라서 급히 물러선다.)

은철-없는 돈을 작고 내라면 엇지란 말이요? 목을 버이면 피밖에는 없

소다!

일만 - 설지 않은 아기를 작고 낳으라니 대새는 대새네.

춘길 - (분이 나서) 그런 수단은 안 들소. 오늘은 끝이 있어야 하겠소. 야 일호야, 너는 나와 원수진 일이 있늬? 인사도 하지 않고 으흠. (맛치 수만이의 태도 같다.)

일호 - (아모 말도 없이 도라 눕고 있다.)

금산 - (빗꼬아 말한다.) 목도군이 당신네 집에 단일 수 있소?

은철 - (얼골이 붉어지며 소리를 지른다.) 가오. 여보 없는 돈을 작고 내라면 모가지를 빼 갈 테요?

춘길 - (감이 목도군인지라 대여들지는 못한다.) 내가 지금 당신하고 돈을 내라오? (대단이 건방지다.) 빨리 말슴들 하오. 시간이 급하오.

은철 - (자리에 척 드러눕우며) 오늘은 없소. 모래면 갖어드리지요.

일만 - 그 양반 참 딱하군.

춘길 - (중상된 창수를 보고) 오 당신은 이 모양이 되엿군. 당신도 말슴하시요.

창수 - 아이구! 돈이 다 무엇이요 아이구! 참

금산 - 가정 등물이나 딸이나 있으면 집행이나 할런지?

철우 - (어듸로 갓다가 급히 드러온다.)

춘길 - (엇질 줄 몰라서 어름거리며 피해나가라고 한다.) 그러면 속히 주선들 하시요.

철우 - (좋아하며) 야 춘길아! 여기서 만나기는 참 우연이구나. 엇지다가 일부러 찾어왓늬? 내 돈은 다 갖어왓늬?

은철 - 자네도 빗놓이를 하는가?

춘길 - 야 그런 빗은 여기서 말할 것이 안다. 그러면 모래는 다 되도록 꼭 주선하시요. 으흠 (나간다.)

철우 - (붓잡으며) 야 어리석은 자식아! 네 빗은 무슨 빗이고 내 빗은 무슨 빗인냐? 노름빗은 빗이 안인냐? 네가 내 돈을 먹자기나 내가 네 돈을 먹자기나 무슨 차의가 있늬? 나도 좀 독해야 살겟다. 내라. 오늘은 안 된다. 앞서 너의 두상한테 가서 그만이 괄세를 받어도 좋다. 내라.

일만-오 글세 그런 일이 있길네 앗가 철우를 찾지.

춘길-흥 그 양반, 내가 언제 찾엇소? 문안차로 말햇지.

금산-원수는 외나무다리에서 만난다고 멘바로 쥐엿군. 꼭 받게. 빗 받는 데두 차별이 있는가? 사정 볼 것 없네. 내 같으면 가서 주지 않으면 당장에 그놈의 에미년이라도 집행을 해왓겟네. (서슬이 등등하여)

일만-이사람, 너무 과하네. (웃어 말한다.)

춘길-(할 수 없어 사정한다.) 오늘은 없다. 후일에 다시 보자.

은철-설지 않은 애기를 낳게 되엿군.

철우-너도 밥부늬? 안 된다. 내라. 의복이라도 벗어놓아라. (두루막 고름을 푼다.)

춘길-(성을 내며) 없다는데 웨 이러늬? 되지 못하게. 놓아라.

철우-되지 못해? 도적놈이 길 우에 올은다더니 이 작식이 그 식이군. 내라. 안 된다. (볏긴다.)

춘길-정영 이럴 텐냐?

일만-찾던 바람이 되엿군.

철우-네 별 수 있늬? (억지로 두루막이를 볏긴다.)

춘길-(할 수 없이 고함을 친다.) 사람살이요 — 사람살이요.

은철-이 자식 고함은 웨 치늬?

철우-(귀삼을 후려치며) 이 자식 고함은 웨 치늬?

춘길-(넘어지며) 아이구!

일호-이 사람들 그만두게.

금산-옳지, 그것도 일가라고 또 흥

일만-목도군도 이런 일가가 있는가?

은철-그만해서 보내게.

순사-(지나가다가 고함소리를 들ㅅ고 급히 드러오며) 웨 떠들어 응?

춘길-(겨우 귀빰을 쥐고 이러나며) 아이구! 나리님, 이놈들이 문을 닫어 매고 무슨 엉투리를 꿈이다가 내가 드러오니 나가지 안는다고 사람을 되는대로 침니다. 아이구! (금시 죽는 상이다.)

순사-(춘길이와 목도군들을 보고) 옳지, 가만이 있어. (수색을 하기 시작한다.)

은철-(조희장을 엇짓 줄 모른다.)

순사-(금산, 일만, 일호, 철우를 수색하고 은철의게 올 차레다.)

은철-(엇지할 수 없어 앓는 창수를 주자 순사는 은철이를 수색한다.)

창수-(조희장을 입에다 넣고 떡을 쥐고 우물 십는다.)

순사-무엇을 십어? 입을 벼려?

창수-(떡을 입에다 뜯어 넣는다.) 아이구! 저는 병자올시다.

은철-나리님, 여기는 이런 합비 입은 동북조 목도군들이 있는데 무엇이 있다고 그럼니까? 그리고 목도군 놈들이란 쌍행실이야 압지요.(알지요.) [(춘길이를 향하여)] 당신은 문명한 신사가 되여가지고 그런 겄은말(거짓말)로 나리님을 수고식힌단 말이요. 빗 받으려 왔으면 받고 줄 겄이 있으면 주어야지?

춘길-그래 내가 줄 겄이 있소? 받으려 왔지.

철우-(춘길이를 흘겨보며 주먹을 쥔다.)

순사-괸이 떠들지 마라. (나간다.)

은철-(팔을 걷우며 춘길이를 보며) 예. 이 사람들, 조용하게.

춘길-(팔 걷우는 은철이와 철우를 보며 급히 다라난다.)

일동-허허허 (웃는다.)

은철-보라니, 무질서하게 떠들면 다 죽네. (창문으로 내다보니 순사가 다시 온다. 은철이는 또 다른 말을 둘너댄다.) 그래서 그 자식을 받어 놓앗지. 거저 그 자리에서 말너붙엇어. (순사가 엿들는 줄읡 알고

문을 꽉 열엇다. 순사는 문에 코방을 맞엇다.)

순사 - 아이쿠! (코를 쥐고 섯다.)

은철 - 나리님, 또 누구를 찾읍니까?

순사 - (화가 나서 문을 꽉 닫으며) 안니야. (코를 쥐고 간다.)

은철 - 죽은 채 하면서도 우리 속은 굳어야 되네. 더욱히 철도구역에는 더 심한 것은 복종하지 않으면 죽으란 말이네. 이사람 일호! 그것도 친척이라고 앗가워서? 우리의게는 친척이 없네. 우리가 형제인 것을 똑똑히 알아두게.

시운 - (앞집 봉로방 안에서 기다리다 못하여 구장을 만나서 무슨 약속을 하엿다 드러오며) 예 그렇게 하겟읍니다. 구장님 평안이 단녀가십시요.

은철 - 저 자식 구장은 언제 아라서 잘 가고 머고 하는가?

금산 - 농군 연석이 아니야?

철우 - 자네, 구장은 언제 아라서 잘 가고 무어이고 하는가?

시운 - 이 이제 만나서 무슨 이 이약이를 하데.

일만 - 무슨 이약이를 하던가?

시운 - 몇 이약이는 없데. 합비를 타게 해 주겟다고 하 하데.

은철 - (놀라며) 합비를 타게 해 주겟다고?

금산 - 저 사람을 우리 봉로방 구장으로 뽑을가?

철우 - (비웃어 말한다.) 구장 수양아들 노릇이나 하지. (날마다 따라단이며 구장의 하는 태도를 잉내낸다.) '십장님 십장님 저 저' 하는 꼴이 좋겟군.

은철 - 이 사람들, 알 수 없는 일일세. 구장이 무슨 일로 합비 따문에 말하겟는가?

일만 - 글세 무슨 수작이 있는 모양일세.

창수 - (감추엇던 좋의장을 내여서) 은철이 이것 보게.

은철 - (달려와서 보고) 참 자네 용하네. 이사람, 속히 갖이고 가게. 앗가 내 말대로 응?

일만- 렴려 말게. 잘들 있게.

은철- 저 웃산 빈탈길로 가게. (문을 열려 전송할 때, 때는 벌서 어두운 밤이다.)

철우- 은철이, 저 창수 일이 대사네. 약 한 첩 못 쓰고.

은철- 글세 생각인들 엇지겟는가?

창수- 아이구! 아이구! 나 따문에 근심들 하지 말게. 죽지 않으면 살겟지.

정순- (문을 두다리며) 오라바니! 오라바니!

은철- 또 일호 누의가 온 모양일세.

일호- 누구냐? 정순이 왓늬? (문을 연다.)

정순- 냐(예) (들어섯다.)

일호- 웨 이렇게 밤에 왓늬? 들어오너라.

금산- (자리에 들어눕고)

은철- (도라앉아 단배를 피우고)

철우- (찢어진 신문장을 읽고)

시운- (머리를 숙이고 무엇을 깊이 생각한다.)

창수- (아름소리만 간간이 들인다.)

정순- 오라바니! 내 오늘 우리 가산에 나물 케려갓다 왓소. 하러비(할아버지) 모(묘) 우에다 길닭기 푯말을 밖아 놓앗읍데.

일호- 응 우리 가산에다? 아버지 가실 때에 풀이나 제 때에 삐여달라던 우리 가산을? (주먹을 틀어쥐며 분해한다.)

은철- 그러기에 우리도 우리의 살길을 닦지 않으면 가산뿐이겟는가?

정순- 맛아버니와 말하니 돈은 받는다고 합데.

일호- 돈을 받아? 그래 돈에는 그만이로구나. 정순아 가거라. 저물기 전에 응? (분함을 참는다.)

정순- 오라바니, 어제 낮에 어떤 사람이 우리 집 뒷산 고개로 보따리를 메고 넘어옵데. 그래 나는 아버진가고 막 달려 올라가니 낯모를 영감이 철도국 감독부를 무러봅데. 오라바니, 나는 정말 죽어도 큰 집에는 섧어서 못 살겟소. (오라반니를 겨우 붓잡으며) 아버지는 엇재 오지 않소? 어듸서 상세나지 않엇소?

일호 - 정순아! 섧은 생각이야 다 엇지겟늬? 참아라. 잘 살 때가 있겟지? (위로한다.)

정순 - 순선이는 밤낮 운다고 맛아버니와 맛어머니가 이약이 합데.

일호 - (격이 막혀서) 정순아 가거라. 속상한다.

정순 - (일호를 떠나기 슳여한다. 일동의 단배연기는 더욱 떠오른다.)

일호 - 그것은 무엇이늬?

정순 - (적은 보에 싼 밥을 주며) 밥이요. 맛어머니 욕할가 하여 주먹으로 조겨서 조곰식 감추엇다가 갖어왓소.

일호 - (밥을 보고 말을 듯고 너무도 기가 막혀서) 정순아! 불상한 내 동생아! 네가 나를 생각해서. 그러나 내가 죽을지언정 엇지 그놈의 밥을 다시 먹는단 말인냐? (머리를 숙이고 말없다가) 지금 사흘 채 병중에서 죽 한 술 먹지 못하고 앓는 사람이 있다. (창수를 흔들며) 창수! 창수! 밥을 먹소.

창수 - (이러나며) 아이구! 밥을? 고맙네. 불상한 오라비를 위하여 갖어온 밥을 나의게! (먼이 밥을 쥐고 생각한다.)

일호 - 정순아 가거라. 밤도 깊어지는데 (정답게 어루만진다.)

(멀리서는 야외연습 갓던 군인들이 또 노래를 부르며 라팔 불며 양고 치며 들어온다.)

창수 - (간신이 머리를 들며) 목도채가 부려지고 이마에서 구슬땀이 흐르고 가슴에서 선지피가 끓도록 목도질을 해도 밥 한 술 먹지 못하고 (붕대를 와락 버서 던지며) 이렇게 상하여도 약 한 첩 쓰지 못하는 이놈의 철도를 누구를 위해서 닦는단 말인냐?

(군인들의 노래를 점점 갓가이 온다.)

창수 - 우리가 닦은 철도길로는 형제를 잡으려 간다. 밥! 밥! 불상한 오래비를 위하여 부자 놈의 집에서 틈틈이 도적하여온 주먹밥! (정신이 고도로 격동되야서) 우리는 도적밥을 먹지마려야 한다. 투철한 자유의 밥을 위해서는 제 살길을 닦아야 한다. (밥을 힘있게 던지니 밥덩이는 산지사방으로 폭탄같이 헤여진다.)

창수 - 아 (막(맥)이 진하여 슳어진다.)

은철 - 밥이 원수가 않이라, 우리의 기름과 피로 만든 밥을 도적하게 만드는 이놈의 철도를 닦지 마려야 해.

(군인들이 집 앞을 지난다. 라팔소리, 구령소리, 발소리, 양고소리 떠들며 지나가고, 일호는 정순이를 붓들고 창수만 기막혀 바라보며 일동의 입에서는 대포연기 같이 단배연기가 힘있게 풀석풀석!)

- 삼막 일장은 닿진다. -

데 삼 막 이 장
- 창수의 운명 -

무대: 그 방이다.

때는: 밤 새로 네 시다. 감독부 앞에서는 네 시 종소리가 떵— 떵— 떵— 떵— 잠든 밤을 진동식히고 사라져간다. 지경동의 모든 자연과 초가 주민들은 잠들엇다. 그러나 야독한 일본 침약주의의 순회하는 순회순사의 군도소리와 그림자는 문창 앞으로 철격— 철격 지나간다.

방안은 몹시 조용하다. 피곤한 목도군들은 깊은 잠에 파묻처 코 그르는 소리, 식식거리는 숨소리뿐이다. 오리 오리 쯫어진 보댁이도 덮고 합비도 덮고 이리 저리 우에 아래 충게에 무질서하게 누어 잔다. 오직 들이는 것은 창수의 앓음소리만이 잠든 방안을 진동식힌다.

창수-아이구! 아이구! (반쯤 이러나 앉으며)

(문창으로 히미하게 붉은 먼동이 티온다. 멀리 초가에서는 닭 우름소래 들인다.)

창수-(창문을 머니 내다보며) 새 날이 동트는구나. 아이구! 빨이 밝앗으면. (무엇을 동경한다.)

창수-정복아 어린 만금이를 안고 아! 보고 싶다고 울겟구나. 응? 산 빈탈에서 칠기 뿌리를 않고 굶어죽은 너의 백골을 아! 누가 있어 걷어주나! 응! 아!

창수-(정신이 착각되며) 만금아! 저 송림이 많은 휘양소로 가자! 이 내가 놓은 철도로 가자! 어서 응? 거기서는 부러진 팔도 거저 곷이고 배곪은 사람도 없단다. 만금아! 가자. 어서 응? (그의 크고도 힌 눈동자는 맛치 동내 "부산"에 있는 가련한 처자들이 선하여 보인다.)

창수-(피곤이 자는 목도군들을 휘— 도라보며) 자네들도 휘양소로 가나? 아니다 아니야! 이 외놈의 동북선을 타고는 휘양소루 못 간다, 못 가! (이러서서 정신없이 거러나오며 참혹하게도 싱긋싱긋 웃으며) 만금아! 우리는 우리의 철도를 타고 휘양소루 가자! 응. (불련이 소래를 지른다.) 은철이! 저놈들을 보게. 길을 막고 나를 휘양소루 못 가게 하네. 은철이!

(온 방안 일동은 깨여난다.)

은철-(놀래면서) 응? (잠을 채 깨치지 못하고 정신없는 창수를 보고 달려와 붓잡으면서) 이사람 웨 이러는가? 정신 차리게 응.

금산-(놀래며) 웬 일인가?

일호, 시운, 철우-(깨여나서 그 관경을 보고 정신없이 서서 본다.)

창수-(은철이를 붓들며) 헐벗고 의지 없는 피투성이 목도군들아! 그래 이 동북선을 기여히 닦을 작정인냐? 이 동북선은 우리의 철도가 안이다. 웨 보이지 안늬? (아주 깃버하며) 저 남방 송림이 욱어진 사이로

팔 불너젓든 사람이 우리의 동북선을 타고 웃음으로 고함을 지르며 나오는구나. 야 좋기도 하다. (은철이를 어루만진며 맛치 자기 어린 아들 만금이 같에서) 만금아! 가자! 어서 응?

은철-이사람 창수! 정신 좀 차리게 응? (쥐여 흔든다.)

창수-(겨우 정신을 회복한다.) 아! 아이구! (울음 석긴 음성) 은철이! 웨 우리의게는 송림이 욱어진 휘양소가 없는가? 있다면 나의 병을 꽂일 (고칠) 터이지? 나는 살 것 같지 않네. 아이구! 내가 죽으면 나의 안해 의게 부고하지 말게. 어린 만금이가 안다면… (머리를 자리에 파묻 고 응응 운다.)

일동-(그 사정이 너무도 참혹하야 눈물을 싯는 자, 한숨을 길게 쉬는 자도 있다.)

창수-(간신이 머리를 들어) 은철이! 낮에 이약이하던 것을 다시 한 번만 말하여 주게. 마지막으로 나는 그 이약이를 들ㅅ고 싶네.

은철-(말없이 창수 곁에 앉앗다.)

창수-(불연이 그만 운명한다.) 웨 말하지 않는가? (은철의 멕심을 틀어쥐 엿다.) 나는 휘양소로 가고 싶네. 아! 아! 은철이… 은철이 이약이 하게. 나는 휘양소로 가네. (마지막 운명까지 "아! 휘양소"하는 말은 끊지 않엇다. 은철의 멕심에서 손이 풀어지며 그만 창수는 가긍히 세상을 떠낫다.)

일호-(그 형편을 보고 울다가 아부지의 생각을 하니 창수의 형편과 무엇 이 다르랴?) 아부지도 어듸서 저렇게… (그만 엎어저서 운다.)

금산, 시운-(흑흑 늣겨 운다.)

은철-창수! 창수! (부르나 창수는 죽엇다.)

철우-(흑흑 늣겨 울다가 울분한 고함을 잠자는 지경동을 울인다.) 은철이! 우리의 몸덩이가 이다지도 값이 없단 말인가? (그만 층게에 기대여 통분한 울음을 운다.)

은철-창수야! 렴려 마려라. 너는 휘양소로 가지 못하고 가슴에 품고 죽엇

다. 그러나 우리는 휘양소로 갈 터이다. (돌련이 이러서서 하늘이 문
허지는 듯한 고함으로) 목도군들아! 우리는 우리의 살길을 닦가서
휘양소루 가자!

(문창에 새날은 붉읏 붉읏 밝아오고 이 봉로방에는 울분의 고함, 울음으로
 막은 스르륵 닳진다.)

뎨 사 막
– 청루간 "광월루" –

(순선의 노래, 음악)
무대: 긴 복도에는 좌우로 문들이 여럿이며 문 앞마다 긔생들의 사진들이
보기 좋게 걸엿다. 무대 왼쪽은 손님들이 노리하는 방이다. 창 앞에는 앵
도나무가 섯는대 꽃이 만발하엿다. 그 가지에는 새둥이 하나가 곱게 걸엿
다. 사방으로 도라가며 경치화들이 걸엿고 앉는 자리에는 곱은 방석들이
여러 개가 놓이엇다. 하여튼 화려하기는 무슨 별당 같다.

막이 열이면 복도 어느 방에서는 처량한 기생의 소리곡조 윤성긔(유성기)
소리가 들이고 노리방 창 앞에 앵도나무 가지에서는 뇌줄새가 재졸재졸
운다. 월계라는 긔생이 창 앞에서 먼 곳을 한없이 바라보고 섯다가

월계 – 저기 저 산넘에는 나의 고향이 있것만! 나는 어이하여 (긴 한숨을 쉴
    때 새는 재졸! 재졸!) 조롱 안에서 우는 새야! 네 신세나 내 신세나
    다를 것 무엇인냐? 넓고 넓은 저 세상이 얼마나 부러운냐! 그러나

우리 두 몸은 조롱에 드럿구나. 그러나 너는 울어도 인간들이 귀여
워나 하지. 어이하여 나는 너만 못 한냐? (새는 맛치 감동이나 받는
듯이 재쫄! 재쫄! 월게는 눈물이 앞을 가리운다.)

만춘 - (뒷칸에서 소리친다.) 손님들이 몰여들 때가 되엿는데 빨이 접대해
    야지 (탁주목소리 외눈봉사다.)

뽀이 - (칸칸이 단이며) 예. 손님들을 접대하시요.

춘길 - (둘재 칸에서) 이리 와. 매춘부도 이런 법이 있나? 이리 와 (춘길의
    목소리다.)

추월 - (순선이의 일홈이 청루칸에 와서 추월이라고 짙엇다.) 못가겟웃꼬
    마. 아이구! 어머니 날 살려주오.

월게 - (도라서 나오며) 울어서는 소용없다. 나는 아버지와 엄마를 위하여
    (결심하고 자기 방 앞에 와서 앉는다.)

만봉 - (히로(담배이름)를 꼰아물고 나와 자기 방 앞에 앉으며) 나는 고놈의
    게 어려 번 속히면서도 그래도 행여나 진정으로 사랑할가 하야 믿고
    있엇지.

금색 - (역시 같은 태도로) 아 그놈 곤보 말이야. 목도군들의 십장놈 그놈한
    테 여기 와서붙엄 속히엿고, 회령 있을 때에는 그놈 키다리 소장사
    한테 그양 속히엿지. (히로를 힘 있게 빨아 뿜는다.)

만봉 - 하하하하 그것이야 우리의 당연한 일이지.

(두 사람은 아주 오랜 매춘부의 동작으로 손님들을 기다린다.)

춘길 - (추월의 칸에서 와락 달려나오며) 망할 놈의 게집애!

뽀이 - 손님 웨 그랫음니까? 예?

춘길 - 저런 것을 다 기생이라고 두어? 주인을 청해 (호통이 크다.)

뽀이 - 예 (급히 나간다.)

금색 - (아양을 부리며) 손님, 잘못 들어가서요.

만봉 - 하하하 기생도 여려가지지.

만춘 - 청햇음니까? 무슨 일이오니까?

춘길 - 기생이 없어서 저런 것을 다 갖어다 두엇소? 그렇게만 손님을 접대 햇으면 철도역에 목도군들은 하나도 아니 올 것이야.

만춘 - 손님, 용서하십시요. 이제 들어온 지 몇을이 되지 않습니다. 아직 연습이 없어서 그럿음니다. 용서하시요. 그래 침숙값은 주지 않엇 음니까?

춘길 - 돈? 그런 것을 다 돈을 주랴면 저 흘너가는 강물에다 던지겟소. 하 엿튼 갓다 올 터이니 그런 줄 알고 기다리시요. (나간다.)

만춘 - 예 렴려 마시요.

만봉 - (앞에 석 나서며) 여보시요 손님, 좀 놀다가 가시지요?

춘길 - 놀 시간이 없어. 으흠 (거만하게 나간다.)

만춘 - (성이 나서) 뽀이, 거기 깎은 문푸레 매채를 갖어와

뽀이 - (겁을 내며) 예

월게 - (추월이를 불상이 여겨서) 아버지 용서해 주십시요. 부모를 리별하 고 청루에 들어온 지 오래지 않은 기생이 무엇을 알겟음니까? 예

만춘 - 무엇이 엇재? 너도 같이 죽고 싶으늬?

만봉 - 아부지 용서하시요. 그것이 아직 철이 없어서 그럿치요.

만춘 - 매춘부질 하는데 철은 무슨 놈의 철? 식히는 대로 햇으면 그만이지.

뽀이 - (문푸레를 갖어다 준다.)

만춘 - (외눈을 크게 뜨고) 추월아! 이리 나와

추월 - (아모 말없이 문 앞에 나선다.)

만춘 - 이놈의 게집애, 어제도 맞어지? 웨 그 모양이야 응? 청루에 드러왓 으면 책임을 감당해야지? 엥?

추월 - (겁이 나서) 여보시요 나는…

만춘 - 여보가 무엇이야. 이 망할 놈의 게집애 맞어보아라. (문푸래를 들어 친다.)

추월 - 아이구 어머니! 날 살려주오. (칸으로 달려 드러간다.)

만춘 - 아이구가 다 무에야, 죽어라 죽어! (매 맞는 소리는 딱딱, 울음소리

는 애처럽다.)

월게 - 저것을 엇재?

금색 - 엇지 하는 수 없지. 들어왔으면 그만이지 별 수 있는 줄 아오? 우리
게라고 웨 인정이 없겟소.

뽀이 - 오늘 또 단단이 맞엇다. 저것 좀 말이요.

만봉 - 말리다니? 제가 맞을 짓을 어떻게 해요? 별 수 없이 식히는 대로 해
야지 (히로만 피운다.)

일호 - (들어와서 복도를 두루두루 삷이며 순선이를 찾는다.)

금색 - (아양을 부리며) 여보시요 젊은 손님, 우리 집에 가 하루밤 동모하시
지요.

만봉 - (앞에 석 나서며) 청산에 흐르는 물아! 빨리 감을 자랑마라. 한 번
창해에 드러가면 도라오기 어려워라. 명월이 만공산 한데 하루밤 쉬
여간들 어떠하오리까. (일호 앞에서 아양을 부린다.)

일호 - 뽀이, 추월이란 기생이 어듸로 갓음니까?

뽀이 - (능청스럽게) 예 이제 금박 나갓음니다. 저 방에서 좀 기다립시요.
(노리방으로 모신다.)

일호 - (방안에 드러가서 창밖게 새둥이를 먼히 보고 섯다. 새는 재졸재졸
운다.)

뽀이 - (추월의 칸에 드러가서) 손님이 와서 추월이를 청함니다.

만춘 - 각금 눈물을 싳고 손님을 접대해. 죽지 말고.

만봉 - 그놈에 게집애 따문에 우리는 랑패야

금색 - 그것도 좀 있으면 늙은 호박꽃이야

만춘 - (나오며) 속히 손님을 모섯늬?

뽀이 - 예 노리칸으로 모섯음니다.

만춘 - (물품같이 문 앞에서 손님을 저대하는 기생들을 향하야 외눈을 크게
뜨며 문푸레를 보이며) 보앗늬? 깟딱하면 종아리를 죄다 없에 치울
테야.

만봉-아부지 그럴 수 있음니까? 누가 문푸레를 좋아하겠음니까? 우리도
　　사람인데. (아양을 부린다.)

만춘-으흠 (거만하게 나간다.)

금색-병신이 상지랄한다고 외눈봉사를 해가지고 바르지 않기는 흥흥흥흥
　　(코우슴을 한다.)

추월-(눈물을 슷으며 나온다.)

월게-추월이도 불행한 사람이요. 또 어떤 목도군놈이 와서요.

뽀이-또 엇재 맞기 싶으오? 울지 말고 저 칸으로 들어가오.

추월-(울며 노리칸으로 들어간다.)

금색, 만봉-(입을 빗쭉거리며 제 칸으로 드러간다.)

월게-(추월이를 가이없이 보며 들어간다.)

(새는 재쫄! 재쫄! 윤성긔(유성기) 소리는 또 들인다.)

일호-(울며 드러오는 순선이를 보고 기가 막혀서) 순선아!

순선-일호! (가슴에 파뭇처서 운다.)

일호-순선아! 울지 마라. 울어 소용없다.

순선-나는 죽겟웃꼬마.

일호-순선아! 사람은 죽으면 그만이다. 엇잿던 살아야 된다. 섧은 생각이
　　야 무엇에다 비하겠늬? 그동안에 얼마나 학대를 받엇늬? 너의 어머
　　니는 어듸로 갓다더라.

순선-불상한 아버지 어머니 살아나 게신지?!

일호-설마 사람이 죽기야 햇겟늬? 너무 렴려 마려라. 오늘은 월급날이다.
　　보아라, 돈을 벌겟다고 애서 일햇기 때문에 이런 합비까지 탓다.

순선-월급은 얼마나 탐둥?…

일호-적어도 12원이야 안 되겟늬?

순선-(다시 울며) 삼백원이나 되는 빗을 언제나!…

일호-순선아! 울지 마라. 나는 미혼 전 남자다. 너를 청루에 왓다고 나무

러지 않는다. 어느 때던지 나의 오춘 "수만"이 보다 낳게 살 날이 있을 것이다.

순선 - 앗가도 춘길이 따문에…

일호 - (놀라며) 응 춘길이 네한테로 왔다 갓단 말인냐? 순선아! 통분하고 절통하구나. 나의 육춘 춘길이가? (격이 막혀 두 주먹을 붉은 쥐며 니를 간다.) 아니다. 그놈은 부자 김수만의 아들이다. 나의 친척은 아니다.

순선 - (더욱더 격동되야 흑흑 늣겨 운다.)

일호 - (울음이 붓밧치서) 순선아! 울지 마라. 돈 있는 놈들은 친척이 아니다. 그런 친척을 가진 놈으로써 너를 사랑한 것이 이놈의 죄인 갑다. 그러나 산이 있으면 그림자가 있고 해가 지면 달이 뜰 때가 있다. 생각하면 뼈가 저리다. 너를 이런 청루칸에 두는 낸들 얼마나 가슴이 앞으겟늬? 네야 내 마음을 알겟지. 그러나 돈만 아는 이놈의 세상에서 돈이 없으니 하는 수 없고나. 응. 돈! 돈! 아! (순선이의 목을 안고 눈물이 흐른다.)

뽀이 - (나가라고 노리방 종을 땡땡 친다. 윤성긔 소리는 더욱 처량하다.)

일호 - 순선아! 갓다 오마. 다른 손님을 대하지 마라.

순선 - 어머니, 나는 죽겟소.

(두 사람은 서로 애처럽게 갈라진다.)

일호 - 뽀이

뽀이 - 예

일호 - 추월의게는 오늘 저녁에 다른 손님을 대하게 마시오.

뽀이 - 예 그렇게 하지요.

일호 - (순선이와 서로 보며 갈라저 나갓다.)

금산 - (얼취하여 비틀거리며 철우와 같이 들어오며) 하 이사람, 이런 곳에다 청루칸을 열엇을 때에야 목도군들을 단이라는 것이겟지. 별소리

말라니.

철우-(사방을 두루두루 삶이며) 이사람, 그런데 오기는 왓네마는 밋친(밀천)이 있는가?

금산-(옆착을 툭툭 처서 동전소리를 내며) 한 시 동안은 되네.

뽀이-어느 기생을 청햇음니까?

금산-이 사람 말하게 (철우를 숙 지른다.)

철우-(비죽이 웃으며) 이사람, 내야 아는가?

금산-(바로 이럭(이력)이나 있는 듯이) 오호방과 칠호방을 청햇음니다.

뽀이-예 어서 들어가십시요. (인도한다.)

수만-(의기양양하야 드러오며) 감독님, 우리가 이런 곳으로 단이는 것을 보면 위신이 대단이 깍기울 것이요.

감독-(좋은 양복에 거들거리며) 그럿키는 함니다마는 그러나 밤에야 관게 있소?

십장-(얽은 꼴에 억개를 웃슥웃슥하며) 사람이 살어서 위신만 있어야 됨니까? 마음끝 놀다가 죽으면 그만이겟는데.

뽀이-(황소해하며) 손님들 어떻게 여기로 왕임햇음니까?

수만-(거만하게) 주인을 청해

뽀이-예 그렇게 하지요. (나간다.)

감독-(코를 식식거리고 얼골을 찡그리면서) 이놈의 곳에는 고약한 향수냄새와 독한 분냄새가 코를 치어.

수만, 십장-허허허 그밖게 있음니까?

주인-(뽀이를 불너 명령한다.) 야 여기 아이들을 다 나와 앉으라고 일너.

뽀이-예 (도라단이며 이르니 기생들 나온다.)

수만-만춘씨, 대단이 복잡한 모양이요 예?

만춘-예 수만씨. 아니 감독나리 엇지다가 이 루추한 곳에 왕림햇음니까?

감독-지랄의 채는(지랄의 짓은) 다 해보라고, 좀 노라볼려고 왓음니다.

십장 - 뎨일 낮은 긔생 셋만 청해주시요.

만춘 - 예 그렇게 하지요. 그러나 안목으로 직접 보시고 마음 나는 대로 (복도를 가르처 물긴다.)

십장, 감독, 수만 - (서로 웃으며 삺인다.)

수만 - 만춘씨 저 (만춘의 귀에다 대고 순선이를 청[해]달라고 중얼거린다.)

만춘 - 예 예 그렇게 하오. 여려분 어서 이 방에 들어가십시요. (노리방으로 모신다.)

수만 - 뽀이 술은 일동상(일등상)으로 차려와.

뽀이 - 예

만춘 - (복도에서 명령한다.) 추월이, 만봉이, 월게는 노리방 손님들을 접대해라.

추월 - 주인님 저는 오늘 저녁에 손님이 게신데.

만춘 - 무슨 손님? 오 앗가 왓던 목도군. 즳숙아! 이루 보내 (손을 내민다.)

추월 - 그 손님이 저녁에 오시겟다고 갓음니다.

만춘 - 그래 돈을 받지 않고 보냇늬? 이런 멍퉁구리. 하엿튼 드러가. (추월이 말없이 고개를 숙인다.)

수만 - (술상을 받어 놓고) 이 지경동에 신철도가 개척되기 시작하고 청루까지 오기 때문에 울음도 많고 웃음도 만해젓음니다.

감독 - 그래 목도군놈들이 이런 곳으로 잘 단여야 부리기도 좋단 말이요. (코웃음을 한다.)

십장 - 놈들이 여기로 오기 퍽 좋아하는 모양이요. 덤베덤베하여 일을 곳 잘 합니다.

만봉, 월게, 추월 - (만봉의 뒤를 따라 드러온다.)

만봉 - (아양을 부리며) 평안들 하심니까?

수만 - 자 들어오자.

기생들 - (말없이 내우한다.)

감독 - 기생의 내우는 끝내우야. 자 어서 들어와 앉아라.

수만 - 내우야 아직 어머니 젓내를 생각하고 그렇겟지. 그러나 어머니 젓이
　　　여기에 없다. 어서 들어오너라.

기생들 - (들어온다.)

추월 - (수만이를 보고) 아버니!

수만 - (못 들은 채) 으흠 자 앉아라.

십장 - (서슬이 덩덩하여) 놀 바 하고는 소리도 식히고 춤도 춰우고 왁작하
　　　게 노라봅시다.

수만 - 물론 그렇지

만봉 - (아양을 부리며) 꽃이 웃으면 봉접은 더욱 좋아 하겟지요. 기생의 직
　　　분되야 손님들을 즐겁게 하는 것이 책임이 되지요. (히로에 불을 단
　　　다.)

수만 - 그래야지

감독 - 물론

십장 - 허허허허 네가 제틀이구나.

수만 - 감독, 그전 젊엇을 때 행실을 좀 내보시요.

감독 - 나는 몰라도 우리 십장님꾀서는 이런 일에도 기술자일 걸 허허허
　　　(농담으로 웃는다.)

십장 - (석 나앉으며 장구를 턱 앉고 덩덩덩덩 치며) 자 그러면 오래도록
　　　하겟소. 너의 소리 한 마듸 해라. 내 장단 치마. 얽어도 이런 일에는
　　　미인보다 낳다.

수만 - 자 차레로 너붙엄 해라. (월게를 식힌다.)

월게 - 저는 소리를 모릅니다. 또는 여기로 들어온 지도 오라지 않습니다.
　　　(불상이 말한다.)

만봉 - (석 나앉으면서 큰 재간이나 있는 듯이) 그럼 제붙엄 하지요. (잘 보
　　　이려고 애쓴다.)

감독 - 그래 해라. 너는 다 여물엇구나 응. 흥흥흥흥

수만 - 고치는 작아도 맵다고 참 똑하게 여물엇소.

십장-자 해라. (새 장구를 덩덩 덩덩)
만봉-(기츰을 하고 초성을 감다듬어 갖이고) 자 장단치셔요.

달아! 밝은 달아!
님의 창전에 빛인 달아!
님이 홀로 누엇드냐?
어떤 불행자를 품엇드냐?
명월아! 본대로 일러다구
사상결단을 하겟구나.

초저녁 여듧 시 되자 자동차 가네
이번 가면 언제 와요?
산 넘고 물 건너 먼나먼 길 언제 와요?
길 가다가 고장되면 다 온 줄 아라요!

님아! 님아! 가는 님아!
알뜨리도 정든 님아!
네 어이 홀로 가리
이내 손목 잡고 가소
명사십리 백사장에
천년 만년 걸고지고.

십장-(덩덩덩덩 치며) 좋다.
감독, 수만-하하 허허 (온통 떠든다.)
수만-신선노룸이 이것이로구나. 자 이저는 네 순선이 해라. (습관적으로
    그만 순선이라고 햇다.)
만봉-예 누구?

수만 - 아니 저 이 기생말이올시다.

만봉 - (말구를(말귀를) 들너붖인다.) 꽃은 해마다 같은 꽃이 피지만 사람은
　　　해마다 다른 사람이 되지요. 추월이라고 해요.

수만 - 그래 그래 추월이 해라.

감독 - (수만의 귀에다 대이고 무엇이라고 중얼거린다.)

수만 - 예 그때— 그럿음니다.

감독 - 자 그러면 이저는 네가 해라. (월게의게)

월게 - 저는 소리를 모릅니다.

만봉 - 그 애는 신식 창가를 곳잘 함니다.

일동 - 창가? 그것도 잘 하면 좋지. 해라. 보자.

월게 - (할 수 없어 노래를 부른다.)

　　　적막한 깊은 밤에 우는 두견아!
　　　네 무엇이 서러워서 그리 우느냐?
　　　고향을 등지고 떠나온 후에
　　　내 신세 이렇다고 슲이 우느냐?

　　　금이야 옥이야 우리 부모 날러서(날 낳아서)
　　　귀가에 시집보내 영화 보려고 하섯지만
　　　조롱 같은 루각에 천한 창부되니
　　　섫다고 울어볼가? 분하다고 죽어볼가?

(하라는 창가는 아니 하고 자기 신세한탄을 외운다.)

수만 - 그것도 좋기는 하다마는…

십장 - 랑군 잃은 청춘과부처럼 신세타령은…

감독 - 불상이 역겨달라고 신세타령이겟지?

수만 - 자 이저는 네가 해라. (순선이를 가르친다.)

만봉-(순선이의 엿꾸리를 숙숙 지른다.)

추월-저는 소리도 모르고 아모 것도 모롯꼬마.

십장-그럼 무엇을 갓이고 여기에 드러왓늬? 그럼 춤이나 추렴.

수만, 감독-그것도 좋아.

추월-(아모 말없이 고개를 숙이고 앉앗다.)

감독-(성이 나서) 뽀이 (소리처 부른다.)

뽀이-예

감독-주인을 청해

뽀이-예 (또 맞엇다는 것을 표증하며 나간다.)

수만-춤을 추엇으면 좋겠는데 으흠 곤장 맞기보다 낳을 걸.

만춘-예 청햇음니까?

감독-그래 춤을 못 출 테야?

만춘-무슨 못 추겟음니까? 아직 철이 없어서 그럿음니다. 춤을 춰라. (손님들 보기에는 얼이고 뒤로는 욱 다진다.)

십장-자 추월의 춤이야. (장단을 울이며 소리를 한다.)

등잔 가자 등잔 가자
하나님 전으로 등잔 가자
늙은 사람은 죽지 말고
젊은 사람은 늙지를 말고
하나님 전으로 등잔 가자

추월-(할 수 없이 이러섰다가 수만의 앞에 꺽꾸려지며) 아버니!

일동-(놀라 이러섯다.)

일호-(복도로 걸어 드러온다.) 뽀이!

뽀이-예

일호-추월이 방을 주시요.

뽀이-안 됫음니다. 다른 손님을 대햇음니다.

일호-내가 갈 때에 무엇이라고 햇소?

뽀이-글세 그러치만 주인이…

만춘-이러서 (쥐여 이르킨다.) 어서 앉으십시요.

십장-내우는 무슨 내우야.

감독-매춘부가 되엿으면 식히는 대로 해야지. 추월인지 가을 달인지 어서
    속히.

수만-울어 소용 있늬? 팔자타령이나 하렴.

십장-자 추월의 춤이 나온다. (덩덩거린다.)

일호-(그 말에 귀가 띄여들ㅅ고 노리방으로 사정없이 달려 드러왓다.)

추월-아이구 일호! (달려나온다.)

만춘-(붓잡으며) 누가 여기로 인도해서? 속히 나가.

감독-웨 드러왓어? 나가.

뽀이-여보시요 나가시요 예 (내여민다.)

일호-(수만이를 보고 분이 나서) 오춘님! 그래 순선이를 파라먹고도 아직
    부족하여 여기까지 딸아와서 (격이 막혀 말을 못 한다.) 이 자식아!
    너는 나의 오춘백부이 아니다.

수만-(도라앉앗다가) 무엇이 엇재? 이 자식! 저런 이상(윗사람)도 모르는
    상놈을, 주인 저런 놈을 보고 가만이 있단 말이요?

만춘-빨리 나가

뽀이-나가시요 예 (내여민다.)

일호-(뽀이를 밀치고 들어가며) 이놈아! 사춘의 며누리를 청루칸에 팔아
    먹고, 이 지경동 주민들의 집값까지 다 받어먹엇지? 네가 지금에는
    외놈의 앞에서 알랑거린다마는 네 머리에 철도 망치가 떠러질 때에
    는 행복하리라.

십장-주인! 내모라. 나가!

만춘-정 안니 나가면 경찰을 부를 터이야.

일호-너는 나를 강도라 하엿지만 너는 사람의 고기를 쯪어먹는 도적개다.

수만-무엇이 엇재? 일가도 모르는 이런 쌍놈 응? (치려한다.)

철우-(문을 열고 내다보다가) 여보시요! 사람을 치겟소. 그만 두시요.

금산-(문을 열고 보다가) 이사람 가만 두게. 어듸 얼마나 따리고 죽는가 보게.

수만-저기 물러라 불앙단놈들! 야 이 자식아 한 번 더 옴겨라 응? (일호의 귀삼을 친다.)

일호-(치려고 하나, 감히 치지는 못한다.)

철우-야 이 자식아! 네가 사람을 그렇게 잘 치늬?

수만-(감독, 십장을 겻눈질하여 보며) 너는 무슨 상관 있늬?

철우-이것이 청루간이 안니고 너의 객주집인 줄 알앗드냐? 그렇게 잘 친다니 엿다 하나 처라. 보자. (듸리댄다.)

금산-(팔을 걷운다.)

수만-저기 빗겨라 독적놈들 (내여민다.)

철우-(미는 손을 쥐여단이며 한 개 받어놓앗다.)

수만-아이쿠! (넘어젓다.)

감독-(개화장을 들고 철우와 싸혼다.)

금산-(곤보 십장한테 얻어맞는다.)

만춘-(일호의게 란장을 만든다.)

(온 청루칸은 싸홈터이 되엿다. 와작근 직근, 아이구! 소리 야단이다. 그중에도 속 시원한 것은 외눈봉사가 일호의게 맞는 것이 기운이 날 뿐더러 시원하기 끝없다.)

뽀이-(달려나가 호각을 야단스러이 분다.)

순사-(달려 드러오며) 웬 일이야?

철우-(술상을 드러 감독을 치려다가) 예 안니올시다. 좀 기운이 나서 작란을 거저 (흔들엇다 던진다.)

순사-속히 나가.

철우, 일호, 금산-(나간다.)

일호-(수만이를 보며) 으 이놈아! 볼 날이 있다.

순사-(일호를 보고) 저기 나가 좀 서써.

금산-(일호를 단이며(당기며)) 이사람 가세. 별일없네.

순사-감독님! 어찌하여 이런 루추한 곳에서 그런 쌍놈들한테 괄세를 봅니까?

감독-(부끄러우나) 괄세야 무슨 괄세겟소마는… 순사! 그놈들을 채포하지 마시요. 그렇게 된다면 홋일이 좋지 못할 터이니…

순사-채포해갓으면 좋겟음니다. 그만두지요. (나간다.)

감독-(분이 나서) 감독(십장의 오기) 저놈들은 래일붙어 데일 무거운 차돌과 네루끼 (빨래장) 목도질을 식혀. (명령한다.)

십장-예

수만-(만봉이 칸에서 머리를 동여매고 나오며) 감독, 오늘 큰 봉변을 당햇음니다. 음 고약한 상놈들!

만춘-(미안한 듯이) 여려분 이제는 침실로 드러가시요. 만봉, 월게는 이 손님들을 모세라.

만봉, 월게-(십장과 감독을 침실로 모신다.)

수만-만춘씨, 저 나는 (귀에다 대이고 중얼거린다.)

만춘-예 예 렴려 말고 들어가 게십시요. (나간다.)

수만-(은근이 순선의 방으로 드러간다.)

추월-(노리방에서 주인의 눈만 피한다.)

(윤선긔는 다시 시작된다.)

춘길-(취하여서 빗틀거리며) 대단이 분주한데 뽀이!

뽀이-예

춘길-추월이가 있늬?

뽀이-다른 손님을 대햇음니다.

춘길-그것은 무슨 말이야. 그것은 내 것인데. 아마 이 방이지. (들어간다.)

수만 - (기다려도 소식이 없으니 갑갑증이 나서 주인을 찾아나온다.) 만춘
씨! 만춘씨! (문을 춘길이는 단기고 수만이는 밀엇다. 부자간이 한
문에서 띄엿다.)

수만 - (너무도 기차서 엇질 줄을 모르다가) 너는 웨 여기로 왓늬?

춘길 - (빗틀거리며) 아부지는 웨 여기로 왓음니까?

수만 - (머뭇 머뭇하다가 돌려댄다.) 주인을 좀 보려고 왓다. 야 이 자식아!
그래 네 청루칸으로 단인단 말인냐? 응? 각금 나가거라.

춘길 - (역기 돌려댄다.) 아니 저 어떤 손님이 아부지를 찾아오시라고 해서
(이리 빗틀 저리 빗틀)

수만 - 음 (망신이란 듯이) 가자 (들어가 외투를 입고) 거려라. (나간다.)

춘길 - (노리방을 드러다보고) 오 추월이, 네 여기에 있고나 응 (올라간다.)

수만 - (문밖에서) 춘길아 나오너라.

춘길 - 예 나감니다. (엇지 할 수 없어 나가는 모양이 웃읍기 끝없다.)

뽀이 - 세상도 기차다. 이놈의 철도 따문에 저렇게 귀한 딸을 파라먹은 사
람이 얼마인지!···

만춘 - (문푸레 매채를 들고 나오며) 이놈에 게집애를 철도 닦듯이 좀 닦가
놓아야지. 그 잘란 꼴에 또.

금색 - 아부지, 그만두셔요. 즘승이라고 때려서 들ㅅ겟음니까? 엇제든 얼여
야 됩니다. 또는 손님 방에 울고 들어가면 엇재요? 제가 들어가지요.

뽀이 - (불상이 역겨) 그랫으면 좋을 것 같습니다.

만춘 - (한 눈을 크게 뜨고 생각하더니만) 수만씨! 수만씨! (문을 연즉 수만
이 가고 없다.) 여기 손님이 어듸로 갓어?

뽀이 - 알 수 없음니다. 거기로 들어갓는데.

만춘 - (성이 나서 매채를 꼰아들고) 이 비러먹을 놈의 게집애 죽어보아라.
(노리방으로 들어간다.)

금색 - 아부지 그만두세요. 예.

추월 - (매채를 들고 들어오는 봉사를 보고 겁나서 몸을 피한다. 그러나 갈

곳은 다만 좁은 방안이다.)

만춘 - (무슨 달려드는 즘승 같이 기여들며) 그래 식히는 대로는 들ㅅ지 않
　　　고 그 목도군놈하고 수작은 무슨 놈의 수작이야? 응

추월 - 어머니 나는 죽소. 아이구! 어머니!

만춘 - 어머니가 다 무엇이냐? (따린다.) 죽어라 응

금색 - (감이 들어는 못 가고) 저것을 엇재? 뽀이 좀 말리요.

뽀이 - 아이구! 저런 기찬 일이라군. (어쩔 줄 모른다.)

- 막은 윤선기 소리, 울음소리, 매맞는 애처로운 관경으로 닫진다. -

데 오 막
- 감독부 앞 일털 -

무대: 데일막에 낱아낫던 김익선의 집터이다. 익선의 집터에는 욱어진
초가도 없어지고 "지경동 三十九호역 철도 감독부"란 현판이 붙은 감독부
가 짖엇고 낡은 토담도 간 곳 없고 뒤산은 옛 모양을 잃고 허리가 끊어젓
다. 다만 옛 흔적이 있다면 익선의 집 앞에 있던 복송아나무가 불 붙엇다
가 다시 움이 돋는다. 멀리 갓가이는 측양 쾨말이 보이고 일본기들이 바람
에 날인다. 이때는 벌서 익선이가 간지 일 년만이다. 뒤산에 벅국새도 봄
을 찾어 울고 복송아나무에 새 움도 포릿포릿하다.

막이 열이면: 때는 목도군들의 정심 시간이다. 산허리에도 감독부 마당에도
이리 저리 돌맹이도 베고 목도채도 베고 맥없이 누엇고 어떤 사람은 산허
리에서 수심가도 부르며 뒤산에서 버국새는 벅국! 벅국! 익선이 가던 때를
생각케 한다.

수만 - (감독부로 나오며) 감독! 오늘 정심은 우리 집으로 갑시다.

감독 - (웃으며) 전번에도 갓는데 또 어떻게. 온흘은 중국 신요리점으로 갑시다.

십장 - 수만씨 집도 그만 못하지는 않지만 우리 온흘은 중국 신요리점으로 갑시다. 그 참 훌륭합듸다. 그 머이라던가? 어 열두 가지 배합이라고 해요.

수만 - (좋아하며) 열두 가지 배합? 그 참 조선에 팔미보다 더 좋구만. 열두 가지 배합이니 열두 가지 음식 맛이 날 것이요. 신철로가 좋기는 하오. 열두 가지 음식을 단번에 다 먹어보고.

감독 - (좋아서) 이제 이 동북선만 다 되면 로국 면보 맛도 볼 것이요. 그 참 좋지요.

십장 - (억게를 으슥거리며) 그러기에 신철도 동북선을 닦지. 그럿치 않으면 그럴 리가 있음니까? 하엿튼 가 봅시다. (일동은 거만하게 나간다.)

철우 - (나가는 거동을 보고) 자식들 신철로가 열어서 열두 가지 맛을 보늬? 아모 때라도 (목도채를 흔들며) 이것 맛을 볼 때에는 박달 맛까지 합하야 백미다 백미야.

금산 - 시에미 역증에 개역꾸리 찬다더니 제 없어 정심 굶는데 남을 욕하네. 홍!

철우 - 이사람 일호, 저것을 다 오춘 백부라고 하는가? 일즉간이 잡아치우라니.

은철 - (그 말을 듯ㅅ고 벌득 이러나며) 일호야 철도바람에 죽는 사람이고, 수만이야 죽는 바람에 사는 사람인데 죽은 사람과 산 사람을 대치할 수 있는가?

일호 - (벌덕 이러나며) 엇찌하여 내가 죽은 사람이란 말인가? 농담을 해도 분수가 있지? (화를 낸다.)

금산 - 그사람 공연이 산 사람을 죽은 사람이라구. 지금 정심 굶은 주제에 주먹탕이나 하나 얻어먹자고 그러는가?

은철 - 자네들이 장귀를 노라보지 못 하엿는가? 말이 나갈 길이 없으면 죽은
　　　말이야. 사람도 나갈 길을 얻지 못하면 죽은 사람과 마치 한가지야.
철우 - 사람과 장귀를 비하겟는가? 미운 놈을 잡아치우고라도 제 살 도리를
　　　해야지.
은철 - (석 나 앉으며) 내 자네들한테 수시꺽김(수수께끼) 하나 할 게 아라맞
　　　이겟는가?
금산 - 무엇인가?
시운 - 마 말하게
은철 - 사람을 유리 집에다 갇우고 그 집을 봉햇네. 그러나 그 안에 사람이
　　　어떻게 하면 살 수 있는가?
금산 - 먹어야 살지.
시운 - 주 죽어버리지.
철우 - 발길로 막 차고 나오지 그까짓 유리 집이야.
은철 - 글세 자네 말이 그럴 듯 하네마는 일호는 유리 집 안에 있는 사람인
　　　데 목도채가 곁에 있어도 맞으고(부수고) 나오지 못하는 죽은 자야.
일호 - 그래 내가 죽은 사람이야?
금산 - 그 참 분하게는 됫네. 숨을 쉬는데 죽엇다고 하니.
은철 - 상금도 못 아라 들엇는가? 저 자네 아부지가 심은 복송아나무가 다
　　　시 닢이 피고 꽃이 피여 열매가 맺기 전에는 과실나무 질을 못하네.
　　　사람도 결과를 보지 못하면 그는 죽은 사람이야.
일호 - (그 말에 감동되여 긴 한숨을 쉬고 드러눕는다.)
(산허리에서 어떤 목도군이 노래를 부른다.)

　　　신철로 고개는 열두나 고개
　　　넘어올 적 넘어갈 적 눈물이 난다
　　　아리랑 아리랑 아라리 낫소
　　　신철로 고개로 날 넘겨주소

뒷산에 벅국아 너 울지 마라
아리랑 고개 넘에 랑군님이 운다
아리랑 아리랑 아라리요
신철로 고개로 날 넘겨주소
(노래 소리 사이로는 벅국! 벅국!)

아가시나무 닢사귀야 너 떨지 마라
광월루 기생들의 목청이 떤다
아리랑 아리랑 아라리요
신철로 고개로 날 넘겨 주소

철우 - 은철이 시작하겟는가?

은철 - 글세 말을 햇으면 좋겟는데 순회하는 외놈의 감시가 특히 심하네.
(산허리에 장춘 멘 현병이 오르락 나리락)

농민(a)(강제로동군) - 여러분! 누구의게 빵이 있소? 저기 사람이 허기에 치여 넘어젓습니다. (산 뒤에서 산 앞에서 빵 찾는 소리는 매우 분주하다. 그러나 빵은 아무의게도 없엇다.)

은철 - (긔회로 삼아서 높은 곳에 올라서며) 이사람 철우, 노랑이 오는가 삶이게.

철우 - (감독부 앞에서 사방을 두루두루 삶인다.)

은철 - (소리를 질너) 여려분! 종일토록 목도질하고 허기에 치여 사람이 죽어도 이전자리(2전짜리) 빵 하나 엇지 못하는 이놈의 철도를 누구를 위하여 닦는단 말이요? 중국 신요리점에는 신철도 강도놈들이 우리의 기름과 고기로 열두 가지 음식을 맨들어 먹고 있습니다. 나는 오늘붙어 이놈의 철도를 안니 닦을 터이요. (목도채를 뿌리면서 들어앉는다.)

일동 - (은철이만 치어다 본다.)

농민(B)(강제로동군) - 여보시요. 앞서 말슴하던 소지서는 어떻게 되는고? 온
      흘도 동리 집을 막 허는데.

은철 - 올려야 하지요. 우리는 그 요구대로 하지 않으면 이 철도닦기를 걷
      어치워야 하오.

농민(б) - 그게 다 소용없는 짓이요. 막 드리부세 치워야 되오.

시운 - 홍 주 죽기는 어느 마 맛아들이 죽고

은철 - 죽는 것을 무서워해야 일이 되는가?

농민(г) - 그런데 그 소지서는 누가 갖이고 가겟노?

일동 - (서로 서로 치어다보며 말없다.)

농민(д) - 아모래도 은철이밖게 없겟소다. 내 생각 같에서는 반대 없소. (믿
      음 있게 말한다.)

목도군들, 농민들 - 그래 그래 은철이가 가야지

일호 - 은철이! 어떻게 하겟는가?

은철 - (석 나서며) 여러분! 그러면 내가 요구서를 갖이고 가겟읍니다. 만일
      이 요구대로 되지 않는 때에는 우리는 외놈의 동분선을 닦지 마려야
      하오.

일동 - 옳소 옳소

시운 - (조심스러이) 그래 자네 기여히 가겟는가?

은철 - 그래. 웨 근심스려운가? 렴려하지 말게. 내가 없다면 자네들이 있지
      않은가?

철우 - 이사람 은철이, 노랑이 오네.

금산 - (소리를 끄어낸다.)

    지경동이 우르르 화차 가는 소리에
    뒤ㅅ집에 큰 애기 반보따리만 산다
    에헤 에헤요 반보따리만 산다.

(일을 시작하라는 종소리는 땡땡, 순회하는 헌병은 감독부 앞으로 지나서 끊어진 산허리로 들어갓다 다시 나와 도라 단인다.)

은철-(앉은 목도군들을 보며) 이사람들 가세. 저기 또 아마 곤보 십장하고 구장이 오는 모양일세.

철우, 금산, 일호, 농민 일동은-(이러서서 나간다.)

구장-(들어와서 나가는 시운이를 부른다.) 시운이! 시운이!

시운-(도라서 들어온다.)

구장-용행 맛낫군. 합비까지 타 입엇구만. 내가 말하면 안 될 리 없지. 그런데 당신이 지암동에 있는 안해를 다려오자 햇지.

시운-네 그러치만 어듸 다려올 처 처지가 됩니까?

구장-(가장 렴려하는 듯이) 그 참 안 됫음니다. 엇잿던 다려와야지. 하엿튼 우리 행랑방이 있으니 와서 유하실라면 유하시요.

시운-(황소하여서) 아 그 그 어떻게 수고를 기쳐.

구장-일없소. 한 동포 사이에 고만한 행랑방이야. 그런데 그 일은 대채로 알아보앗소?

시운-글세 대강 알만은 하 함니다마는 해 행랑방 세금이 만슴니까?

구장-무슨? 당신이 있자면 별세금 받도록 하겟소. (닥아들며) 그런데 어떤 놈이요?

시운-글세 똑똑히는 모름니다마는 은철이가 무슨 소지를 드린다 합듸다. 구장님 그거 좀 말슴해서 못 가게 하 하십시요. 그러다가 모진 매나 맞으면 어 엇지겟음니까?

구장-(성공이나 된 듯이) 예 알만하오. 다시 봅시다. (나간다.)

시운-구장님! 구장님! (구장은 못 들은 채 나간다.) 은철이 같은 사람은 더 없는데 구장이 도아 주겟는지? 도아 주겟지, 한 동포라니까! 정말 행랑방 세금이 없을는지? (말귀마다 의문이다.)

십장-(들어오며 소리지른다.) 속히 시작해라.

(치기영 소리와 란포소리는 시작되엇다.)

일호, 은철-(목도를 하여 들어오며) 치기영! 치기영!

일호-이사람, 죽어도 더 못 가겠네. 갈사록 더 무겁네.

은철-글세 다른 날보다 더 심하게. 보라니 그래도 자네는 합비 입은 목도
　　군들의게는 괸찮켓다고 햇지. 지내보라니

십장-웨 여기 있어? 빨리 가

일호-십장님, 이것은 정말 무겁습니다.

십장-(두 눈을 딱 부르뜨고) 합비 입은 신용자도 그런 말을 해?

은철-가세 (나간다.) 치기영! 치기영!

농민(a)-(목도채를 메고 올라가며) 누가 화차를 타고 동북으로 단이겟기에
　　이다지 지독하게 일을 식히는가?

농민(b)-구장의 말은 백성들의 교통을 편리케 하노라고 닦는다더구만.

농민(a)-교통을 위한다면 온 고을 사람이 다 단이는 청림촌 길을 닦지. 모
　　를 소리네. (단배를 피우려 한다.)

일호-(목도채를 쥐고 들어오며) 이것은 바로 감옥 죄수보다 더하네.

은철-우리는 둘ㅅ재네. 푼돈이나 받네. 저 억지로 붓들려와서 맞어가면
　　강제로동을 하는 주민들은 어떻겟는가?

일호-(목도채를 뿌리치며) 생각하면 통분하네. 외놈의 철도를 이렇게 애
　　서 닦그면 무슨 이익이 있는가? 나는 더 못하겠네.

은철-(일호의 반역심을 더욱 깃버하면서도) 흥 그사람, 목도질을 해야 오
　　춘의 빗을 갚지.

녀자-(어린 아이를 업고 달려 들어오며) 아이고! 구장님이 어듸로 갓습니
　　까? 저 집을 헐면 아이들을 다리고 어듸가 살겟는지?

십장-야 이놈들! 또 여기에 서 있늬?

농민(a)-여보 십장! 당신도 사람이지요? 아모리 강제로동군이기로 숨을 좀
　　돌려야 살지요.

십장-(꽁문이에 찻던 바줄을 빼며 위험한다.) 말들이 오랄 템인냐? 속히 가

농민(b)-여보! 당신은 조선사람이 아니요? 웨 그렇게 우덜대오?

십장- 무엇이 엇재? 박아 (따린다.)

일호- 여보 십장! 사람은 웨 작고 치오. 거저 일해주는 것이 부족해서 그러오?

십장- 무슨 상관있어. 있게(가라). (내여쫓는다.)

현병- (산허리에서 벽역같은 소리로) 나니 사와시데 오로노까?[25]

일동- (말 못하고 쫓겨나간다.)

십장- 너는 웨 왔어? 빨리 가

녀자- 구장님이 어듸로 갓음니까? 지금 집을 막 헙니다.

십장- 상관없어 가 (소리 지른다.)

녀자- (겁이 나서) 예 예 (울며 나간다.)

십장- 시바시고로다네[26] (목책을 내여 적으며) 저놈도 처음에는 죽은 것처럼 일만 하던 것이 꾀 톡톡해저서. 저도 몇 푼 되지 않는 월급에서 별금까지 하게 되면 알겟지. (나간다.)

구장- (감독의 뒤를 따라 들어오며) 예 물론이지요. 은철이란 놈이 확실함니다. 내가 똑똑히 암니다. 그놈을 꼭 잡아 숨을 못 쉬도록 해야 좀 조용할 것임니다. 그런데 오늘이 사월 보름인데 목도군들의 월급날이지요?

감독- (잊엇든 듯이) 오 오늘이 참말 사월 보름이지.

구장- 사무가 복잡해서 날자 가는 줄도 잊은 모양임니다.

감독- 그래 이 월치를 주어야지. 그런데 웨 그랫음니까?

구장- 그 전번에 이약이하던 것 말임니다.

감독- 예 염려마시요. 그런데 구장! 요즘에는 공동 로동하는 주민들의 행동이 좋지 못해요. 잘 사업해야 되겟소. 주민들만 잘 동원하면 군청에서도 알아볼 것이요.

---

25) 나니 사가시데 이르노까? 왜 이렇게 시끄러워?
26) 시바시고로다네.: 시간 참 빠르군.

구장-주민들이야 내 말을 곳 잘 듯읍니다. 그 은철이 같은 목도군놈들이
　　　떠드는 모양입데다.

감독-목도군들이 떠들어서는 소용없어요. 이 동북선 철도닦기는 다른 길
　　　닦기와 달라서 깟닥하면 목숨이 그만입니다. 온흘 밤 열두 시면 저
　　　지산촌 밑으로 화차가 올라온대요.

구장-아니 화차가? 참 하기는 잘 합니다.

녀자-(산허리에서붙어 부르며 나려온다.) 구장님! 구장님!

구장-또 웨 그러오?

감독-(눈치를 보니 시원한 일이 안니다.) 나는 가보아야 하겟읍니다.

구장-앗가 그 은철이란 놈 일 따문에?

감독-예 없에치워야 나도 마음을 놓겟읍니다. (거만하게 나간다.)

녀자-구장님! 저것을 어떻게 하겟음둥? 글세 저 집을 헐면 어듸서 살람둥?
　　　(운다.)

구장-(조심이나 하는 듯이) 놈들이 독하기는 독해. 또 군청에다 말해보지요.

농민(a, в, б, г)-(서로 짝을 짖여 목도질하여 올라오다가)

농민(a)-여보 구장! 이렇게 강제로동만 식히고 식구는 누가 먹겨살인단 말
　　　이요?

구장-그것이야 내가 알 수 있소?

농민(в)-그래 당신은 동리 주민들을 위해 일한다면서도 이렇게 주민들을
　　　못살게 만들어도 상관없단 말이요? 군청에 드린 소지는 어떻게 되엿
　　　으며 집값들은 당신이 받어먹엇소?

구장-(겁이 나서) 이것은 무슨 말들을 한부로 하오. 소지 조안들을 차첨
　　　해결한대요. 또 집값들은 차차 주겟지. 잠잣고 일들이나 하시요.

은철, 일호-(구장의 말을 듯ㅅ고) 이사람, 이것 좀 놓게.

은철-여보 구장! 죽어도 일만 하란 말이요? 당신은 이 지경동 주민들이
　　　토굴까지 빼앗기고 거리에서 굶어죽어도 일만해야 되겟소?

일호-당신이 가만이 하는 즛을 보니 외놈들과 한편이요.

은철-한편이고 말고.

농민(a)-그 괜찬은 말이요.

십장-웨 떠들어? 빨리 일들 해

일호-죽고도 일을 하오?

현병-(총감목으로 내여밀며) 하얏구 있게(빨리 가라).

일호-(대여들라 하나 은철이가 끌고 나간다.)

십장-속히 가 (발을 구르며 우줄댄다.)

농민-(말없이 흘겨보며 나간다.)

녀자-아이구! 기찬 놈의 세상이지 (울며 나간다.)

십장-되지 못한 놈들 흥흥… (코우슴을 한다.)

구장-흥 윈(제일) 못된 놈들이야. 십장 오늘이 월급날이지?

십장-네 (사무실로 들어간다.)

일만-(부러진 목도채를 들고 들어오며) 어떻게 하면 만나나? 하엿튼 전해 야 되는데

현병-(독성있게 보며) 도시데 기다노까?(무슨 이유로 왔느냐?)

일만-(서슴거리면서 손질한다.) 아나따(당신), 이 목도채가 불너저서 왔소. 이거 엇지겟는가?

현병-민나 있게.(다 가라.) (유심이 보며 올라간다.)

일만-자식 거저 윽 (죽일 듯이 베른다.)

은철-(일호와 같이 나러오다가) 이사람 일만이!

일만-빨리 오게.

은철-대관절 거기는 어떻게 되는 셈인가?

일만-지산촌 주민은 다 단속이 되엿네. 이 구역에는 감시가 특히 심하네 그려.

(철우, 금산, 농민들도 지나가다가 들ㅅ고 본다.)

은철-그놈들의 감시야 밋친 개의 눈불인데 말할 것 있는가? 요구조안은 내가 갖이고 가네. 내 간 다음에 이 요구조안을 위하여 싸우게.

농민(a) - 올소. 우리 일은 우리로 해야 되오. 구장놈을 믿다가는 다 죽을
　　　 것 같소다.

일만 - (옆착에서 조희를 주며) 자 지장들이네. 일백사십 려명일세.

은철 - 좋네

철우 - 이사람, 감독이 오네.

(다 제마꼼 헤여저 간다.)

일만 - (부려진 목도채를 보이며) 이사람, 그래 목도채가 공남이 없는가?

감독 - (무엇을 본 듯이 달려 드러오며) 일은 하지 않고 무엇을 하고 있어?

은철 - 이사람, 목도채가 공남이 있으면 부자게. 동북선 닦기에는 이런 목
　　　 도채로는 안 되네. 원 제틀진 동북선을 닦자면 조선 백두산 박달나
　　　 무 목도채라야 되네. 감독님, 그렇지요 예?

감독 - (놀이는 줄 알고) 없으면 그만이지 무슨 잡말이 그리 많에? 속히 가

은철 - 예 갑지요.

일호 - (목도채를 가르치며) 이런 박달이라야 되네. 치기영! 치기영! (나간다.)

감독 - 야, 목도채가 저 감독부에 있으니 갖이고 가. 그리고 알지? 다른 구
　　　 역으로 못 단이는 줄을.

일만 - 예 암니다. 그러나 일을 하겟고 해서, 저기로 들어가랍니까?

감독 - 오냐 (일만의 뒤를 따라나간다.)

(일을 필하라는 종소리는 땡땡땡 땡땡땡)

(목도군들은 의복을 털며 나간다.)

금산 - 오늘 하로는 시름놓앗군 (나간다.)

구장 - (감독부로 나오며) 감독, 그렇게 하지요. 그런데 군청에 가서도 말슴
　　　 햇음니까?

감독 - (너무 밀망해서) 예 말슴햇소. 십장! 별금 물 놈이 얼마나 되여?

십장 - 은철이와 일호란 놈, 또 대여섯 놈 됩니다. 합비 입은 놈들로써 일은
　　　 하지 않고 딱딱 맛서겟지요. 그래서 적엇음니다.

감독 - 오늘 월급에는 다 제해. 그리고 구장! 상급 문례는 주민들의 집값으

로도 해결할 수 있지요. 렴려 마시요.

구장 - 감독이 말씀하는데 렴려할 것 있소?

(감독, 십장, 구장은 퇴장한다.)

(때는 저므러든다.)

정순 - (빗 받으려 갓다오다가 복송아나무 밑에서) 온흘 또 빗을 받지 못하 엿으니 엇지 욕을 먹겟는가? (복송아나무 움을 만지며) 아부지는 웨 오지 않는가! 나무 움은 트고 두견새는 우는데… (뒤산에는 부엉새 가 부엉부엉 운다.) 아부지! 오춘의 밥이 정말 섥어서 못 먹겠소.

일호 - (멀리서 원한의 노래를 부르며 온다.)

없난 놈은 언제던지 죽난 놈이냐?
없난 놈은 언제던지 죽난 놈이냐?
이러나라 움살림에 빈한한 동무
이러나라 십연가에 서러운 동무
넓은 하늘 자유롭은 우리 락원을
유린하고 횡영한 자 어느 놈이냐?

(정순이를 보고) 정순아! 웨 여기 섯늬?

정순 - 오라바니, 또 오늘 빗을 못 받앗으니 엇지겟소? (울음 석긴 근심을 한다.)

일호 - 빗진 사람들이 주지 않는 것이지, 네 잘못이야 안이겟지?

정순 - 그래도 맛아버니와 맛어머니는 나를 욕하고 때리고 내여쫓소.

일호 - (기가 막혀서) 그렇게서라도 돈을 모하야지, 돈 없는 친척이니 섥어 한들 소용있늬? 우리도 잘 살 때가 있겟지!

정순 - 오라버니! 아부지는 웨 오지 않소? (나무를 어루만진다. 뒤산에서는 두견새가 높이 부엉! 부엉!)

일호 - 아부지 말인냐? 여기에 있던 집도 우리 아부지가 짛엿고 이 복송아 나무도 아부지가 심엇다. 그러나 오늘에는 이런 외놈의 철도국 감독부를 짛엿고나. 어데 가서 생존하여 게신지. (먼산을 바라본다.)

정순 - 부엉새는 작고 우는데 아버지는… (운다.)

은철 - (멀리서 노래를 부르며 온다.)

불상한 우리 동무 전쟁에 가서
있는 놈들 위하여서 싸와 죽엇고
해고당코 불상한 늙은 아부지
있는 놈들 일하다가 굶어 죽엇다

(일호를 보고) 자네 벌서 왔나? 그런 것을 나는 작고 찾엇지? 자네는 웨 랑군 잃은 청춘과부처럼 늘 수심이 그리 많은가? 울음 썩긴 고함이라도 힘끝 꽝 처보게. 속 시원하게 무슨 소리가 나는가 들게.

일호 - 글세 저 어린 것을 빗바지군으로 부려먹는다네 에!

은철 - 그것이야 자네 오춘의 본습인데 그런 줄 이제 아는가? 대관절 이저는 자네 알만하겟네. 보라니 이것은 감독부고 저것은 자네 집 복송아나무네. 누가 자네 집을 불지르고 저런 감독부를 짛엿는가? 또는 자네나 나의게 이런 합비를 시워놓고 기름을 짜먹는 것은 완연이 보고 지내는 것이 알만하지?

일호 - 오늘 월급까지 그렇다면 막 따려부시고 피값이나 하고 말겟네! 무슨 얼골로 순선이를 보겟는가?

정순 - 오라바니도 그러다가 붓잡펴가면 엇지자고 그러오?

은철 - 자네가 아직도 내 말을 깊이 아라들지 못하엿네. 그러타고 막 따려부시고 죽으면 되나? 그놈들과 싸와서 우리로써 잘 세상을 만들어야 되네. 자네도 이번 이 요구조안되로 되지 않으면 다른 목도군들과 같이 끝까지 싸와야 되네. 그렇지 않으면 순선이도 구원해 낼 수 없네.

일호- 새 세상이 나의게는 있을 것 같지 않네.

은철- 웨 그리 피 없는 말을 하는가? 나를 보라니 그 승양이 무리 같은 도 감독부로 들어가네만 슲은 생각이란 조곰도 없네. 내라고 웨 무서움과 청춘에 죽는 것을 앗가워 않하겟는가? 그러나 승양이 무서워 산으로 못 가겟는가?

일호- 그 요구조안 때문에 말인가?

은철- 그래

일호- 주민들의 책임이니 실행해야지.

은철- 군중의 책임이 중한 줄 아는가? 저 산빈탈에 울음 썩긴 아우성은 자네들의게 싸워달라는 책임일세. 그 얼마나 중한 책임인가? 자네들이 지금은 울고 있지만 그 울음이 싸흠의 함성으로 울려저 나올 때에는 이 조선의 산천도 응하고 외놈의 동북선도 맛사저버릴 것을 굳게 믿네. 내가 가서 외놈의 감옥에 드러갈지라도 자네들이 싸호는 절통한 고함을 들을 때에는 (가슴을 주먹으로 치며) 천번 만번 죽더라도 원통하지 않겟네. 자 나는 갈 사람이니 가야지. 내 간 다음이라도 나의 말을 깊이 깊이 생각하게. (걸음을 옴겨 끊어진 산허리로 들어간다.)

일호- (멀리 없어질 때까지 보다가) 정순아! 오늘은 월급날이다. 등이 고불도록 목도질을 해도 광월루에 있는 순선이를 구할 수 없다. 암만해도 철도닦기를 걷어치워야 하겟다. 아모래도 이제 그 은철의 말이 옳은 것 같다.

정순- 오라바니도 그러다가 붓잡아가면 나는 누구를 믿고 살겟소?

뽀이- (어청어청하며) 여보시요, 여기가 십십구호역 감독부임니까?

일호- (믭살스럽게) 예 그럿소.

뽀이- 이 구역에 김일호란 목도군이 있음니까?

일호- (석 나서며) 내요. 웨 찾소?

뽀이- 예 그럿음니까? 무엇을 좀 전할 것이 있는데… (옆착에서 피묻은 조희장과 삼지를 내여준다.)

일호-(놀라며) 피! 여보, 이것은 웨 갖어왓소?

뽀이-추월이란 기생이 지난밤에 이것을 당신의게 전하여달라고 하겟지요.
　　　나는 주인의게 욕먹을가 하여 싫다 하엿지요. 그래 자기 방으로 들
　　　어가서 손가락을 깨무러서 이렇게 '김'자만 쓰다가 목에다 칼을 박고
　　　자살을 햇서요. 그래도 죽는 사람의 유언이라 갖어왓음니다.

일호-응 자살을!

정순-그래 순선이가 죽엇단 말슴임둥?

뽀이-예 추월이가 죽엇음니다.

정순-순선아! 끝끝내 죽엇꼬나. 아! (운다.)

뽀이-(천천이 슳어하며 나간다.)

일호-(머리를 번적 들며) 정순아! 이것이 순선이가 튼 삼지가 확실하냐? 응

정순-오라바니 사다 준 파랑실이요.

일호-(치를 떨며) 윽 통분하고 절통하다. 아! 순선아! 그래 죽고 말엇구나.
　　　글을 몰라 손을 물어 피로 물드린 조희 아! 사랑의 편지!

(부엉새는 부엉부엉 높이 운다. 일호는 무엇을 동경하고 산길로 올라닫는다.)

정순-오라바니 가지 마오. 가지 마오. (일호는 갓다.)

(정순이는 땅에 주저앉어 운다.)

수만-감독, 그렇지 않으면 안 됩니다. 빗을 아여 제하고 내여주십시오.

감독-또 그놈들이 욱하고 떠들지만 수만씨의 일이니 그렇게 하지요.

수만-(정순이를 보앗다.) 정순아! 이놈에 게집애, 빗받으려 가라 햇드니
　　　웨 여기 와 울고 잇늬? 각금 가 받아오너라.

정순-(말없이 울며 나간다.)

수만, 감독, 십장-감독부로 들어간다.

구장-(헐덕이며 드러온다.)

시운-구장님! 구장님! 잠간만 봅시다.

구장-웨 그러오?

시운-래일로 행랑방으로 오람니까?

구장-(전혀 딴판이다.) 참 안된 일이 있소. 행랑방을 안해게서 그만 다른 사람의게 주엇소. 당신게서 방세를 못 받을가 그런 것은 안이요. 감독이 여기로 왓지. (그만 감독부로 슥 들어갓버린다.)

시운-마 망할 놈의 두상! 사람을 놀이는가? 속이는가?

철우-이사람 금산이, 빨이 좀 오게. 빨즉하구만. 제 먹을 것은 내놓지 않는데.

시운-은철이가 갓는가? (근심스럽게 물ㅅ는다.)

금산-가는대로 갓으면 십리는 넘엇겟네. 그래 웨 몰라서 물ㅅ는가? 자네도 대표로 가고 싶은가?

시운-아니 글세 (근심이 태산같에야 앉앗다.)

금산-나는 오늘 또 벌금이 반이 넘겟네. 눈 한 번 흘겨도 벌금, 대답 한 마듸 해도 벌금.

철우-그래야 도적놈들이 먹고 살지.

수만-(나와서 두루 삷이더니) 예 당신도 여기에 있구려. 오늘은 월급날이니 꼭 돈을 주어야 하겟소. 그렇게 오라(오래)라면 객주할 사람이 누가 있겟소?

시운-글세 (어물어물하며 말 못한다.)

철우-(아니꼽게 보며) 아들 빗이나 몬저 물고 빗받지를 하오. 청루칸을 벌서 잊엇소?

수만-으흠 (못 들은 채 하고 들어간다.)

금산-자네 용감하네, 그러나 저러나.

철우-한번 광월루에서 받어 놓은 후루는 꿈적 못하네. (두 사람은 웃는다.)

십장-차례로 서거라. 은철이와 일호는 어듸로 갓어?

금산-알 수 없소다.

십장-성명이 무엇이야?

금산-금산이요.

십장-월급은 전표로 주어 六원 五十錢

금산 - 또 전표를 주어? 또 무엇을 제햇음니까?

십장 - 벌금 三元을 제햇어. 빗겨서

시운 - 엇재 이리 작소?

수만 - 밥값을 제햇소다.

시운 - 야 기차다. 다 도적놈들이구나!

철우 - 이런 백주에 한 달에 모다 칠원이야. 돈값 절반도 안 되는 이것을 갖이고 엇진단 말인가?

십장 - 떠들지들 마라. 무슨 말이 그리 많아.

금산 - 이놈아 뼈가 부서지도록 거저 버러 주어도 가만이 있어야 되겟늬?

십장 - 정 떠들면 알지? (위협하며 들어간다.)

일만 - (달려들어 오며) 이 사람들, 은철이 요구서 가지고 가는 것을 알고서 패출소에서 부잡아 갓우엇네.

시운 - 응? 은철이를?

철우 - 응? 은철이를 갓어서?

금산 - 조작은 모다 저놈들이 조작이야. (감독부를 가르치며)

농민(a) - 매우 악형을 당하는 모양이야. 고함소리가 들리는 것을 들으니…

일만 - 지산촌 목도군들은 지금 감독부를 막 디리부시고 주민 일동과 철도 아니 닥긔로 결정햇네.

철우 - 올레, 저놈들을 막 디리부시게.

금산 - (달려들어가며) 처라.

일동 - (감독부를 들어가서 와작근 작근 부신다.)

수만, 감독, 십장 - (너무도 급하여 도망가려고 좃겨나온다.)

목도군들 - 이놈들 어듸루 가늬? (쫓아나와서)

농민(a) - 처라 (막 되는대로 따린다.)

헌병 - (급해서 총을 들고 달려 나려온다.) 나니사와 오르노까?[27]

---

27) 나니 사와가시시데 이르노까?: 왜 이리 시끄러워?

감독 - (일만이를 가르치며) 아래요 겟밧즈 시나사이[28]

현병 - (총을 괴여 들고) 있게. (가라.)

일만 - (할 수 없이 걸음을 뗀다.)

일동 - (분하여 보기만 한다.)

일호 - (광월류에 불을 붗처놓고 달려들어오아 보니 이런 관경을 듸엿다.
　　　일호의 눈에는 살긔가 오르고 정신은 모다 원쑤에게루 집중되엇다.
　　　그리하여 땅에 있는 목도채를 들어 현병을 힘끝 따려 없섯다.)

수만 - 야 이놈아! 전 친족까지 멸족을 식히자고 이런 짓을 치늬? 응 (대여
　　　든다.)

일호 - 이놈아 빗겨라. 너는 나의 친족이 아니다. (때려 엎엇다.)

수만 - 아이구 (정신을 잃엇다.)

구장 - (벌벌 떨며) 아니 이게 어찌자구 대관절 이러오? 그만들 두시요.

철우 - 외놈을 따리는데 무슨 상관이 있늬?

시운 - 그 구장놈이 은철이를 알려달라고 하데.

금산 - 그래 네가 알려주엇늬?

시운 - 아 아니 은철이를 가 가지 말게 해달라고 햇네.

농민(B) - 모조리 잡아치우오.

철우 - 따려라. 이놈도 개다. (감독, 구장, 십장, 시운이는 모든 매에 맛는
　　　다. 감독, 구장, 십장은 너무 급해서 게거름을 치면서 도망을 가고,
　　　시운, 수만, 현병은 정신을 차리지 못하고 넘어저 있다.)

철우 - 이 사람들, 패출소를 도리치고 은철이를 내오아야 되네.

일동 - 올네.

철우 - 가게 (막 달려 올라간다.)

일동 - 가자. (몽둥이도 메고 돌맹이도 메고 올라간다.)

(먼 곳에서는 "광월루에 불이 낫오. 가지 마오, 가지 마오." 산길로 달아

----

28) 아레오 겟빠꾸 시나사이: 저 놈을 묶으시오.

올라간다.)

정순 - 오라버니! 광활류에 불이 낫소. 가지 마오.

수만 - (겨우 정신을 차리면서 곁에 넘어진 현병을 깨운다.) 아나따(당신) 이
러나오, 아나따(당신) 이러나오.

현병 - (겨우 정신을 차린다.)

수만 - 아나따(당신) 저놈들을 막 총으로 노으시요.[29] (손질을 한다.)

현병 - (총을 들어 년방 세 방을 놋는다.)

정순 - (달려가다가 맞앗다.)

수만 - (보니 정순이가 총에 맞앗다. 놀라면서) 아나따(당신) 가오 가오 (끌
고 나간다.)

정순 - (총에 맞아서 정신없이 겨우 복송아나무 밑에까지 와서 쓸어진다.)

시운 - (겨우 정신을 차려서 정순이가 죽은 것을 보더니 눈물을 흘리며) 불
상한 오라버니를 위하여 부자의 집에서 주먹밥을 가저오던 누이…
(울다가 달려나가며) 일호, 일호! 정순이가 죽엇네. (무대는 침묵에
잠겻다.)

(뒤싼에 두견새는 부엉 - 부엉)

정순 - (겨우 말한다.) 아부지, 뒤산에 두견새는 년년이 울건만 웨 오지 않
어요? (다시 쓸어진다.)

일호 - (정순이를 잡으며) 정순아, 정신을 차려라! 응 - 응

정순 - 오… 오라버니 나는… (그만 나무로 안고 운명을 하엿다.)

일호 - 정순아! 정신을 차려라. 응? (정순이를 안고) 그래 이 복수아나무에
움이 낫는데 꽃이 피는 것을 보지 못하고 죽늬? (울며 머리수건을
벗어 가슴에서 흐르난 피를 쑷는다.)

시운 - (옆에서 흑흑 늣겨 운다.)

일호 - 정순아! 나는 알앗다. 우리의 살길은 친척도 소용없고 다만 우리의

---

29) 총을 '놓다'는 총을 '쏘다'의 러시아식 표현을 직역한 것이다.

피와 죽엄으로 맞아질 것을! 정순아 나의 가슴에서 울어나오는 절통한 싸홈의 고함을 들거던 죽어도 깃버하며 죽어라. (일어서며 피묻은 수건을 복수아나무 가지에 걸치며, 주먹으로 눈물을 싯는다.)

시운 - (합비를 벗어던지며) 죽더래도 외놈의 겁지를(껍질을) 쓰지 안을 터이다. (달려나가서 감독부 앞에 일본긔를 빼여 뚝뚝 분질러 던지며) 이놈이 동북선을 아니 닥글 터이다.

일호 - (목도채를 힘 있게 높이 들려 한울이 문허질 듯한 고함을 지른다.) 목도군들아! 보아라. 혁명의 움에는 피묻은 수건이 걸렷다. 형제를 잡아가는 □□의 동북선을 파괴하고 송림의 욱어진 휘양소루 가는 우리의 동북철도를 닥가보자.

(산천은 으르릉 으르릉, 화차는 오려고 고동을 치나 철도는 파괴된다. 멀리서는 화차를 오지 말라고 붉은 화경이 번적번적, 한울에는 북두철성이 더욱 빛난다. 막은 천천이 닷친다.)

1935년 김해운

▌원고 둘째 장과 마지막 장에 러시아어로 덧쓰인 검열문 및 상연허가서

Согласно требования об искусстве от 20/IX-1939г. мною провере
на пьеса "Дон Бук Сен".
Разрешить постановку. *서명*
29/IX-1939г. (Ким Ким Бон)

Временно утвердить.
Разрешить произвести показ.
직인과 서명
Б. Л. *성*
30/IX-1939г.

***

예술에 관한 규정에 따라 본인은 1939년 9월 20일부로 희곡 "동북선"을
검열함.
상연을 허가함.   *서명*
1939년 9월 29일 (김김봉)

임시로 상연을 허가함
직인과 서명
Б. Л. *성*
1939년 9월 30일

≪타쉬켄트 조선극장≫
(1939~1950)
시기에 쓴 희곡

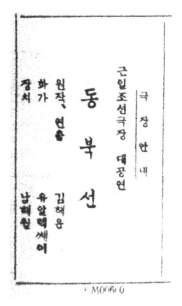

사할린 한인신문 조선로동자(1952년 3월 19일)에 실린
연극 '동북선' 공연광고

동북선

(개정본. 1946~1950년 사이)

희곡 '동북선(개정본)' 본문 일부. 이 원고는 '타쉬켄트 조선극장' 무대에 올린 희곡을
'사할린 조선극장'에서 공연하기 위해 재개정, 또는 재등서한 것으로 보인다.

▎등장인물들

1. 김익선 ························· 농민(53세)
2. 그의 부인 ····················· (50세)
3. 김일호 ······················· 익선의 아들
4. 김정순 ······················· 익선의 딸
5. 김수만 ······················· 익선의 사춘형, 동리 부자(55세)
6. 수만의 젊은 안해 ··········· (30세)
7. 순선 ························· 일호의 애인이며, 정순의 동무
8. 일삼 ························· 익선의 친구(50세)
9. 감독 ························· 일본인(35세)
10. 구장 ························· (55세)
11. 십장 ························· 얽맹이(35세)
12. 만춘 ························· 청루간 주인(40세)
13. 은철 ························· 목도군1
14. 시운 ························· 목도군3
15. 철우 ························· 목도군2
16. 금산 ························· 목도군4
17. 창수 ························· 목도군5
18. 순사
19. 순병
20. 기생들 ······················· 금색, 게월, 만봉
21. 동리 사람들

제 일 막
- 지경동 김익선의 집마당 -

집은 욱어진 초가며, 집웅 우에는 풀가지도 있고, 호박넝쿨이 버더젓다. 문허저가는 토담 우에는 푸른 니끼가 돋아있고, 마당 앞에는 복송아나무가 서 있는데 꽃이 만발했다. 토담 넘어 멀리로는 산골안이 깊은데 굽이도는 길이 보인다.

막이 열리면 일호의 어머니는 방문을 열어놓고 다듬이를 하며, 뒷산곡에서는 벅국새가 운다. 가다금식 멀리서는 난포 틔우는 소리가 난다.

어머니-(근심스럽게 퇴마루에 나서며) 얘들이 외 오지 않는가? 난포돌에 상하지나 않았는지?! (난포가 터지는 소리) 아이구! 야들이 암만해도 큰일이 났다. (방에 들어가 한숨 쉬며) 무슨 일에 그 좋은 산천들을 저렇게 문히며, 생사람을 죽게 하는가?… 세상도 무서운데… (다시 빨래를 피룬다). (정순이와 순선이는 미나리 광주리를 들고 들어온다. 천진란만한 두 처녀이다.)

정순-야, 순선아! 들어와 놀다가지?

순선-야, 발서 보리저녁 때가 되였는데…

어머니-(달려나오며) 너 인제야 오는구나. 란포소리 더 자즈니 나는 마음을 놓지 못했다.

정순-엄마, 저 건너 철순 어머니는 오늘도 모(묘)에 가서 울고 오는 모양입데. 치마자락으로 눈물을 쏫으며, 논드렁을 지나갑데.

어머니-이제 일본사람들 란포질 통에 이 동래 사람들이 몇이나 살 줄 아늬? 타관에 가 있는 제 아비 안다면 얼마나 기차고 통분해 하겠늬? 아이면 어떤 아이라구… 웃을 때마다 두 뺨에 우물 짖고, 그 생끼있고, 예절있는 아이를 글세… 어듸로 다녀도 조심들 해라! 미나리는 얼마나 캤늬? (광주리를 들에다 본다.)

순선-갓가운 곧에는 다 캐가고 없읍듸다.

어머니-그리 캐드리는데 있을 택이 있늬? 이것이라도 넣고 데워라. (방으로 들어간다.)

정순-야 순선아! 너는 베가 모를 다 틀었늬?

순선-다 틀지 못햇다. 붉은 실이 모자라서 그런다.

정순-그럼 우리 오라바니께 부탁해라. 또 사다줄게다.

순선-(붓그럽어 하며) 야, 또 별소리를 다한다. 나는 가야겠다. 엄마 혼자서 기다리겠는데…

정순-저녁에 놀라오너라 응?

순선-보구서… (난포소리가 난다.)

순선-또 누가 죽지 않었는지?!…

정순-아버지는 저 웃구역에서 일하는데 거기는 난포를 아니 틔우더라. 오라바니 온다. (달려 나간다.) (일호는 지게를 지고 나무하려 갓다가 온다. 손에는 칠기태(칡줄기), 머리에는 꽃 한 가지를 꽂았다.)

일호-순선이 왔늬?

순선-(머리를 숙이며) 예…

어머니-네 인제 오늬? 네 배곱흐겟구나?! 야, 정순아! 빨리 저녁을 해라.

순선-먼 산에 가서 나무를 함둥?

일호-철도구역은 못 다니게 해서 한 20리 더 돌아다니면서 한다.

어머니-기차다. 난포질 통에 다니기도 한심할 게다. 그 산에는 칠기가 많더냐?

일호-어느 산에던지 칠기, 더덕, 도라지 캐는 사람들이 어찌 그리 많은지 기찹니다.

어머니-칠기떡도 하도 많이 먹으니 칠기 말만 해도 애싹하다. 그래도 이 땅에 하도 많이 있길래 지금도 돋아나지.

정순-(달려 나오며) 오라바니! 그 꽃을 나의게 주오.

일호-응, 였다! 이 꽃은 빛이 곱아 "사랑화"라는 겄이다.

정순-"사랑화"라구? 그럼 난 않이 가지겠소. 였다, 순선아! 네 가저라.

순선-실타, 야! (붓그럽어 한다.)

정순-어째? 가저라! 야… (웃는다.)

어머니-너는 거저 작란이구나. 꽃이 곱은데 가지려므나. (퇴장)

정순-그럼 물에 불궈두면 사랑화가 되여서 오래 살겠지. 오라바니! 그럴
가? 야!

일호-글세 듸레다 불궈두고 봐라. (정순이 등을 민다. 정순은 들어갔다.
순선이는 붓그럽어 하며, 집으로 가려는 겄을 보고) 순선아! 나는 누
구를 보자고 그런지 산에 가면 해가 나무 아지 아지마다 걸려서 넘
어가지 않는 겄 같더라.

순선-별소리를 다 하오. 날마다 보는데… (골을 숙인다.)

일호-윈일인지 날이 갈사록 마음은 더 졸린다.

순선-어듸루 다라난다구… (정순이 다라 나오다가 듯고)

정순-"사랑화"가 되여 그런지 볼사록 더 곱다. 물에 불궈두니 생끼를 춘다.

순선-야, 나는 가겠다. (웃으며 다라난다.)

정순-꼭 저녁에 저녁에 놀려오너라?!

순선-보구… (퇴장)

일호-잘 가거라, 순선아!

정순-오라바니, "사랑화"가 정말 곱소. 하들하들 웃소. 뒷다가 순선이를
주게오, 야?

일호-들기 슬타. 좀 그만둬라! 거저 작란이야…

정순-작란이라구?… 난 정말로 말하는데… (집으로 뛰여 들어간다.)

어머니-너 아버지는 얼마다 시정하시겠늬? 난포돌에 상하지나 않었는지?!

일호-이제 철도길 닭에¹ 통에 큰일 치고야 말 게오. 지산촌 사람들은 집까
지 헐리우고 산 옆에 가서 풀막을 치고 삽데…

어머니-아니, 집을 헐다니. 기찬 세상도 있다.

정순-엄마! 미나리는 다 데웠소마는 무었을 넣고 죽을 쓰겠소?

모친-글세 엇지겠냐? 아이구 참 (근심하며 정주로 들어간다.)

일호-일은 새벽부터 깊은 산골에 가서 등이 고불도록 지게 짐을 지고와도
　　　밥 한 술 먹어지지 않는 이놈의 노릇… 동리에서는 철도닭이 십장,
　　　감독들의 등살, 게집애들은 청루루, 청년들은 목도군으루, 나는 장차
　　　어듸루, 또 무었을… 생각하면 진절이 난다. (퇴장) (익선이는 맥없
　　　는 다리를 허둥지둥 끓고, 광이를 메고 나려온다.)

정순-(달려 나오며) 아버지! 인제 오시네. (광이를 받는다.)

어머니-(나오며) 인제 오오? 야 정순아! 빨리 저녁을 차려라.

익선-야, 일호는 산에서 왔오?

어머니-예, 왔오. 아마 저녁을 먹는 갑소.

익선-정순어미, 여기 와 좀 앉소. 이런 기찬 놈의 세상이 어대 있소. 일본
　　　철도국에서 이 동내 집을 전부 헐게 된다오.

모친-아니, 집을 헐다니? 동내 사람들은 어대가 살겠는가?

익선-일본사람들이야 조선사람들이 어듸가 살 것을 아노라오. 암만 생각
　　　해도 떠나가는 수밖어는 없소. 오늘 몇 사람이 단속했는데 중영지로
　　　가는 수가 제일 낫을 것 같소. 그래도 가서 잘 벌면 아이를 장가도
　　　보내고… 좀 이 형편을 면해야 하지 않겠소. 그래도 이곳에 내 사촌
　　　에 있으니 남보다야 났겠지?

모친-그런 말은 하지두 마오. 한구들에 팔촌이랍데만 남만도 못 합데.

일호-아니, 우리 동내 집들을 헐게 된다구요? 참 잘 되는 판이군.

정순-아버지! 저녁을 잡수시요. (밖으로 나간다.)

익선-오늘도 동리사람들이 억지로 일을 하면서 분해했지만 어찌하는 수
　　　없지. 저 앞 성수 영감은 분김에 몇 마듸 말을 하였다가 감독부에
　　　가서 뺨까지 얻어맞고 나왔소만 어찌하는 수 있소. (퇴장)

일호-나라 없는 백성들은 운명도 남의게 맡기고 살아야 하는가? 팔자가
　　　그렇다면 분해 어찌 살겠어.

정순-순선아, 너는 벼개모를 다 틀었늬? (밖으로부터 순선이와 같이 등장)

순선-다 틀지 못했다. 붉은 실이 모자란다.

정순-그럼 오라바니께 부탁해라. 또 싸다 줄 게다.

순선-야, 무슨 소리를 하늬? (붓그럽어 한다.)

정순-오라바니, 어째서?… 무엇을 생각하오. 무슨 일이 생겼소?

일호-아모 일도 없다… 순선이 왔늬?

정순-들어오너라!

순선-응, 들어가마… 일호, 였소.

일호-무엇이늬?

순선-부시 삼지요, 잘 틀지 못 했오.

일호-(펴보며) 야, 이것 참 굉장하구나! 이렇게 수를 놓느라구 정성가락이
　　나 들었구나. 칠색은 무지개 같이 비 온 뒤에 다시 돋아나란 뜻이지!
　　알만하다.

순선-별말을 말구 잃어나 버리지 마세요.

일호-나는 너의게 무었을 줄가? 아마도 열정을… (포옹하려 할 때 정순 말)

정순-순선아! 들어오너라!

순선-(붓그럽어하며 들어간다.) (일호도 뛰어 들어간다.)

수만-(기침을 하며) 사람이 있는가? 없는가?

모친-(달려 나오며) 예, 아즈바님 단녀 오셨서요. (예한다.)

수만-익선이 있소?

모친-예, 여보, 아즈반님이 왔서요.

익선-(방안에서 상 치우는 소리 내며) 야, 정순아! 상 치여라. 형님, 단여
　　왔읍니까?

수만-여기 좀 앉게! 자네도 아다싶이 외놈의 철도 때문에 손해가 큰 것은
　　잘 알지. 그런 우증에 또 약전까지 다 들어가면 빗은 어듸서 받겠는
　　가? 허니 자네는 이런 경우에 좀 돕아주어야겟네.

익선-돕다니 어떻게 돕겠읍니까?

수만 - 빗진 사람들의 집문서, 전답문서들을 미리미리 내안테루 가저다 받치게 하게. 그렇지 않고 있다가는 일본놈의 회사에서 잡아채기만 하면 나는 망하고, 나않는 판이 아닌가?

익선 - 글세 빗진 사람들이니 빗을 갑하야 할 겄은 정한 리치인데 물론 먼저 진 빗을 갑겠는데 거기 무슨 돕음이 요구됩니까?

수만 - 하! 사람도 참 미련하네. 왜놈들이 먼저고, 다음이고 경우를 캐는가? 아무래도 저의 왜놈의 빗을 먼저 받게 할 겄은 정한 리치가 않인가? 허니 자네는 동리사람들과 미리미리 독촉하라니. 정 않되면 집행이라두 할 수 있네.

익선 - 글세, 형님! 아모리 사촌 형제간이라도 할 수 없습니다. 사람의 형편을 번연히 알고 어떻게 가슴 앓픈 말을 하겠읍니까? 더욱히 집행을…

수만 - 남의 설음에 제까지 못 살구 나않겠는가? (성을 내며) 그리고 자네는 밤낮 부엉새처럼 울기만 할 텐가? 이렇다고 해서 자네께서도 없는 돈을 달란 말은 않이네. 나도 좀 독해야 살겠네. 어려우면 또 가저다 쓸 섬하고 쪽백이를 팔아서라두 빗갑을 예산들 좀 하게.

구장 - (헛우슴을 치며) 감독! 이 집은 동래부자 김수만의 사촌 김익선의 집이올시다.

감독 - 소까네(그럴까)…

수만 - (달려 나오며) 아, 구장! 무슨 일이오니까? (일동은 내다본다.)

구장 - 이 분은 철도국 감독이온데…

수만 - 아, 그러신가요?! 나는 처음 뵈옵습니다. (허리를 굽히며)

감독 - (요로시(좋다)) 좋습니다.

수만 - 그런데 구장, 무슨 일에 이렇게 오섰는가요?

구장 - 글세, 오늘 일텀에서 무슨 말성들이 있었다는구만, 그래서…

감독 - 주인 일홈이 무었이야? (목책을 펼치며)

익선 - 김익선이올시다.

감독 ─ 신분증명서나 이리 가저와 (가저다 보며 쓴다.) 내일이나 또 나가서 일이나 하되 또 말성들이나 있으면 감옥밥이나 먹을 테야. 알아나 있어?

익선 ─ 저는 아모 말도 없었읍니다. 그리고 이제부터는 의무로동은 못하겠읍니다. 가솔들을 벌어 먹여야 합지요.

감독 ─ 일이나 없어. 척식회사에서나 집값이나 많이 주어. (웃으며) 이 동북선이나 빨리 되면 천황폐하가 은사금이나 많이 주어.

익선 ─ 아니, 구장! 잘 말슴하여 보시오. 더는 할 수 없읍니다.

구장 ─ 그래도 해야 하지. (좌우 눈치를 삷힌다.)

감독 ─ 만일, 일이나 아니하면 목이나 떨어저. 영감상, 알아나 있어?

일호 ─ 무었이 어쨌다구요? 일하면서도 굶어죽는 것은 일본사람들의 법임니까?

수만 ─ 네, 웨 그러늬? (위혁의 눈살로 본다.)

모친 ─ (겁나하며) 야, 저기 들어가! (밀어 들에간다.)

구장 ─ 그 자식이 철이 있는 것 같지 않다.

감독 ─ 이겄은 누구요?

익선 ─ 제 아들놈이올시다.

감독 ─ 영감이 일이나 앓이하고 떠들면 대단히나 좋지 못해.

수만 ─ 일이야 물론 해야지요. 그런데 감독님! 한 가지 문견할 겄이 있읍니다. 이 동내로 철도가 지나가게 되면 집들을 헐게 되고, 전지들이 없어질 겄은 사실이지요?

감독 ─ 그런데? (소레데?)

수만 ─ 글세, 그렇게 되면 나에게 손해가 큰 겄이야 사실입니다.

감독 ─ 아, 알아나 있어. 그것은 척식회사에서나 관계할 겄이야. 우리나 아모 상관없어.

수만 ─ 그래도 감독께서 주선하시면 빗진 사람들이 내 앞에서 일을 하도록 주선할 수 있지 않습니까?

감독-알아나 있어. 빗진 사람들이 당신의 앞에서 일이나 하게 되면 빗이 나 먼저 받게 된다는 말이죠? (생각한다.)

수만-그렇게만 된다면… 구장. (옆구리를 쑥 지르며 좀 돕아달라는 뜻으로)

구장-감독님이 힘쓰면 안 될 리 있소. (표시를 한다.)

감독-우리 다시나 생각해 보아야 하겠어. 당신들은 주민들이나 일이나 잘 하도록 하면 대단히 좋아! 구장, 내일 아참에나 일쪽히 회사에나 왔다가야 하겠서.

구장-예!

감독-구장, (장책을 내여보며) 최호일 집이나 어느 것이야? 단단이나 질을 드려야겠서. 웨 오늘이나 일을 않이했서? (있게(가라)) (이꼬(가자))

구장-저, 앞집입니다. 갑시다. (퇴장)

수만-(먼이 보다가) 조선 사람들은 다 망하는 판이구나! 박절한게 않이라, 독하고, 심해야 빗양이나 받지 그렇지 않고는 안 되네.

익선-형님! 죽으면 죽었지 빗바지와 집행자의 노릇은 못하겠읍니다.

수만-음? 그러면 자네도 응공(은공) 모르는 놈들과 한가질세. 지금 세월에 는 친척도 소용없어. (노해하며) 야, 일호야! 내일 아침에는 일쪽 논 드럼에 풀도 비고, 나무도 패야겠다.

일호-(안에서) 예 (익선은 긴 한숨을 쉰다.)

수만-하여튼 죽는 소리만 말고 좀 생각하여 보게. 나붙어라도 더 참을 수 없네. (노기등등하여 나간다.)

모친-아즈반님! 평안이 단여갑소. (인사도 않이 받고 기침하며 나간다.) 세상도 기차다. 친척도 저렇게 되는구면… (퇴장)

익선-(무었을 깊히 생각하다가 불연간 일어서며) 에라, 한번 죽지 두 번 죽겟늬? 죽엄에 두 번은 업늬라! (결심하고 나간다.) (욱어진 초가집 에 창문에는 기름불이 반짝이기 시작한다.)

일호-(집단을(짚단을) 않고 나와 퇴마루에 앉으며) 야, 정순아! 문이나 열어

놓아라. 씨원한 바람이나 들어가게. (색끼를 꼰다.) (두 처녀는 수를
놓는다.)

순선 - (일어서며) 야, 정순아! 나는 가야겟다. 엄마 혼자서 기다릴 터인데.

정순 - 달이 뜨면 가려므나. 오늘이 스무날이니 좀 있으면 달이 뜰게다.

일호 - 집에 가면 아버지 생각에 울기만 한다는데, 좀 더 놀다가 가렴. (순
선이는 다시 안는다.) 야, 정순아! 깃븐 놀애나 불러보지!

정순 - 오라바니 먼저 부르오. 그러면 순선이 부르겠지!

일호 - 내야, 농군놈이 무슨 노래를 알겠늬? 안다면 부엉새 소리나 칠줄 알
지. 빨리 한 곡조 해라. 어저께 나물을 캐며 잘들 하더구나!

정순 - 그건 또 언제 들었소? 그러면 네 한마듸 해라.

순선 - 야, 싫어!

정순 - 그러면 같이 부를가?

(노래)
금강산 산봉에 진달래 꺾고요
락동강 밑에서 진주를 잡으려
(후렴)
　얼사야 엄마여 내 손을 잡으소
　얼사야 동무야 노래를 즐겨라

동해의 바다에 물결이 넘노라
돈놓고 닫주어 도미를 잡었네
　얼사야 엄마여 내 손을 잡으소
　얼사야 동무야 노래를 즐겨라

백두산 우에서 호랑이 울고요
부사산 밑에서 울음이 터졌네

얼사야 엄마여 내 손을 잡으소
얼사야 동무야 노래를 즐겨라

일호- 참 잘 하는구나!

정순- 이저는 오라바니 할 차레오. 빨리(하오). 부르세오.

일호- 나는 모른다. 부엉새 소리를 들어서는 무얼 하겠늬?

순선- 그래도 부르세요.

일호- 이겄야, 일본감독이 일독촉보다 더하구나.

정순- 빨리 부르세요.

일호- 하, 이런 성화라군! 우리 오촌 빗바듸보다 더하구나. 정 소원이면 들
어봐라!
(농정격으로 웃음격으로)
야삼경 깊은 밤에
천리타향 먼 곧에서
고향이 그려 운다 부엉!

해는 어이 저믈어
서산을 넘을 제
나물 캐는 청춘과부
낭군이 그려 운다 부엉!

사방십리 창포밭에
처녀총각 안고 놀 때
새벽 닭이 소리치니
어이기(여의기) 슳여 운다 부엉!

어떠냐, 응?

정순-(웃으며) 아이구! 그게 어듸 노래요?! (일동은 웃는다.) (익선이 봇다리를 들고 나오는데 모친은 뒷따라선다.)

익선-야, 일호야! 정순아, 이리 좀 오너라!

모친-여보, 어듸루 가자고 이러시우?

익선-암만 생각해 봐도 외놈들 등살에 살길 없다. 허는 수 없이 임이 작정한 바라 고향을 떠나서 중영지로 가야겠다. 너이들 두고 떠나는 낸들 맘이 좋을 수 있늬? 그래도 가서 죽지나 않으면 돈양 벌겟지. 네 낳이 금년에 20살이 아니냐? 그래 장가도 보내고, 좀 이 모양을 면해야 하지 않겠늬? 그래도 이곳에 도척같은 일가지만 너의 오춘이 있으니 내간 다음에라도 좀 삺혀보겠지?!

정순모-그런 말은 하지두 마오. 남만도 못합데.

일호-아버지! 풀죽을 노나 먹더래도 어듸루 가자고 그러시오?

정순-아버지 가지 마서요. (토담 밖에서 일삼이 은근히 소리친다.)

일삼-익선이, 달이 뜨기 전에 어서 떠납세.

익선-자, 아모래도 떠날 길이니 가야지. 야, 일호야, 정순아! 내 간 뒤에라도 우리 가산에 풀이나 제때에 뻬어주어라. 너는 우리 집 큰 사람이니 모든 가사를 보살펴라.

정순-(붓들며) 아버지! 가지 마서요. (매여 달린다.)

익선-정순아! 울지 마라! 이 집도 내가 짛었고, 저 복송아나무도 내가 심었다. 이 복송아나무에서 또다시 꽃이 피고 뒷동산에서 두견이 저렇게 울 때면 다시 돌아오마. 그리고 네게 분홍저고리 감도, 고무신도 싸다주마. 울지 말고 엄마와 같이 잘 있어라.

순선-(울며) 아버니! 그곧 가서 우리 아버지를 보시거든 집에서는 보고 싶어 운다고 일러 주시오.

익선-오냐! (나아가다가 도라서) 여보, 아이들이나 다리고 고생끗 죽지 마오. 죽은 혼백이라도 돌아오리다. (일동은 울고, 붉은 달은 떠오르기 시작하고, 토담 옆으로는 목도군이 부르는 노래가 들려온다.)

(노래)
아니 떨어지는 나의 걸음은
한숨에 내 고향을 리별하고서
한줄기 두망강을 리별했구나.

모친- 여보소, 내연 봄에는 기여히 돌아오소.

(노래 계속)
칩은 바람 불고 눈보래치는
이곧에서 작객하는 고향에 설음
달 밝고 서늘한 밤 문전에 서서

(그들의 그림자는 산비탈이에 사라진다.)
일호- 아버지! 돌아가신 해골이라도 고향으로 도라오소! (운다.)
정순- 아버지!… (땅에 주저앉어 울 때 막은 닫힌다.)

제 일 막
(이 장)

배경은 일장과 같은데 때는 이른 아츰이다. 뒷산곡에서는 여전히 벅국새가 울기 시작한다.

모친- (수건을 털며, 쓰고 나간다.) 야, 이른 아츰에 강가에 나가더니 외오지 않을가? (퇴장)

일호-(곤한 잠이 깨지도 않은 채 나오며) 아츰꺼리 없다더니 발서 나물 캐려 나간 모양인가? (정주를 드레다보며) 어머니가 불상하여 세상에 우리 같은 자식을 낳아 무슨 영화를 보시다가 도라가실까? 아마도 뒷버덕에서나 강가에서 나물광주리를 않은 채 마지막까지 우리를 부르다가… (마당에 나와 뒷산곡을 바라보며) 아버지가 떠난 지도 벌서 달포가 넘었어… 무사히 가셨는지… 어느 진둥나무 밑에서 고향산천을 바라보며 그만… 에흐, 날날이 강박하여지는 이 조선천지에서 살길이 보이지 않는구나. 외놈들은 마즈막 터전까지 빼앗아 철도를 되려 닦고, 부자놈들은 마즈막 쪽빽이까지 빼았아가니 어찌 산단 말인가? 조선강산이 어떻게 되려느냐? (침묵. 벅국새 운다. 순선이는 물동이를 들고 들어오아)

순선-정순이 어듸루 갔서요?

일호-정순이 없다. 들로 간 모양이다. (순선이는 나가려 한다.) 순선아! 웨, 어제 저녁에는 놀려오지 않었늬? 나는 달이 처녀봉을 넘을 때까지 너를 기다렸다. 순선아! 내 너를 주려고… (옆낭을 둘춘다.)

순선-무었임둥?

일호-이 실 말이다. 너도 벼개모를 튼다지… 정순이께서 들을라니 파랑실이 없다더구나!

순선-저… 붉은 실이 모자라서 그랬는데…

일호-그럼 붉은 실을 싸다 줄게. 될 수 있는대로 곱게 틀어 이 다음 시집을 가면 농 우에서 벼개모가 광을 치도록 해라.

순선-별말을 다 하오. 그런데 일호!

수만-구장, 여기 좀 들려갑시다. (일호와 순선이를 보고) 야, 이 자식아! 상금도 나무하려, 가지 않었늬? (순선에게) 너는 이른 새벽부터 남의 논군놈하고 무슨 수작이늬? (순선이는 겁이 나서 물동이를 들고 급히 피해나간다.)

일호-아직 조반 전입니다. (안으로 들어간다.)

수만-못된 송아지 엉덩이에서 뿔이 난다고 날마다 풀죽도 근근득식하면 서도 그 잘란 꼴에 또 뉘집 시악씨부텀, 음…

구장-아마, 저의끼리는 약속이 단단한 모양입데다. 늘상 지나단이며 봐야 이 토담 밑에서, 아, 그 아래는 더 말해서는 무었하겠소. (웃고 만다.)

수만-음 그까짓 겄은 별일 없소만은 글세 구장, 말과 같이 그렇게만 되면 집값들은 실로 나안테로 넘어와야 하지 않겠소. 보오다, 글세! 이 집에 사촌인지, 무었인지 한 겄도 간다 온다 말없이 갔지. 이재, 그 게 집애 아비 놈도 밤중에 도망한지 일년이 되고 보니 누가 벌어서 빗을 갑겠소. 일본사람들은 날마다 철도를 듸리닦으니 전지들은 없어지지. 어떻게 한단 말이오, 글세.

구장-군용철도인지라 정부의 지령으로 하는 일이니 그겄이야 허는 수 없지. 그겄이 다 제 나라가 없으니 그렇지 않소? 군청에 가서 말한들 소용없소. 검정개 한편이라고 저의 왜놈의 빗을 먼저 갑흐려고 하지 별 수 있소? 수만씨도 이제부터는 딴길을 잡으시요. 괜이 땅조각이나 붓잡고 빗냥이나 받으려고 헤매다가는 아주 위험한 지경에 이를 수 있소.

수만-글세, 나도 못 생각하는 바는 아니로되 이런 억지통에서 그놈들과 경우를 캐며, 어찌자고 하다가는 아주 망할 것 같소. (정순모와 정순이는 광주리를 들고 들어와)

모친-아즈바님 오섰서요?

구장-일쯤이 단이시오?

모친-나물 캐라 갓다 오는 길이얘요.

수만-야, 익선이한태서는 소식이 없소?

모친-(근심어조로) 없습니다. (퇴장)

수만-음, 지금 시절에는 믿을 사람이 없어. 어쨌든 강박해야 살아. (마루에 앉으며)

구장 - 하여튼 감독이 오늘은 여기로 올 터이니까 무슨 일인지 꼭 기다리자
　　　고 했소. 또 말해봅시다. 그놈은 들을 듯하나 외놈의 속인지라 알
　　　수 있소?

수만 - 글세 이놈들이 이렇게까지 지독하냐 하면 조선백성들은 어떻게 살
　　　란 말인가? (감독은 앞서고 그 뒤에는 측양기수와 목도군이 측량말,
　　　측량기들을 메고 들어온다.)

구장 - 오 저기 오는구만!…

감독 - 오! 구장, 마츰 잘 만났소. 오늘부터 지경동 집들이나 헐게나 되여
　　　주민들이나 모혀놓고 잘 해석이나 있어야 되겠어! 이 동북선은 군
　　　용철도기 때문에 군사상 지령대로나 실행치 않으면 안 돼. (독성을
　　　쓴다.)

구장 - 물론이지요. (슬밋슬밋 보며 나간다.)

수만 - 감독나리, 그러면 집문서들은 내가 미리 차지하랍니까?

감독 - 그것은 우리 동북조에서나 찾어다가 척식회사에 주면 집값, 땅값이
　　　나 줄 것이야. 속히 시작해.

기수 - 하이!(예) (기게를 준비한다.) (한 사람은 측량말을 들고 멀리 간다.)
　　　오른쪽으로 조곰, 왼쪽으로…

감독 - 주인!

모친 - 주인은 없음니다.

감독 - 없어? 없어도 상관없어. 집문서나 이리 가저와.

모친 - 아즈바님! 어찌랍니까?

수만 - 어찔 게 있소? 밯쳐야지. 감독님! 이 집은 내 사촌동생의 집인데, 동
　　　생은 없고 내가 지금 처리하는 중인데 집값과 터전값은 내 앞으로
　　　넘겨야 될 것입니다… (모친을 보고) 웨, 먼하니 섰소? 빨리 내오오.
　　　(모친은 할 수 없이 들어간다.)

기수 - (요씨) 되였어.

모친 - (동고리에 있는 집문서를 푼다.) 하나님도 무심하다. 대대손손 살던

집을 헐다니. (눈물겨워 목멘 소리로)

수만 - 빨리 풀어보내오. (모친은 풀어주려 할 때 일호는 보다가 결이 북바쳐)

일호 - 내가 이집 주인이오. (문서를 와락 앗아쥐며) 몬저 사람 살 집을 짛어 놓고 헐어야 할 것이오.

감독 - 나늬(뭐)? 웬 자식이야? (도노야쯔까?(웬 놈이냐?))

수만 - 녜, 오촌 족하올시다. 이리루 보내라. (앗으려 한다.)

일호 - 안 되오.

감독 - 났븐놈! (박아노야쯔(바보자식). 달려나간다.)

일호 - 제집 가지고 허지에 나 않는 것이 무슨 법이란 말인가?

수만 - 이 자식아! 네가 전 가문을 못 살게 할 작정이냐? 이리 보내라 (호령)

모친 - (겁이 나서) 야, 그만두고 주어라. (앗아 준다.)

구장 - (밀려 들어오며) 당신들이 암만 떠들어도 소용없소. (사람들이 달려들어오는 소리. 측량하던 사람들도 피해 한쪽에 선다.)

모친 - 구장님! 세금 받을 때에는 별말슴 다 하고, 이런 때에는 아모 상관도 하지 않습니까?

수만 - 구장이 무슨 상관있소. 집값이나 받아야지. (문서를 꾸겨넣는다.)

동리사람들 - 일심단체하고, 어쨌던 집을 헐게 말아야 하오. (일동은 떠든다.)

일호 - 이래도 못 살고, 저래도 못 산다. 에기… (뛰어들어가 낫을 가지고 휘도룬다.) (감독은 무장한 병정 4-5명을 다리고 들어온다. 군인들은 총창으로 주민들을 위혁한다.)

한사람 - 구장님! 좀 말슴해 보시오. 산 옆에다 풀막이나 친 다음에 헐도록 하시오.

구장 - 글세 군청에다 소지나 써보지. 그러나 시급히 하는 일이라. 그리고 집값들을 잘 주면 더 잘 짛지. (피한다.)

수만 - 여보, 헐면 거저 헐겠오. 상당한 값을 줄 겐데.

감독 - (일호를 가르치며) 아노야쯔오 게밧구시나사이[1] (결박한다.)

동리사람들 - 아니, 일호를 결박하는구만. 저런 기찬 일이라구!

헌병 - 찌라바레!(흩어져!)

모친 - 구장님! 좀 말슴하시오.

구장 - 흥 (피한다.)

헌병 - 하약구!(서둘러!)

군인 - 하이. 하약구 있께[2] (토담 밖으로 내민다.)

헌병 - 경찰서루 가저가! (게이샷쯔러 오나오세오)

군인 - 하이. 익께(예. 가라) (일호를 몰고 나간다.)

모친 - 일호야! 이겄이 윈일이냐?

정순 - 오라바니! 우리는 어찌라오?

일호 - 어머니! 일없음니다. 죄없는 몸이 죽기야 하겠음니까?

순선 - 일호! (말 못하고 운다. 일호를 몰고 나간다.)

감독 - 집문서나 가저와!

수만 - 예, 여기 있음니다. (전한다.)

순사 - (민나 히밧쯔사레)[3] 집을 불을 놓아!

군인 - 하이(예). (집안에 들어가 그릇들, 옷들, 사당독 등을 내여 던진다.)

모친 - 하나님이여! 우리는 악한 즛이라곤 않이 했거만… 돌아가신 조상들
　　　이여! 이놈의 세상에 무서운 벼락을 나리우소서. (쓸어질 때, 일동은
　　　무섭게 서서 볼 때 막은 닫힌다.)

---

1) 아노야쯔오 게밧구시나사이: 저 놈을 결박해라.
2) 하이. 하약구 있께: 예. 빨리 가.
3) 민나 히밧쯔사레: 모두 끌고 가.

제 二 막
- 지경동 김수만의 새로 열린 객주집 -

대필로 쓴 입춘서며, 객실로 통하는 밀창이며, 후원이며, 보기 실치 않게
건축되었다. 지경동 신객주 주인 김수만이라고 현판이 번듯이 나붙었다.
막이 열리면: 춘길이는 앉아서 답답쯩을 이겨가며 문서질을 하고 있다. 건
너방 객실에서는 손님이 부르는 수심가 은은히 들려오고 있다. 방 복판에
는 오는 손님들을 기다려 술상, 탁주 등이 가쳐 놓이었다.

저편 방에서: 이리와! (정순이 달려나간다.)

우편에서: 주인장, 주인장! (소리친다.)

부인-(대청마루에 나서며) 아, 요년석 게집애들이 어딜 가서 낮잠을 자나?
　　　손님들이 찾는데… 정순아! 순선아! (소리친다.)

순선-예! (달려나온다.)

부인-귀가 먹었늬? 손님들이 부르는 말은 들을 줄을 몰라?

저편방-아, 주인장! (소리친다.)

부인-아, 빨리 가 보아라! (순선이 달려나간다.) 말짝 머저리년 게집애들
　　　을 가저다 객주집 심부럼을 식힐려고, 아이 참 속이 상해서… (댕댕
　　　거리며 들어간다.)

정순-(춘길에게) 저방 손님들이 주인을 찾습니다.

춘길-(팁게) 보겠으면 나와 보라고 해라. 주저넘게 앉아서 주인을 찾어?
　　　(붓대를 집어던지며) 온종일 써도 한 푼 생기지 않는 노릇을… 청단,
　　　홍단 한 치 겄도 생기지 않어…

순선-손님들이 밤을 유해 가시겟대요. (시운이 등장)

춘길-응, 이리루 들어오라구 해라! (시운이 등장) 어듸로부터 오는가요?

시운-저는 동흥촌 사—는 최… 최… 시운이올시다. 일본 척식회사에 토지

를 받히고 목도질을 떠났읍니다.

춘길 - (꼴을 찡그리며) 알만하오. 저쪽 마즈막 방으로 모시어라.

순선 - 예. (앞서 나가니 손님이 뒷따라간다.)

춘길 - 간 곧마다 날마다 저런 맨꽁문이들만 생겨나니 세월도 대사는 대사야.

정순 - 큰방 손님들이 식비를 주고 갔읍니다.

춘길 - 응, 이리 가저오너라. (받아 넣으며) 한치꺼리는 넉넉해.

부인 - (나오며) 큰방 손님들이 회계를 않하고 갔서?

춘길 - (능청스럽게 정순이를 보며, 눈질로 가라하며) 한 분은 좀 있다 오겠
   다고 하고, 한 분은 좀 저믈어 오시겠다 하고 갔읍니다.

부인 - 좀 이제부터는 자서히 살펴야 하겠어. 벌서 거저 먹고 간 놈들이 얼
   마야.

춘길 - 그놈들도 여북 없으면 남을 속히고 도망하겠오? 어머니, 내 인차 갔
   다오겠읍니다. (눈치를 슬밋슬밋 보며 급히 나간다.)

부인 - (먼이 보다가) 내 암만해도 저놈안테 도로 속히는 겄 같해. 천하에
   믿지 못할 것은 이붓자식이야. 벌서 얼마를 속았어… 아, 그런데 이
   영감장은 가서 맞어죽었나? 웨 오지 않어. 외놈의 등살에 되지도 않
   을 겄을 가지고 애를 쓰어, 만일 그 집 문서들이 척식회사로 넘어만
   가면 영감장은 망하고, 나는 또 팔자를 곤친다는 변이 났어. 아이고
   기박한 년은 할 수 없다… 정순아, 순선아!…

정순 - (안 후원에서) 예.

부인 - 이리 나와 마루도 쓸고, 하나는 객실도 소제해야지.

정순 - 예! (정순, 순선이는 비를 들고 나온다.)

부인 - 그리고 오늘은 두리 다 기명들을 닥고, 빨래질을 다 해야 되겠어.
   (퇴장)

순선 - 정순아! (앉으며) 나는 다리 맥이 없어 걸어단이기도 바뿌다.(힘들다.)

정순 - 우리가 그런 겄을 세상에서 누가 앗가워 하겠늬? 오라버니는 어떻게
   되였는지? 부모없는 설음은 참말로 못 받겠다. 아버지나 빨리 오섰

으면…

순선 – 정순아! 사람이 이렇게 살면 마지막에는 무었이 되늬?

정순 – 야, 그래도 오래 살면 있다가 잘 살게 되겠는지 아늬?

순선 – 세상에 사람이 날 때에는 다 같은 사람으로 났으련만 우리는 누구의 탓으로 요렇게 천대스럽을가?

정순 – 세상이 강박하니 그렇지… 우리 집은 일본사람들이 그렇게 만들었다.

순선 – 애, 무슨 소리를… 순금께 붓들리면 죽을라고 그러늬?

(감독, 외눈봉사 만춘이 등장)

정순 – 야, 저기 누가 온다. (순선은 左편 객실로, 정순은 右편 칸으로 다라난다.)

만춘 – (부채질하며 탁성으로) 감독님! 그만한 처지에 그런 멍텅구리 게집애는 해서 무었 할라구 그러시우, 하고 많은 히사시감이[4] 단발미인들이 조선천지에 얼마라고…

감독 – 만춘씨나 잘 알지 못해. 히사시가미 서양식 단발한 녀자들은 발서 그 속에 괴악한 민족적 독갑이나 드러앉아서… 만일 그러한 종자나 나의 집 하녀로 다리고 일본으로나 건너갔다가 대화족의 앞에 큰 망신이나 할 수 있어. 그러나 저러한 조선처녀나 아직 속에 괴악한 독갑이나 있어(없어). 아주 깨끗한 조선산수야 알아나 있소? 그러한 보물이 대화족의 가정에 다려다가 종사나 식히게 되면 내가 조선 왔다 가저가는 큰 선물이나 될 것이야. 알아나 있소? 만춘씨?!

만춘 – (외눈을 껌벅거리다가) 그러면 나의게는 무슨 리익이 있나뇨?

감독 – 리익? 돈벌이나 잘 할 수 있어.

만춘 – 그러면 우리 조선사람은 즘승처럼 싸고 판다는 말슴이오?

---

4) 히사시가미: 앞머리를 모자 차양처럼 내밀게 한 머리. 메이지 후기에서 다이쇼 초기에 유행했는데 여학생의 별칭으로까지 되었다.

감독 - 하, 만춘씨! 알아나 듯지 못해서. 그 시악씨나 일본사람이라고 하면
　　　안 돼. 나의게로나 넘어나오게 소개자로나 되면 그만이야. 알아나
　　　있어.

만춘 - 응, 나의 집으로 오게 되면 감독께서 다려가게 된다는 말이지요?

감독 - (오쇼가) (옳애) 소다.(그렇다.)

만춘 - 혹 다려갈 수는 있으나 감독님께로 가고 안 가는 겄은 그 애의 자유
　　　이니까?

감독 - 그야 만춘씨와 나와의 사의에 할 일이니까, 알아있어. 3000원 (씬
　　　생엔)

만춘 - 하여튼 소개해봅시다. 주인장, 아 주인장!… (부인이 달려 나오며)

부인 - 아, 감독나으리 어서 올라오시오. (만춘을 향하여) 처음 뵈옵습니다
　　　마는 어서 올라오세요.

만춘 - 외눈을 가지고도 여러 번 보았는데, 두 눈을 가지고 처음 보았어요?
　　　(웃고 돌아선다.)

부인 - (탁주상을 열고) 더우신데 한잔식 드실람니까? (술동이를 휘젓으며)

감독 - 우리 일본사람이나 꺼리 많은 조선 탁주나 안 먹어. 사이다나 가
　　　저 와.

부인 - 사이다? 어서 그렇게 하지요. 야, 정순아!

정순 - 예. (나온다.)

부인 - 저 스쓰끼네 상점에 가서 사이다 두 병만 싸오너라. (주먼지에서 돈
　　　을 낸다.) 안주랑 맵지 않은 산적을 가저올까요?

감독 - 조선 산적이야 좋아

만춘 - 나는 후초, 생강, 고초, 마눌을 넣은 맵은 조선 김추, 깍뚝이를 주시오.

부인 - 순선아! 안주상 이리 물려라. (뒷문으로 나간다.)

감독 - 조선사람들이나 고초나 많이 먹어 눈병이나 많아.

만춘 - 그래서 내 눈이 멀었는가요? (웃으며) 감독님! 내 눈은 고초 때문에
　　　먼 겄이 아니라 회령서 일본사람 밥종지에 맞아 멀었습니다.

감독 - 밥종지에 맞어서… 하… (웃는다.)

순선 - (조심이 들어가 안주상을 들어낸다.)

감독 - (손목을 쥐어단이며) 이애, 내가 너를 자주나 보는데… 부끄럽위 하여?

순선 - (손을 빼며) 이것 놓으세요. (술상을 들고 나간다.)

만춘 - 삼천원… 저 애오니까?

감독 - 쇼데쓰.(그렇습니다.) 저 애나 인물이나 대단히 곱고, 마음이나 대단히 순해. (욕심을 낸다.)

만춘 - (감독을 보며) 감독! 넘우 욕심을 내지 마시오. 곱고 순한 조선 시악 씨 속에 맵은 고초가 있습니다. 일본사람 창자는 받아 당할 걸 같지 않습니다.

감독 - 고초나 많해 하… 하… 하…

(수만이 헐떡거리며 등장)

수만 - (고함치며) 춘길아!

부인 - (달려 나오며) 아, 웨 이리시오? 손님들이 왔는데…

수만 - (분해하며) 척식회사에서 다 걷운다오. 아이구! 냉수 한 그릇 주오.

부인 - 감독께서 오섰소. (드러간다.)

수만 - (진정하게) 감독께서? 응, 맞음 만났군. (들어오며) 감독님! 찾어보자던 차에… 아, 만춘씨도 오섰군. 어찌다가 이렇게…

만춘 - 급한 볼 일이 있어.

수만 - 아니, 웨, 맹맹하여 앉어들 있소? 여보, 여보!

부인 - 예, 들어가오다. (냉수를 주며) 옜소다. 속에 강불이 붓나요?

수만 - 웨, 감독께서 오섰는데 술 한 상도 없소?

부인 - 다 예산이 있어요. (나간다.)

감독 - 수만씨! 무슨 일에나 그리 복잡해?

수만 - 글세, 만춘씨도 들어보세요. 감독님도 아시다싶이 오늘까지 "지경동" 집들을 헐게 되면 마지막 헐게 되는 것은 사실이지요?

감독-그런데?

수만-글세, 그래서 오늘 내가 군청에 소송을 갔다 왔읍니다. 지경동 주민
　　　들이 내 빗을 지고 산지는 이제는 근 십여년 넘는 사람들이 다수지
　　　요? 그래서 그 집값들을 내 앞으로 넘겨야 경우가 옳다고 하니… 글
　　　세 그것은 척식회사에서 해결할 것이라고 하니… 척식회사에서야 저
　　　의 빗을 받자고 하지 내 빗을 물라고 하겠소? 글세 이러니 법이…
　　　(말을 못한다.)

만춘-지금 조선 땅의 법은 올리도 쓰고 나리도 쓰는 때인가?…

감독-응, 아라나 있어. 우리 일본사람이나 비법한 행사나 안이해. 수만씨
　　　의 빗이나 그 사람들이 철도역에서 일이나 하게 되면 물게 될 것이
　　　야… 척식회사에서나 그 사람들의 로동력이나 우리 동북조에 넘어
　　　오면 벌어서 수만씨의 빗이나 물게 할 것이야.

수만-어찌 그렇게 벌어서 갑기를 믿겠읍니까? 음.

만춘-벌어서 먹다가 굶어죽으면 뼉따구만 가지면 다 받는 셈이 아닌가요?
　　　뼉따구는 수만씨의 빗으로… 논밭터전은 일본척식회사 빗으로 갚흐
　　　면 다 되지요. 그 멀 근심하시오.

감독-수만씨, 염여나 말아. 우리 일본사람들의 법이 틀림없어. (순선이 술
　　　상을 들고 들어오고 부인은 뒤딸아섰다.)

부인-자, 조선 산적인데 맵지 않아 맛이 덜해요.

만춘-아, 이것은 붉은 것을 보니 독한 조선 고초이구만.

(부인은 사이다 병을 열어 붓는다.)

만춘-날랑 탁백이 한 그릇 잘 저어 주시오.

부인-그렇게 하지요. (붓는다.)

감독-수만씨, 사이다나 마이지요.

수만-더운데 탁백이가 좋치.

감독-이것이나 내가 수만씨를 위로해서 주는 사이다야. (준다.)

수만-아, 감독님! 무슨 이렇게까지야… (든다.)

만춘 - 수만씨! 내가 친히 수만씨를 찾어온 일이 있읍니다.

수만 - 무슨 일이온지. 어서 말슴하시오. 가만히 할 말슴인가요?

만춘 - 일없읍니다. 그렇게까지 비밀에 부칠 일이 않으니까… 그런데 이 집
에서 신부럼하는 녀식애가 둘이지요?

수만 - 그래?

만춘 - 그 아이 하나를 우리 집에 다려다 둘려고 하는데 어떻게 생각할런지.

수만 - (눈이 둥그래지며) 만춘씨! 이것 무슨 말슴이오니까? 그 애들이 둘이
다 나의 집에 있을 아이들이지, 다른 데로는 못 보낼 아이들입니다.

만춘 - 무슨 애들입니까?

수만 - 하나는 내 사춘 동생의 딸이오, 하나는 내 오춘 숙질하고…

만춘 - 아, 그런가요? 나는 몰랐읍니다. 수만씨! 형편이 이러합니다. 지금
저 감독님이 집에 하녀 하나를 두겠는데 이때껏 고르다가 이집 시악
씨를 보고 나하고 좀 소개해 달라고 해서 하는 일인데 아직 출가가
기 전까지야 가서 일을 하는 데야 별일 없겠지요. 감독님이 직접 말
할 수도 있지만 일본사람이라고 안 갈가 바 하는 일이지요.

수만 - 아, 감독님께서?…

감독 - 내가 직접 수만씨의 집에서 시악씨나 다려가자고 하면 거절이나 할
수 있어. 수만씨나 그렇게 해주면 또 내가 수만씨 일이나 잘 보아줄
테야.

수만 - 예? (어찔 줄 모른다.) 그러면 만춘씨의 집으로 간다 하고, 감독의
집으로 가게 한다는 말슴이지요?

만춘 - 그 애가 우리 집에 가서 그 집으로 가고 안 가는 것은 그 애의 자유
니까. 수만씨야 그 채무증서를 나한테로 넘구고, 빗이나 나한태서
받으면 그만이 않인가요?

감독 - 수만씨! 아모 근심이나 말아, 우리 일본사람의 집으로 가면 아모 불
측한 일이나 없어.

수만 - (억석해하며) 글세, (부인을 향하여) 고레(그대)는 어떻게 생각하오?

부인 - 글세, 그렇게 되면 내게야 말할 겄 없이 곤란하지만 빗만 받으면서
　　　야 별 일 없지. 그리고 감독님의 일을 잘해주면서야 우리 일도 잘
　　　돌보아 주시겠지요.
감독 - 아, 소오데, 모찌론데시오.[5] (그렇지 않고)
수만 - 그러면 만춘씨! 어떻게 할가요?
만춘 - 그야 어렵소?! 그 애를 불러서 말하면 그만이지.
수만 - 그래, 내가 만춘씨한태 빗을 젓다하고… 여보, 순선이를 일루 부르오.
부인 - (나가며) 이애, 순선아!
순선 - 예?
부인 - 들어와 술상 치어라. (피해나가다가 엳듯는다.)
순선 - (조심히 술상을 들려고 할 때)
수만 - 야, 거기 좀 앉아라.
순선 - (두루 삶히고 겨우 앉는다.)
수만 - (겨우 말을 떼며) 너도 아다싶이 동래 형편이 이 지경되니 빗을 받지
　　　도 못하고, 물지도 못한다. 그래서 너의 아비와 채무상 거래를 이 양
　　　반한태로 넘기니 이재부터는 그런 줄 알고 처리해라.
순선 - (벌걱 이러나며) 예? (외눈봉사를 본다.)
만춘 - 일없다. 너의 빗 천원은 내가 갚허주고, 너는 오늘부터 우리 집에 가
　　　서 일을 해라. 아마 이 집에 있기보다야 났지.
수만 - 그렇치 않고. 그래, 저 분은 전 도에서 일부요, 집안이 양반들이다.
　　　가서 일만 잘 하면 좋을 게다.
감독 - 일이나 없어. 불측한 일이나 있으면 일본 순금이나 있어. 일이나 없
　　　어. 만춘씨, 수만씨! 나는 시간이나 급하여 가겠서… (나오다가) 만
　　　춘씨! 저녁에 다시나 봅시다…
만춘 - 예, 염여 마시오… (감독 퇴장)

---

5) 소오데, 모찌론데시오.: 아, 그럼요, 물론입니다.

수만 - 울기는 웨 우늬? 그래도 정든 집이라고?… 아모 집이나 일이나 잘 하
면 한가지다. 가서 어른들이 식히는 말이나 잘 듯고 하면 다 된다.

부인 - 정순아! 상 치여라! (정순이 들어와 상을 들고 나간다.)

수만 - 여보! (부인 귀에 대이고 순선이를 달래라고 소근거린다.)

부인 - 이애, 순선아! 저 후원에 들어가 대야에 밥을 너의 어멈 가저다 주렴.
오작이나 시장하시겠늬? (순선이는 울음을 참지 못하여 들어간다.)

만춘 - 그럼, 오늘 저녁부텀 보내기로 합시다.

수만 - 그런데 모든 준비는 다 되었습니까?

만춘 - 모레면 이 구역으로 떠나려 오겠습니다. 그런데 조선사람으로써 이
렇게 하는 것이 좋지는 못하나 이 지역에서, 일은 감독놈과 등지고
야 사는 수가 있어야지.

수만 - 글세 말이오. 그놈들과 등지고야 한 시를 견딜 수 있소? 그런데 만
춘씨! 감독의 집으로 간다하더라도 빗은 받어야 할 것이 않이요!

만춘 - 예, 알만합니다. 그럼, 내가 멈첨 들이지요. (돈 뭉치를 내여주며) 위
선 500원을 먼첨 받고, 그 다음 것은 차츰…

수만 - 물론 차츰 되겠지요?!

만춘 - 수만씨! 내 잠간 단녀오겠읍니다. (나간다.)

부인 - (가만이 엿보다가) 그 돈일랑 이리 주서요. 요사이는 한 푼 없이 살
아요.

수만 - 거저 돈만 보면… (센다.)

부인 - 그러면 오늘부터 자비로 가지고 하세요. 날랑은 밎지 말고. 그 애까
지 보내면 죽어날 년은 나밖에 없어. (비뚱질한다.)

수만 - (꼴을 보다가 돈을 주며) 옜소. 꽉 쓰오.

부인 - (헤여넣으며) 그많이 주면서 또… (아양을 부린다.) 그런데 영감! 시
정하지 않아요.

수만 - 먹고 싶지 않소. (생각하다가) 세상이 강박하니 그렇지 일이야 못할
줏이지.

부인 - (아양) 영감! 들어가 어서 저녁 잡수시오. 였댔끗 시장해 견듸시우. (끌고 들어간다.)

정순 - (밥상을 들고 객실로 향할 때 순선이 나오며)

순선 - 정순아! 나는 오늘부터 다른 곧으로 간다.

정순 - (놀라며) 무었이라늬? 좀, 잘 말해라.

순선 - 우리 빗을 다른 사람에게 넘겼단다. 그래서 나는 그 집으로 간단다.

정순 - 야, 이게 무슨 소리냐? 정말이늬? 가만 있어라, 내 얼픗… (달려 나 간다.)

순선 - (혼자서) 어머니! 일호! 나는 또 어느 낫선 집으로 가는지?…

정순 - (달려 들어오며) 그래, 어듸로 가늬?

순선 - 모른다. 어느 곧, 어느 집인지… 정순아! 일호 나오거던…

부인 - 정순아! 요년석 게집애가 밥상을 들고 나가 쳐먹나? 죽었나? 아이 이꼴 보아. 여기 나와 울고 있어.

수만 - 울기는 웨 밤낮 운단 말이냐? 아비 년석은 도망가고, 어미 장예까지 지내주고, 다려다 먹여 살리는 것이 섧어 우늬?

부인 - 저기 들어가! 보기 슲혀! (드러간다.) 순선아! 널랑 내 헌 모사치마 나 뜯어 적삼이나 해 입지. 남의 집으로 가면서 넘우 람루해 쓰늬?

수만 - 꼴이 보기 슲혀 달라는 데나 있으면…

부인 - 아이구, 누가 그 잘란… 우리 원산 같으면 구정물도 안 치울 테야. (춘길이 쪽겨 들어온다.)

철우 - (쫒아와 붓뜨며) 요자식, 도망질을 웨 해? 네가 가면 황해를 건너뛸 테냐?

춘길 - (아버지를 보고) 야, 조용해라!

부인 - 이겄 또, 웬일이야?

수만 - 네, 청림촌에 갔다 왔늬?

춘길 - 청림촌 사람들은 철도국 일을 필하기 전에는 사의가 없다고 합듸다. 그리고 전지값들은 아직 척식회사에서 받지 못하였다고 합듸다. (철우를 향하야) 야, 가거라. 다시 보자!

철우-못 가겠다. 오늘은 되나 안 되나 결판을 내겠다. (막 떠든다.)

수만-아니, 또 무슨 저즈레를 처놓고 야단이늬?

부인-(아라채우고) 보지 않어도 또… 그 일이겠지.

수만-보건대 젊은 사람이 무슨 일이 있는가?

철우-별일은 없으나 아모래도 말해야 되겠읍니다. 이 춘길이가 나한태 빗
    100원이 있습니다.

부인-그래, 그렇다는데…

수만-백원이나? 무슨 일에?…

철우-거저 작란으로 인해서. 오늘은 아버지께서라도 주선해 주십시오.

수만-(노염을 내며) 음, 사람이 아모리 못났기로니 아들의 놀음 빗을 물란
    말인가?

부인-여보, 아비다려 아들의 노름빗을 물란 법을 어듸서 보았어?…

철우-법이야… 아들의 빗을 아버지가 물어주면 법이요, 안 물면 법이 아
    니지요

수만-이 어리석은 젊은 사람! 돌아가라니… 공연히…

철우-그래, 못 물겠다는 말이시우!

부인-흥. (가루 본다.)

수만-못 물겠네, 그런데…

철우-그만 두시오. 야, 춘길아! 그러면 네가 내야지.

춘길-야, 좀 가거라. 내일 다시 보자!

수만-야, 이놈아! 여기서 이 행사가 오랄 테이냐? (성을 내여 대든다.)

철우-돈만 주면사 그만이지.

수만-만일 안이 가고, 오랄 지경이면 결찰을 불러 콩밥을 먹게 할 터이다.

철우-그 양반, 콩밥은 대단히 좋아한다. 여보, 당신은 아들의 빗은 몰으겠
    다면서 아비 빗에 그의 자식들은 웨 다려다 부려먹소?

부인-조런, 요망할…

수만 - 각금 나가거라. 이…

철우 - 예, 가기는 갑니다만은 볼 날이 있을 것이오. 싸리 끝게서 싸리 나고, 참대 끝게서 참대가 난다더니, 깍쟁이 끝게서 깍쟁이가 나서. 제 자식이 앗가우면 제 자식의 빗도 좀 갑하야지요. 야, 춘길아! 어듸 보자! (나간다.)

수만 - 무었이 어째? (노여워) 이 자식 식히는 일은 안하고 도라단이며, 노름을 놀아? 아비년석은 철도 때문에 망하는데 아들놈은 주색잭끼로 망할 터이냐? 이 죽일… (대통으로 치려한다. 춘길이는 아부를 붓들며)

춘길 - 아버지 어째 이러오? 성을 내 바위를 차면 아버지 제 발등이 앞흠네.

부인 - 단단히 혼이 나지 않으면 안 되오. 벌서 몇 번이야?!

춘길 - 어머니, 이붓자식이라고 그렇게 괄세해서야 됩니까? 아버지! 허나, 성하나 나 하나밖에 있소? (울며 빈다.) 어찌겠소. 살려주오.

수만 - (어기 막혀) 사람이 중치가 막혀서… (헐덕거린다.) (만춘이 등장)

만춘 - 수만씨! 웨 이렇게 떠드시오?

수만 - 사람이 어찌 산단 말이오, 글세… 자식, 네 내손에 죽을 줄 알아…

춘길 - 하고 싶은 대로 하오. (슬밋슬밋 보며 나간다.)

부인 - 집안이 망하는 판이오.

수만 - 발서 단녀 왔습니까?

만춘 - 보아야 철도구역이니 더욱 좋아하지요. 그런데 수만씨! 지금 그 아이를 다리고 가야 하겠는데…

부인 - 그렇게 하시오. 이애 순선아! 이리 나오너라. (순선이 나왔다.) 너는 지금 이 어룬하고 같이 가거라. 그리고 종종 놀라단녀라. 가서 곰상곰상 식히는 일이나 잘 하면사 귀임을 받고 지낼 터인데…

수만 - 그런데 만춘씨! 저 애의 모친이 게신데 그래도 부모와 니약이가 있어야 하지 않겠읍니까?

만춘 - 그야 별일 없지요. 그 채무증서를 나의게 넘겨주면 그만이 아닌가요?

수만 - 예, 그럼 이 채무증서를 만춘씨가 가지시요. (서랍에서 내며 글을 쓰
　　　어준다.)

만춘 - 되였습니다. 이애, 먼첨 너의 어머님안테루나 가자. (나간다.)

순선 - 정순아! 나는 간다. 다시 보자. (나간다.)

부인 - 저기 들어가 기명들을 닦아라! (정순이 나간다.)

수만 - 여보, 내 구장안테 좀 갔다 와야 하겠오. 오늘 주민들 땅값 때문에
　　　군청과 회사에 가겠다더니 무슨 일이 있는지 갔다 와야 하겠소. 그
　　　리고 내일 아츰에 갈 손님들에게서 저녁에 미리 회게를 보라고 춘길
　　　이란 놈에게 이르오.

부인 - 예, 그렇게 하지요. (수만 퇴장) 저 영감이 저렇게 건갈을 뜻다가는
　　　아마 몇 날… (골을 흔들며 들어간다.) (일호는 파래지었으며, 맥없
　　　이 등장)

일호 - 이렇게 되였구나… (사방을 살피며) 어떻게던지 돈을 모아야지. (한
　　　숨 쉬며 마루에 앉는다.)

정순 - (긔명을 쥐고 나오다가 일호를 보고 기명을 떨구며) 오라바니… (매
　　　여달려 운다.) 어머니는…

일호 - 정순아!…

부인 - 아, 이게 윈 일이야. 기명들을 마스지 않나? 사들었느냐? 웬 사람이야?

일호 - 나의 누이올시다. (이상하여 본다.)

부인 - 아, 이제 나오는 길인가. (억석해 한다.)

정순 - 오라바니! 큰 어머니애요.

일호 - 예, 그렇습니까? 처음 뵈옵습니다. (절한다.)

부인 - 아, 이겄, 그동안 고생이야 더 말할 것 없겠지? 어머니께서 돌아가서
　　　서 대단 섭섭하겠네 그려. 야, 정순아! 진지 좀 짖어라! (정순은 들어
　　　간다.)

일호 - 어머니 장례까지 지내 주시노라고 많은 수고를 하셨으며, 더욱히 어
　　　린 겄까지 와 있어서…

부인 - 그야 허는 수 없지. 그럼 몇을 쉬어서 무슨 일을 하지. (이러서 나가
　　　며 밉살스러히 본다.)

일호 - 집터까지 없어지고 부모까지 다 어인 내가 이저는 이 조선 천지에서
　　　갈 길이 어대며, 또 무었을 해야 될까? (묵묵히 생각한다.)

정순 - 오라바니! 들어가 먼저 식은 밥이라도 좀 잡수세요.

일호 - 오냐. 정순아! 심부럼하기에 몹씨 밥부냐?

정순 - 일없소… 오라바니! 순선이는 다른 집으로 갔서요.

일호 - (이상하게 역이며) 무었이라니, 뉘집으로 갔단 말이냐?

정순 - 어떤 외눈봉사의 집으로 가는 모양입데다. 순선의네 빗을 다른 사람
　　　에게서 받게 되니 가게 된다고 합듸다.

일호 - 응, 알만하다. 빗을 받기 위해서는 아모케라도 할 수 있다. 맏아버니
　　　는 어듸루 갔늬?

정순 - 모르겠소. 집값 때문에 밤낮으로 단이요.

일호 - 그런데 정순아! 어머니는 오래 앓타가 상사났늬?

정순 - 않이요. 오라바니 붓들려 가는 날부터 우리 집은 일본사람들이 불을
　　　놓고 우리는 큰집 사랑간으로 의사해 오는 날 저녁부터 병석에서 닷
　　　새만에 물 한목음도 못 마시고 상사났소. 내 손목을 쥐고 상사 나서
　　　겨우 볐겼소.

일호 - (벌떡 일어서며) 일없다. 차라리 이 고생을 격지 말고 상사 난 것이
　　　어머니께는 더 낫다.

정순 - 오라바니! 순선이는 다른 집으로 가면서 오라바니 나오거든 이르라
　　　고 했서요.

일호 - 무었을?…

정순 - 순선이네 빗에 대하여 말해보라고 그랬서요.

일호 - 맏아버니와 이야기하고 순선이네 빗은 우리가 감당하고 가정을 이
　　　루면 우리 함께 벌어서 빗도 물고, 아버지도 돌아오고 하면 잘 살게
　　　되겠지?…

정순- 글세 그렇게 되였으면… 오라바니, 어서 들어가 무었을 좀 잡소. (둘이 들어간다.)

(수만이 좀 취하여 등장)

수만- 정순아! (대답이 없다.) 이놈의 집 귀신들은 밥만 먹고 대답할 줄은 모르는가?

부인- (달려나오며) 아, 어듸서 이렇게 취했어요?

수만- 나도 좀 깃블 때가 있어야지. 영업도 마음대로 되지 않고, 만사가 다 뜻대로 되지 않으니 속이 상해서 구장하고 한 잔식 했소. (부인이 팔을 집어 끌며, 농정을 시작한다.)

젊은 노댁이 이래서 좋거덩…
뒷동산에 할미꽃아 무슨 꽃이 못 되여서
등 고불고 가시 돋은 할미꽃이 되였는고?

부인- 아이고 숭축해. 그래 내가 등 곱은 할미꽃이요?

수만- 그래 무슨 꽃이 소원인고?

울깃 붉깃 진달래
객사랑에 버들꽃
이꽃 저꽃 다 바리고
우리 집 뒷담에
호박꽃이 되였는고?

부인- 당신 눈에는 내가 호박꽃 같해요? 아이고 참…

수만- (웃으며) 귀래나 내나 이저는 죽으러진 호박꽃이 되였단 말이요.

부인- 영감은 그러하되 나난 아직 한철 있어요.

수만- 그겄도 보지 않았으면 수천금 드레서 젊은 부인네할 멍텅구리가 어대에 있겠는가?… 허… 허… 허.

부인 - 여보, 그런데 또 한 가지 일이 생겼서요. 감옥에 갔던 정순이 오라비
　　　가 나왔서요.

수만 - 응, 그래 어찌 되였소?

부인 - 어찌 될 것 있소. 거지 모양이지. 내 생각에는 다른 곧으로 보냈으면
　　　좋을 것 같애요. 경찰서에 한번 판박인 사람이라 었쨌던 집에 있는
　　　것은 좋지 않을뿐더러, 있어야 별 딴일이 없으니 어대가 절로 벌어
　　　먹게 하시오구려.

수만 - (생각하다가) 그러니 글세 었지!…

부인 - 아, 만일 그 애까지 있게 되면 나는 견딜 수 없어요. 차라리 다른
　　　농군은 두어도 친척일랑 슳헤요. 정순이는 글세 녀식이니까 할 수
　　　없지만…

수만 - 정순아!

정순 - 예.

수만 - 일호가 거기 있늬?

정순 - 있음니다.

수만 - 이리 나오라고 해라!

정순 - 예.

일호 - (나와 절하며) 맏아바님! 그간 얼마나 수고하섰읍니까?

수만 - 그래, 매를 많이 마젔늬?

일호 - 맞기야… 었지 입으로 다 말하겠읍니까?

수만 - 그래 병신은 아니 되였늬?

일호 - 병신까지는 않이 되였읍니다만은… 거저 맥이 없는 것이 병이 되었
　　　읍니다.

수만 - 그것이야 수개월 콩밥에 그렇게 되였겠지. 이제는 좀 짐작되늬? 무
　　　슨 일에 네 그리 떠들었늬? 네보다 날고 뛰는 사람들도 일인들 앞에
　　　서는 죽었다. 이제부터는 그 어리석은 수작을 그만두고 일이나 꿍꿍

하여 누이 동생이나 먹여 살려라.

일호 - 글세, 그러니 그런 억제를 당하면서 어찌 참을 수가 있겠습니까?

수만 - 앞으로 또 한 번만 그런 일이 있으면 너는 그만이다.

일호 - 글세, 만일 그보다 더한 억울한 일이 있으면 않이 그러겠다고야 어떻게 미리 장담하겠습니까? 우리 집안은 외놈들 때문에 망햇서요.

수만 - 음, 네 또…

일호 - 그런데 맏아바님! 한 가지 진정코 청들 일이 있읍니다.

수만 - 무슨 말인지 해라.

일호 - 저… 순선이네 빗을 다른 사람에게 넘군데 대한 말입니다.

수만 - (억석해 하며) 그래, 어쨌단 말이냐?

일호 - 글세, 그것은 맏아반님 할 일이지만… 나도 인제는 벌어…

부인 - 홍, (비웃으며 도라앉아 동지깨로 눈섭을 뽑는다.)

일호 - 내가 벌어서라도 빗을 장차 갑겠사오니 맏아반님 주선으로 어떻게…

수만 - 그것은 이제는 나는 모른다. 어제쯤 말했드면 모르겠다만은 이제야 나는 상관없는 사람이다. 그리고 네 지금 장가 갈 궁리를 하늬? 아여 거더 치워라. 일푼 없는 놈이 장가는 무슨 장가야? 누이동생이나 벌어서 먹여 길우다가 남을 주어버리면 그만이지.

일호 - 맏아반님! 그러면 못 하시겠다는 말슴이애요?

수만 - 그렇다. 너는 보지 못하늬? 철도 때문에 전지는 얼마나 없어졌으며, 전 동리가 저 지경되고 보니… 너도 무슨 일에 감옥에 가 콩밥을 먹은 것이야 짐작하겠지?!

일호 - (결이 붓바처) 오춘님! 넘우 강박합니다. 웨 나는 장가를 못 감늬까?

수만 - (두 눈이 둥굴해지며) 아니, 무엇이 어쨌다? 넘우 강박하다? 이 자식아! 내가 너를 장가를 가지 말라늬? 지금이라도 가거라! 그렇게 강박하게 생각하거든 내 집을 떠나서 잘 살아라.

일호 - 떠나라고요? 좋습니다. 오춘님! 오춘님께서도 렴체가 있다면 아버지를 중영지로 쫓지 않았을 것이며, 순선이네 빗을 다른 사람에게 넘구지 않았을 것입니다.

수만 - 그래, 내가 쫓았늬? 세월이 강박하니 갔지. 저놈이 저런 엉뚱한 궁리
　　를 하고 있는 줄은 몰랐지. 각금 나가 빌어먹다가 철도역에서 백모
　　래밭에 헤를 받고 죽어도 모르겠다. 정순아! 담배대를 가저 오너라.
　　(정순이 대를 가저다 준다.)

부인 - 조런 조 망할… 여보, 하는 꼴을 보니 내가 몬첨 잃어저야 하겠소다.

일호 - 예, 세월이 강박하오. 일본놈들은 토지를 **빼앗아** 철도를 놓고, 당신
　　들은 백성들의 깝주를 벽껴내고, 선하면 잘 산다는 것도 백주에 도
　　적놈들의 말이구나. 10년 넘도록 일하다가 이렇게 쪽겨나니 이것이
　　강도놈의 세상이 아니고 무었이냐? 오촌님! 내가 나가 저 울타리 밑
　　에서 굶어 객사를 할지언정 당신의 밥은 않이 먹을 터이오!

수만 - 당신이라니? 아이구, 이런 기찬 놈의 세상이라고… 각금 나가거라.
　　응공 모르는 강도 같은 놈! (대통으로 치려한다.)

일호 - 예. 내가 강도요, 조선 천지에는 선한 사람들의 고기를 뜯어먹고, 피
　　를 빨아먹는 강도들의 세상이야. 오촌님! 해가 지면 달이 뜰 때 있
　　고, 산이 있으면 그림자가 꼭 짐니다. (나간다.)

정순 - 오라바니! 나도 갖이 가겠서요. (달려 나온다.)

부인 - (획 잡아채며) 저기 들어가!

일호 - 조선에 날 같은 거지들이 얼마나 많터냐? (천천히 걸어 나간다.)

(부인은 독살스러히 보고, 손님들도 보고 섰다.)

손님 - 간 곧마다 빈천한 조선백성이야 이리 저리 굴리는 판이야… (한숨
　　쉰다.)

수만 - 하눌이 무섭고, 조상들이 부끄럽다. 우리 가문이 웨 이렇게 되느냐?
　　네 이놈! (주먹으로 대청마루를 땅땅 친다.)

- 막은 닫힌다. -

제 삼 막
- 동북조 목도군들의 숙소 -

몇을 채 오는 비는 계속하여 출출 나린다. 어듬컴컴한 방 안에는 담배 연기가 자욱하며, 창문에는 신문장들이 너펄거리고, 왼쪽, 오른쪽에는 목도군들이 자는 층게들이 놓였으며, 봇따리, 때 묻은 이불자리들이 무질서하게 놓여있고, 철우는 목도채를 깎고, 왼쪽 구석에서는 화토판이 열리었다. 어떤 목도군은 누워서 수심가를 부르고, 어떤 목도군은 전책도 보고 있는데 왼쪽 우층에는 은철이가 눕었고, 오른쪽 층게에는 일호가 누워서 순선이 준 부시쌈지를 폈다 감았다 하고 있다. 창수의 신음소리는 가다금 가다금 애처럽게 들린다.

(화토판에서)

목도군1 - 자, 청단자리다.

목도군2 - 이 년석 그건 외 대늬?

목도군3 - 잘러라! (떠들어댄다.)

일호 - (한숨 끝에 소리로) 머리 깎구 깎구야 서울 올라가 고등재판하여 십년 지녁(징역) 갈 알뜰한 내 난군아!… 정 놓은 부시삼지를 일치나 마오… 에이! (한숨) (몸부림을 친다.)

은철 - (무었을 깊이 생각하다가) 엄마, 내가 엄마의 품속을 떠난 지도 어느듯 3년이란 긴 세월을 지났읍니다. 그동안 외로운 이 아들은 객지 설음인들 얼마였으며, 인종구별인듯 얼마나 당해보았으리까?… 그래도 나는 엄마의 곁에서 사랑받던 그 어느 때를 잊을 수 없나이다.

자각돌을 모아다 구새를 쌓고
싹새를 주어다 불을 때이면서

유월달 아츰에 부엌 앞에서 풋보리밥을 기다리며
엄마의 얼골을 처다보면, 이 아들을 그윽히 나려다 보고
한숨 짖던 그 형상이 상금도 눈앞에 보이여요.

일호- 은철이, 이제는 그 보리밥조차 끊어저 버렸으며, 엄마의 얼골도 더
　　　는 볼 수 없네.

은철- 보리는 해마다, 해마다 다시 푸르러지지만 엄마는 갔고, 터전은 없
　　　어젔네.

일호- 은철이, 우리가 이렇게 살다가 마지막에는 무었이 되고 말려는가?

은철- 그양 이대로 살다가 죽으려고 생각하면 더 될 것 있나? 거저 그렇지.
　　　그러나 우리가 우리의 운명을 해결하는 때라야 되고 싶은 것이 될
　　　것이네.

일호- 우리가 우리의 운명을?… 그래, 그야 그렇지… 그러나…

철우- 밤낮 이 목도채만 깎아도 먹을 것은 쉬죽(쉰죽)도 없으니 이놈의 노
　　　릇도 망해먹었어. (결이나 떠든다.)

시운- (보토기를 들고 들어와 집어던지며, 말을 먹으며 떠든다.) 이 사람
　　　들! 비가 넘우 새서 어떻게 할 수 없네. (일동은 시운이를 처다보고,
　　　창수는 신음한다. 비소리는 높이 들린다.)

전책보던 사람- 그럼 저 창수는 어떻게 하나? 물이나 끓여 먹에야지?! 이전,
　　　기여 몇을인가?

은철- (층게에서 나려오며) 철우, 지금 자네 수만이네 객주에 가서 상등밥
　　　한상 식혀오게. 밥값은 오춘 숙질 일호가 감당한다고 하게. 일호! 아
　　　마 일없겠지?!

일호- 나에게는 오춘이 없네.

은철- 그러면 그도 틀렸구만…

철우- (벌컥 일어나며) 내가 가서 식혀오겠네. 정 안되면 아들의 빗에 억지
　　　로도 그놈의 집 조앙채로 들어오겠네. (나간다.) (화토판은 또다시

시작된다.)

시운-이 사람 은철이! 그양 일을 아니하고 이렇게 있으면 었길 셈인가?

은철-무슨 수가 있겠지 이 사람들! 내 삼호 구역에 가서 보겠네. 거기서는 어떻게들 하는지 알아보아야 하겠네.

한 사람-거기 사람들과 똑똑히 일러야 되네. 만일 어느 한 놈이라도 목도 싹이 일본 목도군들보다 한 푼 틀려도 하는 놈이 있으면 마자 죽는다고 전하게.

일동-큰 자국지난이 난다고 일으게.

은철-그 사람들이라고 조선 목도군들이 아니고 독단 사람들이겠나?

일호-은철이! 소용없는 줏이네. 그리다가… 자네…

은철-소용없어? 자네 상금도 깊이를 깨닭지 못했네. 하여튼 갔다 올 터이니 약속한대로 직혀야 될 것이네. (나간다.)

일동-염여말게…

시운-농사질을 버리고 목도질이나 좀 났을가 왔더니 이놈의 노릇도 거저 그렇구나. (낙심하여 주저앉는다.)

목도군1-이 사람! 자네 무슨 기운이 있어서 수수죽도 겨우 얻어먹으면서 촉대뼈가 후러들도록 목도질을 하겠는가? 청돌 두자 팔모자리 목도질은 우리가 하고 값은 일본놈들이 더 받아먹어도 목도질을 해야 하겠는가? 그양 틀고 하지 말아야 돼.

시운-정, 그러면 죽어날 거야 조선목도군들이지 머…

(화토판에서 싸홈이 터진다.)

목도군1-이 자식 도적질은 웨?

목도군2-그 자식을 경을 처 놓아라.

목도군3-그러면 돈 내라 않하겠다.

목도군4-그럼, 였다. 십원짜리 전표 받고, 3원짜리랑 날 다구!

목도군1-전번에도 네가 요런 수작으로 깜쪽같이 속였지. 깍장이 같은 놈!

목도군2-이 자식, 내가 깍장이야. 이노고만이쌍… (틀어쥐였다. 일동은 말린다.)

(창수 겨우 골을 들어 고함친다.)

창수-이 사람들! 그만들 두게. 자네들은 저의끼리 깝줄을 밝아먹을 작정
인가?

(일호 뛰어 나려와 만류한다.)

한 사람-옳네. 걷어들 치우게.

한 사람1-안 된다. 삼원자리 깍지를 꼭 주어야 된다. 깍장이 같은 놈!

한 사람2-자식, 뻔뻔이 났다. (모도 제 자리에 앉는다. 일호는 창수를 눕히며)

일호-창수, 그만 눕게. 시절이 그런 걸 어찌겠는가?

한 사람-시절이나 무었이나 냉장할 목도질도 못하고 일년 12달을 불궈놓
고 이러구 있으면 창자는 무얼 먹고 사나?

일동-글세, 그도 않은게 아니라 딱하네.

시운-되지도 않을 걸 가지고… 이제 형병들이 오면 붓잡혀가고 총에 맞아
죽지 않나보지.

한 사람-나는 내일부터 봇따리를 메고 또 떠돌아 단이겠네. (락심한 어조로)

한 사람-죽을 방, 살 방 하게 되였지 별수 있나?…

일호-여기도 이런 날강도 판이구나. 일본사람 철도닦기에 집터까지 다 빼
았기고 내가 그놈들 밑에서 조선 산천을 터트리는 난포질을 하고 있
어? 그러니 어떻게 한단 말인가? 차라리 죽고 말가? 아니, 그는 넘우
나 피 없는 말… 이렇게 그대로 사는 것은 썩은 물고기 대가리 값만
도 못한 생활…

(금산이 거들거리며 등장. 그는 취했다.)

금산-이러하면 잘 되였지?

한 사람-잘 되였어. 혼자 먹고 단이는 법도 있는가?

금산-글세, 자네들이 없으니 자미는 없는데 많은 우연히 옛 친구를 만나서
해동루에 새 기생이 왔다기에 가서 한 잔식 먹었지!…

시운-(불버한다.) 해동루 노름까지 자네 팔자는 괜찮네.

금산 - 말할 겄 있나? 살아 생전에 할 수만 있으면 놀아야 돼. (소리를 한다.)

　　　높은 고목도 늙어지면 오던 새도 덜 오구요
　　　곱던 꽃도야 떨어지면 오던 나비도 않이 오고
　　　깊던 물도야 건수지면 놀던 고기도 도망가고
　　　우리 인생도 늙어지면 오던 님도 않이 오네.

한 사람 - 그 자식 꼴보다 초성이 꽤 좋네.
한 사람 - 즛사리 칠푼에 매화타령을 몰라. (일동은 웃는다.)
금산 - 해동루에 새 기생이란 게집애를 보았지. 어듸서 촌 겄을 다려다 놓
　　　고, 기생이라고… 게다가 작고 울기만 하겠지. 한참 놀리다가 외눈
　　　봉사 주인놈하고 말했더니 단단히 욕을 보이데. 그래 돈은 돈대로
　　　주고 왔네.
한 사람 - 울 적에 그만두지 맛기까지야.
시운 - 시기는 대로 하지 않으면 맛지 않고. 그렇지 않으면 주인은 망해
　　　도…
한 사람 - 그 년석, 사람이 즘승이냐?
시운 - 그래도 법이 그런겐데…
일호 - 여보! 세상에 법은 사람을 즘승이라고 하지 않었을 거이야.
한 사람 - 그래, 게집애는 곱던가?
금산 - 인물은 꽤 얌전해. 당실코에 실같은 눈딱지에, 호리호리한 허리맵씨,
　　　일홈을 내걸기는 추월 - 가을 달이라고 했는데 정작 물으니 순선이
　　　라고 하며, 코눈물을 쥐여짜데.
일호 - (결이 나) 당신은 즘승만도 못하오. 그것이 불상하지도 않어서 맞게
　　　까지 했단 말이오?
금산 - (눈이 둥글해서) 이 제길할 년석, 무었이 었째? 네게 무슨 상관이 있
　　　늬? 거참 별 멍텅구리를 다 보았어. (일동은 웃는다.)

일호 - 그래, 그들은 당신만 못해서 기생노릇을 하는 줄 아오? 당신은 등골
　　　에서 썩은 땀내가 나고, 더팀에 썩살이 밝힌 목도군이지만 그들 기
　　　생만한 것 같지 않소.
한 사람 - 남은 해동루 노름에 흥이 나서 그러는데 싸홈은. 어째 그것은 공
　　　연한 심술이네.
금산 - (팔을 걷우며) 이것, 어듸서 이런 식충이가 봉노방에 와서 던비는가?
　　　좀 질을 듸려야 되겠네. 이 자식아! 나는 목도군이고, 너는 무에냐?
　　　이 주랫대 맞고 오그라질 녀석. (멕심을 쥔다.)
시운 - (말리며) 이 사람들! 괜이 이러지 않는가? 놓게. 이 사람들! 좀 말리
　　　게. 거저 보고 있는가?
한 사람 - 자, 어듸 보자. 새 목도군과 늙은 목도군이 전쟁이 났네 그려.
일호 - (마음 먹고 한 개를 치며) 이 자식아! 놓아라. (금산이 넙쩍 쓸어진
　　　다.) 너도 그들을 알 때면 눈에서 눈물이 아니라 피가 날 터이다.
금산 - (곁 사람들과 돕아달라는 동정으로) 아이구! 이 사람들 저런 놈을…
　　　이 자식아, 더 처라, 응, 죽여 응. (다리에 매여달려 얄개를 댄다.)
(일동은 슬밋슬밋 금산이를 보고 웃으며 자리에 눕는다.)
한 사람 - 늙은 목도군이 젓네. 그만하면 해정까지 되었어…
한 사람 - 가만두게. 둘이서 끝을 보지 않으리.
창수 - (결이 나서 목도채를 들고 일어나며) 이 자식들! 이 즛이 오랄 작정
　　　이냐? 나종에는 저의끼리 밝아먹다가 이저는 서로 제 손으로 따려
　　　죽일 작정이냐?
(금산이는 겁이 나서 저편 구석으로 도망가고, 다른 사람들은 슬밋슬밋 눕
는다.)
일호 - (울음 섞인 음성으로 창수의 손에서 목도채를 앉으면서) 창수 형! 내
　　　잘못했오. 넘우도… (분함을 참는다.)
창수 - 아무리 망국지민의 종자들이기로니… 아! (쓸어저 눕는다.)
(은철이 등장)

은철-웨, 이 모양들이야?

시운-저… 사람이 무슨 해동루고, 무엇이고 하더니 싸홈이 터졌네.

금산-은철이! 저 년석이 기생년이 제 어미년이나 되는지 내가 해동루에
　　　갔다 왔다 하니 이 지경을 만들었어. (코를 어르만지며) 이 자식, 더
　　　처라! 응! 네 오춘 놈은 목도군들의 갑줄을 벗겨먹고, 너는 사람치기
　　　를 배웠늬?

(일호 분해한다.)

은철-그만들 두게. 일호가 그 녀자 때문에 생명을 바치며, 애쓰는 것을 자
　　　내들은 왜 모르는가? 돕아는 못 줄망정 친구의 감정을 그리도 못 알
　　　아보아?! (일호는 분한 설음에 막 쓸어진다.) 일호! 진정하게. 자네
　　　암만 그렇게 심란해 해도 이에서는 할 수 없네. 앞으로 두고 보세.
　　　참게!

한 사람-그래 삼호 구역에서는 어찌던가?

은철-3호 구역 사람들은 우리를 도려 의심해 하데. 그런데 형편이 좀 더
　　　잘 되는 모양인데…

일동-그래? (모도 앉는다.)

은철-몇을 채 오는 비에 강물이 대단히 뿔어서 만일 저 웅보만 터지면 이
　　　아래 새로 건축한 다리는 헤염치고 나려갈 게야.

시운-(근심하며) 그 어찌겠는가?

한 사람-이 자식! 어찌긴 어째? 마사지면 돈버리 생겼지.

한 사람-그렇게만 되면 저의놈들도 또 코 막고 답답했지. 수백명이 근 달
　　　포나 한 일은 물거품이 되고 말 것이야.

한 사람-그런데 감독부에서는 무슨 응답이 없어?

은철-그놈들은 정 바뿌면(힘들면) 할 줄 알고 거동만 보고 있네.

시운-그야 그렇지 않고. 그래, 정 바뿌면 해야지.

은철-멀, 한다는 말이냐? 등골이 빠지도록 거저 해주어야 한단 말인가?
　　　이 철도가 조선 백성들에게 유익되는 철도라면 백성이 된 도리로 꼭

해야 되지만 이 철도는 다만 일본 군벌들이 식민지를 얻기 위한 군용철도야.

한 사람 - 백성들의 교통을 위한다면 청림촌 길을 닦지!

금산 - 그야 상관있나? 우리야 돈이나 받고 목도질이나 했으면 됐지

창수 - (일어나 앉으며) 이 자식! 조선 목도군들은 일본놈들의 벌이군이 되여도 목도질을 할 테냐? 우리는 푼 돈 받고, 놈들은 뭉치 돈을 가져도 할 테냐? 이 멀적한 바보년석!

한 사람 - 그럼 어떻게 하나?

은철 - 자, 일이 이렇게 되였으니 우리는 일심단결 되지 않으면 우리 하고 저 하는 바가 실패로 갈 것이 아닌가?

한 사람 - 글세, 그러니… 그놈들의 세력이니 허는 수 있나?

은철 - 그러니 그 세력을 꺾기 위하야 싸홈하지 않고 돕아주는 것이야 옳은가? 지금 이 지경동 형편을 보지를 못하는가? 집까지 다 헐리고 산 옆에서 헤매는 사람들은 무엇 때문에 누구 때문에 저렇게 되였는가? 조선 부자놈들은 망해가면서도 살기 위하야 귀엽은 처녀들을 우슴 파는 청루에다 팔아먹지, 일처소마다 따라단이며 청루를 열어놓고 텅텅 얼려 부려먹는 것을 자네들은 보는 바가 아닌가?

일호 - 외놈들의 철도가 우리 지경동을 못살게 만들었어.

은철 - 이 철도는 일본 천황폐하가 조선을 점령하고, 만주를 점령한 것처럼 또 Совет(소비에트) 로시아를 점령하려고 동으로부터 북으로 드레놓는 군용철도야. 조선백성들에게는 아모 상관없는 것이야.

한 사람 - 깊이 생각하면 그렇지. 그러나…

시운 - 살기 위해서는 어찌겠는가?

금산 - 나라 없는 백성이니 하는 수 있나?

일호 - 정 안 되면 저놈의 철도에다…

은철 - 쉬, 떠들지 말게. 자네들은 척하면 떠들기부텀 해서 대사야. 우리가 이렇게 살아서는 사람값에 못가고 끝날 것이야.

한 사람-세상은 벌서 이렇게 되게 만들어 놓은 것을 어찐다고 그러는가?

은철-세상은 사람이 만들어놓은 것이야. 일본 군벌들은 조선 세상을 저의 게다 복종하도록 만들어 놓았어. 쩍하면 뺨맛기, 벌금, 지역사리, 게다가 인종차별까지…

금산-그러면 어떻게 한단 말인가?

은철-위선 우리가 관리측에 올린 조건들을 실행하기 전에는 절대로 목도질을 걷어치워야 돼. 우리도 우리의 살길을 닦지 않으면 안 될 것이야. (Пауза(잠시 중지)) 이 사람들! 그래 우리가 빈부귀천을 모르는 그러한 세상을 못보고 죽겠는가?

시운-팔자가 그런 것을 어찐다고…

은철-내 이약이를 좀 들어보게!

한 사람-빈부귀천은 옛적부터 나려오는 것이니 할 수 없지만 목도싹에 대하여 이야기하게.

은철-글세 들어보게. (일동은 뭉혀 앉는다.) 우리 칠춘이 저 성진에 게셨는데 그 아들이 강동(연해주)으로 간 지 20년이 넘도록 종무소식이였어. 마츰 기별을 들으니 빈부귀천을 반대하는 싸움에서 왼팔이 중상되였는데…

한 사람-그럼, 저 창수 형편 갔겠구만…

은철-그 후에 부자놈들을 처 없이고 승리하였는데 저 로시아 남방 송림이 욱어진 Крим(Крым. 크림) 휘양소에 가서 팔을 곤처가지고, 그 후에 국가 학비로 많은 공부를 하였는데 농사에 유명한 농학기사가 되였돼. 훈장도 타고, 단합농장에서 회장의 직품을 가지고 있다네. 지금은 자손들도 여러 형제인데 다 중학, 대학에서 공부를 한다네. 그런데 우리는 지금 이 굴에서 무었을 하고들 있는가? 목도싹 10전 때문에 싸홈을 하고 있지 않는가? 10전을 더 받는다고 하게. 그 십전 열 곱이나 더 밝아낼 것이네.

한 사람-글세, 그런 세상이 우리 조선에야 될 수 있나?

은철-그런 세상이 저절로는 어느 때던 올 수 없어. 그를 위하여 혹독한 전쟁이 있어야 되네. 우리도 손에 총칼을 잡고, 김일성 대장의 의용부대처럼 피를 흘리며, 싸호지 않고는 않 되네.

창수-(묵묵히 생각하다가) 은철이 자네 니야기는 뜻깊은 이약일세. 언제나 우리 조선에도 그러한 세상이 되렸만은… 금강산 일만이천봉 송림이 욱어진 그 밑에 휘양소를 짗고, 날 같이 부상한 사람들을 곤쳤으면 얼마나 좋겠나?

은철- 지금 Совет(소비에트) 그 나라에서는 로동자, 농민들이 주권을 잡었는데 토지는 농민에게, 공장은 로동자에게, 철도운수는 백성들의 생활과 문명을 위하여 일한다네. 그러니 그 세상이야말로 우리의 세상이 아닌가?

한 사람-그러니 우리 조선에야 언제? 외놈들이 주권을 잡었으니 총칼 밑에서 음찍 못하지. 또는 그 밑에 조선부자놈들은 얼마야…

은철-만일 Совет(소비에트) 로시아가 정말 우리의 무산자의 나라가 옳다면 조선에 인민들은 일본 침략주의가 로시아를 해하려 할 때에 우리의 형제들을 위하여 돕아야 될 것이 아닌가? 김일성 대장처럼 총칼을 들고 나서야 하네.

시운-땅 우에는 또 딴 세상이 있어.

일호-은철이! 우리 조선 천지에는 언제나 그러한 세상이 될까? 토지는 농민에게, 공장은 로동자에게?…

은철-될 수 있어. Совет(소비에트) 로시아를 반대하는 일본 침약가들의 철도부설을 반대하는 것이 벌서 우리는 조선 천지에 그러한 세상을 짗을 싸홈에 들어선 것을 의미하는 것이네.

한 사람-요, 깍쟁이 같은 놈들이 로시아를 없쇄치우려는 것은 우리 같은 빈천자들이 권세를 잡을가 하여 심술을 내여하는 즛이지.

금산-옳네. 망하면 이에서 더 망하겠는가? 한 번 우리 틀어보게.

은철-그 나라에는 무산자의 수령 Ленин(레닌)이 돌아가신 다음에 Сталин

(스탈린)이 치리하시는데 천하에 위인이야.

일동 - Сталин(스탈린)?

한 사람 - 자네 늘상 이야기하던 그 위인 말인가?

은철 - 그래, 그는 동서양에 압박받는 인민들의 아버지며, 수령이야. 이 책을 보게.

(일동은 도라앉는다.)

제국주의는 넓은 식민지에서 몇백 밀리온(백만) 인민들을 로골적으로 착취하며, 비인간적으로 압박하는 것이다. 이 착취와 압박의 목적은 보담 더한 리익을 짜내기 위해서 식민지에다 철도, 공장, 제조소, 공업 및 상업 중앙지들을 건설하여 놓는다. 이 형편이 우리 조선에 꼭 맞는 것이야.

한 사람 - 그렇지, 과연 그렇지. 그 책을 좀 보게. (책을 본다.) 모순의 둘재는 여러 침약국가들이 여러 부분에서 재정가들의 리익을 위하여 다른 식민지를 얻음으로 재료 원천지를 얻으려는 것이다.

한 사람 - 그렇지 그래. 로시아를 점령하고, 이 철도를 되레 놓는 것도 그러자는 것이지.

창수 - 오 Сталин(스탈린) 위인이여! 조선 천지에는 언제나 울음이 끝나렘니까? 아이구! (은철이 창수를 눕힌다.)

일호 - 외놈들의 군용철도가 조선 천지만 못살게 할 뿐 아니라 로시아의 형제들까지 못살게 하려 하네.

한 사람 - 이 사람! 무슨 한심한 소리를…

은철 - 떠들지들 말고 곰곰히 생각들 하여보게. 나는 저녁마다 북두칠성이 낳타나면 그 나라를 그려보네. (Пауза(잠시 중지)) 자유롭은 로시아 형제들이 부럽기 끝이 없네. 그런데 이놈들이 우리처럼 만들려고 되려 놓는 이놈의 철도를 웨 맞어가며 닦겠는가?

한 사람 - 들어보니 좋기는 할세만은 입이 대사야.

(문 두다리는 소리. 춘길이 등장)

춘길 - 안령들 하세요?

일동 - 예, 단여왔소? (제자리에 앉기도 하고, 눕기도 한다.)

춘길 - 웨 모도들 밥값은 안 가저 오시오? 당신들 같으면 객주해 먹을 사람
이 누가 있소? 오늘은 기여히들 내야 되겠소. 목도질도 않이 하고,
다 가버리면 어듸서 받겠소?

은철 - (옆낭에서 전표를 내여주며) 전표밖에는 없는데 받을랴면 받으시
요.

춘길 - 실소. 여보, 일원짜리 전표는 60전 값도 않 되는 것을 받으란 말이
오? (다른 사람을 보며) 당신은 웨 가만있소?

한 사람 - (전책을 고성대독하며, 못 들은 체 하며) 각설이 때에 우진이 패
할 때에…

춘길 - 여보, 귀가 먹었소? (소리친다.)

한 사람 - 예, 전표밖에는 없소다. 였소.

춘길 - 실혀. 돈 내여! 술 먹고, 밥 먹을 때 전표 내고 먹었소?

한 사람 - 더는 없소다. 목을 버이면 피박게는 없소다. 목도싹을 돈으로 내
여주라고 감독부에 가서 명령하시요.

춘길 - 그 양반, 대단 어리석다. (일호를 보고) 야, 일호야! 너는 나와 원쑤
진 일이 있늬? 인사도 하지 않고…

금산 - 목도군이 당신 같은 친척이 되면 더 우환꺼리가 될 겐데. 차라리 모
르는 척 하는 것이 낳지.

춘길 - 당신은 그런 일에 삐치라오? 목도질도 못하겠는데 우리 집 가슬이나
가 해라.

금산 - 가! 이 오그라질 자식! 없는 돈을 전표도 않 받으면 눈알을 빼갈 작
정이냐?

춘길 - 오늘은 않 되오. 꼭 주선들 하시오. (층계에 앉는다.)

(철우 등장)

철우 - 이 사람들 틀렸네. 외상은 더는 어떻게 할 수 없네.

춘길-(철우를 보고 급히 나가려 한다.) 그럼 차츰 되도록 힘써보시오.

철우-옳치! 너를 마츰 잘 만났다. 일부러 나를 찾어 돈을 가저왔늬?

춘길-그런 돈은 여기서 말할 것이 아니다. 그럼 모두 주선들 하시오. (나간다.)

철우-이 년석! 또 대심이 끝끝해. 너만 빗 받을 줄 알고, 우리 목도군은 빗 받을 줄 모르늬? 내라. 오늘은 안 된다. 전번에 너의 두상안테 그만이 괄세 보고, 오늘은 외상밥 한 상 때문에 빌다 빌다 못하여 쪽기여 왔어. 의복이라도 벗어놓고 가거라. (옷고름을 푼다.)

춘길-그 무슨 그런 망설을 하늬?

철우-네 별수 있늬? 이 복루에서는 우리의 권리야. 하고 싶은 대로 할 수 있어.

금산-꼭 받게. 빗 받는데도 차별이 있나? 나는 빗만 지웠으면, 주지 않으면 그놈의 어미년이라도 집행을 해오겠네.

시운-부자들도 빗 갚흘 때가 있구만…

은철-원쑤는 외나무다리에서 만난다더니 멘바루 쥐였군. 꼭 받게. 우리도 빗이나 받어야 살지.

춘길-그 양반 대단 건방지다.

철우-안 된다. 내라. 돈이 없으면… 우산(우선), 제맥이 할것없이 벗어라.

춘길-정 이럴 작정이냐?

철우-별말 말고 빗만 물어라.

춘길-(고함을 친다.) 순사, 사람 살리오.

철우-(뺨을 치며) 이 년석, 고함은 웨 치늬?

일호-이 사람, 그만해. 보내게.

금산-그것도 일가라고 또…

일호-철우! 나를 보아서도 그만해. 보내게.

철우-안돼. 제것만 아는 요 깎쟁이 종자들을 모조리 없쇄야 해.

은철-철우! 일호의 사정을 보아서라도 그만해. 보내게.

일동-가만두게! 꼭 받게. 밥값보다 노름빗은 더 되게 받아야 되네. (떠든다.)

철우-일호만 않으면, 요년석 깝때기를 홀짝 벗겨내겠다. 그래 언제 줄 테냐?

춘길-글세, 수일 내로 주마.

순사-웨 떠들어?

춘길-(소리를 지르며) 나으리님! 이놈들이 무슨 궁투리를 꿈이다가 내가 와서 밥값을 달라니 막 되는대로 칩니다.

순사-(수상히 보며) 응! 가만이들 제자리에 있어. (수색한다.)

은철-(전책을 보는 체 읽는다.) 각설이 때 운장이 적토말을 빗겨타고 남향 산성으로 비호같이 냅다 뛰며…

순사-(먼이 먼이 보다가 책을 집어던진다.) 들기 슳혀.

은철-나으리님! 여기는 이런 합비 입은 목도군들도 있고 한데 무었이 있다고 그럼니까? (춘길이를 향하여) 여보, 당신은 무슨 엉투리 없는 말로써 나으리님을 수고 시키시요? 줄 것이 있으면 주고, 받을 것이 있으면 받을 것이지…

춘길-그래, 내가 물 것이 있소? 받을 것이 있지. (철우 주먹질 한다.)

순사-웨, 목도질은 모도 하지 않어?

은철-아직 관리측으로부터 판결이 나지 않았읍니다.

순사-모다 제자리에 눕어 있어. (일동은 눕는다.)

춘길-속히 밥값들을 준비하시오. (다라난다.)

은철-보라니, 돈값 절반도 않 되는 전표를 내여주고 밥값은 현금으로 내라하니 죽어날 것은 조선 목도군이 아니고 무었이야. 그러나 일본 목도군들에게는 닷쇄에 한 번식 현금으로 간조를 해주나 우리에게는… 산송장처럼 있으란 말이야.

일동-이놈의 철도닦이를 걷어치워야 되네. 더는 간조고 머이고 다 버리고 독립군으로 가야 해.

(봇따리 싸는 사람, 여러 가지로 분주하다.)

(정순이 등장)

정순 - (젖은 수건을 벗으며) 오라바니!

일호 - 정순아! 네 이 비 오는데 웨 왔늬? 그것은 무었이냐?

정순 - 밥이오. 았까 (철우를 찾으며) 저 저분이 와서 외상밥 한 상을 식히
자고 사정하다가 거저 왔소. 그래, 나는 가만히 밥을 가저왔소.

일호 - 기특하다. 정순아! 지금 사흘 채 병석에서 국 한 술 먹지 못하는 사
람이 있다. 창수, 창수, 밥을 먹게. (창수는 밥을 받어들고 생각한
다.)

정순 - 오라바니, 내 어젰게 우리 가산에 나물 캐려 갔다 왔소. 한아버지
묘 옆에 또 측량말을 박아놓았습데.

일호 - 응? 아버지 가실 때에 풀이나 제때에 비여달라던 우리 가산에다?

은철 - 우리도 우리의 살길을 닦지 않으면 가산뿐이겠나?…

정순 - 오라바니! 아버지는 웨 오지 않소? 나는 맏아바니네 집에는 섫어 못
살겠소.

일호 - 정순아! 어찌겠늬? 그러저럭 참아라. 아버지가 돌아오면…

정순 - 순선의 어머니는 날마다 맏아버니안테 와서 사정하나 들지 않소.

일호 - 생각하면 단장에 칼을 들고 가서라도 돈을 빼았어… 그러니 어찌 그
렇게…

금산 - 세상은 망할 놈의 세상이야. 사춘의 며눌이를 글세 빗에 넘겨주
다니…

일호 - 정순아! 더 저물기 전에 어서 가거라!

창수 - 불상한 오라비를 위하여 부자놈의 집에서 도적해온 밥을 이렇게 나
에게 주니 감사하네, 시악씨! 언제나 은공을…

은철 - 창수! 은공은 있다가 휘양소에 가서 갚을 섬 하고 어서 밥이나 먹게.

일호 - 정순아! 섫은 대로 심부림이나 부즈런히 해라. 너의 앞에는 새 세상
이 올 것이다. 저 Совет(소비에트) 로시아에는 부모 없는 설음도, 배
곺은 아이들도 없단다.

정순 - 오라바니! 순선이네 빗은 언제나 물게 되오?

일호 - (기차서) 흥, 정순아! 가거라. 속히 물게 될 것이다. (정순이 나가는 것을 일호는 먼히 내다보고 섰다.)

금산 - 일호에게 저런 똑똑한 누이가 있어?

한 사람 - 불상한 아이야.

은철 - 지경동에 빈민치고 저렇게 터전까지 빼앗기고, 부모까지 어인 자손들이 어듸에나 없겠나?

일동 - 다수가 그러한 형편일세.

일호 - 일본놈들의 철도가 우리 지경동 자손들을 거지로, 허지로 내몰았어.

일동 - 그러니 글세 하는 수 있나? (Пауза(잠시 중지))

(멀리서 호각소리, 비상소집의 군인들의 나팔소리 들린다.)

은철 - 옳지. 일이 났구나! 우에 물보이 터졌어. (일동은 내다본다.) 그놈들이 꼭 여기로 와서 나가라고 할 터이야.

일동 - 은철이! 그럼 어떻게 할가?

은철 - 만일 이 형편에 와서 저놈들이 혹 요구조건을 실행해 주겠다고 할 것이네. 그러나 우리는 지나간 간조를 요구대로 받지 않고는 나가지 말아야 하네.

일동 - 그렇게 해야 되네.

철우 - 만일 나가는 놈만 있다면 행실을 보일 테야.

일호 - 은철이! 나는 무었이던지 다 헤지 않을 테야.

시운 - 저기 십장놈이 오네.

은철 - 자, 모도들 눕어있게. (일동은 제자리에 눕는다.)

한 사람 - (고함처 소리친다.)

아이 색기 쓸만한 건 목도군 되고
게집 아해 쓸만한 건 청루루 가네.

일동-

아리랑 아리랑 아라리요

아리랑 고개로 넘어간다.

(십장은 들어왔다.)

십장-이러들 나! 속히! 큰일 났다. 큰일 나서! 물보이 터진다.

한 사람-(못 들은 체)

가산나무 쓸만한 건 전보장 되고

논밭전지 쓸만한 건 신장로 된다.

일동-

아리랑 아리랑 아라리요

아리랑 고개로 넘어간다.

(멀리서 또 비상소집 소리)

십장-이놈들, 이러들 나! 물보 막으려 나가자. (발을 동동 구른다.)

한 사람-

문전에 옥토는 다 어듸 가고

쪽백이 신세가 웬 일인가?

십장-이놈들, 어듸 보자. 물보만 터지는 날이면 너의놈들도…

철우-십장님! 물보가 터지면 일감이 더 많은 터인데 근심할 것이 무었입
니까? 이리 와서 우리와 함께 아리랑 타령이나 부릅시다.

십장-고약한 놈들!… (달려 나간다.)

일호-저놈에게서는 조선 사람의 혼이 다 빠저나가서

은철-이 사람들! 누구던지 변절하지 말아야 돼.

일동-아마 오늘은 무슨 해결이 있음즉 하네.

(수비대 병정들 총소리 연니여 몇 방 난다.)

은철-수비대 병정들이 출동한 모양이네. (달려나가 보다가) 이리로 달려
　　오네.

감독-(달려들어 오며) 빨리 이러들 나! (하약구 옷기레)(빨리 일어나라)

십장-이놈들, 죽일 터이야. 일어들 나서 어서 나가자.

병정-(총가목으로, 창끝으로 막 이르킨다.) (일동은 모다 일어나서 어찔
　　줄 모른다.)

은철-감독님! 그럼 목도 싹전이 올라가게 됩니까?

감독-그것이나 차츰이나 해결해. 어서 나가 물보이나 막아야 해. 목도싹
　　이나 많이 주어.

헌병-속히 나가, 속히.

시운-삭전을 많이 주겠읍니까? 그럼 나가지요. (슬믯슬믯 보며 나간다.)

은철-감독님! 또 전번과 갖이 얼리면 어찌 됩니까?

감독-빨리, 빨리 물이나 터저. 빨리 내몰아! (군인들은 창으로 막 내몬다.)

(일동은 밀려나간다.)

일호-정, 이렇게 억지로 할 테냐? (대여든다.)

감독-무었이야?

십장-이 자식 빨리 나가! (귀퉁을 친다. 군인들은 창을 가슴에 대인다.)

감독-나가지나 않으면 죽일 테야!

은철-일호! 나오게! (일호는 할 수 없이 나간다. 창수는 신음한다.)

십장-일어나. 이 망할 자식! (막 쥐어 이르킨다.)

창수-난포에 상한 사람이라 할 수 없읍니다.

감독-내여 몰아!

군인-(일어나라 하니 창수는 게틀거리며 일어나다가 잣바진다.)

십장-이년석! 죽어도 저 철도역에서 죽어라.

창수-나는 거기서는 않이 죽겠다. 이렇게 억지로 동북선을 닦으면 될 줄

아늬?

감독 - 속히 내몰아. (하약구 박아다네)(빨리. 바보 같으니)

창수 - (억지로 일어나며 있는 힘을 다하여 소리친다.) 조선 목도군들아! 물보를 막지 말고 터틀려라!

감독 - (발길로 차니 창수는 넘어지고 군인들은 달려 나간다.)

- 막은 닫힌다. -

<hr>

제 三 막 二 장
밤, 새벽이다

<hr>

(목도군들은 곤히 잠들었다. 은철이만이 자지 않고, 깊흔 생각을 하다가 일어났다. 자는 목도군들을 살펴보다가 덮허도 주고 하다가 일호를 깨운다.)

은철 - 일호, 일호! (흔든다.)

일호 - (놀라 깨여) 웬 일인가?

은철 - 이리 좀 오게. (일호를 다리고 가서) 암만해도 자네만이 할 수 있는 일이네.

일호 - 무슨 일이기에… (정신을 차린다.)

은철 - 사람이 세상에 나서 백성을 위하여 영웅이 되는 일은 보통 사람은 안 되는 것이네.

일호 - (의심히 본다.)

은철 - 될 수 있어… 지경동 백성들의 원쑤는 자네래야만 값을 수 있네.

일호 - 원쑤를 값다니, 어떻게 무었으로?

은철 - 폭발로. 알아들른가? 다만 폭발로…

일호 - (놀라며) 은철이! 이 무슨…

은철 - 이제 자네 조상의 묘지를 짓누르며, 평화로운 지경동 산천을 울리며, 첫 화차가 고함치며 지나갈 때 백성들은 잠자던 날새처럼 놀라고, 그들의 마음은 지심에 불덩이 같이 화산줄기를 찾는 것을 자네야 짐작하겠지.

일호 - 그야, 그렇지. 그런데?…

은철 - 그 불덩이는 누구게보다 자네의 가슴 속에서 더 타고 울렁거리리라고 생각하네.

일호 - 이 철도 때문에 부모형제 사랑하는 애인까지… 생각하면… (분해한다.)

은철 - 그러기에 이 첫 열차가 북으로 향하여 형제들을 잡으려 눈에 쌍불을 켜고 들어올 때에 자네와 나는 백성들의 원쑤를 값고 북족에 형제들을 위하여 첫 열차를 폭발식히세. 이것이 오늘 밤에 나는 자네와 친히 단속하는 일일세. (Пауза(잠시 중지))

(생각하다가 은철이를 붓잡으며)

일호 - 은철형! 나는 그 말을 들고보니… (창 앞으로 순병의 발소리 난다.)

(창수는 잡소리를 친다.)

은철 - 하여튼 깊이 생각해 보게. (가서 눕는다.)

창수 - (반즘 이러나 앉으며) 아이구! 먼동이 트러는구나. 빨리 날이나 밝았으면… (묵묵히 생각하다가) 정복아! 어린 만금이를 안고 보고 싶다고 울겠구나? 산비탈이에서 칠기(칡) 뿌리를 안고 굶어죽은 너의 백골을 누가 있어 걷어 주나? 아!… (쓸어진다. 다시 일어나며 정신없이 소리친다.) 만금아! 저 송림이 욱어진 로시아 남방 휘양소루 가자! 거기서는 부상자도 거저 곤치고, 배곯푼 사람도 없단다. 불상한 누이 밥과 은혜를 갚을 터이니 나와 함께 가자. 만금아! 가자, 어서. (허둥지둥 걸다가 자는 목도군들을 휘 돌아보고) 자네들도 휘양소루 가나? 아니다, 않이야. 이 외놈들이 닦는 동분선을 타고서는 못 간다, 못 가. 금강산 일만 이천 봉 경개 좋은 곳을 찾아 휘양 가자 응?

앞서거라!… 어서… 내 손을 잡고 이끌어라… 만금아! (불연이 소리 치며) 은철이, 저놈들을 보게. 길을 막고 휘양소루 못 가게 하네. 자, 쳐부세라!

(일동은 놀라 깨여났다.)

은철-이사람! 웨 이러는가? 정신 차리게!

일호-창수! 웬일인가? 정신차리오. (앉아 자리에 눕힌다.)

창수-(겨우 정신을 차리며) 헐벗고, 의지 없는 피투성의 목도군들아! 그래 이 외놈의 동북선을 기여히 닦을 작정이냐? 이놈의 철도는 형제를 잡으려는 일본천황페하란 놈의 배굽을 채우려는 노릇이야.

은철-글세, 진정하게 (창수 다시 정신을 잃으며)

창수-너의들은 웨 그렇게 보지 못하느냐? 저걸 보아라. 욱어진 송림 사이로 팔 불려졌던 사람이 가슴에 훈장을 차고 나오는구나. 해빛에 빛난다. 야, 좋기도 하고, 곱기도 하고나. 만금아! 우리도 어서 가자 응?

일호-창수! 정신차리오… 앞으로 꼭 될 것이오.

창수-은철이! 우리 조선에도 경개 좋은 곳이 만컨만 우리 같이 구차한 병자를 곤치고 휘양할 곳이 없는가? 친구들! 나는 살 것 같지 못하네. (락심한다.)

철우-낮에 놈들에게 어떤 곡경을 격었는가?

창수-내가 죽으면 나의 안해에게 부고하지 말게. 날 기다리는 만금이 안다면… (운다.) 은철이! 낮에 이야기하던 Совет(소비에트) 로시아와 레닌 위인에 대하여 한 번 다시 니야기하게. 맞으막으로 그 니야기를 듣고 싶네. (Пауза(잠시 중지))

웨, 말하지 않는가? (맞으막 격동) 나는 휘양소로 가고 싶네. 아! 이 사람들, 우리 함께 휘양소루 가세. 휘양소루!… 송림이 많은 휘양소… (그는 운명되었다.)

일호-창수! 창수! 우리 아버지도 어듸서 이렇게… (업드러저 운다.)

철우-은철이! 우리의 몸뎅이가 이렇게도 값이 없다는 말인가? (층게에 부터 운다.)

(일동은 모다 눈물을 짙는다.)

은철 - 창수야, 염여 말아! 너는 휘양소루 가지 못하고 가슴에 품고 죽었다. 우리는 휘양소루 갈 터이다. (묵묵히 창수의 얼골을 듸레다 본다.)

일호 - (울분한 성대로) 창수형! 염여 마시오. 나는 당신의 원쑤를 갚하드리리다. 친구들! 울지 말고 창수형의 원쑤를 갚으려 나서게!! (일동은 눈물겨운 눈으로 일호를 본다.)

(순병이 등장)

순병 - 웨 떠들어? (들어와 창수 죽은 것을 독살스러이 볼 때 막은 닫힌다.)

제 사 막
- 해동루 -

막이 열리면 순선의 놀애가 들려온다. 만춘이와 뽀이는 나오다가 노래를 듯고 멈춰섰다. 문밖에는 기생들이 손님을 부르며, 웃는 소리 난다. 칸칸이 문들이 있는데 문선 우에는 기생들의 사진들이 보기 좋게 걸리었다. 무대 우편에는 노리방인데 주렴이 나려드리였고, 미인, 화초 등 그림이 그리워졌다. 때는 저녁이다.

순선 -

1. 세상이 괴롭다 한몸을 버릴까?
   섧어라 내 청춘 앗가워 어일고!
   실오리 초생달 처녀봉 넘으면
   눈물진 한밤도 그윽히 어드워

2. 흐르는 강 우에 떠러진 닢사귀
   달없는 물가에 그림자 잃고요.
   불리고, 밀리여 몸둘곳 어댄고?
   눈물진 이 밤도 함께 가 흐르세.

3. 수림에 기력은 한짝을 부르고
   가우에 괘종도 시각을 치는데
   타가는 내 간장 누구를 찾으려
   슬슬한 이 세상 하소연 하누나.

만춘-저놈의 게집애가 끝끝내 그 목도군 때문에 애를 쓰고 한탄이야…

뽀이-그 한탄 바람에 그 애에게 손님들이 더 많탐니다.

만춘-게집애는 앞으로 쓸만한데… 성질이 좀… 사람으로써 않그럴 수야
     있나?… 그렇다고 해서 거저 놓아 보낼 수는 없지… 그 감독놈이 않
     이었드면 저 애는 여기로 않 들어왔을 수 있었어… 이애, 너난 요즘
     에 게집애들의 거동을 잘 살펴라. 좋지 못한 노가다 놈들의 바람에
     불리여 별수가 다 있을 수 있어.

뽀이-우리 게집애들이야 그럴 수가 있나요?

만춘-양순한 게집애들 속에 독갑이가 들어앉아서. 요즘 철도닦기 목도싹
     전 때문에 떠들 때에 우리 게집애들은 전표문제 때문에 왼통 사상결
     단이 생기던 것이 거저 일이 않이야.

뽀이-글세, 그 애들도 전표 때문에 수입이 적으니 그러하지.

만춘-모레면 이 구역 철도가 완필되기만 하면 다른 곧으로 가야 하겠어.
     건달놈들 때문에 살 수 없어.

뽀이-글세 말슴이올시다. 매일 장춘 그놈들의 성화를 못 봐주겠서요.

만춘-그 감독놈이 나를 여기로 청해 올 때에는 약속이 많아서… 야박한
     놈!… 하여튼 게집애들을 잘 살펴야 되겠어… (퇴장)

뽀이 - 예이, 이 동북선 때문에 저렇게 귀엽은 녀석들을 청루에 던진 사람들이 얼마야. (골을 흔들며 나간다.)

춘길 - 이리 와, 매춘부가 이런 법도 있나? 이리 와

순선 - (소리친다.) 이것 놓고 나가시오.

춘길 - (뛰어나오며) 망할 놈의 게집애, 뽀이! (뽀이 달려나온다.)

뽀이 - 예이. 저를 불러게심니까?

춘길 - 주인을 청해!

뽀이 - 예 (달려 나간다.)

만봉 - (나오다가 춘길을 보고) 젊은 손님! 당신이 잘못 찾은 듯 해요. 아사히(담배이름) 한 대 피우실렴니까?

춘길 - 슳혀. (화를 쓴다.)

금색 - 기생들도 여러 가지지. 이곤 철도구역 게집애들은 낙낙한 정이라곤 없고, 거저 슳익은 경산도(경상도) 홍감뭉치야. 손님! 아마 그렇지요? 예. (아양을 부린다.)

춘길 - 알 수 없어. 깨였뭉친지, 홍감뭉친지. (만봉, 금색은 몹시 웃는다.)

만춘 - 청했읍니까?

춘길 - 기생이 없어서 저런 게집애들을 가저다 두었소? 그렇게만 손님을 접대했으면 철도구역에서 돈버리는 고사하고, 난장 맛기 한창이겠소.

만춘 - 인제 들어온 지 얼마 안 되는 것이야 당신도 잘 알지요? 아직 몰라서 그렇습니다. 돈양이나 주고 얼리면 차츰 들게 될 것입니다.

춘길 - 돈? 그런 것을 다 돈을 주랴면 저 흘러가는 강물에다 던지겠소. 하여튼 갔다 올 터이니 그런 줄 아시오.

만춘 - 그 애가 당신 말을 듯고, 않 듯는 것은 그 애의 자유이니깐? 그런데 춘길씨! 좀 박합니다만은 전번 채물을 회게해야지요.

춘길 - 염여 마시오. 설마 도망가겠소. (나가려 한다.)

만봉 - 손님! 좀 더 놀다 가시지요?

춘길 - 놀 시간이 없어. (급히 나간다.)

만춘 - (외눈을 지르 뜨고 내다보며) 조년석! 공연히 200원이나… 또 아비 부자 등살을 믿고 저 모양이지. 망할 날이 몇흘이 안 가리워서. 철도 닦기만 필나면 지경동 부자들도 다 떠먹어… 추월아! 이리 나와. (순선이 기분 없이 나와 선다.) 이 년석 게집애, 식히는 말을 듯지 않고 웨 날마다 말성을 이르켜, 응?

순선 - 여보시오, 나는…

만춘 - 여보가 다 무었이야?

순선 - 어머니! 웨 나를 세상에 낳았소? (운다.)

만춘 - 들어가! 보기 슲여. (순선은 울며 들어간다.) 뽀이!

뽀이 - 예 (달려나온다.)

만춘 - 저년석 게집애는 이틀 동안 손님접대를 금지해라!

뽀이 - 예 (근심하며 퇴장)

만춘 - (다른 기생들을 보며) 망할 놈의 게집애들… 깟닥 무슨 말성들이 생 겼다간 종아리를 불려 놓을 테야! (노기등등하며 나간다.)

금색 - 아부지! 그럴 리가 있나요? 누가 문푸레 매채를 좋아하겠나뇨?

만춘 - (발을 굴으며 위혁하니 더 게속지 못하고 중지한다. 만춘은 노려보 며 들어간다.)

만봉 - 병신이 쌍지랄 한다고, 외눈봉사를 해가지고 바르지 않기는 또…

금색 - 나는 그놈 깎장이 콩장사한테 그냥 속히우면서도 그래도 향여나 진 정으로 넘어설가 하여 믿고 있었지… 그러나 이전 그도 또 틀렸어.

만봉 - 누구는 안 그렇다고? 아, 그놈 곰보 말이야. 목도군들의 십장놈. 그 놈한테 여기 오던 날부터 속히우는 모양이야. 회령 있을 때에는 그놈 키다리 소장사한테 그냥 얼려 넘어갔어. (히로(담배이름)를 피운다.)

금색 - 그렇게 되는 것이야 우리에게 있어서 놀랍은 일은 아니야. 주인 놈 은 철도구역에 기생년들의 책임은 그 목도군들을 잘 호려야 한다고 하니 그 건달놈들을 무얼 보고 호려 글세…

만봉 - 그래야 목도군들이 일을 잘 한단다. (철우, 금산, 시운 기타 목도군들이 등장) 아, 저 건달이 목도군들이 또 쓸어들어. 나는 슳혀. (달려 나간다.)

금색-나도 그래. (달려 들어간다.)

철우-이 사람들! 들어는 왔지만 미천들이 있나?

금산-털어들 보게. 나의께는 10전자리 전표가 있어.

한 사람-나의게는 5원자리 전표가 있어.

철우-나의게는 화토 한 목밖엔 없네.

시운-나는 가겠네. (나가려 한다.)

금산-(붓들며) 이 자식! 그런데 가기는 웨 가?

시운-남의 영업집에서 없으면 그만두어야지. 그리고 이 청루에는 돈 발가내는 아귀들이 있네. 나에게는 그런 미천이 없네.

금산-없어? 금박 탄 간조는 발서 다 썼나?

시운-그겄은 못하네. 집으로도 보내고, 또 먹고 살아야지. 자네들은 놀게. 나는 가겠네.

철우-하기는 그러해. 목도판이 열리자 몇을 앓되여 청루까지 가저다 열어 놓으니 우리는 모다 귀신들께 홀리운 셈이네.

금산-그러기에 은철이가 우리 목도군들의 선생이야… 하여튼 온 바에는 들어가 놀다 가야지.

철우-내 소비랑 금산이 자네가 담당하게.

금산-그까짓 것 못하겠나? 뽀이!

뽀이-예, 청했읍니까?

금산-(썩 나서며) 제일 잘 여문 기생 넷하고 술상 차려와!

뽀이-어느 기생이 요구되시는지 직접 보시구… (사진을 가르친다.)

금산-이 사람들! 보게! 마음에 드는 겄으로 고르게.

일동-우리야 아는가? 자네 고르게!

금산-(보며) 3호, 7호, 4호, 5호방 아이들을 청해주시오.

뽀이-예, 저 방으로, 저 방으로 들어갑시다.

(일호 등장)

일호-(사면에서 떠들어대며, 기생들의 웃는 소리, 장구소리 들려온다.) 이 철도구역에서 한숨과 눈물 찬 이 해동루야, 언제 없어지려나? (머리를 숙이고 앉았다.)

(금색, 만봉이 나오며)

만봉-이얘, 오늘은 목도군들이 오면 실치만 좀 친하자. 떠들어서 싹전들을 탓단다.

금색-(일호를 보고 아양을 피우며) 여보시요, 젊은 손님! 내 방에 들어가 좀 동무 하실가요?

만봉-(썩 나서며)

청산에 흐르는 물아, 쉬이 감을 자랑마라!

한번 창해에 들어가면 돌아올 길 바이 없다.

명월이 만공산한데 하루밤 쉬여간들 어떠하오릿까?

(일호, 대답이 없다. 금색은 서로 보고 입을 비쭉하면서) 석양(성냥) 좀 빌리서요?

일호-석양도 없고, 아모 겄도 없어요. 뽀이!

뽀이-예, 들어감니다. (등장)

일호-순선이가 있소?

뽀이-순선이라니요? 저…

일호-아, 잊었소. 추월이가 있소?

뽀이-있읍니다. 그런데 추월에게는 손님접대가 없게 되었읍니다.

일호-(놀라며) 예? 무얼 때문에, 어째서?

뽀이-(어름어름한다.) 예, 몸이 좀 불편해서… 사흘 동안 좀 손님접대를 금지했서요.

만봉-그놈의 게집애 때문에 우리는 낭패야.

금색-그겄도 좀 있으면 늙은 호박꽃… 이얘, 오늘 일은 부(負)되는 판이다. 일진이 아마 틀렸는갑다. 들어가 록백구나 노잣구나! (들어간다.)

일호 - 저겄들은 사람이란 갑줄뿐이야. 동북선 엽대기에서 사람의 피를 빨
　　다가 죽은 귀신들이야. 그러나 너의들께도 산사람이란 정신이 들 때
　　가 있겠지. 뽀이!

뽀이 - 예. (들어온다.)

일호 - 여보시오. 추월에게 일러주시오. 일호가 한 번만 맞으막으로 보잔다
　　고 일러주서요.

뽀이 - 맞으막으로… (이상히 보며 들어간다.)

일호 - 오늘 밤, 내일 하루… 눈물 나는 나의 세상은 이렇게 끝나고 마는구
　　나. 불상한 어린 누이, 사랑하는 순선이, 너의들이 내가 가는 일을
　　가루 막는구나. (Пауза.(잠시 중지)) 그러나 이 일은 짓밟힌 너의들을
　　위하여 하는 수 없이 해야 될 것이다. 폭발, 그래, 확실히 이겄이 내
　　가 갈 길이다.

순선 - 일호! (먼히 보다가 일호에게 매여달린다.)

일호 - 순선아! 너는 끝끝내 나를 원망하겠구나. 너를 이 악마의 굴에서 구
　　원하려고 등이 고불도록 피ㅅ땀을 흘려도 돈 많은 놈들의 등살에 하
　　는 수 없다. 칼을 들고 강적질이라도 해서 너를 구원할가 해도 그도
　　될 수 없거니와 추비한 일… 내가 우리 오춘같이 돈 많은 부자이었
　　든들 네가 웃음으로 세월을 보낼 게다.

순선 - 일호! 그겄은 나를 하로라도 더 살지 말고 죽으라는 말이오. 일호가
　　돈 많은 부자이였드면 나를 사랑하지도 않었을 게오. 아츰마다 저녁
　　마다 우물역에서 나의 물동이를 이워주지 않었을 게오.

일호 - 돈만 아는 이놈의 세상에서는 돈이 없으니 하는 수 없고나. 돈,
　　돈!… 모다 사람이 아니라 돈이로구나. 그러나 저 강 건너 북족 나라
　　에서는 사람이 천금이란다.

순선 - 땅우에 그런 세상이 있으랴면 우리도 잘 살련만…

뽀이 - 주인이 들어올 터인데 어서 들어가시오.

일호 - 순선아! 그 어느 때에 우리 집에 놀려 와서 등잔 밑에서 베개모에

수를 놓으며 노래 부르던 그때를 잊지 않으마.

(노래)
금강산 산봉에 진달래 꺾고요
낙동강 밑에서 진주를 잡으려
얼사여 엄마여 내 손을 잡으소
얼사여 동무여 노래를 부르소

참 훌륭하다.
뽀이- 어서 들어가소. 오늘 또 큰 봉변나지 말고…
순선- (끌려들어간다.)
일호- (나가려다가) 뽀이!
뽀이- 예.
일호- 이 부시삼지를 추월에게 전해주십시오. (뽀이 받아쥐고 들어간다.)
　　　순선아! 리별이다. (나간다.)
순선- (나와서 일호를 찾다가) 일호! 나는… (문선에 서서 울다가) 나를 누
　　　구를 믿고 이 세상에 살아…
뽀이- (나오며) 손님이 갔어? 웨 또 울고 있소. 주인이 나올 터인데. (상을
　　　들고 들어간다.)
순선- 나도 당신을 위하여 내 손으로 내 운명을 해결할 터이다. (들어간
　　　다.)
(감독과 십장은 비틀거리고, 그 뒤에는 수만, 구장이 따라 들어온다.)
십장- 오늘은 흔성흔성하고나.
감독- 조선 기생들의 집이야 고약한 행수내와 독한 분냄새가 나…
수만- 이곧에야 그밖에 있읍니까? 감독! 우리 이런 곧으로 단이는 겄을 보
　　　면 위신이 대단히 좋지 못할 터이니 저의 집으로 갑시다. 또 한턱
　　　잘 내지오.

구장- 또 한턱… 중국 요리집보다 못하지 않지. 십장, 저 수만씨 댁으로 가는 것이 나을 걸 같습니다. 거기서 담화도 하면서…

감독- 수만씨 집에 있던 시악씨나 보고야 갈 터이야. 대단히나 곱아. 조선 산수야, 산수. 수만씨 알아나 있소. 담화는 내일 낮에나 하고… 오늘은 술이나 취해서 그도 틀렸어. 수만씨! 언짠게나 생각지나 마시오.

수만- 글세, 언짠키야 멀…

십장- 냇장! 사람이 살아서 위신만 직혀야 되나? 살다 죽으면 그만인걸. 철도역에다 청루를 열었을 때에야 우리의 만족을 채우란 거인데… 여기선 내가 한턱 낼 터이니까… 뽀이! 아, 뽀이! (고함친다.)

구장- 아, 십장이?… 그럼 수만씨! 여기서 좀 놀다가 저 감독님을 모시고 갑시다.

수만- 글세, 그렇게 하지. (좀 노엽으나 감춘다.)

뽀이- 불러 게심니까?

십장- 웨 이렇게 어리버리해? 남포돌에 놀란 참새 색끼 모양으로… 주인을 청해. 그리고 술상은 일등상으로…

뽀이- 예. 이 방에서 기다리시오. (노리방에 모시고 달려 나간다. 일동은 방으로 들어간다.)

구장- 이 지경동에 신철도가 개척되는 통에 청루까지 오게 되니 웃을 일도 많고 울 일도 많어졌습니다.

감독- 목도 역에 이런 집이나 있어야 목도군들이 마음 놓고 일이나 잘 해.

십장- 놈들이 밤낮 옴이는 간조만 되면 여기 올 생각에 일을 곳 잘 합니다.

만춘- 아, 여러분들! 어찌다 이런 루추한 곧으루 왕림했읍니까?

감독- 만춘씨! 우리가 놀아보려고…

십장- 지랄외 채는(지랄의 짓은) 다 해보라 했는데 살아서 청루 노름이나 해보아야지. 제일 나는 게집애 셌을 보내주시오.

수만- 만춘씨! 근일에는 복잡한 모양입데다.

만춘- 못 따는 감낭 게 생누깔 뺀다더니… 복잡만 할 뿐이오.

구장 - 시절이 강박하니 그도 그럴 겠이오. (뽀이, 술상을 들고 들어와 놓는다.)

감독 - (술상을 보며) 또 고초나 있어 고맛나나… (일동은 웃는다.)

만춘 - 만봉, 월게, 금색은 이 손님들을 대하라 일러라. (뽀이는 나간다.) 저는 볼일이 있어서… 나갑니다. 앉어들 유쾌히 놀으시오. (퇴장)

만봉 - 내가 엿보았는데 또 그놈 얼맹이 같해.

금색 - 이애, 들으면 어찔라고 그래.

게월 - (흔들며, 나오는데 늙었다.) 너의 난 또 웨 께어넣었니?

만봉 - 형님일랑 굿이나 보고 (귀속말로) 돈이나 벌면 좋지 않아요…

게월 - 들어가쟜구나! 평안들 하신가요? (허리 굽혀 인사한다.)

십장 - 자, 들어오자. (일동은 서로 자리를 보아 않는다.) 또 네로구나.

만봉 - 아, 당신이야 나와 갈라 못 질… (부끄러운 듯)

십장 - 정 깊은 않닭이로구나. (일동은 웃는다.) 놀 바에는 와짝하게 놀아봅시다. 이애, 장고 가저와!

뽀이 - 예이. 드러갑니다. (장고를 들에다 놓으며) 대령이오.

감독 - 뽀이, 추월이나 웨 들어오지 않어. 나의 시악씨! 깨끗한 나의 시악씨나 다려와.

뽀이 - 예. (드러간다.)

십장 - 불러라. 내 장단을 치마. 얽어도 이런 일에는 미인보다 났다.

만봉 - (썩 나앉으며) 그럼 저부텀 할가요?

구장 - 고치는 작아도 맵다고 독하게 여물었소. 한 마듸 해라. 보자.

만봉 -

    (노래)

    달아! 밝은 달아! 님의 창전에 빛인 달아!

    님이 홀로 누웠더냐? 어떤 불향잘 품었더냐?

    명월아! 본대로 일러, 사상결단

여덟 시 되자 자동차 가니
이번 가면 언제 와요?
하로 이틀 머나먼 길 고장 없이 단여오소.
길가다 빵고나 하면 다 온줄 알럼.

수만-너는 다 되었구나. 깨 한다.

십장-너도 한 마듸 해라.

금색-에헤, 에헤요.

　　참은주가 하처자요

　　목동이 요지 향화촌이라. (만봉, 금색 합창)

일동-좋다… 얼시구야…

십장-늙은 아즈먼님 한마듸 하시구려. 자! (장고를 친다.)

기생-이전 늙어설랑.

　　실실 동풍에 구준비 출출 오고

　　시화나 연풍에 님소식만 온다.

　　(기생들은 합창으로 떠든다.)

월게-자, 한 잔식 드세요. (기생들은 술잔을 들어 각각 전한다.)

만춘-(순선이 함께 나오며) 네가 그놈한테로 가고 안 가는 것은 마음대로 해. 하여튼 들어가 손님들을 접대해라. (서서 생각한다.) 어서 (들어 간다.)

만춘-이놈이, 오늘 저녁에는 돈을 내지 않고, 그런 무리한 행사가 있으면 나도 할 도리가 있어. (노리방을 흘겨보며 나간다.)

감독-(순선이를 보고) 오! 나의 귀엽은 산수, 웨 인제나 나와? 이리 와 내 곁에 나와 앉아!

수만-나는 골치가 앞어서 집에 가서 좀 눕겠읍니다. (이러서 나가랴 한다.)

십장-놀다 가시오.

구장-좀 있다 갖이 갑시다 그려.

감독-수만씨! 일이나 없어. 우리 일본사람이나 녀자들하고 불측한 일이
　　　없어. 앉아 놀다 갖이나 갑시다.

(수만이 할 수 없이 앉는다.)

십장-너는 인물도 꽤 얌전하고나. 소리 한마듸 해라.

순선-저는 모릅니다.

십장-그럼, 춤이라도 추어라! 자! (장고를 친다.) 그래, 이애, 이도 저도
　　　싫으면 무얼 가지고 여기서 벌어먹어?

(기생들은 어서 추라고 권한다.)

순선-아버니!… (수만의 앞에 엎드러진다.) 날 살려주오.

십장-여기는 아버지가 없다. 춤이나 추어라. 이 가을달인지, 추월인지 오
　　　그라질 뱅뱅돌인지 어서! 주인을 부를 테야.

구장-이제는 울어서 소용없다. 팔자타령이나 해라

감독-당신들이 웨 남의 시악씨나 울려? 어서 일어나 소리나 해라. (이르
　　　킨다.)

순선-(활쌀같이 몸을 빼며) 이 독사같은 왜놈아! 네가 우리 지경동을 불
　　　지르고 내까지 이 지경 만들었다. 네놈 말 들을 내가 않이다.

(일동은 넘우 억이 없어 감독만 보고 있다.)

감독-이애, 너 오늘이나 그 무슨 말이야. 그런 말이나 하면 못써.

수만-너 그랑 말어라!

구장-저것이 어를 아는 것 같지 않다.

십장-이년석 게집애가 속에 사가 들어갔어. 어서 일어나! 벼락을 안기기
　　　전에… (떠든다.)

(금산, 철우, 목도군들이 나오다가 보고)

금산-저 년석들, 이리루 왔구나. 저 게집애가 있네. 보게 또 저 지랄이야.

철우-여보시오, 십장! 기생을 따리며, 다리고 노는 겄은 조선법에나 일본
　　　법에나 없읍니다.

십장-네게 무슨 상관이 있어? 건방지게. 나가!

감독-나니? 하약구 이께!(뭣이? 빨리 가!)

수만-나들 가시오, 상관이 없거든…

철우-이것이 당신네 객주집인줄 아시우? 남의 자식을 팔아먹고도 또 부족
하여 여기까지 딸아와서 이 지라리오. 오늘은 아들의 놀음빚이라도
받어야 좀 더 놀다 가겠어. (대여든다.)

한 사람-저 사람이 오늘 또 대싸홈하게 되였군!

감독-나가지나 않으면 경찰이나 불을 테야.

수만-빗겨서거라. 이 노가다 쌍놈들!… (대통으로 치려한다.)

철우-이 두상이 아직 어를 모르는구나! (팔을 걷운다.)

기생들-그만들 두세요.

철우-처라, 보자! 네 사람을 팔아도 잘 먹고, 치기도 유명하고, 호령 잘
하기는 지경동에서 유명하다는 말을 들었다. 자, 처라!

수만-이년석! 빗겨라! (친다.)

철우-였다, 받어라. (골바지(박치기)를 한다.)

수만-아이쿠! (넘어진다. 십장이 뛰여 나려온다. 금산이와 씨름하고, 기타
목도군들은 이놈 치고, 저놈을 친다. 구장은 마루 밑에 엎드러졌다.
기생들은 달려나온다. 뽀이는 호각을 불고, 철우는 새 장고를 들어
감독을 치려할 때 순사가 달려들어 왔다.)

순사-웬일이야? 그걸 놓아!

철우-(태연히) 예, 좀 기운이 나서 운동을 합니다. (놓는다.)

금산-이 사람, 어서 가게! (피해가려 한다.)

순사-거기 좀 섰어! 감독, 점잔은 분들이 이런 루추한 곧에서 쌍놈들께 팔
세보는 것은 좀 자미 없는 줄 생각합니다.

감독-순사! 체포나 하지 말고 거저 쫓아! 경찰서에서나 알면 좋지 못해.
(사정한다.)

순사-예, 누구나 자기 위신을 존중히 역이는 때이니까?… (슬웃음을 웃으
며) 차례로들, 빨리들 가!

철우-예, 가람니까? 대단히 감사합니다. 이 사람들, 가세. 별일 없네. 오늘
    간조 탄 바람이 있구나. (순사 뒤딸아 나갈 때 한 기생 급한 소리로)
기생-아이 아이 아이 (소리치며 팔을 쥐고 돌아친다. 엄살을 부린다.)
순사-웬일이야?
기생-저 마지막 나가던 맨 조꼬만 년석이 남의 팔을 빗꼬아 놓았서요. 아
    이 아이 아이
순사-끊처! (기생은 능청스럽게 흘끔흘끔 순사를 보며 들어간다.)
감독-(분해 하며) 십장! 내일부터는 저놈들께 제일 무거운 녜루기 목도질
    을 식혀!
십장-예. (허리를 붓들고 앉아있다.)
수만-아이구, 골이야. 만춘씨! 이겄 좀… (붓들고 앉아있다.)
게월-아이, 망할 놈들…
십장-만봉아! 네 방으로 모서라. 이거 갈비때 잘못 되었다.
만봉-오늘 큰 봉변 격겼소다. (끌고 나가며) 아이, 고약한 노가다놈들…
구장-형편이 좋지 못하구나. 더 괄세 보기 전에… (슬밋슬밋 피한다.)
감독-안 돼. 오늘이나 기여코 내 맘대로 할 테야. (순선의 방으로 들어간다.)
수만-저놈이 환장을 했거든… 그 잘란 게집애 때문에 지라리야. 아이구,
    골이야!
뽀이-여보시오, 저리로 들어가 좀 싸맵시다. (다리고 들어간다.)
(다시 흐터진 장단소리, 윤선기(유성기) 소리 떠들어 낸다)
만춘-(들어와 사방을 살피며) 이애!
뽀이-이제 오세요? 오늘 큰 봉변이 낫댔서요.
만춘-무슨 일에?
뽀이-글세, 또 저 목도군 감독이 추월이와 히약까시하다가(놀리다가) 목도
    군들과 싸홈이 터졌서요.
만춘-그래서? 그놈들이 갔어?
뽀이-목도군들은 순사에게 쪽겨가고, 감독은 그양 추월에게 성화를 식히

는 모양이얘요.

만춘 - (불쾌히 역이며) 이얘, 내일은 다른 곧으로 죄다 떠나려 가야 하겠어. 모든 것을 준비해. 목도 처소로 딸아 단이다가는 아주 망할 테야.

뽀이 - 예, 준비하지요. (퇴장)

만춘 - (히로를 내여 피우며) 여기로 나려올 때에는 히망이 많았어. 수개월 동안 한 푼 벌지 못하고 그놈들의 종사리를 했어. 추월이는 내가 다리고 가야 할 테야. 그놈의 자식에게 확실히 속았어. (드러간다.)

(춘길이 주정을 하며 등장)

춘길 - 대단히 분주한데. 신철도 개척에 아버지 돈 다 부려먹어도 았갑지 않다. 이것도 내 방, 이것도 내 방, 이것도… (수만이 칸으로 나오다가…)

수만 - 만춘씨! 만춘씨!… (춘길이와 맞오치었다.) 너는 웨, 여기로 왔늬?

춘길 - 아니, 나는 거저… 아부지는 웨 여기로 왔읍니까?

수만 - 나는 주인을 보려고 왔다. 아니, 네 이 자식아! 네 지금 청루로 단이느냐?

춘길 - 아니, 저… 누가 와서 아버지를 보자고 해서 왔는데…

수만 - 음, 가자. 걸어라. (손을 쥐여 단이며 나간다.)

춘길 - 저건, 낸장. 보지 못해서 못 쫓거던. 이것이 순선의 방인데 어쨌던 내 것이야. (비틀거리며 들어간다.) 내 말만 들으면 돈이 없어 못 빼내겠나?

수만 - (밖에서) 춘길아! 나오너라!

춘길 - 예, 나가오! (화를 쓰며) 그것 참, 성화꺼리다. (나간다.)

(순선이 머리를 허크리고 달려나와 노리방에 와서 정신없이 서고 있다. 그 뒤를 딸아 감독이 독을 쓰며 따라 나왔다.)

감독 - 이얘, 너난 나와 같이 우리 일본 요꼬까마(요꼬하마)나 같이 건너가 우리 집에나 있으며, 일이나 하고, 아이나 보면 돈이나 많이 주어. 이리 와, 겁이나 내지 말아!

순선 - 이놈아! 슬타는데 끝끝내 웨 이 성화냐?

감독-무엇이야? 이 낮븐놈의 게집애, 조선 기생년이나 대화족을 욕이나 해! 이리 와. 내가 오늘 너를 소유나 못하면 안 될 터이야. (달려든다.)

뽀이-(만춘이와 같이 달려나오며) 저겄 보시오. 또 저 모양입니다.

만춘-이 망할… (달려들며) 웨 이 즛이야?

순선-사람 살려주오.

감독-만춘씨! 관게나 없어.

만춘-관게가 없어? 돈을 내지 않고는 안 간다고 말했지? 그리고 당신의 돈 3000원은 어듸로 갔으며, 저 애의 빗 1000원은 누가 물어줬어? 문명한 일본사람의 법은 이러한가? 그리고도 조선 시악씨의 정조를 맛보려고? 만일 네가 그양 그 야룩한 즛을 할 작정이면 오늘 이 자리에서 잡아 저 철도다리 밑에 가저다 던질 터이다. 나가! 깎장이 같은 놈! (부들부들 떤다.)

감독-만춘씨! 웨나 이러오? 우리 그러지나 맙시다. (웃으며) 우리 일본사람이나 물건이나 가지지 않고 돈이나 주는 법이 없어.

만춘-무엇이 어째? 요수룩한 놈! 너와는 더 관게할 일이 없어. 어서 나가! 만일 나가지 않으면 죽일 터이다. (매꼬모를 벗어던지고, 팔을 걷우며 대든다.)

감독-무엇이야, 죽이기나 하겠다고? 조선 청루간 머저리 년석 외눈봉사나 일본군사 사령부의 위임받은 철도국 감독이나 죽여. 하하하…

만춘-이놈아, 일본놈만 살고, 나같은 사람은 다 죽으랐다더냐? 나가!

감독-여보, 만춘씨! 돈이나 주면 그만이야. 가네오 아리마시요. 돈이나 주면 그만이야. (돈을 내는 체 하고 단포를 내여 만춘에게 견운다.) 나니?(뭣이?) 일본놈 낫분놈? 대화족을 욕이나 해? (단총으로 쏜다.) (순선이는 어찔줄 모르다가 상 우에 고초단지를 쥐고 도라서 망설거린다.) 조선 개종자… 너도 그렇게나 죽일 테야. (나사든다. 순선이는 픽 돌아서며, 고초로써 면상을 갈렸다.)

감독-아! 이겄이 웬일이냐? (꺽구러저 몸부림한다.)

순선 - 이놈아! 나도 이제는 내 운명을 해결할 터이다. 이 악마의 굴아, 리
　　　별해라! (나간다.)
감독 - (일어서려 하며) 순사, 순사! 저년이나 붓잡아! 아, 조선 시악씨에게
　　　독한 고초나 있어. 아, 눈이나 빠저…
(여러 칸에서 기생들이 나와 보다가 놀라서 소리치며 뛴다.)

- 막은 닫힌다. -

제 오 막
지경동 39호 감독부

제일막의 김익선의 집터인데 다 없어지고 감독부가 짖어졌고, 그 앞에는
전보대들이 라렬하였다. 복송아나무는 다시 움이 트는 때다. 뒷산에서는
벅국새가 다시금 옛 흔적을 회상케 한다. 감독부에는 기가 날린다.
막이 열리면 목도군들의 목도질 소리가 요란하다. "치기영 치기영"
감독, 십장이 들어오는데 감독은 눈에 검은 안경을 썼다. 일호, 은철이 목
도를 메고 들어왔다 지나간다.

감독 - 오늘이나 우리에게 큰 명절이나 되여. 오늘 화차나 지경동으로 지나
　　　가게나 되면 우리 동북조에서나 천황폐하에게 드리는 선물이나 될
　　　걸이야.
십장 - 옳습니다. 그런데 어느 때나 올라오게 됩니까?
감독 - 알 수 없어… 우리나 북으로 들어가며, 철도나 놓을 테야. 십장은 나와
　　　같이나 가면 돈벌이나 좋아. 장차로 로국으로나 들어가면 더욱 좋아.

십장-(허리를 굽히며) 아리가도(아리가또)… (감독은 나간다.) 조선놈들이
　　야 욕이야 하거나 말거나 냇장 내만 살면 됐다. 어쨌던 신용을 일치
　　말어야 한다. 저놈들이 웨 저기에 앉고 있어? (급히 나간다.)
(은철, 일호 목도를 메고 들어오며)
은철-치기영-치기영! 오늘밤 11시 치기영-치기영!
일호-염여 말게. 치기영-치기영! 다 되었네. 치기영-치기영! (나간다.)
철우-(금산이와 등장) 제길, 오늘 해는 웨 이렇게 길어?
금산-오늘 저녁 간조에는 아마 벌금이 꽤 많은 걸… 좀 쉬여 하잤고나!
　　(앉는다.)
십장-이놈들, 웨 또 여기에 앉았어?
철우-여보, 숨이나 돌려야 하지!
금산-십장! 당신은 웨 그리 우덜대오?
십장-무었이야? 박아! (친다.)
철우-이 곰보년석! 박달 맛을 보고 싶으냐? (대여든다.)
순병-나니, 사와시레 오로노까? 있게.[6] (총으로 위혁하니 일동은 나간다.)
십장-(목책을 내여 적으며) 요놈들, 오늘 저녁에 또 벌금하고 보면 하폄할
　　일이 나지리라. (은철이와 일호가 지나가는 것을 보고) 이애, 일호,
　　너난 오늘 난포를 몇 방 터트려서?
일호-다섯 방은 터트리고, 다섯 방은 아직 구멍을 다 뚫지 못했습니다.
은철-(급해하며) 속히 가서 맞으 뚫워야지. 십장님! 렴여 마시요. 바위는
　　꼭 터질 겄입니다.
십장-만일 오늘 다 뚫지 못하면 저녁에 다섯 방은 도로 가저와.
일호-예… (둘이 다 나간다.)
십장-저놈들은 곳잘 하는데… 아, 저놈들, 또 저기에 앉어서. (달려 나간다.)
(구장이 달려 들어오는데 그 뒤에 시운이 급히 등장)

----

6) 나니 사와시레 오로노까? 있게.: 왜 이렇게 시끄러워? 가.

구장-당신이 글세 안해와 아이들을 다려오자무사(데려오자면서) 행낭방은 빌
　　리 수 있소. 대관절 어떤 놈들이 그 안에서 궁투리를 꿈이오?

시운-글세 별 궁투리야 없습니다. 거저 목도싹 때문에… 그런데 행낭방
　　세금이 많습니까?

구장-(별로 어진 듯이) 당신이 오자무사(오자면서) 별세금이 있소. 그런데
　　어느 놈이 그 중에서 선코로 떠드오?

시운-구장님! 그 사람과 말해서 좀 그러지 말도록 하시오. 그리다가 경찰
　　서에나 붓잡혀가서 모진 매나 맞게 되면 좋습니까? 한 동포 사의에
　　서로 일러 그러지 말도록 하십시오.

구장-그라니와 알면사 일러주어야지. 그런데 누구요? (다잡고 물른다.)

시운-글세, 은철이는 좋은 사람이오. 그 사람이… (말끝도 맺기 전에 구장
　　은 이러서며)

구장-예, 나도 그렇게 짐작하였소. 다시 봅시다. (감독부로 들어간다.)

시운-구장님! 구장님! (구장은 못 들은 체 하고 들어간다.) 은철이 같은
　　사람은 더 없는데… 구장이 말하면 떠드는 일이 덜하겠지… 그런데
　　행낭방 세금이 정말 없겠는지?! (의문스러히 생각하며 나간다.)

감독-알아나 있어. 지금 곳 처리해야 돼 (따라 나간다.)

구장-글세, 그 은철이란 놈이… (일을 필하는 종소리가 들린다. 해는 서양
　　이 된다. 목도군들은 맥없이 모다 나온다.)

일호-은철이, 오늘 해는 웨 이렇게 긴가?

은철-해가 길어 그런 것이 아닐세. 자네 생각이 급해서 그렀네.

금산-오늘 하루는 시름을 놓았다. 에! 해두 길기도 하다.

철우-저녁에 간조 탈 때에 만일 일본놈 목도군보다 한 푼 어기나도 타는
　　놈만 있으면 따려잡을 테야.

은철-만일 앞서처럼 또 그렇다면 일심단체로 일을 중지해야 되네.

일동-그렇지 않고… (나간다.)

시운-또 일을 중지해. 저 사람이 저러다가… (근심하며 나간다.) 참, 대사

거던…

정순 - (복송아나무 곁에 와 서서) 오늘 또 빗을 받지 못했으니 그 욕설을 어찌하랴? 아부지는 웨 오지 않는가? 벌서 복송아나무는 움이 트고, 두견새도 우는데… 아부지! 부자 오촌 집은 섫어서 못 살겠소. (맥없이 섰다.)

일호 - (철도역으로 나가다가) 정순아! 웨, 여기 와 있늬?

정순 - 오라바니! 또 오늘 빗을 받지 못 하였으니 집에 가면…

일호 - 빗진 사람들이 주지 않으니 그렇지 네 잘못이야 아니겠지?

정순 - 그래도 맏아바니와 맏어머니는…

일호 - 그렇게서라도 돈을 뫃아야지, 돈 없는 친척이니 섫어한들 소용있나?! 우리도 잘 살 때가 있겠지.

정순 - 아버지는 웨 오지 않소?

일호 - 오겠지! 온들 무었하겠늬? 속이나 상해서 더 빨리 상사날 수 있다. 집터도 없어지고 가산조차 없어졌다. 오늘 밤이면 화차가 우리 가산을 지나, 우리 집 앞으로 고동을 틔우며 지나갈 것이다. 마치 우리 지경동 백성들의 가슴을 짓누르며 지나가는 듯 할 것이다. 정순아! 잘 있거라.

정순 - 오라바니는 어듸루 가오? (놀라며)

일호 - 아모 데도 가지 않는다. 또 갈 곳이 어대냐? 간 곳마다 학대와 천대지. 차라리 제 집터에서 제 조상의 모지(묘지) 우에서… 정순아! 그럭저럭 살아라. 북쪽에 세찬 바람이 불어 어즈러운 조선 천지를 쓸어내고 좋은 세상을 너는 볼 수 있을 게다.

정순 - 오라바니! 이저는 일본사람들과 싸우지 마오. 또 붓들려 가면 어찌겠소?

일호 - 이제는 그놈들과 그렇게는 싸호지 않겠다. (은철이 급히 등장)

은철 - 이 사람! 자네 발서 왔는가? 그런 것을 나는 작고 찾고 있어서! 그런데 일이 급하게 되여서 저 거리거리를 빽 둘러싸고 목도군이란 목도

군은 다 붓잡는다네. 아마도 나를 목적하고 하는 것 같으니 나는 몸
을 피해야 하겠네.

일호 - 그럼, 어떻게 하나? 어듸루 갈 터인가?

은철 - 어듸루 갈 떼 있나? 우리들 중에서 어느 사람이 잘못된 모양이야.
피하다가 붓잡히면 그만이고. 않잡히면 당행이고… 그런데 자네를
찾어보는 것이 나의게는 더 중하네. 그 일을 밎이 못하는 바는 아니
지만… 떠나는 순간에 다시 한 번 더 말하기 위하여!…

철우 - (달려들어 오며) 은철이! 일이 났어. 형사, 순사놈들이 자네를 찾는
듯 한데 자네는 지금 곧 몸을 피해야 하겠어.

일호 - 은철이! 염여 말게. 나의 운명은 날로 해결하게 준비되였네.

은철 - 만일 내가 경찰의 손에 붓들려 란매를 맞어 죽을지언정 지경동 천지
우에서 첫 자유의 폭발소리가 들일 때 나는 깃버하며 죽겠네. 자 일
호! 리별일세. (나가려 한다.)

일호 - 은철 형! 일 년 동안 든 정이 이렇게 갈라지게 되는구만…

은철 - 할 수 있나… 부대 실수 없이…

일호 - 은철이, 염여 말게. 자네가 없어지면 내일에는 자네 같은 사람이 우
리 조선 천지에 몇백, 몇천이 일어날 것이네.

철우 - 일호! 어쨌던 실수 말게. 뒷일은 내가 재체하지 않으리.

일호 - 염여 말게. 만일 실수되면… 않이, 실수할 수 없어… (철우 퇴장하
고, 일호 급히 나간다.) 정순아! 날도 저문데 어서 가거라.

정순 - 오라바니! 순선이는 어듸루 갔는지 모르오?

일호 - 모른다. 순선이는 제 손으로 제 운명을 해결한 힘 있는 녀자였다.
그는 내 말을 참말로 깨달았다. 우리 집 이 터에서 노래 부르던 순선
이많은 없다.

정순 - 오라바니! 누가 저렇게 봇짐을 메고 넘어오오? 아버지가 아닌가?

(일호 달려 나갔다가 들어오는데 일막일장에서 떠나던 동리사람 일삼이
다.)

일호 - 일삼 아즈바님! 인제야 오심니까? 얼마나 객지 고생을 하였소?

일삼 - 고생이야, 일후 말할 수 있는가? 그런데 지경동이 이렇게 되였구만.

일호 - 짐작과 틀리지 않습니다. 우리 아버지는 어떻게 되었읍니까? 웨, 돌아오지 않습니까? (정순, 일호 닦아 앉는다.)

일삼 - 차츰 이야기 하지! (봇따리를 풀며) 이것은 정순아! 네 분홍저고리 감이고, 이것은 고무신이다. 그간 아부지를 몹씨 그립어했지? 크기도 좀 큰 모양이구나. 모색(모습)도 변하였구나. 그러나 너의 아버지는 다시 고향땅을 못 드듸게 됐다.

정순 - (놀라며) 어째서요?

일호 - 세상을 떠났읍니까?

일삼 - 차츰 니야기 하지. 그런데 우리 식솔들은 살아있는가?

일호 - 살기는 살았읍니다만은…

일삼 - 그래, 어듸에 있는가?

일호 - 저 싸리밭촌 산 옆에서 풀막을 치고 삽니다.

일삼 - 그래, 동리가 철도 때문에 이 지경되고야 터전조차 있을 수 있나? (나간다.)

정순 - 아부지! (저고리 감을 얼골에 파묻고 운다.)

일호 - 아부지의 신세도 이렇게 끝나고야 말었고나. (봇따리를 쥐고)

정순 - 오라바니! 이제는 기다리던 아부지조차 돌아가셨으니… (또 운다.)

일호 - 정순아! 일본놈들 세력 밑에서는 할 수 없다. 우리도 우리의 세력을 위하여 싸호지 않으면 다 그렇게 죽고 말 것이다. 정순아, 어서 가거라. 울지 말고 잘 있거라.

정순 - 오라바니, 싸호지 마오. 붓들려가 오라바니까지 죽으면 나는 세상에서 누구를 믿고 살겠소?

일호 - 어서 가거라. 정순아. 잘 가거라. (매화를 보고) 이 복송아나무도 아버지가 심었고, 이 집도 아버지가 짖은 집터이다. (이때에 11시 종소리가 난다.) 지경동아! 때가 되였다. (옆낭에서 폭발약을 다시 내여 준비하여 가지고 급히 나간다.)

구장 - 십장, 감독이 어듸로 갔읍니까? 급히 볼 일이 있는데… 아마도 그놈
　　　이 도망간 모양이거던… 어듸서던지 볼 수 없거던…

십장 - 알 수 없읍니다. 아마 화차 나려오기를 기다리는 모양입니다. (감독
　　　부로 들어간다.)

시운 - (달려 들어오며) 구장님, 구장님! 잠간 봅시다.

구장 - (화를 쓰며) 웨, 그래오?

시운 - 내일로 행낭방으로 오람니까?

구장 - 그 참 않됐소. 행낭방을 그만 안해께서 다른 사람에게 주었소. 당신께
　　　서 방세를 못 받을가 해 그러는 것은 아니오. (감독부로 들어간다.)

시운 - (결이 나서 말을 먹으며) 망할 놈의 두상, 사람을 얼리는가? 속이는가?

수만 - 감독, 이번에 간조에서는 꼭 제하고 내여주어야 하겠읍니다.

감독 - 수만씨, 그런 것이나 삶일 시간이 없어. 화차나 지내보내고 봅시다.
　　　(들어간다.)

수만 - (정순이를 보고) 정순아! 이놈의 게집애, 빗받으려 가라했더니 웨 여
　　　기 와서 울고 있늬? 각금 갔다 오너라. (정순이 나간다. 목도군들이
　　　뭉혀온다.)

철우 - 자식들! 암만 나하고 붓들고 물어봐야 소용있나? 거저 그렇지.

금산 - 생각하면 분하기 끝없네. 공연히 불이 번쩍하게 한 개 얻어 맞었네.

시운 - 이 사람들! 은철이가 어듸로 갔는가?

철우 - 웨 물어? 자네도 경찰에 붙었는가?

금산 - 경찰들이 찾는 사람을 붓잡아주면 상급이나 받을 가고 염여하는가?

시운 - (근심스럽게) 아니, 글세…

수만 - (사람들을 역여보며) 여보, 당신은 웨 전양을 가저오지 않소? 우리
　　　객주는 거저 먹는 객준줄 아시오? 내일 일처소가 닥게 되면 어듸 가
　　　받으란 말이오?

한 사람 - 설마 도망이야 가겠읍니까? 오늘 간조에 보면 알지요.

수만-(시운에게) 당신도 오늘은 꼭 내야 하겠소.

시운-글세…

금산-의복이나 베끼시오.

수만-의복보고 술 주고 밥 주었소?

철우-여보, 아들의 빗이나 먼첨 물고 빗바지를 하시요. 해동루 일은 벌서
　　잊었소?

수만-음! (흘겨보며 나간다.)

금산-자네 어쨌든 장수네.

철우-한번 해동루에서 받아놓은 다음부터는 끔찍 못하네.

금산-나는 오늘 또 벌금이 꽤 많을 게네.

철우-그래야 감독부 나으리님들이 먹고 살지.

십장-(감독부 창문으로) 차례로 섰거라! (목도군들은 차례로 선다.) 성명
　　이 무었이냐?

금산-허 금산이 올시다.

십장-월급은 전표로 주어. 륙원 50전

금산-또 전표를 주어? 또 무얼 제했소?

십장-벌금 3원을 제해서. 빗겨서.

시운-어째 이리 적소?

십장-합비 값과 국방보호금…

수만-또 밥값을 제했소다.

시운-야, 기차다… (맥없이 나가 앉는다.)

철우-칠원 십전? 절반도 않되는 이 전표를 가지고 있나? 백주에 이놈들
　　이 날벼를 따는구나! (떠든다.) (전화소리가 난다.)

감독-알아들었습니다. 벌서 떠났다구요? 예, 기다리지요. 다 준비하겠읍
　　니다. (달려 나온다.)

수만-(급히 나오며) 감독, 전지채무를 어서 나에게다 주시오.

감독-웨나 강아지 처럼 딸아나 다니며 성화나 식혀. 그것은 척식회사에서

나 알지 나는 몰라. 더난 물지 말아. (달려 나간다.)

수만 - (락심하며) 아이구! 척식회사에서? 나는 망하는구나. 저놈이 끝끝내 저
　　　러는구나. 수만금 전지값은 다 잃어버렸다. (땅에 풀석 주저 않는다.)

금산 - 이 제길할 감독부고 메고 막 따려붓고 말가부다. (목도군들은 떠
　　　든다.)

십장 - 웨 이놈들 떠들어? 일호와 은철이는 어듸 가서?

철우 - 이 얼맹이 십장놈! 뼈가 부서지도록 거저 벌어주어도 가만 있어야겠
　　　늬? 너난 조선놈이 아니냐? (목도군들은 "그 자식을 받어라" 하며 야
　　　단친다.)

(경편차가 고동을 틔우며 기를 날리고 와 선다. 거기에는 현병대장, 감독,
경찰, 서장, 기사가 와서 나린다.)

구장 - (달려 나와 허리를 굽히며 인사한다.)

서장 - 이 영감이나 동내 구장이야?

감독 - 소데쓰.(그렇습니다.)

서장 - 웨 오늘이나 동내 집에나 기들이나 꼽고, 처음 지나가는 화차에 환
　　　영이나 준비하지 않었어?

구장 - (떨며) 예. 풀막들에 기 꽂아서…

서장 - 무었이야? (발을 굴으며) 지금 곧 주민들이나 청해다가 환영이나 조
　　　직해. 어서 속히!

구장 - 예, 실행합지요. (달려 나간다.)

현병대장 - 감독구상! 화차길이나 우리가 친히 검사하였는데 대단이나 잘
　　　되여서.

감독 - 아리가도…

기사 - 앞으로 화차길 옆으로 석벽이나 쌓고 아가시나 많이 심어야 할 겄
　　　이야.

서장 - 요씨. 와까리데쓰.[7] (예 물론이지요.)

현병 - (목도군들을 삷혀보며) 당신들이나 대일본 천황폐하를 위하여 일이

나 잘 하였어. 앞으로 북쪽길이나 열리면 당신네 돈벌이나 좋아!

금산 - 목도싹이 적은 것을 말슴하시요.

서장 - 나니?(뭣이?) 그것이나 우리에게 상관없어. 회사에서나 물어보아. (주
　　민들이 등장)

헌병 - 지금 화차나 지나갈 터이니 당신들은 대일본제국의 승리를 위하여
　　만세나 불러야 해.

구장 - 부르고 말고요.

수만 - 구장! 나는 망했소다. 이제는 다 되였소. 아이구, 수천금을…

한 사람 - 바로 일호네 가산을 께여 지나가겠구만…

(멀리서 기적이 나며, 푸른 화경등은 올라온다. 화차는 지경동 산천을 울
리며 쌍불을 켜고 내달아온다. 헌병, 감독, 십장, 구장은 만세를 높이 부르
며 주민들을 향하여)

구장 - (주민들을 향하여) 만세들을 부르시요.

(목도군들은 서기도 하고, 앉기도 하고 내다보는데)

시운 - (일어서며 불을가 말가 하다가 한마디) 만세! (하는데)

철우 - (주먹질 한다.) 죽어 이 자식! (시운이를 죽박아 앉친다.)

구장 - 수만씨, 만세를 부르시오?!

수만 - 여보, 구장! 만세가 다 무었이요? 이 철도 때문에 망해 잣버졌는데,
　　만세가 다 무었이오?

일동 - 글세 철도 때문에 지경동은 망했소.

헌병 - 웨 만세나 부르지 않어? (기차는 더 높이 기적을 토하며 지나간다.)
(불연간 천지가 진동하는 듯이 소리와 번개 같은 불이 번쩍하며 화차가
넘어지는 소리, 아우성 소리가 들려난다.)

헌병 - 화차나 넘어져서. 군인들이나 어듸로 가서? (달려 나간다.)

철우 - 잘 되었다.

---

7) 요씨 와까리데쓰.: 예. 알겠습니다.

십장-이 자식! 무었이 잘 되여서? (치려한다.)

철우-왜놈의 화차가 넘어졌는데 네게 무슨 상관이 있늬?

주민들-그렇지 않고.

구장-떠들지 마시오. 이제는 다 죽었소… (부들부들 떤다.)

금산-이런 통에 저놈들과 감독부까지 막 드려 부시고 말자. 그래야 목도
싹이 될 게다.

수만-옳소! 저놈들을 처 없이오. 조선사람들은 이래도 망하는 판이오. 수
천금 내 재물을… 아이구! (땅에 엎어진다.)

구장-감독, 감독! (고함치며 내뛴다.) (시운이는 겁이 나 달아났다.)

철우-처라! 저 개같은 도적놈들을… (냅다 부신다.)

시운-(달려 들어오며) 이 사람들! 이저는 큰일 났네. 경찰들이 오네.

철우-이 사람들! 아모래도 지경동 목도군들과 주민들은 다 죽을 터이네.
저 경찰놈들을 치게!! (일동은 "처라!"하며 목도채며, 돌맹이들을 쥐
고 경찰들을 향하여 나간다.)

주민일동-아모래도 죽을 바에는 막 치고 죽자!

정순-오라바니! 경찰들이 오오. 싸호지 마오, 가지 마오! (달려 나간다.)

헌병군인-(달려 들어와 어찔 줄 모른다.)

구장-아나따!(당신!) 저놈들을 막 쏘시오. (총에 정순이 맞었다.)

시운-(총에 맞은 정순이를 보고 헌병을 목도채로 덜미를 치니 넘어간다.
그 총창으로 찌르고, 정순이 총에 맞아 비청거리는 겄을 앓고 들어
와 복송아나무 밑에 눕힌다.) 불상한 누이! (달려 나간다.) 일호, 일
호! 정순이가 죽네.

정순-아부지! 오라바니! 가지 마오. (쓸어진다.)

순선-(정신없이 달려 들어오며) 살아서 한번만 보았으면… 일호, 일호!!

정순-아부지! 저고리 감도 곱고, 신도 곱소… (순선이 달려가 보고, 막 붓
들며)

순선-정순아! 웬일이냐? 내 순선이 왔다.

정순 - (정순이 정신을 겨우 차려 보며) 순선아! 네가 살았늬? (정신을 잃는다.)

순선 - 죽으려 물가에 나갔다가 한번만 살아서 보려고 왔다. 정신 차려라!

정순 - 오라바니! 가지 마오. (눈을 감는다. 순선이 어쩔 줄 모른다.)

순선 - 정순아! 그래 네가 이렇게 죽을 작정이냐? 끝끝내 이렇게 죽는구나!
    잘 가거라! 동무야! (운다.)

(일호는 적삼이 다 찌저지고 피투성이 되여 달려 들어왔는데 앞에는 시운
이 들어왔고, 그 뒤에 목도군들이 딸아섰다.)

일호 - (순선이를 보고) 순선아!

순선 - 일호!…

일호 - 정순아! 내 왔다. 정신을 차려라! 일호가 왔다. (대답이 없다.) 그래,
    아버지가 보낸 분홍저고리를 해 입고, 그 신을 신고, 이 복송아나무
    밑에서 꽃노리도 하기 전에 죽고 만단 말이냐? 정순아! 잘 가거라!
    시간이 없다. (아버지가 보낸 천으로 낯을 가리우고) 정순아! 서러운
    내 동생아! 눈물이 나오지 않는다. 조선에 Cовет(소비에트) 같은 새
    나라가 오면 네 말을 옛말로 하며, 뜨거운 눈물을 흘려주마!

(감독이 딸리워 들어온다. 목도군들이 뒤딸아 왔다.)

일호 - 네놈이 우리 지경동을 불 지르고 부모동생을 허지로, 죽엄으로 보냈
    으며, 앞으로도 북으로 북으로 들어가며 계속할 것이다. 너는 오늘
    내 손에 죽어야 한다.

감독 - 나니?(뭣이?) (단포로 쏘려하나 탄환이 없다.)

순선 - 조선 사람들! 저놈을 잡아치우시오. 저 독사 같은 놈을…

일삼 - 일호야, 네 아부지 원쑤를 갚아라!

일호 - (총으로 쏘니 감독은 넘어진다.) 조선의 목도군들아! 우리의 살길은
    오직 피와 불로 싸화야 한다. 형제를 잡으려는 일본 군벌들의 동북선
    을 파괴하고 송림이 욱어진 조선동북선을 위하여 북으로 향하자!!!

- 종막 -

생 활
(生活)

희곡 '생활'(1948년) 표지

■ 動作人物

1. 우산 ·················· 꼴호즈 부괴원 27세
2. 정숙 ·················· 그의 부인 25세
3. 모친 ·················· 48세
4. 철희 ·················· 당 조직원 40세
5. 희수 ·················· 꼴호즈 회장 42세
6. 영철 ·················· 분조장 28세
7. 금봉 ·················· 꼴호즈 외교원 30세
8. 도길 ·················· 물보기군 50세
9. 덕수 ·················· 물보기군 52세
10. 녹순 ·················· 로력 녀자 30세
11. 옥봉 ·················· 로력 녀자 22세
12. 월금 ·················· 로력 녀자 23세
13. 수산 ·················· 꼴호즈 통게원 24세
14. 노파 ·················· 로력 녀자 50세

뎨 일 막 일 장
- 배경 -
꼴호쯔 부긔원 우산의 가정

가정기구들이 화려하게 장식되엿다. 우편으로는 출립문이 있고, 좌편으로는 정주(부엌)로 통하는 문이 있는데 좋은 문보를 나려첫다. 정면으로는 창문인데 창을 통하여는 봄빛이 무르녹는 중아세아 자연이 보인다.

방 중앙에는 상이 놓엿고 깨끗한 힌 상보이 덮엿으며, 벽에는 경치화들이 걸렷고, 정벽 좌편 구석으로 해서는 어린 아해를 안고 부부간이 찍은 큰 사진이 걸렷다. 방 좌편에는 큰 화분통이 놓엿고 우편 구석에는 어린 아해의 침대가 놓엿다.

아츰때이다.

몸집이 퉁퉁하고 유순한 성대와 늘 어진 시선으로 보는 한 50쯤 되여 보이는 우산의 모친은 아츰을 차리노라고 정주로 출립하고, 몸집이 호리호리한 한 25-6세쯤 되는 우산의 부인은 아이 침대를 기계덕으로 흔들며 앉앗는데 그의 태도는 피곤한 듯하고 눈에는 그 어떤 원망의 빛이 보인다.

모친-(음식을 들고 들어와 한숨을 쉬며) 이사람, 애기, 속태우지 말게. 때가 지나면 다 잊어지네. (상 우에 음식을 놓고 정주로 나간다.)
정숙-(문득 이러나 창을 열고 내다보다가 도라서며) 벌서 봄빛이 와연하구나!… (한숨을 쉬고 다시 아이 침대 곁에 와서 안자 흔든다.)
모친-(차를 들고 들어오다가 정숙을 보고 머리를 흔들며) 애기, 어서와 앉아 아츰을 먹게. 그렇게 먹지도 않고 자지도 않고 해야 소용없네. (식상으로 인도한다.)
정숙-(무엇을 생각하며) 어머니, 먹고 싶지 안슴니다. 어서 잡수시고 일하려 가십시오.

모친 - 이사람 애기, 내 말 좀 들게! 생각하면 분하지만, 녀자란 아모래도 한 남편을 따라야지 한 등내 두 등내(한 사람 두 사람) 넘게 되면 틀이 네. 자 어서 무엇을 먹게. 먹어야 젓이 나지. (강경히 권한다.)

정숙 - (마지못하며 술가락을 드며) 나 따문에 상심마시고 어서 조반을 잡 수고 일하려 가십시오. 나도 먹겟음니다.

모친 - 그러치 안코. 자네가 먹으면 나도 먹지. (앉는다.) 나는 자네들이 웨 그러는지 알 수 없네. 우산이가 다른 녀자한테로는 넘어선 것 같지 안는데…

정숙 - 어머니, 그런 말슴 마십시오. 사람의 마음이 다른 방향으로 돌리지 안코는 그러지 안슴니다.

모친 - 이 사람아, 간 대루야…

(동리 노파가 들어오는데 키는 멋없이 크고 목은 길고 목소리는 양철 째는 소리 같다. 행동은 던벼치는데 일정한 시선이 없다. 나희는 한 50쯤 되여 보인다.)

모친 - 아이구 길순 어머니, 엇지 되여 이렇게 일즉 마을도리를 떠낫소?

노파 - 아이구 우산 어미, 글세 이런 앗가운 일이라고 있소? 얼마 전에 난 돗색기(돼지새끼) 한 마리가 잃어젓소. 아이구 앗가운 일도 있지. 고게 글세 한창 젓쌀이 옳라 통통한 겐데. 됨즉한 것을 글세…

모친 - 그 안이 됫소. 어듸가 나지겟지. 과이 근심 마오. 또 한 마리쯤 잃어 지면 말지? 자식도 잃고 살란니.

노파 - 어듸 페르마(국영 또는 집단농장에서 한 분야를 전문하는 농장이나 목장) 도야 지 색기들과 썩기우지 않엇는가고 좀 삶여달라고 왓소.

모친 - 그럼 삶여보지.

노파 - 앗차 이젓군, 제 일만 생각하다 보니. 애기네, 요즘 어떻게 지내는 가? 동리에 말들이 도는 게 이집 우산이는 자네와 갈라저서 병원 녀 자와 살리라고 말들이 자자하더구만. 젊은 시절에는 다 한번식 그런

속을 태우느니, 고놈에 게집애가 아마 호리겟지!… 가서 딱 붓들고
막 튀를 해놓지 집에 가만이 앉앗다가는 아주 넘어갈 수 있네.

정숙 - 동리에서까지… (참으며) 어머니, 그런 일이 안임니다.

모친 - 무슨 그런 망탕소리를 다 하오. 어떤 사람들이야 남의 말이라면 하
기 좋아하는 겐데.

노파 - 아이구 말도 마오. 불 안이 때는 부엌에서 영기 나겟소? 우리 영감
은 땅방울 같은 게 젊어서 어떻게 바람을 섯는지 아오? 녀자들마다
내게 한 번식은 혼이 낫지. 아시당초에 되게 잡지니 맥이 진햇는지
그만둡데. 그러지 않엇드면 나도 젊어서 홀로 낫을는지 모르지?…

모친 - 그렇게 하노라니 망신이야 물론 누구나 햇겟지.

노파 - (정숙이 곁에 가서) 애기네, 첫 시작에 아여 되게 잡지게. 가만이 있
으면 안이 되네. 남자들이란 녀자들이 알랑거리면 넘어가네. (정숙
은 노파의 낯을 찬찬이 리상스럽게 드러다 보고 모친은 노파를 흘겨
본다. 노파는 몸을 피하여) 아이구, 나는 저 사람만 보면…

(모집이(몸집이) 간엷고 물른 얼골에 정다운 시선을 가진 한 19세쯤 되는
청년 총각 수산이가 등장한다.)

수산 - (모친을 향하야) 우산이 아직 아니 왔음니까?

모친 - 안이 왔네.

수산 - 그 참 안 됫슴니다. 지금 구역에서 와서 찾아드리라는데… 정숙 동
무 일간 평안하시오? 병환이 어떠하오?

정숙 - 예 좀 낫소. 그런데 요즘 우리 분조 일이 어떻게 되오?

수산 - (노파를 향하야) 어머니는 웨 로인들 부리가드(분조)에 등록하여놓고
일하려 단이지 않슴니까?

노파 - 이 사람은 보기만 하면 일이거던. 늙은 게 하나쯤 일을 안이 해서
조합 일을 모하겟는가? 일을 할라고 지금 돗색기 잃어저서 찾는 중
인데.

수산- 누가 지금 로인들을 작고 일을 하시랍니까? 로인들이 자발덕으로 부리가드(분조)를 조직해가지고 나섯으니 그러지오. 그러면 아시당초에 등록을 하지 마라야지오.

노파- 아이구 이 사람아, 그만 말 말게. 돛색기나 찾으면 나가 일하지. 우산 어미, 좀 삶여보아 주오. 혹 있겟는지. (정숙을 향하야) 애기, 내 말이 옳네. 되게 잡지게. (나가며) 아이구 요게 어듸가 꼴꼴하며 단이는지. 젓쌀이 옳라 통통한 겐데 글세 (흔들며 나간다.)

모친- 이사람 수산이, 우리 우산이는 엇지 된 셈인가? 자네야 잘 알겟지? 어떤 녀자와 관계가 있는가?

수산- 그는 잘 모르겟음니다. 남의 내용을 엇지 잘 알겟음니까?

정숙- 어머니, 무슨 그런 말슴을 물슴니까? 어서 일하려나 가십시오.

(멀리서 송아지 우는 소리들이 들인다. 모친은 속히 수건을 털어쓰고 나가며)

모친- 저것들이 발서 나를 찾는구나! 짐승만도 못한 놈의 자식! 애기, 내 저기 소젓을 끓어 놓앗네. 먹게! (퇴장)

수산- (창 앞에 우득허니 서고 있는 정숙을 향하야) 정숙이, 속태우지 마오. 다 일없게 될 게오. 내 보기에는 지금 우산이가 공상에 둥둥 뜬 모양이오. 그 어떤 녀성이 있어 우산의게 대하여 그런 것 같지는 않소.

정숙- 수산 동무, 나의 마음을 안정식히기 위하여 그렇게 말슴하니 대단히 감사하오. 그러나 그렇게 말슴한 것은 나의게는 좀 언잔케 들임니다. 그래 그 어떤 녀자의게로붙어는 아모러한 동정이 없는데 남자가 공상에 떠서 그렇게 된단 말임니까? 거저 남의 일을 평범하게 관찰하고 말슴하는 것은 나를 좀 과소평가하는 것 같습니다.

수산- (눈이 둥그래지며) 안니 정숙 동무, 그렇게 들을 말이 안임니다. 우리 향촌에는 그렇게 허영에 날치는 녀성들이 없기에 말입니다.

정숙- 수산 동무, 세상에는 겉 다르고 속 다른 사람들이 많답니다. 물론 그 어떤 녀자야 자기 처지에서 심침이를 뚝 따고 그런 태도를 보이지 않겟지?!

수산 - 그럴 수도 있읍니다. 그러나 정숙이, 우산이가 그렇게 행사한다고
　　　해서 그렇게까지 속태울 필료가 없소. 이제 정숙이도 우산이와 같이
　　　활동하게 되면 못할 게 무엇이오? (정숙은 수산의 눈을 찬찬이 드러
　　　다본다.) 엇재 그렇게 보오? 정숙이는 활동이 없이 가정에만 두어앉
　　　아 있으니 우산이가 활동하는 짝을 얻노라고 그러는 것 같소.

정숙 - 수산이, 나는 우산이가 저럴 줄은 몰랏소. 나는 나의 앞길을 자괴로
　　　써 막아버렷소. 원통하오. (울려고 한다.)

수산 - 울음은 도움을 못 주오. 긔운을 내여 활동해야 하오. 그러지 않고는
　　　우산이가 점점 더할 게요.

정숙 - 활동?… 무슨 힘으로?… (아이 침대로 향한다.)

(중키나 되고 양짬이 넓은 도길 영감이 들어오는데 얼골에 불만한 빛을
띄엿다.)

도길 - 이 사람이 오늘은 온 모양인가? (수산을 향하야) 자네를 맞음 잘 만
　　　낫네. 오늘은 회게를 꼭 보아야 하겟네. 벌서 보려고 햇으나 맞띄우
　　　야 보지. 애기네, 우산이가 왓는가?

정숙 - 안이 왔읍니다.

수산 - 아버니, 회게는 그렇게 급히 보아서 무엇하겟읍니까? 오늘은 시간이
　　　없읍니다.

도길 - 자네들 일이 참 딱하네. 남의 사정도 좀 보아야 하지. 내가 이집 마
　　　당에 근 십년을 있어도 그런 일이 없더니 이집 젊은이가 내 말을 오
　　　망이라고 하며 들지 않으니 이집에 있어 소용없네. 사람이 세상에
　　　살아서 믿음이 없고 할 일을 못할 곧에서는 떠나야 하네. 부부간 사
　　　이에도 서로 믿음이 없고 정리가 지게 되면 갈라지네. 또는 응당 갈
　　　라저야지. 녀자가 남자의게 애걸하나 남자가 녀자의게 애걸하며 살
　　　아서는 아모 자미도 없네. 나도 젊어서 그렇게 갈라저서 오늘날까지

홋몸일세. 나는 내가 옳게 햇다고 생각하니 그만일세. 조합에서도 내 말은 오망이라고 하겟지. 두고 보라니 내 말대로 저 도랑과 땅을 다시 정리하지 않으면 못하네 못해.

수산 - 예 그래서 회게를 보시렵니까? 아버니, 차첨 옳게 될 것임니다.

도길 - 사람이 하고 싶은 노릇을 못하고 바른 말을 못하고 죽으면 눈을 못 감고 죽네. 나는 세상에서 많이 보앗네. 애기, 자네와 갈라지기는 섭 섭하나마 다른 곳으로 가야 하겟네. 가사 형편이 이쯤 되여가니 나도 한 마당에 있을 자미 없네. (긴 한숨을 쉬며) 그런데 어머니는 페르마 (집단농장의 전문 농장이나 목장)에서 오지 않엇는가? (정주를 엿삶인다.)

정숙 - 아직 안이 왔음니다. 아버니, 부부간에도 믿지 못하면 꼭 갈라저야 함니까?

수산 - 아버니, 떠나가는 것은 고집 많은 사람들이 하는 일임니다.

도길 - 안니, 나는 막론이네. 사람의 생각이란 남자나 녀자나 다 한가지일 세. 그러나 남자들은 녀자들을 늘 좀 업쇠보고 행사하던 습관이 있 어서 실패를 보네. 그래서 나도 이집 사람이 그러한 행사에 대하여 알기 때문에 말하니 오망이라고 하며 들지 않으니 하는 수 없지. 또 어떤 녀자들은 남자를 늘 좀 눌려보고 행사하다가 실패 보는 일도 적 지 않지… 그러나 그만큼 똑똑한 사람들이 형편을 못 가리겟는가?

수산 - 어떤 때에는 참 이 똑똑한 사람들이 더한 것 같습데다. 로시아 속담 에 조용한 못에 귀신이 꾄다고 햇음니다.

정숙 - 아버니, 녀자는 꼭 남자를 따루야 함니까?

도길 - 녀필종부라 햇으나 지금에야 남자가 녀자를 따루는 경우도 얼마던 지 있지. 또 남자가 녀자를 따루게끔 되여야 사람이 값이 있지.

정숙 - 그런 녀자들은 세상에서 흔치 않습니다.

수산 - 안니, 저 우촌에 덕삼이를 보오. 숙자가 활동이 더 크니 슬슬 기겟지?

도길 - 그럼 그야 그럿치. 활동이 많을사록 권리가 높아지는 겐데… 그런데 애기, 엇지하여 그러한 문뎨에 대해서 내게 뭇는가?

정숙 — 아니 거저… (픽 도라서 아이 침대루 향한다.)

도길 — 젊은 때에 그런 때도 한 때네. 애기, 너무 상심 말게. 우산이가 정영
　　 그러면 가서 살라고 하지.

수산 — 그것이 그렇게 헐하게 되면 그렇겟음니까?

도길 — 마음에 싫은 일은 맺고 끊는 것이 어려운 일이 안이네. 나도 조합 책
　　 임자들이 정영 오망이라고 하면 떠나가기로 작정하고 있는 일이네.

정숙 — (갖가이 오며) 아버니, 이 조합에서 떠나가시게 되면 같이 갑시다.

도길 — 지금 사람들이 남이 어떻게 생각함을 모르고 제 권리만 믿는 사람들
　　 이 많네. 나는 이곳을 떠나 황무지를 개척하는 곳으로 가겟네. 할일
　　 이 많은 곳에서는 살기도 낫네. 일을 안니 하면 험한 마음밖에 안이
　　 나네. 또는 괄세밖게 차레질 것이 없네.

수산 — 웨 아버니의게 일이 없겟음니까? 나는 아버니가 우리 조합에서 뎨일
　　 좋은 아버니 같은데…

정숙 — 아버니, 로력의 세상에서 로력이 차레지지 않는 사람의게는 꼭 괄세
　　 가 도라올 것입니다.

도길 — 괄세를 하자해서 그런 것이 안라 생활이 꼭 그렇게 되는 겐데. (멀
　　 리서 자동차소리 들인다.) 이 사람이 오늘에야 오겟지?

수산 — 와도 나는 아버니를 다른 곳으루 가시라고 회게를 안이 보아 드리
　　 겟음니다.

(한 30쯤 되는 사람이 쪽 다린 양복을 입고 조희에 무엇을 잔득 싸들엇고
억개는 가죽가방이 메여젓고 키는 크고 여엽부게 생겻다. 행사를 좀 던비
며 들어온다.)

수산 — 금봉이, 우산이 왓소? (마조 나가며)

금봉 — (리상하게 역이며) 안니 상금도 안이 왓는가? 앞서 자동차에 왓는데.
　　 그래서 나도 찾어왓소.

도길 — 그러면 사무실로 갓겟지? (나가랴 한다.)

수산 — 이제 올 것입니다. 그런데 이것은 무엇을 이렇게 많이 싸들엇소?

금봉-이것은 화장품인데 우산이 것이고, 이것은 회장네 것이다.

도길-하엿튼 이 사람이 오늘은 왓지? (다잡고 묻는다.)

금봉-왓다고 하지 안습니까?

수산-무슨 일에 시에 가서 그리 오래 이섯소? 또 술동이나 축냇겟구만.

금봉-나는 술을 안이 먹엇다. 그러나 수산이야… (정숙이를 보고 말을 멈춘다.)

정숙-(금봉을 보며) 당신들은 지금 만사가 다 취중에 놀 것입니다.

도길-사무실로 가서 속히 회계를 보아야지. (수산을 향하야) 가세.

금봉-로인, 무슨 일에 그러시오?

도길-속히 볼일이 있어 그러네.

금봉-그래 로인님, 끝끝내 다른 조합으루 가실려고 그러시오? 공연히 그러시지 마시고 일이나 하십시오. 로인 예산(計劃)과 같이 토지와 개량을 다시 정리 하랴면 전조합을 다 팔아넣겟소. 오망에 말씀입니다.

도길-그러기에 오망을 그만 두고 가야지. 사무실로 가게. (수산을 끈다.) 애기네, 어머니 오시거던 내가 왓다 갓다고 이르게. 이사람 가세. (수산은 마지 못하여 끌려 나간다.)

금봉-정숙 동무, 속태우지 마십시오. 다 짐작하시겟지만 일이 좀 잘못됨 즉 함니다. 시에 가서 들은즉 우산이는 다 변할 수 있게 되엿음니다. (거만하게 동작하며) 그래라면 그래라지!

정숙-금봉 동무, 나의게는 위로가 요구되지 안습니다. 당신들은 그런 일이라면 더 좋아하는 이들이기 때문에 나의게는 당신들이 요구되지 안습니다. (도라선다.)

금봉-나는 정숙 동무가 불상하게 속 태우는 것을 긍정해서 하는 말임니다. (정숙은 들은 채 만 채 하고 금봉은 극도로 미안해 한다.) 용서하십시오. 볼일이 급해서 가겟음니다. 그러나 나는 우산이가 안임니다. (퇴장한다.)

정숙-사람들은 모도들 할일에 분주한데 나는 무엇을 하고 있는가? (발칵

이러나 전화통에서 수화긔를 들고) 13호를 주십시오. 13호요? 병원
이오? (놀라며) 그게 누구요? 예, 말하는 사람이 누구인가 말이오?
알료(여보세요)? 알료? (수화긔를 나리우며) 흥, 달아낫군. 목소리는
확실한데 아라채인 모양이군. (다시 들으며) 예 그게 난희요? 예 정
숙이오. 동무가 요구하는 사람이 나에게도 요구되오. 이제 말하던
사람이 누구요? 우산이 안이오? 알 수 없다고? 누가 묘라 되는가고?
(수화긔를 콱 놓으며) 흥 나는 엇지면 좋아? 아버니의 말슴이 옳다.
신림이 없고 질시하는 곳에서는 떠나야 한다. 이렇게 내가 쫏김을
받는다는 말인가? 통분하구나. (침대에 마조 앉아 아이를 드러다본
다.) (침묵)

우산 - (큰 가죽가방을 들고 좋은 빛나는 양복을 입고 와이사츠에 좋은 멕
타이를 매고 머리는 구실구실한 양머리이다. 기또단화를 신엇다. 얼
골은 넓적하고 볼은 퉁퉁하게 생긴 남자다. 불쾌한 기색을 띠고 들
어온다. 정숙은 말없다. 그도 역시 말이 들어와(말이 나와) 석써(성질을
써) 본다.) 엇재 그렇게 보오? 물론 곱게는 보이지 않을 것이오.
정숙 - 내 시선이 발서 그렇게 보기 싫게 되엿소? 우산이, 당신이 나를 죽게
하고 말 것이오. (도라선다.)
우산 - (얼골을 찡그리며) 집으루 들어면 이꼴이 딱… (갓다 왓다 한다.)
정숙 - 집으루 들어오면 내가 딱 보기 싫소? (생각하며) 그래 슳여하는 곳
에서는 떠나야지. 우산이, 내가 당신의게 그렇게까지 보인다면 내가
보이지 마라야지?
우산 - 안니 내가 당신의게 보이지 마라야지. 정숙이, 진정코 나의 말을 들
ㅅ소. 나는 이러한 가정생활을 요구치 않엇소. 나의 가정은 유쾌하
고 활동이 있는 가정이 될 줄 아랏소. 이것은 밤낮 그멋이 그멋이오.
자고나면 먹고, 먹고나면 자고, 갓다오면 매일 그멋이 그멋이오. 나
의 가정은 활긔있고, 노래하는 가정이라야 되겟소. 나는 가정을 이

룰 때에 이러리라고는 공상하지 안헛소.

정숙 - 당신이 요구하는 가정을 이룰만한 녀성이 있을 것 아오. 나는 거기
에 적당치 못한 녀자오. 물론 그럴 것이오. 그러나 우산이, 당신의게
조곰치라도 인정이 있다면 어떻게 그럿케 할 수 있소? 나를 집에다
두고 당신은… (말을 못한다.)

우산 - 허 또 시작하는군. 딱 이 꼴이… 정숙이, 나의게 지금 그 어떤 녀성
이 있어 당신으로 더부려 갈라지랴 함은 나는 변절자며 세상에서 악
인로 밖게 되지 못할 것이오. 나는 다만 이 단순한 가정생활을 떠나
고 싶어 하는 것이오.

정숙 - 고흔 말속에는 더러운 동작이 있는 것을 나는 보오. 당신이 나와 처
음 만날 때에 무엇이라 하엿소? 인제붙어는 참고 참아가며 가정을
이루어야 한다고 햇지오? 그 참을성이 어대 있으며 죽을 때까지 사
랑하겟던 맹세가 어대 가버렷소?

우산 - 그것은 四年前 일이오. 그러나 세월과 인심은 변해가오. 하엿튼 이
러나 저러나 이런 가정생활에 발서 골멀(골머리)하게 되엿소.

정숙 - 우산이, 당신이 지금 그 어떤 정신에 혹치우지 않엇는가? 하오. 웨
우리 가정은 당신이 요구하는 그러한 가정이 될 수 없소? 가정을 마
스는 것은 범죄에 하나이오.

우산 - 그러한 가정 없소. 절대로 없소. 당신은 가정에만 습관된 사람이오.
습관은 천성과 같다 하엿소. (갓다 왓다 한다.)

정숙 - 그러면… (아이 침대를 드러다 본다.)

우산 - (먼이 보다가 긴 한숨을 쉬며) 에흐 골머리 앞으다.

모친 - (급히 드러오며) 네 왓구나. 정신이 있늬? 없늬? 어듸 가서 사흘 나
흘 있엇늬? 집에 있는 사람이 마음을 놓아야? 애기는 먹지도 자지
도 안코 기다린다.

우산 - 보기 싫은 사람이 없는데 기다리기는 웨?

모친-무엇이라늬? (정숙을 보고 또 아들을 보며) 아 이자식이 환장을 해
　　도… 거저 심통한 제 아비다.

우산-이것 좀 듣기 슳소. 집으루 들어오면 이 야단이거던. 그렇게 보기
　　슳여하기에 내가 없어야 할 것이오. 속히 안니 보게 될 것이오.

모친-무엇이라늬? 남의 자식 보기 부끄럽다. (정주로 나간다.)

(우산과 정숙은 또 말없이 우두컨이 섯다.)

정숙-그래 우산이, 어떻게 할 작정이오?

우산-어떻게 할 것 있소? 가야지. 다만 문뎨되는 것이라야 (아이 침대를
　　본다.)

모친-어서 드러가 정심이나 먹어라! 남의 자식이 불상하지도 안늬? 애기,
　　어서 무엇을 좀 먹게.

우산-정영 이 성화면 나는 오늘로 떠나겟소.

모친-무엇이라늬? 네 지금 제 정신이 안이구나?! 다른 녀자들이 알락거려
　　도 거풀다 이 자식아!

우산-어머니, 그만 하오! 나는 어린애가 안이오. 어떤 녀자에게 혹치워 가
　　는 것도 아니고 이 단순한-답답한 가정생활에서 보기 슳은 내가 없
　　는 것이 마음도 편하고 낫을 것이오. 나는 의내 결명한 사람인니…

정숙-우산이… (운다.)

우산-(정주로 급히 드러가며) 어머니, 내 소물들을 다 내여놓소.

모친-(따라 드러가며) 야 내말 좀 드러라. 엇지면 저리도 심통한지.

우산-(상자를 들고 나오며) 자 정숙이, 그만이오. 더 속태울 필료가 없소.
　　어머니, 아마도 나와 같이 가야지?

모친-무엇이라늬? 아이구 기차서 사람이 죽겟다. 이 자식아, 네 엇지자고
　　이러늬? 생리별에는 생초목에도 불이 붇는다는데 이렇게 헐하게 갈
　　라질 작정인냐? 못간다 못가. 가겟으면 나를 죽이고 가거라! (상자를
　　앗는다.)

우산-좀 이러지 마오. 아마도 자식은 내 한나인니 나와 같이 가야지, 정숙

이가 나를 질시하는이 만치 어머니의게 무슨 위대가 있겟음니까? 남들이 알게 와야 하고 떠들지 말고 가기오.

모친 - (정숙을 보고) 내가 너와 같이 가? (小間(잠시 중지)) 애기 울지 말게! 일없네. (우산을 향하야 정색하고) 이 자식아, 나는 너와 같이 안이 가겟다. 나는 혼자 늙어 죽을지라도 너와 같이 안이 가겟다. 어떤 게집이 있는지 같이 가 너 잘 살아라. 나는 죽어도 애기와는 갈라 못 지겟다. (울음석긴 목소리로) 이 자식아, 소같이 우둔한 즘생도 색기를 못 보면 영각을 한다. 네 혈륙도 불상하지 안늬?

우산 - 어머니, 나는 어떤 녀자도 요구치 안코 오늘날 나의게는 다 꿈만 함니다. 밤낮 이상이 장상이겟으니 이 생활을 떠나 새맛을 어더야 하겟소. 어머니, 마음대로 하십시오. (나간다.)

정숙 - (듯다 도정신하여) 우산이, 그래 정영 갈 작정이오?

우산 - 그것은 다 결명되엿소.

정숙 - 그러면 리별이지요. 나는?

우산 - 생각대로들 하십시오. (퇴장)

정숙 - 우산이… (창문에 우드커니 기대여 섯다. 모친도 우두커니 섯다.)

모친 - 애기, 심란하지 말게, 지나가느니. 내 자식이 글러서 꽃같은 자네를 못시 구네. 아 이 자식도… 이리와 앉아 이약이나 하게. 속탈 때에는 시원이 속풀이 이약이나 하면 좀 낫지.

정숙 - (맥없이 앉으며) 어머니, 내 렴려 마르시고 우산이를 따라 가십시오. 그래도 친자식이 안임니까?

모친 - 이 사람아, 내 자식의 허물을 내가 모르겟는가? 내가 이제 그놈을 따라가서 어떤 요망한 게집이나 만나면 그 속을 엇지 태우겟는가? 자네 같은 사람은 세상에 둘도 있을 것 같지 안네.

정숙 - 정이 드럿으니 그럿치오. 그러나 또 새사람과 정이 들면 한가지겟습지오.

모친 - (생각다가) 안니 안니 안니 가겟네. 설상 자네가 옴겨 앉으면 모르겟

지만 그 전에는 죽을지언정 안니 가겟네. 삼사년 자네게서 받던 위
대를 어듸서 또…

정숙 - 나는 우산이가 저렇게까지 할리라고는 생각지도 않엇읍니다. 이제
붙어 四年前에 캄캄한 저녁이엿읍니다. 그날 저녁은 五月 一日 記
念日 저녁이엿읍니다. "칠칙크"(우즈베키스탄 타쉬켄트 근교를 지나는 강)
강물은 소리치며 흘너가고 멀리 도시에서는 승리의 치토를 틔우며
형형색색의 불들을 꽃같이 하늘에 훗터놓을 때임니다. 우리 둘은 언
덕 우에 잉금나무(능금나무) 밑에서 강건너를 바라보며 다시 다시 맹
세하고 약속하엿읍니다. 생활은 물같이 흐르고 사랑은 불같이 타오
른다 하엿으며 일생을 그날 저녁으로 결명햇읍니다. 나는 웬일지 겁
이 나고 가슴이 두근거려 견딜 수 없엇읍니다. 풀가지도 뜯어보고
나무닢도 훑터보고 또는 강변에 모래 우로 오리나리면서 생각하니
아무래도 내가 너무나 경솔하게 일생의 사랑을 약속하지 안는가고
자비로 으심햇읍니다. 그 후에 우산이는 저녁마다 날마다 우리 학교
긔숙사루 발이 달토록 단엇읍니다. 나는 그후붙어 웬일지 공부도 되
지 않고 자연 마음이 살란해저서 Москва(모스크바)루 의전하여 갈려
고 햇읍니다. 그러나 우산이는 결코 나를 붙잡고 일생을 같이 하자
고 간청햇읍니다. 어머니, 나는 일곱 살에 부모들을 여이고 양아원
에서 자랏읍니다. (울려한다.)

모친 - 들기는 햇지만… 고생이야 오작 햇겟는가?

정숙 - 세상에서 나의게는 그리운 것이 부모의 사랑이엿으며 동무들의 친
목이엿읍니다. 우산이가 나를 그같이 사랑하고 나의게 대하여 열중
하여기 때문에 나의 마음은 그만 그의게 솔리고 마렷읍니다. 나는
四年이란 긴 세월을 이 방안에서 우산의게 의탁하고 어머니의 사랑
외에는 아모 것도 더 생각하지 않엇읍니다. 만일 그날 저녁에 그 강
변 모래 우에 두리 밟던 자옥이 있다면 증거나 될련마는 바람이, 물
결이 다 싯처가고, 훑터진 풀닢과 나무닢들이 다 썩어 없을 것임니

다. (아이 침대를 드러다 본다.)

모친- 애기, 할 수 있나? 나는 자네의게 나의 운명을 맛기네. 우리 두리 이 럭저럭 사라가노라면 제 놈도 생각이 있겟지? 하면 별 일 있나, 자네 도 좋은 가문에 가서 잘 살면 되지.

정숙- (불연간 도라서며) 안니… 안니… 어머니, 나는 세상에서 또 다시 외 롭슴니다. (상 우에 머리를 숙인다.)

철희- (한 五十歲쯤 되는 머리 희슥희슥한 몸집이 보기 좋게 통통하고 얼 골이 넓적한 녀자다.) 우산이 있음니까?

모친- 안니 철희 동무, 엇지 되여 이렇게? 어서 드러와 앉으시오. 우산이는 사무실로 갓는지?… 잘 모르겟소.

철희- 페르마에 돗색기 한 마리 안니 갓습듸까?

모친- 못 보앗소. 또 모르지. 저 웃무리 가서 썩기웟는지?

철희- 애기, 잘 지내오? 아이는 잘 자라는가? (침대를 드러다본다.)

모친- 그럼 내 웃 페르마에서 찾어보겟소. 저 아래 길순네 것이겟구만?

철희- 옳슴니다. 오늘까지 사흘채 찾는 겐데 아마 열 번도 넘어와서 찾어 달라고 함니다. 제 것을 잃엇으니 찾어야지.

모친- 찾어보지. 그럼 철희, 내 갓다 와서 이르지. (퇴장)

철희- (말없이 앉아있는 정숙을 한참이나 보다가) 정숙 동무, 무슨 일이 생 겻는지 화색이 없어 보이요.

정숙- 안니, 아모 일도 없음니다.

철희- 송곳 끗은 아모리 잘 넣어도 끗이 자루곁으로 나옴더니.

정숙- 안니, 아모 일도 생기지 않엇음니다.

철희- 정숙이, 내가 모르는 것은 안이요. 물론 생각이 좋지 못하겟지? 우산 이 어듸로 갓소?

정숙- 모르겟음니다. 어듸로 갓는지?

철희- (정주를 삶여보고) 요즘에 우산이가 어떻게 행사하는 것을 나는 다

아오. (정숙은 철희를 본다.) 아직 생활을 잘 몰나서 그렇소. 알 때
가 있겠지. 넘우 속태우지 마오.

정숙 - 안님니다. 아모 일도 없습니다.

철희 - 일이야 무슨 일이 있겠소? 우산이가 보이지 않기에 묻는 것이지.

정숙 - (겨우) 오늘 떠나갓습니다.

철희 - (좀 놀라며) 가다니? 어듸로 갓단 말이오?

정숙 - 집에서 떠나갓습니다.

철희 - 그러면… 정숙이, 갈라젓단 말이오?

정숙 - 알 수 없습니다. 그것은 아라 무엇하겟음니까? 이것은 우리들의 개
인 일입니다.

철희 - (정색하며) 안이, 나는 생각할 때에 우리 꼴호즈에 모든 개인들이 뭉
여서 꼴호즈 일이 된 줄로 생각하는데? 부모들이 자손들을 어떻게
교양하며, 남편들이 부인들의게 어떻게 관계하며, 그 가정에서 무엇
을 동경하는지 이 모든 개인들이 나로 하여곰 근심하게 만드는 것이
오. 이 개인들 생활이 우리 사회와 끈지 못할 린연이 있음을 깊이
감각하지 못하는 사람들의게는 어느 때든지 불행이 닥처올 것이오.
녀자가 집에서 아이 기르고, 밥 짖고, 빨래하고, 기름에 고기 틔우는
것이 일이라고만 생각하면 그 녀자는 어느 때든지 버림을 받는 사람
이 될 것이오. 나의 일생에서도 많이 보앗지마는 지금도 꼭 그렇게
되여가고 있소. (정숙은 눈을 펄적 뜨고 철희를 처다보다가 눈을 감
는다.) 우리 녀자들이란 늘 단순해서 남자들의게 괄시를 당하오. 그
런데 대관절 우산이가 어듸로 갓소?

정숙 - (기계덕으로) 아마도 새가정을 이루려 간 모양입니다.

철희 - 응 알만하오. 그런 사람의 가정은 오늘에는 새가정이지마는 래일에
는 또 낡은 가정이 될 것이오. 우리는 낡은 것에서 시시각각으로 새
것이 나옴을 잘 보지 못하는 반소경들이오. 그렇기 때문에 늘 새것
새것하고 외치기만 하오. 그러니 우산이가 새것을 찾노라고 보이지

안는구만. (웃는다.) 정숙이, 일없소. 지나가면 다 변하고야 마는 법이오. (이러서며) 사건이 좀 복잡하게 맺어가는데… 하엿튼 정숙이, 너무 심란하지 마오. 앞길에 대하여 생각하오. 아직도 앞세상이 만리 같은데 근심할게 무엇이오? (어루만지며) 귀여운 애기, 근심마오. 도리가 나지겟지?! (나간다.)

정숙-편안히… (아이 침대도 보고 창밖앗도 바라보고, 걸인 사진도 보고 갓다 왓다 하며 진정치 못한다. 불연히 목메인 소리를 친다.) 나의 갈 길이 어대냐? (걸상에 콱 주저안는다.)

일 장 끝

第 一幕 二章
배경장치는 一幕과 如함

정숙의 동무들 옥봉, 월금, 녹순, 영철이가 등장한다. 이들은 정숙이를 위로 겸 온 것이다.
때는 정오이다.

옥봉-(들어오며 월금을 향하야) 너는 시집만 가면 남편이 좋은 피아노나 싸주면 그 좋은 목청에 맞우어 노래나 부르고 정주에서 떠나지 않을 것이다.

월금-이 애는 늘 남의 말을 뒤밖구어 말하더라. 누가 꼭 정주에서 꼭 살아야 한다고 말햇기에 이 야단이늬? 그렇게 사는 녀자들이 한 가지는 모른다는 말이다. 남편의게 꼭 매엿다가도 그만 우연하게 갈라지면 별별 노릇을 다 해가니 말이다. 그러기에 녀자란 가정도 가정이거니와 사회활동도 있어야 한단 말이다. 알라들엇늬? 남의 말을 늘 헷들고(헛듣고) 떠들지 마라.

옥봉- 오, 그러냐? 그것은 고이치 안타. 그러나 너는 그렇게 생각하는 것 같지 안타.

녹순- 우수운 남자들이 다 있더라. 세상에서 제가 모든 만능을 갖인 것처럼 골질하며(머리를 쓰며) 녀자들은 련약하고 무능력한 줄만 알겟지? 나도 그런 男子들을 볼 때마다 참지 못하겟더라. 힘으로라도 격거보앗으면 하는 생각이 나더라. 그런데 이 애들아, 정숙의 형편이 이저는 어떻게 될가? 저렇게 눈물과 함숨으로써야 살지 못하겟지?!

옥봉- 이제야 할 수 있나, 자립덕으로 살아가야지.

월금- 그렇지 않으면 또 시집을 가서 살아야지.

옥봉- 너는 또 시집을 가서 남편 덕에 살 생각을 하늬?

월금- 녀자란 좋은 데 시집가는 것도 행복에 하나이다.

녹순- 좋은 데 시집간다는 것이 무엇이냐? 고이 앉아 받아먹고, 인도하는 대로 걸어단이고… 그것은 인형들이 하는 노릇이다. 어떠한 남자의게 시집가던지 활동이 짝지지(뒤쳐지지) 마려야 좋은데 시집간 멋이 있단다. 내 생각 같에서는 정숙이가 우산의게 끌려 단엿기 때문에 불행한 형편으로 변해지고 마럿다.

영철- (겁겁증을 견듸여가며 앉앗다가) 자, 이저는 일할려들 가기오. 남의 리혼에 밭을 묵이겟소.

옥봉- 영철 동무는 마음이 겁겁증(으로 변하고 동정심은 전부 빠저나간 모양임니다.

영철- 그럿치 않으면 엇지겟는가? 간 것은 가고 있는 것은 있어야지, 녀자들처럼 쫙쫙 울어서 소용없는 일이오.

호선- (키는 적고 재리재리한 간엷인(가냘픈) 사람이다. 급히 들어오며) 야 녹순아, 아이들이 오라지 안해서 유치원에서 올 터인데 여기 와서 이렇게 앉고 있겟늬?

녹순 - 그래 엇지란 말인냐?

호선 - 집에 가 좀 삶어 보아야지?

녹순 - 내 할일은 다 햇다. 이저는 네 할 일이 낡엇다. 소젓도 끊이고, 큰
아이 바지도 싳고, 과원에서 열매도 따서 싳어놓아라.

호선 - 야 과연… 그러지 말고 몬저 가 보아라. 나는 농장으루 가 보아야
하겟다. 오늘은 네보다 넘처 실행할 가능이 보인다.

녹순 - 집에서 네 할 책임인데, 내가 해야 하겟늬? 어서 집에 가 보아라.

호선 - (성을 내며) 그래 못 가겟늬?

녹순 - 못 가겟다. 그런데?… (호선의게루 갓가이 간니 호선은 피한다.) 대
장도 실치 못하구만 명령질이오?

옥봉 - 호선 동무의게는 녹순이가 장수구만?! (웃는다.)

월금 - 아이구 그래도 남자가 남자지.

영철 - 겁둥이! 내 같으면… (웃는다.)

호선 - 어듸 겁이 나서 그러는가? 들기 싫여서 가만두니 그럿치. 로력일자[8]
나 좀 더 앞선다고 해서 늘 저 우통(고집, 강짜)질이야. (명령덕으로)
곳 가거라.

녹순 - 정말로 겁은 없늬? 그럼 가자. (갓가이 간다. 호선은 또 피한다.) 저
럿타니. 남자들이란 늘 녀자들을 좀 위혁해볼가고. (명령덕으로) 빨
리 가서 자긔 책임이나 리행해라. 그렇지 않으면 저녁에 (위혁한다.)

호선 - 야라면 (슬밋슬밋 나간다.) (일동은 웃는다.)

녹순 - 엇잿던 활동에서 짝지지 마려야 한다. 그럿치 않고는 종노릇을 하늬라.

옥봉 - 녹순이처럼 긔운이 있어야지.

월금 - 그래도 녀자 책임이 다르지.

영철 - 되기는 되겟군.

---

8) 로력일자: 하루노동시간이나 하루노동시간 동안 완수해야 할 일을 초과해서 하는
경우 그 초과 시간이나 일들이 누적되어 다음에 일해야 할 시간을 미리 벌게 되는데
이것을 일러 노력일자를 벌었거나 노력일자가 앞선다고 말한다.

녹순-만사에 동등이 있으면 괴운도 있느라.

정숙-(검은 платье(쁠라치예. 원피스)에 손에는 흰 수건을 쥐엿고, 머리는 정
    동되지 못하엿고 파리한 얼골에는 눈물 흔적이 있다. 맥없이 문을
    열고 들어오며 동무들을 먼이 본다.)
녹순-정숙이, 너무 심란하지 마오. 그렇게 된 일을 어떻게 하겟소.
정숙-동무들이 이렇게라도 와주시니 감사하오.
일동-(정숙을 위로하며) 정숙이 일없소. 가면 가라지.
영철-정숙이, 이저는 별일없소. 일을 하오. 집에서 속태워야 소용없소.
월금-그러니 글세 어떻게 정숙이가 우리처럼 일을 하겟소? 이때것 일을
    안니 하다가 글세.
옥봉-너는 별다르게 일하늬? 아모라도 하면 하는 게지.
녹순-하면 하겟지만 사람이 한 직업으로붙어 다른 직업으로 넘어가기는
    그렇게 헐한(쉬운) 일이 안이다.
영철-(비웃는 듯) 흥 별소리를 다 안이하오. 어떤 녀자들은 남편이 죽으나
    (죽었더라도) 어듸로 가서 한 달도 못되여 별별 일을 다 하더구만.
월금-그야 엇지 하는 수 없어 그럿치.
옥봉-그래 너는 녀자들의게는 생활에서 한 길뿐이란 말인냐?
월금-이 아이는 내 말이라면 옆에 섯다 모로 뛰여들더라.

(철희와 희수가 등장한다. 희수는 몸집이 퉁퉁한 사람인데 군복에 넓적한
혁띄를 띄고 좋은 장화를 신헛다.)
희수-정숙이, 모도 무슨 짓들이오? 살앗다 말앗다. (일동을 향하야) 이저
    는 일터로들 나갓으면 좋겟구만. 더 있어 소용없소.
녹순-정숙이를 위로하노라고 있읍니다. 예 지금 나가겟읍니다.
희수-별 위로가 있소? 엇지하는 수 없음너니… 어서들 나가오!
영철-발서들 나가자니까, 말들은 들ㅅ지 않고. 어서들 나가기오. (나가랴

한다.)

옥봉 - 영철 동무는 회장님 앞에서 늘 좋은 사람으로만 되거던.

영철 - (눈을 크게 뜨며) 또… 어서들 나가기오 어서. (나간다. 뒤따라 옥봉, 월금 나간다.)

녹순 - (나가며) 정숙이, 저녁에 놀려오겟소. (퇴장)

정숙 - (문가에서) 동무들, 잘들… (도라서서 엇지할 줄 몰라한다.)

희수 - 정숙이, 이저는 일을 하오게나. 사무실 일이나 한 자리 어더주지.

철희 - 사무실에서? (웃으며) 잘 될 것 같지 않소.

희수 - 엇재서? 예 그럴 수도 있지. 우산이가 사물(사무실)에서 일하니 자미는 없을 게요. 그러면 다른 일을 하지.

철희 - 희수, 아모리 일만 알기로니 일을 권고하는 자리와 때가 있는 것이 안이오? 좀 다음에 일에 대해서 말하는 것이 좋을 것 같소. (정숙을 향하야) 과히 심란하지 마오. 아직도 앞길이 먼데…

정숙 - (겨우) 안니, 일없음니다.

희수 - 이제야 별일 있소? 우산이가 정영 거러면 정숙이도 다른 데로 옴겨 앉을 판이지.

철희 - 희수 동무의 생각 같에서는 녀자들의게는 어려운 일이라고는 있을 것 같지 안쿠만. 옴겨앉고 옴겨않고 햇으면 다 해결되겟구만?

희수 - 아 그럿치 않으면 별일 있는 줄 아오? 녀자들이란 부득한 일인 겐데.

철희 - (한숨을 쉬며) 하엿튼 희수, 앞으로 녀자들 문뎨에 대하여 좀 더 생각해보오. 꼴호즈 회장으로붙어 녀자들 문뎨에 대하여 그렇게 생각하니 전조합을 통하여 토의해볼 만한 문뎨오.

희수 - 토의해보아도 그럿치 별 수 없음너니.

철희 - 안니 희수 동무, (정색하며) 별 수 없는 것이 안니라 그 문뎨는 전 세계덕 범위에 서고 있는 문뎨 중 하나인 것을 잊지 마시오. 녀자들이 평등은 찾엇다 할지라도 그 평등의 권리가 어떻게 보전되며 어떻게 발전할 것을 잘 모르는 때에는 그 평등권이 소용없는 것이오. 이 문몌에 대하여 레닌동무는 가르첫음니다. "온전한 해방은 로력에 있다."고 햇음니다. (열열이) 나는 생각할 때에 우리 조선인 사회에 몌일 중대한 문몌 중 하나라고 봄니다.

희수-(눈이 둥그래지며) 그렇게 부치므야 그럿치… (어물거린다.)

(도길 로인과 덕수 로인들 들어온다.)

덕수-하 영감이 그랑 말고 좀 참아보오.

도길-글세 성한 사람을 오망쟁이라고 하니 (철희와 희수를 보고 말을 끈친다.)

덕수-책임자들이 다 오섯구만.

철희-로인들 평안하심니까? (악수한다.)

희수-로인들, 오라간만이오. (악수할 떼 도길 영감은 흘겨보며 악수한다.)

덕수-(정숙을 향하야) 애기, 섭섭하지만 할 수 없는 일이네. 나의게는 지금 팔남아가 살아있지만 어느 하나이 나로 하여곰 편하게 하엿겟는가? 그러나 어느 하나이 미운 것이라고는 없네. 날사록 더 정답고 더 귀해 보이데. 자식을 낳아 길너보앗으니 알겟지만 하나이나 열이나 한가지네. 자식의게 대한 정은 젊엇을 때에나 늙엇을슬 때에나 다 한가지이네. 샛파란 젊은 나이에 너무 상심하지 말게. 그런데 그런 줄 몰랏더니 이집 젊은이가 하는 행사론 좀 멋 하거던… 아모리 그럿타 할지라도 이러한 때에는 집에 와 있어야 응당하지. 제 자식이야 자식이겟지?!

정숙-아버니, 그런 사람의게는 부모도 자식도 요구되지 안슴니다.

도길-(희수를 흘겨보며) 세상에 그런 사람이 하나 둘이라고. 남이야 어떻게 생각하던지 제가 잘랏거니, 제가 다 하거니, 생각하고 오망이니 무엇이니 하고 남의 인격까지 무시하는 사람들이 우리 조합에서도 얼마던지 볼 수 있는 일이지. 그러면 말라지 굽절겟소? 내놓고 말이지 이 애기가 그 사람만 못한 게 무엇이오?

철희 - 아버니, 곁을 치면 복판이 운다는 격으로 아버니 말슴에는 단순 가정문데뿐 안입니다. 잘 아라들슴니다. 그러기에 그 권리자들이 "내" 란 것만 아는 통에 가정, 사회, 윤리, 도덕, 법율, 무엇 무엇 할 것 없이 그 "내"가 잡아먹고 마는 것입니다.

희수 - (비죽이 웃으며) 나도 아버니를 오망이라고 햇더니 좀 노여운 모양 이군. 여기서 길게 이약이할 시간이 없소. 나는 사무실로 가야 하겠 소. 그런데 아버니, 정영 다른 곳으로 갈 작정입니까?

도길 - (성을 내며) 글세 가야 하겠는지, 있어야 하겠는지 남의 생각을 자비 로도(스스로도) 좀 생각해보고 물어보시오.

희수 - 허 이 아버니, 늘 엇가서 대사거던. 하여간 좋도록 해주지. 저녁에 사무실로 오시오. 정숙이, 하여간 일을 해야 될 게오. (명령덕으로 말한다.)

덕수 - 저, 회장 잊을 번 햇소. 나를 "крым(크림)" 휘양소(휴양소)루 가라고 글을 수속한다지. 나는 안니 가겠소.

희수 - (놀라며) 엇재서?

덕수 - 아여 그만두게. 거년에도 갓다왓네만 좋기는 하나 나는 안니 가겠 네. 글세 우리 집이 휘양소만 못한 게 무엇인가? 각종 과실이 없는 가? 음악이 없는가? 강물이 없는가? 그곳에 있는 것이라고는 다 있 네. 더구나 그곳에 가면 나의게는 없는 것이 더 많아. 도러혀 여위는 것 같데.

철희 - 무엇이 없읍되가?

덕수 - 때때로 아이들이 곁에 없어 섭섭해 못 견듸겠데. 그러니 그 글장이 란 이 영감의게 주는 것이 좋겠네.

희수 - (웃으며) 이 아버니의게?…

덕수 - (괴상이 보며) 안니 그 영감은 못 가는가?

희수 - 그것은 아버니를 특별이 보아 보내는 것입니다.

덕수 - 특별이라니? 내가 특별하다면 자손이 많고 영웅들의 아부지지. 일이야 이 영감이 내보다 못하지 않지?

도길 - 그게 다 소용 있소? 거저 곁이 있어야 하오. 좋거던 흥소리나 말고 가오게나.

철희 - (웃으며) 아버니의게도 든든한 곁이 있읍니다. 희수, 휘양소에 대한 것은 차첨 해결할 섬하고 이 도길 아버니 말이 낫으니 말이지 그 문뎨를 저녁에 토의할 작정입니다.

희수 - (언잔어하며) 그래 그 오망의 소리를 그양 토론할 작정이오?

철희 - 오망일런지, 필료할런지 토론해보아야 하지.

희수 - (도길 로인을 향하야) 아버니, 저녁에 사물실로 오시오. (퇴장)

덕수 - 물론 영감의 말이 그른 말은 안이오. 토지와 개량을 정리 하면서야 (한다면야) 큰일이지.

도길 - 하엿튼 철희, 나는 마음에 맞지 않으면 막론이오. 부부간에도 싫으면 갈라질라니 내 원…

철희 - 아버니, 성질이 강합니다?

덕수 - 거저 외목고지(옹고집쟁이)인 겐데…

철희 - 로인들의 경험을 헛되이 알지 마려야 할 것입니다. (아이 침대에 정신없이 서고 있는 정숙을 향하야 웃으며) 정숙이, 남의 집에 와서 조합 사무시간을 처리해서 안 됫소.

정숙 - (겨우) 일없음니다.

철희 - 정숙이, 저녁에 회의 뒤에 놀려오겟소. 그리고 집에서 홀로 앉아 속 태울 필료는 없는 줄 아오. 정숙의게는 동무들도 있고 사회도 있소. 아모 렴려도 마오. 다 지나가면 일없을 것이오. 그러면 아버니, 저녁에 꼭 오시오.

덕수 - 가고말고

도길 - 전번에 희수가 집행부에서 말하듯이 하랴면 아여 안이 가겟네. 덮어놓고 오망이라지.

철희 - 글세 와 보서야 알지요. (퇴장)

덕수 - 영감, 급해 마오. 차첨 됨너니.

도길 - 글세 영감, 이제 우리가 살면 한 백년을 살겟소? (정숙을 보며) 저렇게 앞길이 많은 사람들도 할일이 급해서 울며불며 던벼치는데 우리야 더 급해야 되지 않겟소? 세상 사람들이 다 새것을 위하여 애쓰는데 죽기 전에 덤불 밑에 앉아서 하펌이(하품)를 하고 있겟소? 저 애기와 무러보오, 내 말이 옳지 않은가?

정숙 - 아버니의 말슴은 슲어서 우는 사람의게 깃븜을 주며, 락망자의게 새 긔운을 주며 허영에 뜬 사람의게 안정을 줍니다. 아버니, 아버니는 다른 곳으로 가지 마십시오.

덕수 - 저 애기가 저렇게까지 생각할 때에야 다른 사람들도 생각하겟지. 그런데 애기, 어머니는 페르마루 갓는가?

정숙 - 에, 아마 페르마루 간 모양입니다.

덕수 - 그럼 가기오. 가서 감주나 한 잔식 마시기오.

도길 - 그럼 애기, 나는 가겟네. 너무 속태우지 말게. 그래서는 슬대없이 늙어지네. 어머니 오시거던 내가 왔다 갓다고 이르게.

정숙 - 예 이릅지오. 아버니 기여코 다른 곳으로 가지 마십[세]오. 가시랴면 나와 함끼 갑시다.

도길 - 애기네 말만 드러도 고맙네만 막론이네. (퇴장)

정숙 - (문 옆에서 도라서며) 인제는 아주 끝이로나… 나는 웨 저런 이의 자손이 되지 못하엿는가?… 아니 이저는 누구의 자손되기를 부러워 말고 그런 부모가 되여야지. (사진을 처다본다.)

금봉 - 희수가 여기로 안니 왔음니까?

정숙 - 왔다 갓음니다.

금봉 - 급한 김에 잊엇음니다. 드르니 어린 것이 몹시 앓는다구? 불행한 일임니다.

정숙 - 할 수 있음니까?

금봉 - 참, 할 수 없는 일이지. 그런 때에는 백약이 무효임이다. 그래 우산이는 왔다 갓음니까?

정숙 - 우산의게는 어린 애가 없어진지 오랫기 때문에 생각할 필료도 없음
니다.

금봉 - 내 생각에는 정숙의 처지에서 우산이를 더 생각할 필료가 있을 것
같지 않습니다. 우산이보다 낏끗한… (정숙이는 말을 중단하여)

정숙 - 금봉 동무, 나의게는 지금 다른 말이 요구되지 안습니다. 빨리 가서
자기 볼일이나 보십시오. (랭정하게 도라선다. 금봉은 미안해하며)

금봉 - 하엿튼 정숙 동무, 나는 우산이와는 다른 사람임니다. 정숙 동무의
처지를 백방으로 긍정함니다. 다시 봅시다. (급히 퇴장한 다음에 정
숙은 도라서며)

정숙 - 무엇이야? 발서 나의게 긍정자들이 생기기 시작하는구만… 남자들이
다 나를 긍정하려 들 수 있지. (깊이 생각할 때 어머니가 등장한다.)

모친 - 이 사람아, 내 팔자 기박하여 자식 덕을 보지 못하니 그럿네. 그렇게
되는 것을 세상에 무슨 힘으로 막겟는가? 제 명에 달렷지. 살 게면
살고 죽을 게면 엇지는 수 있는가? 어서 드러가 좀 쉬게. 자네, 병에
걸일 수 있네.

정숙 - 어머니, 일없음니다. (少間 Пауза(잠시 중지)) 어머니, 나의게는 적으
나마 쥐엿든 아지(어린 가지)조차 다 끊어저 버렷음니다. 이제는 무엇
을 잡아야 함니까?

모친 - 무엇이라는가? 나는 잘 아라듣지 못하겟네.

정숙 - 나는… 이제붙어는 엇지해야 함니까?

모친 - (함숨결에) 그래 이제야 아모리 해도… (말슴을 못하고 락루한다.)

정숙 - 어머니, 울지 마십시오. 나는 三四年동안 어머니의 사랑으로 부모정
이란 맛보앗으며, 또는 어머니들이 어떠한 이들이란 것도 아랏으며
가정생활이 무엇이란 것도 다소간 아랏음니다. 이제는 그도 저도 다
깨여진 듯 생각됨니다. 무엇을 엇지할 줄 나도 모르겟음니다. 누가
나의 곁에 있어 말하겟음니까? 어머니 (少間 Пауза(잠시 중지))

(우산이는 아주 정색하고 드러온다. 어머니와 정숙은 말없이 본다.)

우산-(불안한 어조로) 이제는 차라리 좋게 되엿소.

모친-좋게 되다니! 이 자식아, 대수가 끊어지는데 좋게 되엿늬? 내 자식
　　아, 아여 말고 집으루 들어오너라.

우산-나와는 더 말하지 마십시오. 정숙이, 모든 일을 끈내노라고 수고하
　　섯오.

정숙-(얼골이 샛파래지며) 그래 내 잘못이오? 물론 당신은 모든 잘못을
　　내게 다 밀러 놓는 것이 낳다고 생각할 것이오. 그러나 허물은 씨우
　　는 대로 가는 것이 안라 잘못은 범하는 사람의게로 가는 것이오.

우산-내가 어듸 정숙이를 잘못이라오. 아이의게는 첫재로 어머니요, 둘재
　　로 아버지오.

모친-그래 애기가 잘못인냐? 네게 양심이 있다면 어느 때던지 알 때가 있
　　을 것이다. (정주로 나간다.)

정숙-당신은 오늘까지 그렇게 말하니 이저는 내게도 말할 권리가 있을 것
　　이오. 만일 당신이 어머니가 되엿든들 그 마음을 알 것이오. 당신이
　　어머니가 되엿든들 몇을까지 인내(이내) 찾는 소리를 드렷드면 지금
　　도 울고 있을 것이오. 그러나 당신은 지금 새것을 위하야 다 변햇으
　　며 악독해젓음니다. 나를 공부하려 가지 말라고 누가 권햇으며 일생
　　을 변치 말자고 누가 말햇음니까? (잠간 침묵햇다가) 안니, 안니 이
　　것이 다 슬대없는 말입니다. 내가 공연히 남다려 설음을 되푸리하고
　　있음니다. 당신은 다 잘 될 것임니다. 가십시오. (더욱 랭정하게) 보
　　이지 마십시오.

우산-옳소. 보이지 마려야 하지. (벽에 걸린 사진을 벗겨쥐고) 정숙이, 그
　　래도 둘 사이에 적으나마 맺어있던 실마리조차 이저는 다 끊어저 버
　　렷소. 좋은 곳에 다시 가서 마음 놓고 일생을 잘 지내오. (나간다.)

정숙-그런데 사진은 웨 갖어가오?

우산-이것이 있으면 볼 때마다 어지러운 옛일이 추억될 것이며 또 그 사

람의 눈에야…

정숙 - 그렇게 생각하거던 가지시오. 다 삼켜 먹으시오. (우산은 나간다. 어머니가 급히 나오며)

모친 - 이 자식아, 네가 끝끝내 이럴 작정이냐? (따라 나간다.)

(정숙은 정신 나간 사람 모양으로 앉아서 눈을 스르르 감고 두 손에 얼골을 파묻고 들이지 않는 말로 중얼거린다. 멀리서 종소리가 들여온다. 사람들이 웨치는 소리도 들이고 마차 굴려가는 소리도 들이고 유쾌하게 부르는 노래 소리도 간혹 들려온다. 정숙은 문득 잠이 깨는 듯이 정신을 차리고 창문을 열어재치고 내다본다.)

정숙 - 사람들은 할 일이 많아서 저렇게 급해하는데 나는 무엇을 하고 있는가? 동무들아, 나는 이렇게는 못 살겠다. 나도 너의와 함끠 평원에서 꽃을 심으겠다. 여려분들, 나의 손을 잡아주시오. 나는 맥이 진햇음니다. 힘이 모자람니다. (또 종소리 들인다.) 종소리야, 사라지지 마라! 나도 너와 함끠 울려가겟다. (온 몸덩이 강쇠같이 굳어지며 그의 눈에서는 불꽃이 빛난다.)

- 막은 닫진다. -

第 二 幕

배경은 일막과 같은데 얼마한 변동이 있다. 목화재배에 대한 그림도 붙엇고 생(상) 우에 책들이 놓엿다. 아이 침대도 없고 벽에 사진도 없어젓다. 막이 열리면 방은 비엿다. 문보는 창문을 꼭 나리처 있다.

문 열이는 소리가 나더니 정숙은 기진한 긔색으로 급히 들어와 정주로 나가더니 의복을 가라입고 드러와 책들도 펼처보고 하면서 무엇을 열중히 찾는다. 잠간 생각더니 상자를 열어 많은 공책들을 끄어내여 읽어본다.

정숙- (머리를 숙이고 한참이나 있다가 다시 공책들을 읽는다. 한 공책을
    읽어보고 넘우도 깃버서 고함친다.) 옳다 찾엇다. 여기 있고나. (공
    책을 펴놓고 읽는다.) 식물의 생잔긔(생장기)에 어떠한 방조를 주어야
    하는가? (깃버하며) 내가 이것을 五年前에 배호앗지(배웠지)? 나는 이
    렇게 귀한 학리를 이 방안에다 파묻어 바렸지?! 이것은 나의 잘못이
    다. 우산의 잘못이라고는 할 수 없다. 한편에난 치우친 나의 생활이
    그의게 염증 낫을 것도 사실이다. 그러나 엇지?… (Пауза(잠시 중지))
    일없다. 다 지나갓으며 변하고 있다. (앉아 책을 읽기 시작한다.) 오
    늘은 웨 상금도 오지 않았는가? 또 어머니한테 가 성화를 식히겟지?
    (다시 책을 읽는다.)
(월금, 옥봉, 녹순, 영철, 수산, 호선이가 떠들며 등장한다.)
영철- (성을 내며) 그런데 정숙이, 금년붙어는 아모러케도 일없단 말이오?
정숙- 하여튼 모도들 드러와 앉소. 영철이, 무엇이 엇지 되엿단 말이오?
영철- 바로 모른 채하고 묻는구만. 웃 도랑에 물은 엇재 막앗소?
옥봉- 우리 의미대로 막은 일이 안나라는 데도 야단이오. 래일 MTC[9]에서
    농학사가 오시거던 아라보시고 떠드시오. 약미한 우리와 그러시지
    말고.
월금- (영철의 눈치를 삶이며) 야들아, 남이 분해할 때에는 좀 참아라. 그
    리고 영철 동무의 성질을 알면서도 그러늬?
녹순- 알아도 잘 안다. 남을 알기를 저리로 알고, 저를 알기를 이렇게 아는
    겐데. 그리고 힘이 많은 분조라고 해서 넘우 호통질 마시오.
호선- 야, 남이 성이 나서 그러는 때에는 좀 지는 체 하렴.
녹순- 네 또 무엇이라늬? 웨 잘못이 없는데 웨 지는 것처럼 말하겟는가?

---

9) машинно-тракторная станция의 약어. 자동차-트랙터 보급소

녀자들이라고? (이러서며 대여든다.)

호선-(피하며) 야 또 열을 낸다. 그럼 네 옳다. 왁작 떠드러라.

영철-(명령) 오늘 저녁으로 나가서 웃도랑을 열어놓소. 그러치 않는가
는… 그리고 정숙이, 암만 그래도 우리 우승긔는 바라도 보지 마오.
장담인 게 안니라 당신네게 우승긔를 넘기게 되면 나는 영영 잃어지
겟소.

정숙-(도정신하여 영철이를 보며) 영철 동무, 그 말에는 의미가 많습니다.

옥봉-(속 나서며) 아이구, 영철 동무, 그 분조에서 일하는 것을 보니 금년에
수확은 렴려없이 못 먹엇습니다. 지금 형편 같에서는 로력에 분조인
것이 안이라 거저 무슨… 녹순이, 우리 낮에 무엇이라고 햇든가?

녹순-영철 동무 앞에서 그런 말을 하면 집을 문희드리라고? (비소격으로
영철이를 본다.)

영철-그래 무엇이라고들 말햇소?

호선-거기 물을 것 무엇이늬? 뭉여앉아서 남자들의 흉들이나 햇겟지.

녹순-옳지. 녀자들은 남의 흉들이나 보는 사람들로 안단 말이지? 네 그
말에는 대답할(책임질) 줄 아라라.

호선-가령 말할진대 그렷타는 말이다. 너를 그렷타늬? (곁눈질 한다.)

녹순-그래 나는 녀자들 중에 못 드는 사람이냐?

호선-옳다. 너는 녀자들 중에도 들고 남자들 중에도 든다.

영철-(성을 내며) 그래 우리 분조를 무엇이라고 말햇단 말이오?

옥봉-(속 나서며) 우리는 안니 말하겟소. 영철 동무, 월금이와 무려보는
것이 좋을 것 같소.

월금-(석 나서며) 말을 하라면 못 할 줄 아늬? 영철의 분조는 전구역에서
예일이라고 해놓으니 인제는 일하는 것보다 노는 사람들이 더 많은
신사들 분조라고 햇지. 그리고 성과에 취해서 푸르러지는 푸른 외쪽
(잔챙이 오이)들이라고 햇지.

영철-(어이없어 하며) 우리를 푸른 외쪽들이라고? 야 기차구나. (호선이

를 향하야) 이 머저라, 저 말이 네 마음에 드늬?

호선 - 안니 전구역에서 뎨일 가는 분조를 푸른 외이쪽들이라고 햇으면 저 의들이야 소리만 나는 빈퉁재(빈퉁)들이지.

녹순 - 응 우리가 빈 퉁재들이란 말이지? 그 말에는 네 장차로 대답할 줄 아라라.

호선 - (성을 내며) 안다. 너를 내놓고 그럿탄 말이다.

옥봉 - (비웃으며) 월금아, 빈 퉁재란 말이 마음에 드늬?

월금 - (호선의 앞에 석 나서며) 호선이, 그러니 우리 분조 사람들이 다 빈 퉁재들이란 말이지? 영철이, 그럿소?

영철 - 빈 퉁재들이 안니면 남을 푸른 외쪽들이라고 떠들겟늬? 말하자면 녀자들이란 다 그럿늬라.

옥봉 - 다 그렇다? 똑 찍어 말하오. 월금이도 그럿소?

영철 - 다 그럿늬라. (월금은 획 돌아선다.)

정숙 - 공연히 서로 떠들 필료 없소. 누가 잘 하고 못 하는 것은 여기에 수산이가 살아있으니 론쟁할 필료 없소.

수산 - (한편 구석에서 통게책에다 무엇을 쓰다가) 나는 당신들이 떠드는 것이 과연 우슴거리요. 푸른 외쪽들이면 쓸 것이고, 빈 퉁재들이면 헤(헛)소리가 날 것이 안이오? 누가 무엇이라 햇든지 그 결과들은 나의 통게책이 명확한 대답을 줄 것이오.

영철 - 야, 야, 네 통게는 모르겟더라. 나무장사 주먹구구만한 것 같지 안터라.

수산 - 영철이, 또 내 통게를 믿지 않소? 당신이 무슨 큰일를 치자고 그러오? 사회주의덕 통게를 믿지 않다니?…

영철 - (수산을 향하야 눈을 크게 뜨며) 네 또 정치에다 부치늬?

옥봉 - 수산아, 그만두어라. 영철이는 주먹구구나 하라지.

영철 - 옳지. 두리 뜻이 맞어서 좋기는 하다.

(도길 로인과 덕수 로인이 떠들며 드러온다.)

도길-영감, 내 자비로 하는 일이 안이오, 정숙이와 약속이 있어 하는 일
  이오.

덕수-옳지 여기로들 왓구만. (정숙을 향하야) 이 사람, 웨 나려오는 물을
  막앗는가? 오늘은 우리 분조가 대일 차례지?

정숙-아버니, 차례가 문뎨인 것이 안니라 목화에 필료하겟는지? 안니 하
  겟는지 하는데 문뎨입니다.

덕수-자네 말이 그럴 듯도 하나 오늘은 물을 대이라고 나의게 명령햇으니
  내야 책임을 실행해야 하지 않겟는가? 희수한테 단단한 괄시를 보
  앗네.

영철-일없소. 나가서 막 텃뜨리오.

도길-어, 이사람, 그렇게는 못 하네. 내게도 웃 사람이 있네. 정숙이 어떻
  게 하라는가?

정숙-마음대로들 하십시오. 책임은 결과가 말할 것입니다.

(희수가 노긔 등등하여 드러온다.)

희수-정숙이, 웨 영철의 밭에 드러가는 물을 막앗소? 일은 웨 식히는 대로
  안니 하오?

덕수-그래 내 거저 그럴 줄을…

도길-그런 것이 안니라 (희수는 도길 로인의 말을 중단하며)

희수-영감, 그만 두오. 아이들을 다리고 오망의 소리만 하면서. 정숙이,
  지금 곳 나가서 도랑을 열어놓소.

수산-희수 동무, 정숙이 자비로 한 것이 안니라 이 통지를 보십시오.

희수-(통지서를 읽고 면상을 찡그리면서) 일없소. 내 말대로 하오. 정숙
  이, 겨우 분조장을 식혀놓으니 발서 틀을 차리오? 내라면 전구역에
  서 어떤 리력자라는 것을 다 아오.

정숙-희수 동무, 내가 무엇이람니까? 웨 내하고 작고 그래심니까? 나는

자발덕 열성으로 현대 과학덕 농학상 법측대로 하는 것이 원측이라
고 MTC(자동차 - 트랙터 보급소) 농학긔사와 구역 토지부에 증명한 결
과 그들의 지시대로 하는 것입니다. 그리고 희수 동무, 내 생각 같에
서는 해마다 농사에 대한 학리가 발전하는 줄 암니다.

녹순 - (좀 비소격으로) 농사야 학리덕으로 한다고? 이력만 있으면 하는 겐
데.

월금 - 좀 가만 있소.

호선 - (녹순을 향하야) 거저 아모데서나…

녹순 - 정숙이 잘못한게 무엇이냐? 약한 다리에 침질이라고? 법측대로 햇는
데 엇잿단 말이냐? 회장 동무, 내 생각 같에서는 정숙이를 눌러보고
하는 말슴 같습니다. 정숙이가 목화 따문에 밤낮 얼마나 애를 쓰는
지 아심니까? 건너 к-x(꼴호즈) Айбек(아이벡) 영감께서 얼마나 애써
가며 배왓으며 책은 얼마나 보며 농학사들과 얼마만한 맹열한 론쟁
이 있어가지고 일을 하는지 아심니까? 물 대이는 것과, 기슴 매는
것과, 순 집는 것을 어떤 방식으로 해야 한다는 것을 우리 꼴호즈
선수 이 영철이뿐 안나라 전조합에 누구던지 정숙의한테 와서 배워
가지고 떠드럿으면 좋을 것 같습니다. 내 생각에는 오늘 정숙이 한
일이 조곰치도 잘못이 있는 것 같지 안습니다. 그리고 영철의 분조
밭에는 기슴을 맨 다음에 물을 대이는 것이 좋다고 MTC(자동차 - 트
랙터 보급소) 농학사가 과학덕으로 증명하엿기 따문에 철희 동무 지시
에 의하여 도랑을 막은 것입니다.

희수 - 안니 지금 내 앞에서 또 증명을 하자고 대여드오?

정숙 - 증명할려고 하지 안습니다. 그러나 우리 부리가드(작업조. 분조)에서
또는 꼴호즈에서 나의게 책임을 맛겻으니만치 얼마마한 자립덕 권
리도 있어야 하지 안켓은이까? 책임은 내가 맛고 권리는 다른 사람
들이 쓰는 통에 일들이 많이 잘 되지도 [아니] 합니다.

도길 - 영감, 저런 말은 녀자 말이라고 할 수 없지.

덕수 - 똑똑하기야… 그러나 물이야 우리가 대야지?

도길 - (덕수 로인을 흘겨본다.)

영철 - 그리 똑똑하게 일하는 게 결과는 그렇소?

희수 - 이렇고 저렇고 별말 말고 내 식히는 대로 하오. 그리고 수산아, 지금
　　　 곳 우산이한테 가서 정숙의 분조에 통게를 밝켜라.

수산 - 지금 정숙의 분조 결과는 속도가 영철의 분조보다 낮습니다.

영철 - (회장을 보고 수산을 보며) 무엇이라늬? 네 지금 곳 우산이한테로
　　　 가라. (끈다.)

수산 - 놓소. 끌기는 엇재 끄오? 내 누구처럼 우둔한 소인 줄 아오? (나가며)
　　　 회장 동무, 무슨 까닭에 이렇게 성화를 식히는지 나는 아오. (퇴장)

희수 - 정숙이, 그렇게 일하다가는 분조 일이 영 잘못 되겟소. 마지막으로
　　　 주의를 주오. 아직 잘 모르면서 한부로 아모 짓이나 하지 마오. 정영
　　　 그러면 하는 수 없이…

도길 - 그래 회장 동무, 지금에도 내 말이 옳지 안소? 저 도랑과 토지를 저
　　　 모양해가지고는 밤낮 이 싸홈일 게오.

희수 - 영감, 좀 들으기 싫소. 이게 어느 때기에 도랑을 치고 있겟소? (정숙
　　　 을 향하야) 요즘에 그 분조사업 보고를 집행부에서 받겟소. 좀 잘
　　　 하오. (퇴장)

덕수 - 오늘 이런 말이 생길 줄을 내 알앗지.

도길 - 내 다른 곳으로 갓드면 이런 꼴을 안이 볼 것

덕수 - 저러다가도 일없음너니 저럴 때뿐이오.

도길 - 저 애기 안니엿드면 내 이곳에 떠려질 생각도 돌리지 않엇겟지.

정숙 - 아버니, 일없습니다. 성심껏 일하면 락이 온다고 하섯지오.

덕수 - 영감, 우리 경쟁을 불럿지? 한번 해 보기오. 애기, 우리 잠간 정주에
　　　 나가 이약이 할 일이 있는데 나가 일없겟는가?

정숙 - 일없습니다. 나가십시오.

덕수 - 영감, 나가보기오. 암만 그래도 우리 분조는 못 따루오. (잡아끈다.)

도길-(성을 내야) 듣기 슳소. 차첨 보면 알겟지.

덕수-나가 보기오 글세. (잡아끈다. 도길 로인은 마지못하여 나간다.)

정숙-(기분 없이 앉아있는 동무들을 향하야) 동무들, 락심하지 마오. 우리 분조가 누구만 못하지 않게 일하지만 엇지하여 이런 구박이 도라오는 것을 짐작들 하시겟지?

옥봉-새것과 낡은 것이 마조칠 때에 이러나는 짝짭구판이오.

월금-야 그런 말 마러라. 간대로야 회장이 그렇게야 무식하겟늬?

녹순-네야 영철 말이나 희수 말이라면 물론 듣스기 슳겟지?!

정숙-엇잿든 우리는 일심단결하여 매일 과제를 얼마던지 넘처 실행해야 하오. 물론 가정 일들이 많을 것도 사실이오. 그러나 금년에 동무들이 애써 일한 성과가 나지 못하면 나를 원망할 수도 있소. 그러나 로력은 어느 때던지 결과가 잃어지지 않는 것을 나는 굳게 믿소.

옥봉-글세 번번이 책망만 듣고야 어떻게 하겟소? 무슨 일이 있어도 있어야 하겟소.

정숙-결과는 통계가 알려지는 것인데 그것을 하는 사람이 있을 것이오. 우리도 명확하게 자기들 통계가 있어야 하오. 통계가 명확지 못하면 규율이 없는 것이오. 꼭꼭 제때에 로력통계책에 올리도록 해야 하오. 우리가 다른 분조보다 못하게 되면 분조장이 녀자기 따문에 그렇게 되엿다고 할 것도 사실이오. 그러기에 우리는 엄정한 규율로써 따라가며 앞서가야 하오. 일즘들 가서 쉬고 제때에 일 장소루들 나오.

(일동은 이러서써 나갈 때 어머니가 들어온다.)

모친-웨 더 놀지들 안코 가는가?

녹순-많이 놀앗음니다. 일이 다사한 모양임니다. 인제야 오시는 것을 보니.

모친-좀 복잡하네. 소, 돚(돼지), 말들이 색기들을 많이 낳어서. 잘들 가게.

일동-어머니, 평안히 게십시오. (일동은 퇴장)

정숙-어머니, 어서 저녁을 잡수시오. 얼마나 시장하시겟음니까?

모친 - 일없네. 식당에서 잘 먹엇네. 자네는 먹엇는가?

정숙 - 예 먹엇습니다.

모친 - 요즘에는 날 가는 줄 모르겟네. 어린 색기들이 엇지 나를 따루는지.

정숙 - 어머니, 나도 날이 어떻게 가는 줄 모름니다. 어머니 말슴하던 건너
　　　 K-X(꼴호즈) Айбек(아이벡) 老人을 또 만나보앗습니다.

모친 - 그래?

정숙 - 그 老人은 나의 손을 잡고 나의 생각을 옳다고 하며 자기 경험담을
　　　 한시 동안이나 이약이하시고 밭으로 다리고 단이면서 이약이 합듸
　　　 다. 나는 많이 배왓습니다.

모친 - 그 老人이 두 번이나 훈장을 받고, 또 로력영웅이란 칭호까지 받엇
　　　 지. 목화재배에야 아마 일등선수이지.

정숙 - 어머니, 더 이를 바 있습니까? 그러나 조합 사람들은 나를 믿지 않고
　　　 비웃는 일도 있는 모양임니다. (잠각 생각하다가) 어머니, 정주에서
　　　 덕수 아버니와 도길 아버니가 게심니다.

모친 - 응 내 도길 로인 적삼을 해드리려고 감을 갖어왓지. 그런데 우산이
　　　 는 만나보앗늬?

정숙 - 못 보앗습니다. 보아서는 무엇하겟습니까? 볼 생각도 없건이와 그
　　　 생각은 멀리 나라난 듯 함니다.

모친 - (한숨을 쉬며) 그래, 지나가면 잊어지지. (정주로 나간다.)

정숙 - (생각하며) 아직 잘 모르면서 아못이나(아무 짓이나) 하지 말라고? 나
　　　 하나 따문에 분조 사람들 생활에 방해될 수도 있지? 생활이란 이렇
　　　 게 불공평하게 조직되엿는가? 내가 녀자기 따문인가? 그렇지 않으면
　　　 우리 조선사람 사회가 아직 녀자들을 이렇게 취급함인가? 여기에서
　　　 도 나는 쫓김을 받어야 할가? 웬 의문이 나의게는 이렇게도 많은가?

(락심한 태도로 앉앗을슬 때에 금봉이는 조희(종이)에 무엇을 많이 싸가지
고 들어온다.)

금봉 - (상 우에 놓으며) 정숙 동무, 요즘에 몹시 골멀 하심니까?

정숙-금봉 동무, 단녀오섯읍니까? 오늘은 비료를 싫어왓읍니까?

금봉-자동차 박휘가 약하여서 못 실고 왓읍니다. 래일은 꼭 싫어올 것임
　　　니다. 전번에도 비료를 못 탓지오? 또 영철의 분조에 주엇을 것임
　　　니다.

정숙-예 그런 모양임니다. 영철이? 그러면 그래라지. (무엇을 결심한다.)

금봉-정숙 동무, 너무 애쓰지 마십시오. 녀자의 힘으로 남자를 따루기는
　　　헐한 일이 안입니다. 더욱히 소문난 영철이를 따루기는…

정숙-녀자의 힘으로? 과학에도 녀자와 남자를 가림니까?

금봉-물론 녀자들도 다 당할 수 있읍니다. 그러나 정숙 동무 같은이야 무
　　　슨 까닭에 그런 고생을 격거가며 생활할 필료가 있읍니까? 안정하고
　　　화려한 생활을 하실만한 이인데?!

정숙-(금봉을 먼이 보다가 능청스럽게) 금봉 동무, 그 참 구수한 말슴임니
　　　다. 이같이 외로운 사람을 동정하며 그렇게 말슴하여 주시니 참 감사
　　　함니다. 어떻게 하면 나의게 그러한 행복이 차례질 수 있읍니까?

금봉-(닥아 앉으며) 다른 사람은 모르겟지만 정숙 동무는 거기에 다 준비
　　　된 녀성으로 인증함니다. 정숙 동무도 대략 짐작하시겟지만 누구나
　　　다 행복한 생활을 요구함은 정숙이나 내나 매일반일 것임니다. 더욱
　　　히 내같은 사람은…

정숙-그래 어떻게 됨니까?

금봉-(웃으며) 불연간 말할라니 말이 잘 되지 안읍니다. 그런데 복잡해서
　　　도시로 못 단이는 줄 알기 때문에 좋지 못한 것이나마 이 화장품을
　　　싸왓으니 두고 스십시오. (조희봉지를 헤처내여 놓는다.) 나는 정숙
　　　동무가 우산이 따문에 고민하실 때에 공연한 일 같에서 몹시 앗가워
　　　햇음니다. (정숙은 말을 중단한다.)

정숙-금봉 동무, 나는 발서 세상에서 그러한 시험은 치르럿읍니다. 공연
　　　한 외교를 마르시고 제 길로 가는 것이 좋겟읍니다. 한 마듸 권고해
　　　듸릴 것은 곱은 말과 선물로 사랑을 구하는 때는 우리 시대에서 지

나간 듯 함니다. 나는 그 시대를 지낫기 따문에 잘 암니다. 오직 동작에서만 그의 진정을 알 수 있는 시대임니다.

금봉 - (힘을 내여) 나는 정숙 동무가 요구하는 동작이라면 어떠한 동작이던 두려워하지 않겠음니다. (가갓이 낫아든다.)

정숙 - 안니 이러지 마십시오. 나의게는 아직 누구를 동작식힐 인격과 자격을 가지지 못햇고 또 그런 때가 안임니다. 다 도로 가지고 가십시오.

금봉 - (들어주며) 안니, 가지십시오.

(불연간 우산이가 드러온다. 세 사람은 말없이 보고 섯다.)

우산 - (상 우에 놓인 화장품도 보고, 금봉이도 겻떠보고, 정숙이도 보며) 내가 방해하지 안는지?

금봉 - 방해는 무슨 방해?

우산 - 방해되지 않는다면 잠간동안 허가할 수 있겟는지?

금봉 - (나가며) 정숙 동무, 다시 봅시다. (나간다.)

우산 - (상 우에 향수병들, 분통들을 안니꼽게 보다가) 향수 내가 몹시 떠돌면 농사에 방해될 걸.

정숙 - (성을 내며) 당신은 향수 시비캐려 여긔로 왔소?

우산 - 향수는 누가 치고 농사는 내 농사가 방해되니 말이지.

정숙 - 당신의게 내 향수 따문에 방해될 것이 무엇임니까? 아직도 무슨 인련이 있음니까?

우산 - 이곳에서 정영 도라칠 작정이면 누가 없어지던지 무슨 수가 있어야 하겟소. (갓다 왔다 한다.)

정숙 - 내가 이곳에 있는 것이 방해될 일이 무엇임니까? 당신이 없어지고 안 지는 것은 내가 알 일이 안임니다.

우산 - (격동되여) 어떠한 명예덕 손상이 되는 줄 아오?

정숙 - 내 따문에?

우산 - 그래 누구 따문이겟소? 내가 당신과 갈라진 것은 확실하지?

정숙 - 그런데?

우산 - 그런데 웨 남의 명예를 손상식히는가 말이오?

정숙 - (웃으며) 내가?

우산 - '내가?' 하고 나하고 물지 말고 이 화장품들과 무려보오. 대답이 명확할 것이오.

정숙 - (웃으며) 스기(시기)를 하는구만? 그렇게라도 삶여주시니 감사하오.

우산 - 그런데 웨 상금도 갈라지지 않앗다고 말하며 누구만 못하니 낫니 하며 말들이 떠도오. 남의 일생에 그렇게 방해를 주자해서는 안 되오. 내 생각 같에서는 정숙이가 이곳에서 누구를 비웃잘 것 없이 가는 것이 좋을 듯하오. (정주로 나간다.)

정숙 - (어이없어하며 섯다가) 영 갈라지지 않엇다고? 누구만 낫고, 못하고? 그러니 내가 당신의게 방해자로 되어 있구만? (침묵하고 생각하다가 돌련이 이러서며) 그래 내가 이곳에 있는 것이 좋지 못할 터이지? 무엇 따문에 내가 또 쫏김을 받아야 한단 말인가? 안이다. 나의게도 도리가 있다. 더는 쫏김을 받지 않겟다. (밖으로 달려나간다.)

(정주로붙어 어머니가 적삼을 들고 나오고 뒷따라 덕수 로인이 나온다.)

덕수 - 공연한 고집이오. 내게 지금 팔남애가 있소만 그래도 노덕의 정만 못하오. 물론 노덕도 영감 정이 낫겟지. 더 홀로 있어야 슬대 없는 일이오. 마음을 도르켜 팔자를 곷어보오.

모친 - 이 로인이 정말 오망을 쓰거던. 아이구 참 별일이 다 있네.

덕수 - (닥아들며) 오망은 무슨 오망? 글세 오망은 오망이고 혼망은 흥망이 안이오? 그래도 늙으막에 화로에 숫불 정보다 영감 정이 낫소. 이집 우산이를 보지 못하오? 지금 자식들이란 어듸 믿을 수 있소? (도길 영감이 은근이 내다본다.)

모친 - 로인, 글세 생각해 보시오. 내 나이 반백이 넘엇는데 무슨 생각이 있을 리라고 이 성화요? 남들이 알면 웃을 일이 안이오? 아여 말슴 마시오. (계속 단초를 달고 앉앗다.)

(덕수 로인은 도길 로인의게 눈질하니 도길 로인은 큰마음을 먹고 베르면
서 낫아온다.)

도길 - 단취 다 달렷소?

모친 - 예 마지막 개요.

(덕수는 단배대로 역구리를 찌르며 말하라 권한다. 도길은 또 말할려고 베
르면서)

도길 - 지서 달아놓소.

모친 - 예 다 됫소. 엿소.

도길 - 고맙소. 싹일랑…

모친 - 별 말슴 말고 잘 입으시오. (곁떠보지도 안코 정주로 퇴장한다.)

(두 로인은 먼이 섯다가)

덕수 - 영감이 대장 실한 소리는 하늘을 문힐 듯이 해도 로덕은 죽을 때까
　　　지 못 얻겟소. 말하면 될 듯한데 단취는 무슨 단취? 내 단취에 대하
　　　여 말하랍데?

도길 - 글세 그러니 한부로… 이집 형편이 그렇게 못 되여 말하기 어렵소.

덕수 - 이거 이 싹 걷우오. (떠든다.) 그래도 늘 나와 호통질이야…

모친 - (나오며 랭정한 태도로) 로인들, 엇재 남의 집에서 이리 떠드오? 집
　　　에서 아이들이 찾겟구만…

덕수 - (이러서며) 그렇지 않어도 갈 대 되엿소. 저녁이나 먹고 물이나 나가
　　　대야지.

도길 - (정신을 번적 차리면서) 그래 영감이 오늘 저녁에 기여코 도랑을 터
　　　드릴 작정이오?

덕수 - 그럼 하는 수 있는가? 회장이 하는 소리를 못 드럿소?

도길 - 못 하오. 정숙이 하는 말을 들엇지. 정영 도랑을 텃뜨리랴면 막쉬라도
　　　해야지. 오늘 저녁에 물을 못 대이면 그 사람들이 새를 슬 겐데.[10]

---

10) 새를 슬 겐데(새를 쓰다: 다스리지 못할 정도로 미친 짓을 하다.)

덕수-이 말하는 꼴을 보오, 막쉬라니? 꾕이로 찍겟는가?

도길-흥 엇지겟소? 나는 지금 밭으루 나가야 하겟소.

덕수-저녁 전에?

도길-믿을 사람이 없음너니 영감이 몬저 나가 텃트려놓으면 엇지겟소.
（나간다.）

덕수-저것 보오. 저렇게 고집한 게 무슨 노릇을 하겟소. 하옇튼 같이 가
오. （나간다.）

모친-로인들 잘 단여 가봅소.

도길-（다시 도라서 드러오며） 이것 정말 잘 입겟소. 또 바지감이 있는데
갖어오라오?

모친-（꼴을 찡그리면서 겨우 대답한다.） 가저옵소.

도길-（얼는） 예

덕수-（문정에서） 빨리 나오오. 감주나 한 그릇식 마시고 나가기오.

도길-낸들 홋덜거린다. 내 그럼 바지감을 갖어오겟소. （노친을 흘검 보고
나간다.）

모친-과연 저 노인들이 무슨 코를 치자고 저러는가? 젊어서 그 질랄을 쓰
지 말고 죽지나 않엇드면… 아들은 리혼, 어미는 시집을 가? 아이구
이게 무슨 망설인가? （상을 정돈하다가 화장품들을 보고 놀라며） 이
것을 누가 싸왓는가? 우산이가 이제 도라서는 모양인가? 그래야지.
（문 두다리는 소리가 난다. 어머니는 문을 연다. 난희가 석 드러써는데 호
리호리한 몸맵시, 청명한 눈동자, 흰 얼골에 단발 양머리 미인이다. 어머
니는 놀라며 정색한다.）

난희-어머니, 평안하심니까?

모친-자네 엇지하여 우리 집으루 왓는가?

난희-나는 웨 이 집으루 못 올 사람임니까?

모친-자네… 자네야 이집 문전에 보이지 마라야지. 자네가 우산이와 관게
있다는 말이 있은 다음에야 한부로 발거름 해야 되겟는가?

난희 - 나 따문에 무슨 불평한 일이 생겼음니까? (선웃음하며) 모를 말슴임
　　　니다. 불평이 있다면 우산이 따문입니다.

모친 - 물론 자네는 선웃음이 날 게네. 우산이가 정숙이를 영 배척한 줄 아
　　　는가? 자네도 드릿을 게며 보는 바이겠지. 나는 아직도 정숙이와 같
　　　이 있고 정숙이는 우산의 어머니 - 시어머니를 모시고 있네. 렴려도
　　　말게. 우산이가 자네를 알기를 노름감으로 아네. (상 우에 화장품을
　　　가르치며) 보라니 오늘은 용서를 빌고 선물까지 싸왔네.

난희 - (리상하게 보며) 어머니, 나는 여기에 아모 상관도 없음니다. 그래서
　　　나는 정숙이를 볼려고 왔음니다.

모친 - 이 사람아, 정숙이를 무슨 일에 보겠는가? 좀 진정된 사람을 공연히
　　　화증을 내게 말게. 그 사람은 자네를 보기 그리 원하는 것 같지 않
　　　네. (획 도라서써 정주로 들어간다. 난희는 혼자 멍히 서고 있다.)

난희 - 왼쪽으로는 사랑을 구하고 오른쪽으로는 용서의 선물을 들고 단여?
　　　내가 옳게 보앗지? 그런데 나는 무슨 일에 끌려드러서 이 야단인가?
　　　(결심하며) 오늘은 정숙이를 만나면 해석이 있어야지. 그렇지 안타
　　　가는 내 우산인지 양산인지 한 사람이 무슨 짓을 저즈리겟는지 알
　　　수 없다.

(우산이가 나가다가 난희를 보고 놀라며)

우산 - 무슨 일에 여기로 왔소?

난희 - 정숙이와 좀 해석할 일이 있어서.

우산 - 무슨 일에?

난희 - 정숙이와 나와 사이에 새로 생기는 개인문뎨들임니다.

우산 - 무슨 일이 생겼음니까? 나도 짐작합니다. 우리 둘 사에 생기는 문뎨
　　　는 정숙의게는 아모려한 관게도 없는 것입니다.

난희 - 우산 동무, 내가 당신하고 무슨 일을 시작하엿기에 나의 안정을 깨
　　　트림니까? 내가 당신다려 정숙이와 갈라지라고 말햇음니까? 당신 자
　　　비로(스스로) 결명한 일인데 내게 무슨 관게되는 일이 남의 입쌀에 오

르게 합니까? 정숙이와 갈라지면 내가 의례히 당신의게 넘어설 줄 아랏음니까? 처음 정숙이를 사랑할 때에도 나의게 맹서한 것처럼 영원히, 진정으로, 화려하게, 안정하게 별별 맹세가 다 있엇을 것임니다, 그러니 엇지 내가 당신을 함부로 믿을 수 있으리란 말임니까? 내 생각 같에서는 현대 녀자들 사회를 당신이 좀 과소평가하고 막 닥치는 것 같습니다. 물론 당신이 인격상으로 모든 것이 상당한 남성임니다. 그러나 내용이 좀 빈약한 것으로 인증합니다.

우산 - 난희, 나는 당신을 사랑하지 못하면··· 나는 세상에서 당신만 동경하고 삽니다. 무슨 까닭에 그렇게까지 질시함니까? 나는 당신을 위하여 모든 것을 희생하려 합니다.

난희 - (웃으며) 나를 위하여? 당신은 녀자들 앞에서 녀자들의 마음을 끌만한 역을 석 잘 준비한 것으로 인증합니다. 그러나 관중이나 청객들이 그 배우의 진정을 믿을 때에는 심장을 울릴 수 있지만 그러치 안코는 보기나 들ㅅ기가 참 어려울 것임니다. (웃으며) 세상에는 늘 두 가지 뜻을 두는 동물이 있는데 날가? 뛸가? 하다가 잘못 됨니다. 용서하십시오. 너무나 노걸덕이(노골적이) 안인지?

우산 - (어물거리며) 잘 아라들ㅅ지 못하겟음니다.

난희 - 이 상 우에 화려한 물품들이 증명하고 있음니다.

우산 - (눈이 둥그레지며) 이것은 내 것이 안이오.

난희 - 당신 것이 안나라? 심통이 당신이 내 병원 상 우에 갖다 놓은 것과 인표도 같고 가지 수도 같습니다.

우산 - 난희, 정영코 내 것이 안이오. 금봉이가 정숙의게···

난희 - (말을 중단하며) 웨 남을 팜니까? 당신이 제 목덕을 달성하기 위하여 남을 모해하며 행복한 일에 방해까지 주지 마려야 합니다. 내가 오늘 이집으로 온 것도 그러한 일에 동맹자가 되지 않으려고 정숙이를 만나려 온 것임니다.

우산 - 난희, 공영한 고집이오. 나와 같이 갑시다.

(전화가 운다. 어머니가 나와서 말한다.)

모친 - 예, 내오. 무엇이라오? 아이가 불연간 몹시 앓는다고? 위험하다고? 의사 다리러 간다고? (난희를 본다.) 일없소. 좀 늦게 와도 일없소. 아이나 잘 보오. 내가 아츰에 일즉 가겠소.

난희 - 누구의 아이랍니까?

모친 - 저 우에 차군(운전기사) 만수의 아이네.

난희 - (급해하며) 어머니, 정숙이 있읍니까?

모친 - 없네. 제 볼일이나 가서 보게. (우산이를 안니꼽게 보고 나간다. 우산은 어이없어하며 서고 있다.) 새것이 별낫치(별나지) 안쿠나. 이 자식아, 어서 집으로 들어오너라. (상 우에 화장품을 치우며) 상금도 이런 것을 이렇게 많이 싸가지고 단이늬?

우산 - (격에 붓바처서) 이것 좀 걷어치우오. 말즘 성화거리야. (급히 나간다.)

모친 - 흥 속이 타는 모양이구나. 아 이자식도 엇지면 저리도 심통한가? 이 저는 밤이 깊어가는데 애기는 또 밭으루 나갓는가? 저렇게 밤낮 애를 써도 잘못 한다지? 하루 밤에 꼭꼭 두 번식 나가보는데 병이나 나면 엇지자고… (화장품을 들고 정주로 나간다.)

(정숙은 맥없이 드러와서 정신을 집중하고 창을 열고 내다보며)

정숙 - 세상은 다 잠드는데 나만이 깨여나는 셈인가? (책상에 마조 앉아 책을 읽다가 먼이 바라보며) 물은 잘 드러오는데… 오라지 않아 꽃이 피고 열매가 맺게 되면… 사랑아, 나를 질시하지 마라. 나의 행복은 여기에 있다. (조을다가 책상 우에 엎드여 잠이 든다.)

(창밖에서 철희가 은근이 나타난다. 철희는 슬그머니 들어온다. 정숙은 잠이 깨지 못하고 "물은 꼭 오늘로, … 나는 너를 원망한다." [라고 잠꼬대 한다.] 철희는 책상 우에 책들도 보고 공책에 요지들도 보며:

철희 - 너무 과한데. (옆으로 나오며) 생활이란 이렇게도 어렵고 복잡하게 변해가는 것이야! 어젯날 네가 오늘에는 투쟁자로구나! 너는 이제 옳은 길에서 걸고 있다.

(정숙은 또 잠든 말로 "나는 가겠다… 물이… 렴려마라. 물이 잘 드러온다." 철희는 사랑스러이 먼이 보다가 철필을 드러 글을 쓰어놓고 슬그머니 나간다. 무대는 잠간 침묵하다. 어머니는 자최없이 걸어나와서 상 우에 열대(문을 잠그는 빗장이나 고리)를 가만이 놓고 일하려 나간다. 멀리서 종소리 들인다. 정숙은 놀라 깨여난다.)

정숙－아이구 그만 잠이 드럿구나. (벽상에 괴종은 여섯 점을 울인다.) 나가야 하겟구나. (상 우에 글장을 보고 놀라며) "래일은 쉬여야 하겟소. 누구던지 아츰 열시까지 깨우지 말 것. 철희"
　　아이구, 철희가 왓다 갓구만… 쉬라고? 아츰 열시까지 자라고? (감격한 목소리로) 감사합니다, 철희 동무. 당신은 나의게 당지도뿐 안니라 나의 어머니입니다. (더욱 감격하여) 철희 어머니, 감사합니다. 그러나 쉴 사이가 없음니다. 나는 집에서 고이 쉬기를 끊젓음니다. 그렇게는 더 살지 않겟음니다. 가야 하겟음니다. 행복을 차자야 하겟음니다. (외투를 입고 창문을 여니 먼동이 휘연이 튼다.)

- 막은 닫진다. -

第 三 幕
一 章
棉花栽培園

배경: 左右便에는 두 분조가 거처한다. 복판에는 큰 정자나무가 섯는데 넓은 통게 게시판이 걸엿다. 처놓은 풍(막)들도 보이고 세워놓은 농구들도 있

고, 멀리로는 벌판이 푸르러 보이고, 영철의 분조 높은 언덕 우에서는 붉은 우승긔가 해ㅅ빛에 빛나고 있다. 온갖 잡새들도 제멋대로 가지각색 소리로 지저귄다.

막이 열리면 수산이는 흥얼거리면서 승, 제를 풀려가며 통게 게시판에다 분필로 수ㅅ자들을 쓴다.

수산 – 슬렁슬적 넘어도 팔월하고 보름. (쓴다.) 일팔팔, 사사사, 떡 부치면 열두 사람. (쓴다.) 한낫반, 한낫반 세 젝다르(헥타르). (쓴다.) 그런데 실행은? 64.0 일자, 잘 한다. 다음 네 사람은 발서 하나 하고도 넘엇구나. 흥 금년 버리는(벌이는) 이 아이들이 하는구나. 그런데 이 우통쟁이(고집쟁이)는 어떻게 되는가? (책장을 번지며(넘기며)) 일구구, 일 팔팔, 열에 일곱. (쓴다.) 이이는 사. (쓴다.) 실행은? 50.20 일자란 말이지. 다른 사람들은?… 에구 이것들이 이렇게 일하다가는 망신하기 한창 좋겠다. 아직 앞서기는 햇다마는 틀렷다 틀렷서. (게시판에 쓸 때에 영철은 뒤에 들어와서 먼이 보고 섯다.)

영철 – 엇재 저기 저렇게 되엿늬?

수산 – (도라서며) 무엇이 잘못되엿소?

영철 – 네 사람은 없늬?

수산 – 일터에 없으니 빠젓지.

영철 – 없다니? 내 있는 것을 보고 갓는데 빨리 올려라.

수산 – 못하겟소. 아버지는 속여도 내 등록책은 못 속이겟소. 분조 사람들이 일터에 있는지 없는지 다시 가서 보고 떠드오. 사람들이라는 게 수박밭에 가서 너무 먹고 배가 불러서 걸지는 못하고 숨을 할닥거리면서 모다 수박덩이를 베고 자는 모양이오. 그리고 인제는 반날이 넘엇는데 일해 놓은 것은 (게시판을 가르치며) 이럿소. 영철이, 금년에 일등은 고사하고 망신하기 쉽소.

영철 – 렴려마라. 아직은 우리다(이르다). 그렇게만 되면 내 죽겠다. 그리고

네 좀 통계를 똑똑히 해라. 내 우산의게서 아라보니 네 통계와 맞지
안는 것이 많더라.

수산 - 그런 말은 제발 그만두오. 우산이 말이오? 전번에도 통계 때문에 얼
마나 말이 많핫소? 결국은 내 통계가 딱 맞고 꼭 맞엇지? 그 사람은
지금 제 정신이 오락가락하는 판이오. 사람들이나 수박밭에 가서 깨
워가지고 오늘 계획이나 실행하오.

영철 - 그래도 부긔원을 더 믿지 너를 더 믿을 줄 아늬?

수산 - 나를 믿으라오? 이 통계책과 게시판을 믿으란 말이오.

영철 - 말이야 개구리처럼 재절대는 게.

수산 - 영철이, 렴려말고 수ㅅ자들이나 실행하오. 내야 개구리처럼 제때에
울지 않으리.

영철 - (눈을 크게 뜨고) 똑똑히 해라 응? 큰일 나지 말고. 말공부쟁이…
(퇴장한다.)

수산 - 흥 나를 말공부쟁이라고?… 우통쟁이 (또 게시판에다 쓴다.)

(정숙은 드러와서 게시판을 보다가)

정숙 - 수산이, 저 게산이 잘못되지 않앗소?

수산 - 잘못되다니? 올라갓소? 나려갓소?

정숙 - 너무 많이 되지 않엇는가? 말이오.

수산 - 그 무슨 말이오? 그렇게 될 수 없는데. (통계책을 본다. 정숙이도 자
기 수첩을 본다.)

정숙 - 옳지 옳지. 수산이, 내 실수햇소. 한 동무는 내가 등록하지 않엇구
만. 글세 수산 동무의 통계가 틀릴 수 없는데. (영철이가 달려드러오
며 얼골이 붉어지며)

영철 - 정숙이, 엇재 또 도랑을 막앗소? 그것 참… 웃 도랑을 막지 않으면
아랫 도랑을 열지 웨 그 모양이오?

정숙 - 영철 동무, 성은 있다 내고 말하는 것이 좋겟소.

영철 - 성을 내게 하니 말이지. 오늘까지는 우리 차례지? 엇재서 또 막앗

소? 가만이 두니 이제는…

정숙-가만이 두다니?

영철-이저는 되는대로 할 판이거던… 별말 말고 도랑을 열어놓소. 지금 곳.

정숙-못하겟소. 오늘은 우리 차레요.

영철-누구의 차레라? (다잡고 대여든다.)

수산-언쟁할 필료 없소. 내 등록책이 다 말할 것입니다. 이 책은 면목도, 친족도, 다 보지 않고 다만 원리원측대로 알려주는 것입니다. 오늘이 누구의 차레냐 하면 한나, 둘, 셋, 네… 八月하고 보름이라. 정숙의 분조 차레입니다.

영철-그 걷어치워라.

수산-걷어치우라고? 통계가 없으면 당신 같은 억지를 엇지 막아내겟소?

영철-응? (흘겨보니 수산은 횟파람을 불며 도라선다.) 정숙이, 당신이 금년에 암만 애를 써도 안니 되오. 내 영철이오. 전구역뿐 안니오, 주에서도 일홈이 있소.

정숙-(냉정하게) 누가 무엇이라오? 우리가 당신들하고 엇잿다구 걸고 드오? 일홈이 높으면 높앗지 우리는 상관하지 않소. 자기들 할일이나 잘 하십시오. 우리들이야 약자들이니까 렴려마시고.

영철-그러기에 되지도 않을 [일을] 가지고 남을 방해하지 말고 빨리 도랑을 열어놓소.

정숙-(성낸 어조로) 누가 지금 남을 방해합니까? 녀자들은 거저 남자들이 고함치면 쫏기우는 줄만 아시는 모양입니다. 도랑을 열라고? 그러지는 못하겟소. 차레진 계획과 실행은 우리의 신성한 책임입니다.

영철-정영 그럿소? (위혁한다.)

수산-영철이, 이 통계책이 또 월컥벌컥하오.

영철-나도 이저는 마음대로 하겟소.

수산-등록한 다음에 마음대로 하오.

영철-네 거기서 오래 께끼겟늬?(반항적으로 굴겠니?)

수산-수ㅅ자가 살아있는 날까지 (슬밋슬밋 피한다.)

정숙-영철 동무, 마음대로 특권을 써 보시오. (급히 퇴장한다. 덕수 로인
이 달려드러오며)

덕수-어떻게 하겟는가? 저 도길 로인이 감에(가망) 없네. 아마도 그 로인의
말대로 공동로력을 해야지. 이 싸홈이 길겟네.

영철-그 아버니의 오망의 소리를 들고 있겟소? 이게 어느 때기에 도랑을
치고 있겟소? 도랑을 막 열어야지. (나가랴 한다.)

덕수-이사람, 그랑 말고 하루밤 참으세. 그래도 우리 밭은 물이 낫게 먹엇
네. 앞서도 잎을를 더 댓지.

수산-(엿들ㅅ고) 농사는 물만 많이 대이면 잘 안니 될 수도 있소. 표ㅅ대
를 세우고 딱딱 법측대로 대여야 잘 되오.

영철-네 또 거기서… 하엿튼 나가보기오. 또 무슨 딴줏을 하지 안는지. 그
녀자를 거저 그렇게 보다가는 안니 되겟거던. (덕수 로인 퇴장)

수산-영철이, 녀자라고 그렇게 보다가는 안니 되오. 우산이와 같이 있을
때 녀자 안니오. 전번에 MTC(자동차-트랙터 보급소) 농학사들 홀터세
우는 것을 못 보앗소? 꼼작 못 합데.

영철-야, 야, 싹 걷어라. 새 방식이고, 과학뎍이고 내 원 겁이 덜(덜컥) 난
다. (퇴장)

수산-우둔한 게 범을 잡는다고 저렇게 우둔한 게 어떻게 해마다 일등을
햇는가? 저도 아즈버니 덕을 입엇지. 그러나 제 암만 욱겨도 내 통
게책이야 못 익이지. 그런데 우산인지 주산인지 한 사람이 사무실에
앉아서 무슨 육갑을 하는지 늘 통게가 잘못 되엿다지. 아마도 정영
정신이 오락가락한다니? 늘 "정숙이가 이렇게 할 수 있는가?"하고
놀내며 믿지 않겟지? 백번 맞우어야(맞춰봐도) 딱 맞고 꼭 맞지. 또
오라지 그 참 성화거리야. (나간다.)

철희-(게시판을 보고 자기 통첩을 내여 검렬하여보며) 리상하다. 정숙이

가 저렇게 실행하는데 사무실에서는 놀라며 믿지 않는다는 말이지. 어리석은 사람들… 새로 나온 힘을 보지 못하는군… (동내 로파가 달려드러온다.) 어머니, 무슨 일에 이렇게 급히 단이심니까?

로파 - 글세 作年(작년)에도 한 마리가 잃어저서 열흘 만에 겨우 찾엇더니 금년에 또 한 마리가 잃어젓소. 젓쌀이 올라 통통한 겐데 글세.

철희 - 몇을 체 찾슴니까?

로파 - 나흘 채 찾소.

철희 - 열흘, 나흘, 모다 열나흘이구만. (생각해보고 웃는다.) 어머니, 물론 잃어젓으니 찾어야 하지만 예산이 부족합니다. 꼴호즈에서 버는 날 자가 열나흘에 돗색기 적어도 세게(세 마리) 값은 잃어젓겟음니다. 그러길네 사람들이 아직도 제 것이라면 한 쪼각, 한 푼을 더 앗가워함니다. 사실은 더 많은 것이 어듸에서 잃어지는 것을 깊이 인식하지 못하는 부분들이 있음니다. 내 찾어드리지.

로파 - 이런 감사할 말슴이라구. 作年(작년)에도 수고해서 찾엇는데… 그럼 내 믿겟소.

철희 - 렴려마시오.

로파 - (나가다가 도라서며) 철희, 그럼 래일붙어나 오늘붙어라도 나가서 근심 놓고 일을 하겟소.

철희 - 예 나가서 일을 하십시오.

로파 - 그럼 꼭 찾어주오. 이저는 찾엇군. 젓쌀이 올라 통통한 겐데.

(나오다가 회장 희수와 접띄엿다. 희수는 먼이 보다가)

희수 - 엇재 일은 안니 하고 여기 와 던벼치오? (책망한다.)

로파 - (먼이 보다가) 엇재 이리 떠드오. 늙은 게 일을 안니 하면 어댓소? 일을 안니 하겟소. (철희를 보며) 꼭 찾어주오. (회장을 흘겨보며 나간다.)

희수 - (내다보며) 저기 써(서) 있는 젊은 사람이 누구요? 거기서 상공을 지내오?

철희 - 희수, 희수 동무, 일하는 사람들과 엇재 그리 고함질이오? 자각이 고함질에서 나오는 것이 안이오, 로력과 생활에서 나오는 것이오.

희수 - (잔득 성이 나서 오락가락하며) 자각이나 로력이나 사람이 결이 나서 일을 못하겟소. 좀 잘 한다고 해서 등용을 해놓으니 발서 내게 대해서 말공부질까지 하기 시작하거던. 허, 그, 참, 십오년 동안 회장노릇해도 이런 꼴은 첨이오. 오늘로 해결해치워야 하겟소.

철희 - 무엇이 엇지 되엿소? 좀 조리 있게 말슴하오.

희수 - 저 정숙이 말이오. 내가 친족 관렴을 해서 영철이를 더 돕느니 또는 새 과학을 부인하느니, 도길 영감 같은 좋은 생각에 대하여 관료주의를 쓴다느니, 이게 글세 무엇이오? 이제 한 일이 채(이태 째) 농사질을 해보고 내게 대해서… 내게 있는 грамота(상장)와 감사장을 쌓아놓아도 그 녀자 키보다 넘겟소. 주저넘게 벽신문에다 김정숙이 씀이라고 써 부처놓고. 꼭 오늘로 해결해야 되겟소.

철희 - 음 그일 따문에? 나는 또 무슨 큰일 낫다구. 희수, 그 신문은 우리 당단체와 집행부 발간이 안이오? 저를 제가 비판하는 것이 안이오? 좀 진정하오. 그런 일일사록 좀 침착하게 해결해야지. 그리고 어듸서 긔자를 그렇게 휘방(훼방)하는 것을 보앗소. 좀 참아야 하겟소. 그런데 MTC(자동차 - 트랙터 보급소)에 갓다 왓소?

희수 - MTC(자동차 - 트랙터 보급소)란게 다 무엇이오? 지금 결이 나서 죽겟는데. (갓다 왓다 한다.)

철희 - (정색해지며) 그래 안이 갓다왓단 말이지. (생각한다.)

희수 - 그리고 철희, 저 정숙의 근본을 잘 아오? 부모들은 어듸에 있엇는가?

철희 - 당신이 지금 무엇을 생각하고 있소.

희수 - 나는 지금 아모 생각도 없소.

철희 - (엄하여진 목소리로) 끈치시오… 당신이 지금 누구를 헤비오? 부드러운 젊은이의 심장을 앙상하게 마른 가시 발톱과 손돕으로 헤빌 작정이오? 누가 그의게 의심 두는 사람붙엄 잘 아라 보시오. 그는 지금 자유롭게 벌판에서 날고 있소. 누가 그의 말에다 총을 겨누고 있는지 아시오? 그리고 웨 MTC(자동차-트랙터 보급소)로는 가지 않엇소? 자기의게 대한 평론이 있다 해서? 당신은 보통사람이 안니오. 인민의 운명을 지도하는 회장이오. 한시 한분 동안에 얼마만한 운명이 당신 처리에 달린 것을 짐작하오. трактор(트랙터)가 오늘 해결되지 못함으로 우리의 생활이 얼마나 정체되고 있는 것을 감각하오? 당신들의게 있는 그 "내"라는 것이 대사오. 그 "내"라는 것이 무엇이오? 지위는 회장이오, 그 "내"는 조합에 로력자며 회원에 한 사람이오. 오늘 계획을 무책임하게 감당치 못한 로력대원의게는 책임이 있는 것이오. 조곰만 자긔의게 언잔으면 만능을 쓴단 말이지? 당신이 이 복잡한 생활에서 배우며 또 배워주어야 함을 알지 못하면 안 될 것이오.

희수 - (먼이 섯다가) 철희, 나와 엇재 그러오? 그래도 나는 조합에서 책임자가 안니오?

철희 - 책임자기에 말이오. 그리고 녀자인 철희가 당신의게 말하지 않소.

희수 - (눈이 둥그래저서 생각다가) 글세 앞으로 지내보면 알겟지… (퇴장)

철희 - 에, 사람들! (멀리 보며 생각한다.)

(자동차 소리 나더니 금봉이가 신문, 잡지 등을 잔득 안고 들어온다.)

금봉 - 맛츰 맞낫군. 철희 동무, 우편국에서 신문과 잡지들을 가지고 왔음니다.

철희 - 이저는 향수병들과 술병은 안니 싸가지고 단이오?

금봉 - (웃으며) 한번 망신한 다음에는 그만두엇음니다. 철희 동무, 상점에 드러갓는데 수화긔들이 많이 있읍다. 한 五百元쯤 주면 세게 형편을 앉아서 다 들을 수 있읍니다. колхозник(꼴호즈닉. 꼴호즈원)들 집에다 다 놓도록 해야 하지요.

철희 - 물론

금봉 - 지금은 비료를 실고 오고 다음에는 거름을 실고 오겟음니다. 철희 동무, 정숙의 분조에도 이번에는 비료를 좀 주엇으면 좋겠음니다.

철희 - 물론 주어야지. 우리 사람들이 아직도 좀 편벽에 끌려서 대사야! 금봉이도 아마 정숙의 편에 걸인 듯 해? 그러기에 정숙의 분조에 대하여 근심하지?

금봉 - 철희 동무, 그 무슨 그런 말슴을? 나는 다만 정숙이를 긍정할 것 뿐임니다.

철희 - 어떤 사람들은 녀자들 형편을 보아 긍정하고 또 어떤 남자들은 자기 마음대로 안니 되면 패풍, 모해, 음모, 질시까지 한다지? 세상 사람들이란 아직도 고롭게까지 야수록한 것들이 있어.

금봉 - (미안해하며) 철희 동무, 나는 다만 정숙 동무의게 대하여 긍정할 것 뿐임니다.

철희 - 그 긍정 속에는 다른 것이 숨어있으니 말이지.

금봉 - (자괴에 취하여) 더 말슴 마십시오.

(희수는 노긔등등하여 정숙이와 함끼 들어오며)

정숙 - 희수 동무, 나는 못하겠음니다. 지금 다섯 사람이나 떼여가면 누가 하겟음니까? 그렇지 않어도 일이 처젓음니다. 분조 일을 나의게 맡긴 리상 나는 자긔 계획을 실행할 책임이 있지 안슴니까?

희수 - 책임을 실행하던, 못하던 책임은 내게 있는 것이오.

정숙 - 분조 일이 잘 되여 성과가 좋은 때에는 별문뎨이겟지만 잘못 되는 때에는 나를 책할 것임니다. 그리고 식물이 생장하는 때가 있는 것이 안임니까? 이때를 녹치면 목화수확을 많이 잃을 수 있음니다.

희수 - 또 내 앞에서 해석할 작정이오? 예전에도 다 그렇게 햇소.

정숙 - 예전에도 그렇게 햇기 때문에 좋은 결과를 많이 잃엇음니다. 오늘에는 더 잃을 수도 있음니다.

희수 - 잃어도 내가 잃지 않으리. 별말 말고 오늘 저녁으로 녀자 둘과 남자 둘을 떼여서 길닦기를 보내오. 그리고 일은 밤낮 새 방식이오 무엇

왔늬?

월금 - 안니라. 발이 앞서서.

영철 - 옥봉 동무, 늘 그렇게 남을 놀리지 말라고 주의를 주오. 푸른 외쪽이
란 말을 어느 때던지 잊지 않을 것이오.

옥봉 - 우리야 빈 퉁재들인 겐데 잊을 수 있음니까?

녹순 - 영철 동무, 통게를 보니 오늘 궐공자가 네 사람이나 되여도 과제를
실행할 수 있음니까?

영철 - 못할 줄 아오? 일없소. 장차 보오. 너무 일즉 떠드오.

호선 - (달려 드러오며) 야 녹순아, 네 배곺으지 안늬? 빨리 가자.

녹순 - 빈 퉁재 렴려를 해서 엇지겟늬? 오늘 과제나 실행햇늬?

호선 - 오늘은 실행한다. 야, 영철이 말말가내 빈 퉁재라고 한 말을 가지고
그양 외우겟늬?

월금 - 영철이 그 말은 잘못햇소.

옥봉 - 영철의게야 월금이야 빈퉁재가 안니겟지?

영철 - 다 한가지오. 남을 눌러보고 푸른 외쪽이 무엇이고… 앞 설가? 아니
되오. 정숙이를 가지고 허허허 (나간다.)

옥봉 - 야 월금아, 마음에 드늬? (월금은 입술이 숙 나오며 픽 도라서 나간다.)

호선 - 야 녹순아, 오늘은 정말 어떻게 하던지 너보다 넘처 실행할 터이다.

녹순 - 실행하고 와서 말해라.

호선 - 로력 일자나 좀 더 버니 권리가 크다. (나간다.)

녹순 - 일없다. 엇잿든 앞서야 한다. 정숙의 게획대로 하면 될 수 있다.

(어머니 음식 중태기(포대, 자루)를 들고 들어와서 정숙을 찾는다.)

모친 - 배곺으겟는데? 어듸가 있는가?

노파 - (사방을 삶으며 들어오다가) 맞음 맛낫군. 우산 어미, 금년에 또 돛
색기 한 마리 잃어저서 이러오. 고게 글세 젓쌀이 올라 통통하여 됨
즉한 겐데 글세.

모친 - 길순 어미, 그럼 그게 그집 겟이겟구만. 숯게지?

노파-옳소.

모친-여든 아홉 재 것이 옳겠소. 낳는 족족 헤엿는데 88이엿소. 다시 등
　　　록할 때 보니 89이겟지. 다른 데서 왔다고 하니 등록하는 사람이 곳
　　　나를 잘못 헷다고 하겟지. 어느 에미든지 젓을 안니 먹이고 다리고
　　　단니지 안소.

노파-옳소. 고게 옳소. 주둥이 어떻습데?

모친-코등에 검정 돈점이 있읍데.

노파-옳소. 그럼 차젓구나. 이런 좋은 일이라고? 나는 나흘이나 찾엇소.
　　　그럼 가서 찾어와야지.

모친-등록부장 앞에 가서 청원하고 페르마 주임과 또 말하고 허가가 있어
　　　야 하오.

노파-제 것 찾는데도 허가가 많소. 그럼 그러지… (나가다가 도라서며) 그
　　　런데 그 집 우산이는 녹돌관 애기와 세간사리를 하오?

모친-모르지 엇지는지.

노파-그럼 엇질 예산이오? 남의 자식과 한뉘로 같이 있지야 못하겟지?

모친-엇잿으면 좋겟는지?

노파-아모래도 제 자식이지, 남의 자식이 소용 있소? 같이 있을 때뿐이지,
　　　슬적 넘어앉으면 그만이 안이오? 빨리 아들을 따라가오. 소용없는
　　　짓이오. (나가며) 이저는 마음 놓고 일을 하겟소. 틈틈이 눈치를 보
　　　아가며 찾노라고 일도 못햇소. 에구 저기 또 누가 오는가?

(정숙은 맥없이 무엇을 깊이 생각하며 나온다.)

모친-애가

정숙-(놀라며) 어머니, 엇재 오섯소?

모친-자네 지금까지 배곪아 견듸는가? 어서 무엇을 좀 먹게. 집에 와서
　　　보니 아모 것도 안니 먹고 나왓겟지. 그래서 가지고 왓네.

정숙-지금 식당에서 먹을 터인데.

모친-그런데 웨 오늘은 기맥이 없어 보이는구나? 어듸 앞으늬?

정숙 - 안니 앞으지 않습니다. (잠간 말없이 앉앗다가) 어머니, 나는 아모리
　　　하여도 이곳에서 일할 것 같지 안습니다.

모친 - (놀라며) 웨? 무슨 일로?

정숙 - 내가 이렇게 말하면 어머니끼서는 몹시 섭섭해 하실 것도 암니다.
　　　그러나 쥐위 환경이 나로 하여곰 이곳에 있게 못합니다.

모친 - 누가 너를 잡아서 무엇이라고 하더냐? 네가 가면 나도 가야지.

정숙 - 어머니, 아들한테로 가십시오.

모친 - 아가, 이게 웬 말인냐? 우산이가 너와 무엇이라고 하더냐? 책임자들이
　　　또 무엇이라고 꾸지럼 하더냐? 어느 못된 놈들이 너를 놀려 보더냐?

정숙 - 어머니, 별일 없읍니다. 책임자들도 나를 일 식히는 것이 부적당하
　　　다고 생각하고 우산이도 내가 어머니와 함끼 이곳에 있는 것이 자긔
　　　의게 언잔어 보이고 해서 말들이 많습니다. 나 한나이 이곳에 없어
　　　지면 여려 사람들의게 언잔은 일이 적을 것입니다.

모친 - 만일 정영 다른 곳으루 옮겨 앉을 생각이 있으면 내같은 것이야 무
　　　과한(무관한) 일이지만 자네가 이곳에 모든 꼴을 보지 않으려고 다른
　　　곳으로 가랴면 나는 죽어도 같이 가겟네.

정숙 - 어머니, 세상에 생활의 고개란 이렇게도 험하고 복잡하고 어려운 것
　　　을 나는 알게 됩니다. 어떻게 넘어갈 힘이 모자람니다. (락심한다.)

(철희 식당으로붙어 나오며)

철희 - 무슨 자미 있는 이약이를 하시는 모양임니다?

모친 - 애기, 아츰도 안니 먹고 나와서 먹을 것을 좀 갖어왓읍니다.

철희 - 안니 아츰도 안니 먹고? (머리를 흔든다.) 정숙이, 맥이 진한 모양이
　　　군. 긔분이 나려갓소 그려?

정숙 - (억지로 참으며) 일없읍니다.

모친 - 철희, 무슨 일에 애기가 이곳을 떠나려 하시는구만.

철희 - (놀라며) 떠나려고? 새 일인데?

정숙 - 철희 동무, 나는 아모래도 떠나야 하겟읍니다. 모든 형편이 자미 없

음니다.

철희 - 리태리 사람들 속담에 보고 맛을 아는 것이 안니라 먹으면서 맛을 안다고 해서. 일을 하노라면 맛이 차첨 나지겟지. 그러나 [일을] 던진 다는 것은 못슬 것이란 말이지?

정숙 - (철희를 처다보며) 아니 철희 동무, 일이 못슬 것이란 말이 안임니다. 그 모든 형편이…

모친 - 누가 너하고 엇지더냐? 죄다 이약이해라. 철희야 너를 생각하는 터이지.

정숙 - 아모도 무엇이라고 하지 않엇음니다.

철희 - 내가 다 암니다. 사람들은 자기 개인의 용상에 맞지 않으면 별별 짓을 다 함니다. 그러나 그것은 오늘에 하는 일이지 來日에는 없음니다. 희수는 정숙이를 어리다 하여 좀 눌려보지, 우산이는 난희를 사랑할려니 아직도 정숙이가 어머니와 이곳에 있으니 사랑을 성공함에 꺼릿끼지. 또 일군들은 녀자 분조장이라 하여 좀 없쇠역이는 것도 사실이오. 이것들이 정숙이로 하여곰 아마 불안케 할 것이오. 그러나 정숙이, 생활이란 몹시 복잡한 것이오. 줄곳 생각과는 늘 다르게 나가는 일이 많소. 힘있게 꾸준히 익겨나가지 않으면 늘 그 생활에서 실패자로 나고 마는 것이오. 우리 녀자들은 이 생활에서 동등권을 전취, 발전하지 못하면 소용없는 것임니다.

모친 - 아가, 저 말이 옳은 것 갓구나.

정숙 - 나는 그런 고개를 넘을 힘이 모자랍니다. (머리를 숙이고 주저안는다.)

철희 - 힘은 있소. 그 힘을 옳게 리용하여야 생활의 고개를 넘을 것이오.

— 말없는 침묵과 같이 막은 닫진다. —

第 三 幕 二 章

배경은 일장과 같다. 달빛이 왼 세상을 밝히고 있다. 뜰 건너 마을에는 전등이 반작이고 하늘에는 별들이 아물거리고 숲속에서는 귓또라미 소리가 요란타. 멀리 구락부에서는 радиола(라지올라. 유성기) 음악소리가 들이고 그 소리 사이사이로는 웃음소리, 노래소리들이 들어온다. 막이 열리면 영철의 분조 사람들도 정숙의 분조 사람들도 풍금에 맞우어 노래 부르며 구락부로 놀려간다.

옥봉 - (곱게 차리고 모기풍(모기장) 안으로붙어 나오며) 야 수산아, 빨리 오너라.
수산 - (벌컥 뛰여나오는데 좋은 양복에 곻은 멕타이를 메엿다.) 내 여기 있다. 첫 소리에 귀가 번득 띄엿다. (팔을 끼고 나간다.)
월금 - 영철이, 시간이 되엿소. 빨리 나오오.
영철 - (달려나오며) 발서 다 차렷늬? 가자 (팔을 끼고 나간다.)
호선 - (달려 드러오며) 오늘 저녁에 또 늦엇구나. 녹순이는 기다린지 오랫겟구나. 옥봉아, 수산아, 발서 가버렷는가?
정숙 - 누구를 찾기에 그리 분주하오?
호선 - 사람들이 어듸로 갓소?
정숙 - 구락부로들 가는 모양입듸다.
호선 - 그런데 정숙이는 웨 안니 감니까?
정숙 - 차첨 가지.
호선 - 우리 녹순이 찾아오지 안핫소?
정숙 - 녹순이는 오늘 저녁에 구락부로 갈 작정이든데, 그런데 호선이는 좀 늦엇구만? 집에 가서 아이들을 보아야지.
호선 - 글세 뚝을 마저 손질하고 오너라고. (급히 나가며) 정숙이, 우리 녹순이와 같이 구락부로 가오.

정숙-몬저 가오. 차첨 가지. (호선이 가는 것을 먼이 보면서) 당신들은 참
　　으로 로력에서 정이 드럿고 로력에서 생활이 굳어저 가는 사람들이
　　오. 나는 당신들을 부러워하오.

(이러나서 높은 든덕 우에 올나 써서 벌판을 바라보며 처량하게 노래부
른다.)

　　　물결은 흘러 마을를 지나고
　　　달빛은 흘러 대지를 밝힌다.
　　　님이여 게시면 저 달이 지기 전
　　　물결을 따라서 자최를 전하오.

　　　벌판에 핀 꽃은 옥벌이랄가?
　　　마음에 핀 꽃은 금폭이랄가?
　　　곱게 핀 옥폭은 그대가 휩싸고
　　　금폭에 순을랑 내가 놓으리.

(노래 부르며 벌판 쪽으로 사라진다. 난희가 약가방을 들고 들어오는데 얼
마 뒤에는 우산이가 나타난다.)

난희-오늘 저녁은 기여코 만나서 이약이 해야 되겠다. 어듸서 볼가?

우산-난희, (난희 놀라며 도라선다.) 글세 멀리서 보아도 난희 같기에 따
　　라갓더니 옳기는 옳구만. (갓가이 와서 손을 내밀며) 날사이 평안하
　　오? 밤에는 웨 여기로 나왓소?

난희-밤이나 낮이자(낮이나) 직무의 책임인니까 할 수 없지. 우산 동무는
　　웨 여기로 왓음니까?

우산-난희, 난희는 참으로 지독하오. 근 일년 동안이나 나의 마음을 태우
　　오. 내가 만일 난희를 사랑하지 않앗드면 이러한 심리고통을 안니

할 것이오. 나의게 있는 세상 모든 것은 단신을 위하여 희생할 것이오. (애걸한다.)

난희 - 그같이 사랑하니 대단히 감사합니다. 그런데 내가 언제 당신을 사랑한다고 대답을 주엇음니까? 청을 드럿음니까? 무슨 까닭으로 찾어단이며 동리에서는 살림을 이룰 것이라고까지 말이 낫으니 무슨 까닭인지 나는 알 수 없음니다. 만일 당신을 사랑할 생각이 있어도 사랑하지 못할 리유는 당신 부인 정숙이보다 내가 우월한 것이 무엇임니까? 나는 생각할 때에 정숙이는 나보다 훨신 선진한 녀성으로 [생각] 함니다. 이 지방에서 그런 녀성은 나의게나 당신의게는 과만한 줄로 생각함니다. 물론 당신이 처음 정숙이를 사랑할려고 할 때에도 지금처럼 행사햇을 줄 믿음니다. 또 나를 사랑햇다가 얼마 후에 더 낫은 사랑이 있을가 하야 변절치 않으리라고 내가 어떻게 믿을 수 있음니까? 그러니 당신이 나의게 대한 관게는 아직 그만두는 것이 좋을 것 같음니다. 설상 내가 사랑할 생각이 있어도 지금은 유안함니다. (천막 뒤로 들어간다. 우산은 우두커니 섯다.)

(정숙의 노래는 다시 높아온다.)

정숙 - 그게 누구요? 수산이요? (갓가이 온다.)

우산 - 수산은 안이요, 우산이오. (정숙은 리상하게 보며 섯다.) 밤에 웨 자지 않고 나와 단이오? (잠간 말없다.) 정숙이, 나는 오늘 저녁에 정숙이를 볼려고 일이 많음에도 불구하고 찾어왓소. 여기 와서 좀 앉소. 암만 생각하여도 모든 것은 나의 잘못이오. 지나간 나의 잘못을 용서하고 우리 다시 생활을 게속하는 것이 어떠하오?

정숙 - 예? (놀란다.) 당신이?…

우산 - 놀랄 일이 안이요. 하엿튼 일이 이렇게 되여가오. 나도 이곳에서 일할 자미 없고 정숙이도 모든 형편이 자미 없을 것이오. 그래서 나는 이렇게 결명햇소. 정숙이가 몬저 어듸 가서 있으면 내가 속히 따라 갈 작정이오. 두리 함끠 가기는 남 보기에도 웃우울 것이 안이오?

어머니는 내가 모시고 갈터인니까. (정숙은 뚜러질 듯이 우산이를
보고 섯다.)

정숙-우산이, 만일 당신이 추호만치라도 양심이 있엇든들 (운다.)

우산-아오. 다 아오. 섦은 이약이는 이 다음 할 섬 하고 내 말을 깊이 들
소. 그러니 Казахстан(카자흐스탄)에 가서 있는 것이 좋겠소.

정숙-안니 나는 무엇을 햇으면 좋을는지 모르겠소. 이곳에 모든 형편이
자미 없는 것도 사실이오. 그러나 내가 당신의게 쫏김을 받고 또 다
시 순종하려고는 못하겠소.

우산-안니 이 무슨 말을?… (난희가 나온다. 세 사람은 서로 말없이 섯다.)

(정숙은 스기(시기)스러운 눈쌀과 동작으로 픽 도라서써 나간다. 난희는 무
슨 말을 할려다가 역시 픽 도라서써 우산을 흘겨보고 섯다. 우산은 엇질
줄을 모른다.)

우산-난희, 정숙이가 이곳으로붙어 떠나게 되엿소.

난희-무엇이람니까? 아마도 당신이 무슨 흉게를 꿈이지 안는지? 나는 당
신을 대단히 의심하오. (퇴장한다.)

우산-흥 몹시 꾀꼿(꼿꼿)한데. (따라나간다.)

정숙-(나와서 삷여보고) 엇지면 좋을가? 내가 저렇게 정성끝 심은 목화를
버리고 가? 폭이 폭이 손이 안니 간 곳이 없지? 정드린 동무들까지…
(머리를 숙이고 생각한다.) 이곳 형편이 나로 하여곰 자미 없게 함은
사실이다. 가기는 가야지. 철희의 사랑을 엇지 여인단 말인가? 그는
나의 어머니…

(멀리서 고함소리 들인다. 정숙은 놀라며 달려나간다. 무대는 잠간 조용하
다. 도길 영감이 달려드러오며 소리친다.)

도길-물이 터젓소. 물이 터젓소. (종을 친다.) 여러분들 저 웃 도랑이 막
터저서 밭으루 들어오오. (사람들은 달려나간다. 먼곳에서도 종을
친다.)

(사람들이 정숙이를 들고 들어온다.)

영철 - 병원으루 가지고 가야지. 옥봉아, 저기 걸채(들것)를 가지고 오너라.
　　　속히.

월금 - 시병원으루 가저가야지?

녹순 - 빨리 자동차 오게 해라.

수산 - 빨리 난희를 청해야 하겟소. (달려나가다가 난희와 철희를 만낫다.)

난희 - (맥을 보고 가슴에 대이고 들ㅅ더니) 생명이 불과 몇 분 낡지 않앗
　　　음니다.

(일동은 놀란다.)

철희 - 그러면? 엇지해야 한단 말이오? 난희?

난희 - 자동차가 빨리 오면 싫어가야지.

(정숙은 잡소리를 친다.)

정숙 - 물이 잘 드러오오… 나는 가야지… 앗갑소… 나는 힘이 모자라오…

철희 - 정숙이, 정신차리오. (정숙은 철희를 붓잡는다.)

(자동차 소리 나더니 어머니와 희수가 등장한다.)

희수 - 무엇이 엇지 되엿소?

영철 - 아즈버니, 빨리 시병원으로 실고 가야 하겟소. 정숙이 죽소.

희수 - (놀라며) 응? (붓든다.)

모친 - 아가, 이게 웬 일이냐? 정신차려라. 내 왔다.

정숙 - (겨우 눈을 뜨며) 어머니, 일없음니다. 다 잘 될 것임니다. (눈을 스
　　　르르 감는다.)

우산 - 정숙이 정신차리오. 회장, 시 병원으루 실고 갑시다.

철희 - 이제 시병원으루 가랴면 급한 속력으로도 사십분을 갖어야 하겟으
　　　니 늦엇소. 지방병원으루 가저가야지.

모친 - 지방병원이라니? 난희한테로? (일동은 난희를 본다.)

난희 - 십분 좌우에 생명은 위험합니다. (도라선다.)

녹순 - 그러니 엇지 시병원으로 갈 때까지…

희수 - 지방병원으루? (난희를 보다가) 시병원으루 가기오. 야 빨리 자동차
　　불을 일구어라.
철희 - (난희를 도정신하여 보며) 난희, 지방 생명을 살리고 죽이는 것은 지
　　방 의사의 책임이오. 엇지하면 좋겠소?
난희 - 이 길에 울려가면 길에서 그만…
모친 - 그래도 자네 병원으루는 안니 보내겟네.
난희 - 네? (용기있게) 지방 생명을 구하는 책임은 나의게 있소. 회장 동무,
　　지방병원으루 싫으시오. (희수 먼이 서고 있다.)
철희 - 웨 서고 있소? 명령을 실행하시오. (사람들은 정숙을 들고 나간다.)
우산 - (먼이 보며) 어떻게 될가? (따라 나간다.)

- 막은 닫진다. -

第 三 幕 三 章

배경은 전막과 같다. 가을철이 시작되엿다.
막이 열리면 멀리, 갓가이 자동차소리, 마차소리가 요란하다.
로력자들이 분주히 갓다 왓다 벅적거린다.
정숙은 머리와 팔을 붕대로 동엿다. 높은 곳에 써써 소리친다.

정숙 - 자동차를 저쪽으루 보내오. (멀리서 멀리서 자동차는 긔적으로 대답
　　한다.) 마차를 저쪽으루 보내오. (멀리서 대답한다.)
(영철은 게시판을 보고 식식거린다. 정숙이도 본다. 두 사람은 서로 시선
이 마조처 보다가 또 게시판을 다시 본다.)

수산-(들어오며) 저 우승긔 바람이 다른 쪽으로 불가?

영철-오늘 또 둘이나 오지 않엇지? (분해한다.)

수산-빈 퉁재 속에나 늦가리 수박밭에 가 잘 게오.

영철-너는 작작 까부려라. 정숙이 일이 괜찬케 되여 가는구만. 너무 깃버
　　마오. 아직 결과는 앞에 있소.

정숙-(웃으며) 내가 무엇이람니까? 긔렴(기념) 전에 꼴호즈 계획을 실행하
　　기 위하여 우리 분조가 도아주지 않으리.

영철-우리 분조를 도아주어?

수산-그럼 엇지하는 수 있는가? 당신네 따문에 전꼴호즈가 망신하겟소?

영철-도움을 요구하지 않소.

정숙-내 개인이 도아주는 것이 안이고 단합덕이오.(단체적으로 도와주는 것이오.)

수산-끌려서라도 가야지.

영철-고맙소. 그러나 녀자 분조장의 도움은 받지 않어도 일없소.

정숙-나는 녀자지만 로력이야 녀자나 남자나 매일반이 안이오?

수산-불러는 질지언정 후러는 들지 말라는 말이 맞는데 있지, 다 맞지는
　　않소. 영철이.

영철-걷어치워라. (퇴장한다.)

수산-암만 그래도 떠러짐즉 하오. 내 등록책이 증명하고 있소.

(희수는 복잡히 들어오며)

희수-정숙이, 저 길역에 것은 다 재채햇소?(조치했소?)

정숙-예 다 뜯고 싫어까지 보내엿음니다.

희수-(깃버하며) 그 참 잘 되엿소. 야 수산아, 사진들도 부치고, 그림도
　　부치고, 표어도 몇 장 쓰어 부처라. 아마도 구역 일군들이 올게다.

수산-그 어떻게 불연이 하겟음니까?

희수-내가 식당에다 사진들과 그림들은 식당에다 두엇다. 그런데 영철이
　　어듸에 있늬?

정숙-일텀에 있음니다. (희수와 정숙은 퇴장한다.)

수산 - 거저 높은 일군들이 온다고 해야 무엇을 부치라, 쓰라, 이것야말로 형식적이 안일가? 그러나 저러나 부치라고 햇으니 부처야지. (퇴장한다.)

희수 - (성을 내여 드러온다. 뒤에는 영철이가 드러온다.) 나는 이젠 엇지 못하겟다. 그렇게 도아주어도 못하는 것을 낸들 엇지겟늬? 그리고 네 언제 사람질 하겟늬? 잘 되엿다. 어제, 그제 한 녀분조장의게 우승기를 넘기게 되엿으니 부끄럽지 않겟다. 잘 한다, 잘 한다 해 놓으니 제 한나밖에 없는가 하더니 이저는 닷드럼(대뜸) 소리나게 되엿다.

영철 - 내 탓이요? 사람들이 일을 그렇게 하는 것을 낸들 엇지라오. 그러기에 나는 가겟소. 오늘로 분조장에서 면직해주오.

희수 - 무엇이 엇재? 누구 앞에서 네 지금 말하늬?

영철 - 누구겟소? 꼴호즈 회장 아즈버니 앞에서 말하지.

희수 - 야 남이 부끄럽다. 네 따문에 얼마나 욕을 먹는지 아늬? 친족관렴인 늬, 무엇인늬 하며… 아시당초에 내가 잘못이지. 저런 우둔한 것을 엇지라고… 너를 내 잘못해준 것이 무엇이늬? 로력자를 적게 주엇 늬? 비료를 적게 주엇늬? 남만 다 많이 주엇지? 남의 눈치를 보아가 며 주느라니 낸들 헐햇겟늬? 그래도 제 쪽에서야 가구 엇지구… 마음대로 해라. 망신이다 망신이야. (퇴장)

영철 - (통계판 밑에 주저않으며) 다 이긴 시름(씨름)에 넘어가는구나.

수산 - (달려드러와 게시판에 쓰며) 슬적 넘엇다. 101%, 뚝 떠러젓다 97%.

영철 - (분결에) 걷어치울 수 없늬?

수산 - 사회주의는 통계라고 레닌선생이 말슴하섯소. 웨 걷어치우겟소? 딱 맞고 꼭 맞소. 의심하거던 게산해보오.

영철 - 나는 영 잃어지겟다. (나가다가 철희를 마조 만낫다.)

철희 - 영철이, 래일로 다 실행할 수 있지?

영철 - 실행이야 하겟지만 모르겟음니다.

수산 - (석 나서며) 정숙의 분조는 다 실행하고 넘엇음니다.

철희 - (영철의 긔분을 보고) 수산이, 내가 수산이다려 정숙의 분조가 실행
한 려불을(여부를) 뭇지 않엇지? 그 붙는 불에 키질하는 버릇을 그만
두어야 하겟소.

영철 - 내 저 아이를 엇지랍니까?

철희 - 엇지기는 엇지겟소? 가만두지.

수산 - 흥 (웃으며 피한다.)

영철 - 글세 이런 분한 일이 어대 있읍니까? 오늘도 두 사람이나 오지 않엇
음니다.

철희 - 할 수 없지. 오게 조직 못한 사람의 잘못이지.

영철 - 글세 어떻게 녀자 분조장의게? 에흐…

철희 - (놀라며) 녀자 분조장의게 어떻게? (성을 내며) 그만두시오. 나는 더
말하지 않겟소. 마음대로 하시오. 만일에 래일로 100%로 실행하지
못하는 때에는 분조장인 영철의 책임이오. 녀자인 나는 영철의게 과
제를 줄 것 뿐이오.

영철 - (놀라며) 예? 철희 동무, 나는 철희를 두고 한 말이 안님니다. 당신은
녀자가 안님니다. 세상에서 뎨일 드세인 남자보다 더한 이임니다.

철희 - 그럿소? 녀자들이 당신 같은 이들을 구원할 것입니다.

(녹순, 월금, 옥봉이 들어온다.)

옥봉 - 영철 동무, 정숙이가 가서 도아주라고 우리를 보냅듸다.

녹순 - (게시판을 보며) 아직 멀엇구나. 영철 동무, 인도하시오. 무엇을 몬
저 하랍니까?

월금 - 야들아, 가자. 아모 일이나 몬저 하면 됫지 꼭 대답을 받어야 하겟
늬? (휙 도라서 나간다.)

호선 - (달려드러오며) 영철이, 자동차가 저기서 소리치고 있소. 아마 우리
분조 다리가 문허진 모양이오.

녹순 - 야들아, 빨리 가보자! 호선아, 우리가 너의들을 도아주려고 왔다.

호선 - 너의들이?

철희 - 놀라지 마오. 이것은 우리의 원측이오. 영철 동무, 나가봅시다.
(일동은 나간다. 자동차는 멀리서 소리친다.)

수산 - 박는 소는 소리 없이 박는다고 저도 금년에야 밝히웟지?! 아즈버니
　　　덕에 좀 올라섯더니 잣바젓다. (난희가 가방을 들고 들어온다.) 안니
　　　난희 동무, 이 해ㅅ빛에 엇지 되여서 나왓음니까?

난희 - (웃으며) 웨 나는 해ㅅ빛에 못 단이는 사람인가? 당신들은 어떻게
　　　해ㅅ빛에서 일함니까?

수산 - 우리야 책임이니까. 그러나 난희야!…

난희 - 수산 동무, 오늘 정신이 좀 혼돈된 듯함니다. 오늘이 무슨 날임니까?

수산 - 오늘이 무슨 날이라니? 十月 初四日이지. 목요일이지.

난희 - 그러니 글세 혼돈되엿단 말이오. 오늘이 우리 조합에서 전체로 총
　　　로력동원하는 날이 안이오?

수산 - 예 예 그러니 나왓다는 말이지. 실례햇음니다.

난희 - 그런데 정숙이를 못 보앗소?

수산 - 정숙이를 보기는 보앗지만…

난희 - 그런데 어대 있소? 무슨 까닭에 서슴거림니까?

수산 - 만날 필료 있겟는지?

난희 - 무엇이람니까? 나를 지금 희롱하심니까?

수산 - 성을 내라면 지금 곳 가르처 드리지오, 녀자들이 성을 내면 나는 데
　　　일 무섭더라. 갑시다. 가르처 드리지오. (두 사람은 나가고 도길과
　　　덕수 영감이 들어온다.)

도길 - 내 말이 이저는 옳소. 저 도랑을 림시라도 내지 않엇드면 금년에 영
　　　감 골(머리)이나 내 골이 터지고야 말앗을 게오.

덕수 - 늘 외목고지(외고집쟁이) 소리는… 골이 터지면 물이 드르오겟소?

도길 - 터지면 물이 안니면 피라도 들어오겟지? 아직도 새해 농사를 하자면
　　　내 말대로 개량과 토지를 정리하지 않으면 안이 되오 안니 되여.

덕수 - 금년에는 된다고 안니합데. 차첨 보아가면 되겟지? 그런데 영감, 혼사

말은 걷어치웠소? 금년에 번 것만 해도 영감, 로덕이야 넉넉하겠지?

도길-그런데 영감, 내 혼사말에 대하여 영감이 엇재 그리 대사하냐 하오? 또 무슨 딴 수작이 있지 않은가?

덕수-이 무슨 오망의 소리를? 영감이 그 집 형편 형편 하며 꿍꿍깜짜르니 (꿍꿍이 깜깜하니) 나도 답답해서 그러오.

도길-안니 영감이 답답할 게 무에 있소? 내 영감의 로덕과 성화식히는 일은 없지?

덕수-하 이런 고집한 영감이라구?

도길-저기 저 오는 게 누구요? (이마에 손을 언고 본다.)

덕수-(보다가) 발서 그렇게 눈이 어둡소. 그 로친이구만

도길-글세 내 보기에도 그런 것 같애서 그러오.

덕수-흉축하기는 알면서도 안이 보이는 체.

도길-(웃으며) 생각지 않다가 보인니 가슴이 덜컥해서 그랫지. 영감이 또 무슨 지지한 말을 마오 예?

덕수-나는 이저는 안니 삐치겟소. 걱정해주고도 욕먹자구. (모친이 바지와 음식주머니를 들고 들어온다.) 오라간만이오. 보시는 일이나 잘 되오?

모친-잘 되오. 오늘은 즘승들이 몸을 풀엇는데 열둘이나 낳은 것이 다 있소.

덕수-그런데 우산 어미, 내 할 말은 안니오만 대관절… (도길은 말을 중단하며)

도길-영감, 자비(자기) 일이나 빨리 가 보오.

덕수-글세 말을 말라면 그만두지. 두 분이 말슴하오. 나는 내 볼일이나 가서 보겟소. (퇴장)

모친-바지를 다 햇소. 그런데 좀 길지 않겠지?

도길-길면 다시 가지고 가서 곳히지.

모친-또 갖어오겟소?

도길-그럼 엇지겟는가? 다른 데 가서 말할 데는 없는데.

모친-이저는 할 사이도 없는데… 정숙이 어대 있소?

도길-저기 있소. 같이 가기오. 그런데 내복을 해야 하겟는데?…

모친-이런 성화로군? 또 내복을? (웃으며) 그럼 가저오오. (두 사람은 퇴장)

(정숙이와 난희가 억덕 우로붙어 웃으며 나려온다.)

난희-정숙이, 나의 책임으로는 그렇게 하라고 못하겟소.

정숙-일없소. 전혀 앓브지 않소. 정말 아모 일도 없소.

난희-그러다가 더하면 더 좋지 못할 것이오.

정숙-난희 동무, 나는 이럴듯 동무가 나의 은인이 될 것을 알지 못햇소. (두 사람은 나무를 의지하고 안는다.)

난희-(웃으며) 은인은 무슨 은인? 그것은 나의 신성한 임무이니까 그렇지.

정숙-나는 오늘 난희를 대하기 좀 부끄럽기도 하오. 어제ㅅ날 난희의게 대한 나의 감정이 잘못 지내갓음을 오늘 이 자리에서 자백하지 않을 수 없소. 그 몯든 것은 나의 솔직한 생각에서 그리 되엿든 것이오. 물론 용서할 줄 믿소. 그 모든 것은 나의 고통에서 생긴 어지려운 꿈들이엿소. 이저는 아마도 깨여서 발서 멀리 걸어온 듯하오.

난희-정숙이가 나의게 대하여 그렇게까지 양해하니 나는 무엇이라고 말 햇으면 좋을는지 말이 모자라오. 나 역시 정숙의 앞에 용서를 빌어 야 될 조건들이 있소. 우산이와 나의 관게에 대한 모든 사실들을 정숙 의게 말하지 않고 나의 고집만 높이 세웟든 것이오. 그것은 정숙의게 얼마나 고통스럽고 못이 밝힐 것을 잘 리해하지 못햇던 것이오.

정숙-(난희의 손을 잡으며) 난희, 더 말하지 마오. 모든 것은 나의 불찰에 있는 것이오. 난희를 그러한 어지려움 속에서 고통하게 한 것도 나 의 허물 따문이엿소. 나는 세상에서 가정문뎨에 고통하는 녀자들이 무엇 따문이란 것을 깊이 아랏기 따문에 스사로 부끄러워 하오. 난 희의 보드러운 손이 시시로 나의 가슴에 와 다일 때마다 나의 심장 은 다시 더워젓으며 난희의 정다운 시선이 나를 마조서 드러다 볼 때 세상에서 다시 나의 운명의 끈을 이여준 그 어떠한 리상덕 어머니와 같이 보엿음니다. 나는 그 외에는 아모 것도 모르겟소. 그리고 나는 날마다 생활에서 생기는 새 사변에서 새로 자라지 못하엿음을 잘 몰랏던 것이오.

난희 - (감동되여) 옳소. 우리는 날마다 새것 새것 하고 웨치기만 하고 제가 새로 자라야 할 것을 모르기 때문에 쫏김을 받고 마는 것이오.

정숙 - 난희, 우리는 멀리 멀리 가면서 일평생을 두고두고 생각하며 살아가기오. 난희를 휘방한 또 나를 쫏은 남자는 새것을 찾다가 낡은 곳에서 끝을 보라하시오. 아직도 우리 앞에는 그러한 남자들이 허수비처럼 날치고 있는 것을 우리는 잘 보고 있으니 일없소. 이렇게까지 난희를 만나서 말하고 보니 나는 앞으로 죽을 것 같지 안소.

난희 - (약가방을 열어 약을 주고 소담(小壜)을 열어 물을 부어 약을 먹이며) 오늘은 그만하고 좀 들어가 쉬오.

정숙 - 오늘은 전조합 일군들이 다 나와서 돕는데 마음이 졸려서 어떻게 쉬겟소? 초 다섯 날에는 국가에다 밫일 계획 100%로 넘처 실행햇다고 보고해야지 그럿치 않으면 망신이오. (먼곳에서 "정숙이"하고 소리친다. 정숙은 나가며) 그러면 저녁에 또 병원으루 가겟소.

난희 - 저렇게 훌륭한 녀자를… (생각하다가 나가랴 할 때 우산은 말채(말채찍)를 쥐고 들어온다. 난희는 나가랴 한다.)

우산 - 난희, 난희, 좀 섯소.

난희 - 웨 그래심니까? 어듸를 상햇음니까?

우산 - 아모 일도 없고 상하지도 않엇소. (갓가이 오며) 난희, 나는 마지막으로 몇 마듸 말하고 난희와 작별을 해야 되겟소.

난희 - 그런데?

우산 - 난희, 나는 병중에서 신음하면서 그래도 한번은 찾어올 줄 믿엇소. 그렇게도 무정하오? 나는 아마도 떠나야 하겟소.

난희 - 당신이 가는데 나로 하여금 무엇이 요구됩니까? (웃는다.)

우산 - 난희도 아는 바에 나는 당신 때문에 근 일연아나 (난희는 말을 자

르며)

난희-무엇이라오? 나는 지금 당신과 그러한 담화할 시간이 없소. (퇴장)

우산-난희, 난희 잠간만 (따라나간다.)

(어머니와 정숙이 드러온다.)

정숙-어머니, 일없음니다. 아모 데도 앓프지 안슴니다. 어서 가십시오.

모친-아가, 넘우 걸단하지 마라. 사람들이 저렇게 끌코야 안 될리라고 그
러늬?

정숙-안니 되기야 웨 안니 되겟음니까마는 마음이 졸려 도려 병이 날 것
같에서. 그런데 어머니, 요즘 우산이를 대해 보앗음니까?

모친-좀 낫은 모양인데 피골이 첩첩하게 되엿더라. 아마도 이저는 저도
마음에 후헤하는 모양이더라.

정숙-어머니끠서는 물론 마음이 상하실 것임니다.

모친-그래 무엇이 엇재서 네가 우산이의게 대하여 말하늬?

정숙-별일 없음니다. 어머니, 누구와도 이약이 마르시고 지금 곳 집에 가
서 맨 아래ㅅ괴에 돈 천원을 우산의게 갖어다 주십시오. 병석에 나
온 몸이 쇠약하여 젓을 것임니다.

모친-(더욱 놀라며) 돈을? 그런 고생을 격거보아야 경중을 아니라.

정숙-어머니, 사람은 사람을 구해야 함니다. 그는 나를 쫏찻지만 그의 잘
못뿐 안임니다. 나의 잘못도 있음니다. 어서 그렇게 하십시오. 오늘
로 꼭 그렇게 하십시오.

모친-오냐 그렇게 하마. 그래도 몸이 무사해야지. (퇴장)

정숙-남들이 알면 나를 약자라고 비웃을 터이지? 일없다. 그러나 얼마동
안이라도 나는 세상에서 첫 번으로 네 사랑을 받엇고 아직도 너의
어머니의 사랑을 받고 있지 않은가? (나갈 때에 우산이 들어온다.)

우산-정숙이, 좀 볼 수 있소?

정숙-무슨 일로?

우산 - 정숙이, 오늘날 진정코 나의 잘못을 깨닭고 다시 정숙의 앞으로 왓소.

정숙 - (꼿꼿해지며) 무엇이라오? 나는 잘 아라 들을 수 없소.

우산 - 고집을 쓰지 말고 아라 들ㅅ소. 나는 나의 잘못을 깨닭앗소. 그리고
　　　 나는 떠나가며 한 마듸…

정숙 - 당신이 깨닭고 않은 것을 내가 알려고 하지 않소. 그리고 우산이란
　　　 그림자가 나의 심장에서 사라진지 오랍니다. 그리고 오늘은 개인문
　　　 데에 대하여 이약이 할 때가 안이오.

도길 - (달려드러오며) 이사람 정숙이, 열두ㅅ재 무지에 것을 다 뭉엿는데
　　　 빨리 싫어가야지. 차군(운전기사)들이 엇재 이리 뜨게 단이는가?

정숙 - (우산을 향하야) 차군, 다른 말 할 시간이 없소. 빨리 싫으시오. 10
　　　 분 전으로. (명령하고 나간다.) (도길 영감은 우두커니 서고 있는 우
　　　 산을 보고 슬멋이 비웃으며 나간다.)

우산 - 홍 형편이 이쯤 되는구나. 이야말로 성 쌓고 낢은 돌이 된 셈이구나.
　　　 앞뒤 꼴리(꼬리)를 다 놓진 셈이다. (생각다가 채죽(채찍)을 집어던지
　　　 며) 이제는 일자리에서까지 나왓지? 그러나 아직도 내가 살앗다.
　　　 (고함치며) 될 수 없다. (나간다.)

- 막은 닫진다. -

第 四 幕
- 정숙의 방 -

第二幕과 같다.

막이 열리면 또 막이 닫지엿다. 닫기운 막 앞으로 록색 платье(쁠라치예.

원피스)를 입고 가슴에는 금빛 오각별과 Ленин(레닌) 훈장을 밝은 로력영
웅 정숙이가 막 앞에 나선다. 전관은 온갖 색채로 그를 환영하여 빛인다.
그는 환희에 끌리며 엇지할 줄을 모른다. 잠간 섯다가 정신을 집중하면서
관중을 향하야 말하기를 시작한다.

정숙─동무들, 나는 동무들 앞에 무엇이라고 말햇으면 좋을는지 말이 모
　　자랍니다. 위선 영예는 로력에 결과임니다. 나는 영예란 것을 나의
　　게 대하여서는 옛말로 아랏으며 실천하지 못할 공상으로 아랏음니
　　다. 내가 아이 기르고 밥 짛고, 빨내하는 것만 나의 행복으로 아랏
　　댓음니다. 동무들이 오늘 저녁에도 보섯겟지만 나는 나의 첫 출가
　　로써 나의 모든 본성, 인권까지 다 남편의게 출가보내고 마랏댓음
　　니다. 그러나 그것은 말할 수 없는 나의 생활의 고통스러운 한 고
　　개엿음니다. 나는 그 어려운 고개를 넘노라고 눈물도 흘렷고 한숨
　　도 많이 지엿음니다. 빈천한 김가의 피로 받아나서 어레서 부모를
　　잃엇음니다. 쏘베트 모국의 품에서 뼈와 살이 굵엇음니다. 나를 기
　　르신, 교양하신 쏘베트 정부와 아부지며 동무인 위대하신 Сталин
　　(스탈린) 앞에 감사를 드립니다. (머리를 숙인다.) 녀자들이여, 우리의
　　행복이 가정에만 있지 안슴니다. 온전한 로력과 활동에 있음니다.

(불은 죽고 막이 열이자 무대는 비엿다. 우산은 밤쯤 취여(반쯤 취해) 슬그
머니 들어와서 조희 산 것을 상 우에 놓고)

우산─(사방을 삶이며) 없구나! 차라리 만나지 안는 것이 낫다. 리별이다.
　　더 있을 수 없다. 무슨 염체로?… 내가 너를 쫏찻지만 이저는 네가
　　나를 쫏차다. 나는 쫏기워야 응당하다. 정숙아, 네 앞에 나는 더 있
　　을 수 없다. 세상에 나서 이렇게까지 고통해보지 못햇다. 이저는 고
　　통을 해보아야 하겟다. 너보다 더 한 고통을… (조희 쌋던─일막에
　　갖어갓던 사진을 제 자리에 걸어놓고) 용서해라. 너의들은 나를 원
　　망해라. 내가 새가정을 어듸서 얻으랴 햇든가? 행복이 이 방안에 너
　　의와 함께 있음을 나는 깊이 알지 못햇다. (나가며) 어머니, 작별이

오. 이 외아들이 도라올 때까지 저 세상에 가시지 말고 생존하여 주시기만 축원합니다… (붓밭이는 눈물을 삼키며 모자를 눌러쓰고 나간다.) (무대는 슬슬하게 비엿다가 어머니가 광주리에 음식, 술병들을 가득 담아가지고 들어온다.)

모친- 상금도 안니 왓는가? 오늘이야 애기도 물론 섭섭하겟지? 자식도 엇지면 제 애비와 저리도 심통한지? 그런 사람을 싫다니? 그런 사람은 세상에 둘도 없는 녀자지. 저놈도 양심이 있다면 오늘에야 오겟지. (정주로 나간다.)

도길- 애기 있는가?

모친- 아직 안니 왓소. 들어와 앉으시오.

도길- 구락부에서 떠난 지 오란데. 오늘 깃브겟소. 며누리가 영웅녀자가 되엿데.

모친- 오겟지. 적삼을 다려놓고 잊엇군. (드러간다.)

(도길 영감은 무슨 말을 할려고 잔득 결심하고 나오기만 기다린다.)

모친- (나오며) 발서 잘 보이지 않아서 비누질이 잘 된 것 같지 않소.

도길- 일없소. 그런데 우산어미, 사실인즉 내 번번이 바지나, 적삼이나 다 이집에서 당신 손으로 해서 입고 싶어 입지 않앗소?

모친- 그런데?

도길- 그런데는 로력비가 있어야 하지 않겟소?

모친- 아이구 별말슴을 다 하시우? 그런 말슴은 하지 마시오.

도길- 하 남의 이약이를 마저 드러보고 말슴하시오. 값은 돈으로는 못 물겟소.

모친- 그래 가을 베(벼)를 내라오? 싹을 받으랴면 아시당초에 해드리지 않앗겟소.

도길- 그러기에 말이지 나도 싹전을 물고 의복 식히랴면 잘하는 재봉사한테로 갓겟소. 이집으루 갖어온 리유는 딴 뜻이 있어 갖어온 것이 안이오?

모친-나는 아모 것도 싫소. 그러랴면 이 다음에는 아여 가저오지 마오.

도길-하 이런… 들어보고 말슴하라는데. 그 값을 돈도 벼도 다 그만두고 이집에 와서 나무나 패주고 마당이나 슬려주고 소나 내매고, 드려매고 햇으면 어떻겟소?

모친-로인이 와서 그래주면서야 오직이나 좋겟소. 한 마당에 있을 때에는 어듸로 가도 마음 놓고 갓더니 이저는 어듸로 가도 마음을 못 놓소. 또 와 있엇으면야…

도길-하 정 그런 것이 안니라 또 그렇게 와 있으면 남 보기에도 밧갓 영감 같게 보일 것이 안이오?

모친-(황겁해하며) 그래?

도길-그럴 바에는 의복한 로력비로 영감로덕이 되는 것이 어떻하오?

모친-(놀라며) 아이구 이 로인이 엇지자고 이런 말을 하오? 끝내 바지, 적삼 하더니… 내 좀 의심햇지… 글세 로인도 아는 바에 우리 집 형편이 그렇게 되오? 아들놈이 저렇게 바람을 쓰는데 어미가 영감을 얻겟소?

도길-(적삼으로 땀을 쏫으며) 그러면 못 하겟단 말이오? (눈을 뚝 부르뜬다.)

모친-그런데 소리는 웨 치오? 누가 들ㅅ겟소. 손님들도 오겟는데.

도길-소리치는 게 안니라 가슴이 두근거려 그러오.

모친-(어지할 줄 몰라 하더니) 아이들 일이나 결판을 내보고 (급히 정주로 퇴장한다.)

도길-후! 혼사말에 땀이 난다더니 덥기는 덥다. (또 적삼으로 땀을 쏫는다.)

모친-(나오며) 새 적삼에다 작고 땀을 그렇게 쏫으면 어지러워저서 어지오?

도길-앗차 밧분 김에… 그럼 두엇다 주겟소? (준다)

모친-과연 우완(우환)덩이를 만낫군. (적삼을 슬적 손에서 앗사쥐고 들어간다.)

도길-(큰 기침을 하며) 되기는 됨즉한데…

덕수-(들어오며) 어느새 왓소? 나는 찾어가니 발서 없겟지. (낮아 앉으며) 그런데 영감, 혼ㅅ사말은 떼 보앗소?

도길-영감, 내가 참관말라고 말햇지. 혼사말에는 흥소리도 방간이라오.

덕수-그래 내가 방간을 하오? 나도 답답해서 말이오. 꿍꿍깜짜르며 있을 게 메요? 시원이 말해 보아야 알지.

도길-이렇게 늘 단개얗거던(당기거든). 햇는지 안니 햇는지 영감이 엇지 아 오? 굿이나 보고 떡이나 언어 잡수.

덕수-그럼 얼마쯤 예산이 있는 모양이구만. 숭축하기는…

(옥봉이와 수산이가 들어온다.)

수산-로인님들은 발서 오섯구만? (일동은 서로 악수한다.)

덕수-그래 금년에 잔채나 하게 되는가?

도길-또 남의 일에 삐치거던…

옥봉-하는 때 되면 알게 하지오.

덕수-저런 시절이라면 오직이나 좋겟소. 무엇이 부족한가?

수산-부족한 것이 많습니다. 맹년에 한 겍따르(헥타르)에서 45쩬뜨네르(Це нтнер. 무게의 단위로서 1쩬뜨네르는 100kg)식 목화수확을 낸 다음에 장가 가겟음니다.

옥봉-너는 목화를 45ц式(쩬뜨네르 씩) 내게 장담인냐? 나는 벼 80ц式(쩬뜨네 르 씩) 내고야 시집가겟다.

도길-그럼 잔채는 설엇군.

덕수-사실 그렇게 된 다음에 영웅이 되여 가정을 이루엇으ㅁ야 세상에 그 런 가정이 어대 있겟소? 그런 자식을 둔 부모들이야 얼마나 영광스 럽겟소?

수산-아버니의 넷재 아들도 영웅이지, 금선이 딸도 영웅이지 그만하면 아 버지꺼서야 만족하지요?

덕수-아들이나 딸들이 영웅이 되는 것도 좋지만 며누리들이 영웅이 되엿 으면 얼마나 좋겟는가?

도길 - 욕심은 또.

덕수 - 그래야 가정에 동등이 있다오. 영감도 장가를 가거던 둘이 다 영웅이 되오.

옥봉 - 수산아, 들스늬? 저 말슴에는 가정에 대한 철학이 있다. 그런데 정숙이는 아직 안니 왓는가?

도길 - 아직 언제 이 사람 만나 저 사람 만나 다 인사를 받노라면 좀 걸일 걸세.

녹순 - (들어와서 반갑게 인사하고) 아직 정숙이가 안니 왓는가? (도길 로인을 향하야) 아버니, 오늘은 우리의게 더 없는 명절입니다. 일년 동안이나 우리는 승리를 위하여 싸호앗습니다. 정숙이는 애를 많이 태윗습니다. 울기까지 하는 것을 나는 보앗습니다. 우리 분조장이 녀자엿스며 녀자들이 많이 있은 분조엿습니다. 그래서 남자들은 자기들 힘만 믿고 비웃엇습니다. 그러나 우리가 승리햇습니다.

도길 - 그러안이(그러하니) 이 영감네 분조에서 윈 여름을 어떻게 살겟는가?

덕수 - 영감이 살게첫지(설첬지) 누가 살게첫소?

도길 - 녀자라 해서 없쇠 녁이기도 햇고 나를 오망이라고도 햇고 또 영철이가 억지로 할가도(하려고도) 햇지? 그 고통을 격던 일을 생각하면… 또 회장이 자기 주견을 세우느라고 호통가락도 햇고 영감이 은근이 요망스럽게 도랑도 허드럿지? 그래도 내 말대로 림시라도 두 분조가 합해서 새 도랑을 냇으니 농사를 햇지 마음뿐이란 게오. 새해에도 땅과 개량을 정리하지 않으면 마음뿐이란 게요.

(영철이 달려드러오며)

영철 - 정숙이 어듸로 갓소?

녹순 - 영철 동무, 축하를 드립니다.

수산 - 나도 축하를 드려야 하겟는데. (영철이를 본다.)

영철 - 수산아, 비웃을 대로 웃어라. 나는 정숙의게 무릎을 꿀고 빌어야 하겟다.

수산-(놀라며) 저런 영철이가 빌려? 그럼 나도 영철의게 빌려야 하겠소. 지난 일은 다 용서하고 축하를 받소. (악수한다.)

옥봉-영철 동무, 나도 영철의게 축하를 드리면서 온 녀름 동안 놀려준 것을 도로 찾소. (악수한다.)

(월금이가 꽃뭉치를 안고 달려드러오며)

월금-평안들 하심니까? 정숙이, 정숙이, (영철을 향하야) 영철이, 축하를 드리오. (악수한다.)

영철-승리자의게는 화환이 오르고 실패한 자의게는 한숨이 동이로구나. 금년에 나는 네 앞에서 좀 부끄럽게 되엿다. 장담하던 것과 다르게 되엿다.

월금-하는 수 없지. 그런데 엇재 슲어하오?

옥봉-영철이, 실패에는 슲어 말고 승리에는 취하지 말라고 햇는데 닛엇소?

영철-옥봉 동무, 옳소. 나는 금년에 성과만 믿엇다 실패하엿소. 영예를 쫓다가 영예가 나를 배척하엿소.

(호선이 달려드러온다.)

호선-여려분들, 안령하심니까? 여려분들, 우리 분조장이 로력훈장 받음에 축하하기를 허락하십시오. (손을 검지게 내여민다.) 그리고 영철이, 봄에 누가 정숙이네 분조를 빈 퉁재들이라고 햇소? 내 햇소? 그러치 않으면 다른 사람이 햇소?

영철-그런데 그 말은 웨 물스늬?

호선-(녹순이를 보며) 그 말 때문에 온 녀름동안 괄세를 받아왓으니 이제 와서는 그 말을 꼭 한 사람이 찾어가야 나도 괄세를 면하지.

월금-지나간 말은 그만두는 것이 좋겟소.

도길-(나서며) 안니 그만들 게 안니라 밝겨야 하네. 지나간 일을 잘 아라야 앞으로 잘 하네.

영철-그런 말을 햇으면 누가 햇겟늬? 내나 네가 햇겟지.

호선-안이요. 나는 안니 그래소. 꼭 찍어 말하오.

영철-(결이 나서) 그럼 내 그랫다.

호선-그럼 그럿치. 야 녹순아, 이저는 드럿늬? 오늘붙어는 성화를 식히지 마라. (무슨 큰 승리나 한 듯이 왔다 갓다 한다.) 그리고 푸른 외쪽들이란 말은 누가 햇늬?

덕수-우리를 푸른 외쪽들이라고? 응 이 영감이 주세없이(주책없이) 그랫겟지?

도길-또 젊은이들의 일에 삐친다.

녹순-월금이나 내 그랫겟지.

월금-(속 나서며) 녹순이, 내 언제 그랫소?

녹순-(웃으며) 그럼 내 그랫다.

옥봉-한 말은 햇다고 해야지. 나도 그랫고 월금이도 그랫고 다 그랫소. 다만 정숙이 한 사람만이 그러지 말라고 말햇소. 그런데는 큰일 낫소? 결과가 다 말해주는 겐데.

도길-똑똑하기야 (웃는다.)

수산-(석 나서며) 그야 그럿치 통계가 다 증명합니다. 푸른 외쪽들은 좀 누르러젓고 빈 통재들은 가득 찻소. 먹고 마이고 마이고 먹고 서로서로 떠려지지 못할 호상인련이 되엿읍니다. 영철이, 그럿치?

(영철이는 옳다는 듯이 머리를 거덕이며 한숨을 쉰다.)

모친-발서들 오섯구만. 애기는 엇재 오지 안는가? 시악씨들, 오늘은 나를 좀 도아주게.

(녀자 일동은 정주로 나간다.)

영철-(벌판을 내다보며 노래 한 곡조 부른다.)

갈거나 올거나
래년이 올거나
넓고도 긴 별에

봄빛이 올거나

하늘이 높아도
내 날아 가겟고
바다가 깊어도
건늬고 건늬리

호선 - 영철아, 슲어 마라. 금년에 경험으로 맹년에야 될 수 있늬? (위로
　　　한다.)

갈거나 올거나
세월이 올거나
산기슭 푸르면
용마가 뛸거나

용마로 호용처
청산에 오르면
용사도 소리처
천하를 부르리

덕수 - 그럿치 자네 래년에야 될 수 있다.
도길 - 래년에? 장담 마오. 토지를 저 모양 해가지고는 안니 되오.
영철 - 아버니, 우리 금년 겨을붙에 아버니 말슴대로 분조 토지와 개량을
　　　정리해봅시다. 내 아즈버니와도 이약이 하겟소.
도길 - (깃버하며) 이제 자네 제 줄에 드러섯네. 그런 말에는 한잔식 먹을
　　　수도 있네. (술을 붓는다.)
모친 - 주인도 없는데 발서 시작하는가?

도길 - 별로 주인이 있겠소, 주인 노릇하는 사람이 주인이지.

모친 - (웃으면서) 별 영감 다 있다. (들어간다.)

덕수 - (눈이 둥그레지며) 무슨 일이 있다니?

도길 - 또 삐친다. 마이기나 하오. 영철의 말이 고마워서 마이오. 저런 말에는 뜻이 있소.

덕수 - 차차 된다고 하지 안습데.

영철 - 금년에 실패는 래년에 승리를 말하는 것입니다. (마인다.)

(철희, 희수, 정숙이 등장하는데 정숙이는 큰 꽃 한 아름을 안앗다.)

희수 - 안니 이런 염체 없는 이들 주인도 없는데 발서…

(정주로붙어 녀자 일동이 드러와 인사들 한다.)

정숙 - 어머니, 나는 이 꽃을 만군중으로붙어 받을 때 말 한마듸도 못햇음니다. 이 꽃을 나는 어머니의게 들임니다. 꽃 같은 자손들을 많이 사랑하시기를 바람니다. 이 꽃은 어머니와 나의 고통의 결과임니다.

모친 - 그래 그야 그럿치.

정숙 - 어머니, 그릇에 물을 붓고 담아 두십시오. 꽃닢이 질 때마다 눈물이 떠러지는 곳이 있을 것임니다.

모친 - 오냐 오냐 (꽃을 들고 들어간다.)

정숙 - 여려분들, 나를 위하야 이와 같이 찾어왓으니 감사함니다. 동무들의 많은 방조와 우리 분조가 일심단체로 일한 결과에 이러한 영예가 차레젓음니다.

희수 - 여려분들, 정숙 동무의게 나는 적은 잔이나마 많은 지난 감정과 앞으로 할일에 대하여 약속하려 함니다.

영철 - 정숙 동무, 녀자 분조장에게 지면 영영 이러지겟다던 나의 말은 도로 찾소.

옥봉 - 빈 퉁재들이란 말도.

영철 - 호선아, 그 말도 아마 도로 찾어야지?

호선 - 그럿치 않고. 녹순아, 들엇늬? (일동은 웃는다.)

난희 - 정숙이… (달려들어와 정숙이와 마조 안고 입을 맞운다.) 위선 우리 지방병원 일군 일동의 명의로 축하를 드리오. 나의 특별한 축하는 래일 저녁에 우리 집에서.

정숙 - 감사하오.

도길 - 또 먹을 일이 생겻다.

모친 - (난희를 향하야) 자네 왓는가?

난희 - 어머니, 애기가 영웅녀자 됨에 축하합니다.

모친 - (겨우) 감사하네. 그러나 아들이 있어야 애기가 있지.

노파 - (달려드러오며 떠든다.) 우산 어미, 이집 애기 영웅이란 말에 나는 막 달려왓소. 얼마나 깃브겟소. 저런 기특한 일이라고. 그래 아들은 왓소?

모친 - 오겟지. 빨리 드러와 앉소.

노파 - (난희를 보고 스믈거리며) 저 애기도 왓구만? (정숙을 향하야) 애기, 우리 영감과 집 식구들이 자네를 환영하여 도야지를 잡으리라네. 잃어젓던 것이 발서 한 70kg 가네.

철희 - 그것이 발서 그렇게 자랏읍니까?

로파 - 그래. 철희 찾어주던 것이 그렇게 발서 자랏소.

철희 - 여러분들, 정숙이는 고통의 고개를 넘어 행복의 벌판에 드러섯읍니다. 정숙의 건강과 앞으로 성과를 위하여 나는 이 술잔을 들겟읍니다.

정숙 - 나는 이 조합에서 철희 동무의 사랑과 교양과 동무들의 진정한 동무덕 사랑을 받아 오늘날 이러한 영예를 받엇읍니다. 나의게 이 영웅이란 영예를 주신 Совет(소비에트) 정부와 Сталин(스탈린) 동무의 건강과 사랑을 위하여 잔을 듭시다. (한글같이 높이 들어 마인다. 자동차 소리 나더니 금봉이는 무엇을 조희에 가득 싸가지고 달려드러온다.)

금봉 - 좀 늦엇읍니다. 용서하십시오. 정숙 동무, 나는 정숙 동무의게 - 영웅의게 이 적은 선물로써 뜨거운 마음을 표하려 합니다.

정숙- 오늘은 이 선물을 받을 수 있음니다. (받으며) 감사합니다.

철희- (금봉의 귀에 대이고 뭇는다.)

금봉- 보앗음니다. 정숙의게 이런 편지를 전합듸다.

정숙- (편지를 보더니 사진 걸인 것을 보앗다. 일동은 사진으루 시선을 돌렷다.)

모친- 이것이 웬 일인냐? 사진이 다시 와 걸엿구나. 그러니 네가 왓다 갓구나. 무엇이라고 섯늬?

정숙- 차첨 읽어드리지오. (사진 곁에 가서 자서히 보고 도라서며) 어머니, 오늘붙어는 내가 진정코 어머니의 애기가 되고 싶습니다. (눈을 감앗다 다시 뜨며) 여러분들, 나는 당신들을 위하여, 우리 조국을 위하여, 전 녀자들을 위하여 현신하겟다고 맹세합니다.

철희- 이것은 우리 녀자들이 인류 력사에서 첫 번으로 갖이는 새 페지임니다. 진정한 해방을 주신-영예를 주신-Ление-Сталин(레닌-스탈린) 당의 교훈의 결과임니다. 동무들, 우리는 함끼 손과 손을 굳게 잡고 공산사회루 함끼 갑시다.

일동- (요란하게 박수한다.)

정숙- (관중을 향하야) 동무들이여, 진정한 해방과 행복을 위하여 앞으루 나갑시다.

- Пауза(잠시 중지) - 막은 닫진다. -

끝

7/X-1948г.

Ташкент(타쉬켄트)에서 1시 5분 밤.

해운. 79페지.

재등서.

≪사할린 조선극장≫
(1948~1959)
시기에 쓴 희곡

향 촌

전 일 막

(1953년)

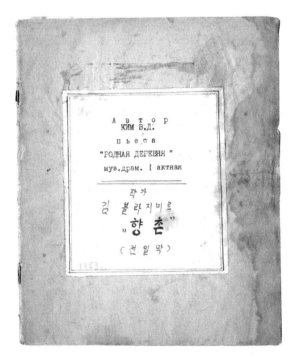

희곡 '향촌'(1953년) 표지

▌시대   조선 정전 전냐
▌시절   녀름 1953년
▌지방   북선 한 농촌

▌등장인물들
1. 아부지 - 칠성 ································ 55세
2. 그의 딸 영숙 ····························· 23세
3. 어머니 ···································· 50세
4. 그의 아들 성삼 ························· 25세
5. "향촌" 청년들, 노인들

제 일 경

막이 열리면 농촌 한편이다. 이른 새벽, 칠성 노인은 망태를 걸머메고, 호미 들고 기음 매려 가는 길이다.

로인 - 언제나 끝이 날까? 때는 되엇는데… 삼년이 넘도록 주야 발광을 처도 저의 뜻대로 않되지. 아모려한 군사 근거지가 않되는 농촌을 폭발질을 하며, 전지들을 저 지경을 만들며, 인민들을 살해하지만, 않되지. 조선 사람치고 린진년(임진년) 외란을 잊을 수 없지… 그때 육년이나 지금 3년이 그보다 더한 것이지… 때는 되엇는데… (담배를 공방대통에 담는다.)

어머니 - (호미를 들고 달려오며) 아이구 발서 나왔군요.

로인 - 밤잠이나 좀 쉬엇수?

어머니 - 좀 잣서요. 영 않 자고야 견딜 수 있나요. 근데 성삼이 소식을 좀 들엇는가요?

로인 - 없수다. 소식을 기다려서는 무엇 하겟수. 차라리 않 기다리는 것이 낳지. 난 어제 밤에 솔밭 골작의 떼전을 다 맷소다. 근데 영숙 어멈은 어떻게 됫수?

어머니 - 나도 어제 밤에 호랑의 골 옆에 떼는 거이나 매다가 너무 졸려서 들어와 좀 잣서요. 아마도 내 보기에는 작년보다는 썩 낳을 것 같해요.

로인 - 물론 낳지요. 금년에는 우리가 작년보다 두 곱이나 더 많이 전선으로 보낼 수 있수. 놈들은 전선으로 식양을 보낸다구 해서 농촌 화답을 폭탄질을 한다우. 그러나 않되우. 우리가 밤에 별빛을 등으로 삼고 키운 곡식들이 허사되지 않수. 우리 곡식 한 대가 탄환 열 개와 같은 것이우,

어머니 - 자식들의 원쑤를 갚기 위해서라도 밤낮 짛어야지.

로인-김일성 장군께서는 "모든 것은 전선을 위하야!" 또는 "모든 것은 전선에 승리를 위하야!" 이렇게 말슴하섰수.

어머니-근데, 속히 전쟁이 끝나리라던 것은 어찌 되나요?

로인-끝날 것이오. 놈들이 못 견딜 때가 되었소. 전 인민이 합심되었지, 중국 인민들이 자원적으로 나와 싸호지, 전세계 인민들이 다 전쟁을 반대하지, 그러니 때가 되었슈다.

어머니-그런데 아이들은 어찌 되었는지?! (운다.)

로인-또 우시우? 지금은 눈물이 아니라 이 날랜 호미를 들고 원쑤들의 머리박을 찍어야 한다구 말하지 않었수.

어머니-잔채 날을 하루를 두고 떠난 아이들이 3년이 되여도… 이저는 손지를 보았겠소. (운다.)

로인-영숙 어머니! 더 말슴치 마시요. 생각하면 가슴에 피ㅅ덩이가 부글부글 떨어나우. 외아들을 길러 좋은 일을 보랴 했드니 놈들 때문에 이 지경 되었수. 동리 집들을 폭탄질하여 저 지경 만들었지. 아들놈은 조국을 위해 죽었으면 죽었고… 에이 철천지 한을 무었으로 갚을 런지.

어머니-무람동려 외딸을 만일 잡아만 갔으면 나는 무었으로 원쑤를 갚을 런지?!

(두 노인은 울분에 쌓혀 앉았다.)

로인-(긴 한숨과 함께 일어서며) 빨리 가서 한 페기라도 골라 세웁시다. (하늘을 쳐다보며) 오늘 또 비행기가 뜰런지?!… (나간다.)

어머니-사둔 노인 이것 좀 가지고 가서요. (망태에서 옥수수떡을 갈라주며) 저녁에 집에 와서 저녁을 받으세요.

로인-내게도 있수다. (받아서 망태에 넣고 자기의 주먹밥을 갈라주며) 사둔댁 이것 좀 가저가시우.

어머니-고마와요. 아이구 무었을 이리 많이 주서요.

(서로 먼히 보며)

로인-사둔?!… 실량과 신부 없는 사둔-에… 불행한 부모들…

어머니-… 엇지 됫든 우리는 사둔이지요.

로인-죽어서라도 사둔은 한 호적에 든다우. 갑시다. 오늘은 내가 좀 도와 들이지요.

(양인 퇴장)

(한 젊은 아이가 신문장을 들고 달려 들어오며)

청년-(소리친다.) 동리 여러분들! 동리 여러분들! 이리들 오시요! 이리들 오시오! 전쟁이 끊첫소! 전쟁이 끝낫소.

(동리 사람들 몰려든다. "웨 그러우? 무슨 일이 생겼소? 어듸 또 무었이 잘못 됐소?")

청년-여러분들, 이것 보시오, 전쟁이 끊낫소. 내가 읽을 터니 들으시오. (읽는다.) "로동신문" 7월 27일 보도.

일동-만세! 만세!! 민주 건국 만세! (웨친다.)

청년-여러분! 우리 가서 집집마다 민주조선 기를 답시다.

(일동은 달려나간다.)

(성삼이 등장. 인민군복을 입고 걸망을 메고 등장. 그의 가슴에는 훈장이 번쩍인다.)

성삼-그립던 내 향촌아! 또 다시 만낫구나! 문허지고, 재무지는 원쑤들의 자최구나! (노래)

   1. 시내물 끼여안고, 향복한 내 향촌
      포화연기 휩싸도는 참호에서도
       그리고 보고 싶던 사틀한 내 향촌!
      아! 그립던 내 향촌!

   2. 느릅나무 그늘 아래 봄빛이 무르녹고
      금잔듸 벌판 우에 건설이 뛰끓던
      그립고도 보고 싶던 정드른 내 향촌!
      아! 그립던 내 향촌!

3. 악독한 원쑤들이 아름답은 내 향촌을
　불지르고 폭격하여 이 지경 되었으니(잿무지로 변했으니)
　언제나 또 다시 새 모양 되려나.
　아! 그립던 내 향촌!

(말로) 아부지 생존하여 게신지…
(동리 사람들이 달려 나오며)
첫 사람-저기 성삼이가 온 것 같구나. (일동은 몰려들어 인사한다.)
성삼-향촌 여러분들! 어찌들 고생했소?
둘재 사람-그런데 영숙이는?
성삼-영숙이는 서북전선으로 나와 갈라졌읍니다. 다들 돌아올 겄입니다.
한 사람-여러분! 우리는 온흘 명절을 조직하고 전사들을 맞웅합시다.
일동-옳소. (달려 나간다.) (일동은 성삼을 다리고 나간다.)
(어머니와 노인 등장)
어머니-웨 이다지 동리에서 떠들석해요? 아마도 또 무슨 변이 생겼나 보
　오. 요점처럼 또 쓰파이놈을 잡지 않았는지.
로인-안이우. 때가 되었소. 아마도 새 소식이 있는 모양이 같은데 무슨
　일인지 알 수 없지.
어머니-사둔 말슴과 같이 그렇게 되었으면 오직이나 좋을 가요?
로인-내 당년에도 국사고, 가사고 정의는 어느 때던지 정의로 갑듸다. (떠
　드는 소리 난다.)
어머니-아마도 무슨 일이 생긴 듯하니 가 볼가요?
로인-가보시우, 보고서 나한테 와서 이약이나 하시우.
(어머니 퇴장)
(이때에 성삼이 달려 등장)
성삼-아부지! (달려와서 목을 끌어 않는다.)
로인-네가 성삼이냐? (찬찬히 보며) 옳구나, 내 자식아! (락루)

성삼 - 아부지! 제가 살아왔어요.

로인 - 이것이 생시냐? 꿈이냐?

성삼 - 우리는 어느 때던지 죽지 않을 것입니다. 조국을 위한 전쟁에서 목숨은 끊어질지언정 정의와 투지는 죽지 않을 것입니다. 아부지! 가만 게시오. 저기 오는 것이 누구 같에요?

노인 - 누가 정전소식을 듯고 뛰어오겠지…

성삼 - 아마도 영숙이 같에요. (내다본다.)

노인 - 무엇이야, 영숙이 같에? (이러서 내다본다.)

(영숙이 등장. 그의 가슴에는 훈장이 번적거린다.)

영숙 - 여러분! 아버지! 성삼이… (악수, 깃버한다. 영숙은 넘우 깃븐 김에 눈물을 짙는다.) 성삼이 어떻게 고생했소? 어느 전선에서나 맞나려고 했으나…

성삼 - 나도…

영숙 - 우리 어머니 살아게시요?

노인 - 살아게신다.

영숙 - 성삼이 이렇게 다시 맞날 줄을… (서로 다시 악수한다.)

노인 - (슬그머니 이러서 나가며) 이제야 잔채를 하게 되겠지. 글세 때가 되었다고 내가 말했지… (깃버하며 나간다.)

성삼 - 영숙이, 나는 대포소리가 요란하고 탄환이 비오듯 하는 때에도 좀 휘식만 되면 영숙이를 그리였소.

영숙 - 성삼이, 나는 부상자들을 이끌고 야전병원으로부터 후방으로 옴길 때마다 성삼이를 생각하였소. 그리고 그때 그 일이 항상 마음에 잊어지지 않코, 미안을 늑겼는데 날이 갈사록 마음에 애석하기 끝없었서요.

성삼 - 무슨 일 말이얘요?

영숙 - 잔채일 말이얘요.

성삼 - 아이구 그 일? 나는 생각할 때에 영숙이가 가장 옳게 생각했다구 생각했서요. 만일 우리가 혼예까지 지내고 나갔으면 형편이 좀 달렸을 것이요.

영숙-무슨 형편?

성삼-영숙은 영웅의 어머니가 되고 나는… (서로 웃는다.)

(어머니, 노인 등장)

노인-보시우, 때가 되었다는데…

어머니-영숙아! 성삼아! 너의들이 살아왔구나!

영숙-어머니! (서로 포옹, 어머니는 운다.) 어머니, 얼마나 고생하셨소?

어머니-우리는 이럭저럭 살았다만은 너의들은 얼마나 고생하였니?

영숙-어머니! 우리는 아모 고생도 없었서요. 집에 있을 때보담 기운도 더 나고, 아주 날파람 있게 살았서요. 어머니 보내신 우편, 소포도 다 받았서요.

노인-보시우 사둔! 오늘로 무슨 일이 있어야 하겠수. 나가 리론해 봅시다.

어머니-그렇치 않고… 곳 나오너라.

(두 로인 퇴장)

성삼-영숙이! 우리는 이렇게 살아 다시 맞났으니 이저는 리별이 없을 걸 이요.

(노래 부른다.)

1. 전사의 가슴에 맺인 사랑
세상에 무었이 풀어낼까?
원쑤의 발악이 악독해도
전사의 사랑은 굳어졌소.

영숙-전사의 가슴에 맺인 사랑
조국에 사랑이 그 안인가?
원쑤의 죽엄을 짓밟으며

전사의 사랑은 굳어졌소.

성삼- 조국과 사랑은 우리의 행복
      이 조국 사랑을 맛을려고
      세상에 검은 힘 발악해도
      멸망의 무덤에 매장되리.

영숙- 이 조국 이 사랑 직히려고
      전사는 포화를 께뚤렸다.
      원쑤야 받어라 복수탄을
      멸망의 시기가 돌아왔다.

합창- 전사의 가슴에 맺인 사랑
      세상에 무었이 풀어낼까?
      원쑤의 발악이 악독해도
      전사의 사랑은 굳어졌소.

성삼- 영숙아! 우리는 영원히, 영원히 민주조선을 건설하며, 직히며, 행복
      하게 살 것이다.
영숙- 성삼씨!⋯ 또 원쑤가 대여든다면 우리의 사랑은 더 굳어질 것이요.
      (양인 끼쓰)

(두 노인 등장)
(동리 사람들은 기ㅅ대에 민주조선 국기를 들고들 달려 들어오며 "어듸
영숙? 어듸, 어듸?")
한 사람- 아, 영숙이 살아왔구나. (일동은 악수) (일동은 그들은 서로서로 포
        옹하며, "얼마나 고생했늬? 등등" 화환을 성삼과 영숙에게 안긴다.)

영숙 - 향촌, 여러분들! 우리는 전선에서 한 분, 한 초 동안도 후방에 여러
분들을 잊지 않았읍니다. 여러분들의 영웅적 로력으로 전선을 도왔
기 때문에 우리는 승리했읍니다.

성삼 - 향촌 여러분들! 우리는 전선으로부터 도라오며, 경애하는 우리 로동
당 앞에, 사랑하는 수령 김일성 장군 앞에 맹세를 주었읍니다.
악독한 미-영 침범자들과 리승만 역도들에게 침해당한 향촌을 하루
밥비 복구해야 할 것입니다. 그리하여 우리 민주조선은 하루 밥비
더 굳쎄여질 것이며, 인민들의 복락은 하루 밥비 닥쳐올 것입니다.
원쑤들은 아직도 영영 멸망되지 않았읍니다. 보십시오. 조선반, 남조
선은 아직도 원쑤들의 소굴로 되여있읍니다. 그들은 형제를 잡아먹
은 피 묻은 니빨을 악물고 덤베고 있읍니다. 그러나 우리 조선은 어
느 때던지 통일될 것이며, 삼천리 강산에 해방의 기ㅅ발이 날릴 때면
전 조선에 근로대중은 평화로운 진실한 민주조국을 건설할 것입니
다. 전세계 평화애호 인민들과 민주국가들이 우리를 도울 것입니다.
위대한 쏘련이 우리를 일본제국주의 압박 밑에서 해방식혔거늘 오
늘날 조국전쟁에서 폐해 당한 상처를 복구함에 도와줄 것입니다.
향촌 여러분들! 우리는 우리를 승리에루 인도하는 우리 로동당 앞에
조국의 복구사업에 한글같이 나서겠다고, 현신하겠다고 맹세합니다.

일동 - (깃발을 취껴들며) 한글같이!

성삼 - 조선 인민군 만세!

일동 - 만세! 만세! 만세!

성삼 - 우리의 경애하는 수령 김일성 장군 만세! 만세! 만세! 만세!

합창 - "민주조선 건설가"
(기ㅅ발은 휘날린다.)

- 막은 닫힌다. -

기 후 조

전 이 막

(1954년)

희곡 '기후조'(1954년) 표지

제 一 막

박군칠의 가정

방

때는 2-3월쯤

시대는 현대, 지대 남 Сахалии(사할린) 주 한 어장촌.

방은 그리 화려하지 못하나 반 서양식으로 되었다.

걸상, 책상, 침대 등이 놓였고, 정주로 통하는 문이 있다.

Радио(라디오), 축음기 등이 노여 있다.

막이 열리면 라지오는 높이 말한다.

들으십시오, 들으십시오! 여기는 Москва(모스크바) 방송국입니다. 알한겔쓰크 어업 Комбинат(콤비나트. 종합공장) 제 7호 총장 Иванов(이바노브)의 론문을 소개하겠습니다. 론문의 제목은 '일꾼들을 한 기업소에 고착시키는 문제가 생산 능율 발전에 원천이다.'

Иванов(이바노브) 동무는 다음과 같이 말하셨습니다. "어떠한 생산기업소를 물론하고 일꾼들을 고착시킴은 그 기업소에 기술향상과 생산 작업율을 향상시킴에 원천되는 문제에 제일 중요한 겄입니다. 아직 기업소와 기업소 사이에 갓다, 왓다 하는 유동성이 있음은 생산에 많은 저해를 줄 뿐 아니라, 인재양성에 큰 해를 주고 있습니다. 어떤 일꾼들은 철을 마추어 기후조 모양으로 각 지방으로 떠돌아다니는 형편이 있나니!…"

(군칠은 성난 얼골에 들어오며 Радио(라디오)를 끊어놓는다. 의복을 활활 뻐서 침대 우에 던지며)

군칠-(성난 어조로) 되지 못한 자식들… 그래서 슲으면 말라지, 내 발이 자라지 못할가? 또 산판이던, 어듸던 갈판이지 뭘…

(정주에서 아이가 운다. 군칠은 내다보고 성을 내며)

여보, 수당도 거기 앉아 있소? 원산 집에 갓다 왔소? 제 것 줄줄만 알고, 받을 줄 모르는 저런 귀신을 다리고 살라니 사람이 녹지 않고 엇대? 아니 그래 밤낮 아이, 아이 하며 란로 옆에 앉아 기도만 드리면 살게 될 터인가? 오늘 란로고, 아이고, 뭐고 다 끝을 보기 전에 동래 받을 것을 다 받아드리오. (갓다왓다 하며) 되지 못한 자식들… 무엇이 어째? 사회주의적 자각이 없다고?… 자각이 없으면 그만두라지. 내 살 곳이 없겠늬?…

경순-(정주로부터 나오며) 아, 웨 이리 분주히 굴어요? 앓는 애를 두고 한부로 다니겠소? (의상하게 남편을 본다.)

군칠-들기 슳혀. 애고 뭐고… 저 원산 집이라던지 길주 마을에 가서 회게들 마추어야겠소. 젓먹던 기분이 치밀어 못 살겠소. 자각지 못했다구? 흥, 그럼 나는 자각 못한 곧에 가 살면 되지… 몇을 궐공하고 놀앗는 데는 어쨋단 말인가? 놀앗으면 내 돈버리 못했지 저의게 하필 무슨 상관할 일인가? 어리석은 년석들…

경순-아, 그렇치 않으면 제 정신이 있게 가 있었수? 하루 궐공해두 그렇다는데 사흘, 나흘 가 있었소. 돈 2000원 다 없시구, 아이 생일에 이필 적삼 값 한 감도 않 싸고… 기차지 않을 일이요? 기관에서는 작고 찾지, 웨 책망 들을 일이 아니란 말이요? 봄에도 봉변을 격지 않었소?

군칠-(물끄럼이 보며) 아, 이것 또야 집에서 또 하나 더 첨부 되였네. 들기 슳혀. 봉변이고, 뽕빠진거고. 어장촌에서 살겠기에 말이야. 또 걸머지고 다른 곳으로 갈판이지.

경순-꼼비나트에서 살지 않으면 화태(樺太. 사할린)에서 갈 곳이 어듸요? 이곳 와서 이만큼 되기도 여러 사람들의 덕택인줄만 아라요. 조선서는 팔도를 거이 돌다 싶이 떠단이고 그후 북화태, 남화태, 난도마리(현 야블로츠늬이), 오도마리(현 꼬르싸꼬브), 혼낫(혼나이. 현 쬬뽈릭예 베뜨랴끼),

어쓰또리(에수토루. 현 우글레고르스크), 시리도리(시리토루. 현 마까로브)루다 돌아단여도 낡은 것이 뭣이 있었수? 꾸여진 봇따리 하나, 오그라진 난비 두 개, 녹스른 술가락 두 개뿐이였지. 그래도 이곳 와서 이만큼 되였수.

군칠 – 어듸 가면 이만큼 못 될 줄 아는구면. 잔소리 그만하고 동리 회게들이나 빨리빨리 보소.

경순 – 또 받어오면 없세 버릴라구?…

군칠 – (성내여 대여들며) 정영 여러 말 한 텐가? 응?

(정주에서 아이 우는 소리. 경순은 나가며)

경순 – 또 본 병이 올라오나 보다…

군칠 – (갓다, 왓다 하며) 이건 밤낮 이상이 장상이겠지? 봄준비, 녀름준비, 가을준비, 겨을준비, 작년에 준비가 늦어 고기 잡지 못한 것이 내 잘못이야? 고기떼들이 오는 것을 내가 도로 내쫓았는가? 않되겠다, 가야겠다. (앉아 담배를 피우며) 한 손만 걸핏했드면 갑오 삼천원… 하, 그 참 않되거던. 끈천이 쩌르면(짧으면) 도박이 않되는 거라… 어느 때던지 한 번 딸 때가 있을 거라. 그놈들은 꼭 짜고 하는 거니까 독불장군이 있나. 꼭 갑온데 셋이라. 요건 그놈들이 꼭 암표를 해 넣은 것이라… 응, 어떤 돈 2000원을… 한 번 해볼 때 있겠지. (문 두다리는 소리)

군칠 – (의심히 내다보며) 또 브리가질(분조장)인가? 부총장인가? (시침을 따고) 들어오시우. (리춘조가 등장한다. 이 사람은 군칠의 처남이다. 양피 털모자를 쓰고, 손에는 좋은 가죽 가방을 들었고, 좋은 겨울 장화를 신었다.) 아, 이사람 처남! 발서 단여오는가?

춘조 – 나야, 동에 번쩍 서에 번쩍 날아단이는 터인데요. (방안을 살피며) 매부는 난도마리 있을 때보다는 살림이 많이 늘어군만요.

군칠 – 아 그까짓 것들이 몇 푼네치 된다구. 밋천 될 만한 거야 돌(돼지)이 한 100여 낄로 될 만한 것 뿐이네.

춘조 - 아, 돝까지 있구뇨. 그럼 미천이 탁탁합니다.

군칠 - 어듸 가면 이만이야 못 살겟나. 그래 일전 만났을 때 이약이 있던 것은 어찌 되나?

춘조 - 내 보는 일이야 틀림없지요. 기관 회장하고 다 약속했서요. 25 젝따르(헥타르)인데 25 똔만 가을에 바치면 그만이지요. 또 그 옆에 공지는요. 얼마던지 있구. 제게 힘만 있으면 얼마던지 뛰저 넣으면 제것이지요. 작년에 어떤 사람들은 300 포대까지 한 사람이 있어요. 작년에 난 그머이 산판 오야가다인가, 먼가 해가지고 큰 손해봤어요.

군칠 - 이사람 처남! 내 시리도리에서 맞낫을 때도 이약이하다 말었지만 나도 자네 풍에 좀 부트세. 그까짓걸 3 젝따르야 못해.

춘조 - 매부야 하기만 하면 농사야 따먹지요. 그 땅은 기슴도 별반 없을 땅이더군요. 쑥대나 쑥쑥 뽑아던지면 그만이고, 감자라는 것은 웨 그리 굵어요? 아, 호박만큼 해요. 한 개가 6-7백 грам(그람)식 가요! 한 젝따르에서 4000 낄로는 염여 없어요.

군칠 - (닥아 앉으며) 저런 버리라고⋯ 아, 그까짓 쑥대 기슴매기야 멀. 아, 이 어장촌에서 손 실린(시린) 일에야 비하겠나? 감자만 심으면 가을에는 올라설 수 있겠네.

춘조 - 아, 그렇지 않구요? 3 젝따르는 매부 앞으로 드릴 터이고, 그리고 공지야 매부 손으로 파 넣지 않아도 싹군들은 얼마던지 얻을 수 있어요. 작년 농사한 사람들은 오도바이 싼 사람들이 기수 부지래요. 길이 험해서 다리 불러진 사람들도 많에요.

군칠 - 그까짓 오도바이는 모르겠네만 이만 원만 끈천이 있었으면 한 번 해보겠구만. (손을 부빈다.)

춘조 - 아, 이만 원쯤 만들자면 감자 몇 낄로면 되겠나. 감자 한 80 마대하면 되겠군요.

군칠 - 그런데 이사람! 그 밭 옆으로 약단배(아편)는 좀 심을 수 없든가? 그것만 해서 한 두어 낄로 넣으면 큰돈이 아닌가?

춘조 - 그런 것은 묻지 않고 마음대로 할 수 있어요. 내만 눈을 감아주면
　　　되지 않아요? 그리고 가을 채소 한 3000낄로 하기는 식은 죽 먹기래
　　　요. 가을 배초통은 내 허리만큼 크구요. 무우 길이가 연통 길이만큼
　　　해요.

군칠 - 감자, 약단배, 가을채소. 흥 금전판일세 그려.

춘조 - 그런 일이 아니면 내가 뭣 때문에 던비겠서요. 그런데 직장에서는
　　　나올 수 있어요?

군칠 - 나오고, 안 나오고 상관이 있나? 내게 달렸지. 아이구, 말 말게. 천
　　　불 나서 못 있겠네. 조곰 걸핏하면 브리가지르(분조장), 직업회 회장,
　　　부총장님들이 불린다네. 내게는 귀에서 욕 떨어질 날이 없네.

춘조 - 이번에는 몇을이나 가서 섰요. 한 4-5일 걸였겠군요?

군칠 - 닷쇠만에 돌아왔서 또 불려가서 괄세가락이나 받었지만 아여 그만
　　　두겠서.

춘조 - 그렇지 않구요. 제 손발가지고 욕먹어가며 살겠소?

군칠 - 그러기에 말이 아닌가? 금년에는 자네를 따를 테니 좀 부탁하네.

춘조 - 염여마서요. 그런데 매부, 위선 돈 한 오천 원 가량 돌려주어야겠소.
　　　앞으로 내 잘 해드리지요.

군칠 - 돈?… (이상히 생각하며) 뭘 할라구?

춘조 - 좀 할 일이 있어요. 땅을 소개하자면 거저 되나요? 또 녀름농사를
　　　하자면 식양도 미리 준비해두어야 하지 않겠서요.

군칠 - 내 식양은 염여말게. 저 알랑미만 해도 녀름 한 철은 넉넉하네.

춘조 - 하, 매부야 그렇지만 저저이 다 그렇게 장만되나요? 조곰식 대여주
　　　면 가을에 알 일이 아닌가요. 오천 원만 주면 가을에 가서 감자 3원
　　　식 할 때 일원 오십 전식 처주면 되지 않나요?

군칠 - (생각하며) 일원 오십 전식? (입맛을 다시다가) 오천 원 대지는 없지
　　　만 한 3000원 줄 수 있지.

춘조 - (근심하는 듯이) 삼천 원? 꼭 오천 원은 돼야 할 건데… 하여튼 삼천

원이라도 먼첨 주시요. 다른 곳에 가보지요. (깜작 생각하고) 아, 매부! 아모래도 갈 터인데 오늘이라도 저 도야지를 잡아 팔면 되지 않아요?

군칠 - 그래 그것도 미리 잡는 것이 수야. 그럼 자네 왔을 때에 잡지.

춘조 - 그럼, 매부! 고기는 팔아서 돈은 내가 먼첨 써야겠소.

군칠 - 글세 어찌던… 놀가지(노루)를 넣고 범을 잡으면 조치 않은가? (정주를 향하여) 이보, 경순이 이리 좀 나오소. 춘조가 왔소.

경순 - (나오며 인사한다.) 오빠 단여 오섯서요? 어디로부터 오세요?

춘조 - 응, 땅 삷이려 갓다 오는 길이다.

경순 - 땅? 무슨 땅을요?

춘조 - 땅이 무슨 땅이겠서. 곡식 심는 것이 땅이지.

경순 - 무슨 또 농사를 해 보실라구요?

춘조 - 이익이 있으면 해야지. 작년엔 오만 원까지 한 사람이 다 있다.

경순 - 아이구, 오빠두! 그런 것 부러워 마라요. 오만 원, 십만 원 해두 다 값을 물어요. 속담에 묏돝(멧돼지) 잡으려 갓다가 집돝(집돼지) 잃엇단 말을 모르세요? 그리고 거기라고 법이 다르겠서요?

군칠 - 또 무슨 판단이야?! 자네가 판사가? 변호사가? 잡말 말고 모르거던 남이 하라는 대로나 하라구! 속히 들어가 위선 돈 삼천 원만 내오고, 처남이 왔을 때 돼지를 잡아야겠소.

경순 - (놀라 눈치를 보며) 돈은 웨요? 돝은 웨 급시에 잡아요?

군칠 - 또 잡말이요. 내야 알지 않으리라고…

춘조 - 넌 예전이나, 지금이나 그 성질이 고대로 있구나. 오빠가 오라간만에 와서 그까짓 돼지 잡는 것이 아까운가? 앗까우면 그만두렴.

경순 - 아니예요, 오빠. 아까워 그런 것이 아니예요. 또 무슨 변작을 하다 잃어버리면 어찌 할가 하야 하는 말이예요. 작년에 오빠가 빗에 졸려서 어떤 고생을 하고, 망신이면 얼마나 했서요. 그래서 하는 말이예요.

춘조 - 작년과 금년이 같으냐? 지금은 한부로 아모 즛이나 못한다.

군칠 - 선전은 그만콤 하고, 속히 들어가 돈을 내오고, 물이나 끓이오. 오늘
　　　저녁으로 잡아치워야겠소. (경순은 앉아 생각한다.) 아, 웨 이렇게
　　　정신 나간 사람처럼 먼이 앉아 있어? 아, 빨리 나가봐!

춘조 - 세상이 이렇게 되나 보오. 한 피 물고 난 제 형제를 못 믿아버하니
　　　무슨 일을 한단 말가?…

경순 - (한숨 쉬며, 나가며) 마음대로들 하시오. 세상엔 공것이란 없어요.
　　　(퇴장)

군칠 - 나 원 저런 귀신이라곤 보다 첨이야. 자네 있다고 말을 못하겠나?
　　　자네 누이지만 너머 따분해 대사야. 세상사란 없치고 재치는 멋이
　　　있어야지. 이건 쏘아 나가는 배암이야. 가치 살라니 첨불나게 굴어.

춘조 - 어려서부터 성질이 그래요. 그래도 가을 가서 감자 무지가 산덤이
　　　같은 것을 보면 그때야 이 오빠가 누구인 것을 알 것이예요. 그러나
　　　녀자들의 말을 들ㅅ지 않으면 그만이지요. 저의 떠들어 소용 있어요?

군칠 - 아, 그렇지 않고. 고만한 것도 가정에서 좌우지지 못하면 죽고말지.
　　　어쨋던 금년에 한 번 해보겠서.

춘조 - 렴여 말아요. 돈 오천 원만 있으면 다 돼요.

(분단이 등장. 의복은 깨끗이 입엇는데 분을 하얗게 발렀다. 밖으로부터
떠들며 뛰어 들어온다.)

분단 - 경순 언니! 아이구 치워요. 불 좀 쪼일가요? (거름을 멈추고 무참한
　　　듯이) 아이구, 난 아모도 없다구요… 경순 언니 있어요? (내우한다.)

군칠 - 녀자답지 못하게 떠들석 하면서… 저기 있어.

(부끄러워 하는 듯이 모퉁거름을 하여 나간다.)

춘조 - 이 동리에 있는 녀자이세요?

군칠 - 요 곁집에 있는 녀자야.

춘조 - 저 매부! 저 녀자의 집에는 돈이 없을가요?

군칠 - (생각다가) 그래 혹 있을 수 있어… 분단이, 분단이! 여기 좀 잠간

나와요. (분단이 나오며)

분단 - 절 불렀서요?

군칠 - 만수는 어듸루 갓수?

분단 - 일 나갓습니다.

군칠 - 건대 만수는 금년에 다른 작정이 없는가요?

분단 - (리상하게 보며) 어떤 작정 말이십니까?

군칠 - 매양 여기서 살 작정이던가 말이오?

분단 - 네, 참 알 수 없어요. 난 거년에 올 때부텀 이곳이 맘에 들지 않아 난도마리나, 그러치 않으면 Тойхара(도요하라. 현 유즈노사할린스크)루 가서 살자니깐, 들은 척도 않해요.

군칠 - 아, 그렇지 않고. 분단이야 그쯤 가면 버리가 탁탁할 것. 한 달에 탁 백이 한 말이면 손가락 하나 까딱 않하고 살아갈 건데, 그 만수는 늘 외목고지(외고집쟁이)야.

분단 - 그래 이집들에서는 어듸루 의사갈 작정이세요?

군칠 - 가지 않구. 한 철 여름만 하면 몇해 버리 다 하고, 백구야 내 배 다 치지 말라 하고 살 터인데. 이 어촌에서 해풍 쉬여가며 고생할 건 먼가? 사람만 못한 기후조들도 절기와 기후를 따뤄야 한 대요.

춘조 - 매부! 그런 말슴은 말슴이 아니라 하누님이 내신 천사와 같습니다. 작년 녀름에 한 사람은 미천 일천 오백 원을 가지고 당 철에 몇 만 원, 대번 부자가 되지 않었소.

분단 - (흥미를 끌며) 아이고, 어떻게 그런 부자가 됐는가요?

춘조 - 현금 천원을 넣어서 싹군을 내여 밭을 일구었지요. 감자 400포를 가을에 걷우어 즉 이 비철에 한 낄로에 오원식 팔아도 2만원 돈이 아닌가요.

군칠 - (무릎을 치며) 하면 된다니깐…

분단 - 우리도 그런대루나 갓으면 조치 않을가요.

군칠 - 분단이! 초면이겠는데 피차 알고 지나시오. 금년 농사를 경영하려고 나하고 좀 타협할 일이 있어 왔는데 나의 처남 되는 분이요.

분단 - 녜 (아양을 부리며) 그럼 저 경순 언니 오빠 되시는 분이겟구먼뇨.

춘조 - (거만하게) 녜, 그렇습니다. 처음 뵈옵습니다. 나의 성명은 림춘조라 불러주세요. 아모 것도 모릅니다.

분단 - 녜, 저의 성명은 오분단이라 불러요. 아모 것도 모릅니다. 앞으로 많이 생각해주세요. 농사를 경영하시자면 참 수고 많이 하서야 하실 겁니다.

춘조 - 편이 살자면 헐한 일은 아니지요.

군칠 - 분단이! 만수하고 잘 말해서 금년 가서 한 철 해봅시다.

분단 - 글세 말이예요. 그랫으면 오직이나 좋을라구요.

군칠 - 우리 또 서로 아는 처지라, 같이 가면 남들보다야 낳을 거 아니요. 또 처남이 섧게는 안해줄 게요.

춘조 - 아, 그렇지 않구요. 영 모르는 사람들보다야 낳을 것입니다.

군칠 - 그런데 분단이! 땅은 벌서 다 타협이 됏는데, 농사를 하자면 땅만 있어야 되나? 다른 일들도 준비되어야 하지. 그러자면 돈이 좀 들어야 하겠는데, 내게 있는 돈 한 3000원하고, 도야지까지 잡으면 오천 원은 줄 수 있고, 아직도 2000원은 더 있어야 할 텐데, 분단에게 먼저 좀 선대하면 감자철에 시장값 반식 해주면 조치 않은가?

분단 - 시장값 반식?… (생각하다가) 설마한들 실기야 하겟서요? 한 2000원 드리지요. 경순 언니 오빠 되시는 분이고, 또 저 아저씨를 믿고 드리겠서요.

군칠 - 아, 염여할 것 없다는데, 돈은 돈을 버는 법이야. 혹 만수가 승락하여 그리로 가게 되면 그래도 우리 처남 덕을 볼 게 아니요.

분단 - 글세요. 우리도 꼭 갓으면 좋겟구만…

(정주에서 경순이가 군칠을 부른다.)

경순 - 이리 좀 나오세요.

군칠 - 또 웨 그래? (성을 내며 나간다.)

춘조-저 그러면 꼭 부탁합시다. 내일 아츰엔 꼭 떠나가겠서요.

분단-렴여 마세요. 그런데요? 좀 물어볼 일이 있어요. 지금 농사를 시작한다는 것은 어떻게 해요?

춘조-어떻게 하겠서요. 제 힘대로 파 넣고, 삼분 일만 바치고 여유시간에 농사하는 것은 모도가 제 것이죠.

분단-(바싹 닥아들며) 그럼 누구나 다 갈 수 있어요?

춘조-(이상하게 보며) 안니올시다. 저저히 못갑니다. 말공부쟁이들이 뭉 아들면 안 되지요.

분단-저 나는 이렇게 생각해요. 우리 Хозяйн(호쟈인. 주인)께서 정 안 가시면 나 혼자라도 이집 아저씨를 따라가서 해볼 생각이 있어요.

춘조-(더욱 리상하게 보며) 혼자서라도 가시겠다구요? 아니 그럼 가정은 엇지 됩니까?

분단-여기선 성화나서 못 있겠서요. 밤낮 일을 하라고 조을러사서요.

춘조-농사하면 일을 안니 하나뇨!

분단-그래도 그리로 가면 일을 한데도 마음대로 할 수 있지 안해요. 놀고 싶으면 놀고, 하고 싶으면 할 수 있지 안해요? 또 여유시간에 부업도 좀 해서 벌 수 있지 않해요?

춘조-(능청스럽게) 아, 그야 그렇지요. 놀 수도 있고, 부업도 할 수 있지요. 아, 그러나 농사를 하자고 Хозяйн(호쟈인. 주인)하고 갈리지야 못하겠지요.

분단-돈 잘 벌자는데 갈리기야 할 수 없지요. 이런 어장촌에는 못 있겠서요. 나도 예전에는 그렇지 않은 도시에서 향수와 분내 맛고 살았서요. 좀 버러서 화려한 곳으로 가야 하겠서요.

춘조-네, 그렇습니까? 잘 알았서요. 그러면 나의 매부를 따라오서요. 제비도 강남을 따룬다고 물론 철을 녹치지 말고 딸아와서 한철 벌어야지요. 오시면 내가 주선해 드리지요.

분단-(깃버하며) 아이구, 감사해요. 난 처음 말슴하실 때부텀 갈 생각이 있었지만 미안해서 말을 못했서요. 꼭 그럼 부탁합니다. 그럼 돈은 지금 가저다 드릴가요?

춘조-물론 지금 가저오시면 더욱 좋겠습니다만 치우신데 미안해서…

(군칠이 정주로부터 들어오며)

군칠-(경순이를 향하야) 아모 것도 알지 못하거던 잠잣고 있으라는데 맹꽁이처럼 떠들어사… (성정을 내여 말한다.) (일동을 향하야) 저런 독갑이라군… 무엇을 아는 도리 있다구 저래…

경순-(들어오며) 오빠, 어듸로 다리고 가시자고 이래요? 나는 정 밋값지 안하요.

군칠-네가 무엇이 되여서 밋답고, 사답고 해, 응? 돈을 못 내놓겠다구? 아니, 제 형제간도 못 믿는가 말야? 이건 사람이 염통이 곤길 일이야.

분단-(썩 갓가히 들며) 경순 언니! 무슨 일에 그러시우? 한철만 잘 하면 이만 못 살겠서요? 될 적에는 이럭저럭 되는 법이애요. 나도 가볼 작정이애요.

경순-(리상하게 보며) 분단이도?…

분단-내 아모리 힘이 없어도 200포대야 못하겠서요. 경순 언니, 아모 렴여 마르시고 가봅시다. 설마한들 오빠가 잘못 지시하겠서요.

경순-(휙 도라서 들어가며) 들기 싫혀!

춘조-매부, 미안해요. 나 따문에 가정싸홈이 생겻군. 이럴 줄 알앗드면 당초에 오지 않었겠서요.

군칠-공연한 말 말게. 제가 그런들 소용 있나? 내 간다면 갓지. 근데 분단이 돈은 어떻게 됏서?

춘조-매부, 이분의 돈은 다 되엿서요. 렴여 마르세요. 이분도 금년에 한번 농사를 해 보겠대요. 매부 오실 때에 함끼 모시고 오세요.

군칠-아니, 만수가 갈런지?!…

분단-안 가면 말라지요. 난 혼자라도 가겠서요.

군칠-거 참, 마젓서. 사람이란 건 이렇게 척척하는 멋이 있어야지. (경순

을 향하여) 저건 니빠진 영감쟁이 시목 십듯 십고, 십고, 곱십고. 나
원 속상해서. 웨, 나무통처럼 먼이 앉아 있어. 돈을 내와… 응… 분
단이, 염여 마우. 같이 가보우. 천하지대본이 농사라 햇는데 해봐야
지. 그리고 또 분단이야, 밋천이 있다 말이지 못할 것 뭐요.

(분단의 남편 만수가 등장)

만수 - 오늘은 웨 이다지 와야하시우?

군칠 - 만수 왔는가? 드러와 앉게.

만수 - (분단을 향하야) 상점으로 간다더니 예 와 있소? 집은 채워것는데
　　　들어갈 수 있어야지.

분단 - 경순 언니와 같이 가려고 왔소. 아 또 좀 기다리면 엇댓소?

만수 - 하, 저녁을 먹어야 회의루 가지.

분단 - 밤낮 회의, 그 회의 따문에 노골이 날 것이요. 그럼, 여러분! 앉아서
　　　말슴들 하십시요. 저는 가봐야겠습니다. (춘조를 향하야) 다시 뵈옵
　　　겠습니다.

춘조 - 단여오십시요.

(분단이 퇴장)

군칠 - 이사람, 만수! 인사를 하게. 우리 처남 되는 사람이야.

만수 - 네, 그렇습니까? 본인의 성명은 김만수라고 합니다.

춘조 - 나의 성명은 림춘조라고 불러주십시요.

만수 - 알아 모시겠습니다. 어듸 Тойхара(도요하라. 현 유즈노사할린스크)쪽에
　　　서 오셨습니까?

군칠 - 있기는 오도마리에 있는데 농사일을 보는 이네.

춘조 - 예, 중대한 볼 일이 있어 왔습니다.

군칠 - 이사람, 만수! 자네는 금년에 농사를 한해 해볼 생각이 없는가?

만수 - (히죽히 웃으며) 어듸로 가겠는가? 가야 어듸나 다 한가지이지. 또
　　　갓다가 귀장사나 하면 어찌 할라구. 그러구 우리야 엎치고, 재치구
　　　하는 재간이 있는가?

군칠-이 사람은 늘 고정한 소리만 하거든… 한 동리에 살던 정분을 보더
　　래도 우리 처남과 함끼하면 남보다 못하게 해줄라고? 자네도 생각이
　　있으면 우리를 따러서게. 작년에 어떤 사람은 200마대까지 한 사람
　　이 있다네.

만수-200마대를 짛었으면 그게 거저 된 것이 아니겠지. 무슨 검정 쉬 있
　　어 된 것이겠지.

춘조-(격동되여 아니꼽게 본다.)

만수-용서하십시요. 다 그렇다는 것은 아닙니다. 혹 그런 형편들이 있기
　　에 하는 말입니다.

춘조-그런 말은 내 듯기에는 정 싸답지 못해요. 농사를 많이 짛었다고 다
　　들 검정 쉬를 했겠소. 청백하다는 사람들이 검은 쉬는 더 하는 것
　　같습데다. 그리고 지금 당신이 나를 앞에 세워놓고 그렇게 말하는
　　것은 깨끗치 못한 행사인 줄 인증하오. (성을 낸다.)

군칠-이사람, 처남! 노하지 말게. 저 사람은 성질이 고정해서 언변이 없어
　　그랬네.

만수-(춘조를 향하야) 아니, 여보, 친구! 내 말을 잘못한 것이 무었이 있어
　　그리 노하시우. 원래 부업농사라 하는 것은 기관들에서 땅을 다 리
　　용하지 못하고, 로력대가 부족하여 공장이나 기업소 로동자들이나
　　사무원들의 생활형편을 낳게 하기 위해서 하는 것인데, 땅을 개인들
　　에게 주어 람용하는 것이야 국가 땅을 도적해서 하는 것이 아니고
　　뮈란 말이요. 내 말을 잘못한 것이 무었이 있소.

군칠-이사람, 원 지금 정치담화를 하고 있겠는가? 그래도 한철 해서 몇
　　해 잘 살 생각이야 자네겐들 웨 없겠는가? 별말 말고 우리와 같이
　　가보게.

춘조-(격동되여) 매부! 그 양반하고는 더 말슴치 마시오. 다니다가 첫 괄
　　씨를 당해보오. 여보, 화태에서 농사하는 사람들이 다 검정 쉬를 하
　　는 것을 어듸서 보았기에 말이요?

만수 - 아, 그 양반 또 대단히 분주히 구네. 내가 당신을 그렇다 해서 그 야단이요? 어떤 부분에서는 그런 형편이 있기에 말이지요. 하겠으면 하고, 말겟으면 말 것이지. 올바로 밝히는 곳이 있지 않으리. 나하고 따질 게 뭐요? 흥, 별꼴 다 보네. 이사람, 군칠이, 그런 말을 하려면 나는 가겟네. (이러선다.)

군칠 - 이사람! 가고 안 가는 것은 자네 소원에 달렸지만 누구와던지 이런 말을 말게. 나는 자네를 생각해서 한 말이네.

만수 - 나는 말공부쟁이가 아닐세. 이사람, 군칠이! 시시로 밝아가는 시절 에 어듸에 공겄이 있겠는가고 훨훨 날아다니지 말게. 더욱히 어린 자식들을 다리고…

춘조 - 여보, 당신 살림사리나 잘 하시요.

군칠 - 그래도 내 잘 벌었다면 부러워할 거야.

만수 - (춘조를 향하야) 그 양반이 자기를 도적놈이나 협잡군이라 했으면 생사람 잡겠네. 자기가 검정 쉬를 아니하면 가만이 있을 것이지… 거참 오늘 재수 없겠네. 군칠이! 남쪽에 가서 농사나 많이 짛거던 내 앞으로 한 50포대 내놓게. (비웃는다.)

춘조 - 당신 같으면 농사는 커영 갱변에 돌도 못 줏겠소.

만수 - 예, 우리는 갱변에서 자각돌이나 주을 테니 당신들은 감자 농사나 많이 짛으시요. 그러나 감자 포대에 치어 죽지나 말기를 바랍니다. (퇴장)

군칠 - (좀 생각다가) 이 사람! 저 자식이 가서 정치부장과나 Бригадир(브 리가지르. 분조장) 혹은 직업회 회장안테 가서 말하게 되면 가지도 못하 고, 봉변이 날 터이니 오늘 밤으로 떠나야 하네.

춘조 - 오늘 밤으로… 가만이 게시오. (생각하다가) 맞엇소. 내 지금 혼또 (현 네벨스크)에 가서 자동차를 준비해놓고 있을 테니 새벽차에 나려 와서 들고 빼면 그만이지 별일 있소. 그런데 Контора(꼰또라. 사무실) 에서 탈 것은 많소?

군칠-이사람, 무슨 탈 것이 있겠는가? 도로혀 아반쓰(선금) 탄 것이 한 7
 -8백원 되지. 그런데 자동차는 세 톤 자리라야 되겠네. 도야지는 오
 늘 저녁에 잡아넣으면 되고, 그릇장, 도랑꼬도 한 대여섯짝 되고, 자
 봉침, Радио(라디오), … 뭐뭐해서 엇잿든 세 톤자리를 얻어두게. 값
 이야 잘 주면 되지 않는가?

춘조-아, 물론. 그런데 매부! 돼지고기는 나려가 팔아서 돈은 내가 몬첨
 써야 하겠소.

(분단이 급히 등장)

분단-예서 무슨 말슴들이 있었기에 집에 와서 야단이애요.

군칠-그래 무었이라고 했서?

분단-생산기관에 저런 분자들이 다니며, 악선동을 한다고 하며 야단이애요.

군칠-응, 그럴 줄 알았지. 그런데 분단이! 돈은 어떻게 되였소?

분단-(가슴에서 돈뭉치를 꺼내주며) 이겄은 내 시집올 때에 가저온 미천
 이애요. 우리 Хозяйн(호쟈인. 주인)도 모르는 돈이거던뇨.

춘조-(얼른 받아 넣으며) 렴여 마세요. 제돈 대로 있으면 되지 않나요? 그
 러면 매부, 약속한대로 합시다. 꼭 기다리겠습니다.

군칠-렴여 말게. 기여히 기다려만 주게.

춘조-감사합니다. 다시 뵈옵겠습니다. (급히 퇴장)

군칠-그럼 분단이는 혼자라도 가겠소?

분단-Хозяйн(호쟈인. 주인)은 어듸로 가자는 말만 들으면 하늘에 올랐다
 떠러지듯 합니다. 그러나 나는 꼭 가겠서요.

군칠-우리는 오늘밤 3시에 떠나가겟소. 분단이는 차첨 찾어오우. 만수와
 는 무었이라 하고 떠나겠수?

분단-친척의 집으로 간다하고 떠나가면 되지요. 그런데 어듸서 어떻게 찾
 을 가요?

군칠-아, 시리도리 산판에 와서 림춘조 농편(농평)이 어딘가 하면 다 알 터
 인데.

분단-옳치. 그럼 그래지. 림춘조… 림춘조… (퇴장)

군칠-(진정치 못하여) 여보, 경순이! 물을 빨리 끄리요. 사람들을 뫃여다
　　　가 돼지를 잡아야겠소.

경순-(나오며) 아, 웨 이리서요. 만사를 불연히 어찌 그리하우? 내 오빠지
　　　만 그 오빠의 성질을 알기에 하는 말이얘요. 당신도 좀 알지요.

군칠-안다, 알어! 나하고는 한부로 능청 쉬를 못한다 못해. 내가 누구냐?
　　　그렇게 속히울 사람인냐? 별말 말고 하자는 대로나 하오 그려.

경순-나는 참 알 수 없소. (울랴 하며 나간다.)

군칠-오늘밤 세 시면 떠나간단 말이지. 오라지 않아 농사철이구나. 녀름
　　　이 지나 가을만 되면 한 400포대 해가지고 Тойхара(도요하라. 현 유즈
　　　노사할린스크)만 나려가면 그때에야 이 군칠의 앞에 다 굴복할 테지…
　　　(고함을 지른다.) 여보, 빨리 물을 끌이요. 돼지를 잡아야지. (갓다,
　　　왔다 한다.)

제 二 막
- 김만수의 가정 -

때는 그해 가을, 분단의 남편 만수는 Стахановка(스타하노프까. 스타하노프家)
금선에게 장가들고, 새집을 잡고 오늘인즉 새집에 드는 날이다. 左右便으
로 出入門이 있는데 左便으로는 정주로 통하는 문이다. 막이 열리면 방안
에는 정광이 낮같이 밝고, 윤선기(유성기)인지, Радио(라디오)인데, 유쾌한
노래와 음악이 울려난다.

금선이는 분주히 가정기구들을 정돈하며 노래를 부른다.

만수- (좋은 양복을 입고 들어오며) 금선이! 아마도 저 소가 오늘 저녁에 새끼를 낳을 것 같애… 저 도야지는 너무 먹고 늘어저서 일어도 못 나오. 이저는 아마 한 150кг(kg)은 될 거야.

금선- 되다마다. 일주일 전에 직업회 회장은 발서 150кг(kg)가 넘겟다고 했소. 내일 저녁에 Бригада(브리가다. 분조)에서 몰여 잡겟다고 했지?!

만수- 잡지 않고. 우리 Бригада(브리가다. 분조)에서 전 구역적으로 우승기를 탓고, 우승한 사람들이 상중까지 탈 터인데 그런 잔채에 잡지 않고 어느 때에 잡겠소?

금선- 그런데 내일 저녁에 회의는 꼭 하게 되는가? 그리고 조선극단에서 와서 "향촌"이란 연극을[1] 출연하게 되는지?!

만수- 광고를 보지 못했소? 우리 정치부장과 직업회 회장은 한다고 하면 그때에 꼭 하는 줄 알지. 내일 저녁에는 잘 차려입고 구락부에 가서 상쭝도 타고, 노라봅세. 그리고 도라오는 주일에는 Ю-Сахалинск (유즈노사할린스크)에 가서 Радио(라디오)를 꼭 싸야지.

금선- 꼭 싸지 않고. 당신 겨을 오바와 털 오바도 꼭 싸야지.

만수- 싸지 않고. 자봉침 Шингер(Зингер 진게르. 독일제 재봉틀 상호)도 꼭 싸야지

금선- 그렇지 않고.

만수- 우리 선조 때부터 이만한 부자는 없었을 걸.

금선- 작년에 분단이를 따라 농평으로 갓드면 더 많이 버럿겠는지 알아요?

만수- 아이구, 두 말두 마우. 그 녀자의 일홈만 들어도 머리끼(머리카락) 바싹 이러서오. 일은 하기 슳여하면서도 잘 먹자지, 잘 입자지, 남 하는 노릇은 다 하자지, 그 성화를 받던 일을 생각하면…

금선- 그래도 살앗으니 살았지.

만수- 살지 않으면 어찌하는 수 없었지. 남 부끄럽게 만난 지 오라지 않아

---

[1] 김해운이 1953년에 쓴 음악희곡 「향촌」을 말한다.

살림을 가르느니, 어찌느니 하면 싯그러워 이력 저력 살아왔지. 살림사리라는 게 서로서로 받드러야 되는 겐데… 금선이는 금년에 혼자 번 것만 해도 3년은 렴여 없이 살 수 있겠수. 현금이 7000원이지, 돼지가 있지, 소가 있지.

금선 - 그것이 내 혼자 번 것이라고. 우리 두리 함끼 번 것이지. 만수는 만원 돈이나 타겟는데… 하여튼 그만하면 살만이야 하지. 그런데 이 꽃단지를 여기다 놓으면 좋을가? 저기다 놓을가?

만수 - 보기 좋은 곳에 놓으면 좋지. 그럼 이쯤에 놓으면 좋겠구먼. 드러오자 첫 눈에 보이면 좋지 않아.

금선 - 그것도 그럴 듯하오. (서로 들어오며 보고 웃는다.)

서인수 - 웃음소리 높은 것을 드르니 좋은 일이 있는 거야.

금선 - 새집차림을 하노라고 그럽니다.

만수 - 꽃단지를 아무 데나 놓으란니깐 분주히 굴며 그럽니다.

금선 - 어서 들어와 앉으십시요.

인수 - (들어와 앉으며) 만수! 오늘 와서도 우리 Комбинат(콤비나트. 종합공장)를 떠날 생각이 나오?

만수 - (미안해하며) 인수 동무! 내가 꼼비나트를 떠나고 싶어서 그런 것은 아니엇습니다. 분단이가 나를 속이고 가서 오지 않으니 분해서 찾어가 보자고 그랫던 것이지요.

금선 - 찾아갓드면 나도 이집으로 오지 않았을 것을…

인수 - 금선이는 이집으로 와서 잘못된 것이 무었이 있어 그래시요. 내 보기에는 청상 배필이 만난 듯 하구만.

금선 - 잘못 된 것이야 없지만… (회장 술잔을 내온다.)

만수 - 이저는 아여 그 녀자 이약일랑 그만들 두시요. 일홈만 들어도 렴쯩이 나오. 그런데 새해부터는 꼼비나트를 더 확장한다는 것이 확실하오?

인수 - 물론 확장해야지요. 기게선이 더 많이 왔으니 확장해야 될 것은 사실이지요.

만수 - 얼마던지 확장할 수 있지. 작년에 어떤 사람들은 금년에 그 기계를 다 리용하자면 힘이 부족되여 못한다고 했지. 그러나 우리는 다 리용했으며, 우리가 구역적으로 우승하게 됐지요.

인수 - 그러기에 당과 정부에서 모든 것을 타산하지 않고, 함부로 하라고 하지 않는 것이요. 위선 기계화를 더 넓이 확장함으로 육체적 로력이 제감되니 더 헐하게 되엿지. 그러기에 우리 앞에는 기계 기술을 소유해야 한다는 것이요. 19차 쏘련공산당 대회에서 결정한 바와 같이 육체적 로력과 정신 로력의 차의를 없인다는 것이 이것이요. 우리 앞에는 전기화-기계화에 대한 문제뿐이요. 그러기에 만수도 배와야 하오.

만수 - 나는 이제 겨우 밤학교 사학년인데 아직 3년은 더 배와야 하겠습니다.

금선 - 나는 겨우 2학년인데, 아직 5년을 배와야 하겠습니다.

인수 - 우리는 배우고, 배우고, 또 배와야 합니다.

만수 - 그러나 저러나 수학과제는 풀어냈소?

금선 - 풀어내지 않고. 답을 말하라오? 3×8=24하고 3×7=21 안이요.

만수 - 맞었소. 오라지 않아 우리 집은 전부 졸업생이겠구만.

인수 - 그것이 우리 생활에 목적이요.

만수 - 꼼븨나트 확장은 언제부터 시작하게 됩니까?

인수 - 총회가 있은 다음에 목재준비 문제를 해결하고 인차 시작할 것이요.

만수 - 하자면 했지. 그까짓 것 Трактор(트랙터)가 있다 말이였다, 기중기가 있다 말이였다, 못할 것이 무었이란 말이요.

인수 - 뿐만 아니라 앞으로 꼼비나트를 전부 전기화할 계획을 작성하고 있소. 만수, 앞으로 전기화 문제만 해결되면 어떻게 될 것을 아우? 우리 로동자들의 살림사리까지 전기화하게 될 것이요. 이것이 우리가 목적하는 공산사회의 길이요.

만수 - 참 좋을 것이요.

금선 - 빨리 그렇게만 되였으면 마음대로 쓰고, 먹고 편히 살게 될 것이요.

인수 - 그러나 아직도 우리들 중에는 한 곳에 고착되여 단합적 살림을 슳어
　　　하고, 어듸나 낳을가고, 봄이면 떠가고 가을이면 떠오는 기후조 행
　　　사를 하는 사람들이 있소. 우리의 평화건설은 도시나, 농촌이나 어
　　　듸나 물론하고 한글같이 한 원측에서 나가고 있소.

만수 - 그렇지 않고, 어듸가 다를랴고…

금선 - 속담에 한번 뜨면 부수댕기 한나라도 쭐려든다고 했지요.

인수 - 맞었습니다. 우리 꼼비나트 모든 사람들이 당신들 같이 다 사회를
　　　인식하고 일하면 못할 일 없소. (시계를 보며) 너무 오래 이약이 했
　　　군. 나는 가봐야겠소. (나가다가) 만수! 내일 저녁에 Бригада(브리가
　　　다. 분조) 사람들이 몽여 놀리라는데 돼지를 잡게 했다지?

만수 - 아, 그것이야 잡지 않고.

인수 - 안주인께선 어떻게 생각할런지?!

금선 - 잡지 않고. 두말할 것 있습니까?

인수 - 값은 우리 서로 좋도록 하지.

만수 - 아, 거기에 대해선 렴여 마십시요.

금선 - 더 받자고 해도 렴채가 허락지 않을 것입니다.

인수 - 나는 사무실로 가네. 만수도 와야지.

만수 - 예, 브리가지르(분조장)한테루 가겟습니다.

금선 - 잘 단여 가십시요.

만수 - 참 사람은 좋은 사람이야. 늘 말해도 속이 씨원하게 말하거던… 저
　　　런 사람은 앞으로 꼭 큰일을 할 수 있어.

금선 - 어떤 때에는 직장에 와서 무슨 말슴을 해주면 힘이 더 나는 듯해요.

만수 - 그런데 금선이! 암만해도 소가 새끼를 낳음즉해 K/xз(꼴호즈) 촌에
　　　가서 수의를 와서 좀 봐달라고 하오. 그이는 어느 때던지 거절하지

않소.

금선 - 글세 나도 그리 해볼가 하는 생각이 있던 차이요. 모서다 보여 봅시다. (금선이 털수건을 쓰며 나간다. 만수는 의복을 정돈하여 준다.)

만수 - 속히 털오바를 싸야겠소. 수갑은 안 끼고 가지. 손 시렵겟구만. 오늘 저녁은 동남풍 불어 날새가 매우 칩소.

금선 - 발서 손까지야 실이겠소. 내 갓다 올 사의에 물이나 끓여놓소.

만수 - 그렇게 하지.

(금선 퇴장)

만수 - 사람은 정을 알아야 하고, 일은 결과를 알아야 한다고. 참 내가 장가는 잘 갓거던. 너의게 저렇게 어질고, 정직하고, 일을 사랑하는 부인이 있을 줄은 생각지도 않었지. 어쨌든 나와 연분이야. (깃버하며, 측음기를 틀어놓는다. 유쾌한 노래는 방안을 울리고, 만수는 만족에 취하여 노래를 부른다.)

(밖에서 남자목소리 난다. "당신이 몬저 들어가 보오."

녀자목소리: "나는 실소. 몬저 들어가 보오.")

만수 - (밖을 내다보며) 안니, 저것이 누구야? (달려 나간다.)

(Пауза(잠시 중지))

(아주 헐게 입고, 피골이 첩첩하게 된 일막에 보던 경순이가 들어오는데, 경순은 적은 보짐을 들었다.)

만수 - (놀라며) 아니, 어찌 이리 되였나?

경순 - (한숨겨운 목소리로) 아이구, 모르겟세요. 엇찌 이리 됐는지. (방안을 살피며) 이집은 이리도 살틀하구만…

만수 - 대관절 어듸로부터 오며, 아이는 어찌하였소?

경순 - 아이 말이애요? 잃었서요. (운다.) 가지 말자고 하니깐 들지 않고, 무슨 풍이 올라서 끌고 가더니만 화준이까지 죽이고 이 모양이 되엇서요. 망하면 한두 가지로 망했다구요. 나는 심애나서 못살겠서요. (운다)

만수 - 그런데 이 사람은 웨 들어오지 않는가?

경순 - 무슨 염체로 들어오겟서요.

만수 - (문밖을 향하야) 이사람, 군칠이! 군칠이 들어오게.

(군칠은 볼 모양이 없는 헌옷을 입었고, 때묻은 마대 걸망을 지고 들어오며, 곁눈으로 방안을 살핀다. 만수는 리상하게 본다.)

만수 - 이사람, 군칠이! 웨 이 모양이 되었는가?

군칠 - (부끄러워 하며) 이사람, 말을 말게. 아니 될 적에는 이럭저럭 아니 되네. 쫄탁 망했네. 좀 헐 쉬를 할려다가 응 영… (Махорка(마호르까. 야생담뱃잎으로 만든 담배) 삼지를 내여 담배를 만다. 만수는 번적거리는 은스랍에 권연을 권한다.)

경순 - 이제 잘 됏서요. 아이까지 잡아먹고… (운다.)

군칠 - 좀 들기 슯여. 이사람, 이약이를 들어보게. 그 비려도 못 먹고 뒤여질 놈을 따라가서 영 망했네. 몇 천양이나 있던 것도 다 밀어 넣고, 생각하면 사람이… 이사람, 단배 한 대 더 주게…

만수 - 그래 어찌 되었는가?

군칠 - 돈, 도야지, 가정 기구들, 양복까지 몇 감 있던 것조차 다 팔아 농사를 시작했네. 3겍따르(헥타르) 쯤이나 싹군들을 내여 봄부터 장녀름, 가을까지 먹엿지. 아, 싹군들이란 또 적게나 먹는가. 감자는 술술이 피었지. 그런데 그 땅을 기관에서 그 곁에 K/xз(꼴호즈)에 넘기게 됐다. 구역 토지부에서 나와 땅을 올리 재이고 내리 재이고 하더니, 조사에 다 들렸지. 밭귀에 표말을 박아놓고 Акт(악트. 증서)를 쓰고, 수표를 두라지. 할 수 있는가. 떨리기는 하지만 두었지. 명령하기를 해결될 때까지 감자 한 개 건드리지 말라지. 하는 수 없이 있는 판이라. 아, 이 싹군들이란 것들은 밤 사의에 다 도망가 버렸다. 모도가 다 Паспорт(빠스뽀르트. 신분증)도 없이 팔방도리 하는 것들이라. 그 이튿날 그놈 저 우리 여편에 오빠인지, 오구라질 자식인지 하구 해결하자고 시리도리로 찾아 나려오니 그날 밤에 발서 경찰들이 와서 절컥 쥐여갔다. 그럼 Иванов(이바노브)가 그 저 원 땅주인, 산판 나찰니크(주임)와 해결하려 가니 국가 땅을 랑비한 죄로 나찰니크 자리에서 뚝 떠러저서 갓버렸다. 더 해결해 볼 곳이 있던가? 구역 검사국으로 가자도 발서 안 된 일이고, 할 수 없이 올라가니 K/xз(꼴호즈) 브리가다(분조)에서 나와 몽딱 파서 갖어갓지. 그리하야 K/xз(꼴호즈)로 가서 회게를 보자하니 로력일자대로 주자구 하데. 그 다음에 K/xз(꼴호즈) 회장과 촌장이 뭇는 말이 "싹군을 몇을 두엇으며, 아편은 얼마나 삐엿느냐?"고 물겠지. 눈치를 보아하니 토호로 몰 작정이거던. 눈치를 실믯실믯 보아서 들고 뛰였지.

만수 - 그래 토호 줏이나 다름없지.

군칠 - 그래 여기로, 저기로 도라다니며 문전마다 개를 짓네. 그러니 글세 친척이라고 어찌 밋겟는가? 처남인지, 치담인지 망했네. 오기는 부끄럽지만 그래도 아는 사람들이 있는 곳이라 오기는 해 있어 왔지만 이 모양을 해가지고 동리로 들어올 수 있는가? 저 바우 틈에서 해 지기를 기다려 들어왔네.

경순 - 옵빠 타시우? 내가 머라고 했소?

군칠 - 들기 슳타. 다 너의 종자들 따문이다.

만수 - 군칠이, 누구를 치란할 것 없이 다 자기로 생각해보고 한 일이지. 봄에 나도 분단이까지 가고 하니 마음이 좀 들떳지. 그러나 다시 생각해 봤네. 우리 정치부장과 직맹회장의 말이 옳테. 사람들이 기후조의 성격을 띄여서는 못쓴다고 하데.

군칠 - 이제 어떻게 그들을 대하겠는가? 암만 생각해도 도리 없네. 자네가 좀 앞을 서서 말해주게. 과거지사는 망론해 놓고, 하여튼 이 꼼비나트에서 다시 일해야 하겠네.

경순 - 소 잃고 오양간 곤치는 격이 됐소.

만수 - 사람이 자기의 잘못을 적실히 각오한다면야 우리 정치부장과 직업회 회장이 주선해 줄줄 믿네. 아, 모도들 저녁 전이겠는데…

경순-넘우도 기가 차서 배곯은 줄도 모르겠서요.

군칠-먹기는 어제 저녁에 먹었네만 배곯은 줄도 모르겠네.

만수-이사람, 이런 고생은 자네 자기로 짛어서 하지 않는가? 어린 것까지
　　　잃고. 에, 앗가운 것…

경순-아이구, 생각할사록… (운다.)

군칠-400포 바람에 다 망했네.

금선-(달려들어 오며) 만수! 소가 새끼를 낳았는데, 암소 새끼를 낳았소.

만수-(벌덕 이러나며) 무었이… 수의사는 왔소?

금선-와서 간호하는 중이요. (두 사람은 달려 나간다.)

경순-남은 소가 다 있고… 이건 다 팔아먹고… 아이구! 기차라.

군칠-(얼굴을 찡그리며) 안 되는 것 어쩐다구 그러우?

경순-내가 귀장사를 한다고 했지요. 이제 분단이는 오면 오직이나 좋을
　　　가. 이런 좋은 집에…

만수-이저는 근심을 놓았네. 소까지 새끼를 낳았으니깐.

군칠-자네는 잘 되네. 그런데 금년 버리는 어떻게 됐는가?

만수-먹고 살만이는 벌었네. 한 만원하면 되겠지.

군칠-(눈이 둥굴해지며) 만원! 소, 돼지, 헤헤 (부러워한다.)

경순-부러워하니 별수 있소? 이제는 한 Копейка(코페이카. 푼돈)도 없으니
　　　어찌나.

군칠-정영 사람의 부에를 독울 작정이야. (대여든다.) 그래 어찐단 말이
　　　야. 그렇게 된 것을 엇진 말이야? (고함을 지른다.)

(금선이는 무었을 광주리에 담어 들고, 정주로 지나 나간다.)

만수-싸홈은 차첨 하고, 어서 나가 저녁들이나 좀 지납시다. 어서 나갑시
　　　다. (만수와 경순이 나간다.)

군칠-이저는 비려먹게 됐다. (나가랴 할 때 분단이는 람루하게 입고, 하얗
　　　든 얼골은 깜해지고, 헌신을 뜰뜰 끌고, 헌 마대에 무었인지 넣어 들
　　　고 들어온다.)

분단-올키는 옳은지?!

군칠-웨, 인제야 오우?

분단-이 모양을 해가지고 동리 사람들이 부끄러워서 낮에야 어찌 드러와요.

군칠-그래서 우리도 저믈어 들어왔수.

분단-만수는 있는가요? 어떻게 됐는가요?

군칠-분단이는 오모 렴여 없우. (방안을 가르키며) 보지 못하우? 금년에
　　　한 만원 벌었지. 소, 돼지까지 있다우.

분단-(깃버하며) 만원? 소, 돼지. 그럼 그렇겟지. 게 누구라구. 제 노릇이
　　　야 꼭 하시는 분이지.

군칠-그런데 분단이는 무엇을 버렸소?

분단-잘 되자다 그리 됐지. 하는 수 없어요. 그러나 아저씨! 만수와는 이
　　　렇다, 저렇다 아무 말슴도 말아요.

만수-(정주로써 나오며) 이사람! 들어와 저녁이나 먹게. (분단이를 보고 놀
　　　랜다.) (분단이는 얼골을 숙이고 도라선다.) (군칠은 정주로 나간다.)

만수-게 누구요?

분단-(도라서며) 아이구, 제 사람도 몰라보우? (갓가히 오며) 그래, 내 없
　　　이 어찌 고생하섯소? 집에서 기다리는 줄은 알지만 오게 돼야 오지.

만수-우리는 다 잘 있소. 어찌 이 모양이 되여 왔소?

분단-아, 일하다 오는 사람이 그렇지 않고. (아양을 부리며) 녀름 동안에
　　　내 없이 고생했지? 그래도 나는 한번 찾아올 줄 알았지.

만수-(비웃어) 일은 하지 않고 도망간 사람을 찾아가?

분단-(못 들은 척) 이집에는 언제 들었소?

만수-그런데 농사에 벌기는 얼마나 버렸소?

분단-벌기야 참 벌었지. 그런데… 마지막에 감자들을 군베지(굼벵이)들이
　　　많이 먹어서… 아이구! 차첨 니야기하지. 그런데 위선 내일 오바와
　　　단화를 싸야겠소. 내일 함끼 혼또루 갑시다.

만수-같이 갔으면 좋겠지만 본전이 일어질가 해서 못 가겠소.

분단 - (리상하게 보며) 무엇이 엇잿다우? 사람이 고생하다 왔는데 위로할
　　　줄은 모르고 무엇이 어쨋다우?

만수 - 봄이면 가고, 가을이면 오고하단 아모 때라도 기후를 마추지 못하고
　　　떠러질 때가 있을 게야. (정주로 퇴장)

(분단이는 경울 앞에 가서 머리를 빗으며 "강남달이 밝아서 님이 놀던 곳"
이따위 노래를 흥흥거린다. 금선이가 나와 리상하게 보며)

금선 - 어듸서 오는 손님인지 좀 저믈었습니다 그려?

분단 - (리상하게 보며) 예, 시리도리써 오는데 이집은 저믈어서 들어와도
　　　관게없는 집이애요. 당신은 어듸서 오섰소?

금선 - 저 К/хз‐(꼴호즈) 촌에 있다가 지금은 이 동리에 와 있어요.

분단 - 만수와는 아르신지 오란가요?

금선 - 예전에도 좀 알았지만 지금에는 더욱 알게 되였서요.

분단 - 물론 요즘에야 더 알게 되였겠지요. 그런데 Хозяйн(호쟈인. 주인)은
　　　무슨 일을 하는가요?

금선 - 아모 일이나 닥치는 대로 해요.

분단 - 안주인도 없는 집에 자주로 보삷이노라고 수고 참 많엤습니다.

금선 - 예. 참 안주인이나 다름없습니다.

분단 - (눈이 커지며) 그러면 혹 정말 안주인 노릇도 하섯겠구만…

금선 - 주인이 별 겄 있소? 이집에 와서 있으면 주인이지.

분단 - (닥아서며) 아니, 이집에 와서 있다니? 당신이 이집에 와서 살림한단
　　　말이요? 그러치 않으면 림시로 와서 유한단 말이요?

금선 - 웨 이러서요? 와 있다는데.

분단 - (진정치 못하며) 안니, 여보시요. 똑똑히 말슴해요, 만수 집에 와서
　　　산단 말슴이요, 직접 만수와 산단 말이요?

금선 - 아, 이런 성화라군. 그건 그리 자서히 아라선 뭘 하실라고?…

분단 - 아, 웨 자서히 알자 안 하겟소. 근 일년이나 없었는데 그동안 무슨
　　　일이 있었는지 난 알아야겠서. (신을 끌고 왔다갔다 하며) 흥, 아모

리 하여도 무슨 일이 있어서. (대여들며) 여보, 그래 당신이 남의 집에 와서 안주인 노릇을 한단 말이요? 별일 다 있네. 내가 누구인줄 아시요?

금선- 예, 대강 압니다. 만수 부인이였겠지. 농사하려 갔던 니겠지요.

분단- (머리를 취켜들며) 그렇소. 알만하시요? 이저는 내가 왔으니 정신 좀 차리서요. 그리고 이집으로 자주로 드나드지 마르시요.

금선- 그런데 성대는 웨 그리 높이시요? 좋게 할 것이지.

분단- 웨 성대를 높이지 않겠소? 초하로 보름에도 못 보던 녀인이 남에 집에 와서 주인노릇 한다지. 나를 어떻게 보고 하는 수작이야, 응? 누가 주인이냐 말해? 주릿대를 안기기 전에. (행패하려 대여든다.) (만수, 경순, 군칠이가 정주로써 나온다.)

금선- (만수를 향하야) 안주인께서 와서 날 같은 손님을 괄세합니다. 만수, 좀 처리를 잘못한 듯 싶어요. (정주로 들어가 버린다.)

만수- 안주인이라니, 누구 안주인이야?

분단- 그래 이집에 안주인이 누구요? 내가 당신하고 언제 살림을 갈렷든가? (숨을 헐덕거리며)

만수- 무었이 어쨌다? 네가 지금 와서 주인이라고? 저 감자농사 풍에 가서나 안주인노릇을 해라. 여기는 너 같은 안주인은 없어. 네가 무슨 염체를 가지고 여기 와서 떠들어? 치우면 물러가고, 더우면 갖가히 들고, 네 같이 기후조 같은 안주인은 없어도 일없다. (정주로 향하야 양순한 어조로) 이보, 공연히 그러지 말고, 돼지 물도 주고, 소 새끼에게 젖이나 먹이는가 나가보우. (금선이는 Ведро(베드로. 바케스)를 들고 밖으로 지나 나간다.)

분단- 그러면 저 녀자에게 장가를 들었단 말이요?

만수- 그렇타. 네 같이 행사하는 녀자들은 우리의게 요구되지 않는다.

분단- (도라서 울다가 경순한테루 달려가며) 경순 언니! 이러니 남자들을 어찌 믿는단 말이요. 난 인전 어찐단 말이요. (발버둥질하며 운다.)

경순 - (꼴사납게 보며) 좀 들기 싫소. 그렇게 행사하는 게 그렇지 멀. 만수 아저씨 잘못은 없소. 금년에 농평에 가서 그만이 남을 웃겼으면 좋지 뭘.

군칠 - (위혁의 어조로) 또 상관없는 일에 삐쳐.

분단 - 무었이 어쩟다우? 이곳으로 오더니 코가 높아젓소 구려. 군칠 아저 씨! 나는 망했소. 아저씨 아니였드면 내 어찌 이리 되여겠서요. 난 이전 어찌하라우? 2000원 본전은 꼭 주어야 하겠서요. (대여든다.)

군칠 - 이것 또야 생 빗군이 하나 또 나젓네. 내와 돈을 내라구? 그 사람과 한 당이 되였을 때는 말이 없었구, 이제 와서 나와 돈을 내라구? 분 단이 하는 수작이 물러섰다, 갓가히 섯다 하는 즛이 해 먹겠수다.

경순 - 이제야 원판 두 짝이 마주섰다.

군칠 - (한숨을 길게 쉬며) 그러지 마우 분단이! 분단이만 본전을 잃엇수? 나도 다 그렇게 되였소. 속상하오. 건다리지 마오! 깟딱하면 툭 터질 지경에 이르럿소.

경순 - 나까지 죽어야 편할 게야.

분단 - (마대 우에 콱 주저앉으며) 나는 어찌라우. (통곡친다.)

만수 - 어찌 하겠는지 누가 아우? 남에 집에 와서 초상난 집 같이 통곡은 치지 마시우.

군칠 - (가슴을 헤치며) 에흐, 내 무슨 짓을 했는지?…

경순 - 적삼을 쯧겠소. 마즈막 적삼이요. 이제야 속이 타오?

(인수 등장)

인수 - 소 색끼 크거던… 무슨 일에 분주하오?

(서로 Пауза(잠시 중지))

이것 누구요, 군칠이! 어듸로써 이렇게 오시우?

경순 - (부끄러워 하며) 회장 동무! 그간 평안하십니까?

인수 - 응, 아즈머니도 오섰군! 이건 분단이 아닌가? (분단이는 도라 안는 다.) 오늘은 이집에 감자농사군들의 결산 날이로구면. 그래 군칠이 잘 버럿는가?

군칠 - 벌기는 멀 버럿겠습니까?

경순 - 버렸으면 이 모양을 해가지고 왓겟서요.

(군칠은 말 말라고 눈짓한다.)

군칠 - 농사는 괜찬게 되었는데… 그만 잘못 됫습니다.

인수 - 알만 합니다. 국가에 들어갔겠지.

군칠 - 올습니다. 다 그렇게 되었습니다.

인수 - 그러기에 도망자는 망하는 자라고 했지.

경순 - 망하면 요롷게 망할 변이라곤… 아이까지 죽엇습니다.

인수 - 아이, 에 그 참 앗가운 아이를… (정색하고) 군칠이! 자네 무슨 짓을 하고 다니는가? 전 국민들이 다 공산사회를 건설하노라고 밤낮 애를 쓰는데 자네는 공것을 얻을 가고 도라 다니는가? 부모를 잘못 맞나면 자손들이 고생이지. 앗가운 아이를… 분단이는 웨 여기로 왔소? 이저는 올 피료 없겠는데. 아, 내 좀 실수했군. 만수가 금년에 상장까지 타게 되고, 장가까지 드럿다니까 축하하려 오섯겠군. 감사합니다. 만수, 그렇치, 옳치? (웃는다.)

만수 - 안주인이라고 호통 빼려 왔대요.

인수 - 무슨 분단이가 바버가 아닌 담에야 그렇게까지 할리라고. 농언했겠지. 그렇지 분단이?

분단 - (팩 도라 앉으며) 몰라요.

경순 - 무렴체하게도…

인수 - 자, 그러니 이저는 당신들이 자기들로써 결산을 마추어 보시요. 기후조 모양으로 떠다니시지요. 사람은 자연을 정복하며 살아야지. 자연에 끌려단이며 살아서는 못습니다. 생산기관에 란관이 있을 때에는 도망질 했다가는 또 다시 기여들고 하지요.

군칠 - 난 지난 일을 자백합니다. 다시 꼼브나트에서 일하겠습니다.

만수 - 군칠이! 잘못을 자백하기는 일없어. 우리와 함끼 변동 없이 일해

보세.

군칠 - 그렇게 하게. 내가 실수했서.

분단 - (울며 마대를 들고 이러서 나가며) 나는 어찐다?

만수 - 어듸 가서 탁백이 장사나 해먹어라.

금선 - 어두우신데 조심해 단여가시우.

분단 - (울면서 도라서 들어오며) 옳습니다. 여러분! 나는 제 손으로 제 눈을 멀구었습니다. 내가 응당 이런 죄를 받아야 하지. 회장 동무! 모든 과거지사는 나의 잘못입니다. 죽더래도 꼼빅나트에서 일하겠습니다.

만수 - 옳지. 이제야 옳게 생각했소. 래일 장에 가서 옷도 싸 입고, 신도 싸 신소.

금선 - 내 치마도 줄 수 있소.

분단 - 감사하오. 그만두시요. 내 로력으로 일해서 싸 입지.

경순 - 회장 동무! 나도 내일부터 나가 일을 하겠습니다.

인수 - 동무들! 옳게 생각했습니다. 우리는 오늘날 새 사람들입니다. 단합과 친목으로 변동 없는 의지로 배우고, 배우고 또 배우며 살아가야 할 겠습니다. 우리 조국은 어듸로 가던지 봄입니다. 다 꽃이 핍니다.

만수 - 공산사회!

금선 - 구락부에 사람들이 모여듭니다. 청년들이 노래를 부릅니다.

(조국에 대한 합창이 은은히 들릴 때 막은 천천히 닫힌다.)

- 끝 -

무죄인들의 노래

(죄 없는 사람들의 노래)

(1953년 후반~1956년 2월 사이)

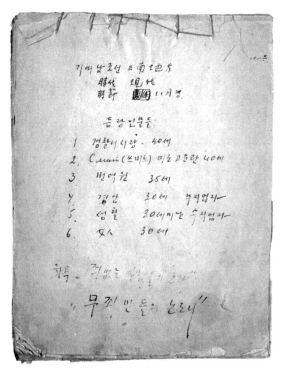

희곡 '무죄인들의 노래' 표지

▌지대 남조선 三南地方

▌時代 現代

▌時節 11月경

▌등장인물들

1. 경찰서 서장 ···································· 40세
2. Смит(쓰미트) 미군 고문관 ········ 40세
3. 번역원 ··· 35세
4. 경삼 ·· 30세, 무직업자
5. 성칠 ·· 30세 미만, 무직업자
6. 女人 ·· 30세

막이 열리면: 경찰서 서장의 사무실.

안정 의자에는 미군 고문관 Смит(스미트)가 앉아 굵은 Сигар(시거)을 피우고 그 곁에는 서장이 써 있으며 고문관 뒤에는 번역원이 추종덕 행위로 써 있다. 문 곁에는 경찰 한 사람이 기척하여 서 있다.

번역원-Мистер Смит(미스터 스미트)끼서 경삼이란 놈을 심문하기를 원함니다. 그놈의게서는 무엇이 나올 듯 싶다고 함니다. 그러나 그놈도 다른 죄인들과 마차한가지로 아모 것도 있는 것 같지 안습니다.

서장-그 무슨 소리야? 미국 고문관끼서 원하는데 엇진 잡말이야. (경찰의게) 경삼이란 놈을 다려와 (경찰 퇴장) (번역원의게) 우리가 이렇게 해야만 되. Смит(스미트) 고문관의게 근본 내용을 번역하되 심문행정에서 그 어떠한 눈치가 알리거던 조희장에 적어서 나의게 전해. (경찰이 경삼을 인도한다. 그의 눈은 퉁퉁 부엇고 퍼런 장구가 앉앗다.) 이애 이리 갓가이 와. 네 성명이 무엇이냐?

(번역원은 계속 고문관의 귀에 대이고 속살거린다.)

경삼-예, 또 다시 말해야 함니까? 그럼 말하지요. 성은 김가요, 본은 김해요, 원적은 경산북도 년일군 송라면 청하동 개똥거리에 사는데 나를 아는 사람들은 지방 농군들밖에 없읍니다.

서장-그것은 다 알어. 일홈이 무엇인가 말이야?

경삼-나의 일홈은 여러가지입니다. 부모가 짛여준 일홈은 일본 때에 빼앗기엿음니다. 나를 일본말로 "긴하이"라고 함니다.

서장-하이? 이놈아, 그래 네 일홈이 파리란 말인냐? 개파린냐? 쉬파린냐?

경삼-알대로 아십시오. 부모가 짛여준 일홈은 경산도 태생이라고 경삼인데 이저는 아마 또 미국 일홈을 짛여줄 것임니다.

서장-응 그러니 김경삼이란 말이지?

경삼-아모러커나 부르십시요. 조상이 짛여준 일홈을 마음대로 밖구게 되엿음니다. 무엇이든지 멸망을 피하지 못하리라.

서장-네 눈이 웨 그 모양 되엿서?

경삼-당신들이 나를 이렇게 만들엇소. 전쟁을 슳여한다고 노래 부른 값으로 나를 이렇게 장식해 놓앗서요.

서장-참 잘한 일이지. 조국의 변절자는 죽이는 것만으로는 부족이야.

경삼-(웃으며) 옳습니다. 참말로 명답임니다. 조국의 변절자들의게는 줌엄만으로는 적습니다. 옳은 말슴을 하섯습니다. (깃버하는 듯)

서장-네가 웨 그렇게 깃버하느냐?

경삼-당신은 큰 서장님이 아니오니까. 우리야 당신들의 말을 옳다고 하면 되지 않습니까? 조국을 위하여 봉사하지 안는 자들은 다 죽여야 함니다.

서장-들기 슳여. 어듸로써붙어 와서?

경삼-馬山浦로붙어 영해, 영득, 포항, 흥해, 조사진 또 여려 곳을 거처 왓음니다.

서장-이놈아, 네가 마산포로붙어 부산까지 걸어왓단 말인냐?

경삼-제 발로 걸어왓음니다. 촌을 지나면 또 촌이엿고 산을 넘으면 물이엿고 물을 건늬면 또 산이엿음니다. 해가 지면 밤에 별빛을 등으로 삼고 삼남으로 일주하려 단임니다. 그 동안에 많은 노래도 짛여서 불러보앗고 악긔도 노라보앗음니다. 촌촌거리에 굶어죽은, 어러 죽은, 병들어 죽은, 남녀노소들도 많이 보앗음니다. 또는 산 옆에서 나무껍질 볏겨 먹고 사는 사람들, 덤무지에서 미국사람들이 먹고 던진 깡통에서 긁어먹고 점렴병에 걸어 죽은 아이들을 많이 보앗음니다. 또 미국 사람들이 조선 로동자들을 총살하는 것도 많이 보앗음니다.

(번역원은 조희장에 적어서 서장의게 준다.)

서장-(읽어보고) 몇 달 동안을 엿까지 걸어와서?

경삼-석 달 동안, 아니 넉 달쯤 될 것임니다.

서장-그러면 석 달이나 넉 달?

경삼-그럼 그럿타고 하십시요!

서장 - 이 년석이 우리를 놀이는 셈인가? 비웃는 셈인가? 응 (발을 구른다.)

경삼 - 서장님! 공연히 발을 구르지 마십시요. 제가 엇지 감히 당신의 호의를 작란거리로 알 수 있음니까?

서장 - 그래 석 달이나 넉 달? 응?

경삼 - 조곰 생각해 보기를 허락하십시요. (사이) 그러면 석 달 반쯤 된다고 합시다.

(번역원은 또 쓰어 준다.)

서장 - (읽고) 이 문답에는 생각해보지 말고 단변에 대답해! 공산주의자들 중에서 누구를 네가 아느냐?

경삼 - 나는 그런 것을 모릅니다. 무엇에 대한 말임니까?

서장 - 거짓말 말아. 누구를 아는가 말이야?

경삼 - 내가 안다면 저를 압니다. 다른 것은 모릅니다.

(고문관은 번역원의 귀에다 무어라고 말하니 번역원은 또 쓰어서 서장의게 준다.)

서장 - (읽고 경찰의게) 주번실에서 이놈의 악기를 갖어 와.

　　　(경찰 곳 나가더니 악긔를 갖어왔다.)

　　　자 악기를 받어. 놀고 싶은 대로 놀아라. 놀기만 할 것이 안라 노래까지 불러야 해! 속히! 우리는 들어볼 테야.

(경삼은 악기를 정돈하고 노래를 부른다.)

　　　동내나 울산에 청조가 있었네.

　　　날에(날개)는 은금이 돈첫지

　　　너는야 그 멀이 날아가버렷지

　　　아마도 여기는 리유가 있다.

번역원 - 무엇에 대한 노래임니까? 내가 무어라고 해석해야 함니까?

서장 - 알 수 없어. 웨 자비로는(스스로는) 해석하지 못하는가? 지금 곳 다른 노래를 부르게 할 터이야. (경삼의게) 애 애 그건 그만두어!

경삼 - 예 명령을 듣ㅅ습니다. 곳 그만두지요.

서장 - 그 노래는 그만두고 다른 노래를 불러.

경삼 - 어떤 노래요?

서장 - 저 그것 말이야. 네가 식당 옆에서 부르다가 잦인 것 말이야.

경삼 - 그렇게 합지요. (다시 악긔를 정돈하고 노래 부른다.)

(노래)

그는 주야로 인민들의 행복을 창작하며

광명한 빛으로 세계를 밝혓다.

그는 아부지의 심정으로 인민들을 사랑햇다.

그가 별세하여 도라가실 때…

빈천자 경삼은 슳어햇다.

그의 위력있는 영광은 우주에 떨첫다.

인민들은 그의 공로를 진심으로 직히고 있다.

조선에 경삼아,

Сталин(스탈린)은 모든 앞음을 곳치는 줄 네가 알지?!

그가 별세하여 도라가실 때…

조선에 경삼은 눈물지여 울엇다.

(그는 비애에 잠겨 앉앗다.)

서장 - 다 불럿서?

경삼 - 예 아직도 많습니다만 힘이 모자랍니다.

서장 - 네가 무슨 노래를 부르는지 알고 불러?

경삼 - 예 알구말구요. 곡조는 조선민요구요, 말들은 제가 자작한 것입니다.

서장 - 바른대로 말해. 누가 짚여서?

경삼 - 내가 짖엿음니다. 놀라지 마십시요.

서장 - 네가? 너는 그런 말마듸들을 짖지 못해.

경삼 - 안니올시다. 나는 어러서붙어 노래 짖기를 배웟음니다. 도라가신 나의 선생님이 나의 별명을 짖여주엇는데 "김삿갓"이라고 햇음니다. 일본사람들이 나의 별명을 곳처서 "긴하이"인지 "김파리"인지 햇음니다.

서장 - 너의 그 선생놈과 너의놈들이 못된 놈들이야. 이놈아, 그래 네가 그 노래로써 내여놓고 공산주의를 선전하는 것인 줄 모르느냐? 네 몸을 교수대에 끌고 갈 것을 네가 알지 못한단 말인냐? 응? (발을 구른다.)

경삼 - 내가 그 노래로써 무엇을 도적햇음니까? 누구를 죽엿음니까?

서장 - 차라리 네놈이 누구를 죽엿다면 별순데 없이 그만이야.

경삼 - 그런데 웨 나를 잡아 갓우엇음니까? 민주법령에 어떠한 죄를 범하엿음니까?

서장 - 그것은 네가 알 일이 안이다. 그래 네가 촌촌거리로 단이며 온종일 이 노래를 불럿단 말인냐?

경삼 - 다른 노래도 불럿고 이 노래도 불럿음니다.

서장 - 그동안에 누구던지 너의게 일러주지 않엇으며 누구던지 네놈을 경찰들의 손에 잡아주지 않엇단 말이지?!

경삼 - 무슨 까닭에요? 살인한 바도 없고 도적한 바도 없는데.

서장 - 끊저, 바보 같은 놈! 그러니 네가 전 三南으로 도라단이며 쓰딸린, Сталин(스탈린)하고 웨치며 단엿단 말이지?

경삼 - 三南뿐이 안이올시다.

서장 - 내가 네놈을… (번역원은 또 쓰어서 서장의게 준다.) (읽고) 네가 Сталин(스탈린)이 누구인 것을 아느냐?

경삼 - 들기는 들엇는데…

서장 - 그 일홈을 누구의게서 들엇어?

경삼-누구의게서 들엇는지 참 기억되지 안습니다. 서장님은 부친의 일홈을 처음 누구의게서 들엇는가고 질문한다면 긔억할 수 있습니까? 없을 것입니다.

서장-그러니 Сталин(스탈린)이 우리 아부지와 같단 말인냐?

경삼-서장님들게는 알 수 없지만, 우리의게는 아마도 아부지 같습니다.

서장-이놈아! 너는 한국사람이다.

경삼-노하지 마십시요. 당신의 발 밑에서 죽을지라도 Сталин(스탈린)은 우리들의 아부지입니다. 만일 나와 또 심문한다면 그는 평화의 등대며 피악박 민족들의 아부지입니다.

번역원-(미안한 태도로) 잠간만 실례합니다. 미국말로서 평화의 등대를 무어라고 해석해야 합니까?

서장-나도 알 수 없어. 미국 고문관들의게는 평화의 등대란 그러한 말이 없는 것 같에. 거저 그런 전설덕 인물이 있엇다구 하게.

번역원-좋습니다. 해석하겟습니다.

서장-(경삼을 보고) 무엇을 그렇게 보고 있어?

경삼-안니 저 외국 사람이 조선말을 모르는가요?

서장-너의 Сталин(스탈린)은 조선말을 알어?

경삼-예 그가 모르는 말이 없습니다. 그는 七十二국 말을 다 압니다.

서장-안니 이 년석이 나의게도 선전을 하는 셈인가?

경삼-나는 살인자도 안이요, 강도 절도도 안임니다. 먹고 살려고 일자리 구하려 도라단이는 사람이외다. 나 같은 사람들이 전 남선에 얼마나 만습니까? 그리고 Сталин(스탈린)은 세상에 게셋던 것이 사실이고 그 사실을 내가 노래 부른 것도 사실임니다. 사실을 노래 불럿다 해서 죄인으로 취급하는 것은 세계 민주법령에는 있는 것 같지 안습니다.

서장-네가 내 앞에서 법률을 해석하늬?

(번역원은 또 쓰어서 서장의게 전한다.)

응 (경찰의게) 97호 간방 죄수를 다려 와

(경찰은 퇴장했다가 성칠을 다리고 들어온다. 그는 겨우 걷는다.)

(경삼의게) 네가 저 사람을 알려?

경삼 - 사람은 도양사람인데 중국 사람인지 조선 사람인지?

서장 - 이놈아, 한국사람이다. (성칠의게) 너는 저 사람을 알려? (성칠은 말
없다.) 아는가? 모르는가? 말해! 네가 저 사람하고 오래동안 같이 단
이며 노래하고 춤 추엇늬?

성칠 - 춤은 날 때붙어 버둑질하며 추엇는데 저런 노래에 마추어서는 처음
춰보앗음니다.

서장 - 어듸서붙어 같이 만낫서?

성칠 - 그날 저녁… 날자는 잘 긔억되지 안슴니다.

서장 - 어느 곳에서 맛난는가 말이야?

성칠 - 잘 되면 한 달포쯤 되고 못 되면 한 반싹 되겟지요.

서장 - (경삼을 향하야) 요년석, 그래도 너는 모른다구 응?

성칠 - 가만이 게십시요. 서장님은 저를 잘 암니까? 잘 모르지요. 그 사람
하고 나하고도 거저 그렇게 암니다. 색캄한 그믄날 저녁이엿음니다.
나는 잘 곳이 없어 다리 밑도 가보고, 강가에도 가보고, 경찰서 뒷골
목에도 가보앗는데 거기는 개들이 엇지 많은지 잘 수 없기에 벌판으
로 나갓지요. 배는 곬아 하늘에 별만 처다보고 누엇는데 안니 무엇
이 버스럭거리며 갓가이 오겟지요. 나는 강도가 오는 줄 알고 놀래
이러나 앉엇지요. 지금 이곳에야 강도가 오직함니까? 점점 갓가이
오는 것을 보니 바로 저 사람이겟지요. 보아하니 나 같이 무직업으
로 도라단이며 굶고 잘 곳이 없어 단이는 사람이 분명하겟지요. 지
금 삼남지방에야 우리 같은 사람이 얼마나 많슴니까? 그런데 저 사
람은 악기를 놀며 노래를 나즉히 부르겟지요. 강물도 음조에 마추어
흐르는 것 같고 벌판에 바람도 음조에 마추어 부르는 것 같고 창공
에 별들도 음조에 마추어 아믈거리는 것 같엣슴니다.

서장 - 무슨 노래를 부르든간 말이야?

성칠-예 무슨

자유를 기다리는 시각은…

애인을 기다는 시각은…

무슨 이러한 노래를 불읍듸다.

서장-또 어떤 노래를?

(성칠은 말없다.)

경삼-여보시오. 미안해하지 말고 말하시오. 나는 벌서 그 노래를 시험까지 첫읍니다.

서장-넌 가만있어!

성칠-예 Сталин(스탈린)의게 대한 노래를 불럿는데 나도 불럿음니다.

서장-너는 그 노래를 언제 배왓서?

성칠-곡조는 조선민요인데 말은 자비로(스스로) 짚엿음니다.

서장-저놈의 부르는 노래와 꼭같에?

성칠-곡도 같고 뜻도 꼭 같슴니다.

서장-저 Кафе(카페) 옆에서 사람을 뭉여놓고 저놈은 노래를 부르고 네놈은 춤을 추엇지? 그 춤을 지금 춰야 하겟서!

성칠-배곪아 못 추겟음니다.

(번역원은 또 쓰어서 서장의게 준다.)

서장-(읽고) 응 (술을 부어주며) 자 마이고 추어.

성칠-술은 정신을 흐릴 뿐이지 배는 불이지 못합니다.

(번역원은 또 쓰어 준다.)

서장-좃타. (경찰의게) 간방 정주에 가서 콩밥을 갖어와.

성칠-서장님, 콩밥을 먹고서는 못하겟음니다.

서장-그 꼴에 입맛은 낡지 않앗서.

(번역원은 또 쓰어서 준다.)

(번역원은 서장의게 또 조희장을 전한다.)

서장-응 그럼 좃타. 요리점에 가서 밥 한 상 식혀와. 그리고 그 밋친 녀인을 다려와.

(경찰 퇴장)

(女人 등장)

　　네 성명이 무엇이냐?

女人 - 어제와 갓습니다.

서장 - 오늘 또 대답해야 한다.

女人 - 예 그러면 오늘 또 대답해야 하지요. 그럼 "해방예"라고 쓰십시요.

서장 - 요런 밋친년, 어제는 "三月예"라고 햇지? 또 오늘은 "해방예"? 바로
　　대답 못하겟서? (발을 구른다.)

女人 - (실신한 듯이 웃고 나서) 서장님, 공연히 발을 구르지 마세요. 三月
　　에 피엿으니 八月에는 결실할 때가 되지 않엇서요? 自然의 변태를
　　그리도 모르심니까?

(경찰이 식상을 갖이고 등장)

서장 - (성칠의게) 처먹어

성칠 - 동여 놓고 먹을 수 없으니 먹여주시요.

서장 - (경찰의게) 풀어놓아 (경찰은 풀어놓는다.)

성칠 - (먹지 않고 먼이 섯다.)

서장 - 웨 먹지 않어?

성칠 - 먹는 것도 억제로 함니까?

(번역원은 쓰어서 서장의게 준다.)

서장 - (읽어보고 女人을 향하야) 네가 저 사람들을 알려?

女人 - 부두역에나 길가에나 산 옆에 있는 사람들은 다 저런 사람들 같든
　　데요.

서장 - (경삼을 가르치며) 잡말 말고 이 사람을 친히 아는가 말이야?

女人 - (뻔이 보고 실신한 듯이 웃고 나서) 암니다. 암니다. 참 잘 암니다.
　　얼마 전에 한국 경찰놈 두 놈하고…

서장 - 이년! 놈이라니? 나으리지.

女人 - 예 그럿읍니까? 얼마 전에 한국 경찰 둘하고 코가 고구마처럼 크다란 미국 군인 둘이서 저 사람을 종로 네거리에서 막 짓밟는 것을 보앗읍니다. 그때붙어 내 가슴에서는 저 사람이 안 잊어젓서요. 만족함니까?

서장 - 이년이 정말 밋첫나, 환장을 햇나? 네 남편연석은 자살햇서?

女人 - 자살한 것이 안이라 죽엿읍니다.

서장 - 그것은 알려. 웨 죽엿는가 말이야?

女人 - 그것은 죽인 사람들이 더 잘 알 것입니다.

서장 - 어느 편이엿서?

女人 - 어느 편이엿는가구요? 하하하… (실신한 듯이 웃고 나서) 조선 사람이 어느 편이엿겟서요?

서장 - 북조선 편인가? 남조선 편인가?

女人 - 조선 사람은 다 같은데 두 편에 갈렷지요. 그는 그 편을 마스는 투쟁에서 죽엇읍니다.

서장 - 그러니 그놈이 빨갱이엿지?

女人 - 나의 남편이 빨갱이엿는가? 안이 그는 빨갓치도 않앗고 노랏치도 않엇고 (미국 고문관을 가르치며) 저렇게 허여치도 않앗읍니다. 다만 조선을 위하여 죽엇읍니다. 당신들이 나는 언제 죽일런지?…

(번역원은 또 쓰어서 서장의게 준다.)

서장 - (읽고) 네가 부두역으로 도라단이며 밤이나 낮이나 부르는 노래를 불러보아!

女人 - 호호 좋은 때를 만낫군. 그 노래가 듯고 싶으면 진작 그렇게 말슴할 것이지. 그다지 어렵게 혼사말 붙일 것은 무엇인가요?

(노래)

－ 일부분 찢겨져 나감 －

전쟁은 누구 따문에?
죽엄은 누가 당해?
전쟁을 이르킨 자야,
죽엄을 쌓은 자야,
인류의 저주를 네가 받으라!

평화는 인유의 행복!
자유는 민중의 길!
평화를 직힐 자야,
자유를 찾을 자야,
나아가자 우리의 결사전으루

학대는 누가 하며
주림은 누가 당해?
이러나라 주린 자야,
평화의 기치 들고
민주의 세계루 단결하여라!

번역원- 이 노래를 무엇이라고 번역햇으면 좋을가요?

서장- 모르겟서. 거저 비애의 노래라고 해석하게.

번역원- 네 그렇게 하겟음니다.

서장- 누가 그 노래를 짖엿서?

女人- 곡도 말도 내가 짖은 것임니다.

서장- 너는 그런 노래를 짖지 못해. 바른대로 말해, 누가 짖엿서?

女人- 웨요. 내 심정에는 아직도 노래가 많습니다. 날이 날마다 새 노래를
많이 짖여 무덤 속까지 부를 테니 서장님, 따라단이시며 들어주시기
를 간청합니다.

서장-(일동을 삶여보고) 이 년놈들이 각중에 시인들이 되고 음악가들이
　　되엿다. 이놈들 죽일 테야. 바른 대로들 말해! (발을 구르며 악을 쓴
　　다.)

女人-웨요? 나는 살인자도 안이요 도적질도 안니햇음니다.

경삼-올바른 심정은 어느 때던지 사실을 말함니다.

성칠-사실임니다.

서장-너는 어서 춤을 추어보아.

성칠-먹엇으니 한잠 쉬고 나서 추지요.

서장-이 망할 자식, 선 자리에서 총살할 테야. (단총을 코등에 견운다.)

성칠-(먼이 보다가) 재간과 용맹을 가지고 쓰지 못하고 죽는 다는 것은
　　안 된 거야. (석 나서며) 그런데 장단이 있어야 하겟음니다.

서장-무슨 장단 말이야?

성칠-무용에 장단이 없으면 잔채에 음악이 없는 것과 같슴니다.

서장-이년석, 잡말 말고 어서 죽기 전에!

성칠-사격 장단이라도 있어야 하겟음니다.

서장-건 무슨 장단이야?

성칠-저 미국 고문관과 한국 서장님이 일정한 곡조에 맞우어 총질을 하면
　　제가 맞울 수 있음니다.

서장-네 이 자식, 이 즛이 오랄 작정인냐? 응? (한 차례 갈린다.)

성칠-허 이러지 마시요, 지금은 미국 사람들과 당신들이 엿가라 총질하는
　　때인니까 하는 말이지요.

서장-어서 추어. (경삼의게) 너는 노래를 불러라.

경삼-친구, 진정코 심정을 터려놓고 죽은 사람의게는 죄가 없다네.

- 이하 한두 페이지 유실 -

고전극
장화와 홍련

전 三막 六장

각색 : 김해운

一九五六년 싸할린

희곡 '장화와 홍련'(1956년) 표지

▌등장인물들

1. 배좌수 ················ 동리 향반
2. 허씨 ···················· 그의 후처
3. 장화 ················· 선처의 맏딸
4. 홍련 ················· 선처의 둘재 딸
5. 장쇠 ················· 후처의 생자
6. 꾀돌이 ············· 동리 청년
7. 정백정 ············· 동리 백정
8. 만수 ·············· 좌수의 집 늙은 종
9. 칠성이 ··········· 좌수의 집 젊은 종
10. 사도 ················ 철산군 사도
11. 통인
12. 리방
13. 사령들

時代: 海東朝鮮國 세종대왕시절

　　 (1698年 - 1758年경)[1]

地帶: 평안도 철산군

---

1) 시대표기가 윗줄은'海東朝鮮國 세종대왕시절'로, 아랫줄은 '(1698年 - 1758年경)'이
라고 연대가 맞지 않게 표기되어 있는데 이는 각색자가 원작『薔花紅蓮傳』이 나온
시기(1698년, 또는 1758년)와『장화홍련전』내용이 세종대왕 시절로 설정되어 있는
것을 구분하지 않고 같이 기록했기 때문이다. 각색자는 리근영 주해『장화홍련전』
(평양, 국립출판사, 1954년)를 기본 텍스트로 삼아 각색하였다.

각색자로붙어

소설에 나타난 바와 같이 사실에 근거되지 안는 사실들을 사실에 근거되도록 각색할려 하엿다.

곳 장화와 홍련이 죽어 귀신 되야 철산군수의게 원한을 설토하는 장면, 장쇠가 장화를 죽이려할 때 불연이 범이 뛰여나와 장쇠를 해하는 장면, 홍련이 형을 기다려 슲어할 때 청조가 와서 장화의 죽은 곳을 알려주는 장면, 들이 곳 그 조건들이다.

둘재로: 철산군수가 장화와 홍련의 원한을 복수하엿다는 사실을 계급덕 리해관게에 견지로 각색된 것이다.

김해운

데 일 막

- 철산군 향반촌, 배좌수의 집 앞마당 -

오랜 큰 기와집 원채가 보이고, 마당 왼편에는 장화와 홍련의 별당이 보인다. 별당 앞에는 화게가 있는데 몹시 폐허되엿다. 둘여막힌 토성 안밖으로는 수양버들, 오동나무들이 섯는데 누릿누릿 단풍이 들기 시작하고 멀리 토성 밖으로는 산림이 무성한 첩첩산들이 보인다.

때는 바로 팔월 대보름날이다.

막이 열이면 늙은 종 만수 로인은 퇴마루에 걸앉아 골방대에 단배를 피우고, 젊은 종 칠성은, 화게에 비듬이 기대앉어 구슯이 횡적을 불고 있다.

칠성 - (이러나 앉으며) 오늘은 팔월 대보름이라는데 일을 하고 와서도 저녁도 안 먹일 작정인가?

만수 - 팔월이라 대보름은 만곡이 다 읶은 명절이라 하지만 우리 같은 종들게야 읶으나, 푸르나, 봄이나, 가을이나 상관있나, 춘경추수가 년년래지! 들어가서 색기나 꼬구 도리개나 손질하잣구. 아마 마나님이 호통질에 기진하여 저녁먹일 것은 잊은 모양이지.

칠성 - 망해 뒤여질 것들… 아씨님들하구는 웨 그렇게 악을 부리우? 우리는 종놈들이 되여서 그럿타 셈 치지, 아 아씨님들이야 상전댁 자손들이 안이우?

만수 - 흥, 네가 지금 송진을 물고 엿인 줄 아는 셈이로구나. 다 재산 따문이야. 우리나라 법에 전실 소생이 있으면 상전 대감이 도라가신 다음 게모의 자손들게는 아모 것도 차레지지 못하다보니 승강이 나서 그 지랄이지.

칠성 - 재산 따문에?… 옳지, 그래서 늘 저 지랄을 부리는 게로군.

만수 - 내 생전에 종으로 팔려서 별별 가문으로 다 가보앗서. 전실 소생인

니 후실 소생인니 해가지고 그 재산을 탐내여 앗가운 사람들이 허무
하게 죽는 것을 많이 보앗서. 허나 나라법이 그럿타보니 허는 수 없
이 있을 일이지.

칠성-그 우리나라 법이란 것은 사람들을 잡는 법, 틀렷수. (열열하게 떠든
　　다.)

만수-쉬! 좌수나 마나님이 드르면 너는 목이 나라난다. 감사니, 판사니,
　　사도니, 별감인니 하는, 큰 양반들 가문에는 첩들이 여럿이 있어 그
　　중에는 자손들이 천하영웅들이 낫것만 거저 죽고 말앗서… (두 사
　　람은 묵묵히 생각한다.)

칠성-(벌덕 이러서며) 이 냇장, 전실이나 후실이나 죽겟으면 죽고 살겟으
　　면 살지 우리의게야 상관있나? 이건 개보름 쇤다더니 우리 종놈들은
　　팔월 보름에도 굶어야 하는가? 우리 대감댁 하는 꼴을 보아서는 이
　　놈의 집에다 불을 콱 밖아놓앗으면 시원하겟수.

만수-넌 늘 철없는 소리 잘 하드라. 어느 때던지 선양한 사람들은 선한
　　덕을 보지만 악한 사람들은 해를 보느라! 이집 아가씨님들 같은 사
　　람들은 선양한 사람들이지만, 나라법이 그럿타보니 승강에 들어서
　　할 수 없이 압제를 받으며 살아오는 거야.

칠성-(분격하여) 이리 같은 대감댁과 도척 같은 장쇠란 놈이 뒤여지는 걸
　　보앗으면 종사리 섧지 않겟수.

(장화와 홍련이는 어머님 묘전에 갓다 드러오는 길인데 광주리에 음식들
을 담아들고 들어온다.)

만수-아이구 아씨님들, 이제 오시우?

장화-예 이제 오는 길이얘요. 어머님 묘지를 참 잘 각구어 놓아서 어떠케
　　고마운지요.

만수-천만에 말슴을… 어느 때던지 그 마님 묘전을 지날 때마다 우리들은
　　그 선양하신 그 마나님 이약이들을 하고, 풀 한 대라도 뽑아주고 흙
　　한 줌이라도 더 쥐여놓곤 합니다.

칠성 - (썩 나서며) 어지신 모친의 묘지인데 수고가 다 무엇임니까? 그 선하신 마나님의 일이라면 그보다 더한 일이라도 도아주겟수.

홍련 - 아이구 늘 별슴을 다 하세요. 아버니, 이 음식들을 갓다 잡수세요.

장화 - (얼는 별당에 올라가서 돈을 가저다주며) 이 돈은 오늘 어머님 묘에서 일한 사람들에게 논하주세요.

칠성 - (놀라며) 아씨님! 그런 일은 종놈들이 으례히 할 일인데 뭐 이렇게 음식과 돈까지… 이건 너머 과함니다.

장화 - 할 일도 일이지만 정성끗 한 일에는 정성끗 공을 드러야지요.

홍련 - 시정하실 터인데 어서 드러가서 잡수세요. 어머니가 아르시면 또 우릴 야단하실 텐데…

칠성 - 아 그 마나님은 좋은 일에도 욕, 궂은일에도 욕, 아마 욕을 타고나신 모양이야.

만수 - 떠들지 말고 어서 나가자. 아씨님들, 당신들은 참말로 선양하신 분들임니다. 하느님이 돌보사 만수무강 하시리다.

(만수와 칠성은 깃버하며 나가랴 할 때 허씨가 나오다가 이 관경을 보고 갓가이 오며)

허씨 - 만수, 칠성아, 거기 좀 섯거라. (손에 쥔 음식과 돈을 보며) 건 뭐냐? 일루 보자.

칠성 - 묘지에 갓던 제물이올시다.

허씨 - (장화와 홍련을 흘겨보고) 응 종놈들의게 맛좋은 음식을 주고… 또 그건 뭐냐? (놀라며) 응 전대 돈까지… 이것이 웬일이냐? 응? 팔월 보름이라니 종놈들을 다리고 밤중에 달구경을 꿈이느냐? 노자돈까지 주어 야밤도주를 할 작정이냐? 허허 이게 웬일이냐? 내가 임이 생각한 바 있엇거늘… (만수를 향하야) 너 이 늙은 놈의 두상, (칠성을 가르치며) 너 이 우악한 놈, 양반 집 아씨들을 꾀여가지고 도망칠 작정인지? 응? (팔둑잡이를 한다.)

칠성 - (너무도 어이없어) 마나님, 그런 일이 아니우… 저… (말을 중단하며)

허씨- 듣스기 슯여, 너 이놈들, 오늘 말장에 달려보아라. (고함질하며) 장
쇠야!

장쇠- (안채에서) 예

허씨- 게집애들이 끝끝내 양반의 집안을 망치려 드는구나.

장쇠- 내가 임이 수상히 본지가 오랏소. 확실해요. 오늘이 보름이라 어듸
가 훔처가지고 도주를 꿈인게 확실해요.

칠성- 응 훔첫다구?…

만수- 도령님, 훔친 것이 안나라 일하구 번 것이우.

허씨- 장쇠야, 그것 모다 빼앗아두어라! 대감님이 들어오면 고하여 처치해
야겟다. 꼭 야밤도주를 꿈인 게야.

장쇠- 글세 그릿타는데. 로자돈을 채리고 길 가면서 먹을 음식들이 옳아
요. 양반집 아씨님들이 좋다. (비소한다.) 일루 보내.

장화- (너무도 어이없어) 오라바니, 아니애요. 음식은 제물이고 돈은 어머
님 생전에 명절이면 우리 고름에 채엿든 돈이애요.

홍련- (엇짓줄 몰라하며) 아부지께서 허가하신 것이애요.

장쇠- 아부지가?… 종놈들과 노리를 하라 식혓수?…

허씨- 아부지가? 아니 그래 아부지가 종놈들을 다리고 야밤 노리를 하라고
식히든? 요년의 게집애, 응? 장쇠야 갖고 들어가자. (장쇠와 허씨는
무슨 큰 조건이야 어든 듯이 의기등등하여 들어간다.) (사이)

홍련- (너모도 억이 막혀) 형님… (장화를 잡으며 운다.)

허씨- (독살스러이 도리켜보며) 요년의 게집애들, 이전 붓잡혓다. 내가 의
심이 보아둔지가 오라다. 장쇠야!… (떠들며 퇴장)

장화- (우는 홍련의 목을 안흐며) 우리 형제 무삼 죄로 이 세상에 태엿든
가?… (역시 눈물을 짖는다.)

만수- (격분해하며) 아씨님들, 공연히 천한 인간들을 생각다가… 우지 마
세우. 세상에서 남을 해하려면 저부텀 해를 입슴늬다. (퇴장)

칠성- 아씨님들, 서려 마슈. 대감님이 드러와서 무슨 일이 생긴다면 목숨

을 닦아바치는 한이 있드람도 한을 풀어드리겟수. (격분하여 뛰어나
간다.)

홍련 - 형님, 우리 형제는 천생에 무삼 죄로 어머님을 잃엇서요.

장화 - 홍련아, 울지 마라. 황천 가신 어먼닌들 우리 설음 모를 소냐? 어서
식히는 일이나 끝내자. (둥근 보름달이 첩첩산곡 사이로 솟는다. 장
화는 홍련을 다리고 별당 우루 올라가서 밝은 달을 처다볼 때 초당
에서는 칠성의 횡적소리 슾이 들린다.) 창공에 보름달아, 너는 황천
에 게신 우리 어머님 사창에도 빛이련만 우리는 어이하여 그리운 어
머님 얼골 보지 못하는구. (운다.)

홍련 - 어머님과 함끠 저 달구경 하섯것만 어머님은 어딀 가고 우리 형제
낡앗는구. (두 형제는 눈물을 짓다가 별당 안으로 들어간다.)

장쇠 - (달려나와 깃버하며) 팔자 좋은 놈은 할 수 없어. 이런 것이 공돈이
란 것이야. (전대 돈을 갈라내여 감추며) 그런데 어떠케 했으면 저
요년의 게집애들을 못살게 할가? 영감쟁이가 내 말은 또 고지 들ㅅ
지 않을 터이지…

허씨 - (나오며) 장쇠야, 앗가 돈은 일루 주고 아부지 식히는 일을 부즈런히
해야 한다. 밭 파라 논 살 때에는 이 맘 석자구 한 게 안니겟니? 너
하나를 다리고 남의 가문에 드러설 때에야 내겐들 생각이 없엇겟니?

장쇠 - 예 여기 있소.

허씨 - (돈을 받어보고 돈이 적어진 것을 의심하면서도) 엇잿든 너만 좌수
님 앞에 잘 보여야 한다.

장쇠 - 아이구, 잘 보이면 내 재산이 되겟소? 선실 자손이 있는데…

허씨 - 그러기에 말이 안닌냐? 어느 틈을 타던지 묘책을 내야 한다. 저번처
럼 사약으로써는 안 되겟다. 다른 묘책을 꿈여야 한다.

장쇠 - 꿈여보시우. (억지로) 또 설날처럼 혼 빼날가 겁이 나는데… 타고난
팔자인데 내게 무슨 그런 재산이 생길라고… (실은 듯이 퇴장)

허씨 - 이 철부지한 자식아, 이전 네 나히 장가갈 나히 되엿다. 장가두 보내
　　　구, 살림을 이루어줄 작정으로 아부지두 널 부즈런이 식히는 일이
　　　다. 저놈의 게집애들이 이제 몬저 시집이나 가게 되면, 네게는 아무
　　　것도 차레 없다. 아라드럿늬?

장쇠 - 그것도 그럿키야 하지만, 사람들에게 그럿케 강박하게 말하면 몽둥
　　　이가 내다라 오겟으니 무섭지 않소?

허씨 - 이 자식아, 네 아비가 이 고을 좌수다. 성주님과 같은데 겁낼 게 뭔
　　　냐? 아부지가 식히는 일을 잘 돌보며 기회를 타야 한다.
　　　(장쇠는 억석해하며 퇴장하고 허씨는 별당으로 올가 들어간다. 좀
　　　있더니 별당 안에서 허씨 목소리 높으다.) 안니 상금도 안 됫서? (의
　　　복감을 들고 나와 흔들며) 안니 이게 뭬야? 오늘 낮에 다 꿈이라 햇
　　　는데 상금도 그대로 있으니 래일 아츰에 관문으로는 무엇을 잃어 보
　　　낸단 말인가? 또 날 욕보게 하자는 게지? 이리 나와! (장화와 홍련은
　　　고개 숙이고 나온다.) 낮에는 종놈들을 다리고 무슨 수작을 꿈이고
　　　식히는 일은 뒷전이고 응?… (끌어다 않이며) 그늘 밤으로 저 달이
　　　집웅을 넘기 전에 다 꿈여 놓아야 된다. 밤눈 보랴 단이는 게집애들
　　　이 눈이 어두어 못하겟늬? 달빛에 앉아서 다 꿈여! (의복감을 안겨놓
　　　는다.) 울기는 웨 울어? 죽을 년이 그렇게 보기 싶이던 다같이 죽을
　　　게지, 산 사람의 애를 요렇게 타울 건 뭔야?

장화 - 오늘은 보름이다 보니 묘전에 갓다왓서요.

허씨 - 산 사람의 보름이지 죽은 년의 보름이야?
　　　(좌수 드러오다가 관경을 보고 섯다가 큰 기츰을 한다. 일동은 깜작
　　　놀라는 듯이 이러선다. 그 푸르락, 누르락하던 허씨의 낫색이 불연히
　　　변하여 그 뚱뚱한 몸집을 흔들며 좌수를 향해 나려오며 얼룽댄다.)
　　　하이구 이제 오세요? (좌수 대답이 없이 딸들을 본다.. 허씨는 더욱
　　　얼능거리며) 면상에 수색인지, 보름날에 주색인지 불안하여 보이오니
　　　어서 드러가 좀 쉬세요. (끌어단인다. 좌수는 허씨를 밀치며 별당으

로 올라간다. 허씨는 망서리며 섯다.)

좌수-(장화와 홍련을 치근이 역여 머리를 스다드므며) 오늘은 팔월대보름
이라 도라가신 어머님 생각들이 나늬? 너의 형제 깊이 귀중에 있어
어미 그리워함을 로부도 모르는 바가 안이다.

허씨-도라가신 대부인을 생각하여 그러하다면 낸들 어이 그리 하리요. 녀
식애들이 이저는 나희 장남한대 종놈들을 다리고 밤에 달구경을 꿈
이기로 그리한 것지요. 전번에도 타일럿는데 그런 일이 게속되니 아
마도 장차로 큰 변을 치지 안나 보시구려.

좌수-(대경하야) 응, 이 무슨 괴상한 소리인고? 장화야, 홍련아, 속임 없이
아리워라!

장화-(결심하고) 아부지 그런 것이 안이외다. 오늘은 팔월대보름이라 두
형제 어머님 묘전에 갓다 오던 길에 우리 집 칠성이와 만수 로인의
게 묘전에 올렷던 음식들을 주엇고, 묘지를 엇지나 잘 각구어 놓앗
는지 너무도 감사하기로 어머니 생전에 우리 고름에 채엿주엇든 엽
전 두 양을 드렷세요. 그 외에는 다른 죄는 없소이다.

허씨-(흘겨보며) 그래 그뿐이냐? 참 잘 돌려마치는구나.

좌수-응 그러하냐? 그런 일은 종놈들이 으레히 할 일인데 그렇게까지 선
심할 건 없고, 도라가신 모친을 위해 한 일이니 고이치 않다. 일후엘
랑 종놈들과 그런 선심을 쓰지 마라. 종은 종이고 량반의 자식은 양
반이 안인냐?!

허씨-글세 말이애요⋯ (좌수는 허씨의 말을 중단한다.)

좌수-알만하여 더 말 마소. (허씨를 책망 겸) 우리 본래 빈곤이 지내더니
전처의 재물이 많음으로 지금 풍부히 삶매 이것이 다 전처의 덕분이
라 그 은혜를 생각하면 크게 감동할 바어늘 도로혀 저 녀애들로 하
여곰 심히 괴롭게 함은 무슨 도리뇨? 다시는 그런 일이 없도록 처리
하소.

허씨-(말없이 순종하는 듯 머리는 숙이나 주둥이는 숙 나오고 흘겨보며

뒷문으로 드러가서 앞문쯤으로 내다본다.)

좌수 - 너이 이럴 듯 장성하엿으니 너의 모친이 있엇든들 오직이나 깃브랴
마는 팔자 기구하여 저 게모를 만나 너의게 구박이 자심하니 너의들
이 슲어함을 로부도 짐작하는 바이라. 일후에 또 이런 연고 있으면
내 처치하야 너의 마음을 편케 하리라. 또는 대가문에 출가하면 도
라가신 너의 모친 유시 대로 너의 둘을 잘 살겟금 해서 유산을 넘겨
주마. 또는 내가 너의들이 출가 전에 도라가면, 남아가 있으면 기언
이런이와 남아가 없고 보니 우리 집 가산을 선실인 너의들이 처리해
야 할 터이다. 게모게서 불측한 일이 있드람도, 그래도 어미라 잘 모
시라.

장화 - 소녀들의 마음이 추호라도 변할 수 있사오리까?

홍련 - (아부지의게 콱 시달리며) 아부지, 우리는 무삼 죄로 모친을 여엿서
요. (운다.)

좌수 - 홍련아, 너는 형님 모시고 잠잣고 있으라.

(좌수는 퇴장하고 장화와 홍련은 아부지 가는 곳을 한참이나 보다가 별당
으로 들어가고, 허씨는 얼골이 창백하여저써, 독살스러운 눈빛을 가지고
나와 앉으며)

허씨 - 흥, 출가를 가두 잘 살게 해주고 몬저 죽으면 가산을 처리하라구?
그럼 내 자식들게나 내게는 무엇이 낢아? (니를 악물로 울며) 아이…
아이… 통분하구나… 그러나 국법이 그러하다 보니 하는 수 있나…
전실 소생이요 후실 소생이다 보니 할 수 없지. (진정치 못하고 몸서
리를 치며) 저 좌수영감이 응당 그렇게 할 것이고… (문득 생각하고)
그렇치 그렇게 해야 되. 임이 먹은 마음이라 다른 도리는 없어. (앉
아서 결심할 때 장쇠가 두 뺨을 붓들고 달려 드러오며 운다.) 웬일인
냐?

장쇠 - 아이구, 글세 내가 뭐라딥까? 그렇게 해서는 안 된단이까? 빚을 받
으면 내 재산이 되겟기에 이런 면을 보게 하오.

허씨-글세 말 좀 해라.

장쇠-두성이네 집에서는 보름에도 굶는데 무슨 빗바진야 하며 말두 못하게 하고, 부억돌네 집에 가서 어머니 식히는 대로 말하니 부억돌이 아부지는 성주나, 좌수만 살고 우리 같은 사람은 죽어야 한다더냐 하며 병역같은 고함을 지르고, 부억돌이란 놈이 옆에 섯다가 신작으로 냅다 갈렷서… 이것보 퉁퉁 부엇소 아이구…

허씨-저런 저 오그라질 놈들! 그런 쌍놈들이 좌수의 자식을 신작으로 따려 응…

좌수-(대경하야) 장쇠, 웬일인냐?

장쇠-(더욱더 엄살을 쓴다.)

허씨-(열열하게 팔팔 뛰듯이) 이런 망할 놈의 세상이 어대 있나요? 글세. 제 것 주고 빰 맞는다더니… 보름이 기한이라 빗 받으려 간 남의 자식을 신작으로 따려 보내다니?… 응…

좌수-(대로하야) 어느 놈들이 응?

허씨-두성이와 부억돌이란 놈이… 글세…

좌수-저런 천고에 없는 쌍놈들 같으니… 이리 오너라. (만수와 칠성이 뛰여나와 읍고 섯다.) 성주끠 고하여 즉시 옥밥을 먹게 할 터이다. 가금 행차를 차려라.

칠성-예… (달려나간다.)

좌수-두성이와 부억돌이란 놈이 응…

허씨-몽땅 잡아다가 종으로 부려야 해요.

좌수-지금 곳 잡아다가 록비장에 처내야지.

만수-(앞에 와 엎드러지며) 대감님, 부억돌이는 나의 족하가 안임니까? 철모르고 한 인생들을 십분 처분하여 살려주십시요.

허씨-족하가 다 뭐야?

칠성-행차 다 되여소이다.

좌수-(만수를 밀치며) 핏겨

(장화와 홍련은 별당 앞어 나서써 이 관경을 보고 장화가 달려나려와 아부지 앞에 와 서며)

장화 - 아부지, 그 집들은 어머님 생전에서나 지금이나 우릴 극진히 사랑해 줍니다. 참으로 선한 사람들이얘요. 우리 보서라도 생각해주세요.

좌수 - 남의 자식 생각다가 제 자식 죽이겠늬? 너의는 참관마라. (속히 퇴장한다.)

허씨 - 요망한 게집애, 주저넙게… 너의가 장차 배좌수집 대손을 이을 테냐? 저기 들어가 식히는 일이나 하라구. (허씨와 장쇠는 좌수를 따라 나간다.)

만수 - (이러나며) 족하까지 종이 되고 보면 우리는 대대손손이 종이 되고 마는구나. 천신이 있으면 이 꼴을 보지 말게 날 잡아가오. (락루한다.)

홍련 - 아범 설어마세요. 우리 아부지와 잘 말해 보겠서요. 어서 드러가 주므세요. (위로한다.)

만수 - (드러가며) 하늘아, 이놈의 세상에다 벼락을 처라.

장화 - 홍련아, 세상두 악하구나. 팔월대보름에 사람들을 잡아가다니…

홍련 - 형님 어서 드러가 마저 합시다… (별당으로 들어간다.)

허씨 - (사방을 삶여보고) 장쇠야, 이리 오너라. 네 내 식히는 일을 꼭 해야 한다.

장쇠 - (의아해하며) 또 무슨 일이우? 맞어가며 벌면 우리 것이 되겠기에 이 야단이우? 어듸 가서 차라리 백정노릇이 낫겠소.

허씨 - 이 일은 장차사를 위해 하는 일이다.

장쇠 - 장차는 어머나 내게는 없소. 이 집 게집애들 장차요.

허씨 - 글세 그러기에 말이다. 들어보아라.

장쇠 - 말슴해야 알지

허씨 - 저 우리 쌀두지에 갖난 아이만한 쥐가 늘 단이지. 그, 고양이도 잡지 못하는 쥐 말이다.

장쇠-네 그런데 쥐는 해선?

허씨-이 자식아, 내 팔자나, 네 신세나 이때를 녹치면 안 된다. 전처 자식
　　들의게 가산 상속을 넘기는 법이 안이냐? 네게는 벼슬도 재산도 차
　　례질 것 없다. 영감이 죽기 전에 도리해야 한다. (귀속말을 한다.)
　　알만하냐?

장쇠-(눈이 둥그래지며) 그리다가 탈로되면 아부게 죽자구.

허씨-아 이 자식아, 너는 쥐만 잡아라. 뒷일조처는 내가 하지 않으리.

장쇠-글세 하라는 대로 해보지.

허씨-누구던지 모르게 응… 꼭 남몰내 잡아야 해 응…

장쇠-착을 놓던지, 덫을 놓아야지… (퇴장)

허씨-영감은 종들을 잡아오고 나는 쥐를 잡아서 저 형제년들을 잡아야 한
　　다… (사이)
　　하늘이 무서워도 내가 살아야지. (사이)

(장화와 홍련의 별당 사창에는 불빛이 외로히 번득이고 두 형제 부르는
노래는 야삼경에 두견이 구슳이 우는 듯 들인다.)

　　야삼경 깊은 밤에
　　애타게 우는 두견
　　우리 엄마 넉이던가?
　　네 울음 더욱 섧다.

　　하늘 우에 둥근달은
　　저승에도 빛이려만
　　엄마소식 안 전하고
　　말없이도 지려느냐?

우리 엄마 달이 되고
우리 형제 별이 되야
밤이 되면 만나보고
낮이 되면 리별하지…

(허씨는 노래를 듣다가 발칵 이러서며)
허씨 - 또 죽은 년을 생각하고 응… (별당으로 가만가만 기여 올라갈 때에
　　　암전이 된다.)

뎨 일 막 이 장
- 몇을 후 석양 때 -

막이 오르면 잠간 사이 되엿다가 안칸에서 벼락 치는 소리가 나더니 장쇠
의 고함소리 들려나온다.

장쇠 - (발목을 틀어잡고 뛰여나오며) 아이구! 아이구! 나는 죽소. 아이구,
　　　아이구…
만수, 칠성 - (달려나오며) 웬 일우? 웨 이리시우?
허씨 - (달려나오며) 웬일이냐?
장쇠 - 남잡이 제잡이 되엿소. 아이구 (듸굴며 운다.)
(장화와 홍련이 달려나려온다.)
장화 - 오라바니 웬일이요?
장쇠 - (소리소치며) 들기 싫어.
장화 - 이런 변이라고… 이 애 홍련아, 어서 건너가서 장의원을 다려오너라.

홍련-(혼급히 나가며) 예. 이런 변이라곤…

허씨-그만두어 (종들을 향하야) 너의들은 물러가거라! 홍련아, 저기 들어 가 청장찜질을 해주고 종들 밥그릇에서 보리밥이나 익겨서 처매주 어라.

홍련-어서 들어갑시다. (부측한다.)

장쇠-(쩔룩거리며) 이것 놓아. 아직 죽지 않앗서… (밀치며 퇴장)

장화-어머니, 무엇에 맞어 저리되엿서요?

허씨-(머밋머밋하다가) 쌀독에서 하루 끄어가는 것이 종놈들이 셋이나 먹 을 것을 갖어가니 잡아치라 햇드니…

장화-예 쥐를 잡다 그리 되엿서요. 그럼 덫에 맞엇서요?

허씨-너난 참관 말고 짛던 옷도 다 짛고 짜던 벼도 다 짜야겟다.

장화-어머니, 우리는 이틀 밤을 앉아 세윗서요.

허씨-앉아 샛다는 것이 아직도 끝이 없어? 강가에 불은 서답(빨래)은 다 썩 어빠지겟구나. (장화는 말없이 고개를 숙이고 나간다.) (혼자) 저 멍 퉁구리 같은 자식이, 쥐는 커영 뒤껍이도 못 잡겟다. (생각다가) 아 무럼 재산이 그리 헐하게 생길라고. (퇴장)

(칠성과 만수가 도리개 손질하던 것을 들고 나오며)

칠성-콩마당질만 해두 도리개 몇 개가 있어야겟는지? 그런데 아버니, 저 년석이 각중에 쥐는 무슨 쥐를 잡는다구 지랄을 쓰다가 마저서 저 모양이우?

만수-별것을 다 먹다가 쥐고기 맛이 생각나는 모양이지. 속담에 남을 잡 으랴면 제가 몬저 잡펴야 하는 것 몰라. 이놈의 집안 년놈들이 대대 로 나려오며 남을 잡는 게, 어느 때든지 잡힐 날이 도라오리라.

칠성-참 지독하지, 부억돌이와 아즈버니는 관가에 잡혀가서 엇지나 맞엇 는지 살 것 같지 않다는군.

만수-불상한 형님, 도라가시면 그 아이들을 어떻게 하나… 산전수전을 격 여가며 나라를 위해 외적들과 싸왓건만 형님끼 차례진 것은 무엇인

가? 이랫든 저랫든 량반놈들의 배때기만 불이는 걸… (진 한숨 끝에
눈물을 짖는다.)

칠성 - 냅장 이럴 바에는 우리 고을 종들이 합심하야 악정하는 관장이고 양반
이고 다 따려죽이고 그놈들의 집까지 불을 다 밖아 놓앗스면 좋겟수.

만수 - 그러치 않으면 어느 때든 안 그럴 줄 아니? 속담에 선심은 만년이요
악심은 근년이라 햇서! 한 가족 안에서 재산을 탐하여 선손이니 후
손이니 해가지고 서로 잡으니 이놈의 집안이 안 망하고 되나?

칠성 - 요즘에는 저 아귀 같은 마나님이, 아씨님들과 별루두 더하는 것 같
수.

만수 - 갈수록 더할 것이고 우리와도 더할 게야. 살이 지면 질사록 더 먹자
구 할 겐니까. 마지막에는 아씨님들을 잡아먹지 안나 보아.

칠성 - 그럴 수도 있수.

(내채에는 허씨 목소리 "어서 갓다 와" 칠성이와 만수는 얼는 피해 나가버
린다. 허씨는 절는 장쇠를 다리고 나온다.)

허씨 - 어서 오라고 해! 널로는 안 되겟다. 그리고 올 때에 동배(돈부)기름이
있으면 좀 얻어오너라.

장쇠 - 그 자식이 또 무슨 꾀를 부리며 안 오면 엇지우?

허씨 - 돈 생길 일이라면 그 자식이 안 올 리 없다. 어서 가보아. 쥐 잡을 이
약이는 말구, 내가 오란다 구만 일러. 동배기름을 잊지 말구 얻어와.

장쇠 - 예. 동배기름은 엇질라구 그러오?

허씨 - 이렇게 철부지한 것을 다리고 후세를 이룰라니 속상한다. 동배기름
이 있어야 일이 되겠으니 말이다. (장쇠 퇴장) 어떻게 하던지 영감이
죽기 전에 게집애들을 잡아치여야 내 자식과 내 팔자가 곳처질 터인
데…

홍련 - (나오며) 어머니, 장의원의게 보이고 침이라도 맞엇으면 어떨가요?

허씨 - 침이고 꼬쟁이고 너 참예 안 해도 다 한다. 나가서 장화하고 하던

일이나 다 해놓아라.

홍련 - (머리를 숙이고 말없이 나간다.)

허씨 - (생각하며) 내 게책대로 되면 세상사는 근심 없는데… 엇잿든 이 기
　　　미를 누구던지 알지 마려야 하지… 지금 집에는 종놈들밖에 없지…
　　　이애 칠성아…

칠성 - 예이 (뛰여 나온다.)

허씨 - 넌 지금 나가서 대감님이 오실 때를 기다려 모시고 오너라.

칠성 - 안니, 대감님이 관가에 드러갓으면 언제 나오신다구요. 그러면 도리
　　　개들은 언제 손질해겟수. 그리고 관가근방은 잡인들은 출립도 못하
　　　는데.

허씨 - 도리개던, 무어던 식히는 대로 할 것이 무슨 잡말이 그리도 많아?
　　　산문밖에 업드렷다가 어느 때든 대감님이 나오시거던 모시고 와.

칠성 - 예. 대문밖에 주인 직히는 개모양이라도 하옵지요.

허씨 - 응? 어서 가보아. (꼭 소리를 지른다.) (칠성이 퇴장) 만수…

만수 - 예 불러게심니까?

허씨 - 도리개 손질과 섬은 몇 개나 짰는가?

만수 - 아직 한 이틀 결려야 겨우 되는지…

허씨 - 그럼 곡식은 저 마당에서 쥐와 새 양식이 되구 말게.

만수 - 글세 마나님 급하다구 운물(우물)을 들고 마이겟수, 아무래도 떠서 마
　　　여야지요.

허씨 - 여러말 말구 아모 데두 드나들지 말구 꼭 들어앉아서 래일은 섬이
　　　다 되도록 하게.

만수 - 일곱 놈이 해도 다 할는지 모르겟는데 두 놈은 도망치고 오지 않으
　　　니 칠성이와 나와 두리서는 안 됩니다.

허씨 - 잡말 말고 꼭 들어앉아서 하게. 때식은 갓다 줄 테니 어서 나가게.
　　　(만수 할 수 없이 나간다.)

(장쇠가 꾀돌이를 다리고 들어오는데 꾀돌이는 적은 키에 팔은 죄팔이고, 면상은 면풍에 삐뚜러젓다.)

장쇠 - 다려왓소. (동배기름 종지를 쥐며) 쓰다 조곰 낡앗다구 해요.

허씨 - 응 장쇠, 너는 저기 드러가 있거라. (장쇠 퇴장) 오 꾀돌이 왓느냐? 그래 지내는 형편은 엇재? 너 어미는 잘 있늬?

꾀돌 - 지내는 형편이야 겨울 혹기, 봄철을 기다리는 형편이구 어머님은 빈 부엌에 부수댕기만 휘젓구 있어요. 그런데 각중에 동배기름을 찾구 어듸 아씨님들이 시집을 가나요?

허씨 - 응 그런 일이 있다. 너의 신서야 으레히 그럴 수밖에. 네가 꾀는 있 지만 수족이 변변치 못하지, 어미야 이젠 년치가 칠십객에 어른 녀 자가 뭘 하겟늬? 그래서 내가 너를 불럿다.

꾀돌 - 아 그렇게까지 마님이 우리를 생각하시는 줄은 몰랏거든요. 대관절 무슨 소사에 불럿서요?

허씨 - 이애 꾀돌아, 이리 갓가이 와서 내 말 잘 드러보아라. 네가 이 일만 잘 하고 보면 돈양 탁탁이 벌리라.

꾀돌 - (눈이 번득 띄여서) 예! 돈을? 무슨 일이기에?

허씨 - 별일 안디다. 큰 쥐 한 마리만 잡으면 다 된다.

꾀돌 - (의아해서) 쥐를요?

허씨 - 그래 갓난애만한 쥐 한 마리만 잡으면 돈양 번다.

꾀돌 - 쥐는 어듸에 슬려고 각중에 잡아요?

허씨 - (머뭇머뭇하다가) 응 긴급히 슬 일이 있어 그런다. 저 우리 四寸 오 라반니가 창병이 뛰여 낫는데 쥐를 가만이 잡아 먹이면 대번 낫는다 는구나. 그래서 너를 불러온 일이다.

꾀돌 - 예? 쥐를 잡아 먹이면 창병이 낫는다구 그래요?

허씨 - 응. 너는 꾀가 많으니 쥐를 잘 잡을 게 안이냐? 우리 장쇠란 놈은 역지(재빠르지) 못해서 안 된다.

꾀돌 - (생각하며) 쥐는 잡을 수 있는데… 잡으면 돈은 얼마나 주시겟서요?

허씨-이 년석아, 그런 중한 약을 구하는데 섧게 해주겟늬? 잡기만 해라.

꾀돌-예 잡지요. 그런데 마님! 기와로 우리를 이렇게 생각해줄 바에는 선
심을 서써 돈양 탁탁이 주서야 해요.

허씨-더 말있늬? 그런데 꾀돌아, 이 약은 누구던지 몰라야 약이 된단다.
지여 당자도 몰라야 한단다. 허니 딱 너와 나만 아라야 한다 응? 아
라드럿늬?

꾀돌-마님, 내 일홈을 꾀돌이라고 짛을 때에야, 고만한 꾀가 없겟서요? 렴
려 마르세요. 그런데 (갓다왓다하며 생각을 한다.) 그런데 마님, 집
에 참깨가 있지요?

허씨-있구말구. 들깨도 있다.

꾀돌-그럼 됫수. 꼭 잡지요. 그런데 쥐 단이는 곳을 아라야지요.

허씨-이애, 저 우리 쌀두지간으로 큰 고양이만한 쥐가 단인다. 그놈을 잡
으면 되겟는데…

꾀돌-그렇게 큰 쥐가? 가봅시다.

허씨-(사방을 삺이며) 응 어서 들어가 보자. (퇴장)

(장화와 홍련이는 서답 함지를 이고 들어온다.)

홍련-형님 나는 겨우 걸어요.

장화-홍련아, 나는 말도 나오지 않는다. 어서 드러다 놓고 옷이나 마저 짛자.

홍련-형님, 나는 죽겠서요. 배두 곺으구요… (들어가랴 할 때)

만수-(허둥지둥 나오며) 아씨님들 이제 드러오세요? 얼마나 시정하시겠
수? 우리도 아직 저녁 전이유.

장화-아버니, 시정하시지요? 내 지금 들어가서 저녁을 드리지요. 아이, 지
금까지 저녁을 안 드리다니… 얼마나…

허씨-(나오며 가장 생각하는 듯이) 아이구, 너의 이제야 오느냐? 그래 서
답은 다 싳엇니? 배두 곺으겟구나. (만수를 향하야) 웨 여기 나와 있
어? 섬은 짜지 않구.

만수 - 글세 일도 일이지만 먹어야 하지우.

허씨 - 저녁이 되면 안 드러다 주리라고 그래? 어서 드러가 섬이나 짜게. 아
직 저녁이 안 됏서. (만수는 은근이 흘겨보며 들어간다.) 어듸 서답
에 때는 잘 젓니? (서답 함지를 두적거리며 억지로 순한 어조를 내
여) 아이구 이게 뭔야? 서답에 줄때가 있구나. 애시에 굽은 나무가
커서도 구불단다. 일을 이렇게 하기 버릇해서는 못 슨다. 래일 다시
싫어야겟다. 오늘은 들어가 저녁을 먹구 쉬여라. 어서 드러가 저녁을
먹어. 그 큰 함지 안에 적은 쟁첩에 기(거) 좀 채수가 있으니 먹고 드
러가 쉬여라! 어서 드러가! (허씨는 서답 함지를 들고 들어간다.)

홍련 - 형님, 차라리 이 천대를 받지 말고 우리 형제 흐르는 저 강물에 빠저
세상을 잊엇으면…

장화 - 홍련아, 너 무슨 그런 말을 하늬? 그래도 살아야 한다. 어서 들어가
저녁을 먹자. (드러간다.)

장화 - (두 눈이 똥그럼해서 달려 나오며 배를 움켜쥐고) 아이구, 엄마 나는
죽어요. 아이구 배야 아이구! (막우 꼬구라진다.)

홍련 - (달켜 나오며) 형님, 왜 이러서요. 배가 앞아요. 아이구 이 일을 엇
하면 좋담?

만수 - (급해 하며) 아씨님, 각중에 배가 앞아요? (엇지할 줄을 모른다.)

허씨 - (급히 나오며) 오 이래느냐?

홍련 - 형님이 금방 저녁 술을 놓자 각중에 배가 앞아서…

허씨 - (가장 급한 듯이) 이런 변이라고? 무얼 먹엇늬?

홍련 - 형님은 기름 채수와 밥을 먹구 난 누른 밥을 먹엇서요.

허씨 - 그럼 음식 탈 잡을 건 없고 그 배가 엇잔 일인가? (장화를 만지며)
어떻게 앞으니? 말 좀 해라.

장화 - (겨우) 어떻게 앞은지 나도 모르겠서요.

허씨 - 허 큰일 낫구나. 아부지는 왜 오지 않나? 얘 만수!

만수 – 예

허씨 – 아씨님들을 별당으로 모셔라.

만수 – 예 (홍련과 같이 부측하여 별당으로 올라간다.)

허씨 – (혼잣말로) 동배기름이 내 말을 안 드를리 있나. 일은 뜻대로 되는
판이다. (얼른 내채에 꾀돌이를 부른다.)

만수 – 안니 그런데 이 칠성이란 놈은 어듸로 가서? (찾어 내채로 들어가다
가 넘추어 서써 관경 드러다 본다.) 안니 저 꾀돌이란 놈은 와서 무
슨 꾀를 꿈이는 건가? (내채에서 "옳다. 쥐가 들엇다.")

만수 – 안니 각중에 쥐를 잡느니 꾀돌이를 다려오느니 하는 꼴이 아마도 저
이리 같은 게집이, 무슨 흉게를 꿈이는 게야. 어듸 좀 삶여보자. (슬
금슬금 피해서 별당 화게 뒤로 들어간다.)

꾀돌 – (망태를 들고 뛰여나오며 깃버서 뛴다.)

들엇구나 들엇구나 쥐가 들엇구나
이 꾀돌이 망택에 쥐가 들엇구나
너는 죽고 나는 살고 쥐가 들엇다
어허 좋다 쥐잽이에 돈이 생겻소

허씨 – (달켜나오며) 이애, 쥐가 잡펏늬?

꾀돌 – 잡앗소 잡앗소 쥐를 잡앗소
이 꾀돌이 망태에 쥐가 들엇소
쥐는 잡고 돈은 벌고 쥐가 들엇소
어허 좋고 쥐잽이에 내가 살앗소. (춤을 춘다.)

허씨 – 이애, 꾀돌아, 이전 이렇게 해야 된다. 이리와 내 말 드러라.

꾀돌 – 또 돈버리 있소.

허씨 – 이애, 이전 누구던지 모르게 튀를 해야 한다.

꾀돌-뭐를 해? 예 그야 못하겠소?

허씨-넌 누구와던지 말을 마려야 한다, 응?

꾀돌-내야 무슨 말을 하겟소만 마나님이나 조심하소.

허씨-저기 허덕간에 드러가서 벗겨라. (꾀돌이를 다리고 들어가며 사방을 삺인다.)

만수-(가만이 나오며) 쥐를 잡아 뭐를 해?… 무슨 곡절일가? 종놈들을 먹일라고 그러지 안는가? 안니, 깡당 조밥에 토장만 주어도 되겟는데 힘들게 쥐를 잡아 먹일 리 없는데… 리상하다…

(둥근달은 또다시 떠오르고 별당 안에서는 장화와 홍련의 노래 구슬이 들어나온다.)

야삼경 깊은 밤에 애타게 우는 두견
우리 엄마 넉시더냐 네 울음 더욱 섧다.

우리 엄마 달이 되고 우리 형제 별이 되야
해가 지고 달이 뜨면 밤마다 만나보리

(노래는 차첨 사라지고 별당에 불빛은 꺼진다.)

허씨-애 꾀돌아, 넌 이제 집으로 가거라. (나와서 주먼이에서 돈푼을 내여 주며) 엿다. 지금은 이것만 받아가지고 너 어미의게 갓다 주어라. 일후 또 줄게.

꾀돌-(꼴이 찔으려지며) 이것 몇 푼이우? (떠든다.)

허씨-쉬 래일 또 준다고 하지 안늬? 어서 가거라. (등을 밀려 내몬다.)

꾀돌-응 아시당초에 내가 선전을 받을 걸 그랫거던… 그럼 훗날 더 줘야 하우.

허씨-오냐 렴려마라. (꾀돌이를 내여보내고 사방을 삺여보고 별당 우에 올라가서 장화와 홍련이 잠든 것을 짐작하고 급히 나려와서 보에 산 것을 들고 올라가며) 내 계책대로 되면 일은 그만이다. (살금살금 올라가 별당 문을 가만이 열고 들어간다.)

만수-(더욱 리상히 역이며) 옳치 무슨 흉게가 불명하구나. 저걸 어떻게 하나? 대감님끠 일러야지?… 안니, 그렇게 하단 나까지 죽을 수 있어… 어떠케 하면 좋다?… (별당 문이 열인다. 만수는 또 피한다.)

허씨-(얼른 나려와서) 이애 장쇠!

장쇠-예 (쩔룩거리며 얼는 나온다.)

허씨-이리 와 내 말 명심해 들ㅅ고 그대로 해야 되. (귀속말을 하고) 아라 들엇늬 응? 영이 나리거던 곳 다리고 가. 그리고 지금 나가서 말행 장을 다 준비해두어.

장쇠-그리다가 아부지가 고지들ㅅ지 않거나, 탈로되면 엇지하오?

허씨-이런 미련한 자식이라군. 재산에 목숨이 오고가는 것을 모르니? 어서 식히는 대로나 해라. (장쇠 얼는 퇴장)

칠성-대감님이 오심니다.

좌수-(조곰 취해서 흥분되엿다.) 이리 오너라.

허씨-인제 오세요. 그래 엇지 되엿세요?

좌수-엇지 될 것 있소. 그놈들을 모조리 잡아다가 지평동 리별감의게 넘겨주고 빗을 받게 햇지. 몇을 있으면 수십 석과 수백양이 단꺼번에 들어올 터이지. (별당을 처다보며) 오늘은 저 애들이 발서 자는가?

허씨-(낫색이 변해가며 망서리다가) 얼는 좀 드러가세요. 급히 엿줄 말슴이 있어서. (칠성을 향하야) 너는 드러가 (칠성이는 드러간다.) 내 생각 같에서 내 짐작이 옳은 것 같애요. 어서 드러가 저녁 잡수세요. (퇴장)

만수-(급히 나오며) 이애 칠성아, 그래 엇지든?

칠성 - 말 마시우. 빗진 사람들은 다 끌려가서 매 맞고, 지평동 리별감 집으로 종사리 가게 되고, 빗은 별감이 다 문다우.

만수 - 에흐! 이놈의 법이 언제 없어진담.

칠성 - 그런데 밤에 별당 뒤로는 웨 단이우? 무슨 봉변 격자구.

만수 - 이애 칠성아, 리상한 일이 있다. 저 아긔 같은 마나님이 꾀돌이를 다려다 쥐를 잡아 튀해가지고, 아씨님들 별당으로 가지고 들어갔다 오는 모양인데, 아마도 무슨 흉게를 꿈이는 것 같다.

칠성 - (놀라며) 쥐를 잡아서?… 먹여 죽이자구 그러는가? 그럼 대감님끠 말을 해야지.

만수 - 이 자식아, 잘못 알고 그랫다가 슬 대 없이 목이 나라나자구? 하엿튼 엿두고 보자. 양반의 자식들이라도 선양한 사람들은 살려야 한다. 저런 아씨님들은 우리 종들과 같이 천대 받는 사람들이 안이늬? 만일 죽이자면 전 동리를 알려서 살려야 하지. (나오는 허씨를 보고 피한다.)

좌수 - (대로하야) 이 무슨 요망한 소리냐? (만수, 칠성은 피한다.) (나오며) 량반의 가문에 그런 망칙한 일이 있으리라고.

허씨 - (애착스럽게) 글세 가중에 이런 불측한 일이 있으나 랑군이 반듯이 첩의 모해라 하실 듯 하기로 처음엔 말하지 못하엿건이와 랑군은 친 어버니라 나면 이르고 들면 반기는 줄 자식들은 전혀 모르고 부정한 일이 많으나 내 또한 친 어머니 안인 고로 짐작만 하고 잠잠이 있엇더니 오늘은 일즉이 잠들기로 몸이 불평하야 들어가 본즉 (망서리며) 과연 락태하고 누엇다가 첩을 보고 미처 수습지 못하야 황망하기로 첩의 마음이 놀라움이 크나 저와 나만 알고 있거니와 우리는 대대손손으로 량반이라 이런 일이 루설되면 무슨 면목으로 세상에 나서리요. (거짓 울음을 운다.)

좌수 - (대경하야) 응?… (별당을 바라보며) 설마? (허씨를 뚜려질 듯이 보며) 만일 거짓말이면… (허씨 팔을 이끌고 별당으로 올라가 들어간다.)

만수 - 이애, 칠성아, 꼭 잡는 일이다.

칠성 - 좌수님끠 말 할가?

만수 - 가만 있거라. 량반들이 하는 일에 종놈들이 무슨 참관이야 하고 드는 때에는 엇질 셈인냐? 나라 법에 종놈들은 좋던, 궂던 다 벙어리가 되라는 거다.

(좌수는 별당 문을 열고 우들우들 떨며 나려오고 허씨가 보에 싼 것을 들고 부축하며 나려오고 만수와 칠성은 피한다.)

좌수 - 이 일을 장차 어이 하리요. 나의 집안이 망햇구나.

허씨 - 보세요. 요전 추석날에 전대 돈이며 음식을 종들게 맞긴 것도 리유 없는 일은 안이라고 하지 않앗서요. (좌수는 얼빠진 양 대청에 펄석 주저앉는다.)

허씨 - 이 일이 가장 중란하니… 이 일을 남이 모르게 흔적을 감추어야 할 것인데… 남이 이 일을 알면 부끄러움을 면치 못하리니 차라리 첩이 몬저 죽어 꼴을 모른이 나흘가 하나이다. (가실, 거즛 입을 피죽거리며 운다.)

좌수 - (깊은 한숨을 쉬며) 우리 가문에 그대의 중한 덕은 내가 모르는 바 안이요. 빨리 방법을 가르치면 저를 처리 하리다. (좌수는 눈물을 짓는다.)

허씨 - (성공이나 한 듯이) 내가 몬저 죽고자 하엿더니 랑군이 이다지 저를 생각하야 주시니 죽기를 참거니와 글세 저를 죽이지 않이하면 문호에 화를 면치 못하리다. 어렵기야 하지만, 빨리 처치하야 이 일이 탈로되지 않게 하옵소서. (절을 하며 가살을 부린다.)

좌수 - (생각다가) 도라가신 대부인이 어려우나 할 수 없는 일이로다. 어떻게 처치해야 된단 말이우?

허씨 - (밧싹 닥아앉으며) 장화를 불러, 외삼촌의 집에 단여오라 하고, 장쇠를 식혀 같이 가다가 뒷 연못에 밀처 넣는 것이 상책일가 하나이다.

(긴 사이)

좌수 - (결명덕으로) 장쇠야!

장쇠 - (벌컥 뛰여 나오며) 예이

좌수 - 너 지금 곳 네 누이 장화를 다리고 외삼촌의 집에 단여와야겟으니
행차를 준비해라.

장쇠 - 예이 (뛰여나간다.)

(사이)

좌수 - 장화를 불러오시우.

허씨 - (얼는 별당으로 올라가 문을 열고) 장화야, 아 장화야, 그리도 깊이
잠이 드럿늬? 부친꺼서 속히 나오시란다.

장화 - (혼미하야) 예 지금 곳… 아부지 저를 불럿서요?

좌수 - (슲어도 하고, 노해도 하고, 망서리기도 하며) 너의 외삼촌 집이 여
기서 멀지 않으니 잠간 단여오너라.

장화 - (잠이 깨여 놀라서) 소녀는 오늘까지 집을 떠나본 일이 없어 외인을
대한 일이 없사거늘 부친님은 엇지하야 이 심야에 아지 못하는 길을
가라 하시나이까?

좌수 - 응 급한 일이 있다. 네가 가면 아는 도리가 있을 테니 새 옷 입고…
어머니 상문에 하직하고 갓다 오너라. 그리고 외삼촌이 있으라 하거
던 두 말 없이 있거라. 그리고 홍련아… (말을 못하고 도라안는다.)

장화 - 부친게서 죽으시라 하신들 엇지 영을 거역하시리까마는 야심하엿기
로 어린 생각에 사정을 고함이로소이다. 분부 이러하시니 황송하오
나 다만 바라옵건대 밤이나 새거던 가게 하소서.

좌수 - (슲어하며 망서린다.)

허씨 - (발칵 이러서며) 너는 아비의 령을 순히 쫓을 것이어늘 무슨 말을
하야 부령을 거역하느냐?

좌수 - 네 오라비 장쇠를 다리고 가라 햇는데 무엇 근심할 것 없다. 어서
행차를 준비해라!

장화- (울며 아부지를 보다가) 아버지 령이 이러하시니 다시 엿줄 말씀이 없사오며 분부대로 하오리다.

(장화는 예하고 별당으로 올라갈 때 홍련은 "형님, 형님!"하고 홀련이 나오다가 형을 만날 제 좌수와 허씨는 내채로 들어간다.)

홍련- 형님, 외 밤중에 나왔서요?

장화- 홍련아, 아부지의 의향을 아지 못하거니와 무슨 연고있는지 이 심야에 외가에 단여오라 해매 마지 못하거니와 이 길이 아모리 하여도 생각컨대 리유 있는 길이라 시급하야 사정을 못다 하거니와 다만 슲은 마음은 우리 형제 모친을 여이고 서로 의지하야 세월을 보내되 일각이라도 떠남이 없이 지나더니 천만 이외에 이 길을 당하야 너를 적적한 별당에 혼자 두고 갈 일을 생각하면 가슴이 터지고 간장이 타는 이 심사는 저 푸른 하늘이 일장지라도 다 기록지 못하겟다. 아모러나 잘 있거라. 내 길이 순하면 속히 도라오려니 그 사이 그리운 생각이 있을지라도 참고 기다려라. (장화와 홍련은 울며 별당으로 들어간다.)

칠성- 이 밤중에 외가에 단여오라구! 아버니, 흉게가 있는 게우.

만수- 대강 짐작은 된다. 이애, 이리 와 (귀속말로 약속하며 들어간다.)

장화- (의복을 가라입고 월귀탄을 쓰고 나온다. 뒤에는 홍련이 울며 따라 나온다.) 너는 부친과 계모를 극진히 섬겨 득죄함이 없이 하고 도라가신 어머님 성상 앞에 자주로 뵈옵고 내가 도라오기를 기다리면 내 오래 있지 않고 수삼일에 곳 오려니 너는 슲어 말고 부대 잘 있거라.

홍련- (울며) 형님, 무슨 갈 길이 급하여 이 심야에 형을 리별케 하나요? 아부님도 무심하오. 도라가신 구천에 가신 어머님, 우리 형제를 삷이소서. (형제 붓잡고 운다.)

허씨- (나와 관경을 보고 독을 쓰며) 너이 어찌 이렇듯 요란이 구느냐? 장 쇠야, 어서 속히 네 누의를 다리고 외가에 단여오너라. 홍련아, 너난 드러가 자던 잠이나 자라구. (퇴장하여 문쯤으로 내다본다.)

장쇠 - 아, 누님은 바삐 나오지 않구 공연이 부령을 거역해서 날 꾸즈람 들
　　　　ㅅ게 하지 않수. 어서 나가 말 등에 앉수.
홍련 - 우리 형제 일시라도 떠남이 없더니 홀련이 오늘은 나를 리별하고 어
　　　　듸로 가나요? (따라 나가며 붓잡는다.)
장화 - 내 잠간 단여 오마. 울지 말고 잘 있거라. (걸음을 멈춘다.)
홍련 - 형님, 나도 함끠 가요. 이 밤에 혼자는 못 가요. (부드켜 안는다.)
허씨 - (톡 뛰여나와서 홍련의 팔을 쥐여단이며) 네 형이 외가에 잠간 가거
　　　　늘 네 엇지 이처럼 가는 사람으로 하여곰 괴로이 구느냐? 응 물러서!
장쇠 - (장화의 팔을 끌며) 아 빨리 나가 앉으시우.
장화 - 홍련아, 도라가신 어머님과 날 생각고 도라올 날 기다리며 울지 말
　　　　고 잘 있거라. 아부지, 부대 부대 불상한 내 홍련을 기리기리 사랑하
　　　　소서. (예 하고 나간다. 홍련은 늣겨 울며 따라 나간다. 말방울 소리
　　　　떠나간다. 허씨도 따라 나간다.)
만수 - 이 자식, 던비지 말구 응? 꼭 내 식히는 대로 하라구.
칠성 - (보에 싼 것을 들고) 렴려 마수. 그런 일이야 못 하겟수. (급히 나간
　　　　다.)
허씨 - (홍련을 끌고 들어오며) 저기 들어가 잠이나 처밖혀 자! (흔들며 들
　　　　어간다.)
홍련 - (별당으로 올라가며) 도라가신 어머님, 불상한 장화를 보삷이소서.
좌수 - (내다보며) 홍련아, 네 웨 그리 우늬? 너는 들어가 자거라. 장화가…
　　　　(락루하며) 도라가신 대부인, 용서하오. 량반 가문에 법이 그러하다
　　　　보니 낸들 엇지 하오? (방문을 닫는다.)
만수 - 아씨, 울지 마우. 선한 사람들은 죽지 안는다우.
홍련 - (머리를 번적 취켜들며 만수를 보고) 아버니, 우리 형제는 어려서 모
　　　　친님 어인 죄밖에는 없어요. 이 야심에 불상한 장화를 어듸로 보내
　　　　세요?
만수 - 우리나라 법에 선실, 후실인니 해 놓으니 재산 따문에 이런 관경을

얼마나 만들어 놓는다구. 에흐! 악독한 놈의 집안!
(늦겨 우는 홍련의 머리를 스다듬을 때에 막은 천천이 나린다.)

데 一 막 三 장
- 큰 연못가 -

배경: 산은 첩첩산봉이요 물은 잔잔백곡이라. 초목이 무성하고, 송백이 자욱하야 인적이 적막한대, 달빛만 희양창 밝아있고, 구슲은 두견소리, 일촌간장 다 끓는다. 이익고 멀리서 말방울 소리 들려온다. 점점 방울소리 높아지더니 장쇠 목소리 들인다.

장쇠-(드러오며) 누님, 이곳에 나리시오.
장화-(황홀하여 달려드러와 사방을 삸이며) 이애 장쇠, 이곳이 여듸건대 여기 나리라 함은 웬일인냐?
장쇠-누님의 죄를 절로 알 것니 뭘 무러요. 누님을 외가로 가라 함이 정말인줄 아시우? 누님의 짛은 죄가 많아서 어머님이 착하신 고로 모르는 체 하시더니 임이 락태한 일이 나타낫으니 날로 하여곰 남이 모르게 이 못에 넣고 오라 하시기에 예까지 왔으니 속히 물에 드소.
장화-(너무도 놀라 정신이 까물첫다가 다시 정신을 수습하여) 아, 하늘도 야속하오. 이 일이 웬일이오? 무슨 일에 장화를 내시어 천고에 없는 루명을 실고 이 깊은 물에 빠저 죽어 속절없이 원혼이 되게 하시는고? 하늘은 굽어 삸이소서! 이 장화는 세상에 난 후로 문밖을 모르거늘 락태란 웬일이요? (사이) 우리 모친은 슲은 인생을 끼첫다가 엇지 세상을 버리시고, 간악한 사람의 모해를 입어 단불에 나븨 죽

듯하게 하나이까? 나 죽는 것은 섧지 않으나, 원통한 이 루명을 어느 제나 설원하며, 외로운 저 동생은 장차로 어이 할고?… (막우 통곡친 다. 산천초목도 응하는 듯 울려간다.)

장쇠 - (억석이 섯다가) 이 무서운 산중에 밤이 임이 깊엇는데 아무레도 죽 을 목숨이 설어하면 소용 있고, 사정한들 소용 있소? 바삐 저 물에 드소. (발로 툭툭 밀친다.)

장화 - (애걸하여) 장쇠, 우리 비록 배다른 자식이나 한 아부지의 슬하에서 장성하지 안 핫소? 전에 우리 서로 우애하던 정을 생각하야 영영 황 천으로 돌아가는 인명을 가련이 역여 한 마듸 말만 드러주오. 삼촌 의 집에 가서 망모의 모하에 하직이나 하고 외로운 홍련을 부탁하야 위로코자 하오. 이는 결단코 내 목숨을 보전하자 함이 안이오. 만일 발명코자 한즉 계모의 스기(시기) 있을 것이고, 살고자 한즉 부령을 거역함이니 일정한 령대로 할 터인니 바라건대 잠간만 긔회를 얻고 자 하오.

장쇠 - 죽는 목숨이 모전에 하직은 뭐이며 살아있는 동생은 생각해서 뭘 하 오? 잡말 말고 어서 수중고혼이나 되오. 남의 사정 들ㅅ다가 내가 곤장 아래 귀신이 되자구… 어서 어서 잡말 마소.

장화 - (할 수 없이 죽기로 결심하고 하늘을 우르러 보며) 명철하신 하나님 은 이 지원한 사정을 삶이소야! 장화의 팔자 기박하야 칠세에 모친 을 여이옵고 형제 서로 의지하야 돋는 해와 지는 달을 보며 망모를 생각하고 눈물로 세월을 보내옵더니 삼년 후 계모를 얻으나 성품 이 불측하야 구박이 자심하온지라 장장하일과 긴긴 추야를 설음과 한탄으로 형제 지내옵다가 계모의 독수를 벗어나지 못하고 오늘날 물에 빠서 죽사오니 이 장화의 천만 애매함을 천지일월성신은 질정 하옵소서. 나의 동생 홍련의 잔잉한 인생을 어여삐 여기사 날 같은 인생을 본받게 마옵소서. (이러서써 연못가로 나려간다. 장쇠 뒤따 라 선다.) (높은 언덕에 올라서써 연못을 바라보고 장쇠를 향하야)

나는 의내 루명을 싫어 죽거니와 저 외로운 홍련을 어여삐 여기사
잘 인도하야 부모의게 득죄함이 없게 하고 기리기리 부모를 잘 모서
백세무량 함을 바라오. (한 손으로 홍상을 잡고 한 손으로 월귀탄을
벗어들고 신을 벗어 연못가에 놓으며 오던 길을 바라보고 통곡한
다.) 홍련아, 적막한 깊은 규중 너 홀로 낡앗으니 불상한 네 인생이
뉘를 의지하야 살아간단 말인냐? 황천 게신 어머니여, 불상한 홍련
을 삶이소서. (못가로 나려갈 때 장쇠 고함친다.)

장쇠 - 누님은 죽어도 나를 원망하지 마소. 아부지 령이니 그러함이요.

장화 - 세상 법은 자식을 루명에 죽이는 법이엿든가?

(물가에 도착하자 난대없던 산천이 문허지는 듯한 소리를 지르며 련산대
호가 뒤수림 속으로 대달려오는데 면상이 어룽어룽하고 앞 가슴은 허엿코
날뛰며 "따웅! 따웅!"하며 장쇠 갓가이 온다. 말은 호용치고 방울을 울리며
뛰여가고, 장쇠는 혼지백산하야 나달는다. 장화는 정신을 잃고 물가에 슳
어지고 범은 장쇠를 따라 나간다.)

(칠성은 범의 호피를 들고 드러와서 숨이 차서 헐덕거리며 장화를 찾는
다.)

칠성 - (장화를 흔들며) 아씨, 아씨, (손을 물을 움켜 먹인다.)

장화 - 아…

칠성 - 아씨, 아씨 정신을 차리시우. 칠성이우.

(긴 사이)

장화 - (혼비하야 정신 나간 듯이) 여기가 어딘가요? 내가 또다시 루명의
　　　 세상을 봄이런가? 그러치 않으면 저승도 세상과 같음인가?… (사방
　　　 을 삶이며) 산도 그 산이요 물도 그 물이로다. 여기는 악독한 계모
　　　 가 없는 곳인가? 오! 푸른 물, 밝은 달, 울울한 청청송림… 슳이 우는
　　　 두견조야, 너의는 이 세상에 압제와 설음을 모르고 살 테지?… 우리
　　　 형제도 너의와 같이 압제를 모르고 천만년을 살앗으면…

신령님이여, 내가 죽지 않고 살게 되면 이 원통한 루명을 벗고 부친님과 불상한 동생 홍련을 보게 하옵시고 도라가신 어머님 영혼을 모시게 하옵소서.

(도정신하여) 무삼 죄로 우리 아부지는 량반이 되엿으며 우리 형제는 일즉이 어머니를 잃고 악독한 게모를 만낫든고… 분명이 만수 아버니와 칠성이가 나를 살렷구나. 우리 형제와 같이 량반의 집안에서 압제받는 선양한 사람들!… 나는 그들을 기다릴 뿐.

(오던 길을 바라본다. 막은 천천이 나린다.)

데 二 막
- 배좌수집 마당 - 일장과 같음 -

얼마 후 장쇠는 병중에 누엇고 홍련은 장화를 기다리는 때 막이 오르면 허씨는 안채로붙어 울며 나온다.

허씨 - 아이구 죽엇구나! 죽엇구나! 내 장쇠가 죽엇구나. 범의게 물려 저렇게 독을 타니 안이 죽고 살 수 있나. (고함을 질러) 만수야, 칠성아…

만수와 칠성 - 예이

허씨 - 범의게 물인 데는 룡골을 가라먹어야 산다니 룡골을 얻어오너라.

칠성 - 룡골을? 어디서 얻어오라우?

허씨 - 저 강가에나 산골에 가 보아라. 얻의 죽은 룡이 있겟는지.

만수 - 마나님, 룡은 세상 즘승이 안나라 천기를 타고 하늘에 단이는건데 세상에서는 못 얻습니다.

칠성 - 들은즉 범의게 물인데는 쥐껍댁이가 약이라우.

허씨 - (놀라며) 응? 쥐? 이놈아, 쥐껍댁이를 약에 쓰면 제 집 사람이 죽는
단다. 잡말 말고 룡골을 얻어 드려라.

만수 - 그런데 도련님이 저 지경 되였을 때에는 같이 가던 아씨님은 어떻게
되였는가요?

허씨 - 어떻게 될끼 뭐냐? 뼉다구도 낡기지 않고 다 집어삼켰을 테지. 범이
큰 황소만 하드라는데…

칠성 - (과장을 하며) 저런 변이라구… 그놈을 잡앗으면 호피 값만 해두…

허씨 - 그건 산신인데 어떻게 잡는다는 말인냐? 잡소리 말고 용골이나 얻어와

칠성 - 예 (식 웃으며 뛰여 나간다.)

만수 - 불상한 아씨님 그만…

허씨 - 그건 다 제 팔자에 타고난 죽엄이야.

만수 - (슬적) 마나님, 범에게 죽으나 물렸으면 범의 굿을 해야지요.

허씨 - 응? 굿을? 이제 언제 굿을 차리겠늬? 물 한 목음 못 먹고… 사람은
방금 죽어가는데… (만수를 향하야) 그럼 너는 강 건너 허무당을 다
려오너라. 아이구! 아이구! 내 자식아. 죽지 않고 살 수 있나. (울며
퇴장)

만수 - 이애, 칠성아, 오늘은 얼마나 배곯으겟늬?

칠성 - 렴려마시우. 어제 몇을 먹을 것을 갓다주엇수.

만수 - 언제나 이놈의 집안이 망하나 보자. 굿을 한다지? 아귀들이 나와 다
잡아가라지.

칠성 - 어서 무당이나 다려오시우. 굿이나 보고 떡이나 얻어먹지. (만수 퇴
장) 얻어가 룡골을 얻어온담? 아무 즘승의 뼈라도 얻어와야지. 뒈여
질 놈의 년놈들, 범은 무슨 놈의 범! 범은 우리가 범이야. (엿보며
퇴장)

(별당 문을 열고 홍련은 슲은 긔색으로 먼 山을 바라보며 한숨을 짛는다.)

홍련 - 형님은 이 몸을 귀중에 홀로 두고 어이 오지 안니 하오? (생각다가) 아모리 하여도 형님은 다시 오지 못할 길을 간 듯 싶어. 장쇠가 범의 게 물려 저 지경되엿을 때에는 형님이 무사햇을가? 만일 그 지경 되엿으면 (두 손으로 얼골을 파묻으며) 형님, 나는 어이 세상에 살아가요?

좌수 - (허둥허둥하며 드러오다가 홍련을 보고) 이애, 홍련아, 울기는 웨 울어?

홍련 - (아부지를 먼니 처다보며) 아부지, 오늘을 당하오매 소녀의 마음이 무엇을 잃은 듯 하와 자연 슯으오니 아마도 형이 이번에 가매 필경 연고 있어 무슨 해를 입은가 하나이다.

좌수 - (은근이 눈물을 짖으며) 너는 울지 말고 부모를 잘 보양하라. 사람 은 팔자와 국법을 어기지 못하느니라.

허씨 - (엿보다가 휙 나서며) 어린 아희 무슨 군말을 하야 어른의 마음을 무단이 슯으게 하며 이럿틋 상케 하느냐? 형이 죽엇으면 제 팔자지. 어서 드러가 종놈들의 옷이나 끼여 매! 어듸 갓다 인제 오세요? 사람 은 죽어가는데 방토가 있어야지요.

좌수 - 방토? 가산 방토가 더 크지 않소? (양인 퇴장)

홍련 - (정색하고) 내 심정을 아부지의게 엿주으매 아부지는 말도 못하시고 슯어하시고, 어머니는 변색하여 이렇듯 구박하니 이는 반듯이 이 가 온대 무슨 연고가 있는 일이라. (묵묵히 생각할 때에 오동나무 우에 서 청조가 운다.)

만수 - 아씨 무엇을 그리 생각하시우?

홍련 - 안이예요.

만수 - (한숨을 지으며) 아씨가 무엇을 생각하는지 나는 알지. (사이)

홍련 - 아저씨, 형님은 무삼 죄로 호상이 되엿서요?

만수 - (홍련을 보다가 말을 못하고 머리를 숙인다.)

홍련 - 아저씨, 나도 형과 함끠 세상을 버리고저 하오.

만수-(또 말을 못한다.)

홍련-선하신 어룬이여, 형이 어느 곳에서 그리 되엿는지 알려 주세요. 선하신 이들게는 덕이 온담니다.

만수-(화게 뒤로 들어가며 가만이 손짓한다.) 아씨들같이 선하신 분들에게는 우리 목이 떨어진다 할지라도 도아야 할 것이요. 울지 마세요. 아는 도리 있겟지요.

홍련-아는 도리 있거던 나를 형이 도라가신 곳까지 다려다 주세요.

만수-아씨도 아시다 싶이 이집 가산 상속 따문에 계모꺼서 아씨들을 그같이 압제하고, 해하려는 것을 아씨들도 알 것이요.

홍련-그것은 우리가 잘 알고 있어요. 형의 상처를 말슴하세요.

만수-요전에 마나님이 꾀돌이를 식혀 쥐를 잡게 햇지요?

홍련-우린 몰라요 그래?

만수-그 쥐를 웨 잡은 줄 아시요?

홍련-우리가 알게 뭐이애요? 어서 말슴하세요.

만수-마나님이 쥐를 튀하여 아씨님들이 잠든 틈을 타서 별당에 드러가 잠자리에 넣고 아부지하고…

(내채에서 허씨 목소리 "아이고 장쇠야, 네가 죽는구나! 아이고, 아이고", 아부지 목소리 "요란이 구지 마오.")

만수-그리줌 알고 게시요. 재산이 사람을 죽임니다. (급히 퇴장하려 할 때에 홍련은 붓잡으며)

홍련-그래 엇지 되엿서요?

만수-차첨. (피해 나간다.)

홍련-(두 눈이 똥그래지며) 무엇이?… 쥐를 잡아… 침숙에?… 이것이 웬일이요? 형님… (눈을 깔고 괴절한다. 청조의 소리만 높으다.) (홍련은 정신을 차리며) 어엿불사 우리 형님, 불측할사 흉녀로다. 이팔청춘 꽃다운 시절에 불측한 루명을 몸에 실고 창파에 몸을 던젓든가? 심산벽곡에 호상이 되엿든가? 천추원혼이 되엿으니 뼈에 새긴 이 원한을 어찌하면 풀어 볼고?… 구천에 도라간들 이 동생 그리워서 피눈물 지울실 때, 구곡간장이 다 녹앗으리라. 고왕금래에 이런 지극 극통한 일이 또 어대 있으리요. (진정치 못하고 몸부름 치며 통곡타가 정신을 수습하고 하날을 향하야) 소소한 명천은 삷이소서. 소녀 세상에 어미를 잃고 형을 의지하여 지내옵더니 이 몸이 죄가 지중하야 모진 목숨이 외로이 낢앗다가 이런 변을 또 당하니 형과 같이 더러운 욕을 보지 말고 차라리 이 몸이 일즉 죽어 외로운 혼백이라도 형을 따라 지하에 놀고자 하나이다.

(땅에 엎어저 운다. 허씨 나오다가 홍련을 보고 독을 쓰며)

허씨- 집안에 불길한 일이 있어 야단인데 오라비가 어서 죽으란 축원제를 지내는 셈이냐? (홍련은 얼는 이러나서 원한의 눈빛으로 흉녀를 보며 뒷거름질하여 별당으로 올라간다.) 조년의 게집애까지 없애야 할테지. (생각다가) 그래 그놈만 끼면 깜쪽 같이 할 테지… 룡골인니, 무당인니 보낸 년석들은 다 뒤여젓나? 외 상금 오지 않어… 엇잿던 내 자식만 살면 된다. (흔들며 들어간다.)

홍련- (별당 문을 열고 오동 우에서 우는 청조를 봐라보며) 오동 우에 우는 청조야, 네 비록 미물이나 우리 형의 죽은 곳을 알리려 왓거던, 구곡간장 슯이 울지 말고 형의 길을 가르처 주러므나. (청조는 더욱 슯이 운다.) (홍련은 어이 할 길 없어 노래를 부른다.)

청조야 울지 마라 형의 생각 간절코나
구천에 가서라도 날 그려 애이하리

청조야 울지 말고 형의 길을 알려주렴
산이라도 넘어가고 창파라도 건너가리

형님… 형님… 어엿븐 나의 형님… (운다.)

칠성-(벼를 한 짐 질머지고 들어오다가 이 관경을 보고) 아씨, 웨 우시우?

홍련-(달려오며) 여보세요. 우리 형님 장화가 어느 곳에서 호상이 되엿서요?

칠성-이제 청조다려 무러 보섯지우?

홍련-너무도 알 수 없어 그리 하엿서요.

칠성-아씨, 세상사를 말 못하는 날새가 어떻게 알겟수? 사람들이 한 일은 사람들이 알 것이우.

홍련-그런데 아까 만수 아저씨꺼서 들은즉 형은 흉악한 루명을 띄고…

칠성-쉬 만수 아저씨가… 예 그럼 내가 알려드릴 터인니 집을 떠나도록 차리시우.

홍련-(깃버하며) 예 참말이에요.

칠성-옛말에 청조가 길을 가르첫다구 햇지만, 그는 거즛말이구, 청조는 선한 사람들을 구해주는 우리 같은 종들이 청조라우.

홍련-그럼 떠나기로 차리지요. (급히 별당으로 올라간다.)

칠성-마나님, 마나님!

허씨-응 룡골을 얻어서?

칠성-룡골인지는 알 수 없으나 저 호랑이 골에 드러가니 이련 뼈가 있기에 룡골인줄 알고 질머지고 나왓수.

허씨-여보, 여보 이리 나와보세요. 룡골을 얻어왓서요.

좌수-응 룡골을 얻어서?… (뒤적거려보고 흘겨보면서) 이 자식아, 이게 어듸 룡골이냐? 이건 마골이야.

허씨-마골? 이놈이 지금 뉘 자식을 잡랴고 이래? 아듸 가서 썩어진 말뼈를 지고 왓서? 어서 냇다 던지고 룡골을 얻어와! (칠성은 도로 주어 묶어 질머지고 슬밋슬밋 나간다.) 이 만수란 두상은 무당 다리려 간 것이 어듸 가 뒤여젓나, 웨 상금 오지 않어?

만수-(급히 들어오며) 예 왓음니다.

허씨-웨 무당은 오지 않어?

만수 - 그런 굿은 하지 않겠다구 합듸다.

허씨 - 웨?

만수 - 그렇게 범의게 물인 것은 팔자에 타고난 것이 되여서 굿이 들이 않는다고 하며 허무당은 허풍촌으로 떠나갑듸다.

좌수 - 응 내 집에서 오라는데 무엇이 엇재? 이놈이 무당노릇도 다 해먹어서.

허씨 - 그럼 무당은 그만두고 저 건너촌 정백정을 다려와 소나 잡아 상공님에게나 위해보자. (퇴장)

만수 - 예 (퇴장)

칠성 - (슬밋슬밋 들어와서 별당을 향하야) 아씨, 청조가 왔수.

홍련 - 지금 곳

칠성 - 아씨, 그럼 곳 나오시우. (급히 퇴장)

홍련 - 이제는 형의 죽은 곳을 가르킬 청조가 있으니 죽은 곳은 찾으련이와 이 일을 부친게 고하면 못 가게 하시련이 사연을 기록하여 두고 가리라. (속히 별당으로 올라간다.)

만수 - (백정을 다리고 들어온다. 정백정은 키가 구척이요, 상투는 아름이 되고 두 눈이 퉁사발 같고 수염은 검고도 수북하다.)

백정 - 이보소, 소를 마당에 매지 않구 어듸 맷소.

만수 - 지금 마나님이 가르켜 줄 거요. 마나님, 다려왔음니다.

허씨 - 응 (백정을 보고 인자하게) 너 마츰 잘 왔다. 너 만수난 저리 나가서 떡사리나 부르고 어서.

만수 - 어느 소를 잡겟는지?…

허씨 - 어느 소를 잡든지 아직 대감님하고 리론해야겟다. 어서 나가 식히는 일이나 하라구.

만수 - 예 (퇴장)

백정 - 암소요? 숫소유?

허씨 - 무슨 소든 잡으면 될게 안이늬?

백정 - 그러치요. 내복, 피복, 오장육부, 갈비, 두족 내라는 대로 다 내지요.

허씨 – 그런데 야 정돌아, 이리 갓가이 와서 내 말 드르라. (백정의 귀에다 말을 하니, 백정이 깜작 놀란다.) 이 자식아, 놀랄 것 뭐니? 소를 잡 든지 무엇을 잡든지 네게야 돈만 생기면 될 게 안니긔? 소잡기보담 몇 곱절 생길 거야.

백정 – 그리다… 허… 그런 것은 잡아보지 못햇는데…

허씨 – 앗다 그 자식, 드러오는 복을 차내는 셈이로군. 양반의 집일이 그리 도 무섭늬? 말이 낫으니 네가 하면 기언이지만 만일 거절하면 너부 텀 좌수님끠 고하여 목을 바칠 줄 아라라.

백정 – (눈이 뚱그래지며) 대처 어떻게 하란 말슴이요?

허씨 – 저리 드러가자.

백정 – (드러가며) 허 큰일인데… (퇴장)

칠성 – 아 아씨, 어서 나오시우. (급히 나간다.) (홍련은 서간을 들고 나온다.)

허씨 – (나온다. 홍련은 얼는 서간을 감춘다.) 응 네 마츰 여기 나왓구나. 네 오라비 병이 중하야 위급하기로 너 얼는 강 건너 외숙부한테 갓 다와야겟다. 네 알지? 동리 끝에 나가서 외나무다리를 건너서서, 버 들방천을 지나, 들어가면 세호 동리에 마지막집 말이다.

홍련 – 가보지 못햇서요.

허씨 – 응? 웨 저 네 어미 공동묘지를 가는 길에 세호 동리를 몰라?

홍련 – 예 갓다 오겟서요.

허씨 – 어서 갓다 와.

홍련 – 예

허씨 – 갓다가 너무 저믈거던 자고와도 일없다. (퇴장)

홍련 – 흥! 아마도 나까지… (떠나기로 결심하고) 내 이제 이집을 떠나가면 언제 다시 이 문전을 보리요. (편지를 대청 우에 놓으며) 아부지, 우 리 형제를 보는 듯이 두고두고 보십시요. (퇴장한다.)

허씨 – (나와) 홍련아, 홍련아, 응 발서 간 모양이로구나. 이애 정돌아, 어서

이리나와! 지금 갓으니 너는 그 길로 가지 말고 강 아래로 건너 버들
방천에 은신햇다가 응 그 강물에다… 알겟서?

백정 - 알만하오. (비수를 빼여들고 따라 나간다.)

허씨 - 요년의 게집애들, 너까지 없에버리면, 좌수의 재산은 내 자손들의
재산이다. (흔들며 들어간다.)

좌수 - (대청으로 나와 별당을 처다보며) 홍련아, 홍련아! (마루에 편지를
본다.)

아부지!
오호라! 일즉이 친모를 리별하고 형제 서로 의지하야 세월을 보내옵
더니 천만 이외에 형이 사람의 불측한 모해를 입어 무죄히 몹슬 루
명을 쓰고 마츰내 야심에 먼 길을 가옵다가 호상이 되야 원혼이 되
엿스니 엇지 슲으지 안흐며 지원치 않으리요.
불초녀 홍련은 부친 슬하에 이 십려년을 모섯다가 오늘날 가련한 형
을 쫓아가오매 지금후로는 부친의 용모를 다시 보옵지 못하오며 성
음조차 들을 길이 없사오니 생각하면 눈물이 앞을 가리와 흉격이 억
석하외다. 바라옵건데 부친님은 불초녀들을 생각 마르시고 만수무강
하옵소서
소녀 홍련

(극히 놀라며) 몹슬 루명을?… (별당으로 달려 올라갓다가 실신한 듯
이 별당 층게로 허둥허둥 나려오며) 홍련아, 홍련아… 장화야… 내
자식들아…

만수 - 홍련은 청조를 따라갓서요.

좌수 - (정신없이) 그래 청조를 따라갓서. 량반의 법이 자식을 잡는구나.
(땅에 잣바진다.)

만수 - (가이없게 보며) 그럿음니다.

허씨-저기 들어가 (만수는 들어가고 슬혀진 좌수를 흔들며) 정신 차려요.

좌수-네 이년! 내 자식들을…

허씨-(아양을 부리며) 아 또 자식들이 있지 안나요.

좌수-응 그래? 또 자식들… (정신을 잃고 자바진다.)

- 막은 천천이 나린다. -

뎨 三 막
- 철산읍-부사청 -

막이 오르면 군로 사령들과 통인이 분주히 군청을 소제하며 도라친다.

사령1-(사령2를 향하야) 이애 국보야, 우리 단배나 한 대식 피우고 서
돌라.

사령2-그 자식 정신나갓나 보다. 이번에 도임하는 사도는 천하에 무서운
량반이란다. 어떤 량반이던지 철산읍에 부사는 고사하고 선달도 안
이오겟다 하여 잉금이 울고 있는데 이 양반이 잉금께 자원하여 철산
부사로 도임한단다. 성품이 강직하고 체모가 정중한 사람인데 눈만
흘금것 뜬다면 날던 소리개도 뚝뚝 떠러진단다. 알랏늬? 그러니 얼
는 얼는 서도라라. 괸이 사령노릇은 고사하고 잘못 걸이면 수이 더
렆일나.

사령1-글세 나도 들엇는데 그렇게 무서운 량반이라는데 웨 감사로 보내지
않구 이 분주한 고을에 부사로 보낼가?

사령2-그 자식 미련하긴… 그렇게 무서운 량반이 안이구는 이렇게 분주한

고을을 다스릴 수 있늬? 웨 보지 못햇늬? 처음 군수는 백성들의게 너무도 학정하여 사발통문 바람에 집가리 우에서 불타 죽고 그 다음 군수는 정사는 뒷전이고 밤낮 긔생년들이나 다리고 술노리만 하다가 쥐도 새도 모르게 죽어버렷고 얼마 전에 도임한 곽부사는 배좌수 딸 장화와 홍련의 원귀의 애매한 원정을 드러주지 않으니 악정하는 량반들을 처지하라고 고을 백성들이 떠들고 이러나니 엇지 놀랏던지 밤 사이에 다라나버렷지. 그러니 어떤 량반이 와서 견듸리란 말인냐?

사령1-그럿키는 해. 그 군수란 것들이 량반질이나 할 줄 알앗지, 백성들의 소원은 전부 모르는 것들이야!

사령2-그래서 이번에는 조선팔도에서 뎨일 무서운 량반이 오는데 성은 정가요 이름은 동흘이란다.

사령1-(깃버하며) 응, 정가야?

사령2-그 자식, 또 조화하기는… 한 자리 올라갈 것 같으니? 이놈아, 너는 당나귀 정자 정가고 그 양반은 나라정자 쓰는 정가란다. 너는 사령 노릇이나 하고, 그 양반은 제 먹구 살 정가다.

사령1-글세 무슨 정가든 정가라지? 하엿튼 한 대식 피우고 해보자. (두 사람은 골방대에 단배를 피운다.)

통인-야 이놈들 봐. 당금 도임할 텐데 단배질을 하고 있어. 어서 서둘아라. 큰일 나지 말구. (좌정할 자리를 정돈하고 사령들이 밧비 하던 일을 계속한다. 밖에서 오음륙률의 관음악이 요란하고 피레, 라팔소리 들인다. 군중들의 떠드는 소리 들인다.)

사령들-물럿거라, 빗겻거라. 쉬! 쉬!

(사도가 등장하는데 좌우에는 군로사령들이 육모방망이를 높이 들고 관군들이 창검을 검처 쥐고 행수긔생을 앞세우고 긔생들이 늘어서서 음율에 맞우어 들어오는데 참말로 위력하게 좌정한다.)

사도-통인

통인-예이

사도-리방이 게 있느냐?

통인-예 사령, 리방 대령하라신다. (방울이 떨렁)

사령-리방 대령하시라오.

리방-리방 대령이요. (읍한다.)

사도-(아주 엄하게) 내 들으니 너의 고을에 관장이 도임한 후면 즉시 죽는
다니 과연 옳으냐?

리방-아뢰옵기 황송하오나 오륙년 이래로 등내마다 백성들의 원정을 처
리치 못하와 백성들이 사발통문을 돌려 안인 밤중에 쥐도 새도 모르
게 관문을 처들어 와서 관장을 붓잡아내여 집가리에 올려놓고 불태
워 죽인 일이 있사옵고 그 다음 관장은 주색에 몰두하시더니 잠을
깨지 못한 채 도라가섯나이다.

사도-내 드르니 요 얼마 전에 온 곽부사는 너의 고을에 이상한 일이 있어
기절하여 죽엇다니 과연 절실하냐?

리방-예 아뢰리다. 본 고을에 배좌수의 딸 형제가 있엇는데 계모의 흉게
로 그 형은 범의게 호상이 되고 동생은 연못에 빳어 죽엇는데 절통
한 원귀가 되야, 밤이면 연못가에서 울다가도 동리 백성들 사이로
도라단이며, 원한을 풀어달라고 통곡치기로 백성들이 성주끠 형제의
원통한 원정을 고하야 흉녀를 처탄하라 하엿으나, 성주는 백성들의
원정을 처탄치 안키에 백성들이 사발통문을 돌린다는 기미를 드르
시더니, 밤중에 도주하엿는데 아직 종무소식이로소이다.

사도-배좌수 딸 형제가 분명이 귀신된 줄 네가 아느냐?

리방-들기도 하엿거니와 밤마다 범을 타고 관문 앞으로 단이는 것을 보고
서 소인도 혼지하야 수개월 병중에 있엇나이다. 오늘 밤에도 기여코
오리라 하나이다.

사도-응 그러하냐? 년래로 이 고을에 이러한 변이 생겨 폐읍이 되엿기로,
이 고을에 부사로 오는 사람이 없어, 상이 과연 렴려키로 내 성상의

덕화를 백성들에게 펴기 위하여 자원 철산부사로 왔으니 너의들은 오늘밤붙어 불을 끄고 잠을 자지 말며 고요히 있어 산문 밖에서 어떤 동기가 있는지 삶이라.

리방 - 예 령대로 하오리다. (읍하며 퇴장)

통인 - (사령들을 향하야) 너의들은 물러가서 사방에 등촉을 끄고 어떤 사변이 있는지 동기를 삶이라.

사령 - 예이 (방울이 떨령, 사령들이 퇴장한다.)

사도 - (객사에 건너와서 등촉을 밝히고 주역을 엄하게 읽는다.)
각항제방신유귀 두여호의술병
두류의묘필제상 정괴유성장익진
……

(리방이 숨이 차서 정신을 차리지 못한 채로 달려 드러오며)

리방 - (엎어지며) 성주님, 큰일 낫읍니다. 또 민란이 일 것 같습니다. 귀신 배좌수 딸 형제가 범을 타 앞서고 수백 명이 백성이 뒤따라 섯나이다. (다른 편 방으로 달려 드러간다.)

(사도는 혼지하야 은장도를 빼여들고 주역을 높이 읽는다. 검은 보를 쓴 홍련이 자최없이 거룩하게 걸어들어 온다)

사도 - (도정신하고) 귀신인냐? 사람인냐? 즉이 타살할 터인니 귀신이면 물러가고 사람이면 사연을 아뢰라.

(검은 보를 벗으니 일막에 집 떠나던 록의홍상의 홍련이 분명하다. 홍련은 사도 앞에 천연히 절하며)

홍련 - 소녀는 인간이라면 인간이옵고 귀신이라면 원귀오니 성주님끠옵서 처분하시기에 달렷나이다.

사도 - (정신을 가다듬으며) 응? 너는 어떠한 녀자완데 이 밤중에 드러와 사정을 말하려 하는고?

홍련 - (몸을 이르켜 다시 절하며) 소녀는 이 고을에 사는 배좌수의 딸 홍련이옵더니 소녀의 형 장화는 칠세 되옵고 소녀는 삼세 되는 때에 어

미를 여이옵고 아비를 의지하야 세상을 보내옵더니 아비 후처를 얻
으니 성품이 사나옵고 스기(시기) 지극하온 중 아비 혹하와 계모의
참소를 신청하고 소녀의 형제를 박대 자심하오나 소녀 형제는 그래
도 어미라 계모 모시기를 마지 않앗소이다. 그래도 아부지끼서 별세
하오면 재물을 다 가질가 하야 시기심을 품고 소녀 형제를 없애버리
고 재물을 제 자식의게 주기 위하야 모해할 뜻을 주야로 두엇는지라
스사로 흉게를 내여 큰 쥐를 잡아 튀하야 락태한 형상을 만드러 형
의 이불 밑에 넣고 아비를 속혀 죄를 이룬 후에 거즛 외삼촌 집으로
보낸다 하고 그 아들 장쇠를 식혀 다려가다가 연못가온대 넣으라 하
엿기로 못가에서 마츰 큰 범을 만나 장쇠는 범의게 물려 한 팔을 잃
고 도망치고, 소녀의 형 장화는 연못가에 낢아 있어 백성들의 구원
으로 살아낫사와, 등내마다 원통한 사정을 아뢰옵고자 하온즉 나려
오신 관장마다 뢰물을 받고 흉녀의 말만 들ㅅ기로 처단이 없어 소녀
들은 밤마다 원통한 울음을 동리 사이로 단이며 울엇사옵더니 백성
들은 그 원정을 선측하야 음흉한 사도를 처단하고 악정하는 량반들
을 처벌하기로 한즉 사도는 야주를 하엿기로 원한을 이루지 못하엿
더니 이제 천행으로 밝으신 사도를 맞자와 감히 원통한 원정을 아뢰
오니 사도는 소녀들의 원통한 사정을 가긍히 여기사 천추의 한을 풀
어 주옵시고 형의 루명을 벗겨 주옵시면 속히 인간으로 변성하야 세
상만물을 즐기겟나이다.

사도-(생각하며) 장쇠란 놈이 범의게 물렷는데 네 형은 백성들의 구원으
로 살아낫다니 그때 그곳에 백성들이 있어단 말인냐?

홍련-그 범은 참 범이 안니오라 소녀의 집 종 칠성이란 사람이 범의 껍질
쓰고 장쇠를 쫓고 형을 구하엿나이다.

사도-응 그러면 너는 엇지되여 그 사연을 아랏나냐?

홍련-형의 거처를 몰라 주야로 눈물로 세월을 보내더니 너무도 답답하여
일일은 오동나무에 청조와 더부려 형의 보고 싶은 설화를 할 제 칠

성이가 들ㅅ고 형의 거처를 알려주기로 찾아갈 때 정백정이 역시 소
녀의 뒤를 쫓아와서 어미의 령이라 하면서 해코자 할 때 역시 칠성
이가 소녀를 살려 형의 있는 곳까지 다려갓기로 형제 서로 만낫나
이다.

사도 - 응 그러하냐? 그런데 너의들이 귀신이란 말이 적실하냐?

홍련 - 예 살아있는 줄 알면 흉녀 자연 게고를 내여 찾아 죽이겟기로 검은
　　　보를 쓰고 밤이면 나타나옵기로 자연 민간에서 소녀들을 원통히 죽
　　　은 생불이라 이르옵나이다.

사도 - 그런데 백성들이 너의들을 앞세우고 민란을 이르키는 리유는 웬 일
　　　고?

홍련 - 백성들은 우리와 같이 재산 때문에 압제받는 사람들임으로 선양한
　　　사람들을 죽이는 악한 량반들과 선손, 후손, 량반, 쌍놈 차별을 없이
　　　해달라고 소송하면 관장들은 도로혀 백성들의게 학정이 더 심하고
　　　민간에 량반들은 백성들로 하여곰, 악의를 더 품기 때문이로소이다.

사도 - 응 그러하냐? (의심히 보며) 네 말을 드르니 소소한 향촌에 너 아라
　　　할 수 없다. 네가 정영 생불이 안이고 산 사람이 적실하냐?

홍련 - 지금은 산 사람이 확실하오나 소녀들의 하늘에 사모친 지극 원통한
　　　원한을 풀지 못하면 즉시에 생불이라야 원쑤를 갚겟나이다.

사도 - 응? (황당해 하며) 내 처리할 테니 너는 물러가라.

홍련 - 물러가나이다. (검은 보를 쓰고 절하고 나가는데 사도는 유심히 보며)

사도 - 사람은 완연 산 사람인데… 그런데 이 사변을 처리하지 않으면 원귀
　　　로 하여곰 민란이 인단 말이지?… (결명적으로) 처리는 할망정 민란
　　　괴수 놈들이 있을 터이니 건대보아라. 이리 오나라.

통인, 사령, 리방 - (뛰여나오며) 예이 등대

사도 - 리방, 이 고을에 배좌수란 사람이 멀리 사나냐?

리방 - 두 강 건너 세호촌을 도라 향반촌에 사나이다.

사도 - 배좌수 부처와 그의 아들 장쇠란 놈을 잡아드러라.

리방-사령, 향반촌에 배좌수 부처와 그 아들 장쇠란 놈을 각금 잡아드 러라.

사령-예이

(방울이 떨렁, 암전이 되엿다 켜지면 사도는 도청에 좌정하고 리방, 사령 들이 좌우에 라열하고 집장 사령들이 형장을 집고 섯다.)

리방-(드러와 읍하며) 배좌수 부처와 그의 아들 장쇠를 잡아왓나이다.

사도-대령식혀라.

리방-배좌수와 장쇠를 대령식혀라.

사령들-예이 (방울이 떨렁) (좌수 부처와 죄팔 장쇠가 벌벌 떨며 들어와 꿀앉는다.)

사도-(엄하게) 좌수 들소. 내 들으니 전처의 두 딸과 후처의 아들이 있다 하니 그러한기요?

좌수-(떨며) 두 딸은 병들어 죽고 단만(다만) 세(새) 아들이 살아 있나이다.

사도-두 딸이 무슨 병으로 죽엇는고? 바른 대로 아뢰면 죽기를 면하련이와, 그러치 않으면 감령에 고하여 봉급파직이 되고, 장하에 죽으리다.

(좌수 벌벌 떨며 말을 못한즉 허씨 속 나 앉으며)

허씨-안전에서 이미 아옵시고 뭇삽는 바에 엇지 일호라도 기망하옴이 있 사오리까? 전실에 두 딸이 있어 장성하옵더니 장녀 행실이 불측하와 잉태하야 장차 루실케 되엿삽기로 누구던지 알지 못하게 약을 먹겨 락태 식혀사오나 남은 실로 이러한 줄 모르고 계모의 모해인줄 알겟 삽기에 저를 불러 경계하되 "네 죄는 죽어 앗갑지 않이하나 너를 죽 이면 남들이 계모의 모해라 할 터이니 죄를 사하니 차후로는 다시 이런 행실을 말고 마음을 닦으라. 만일 남이 알면 우리 집안을 경멸 이 역일 것이니 무슨 면목으로 량반의 체면을 직힐 소냐?" 꾸지저삽 더니 저도 제 죄를 알고 스사로 부모 보기를 부끄러워 하야 밤에 나가 못 가에 빠저 죽어사옵고 그 아우 홍련이 또한 제 형의 행실을 본받아 야밤도주한 뒤로 수삼색이 되엿으나 종적을 모를 뿐 안이오라 량반의 자식이 행실이 불측하야 나갓다고 엇지 찾을 길이 있사오리까? 이러함으로 나타나지 못하엿나이다.

사도 - (기웃기웃 들고) 네 말이 그러할진댄 그 락태한 것을 두엇느냐?

허씨 - 소녀 자식이 안인고로 련나 이런 변을 당할 가 하야 그 락태한 것을 깊이 간수하여 두엇나이다.

사도 - 락태한 것을 누구던지 모르나냐?

허씨 - 저와 나뿐만 아나이다.

사도 - 좌수, 저 말이 죄다 옳은기요?

좌수 - 과연 올소이다.

사도 - 장쇠, 네가 범의게 물인 일이 있나냐?

장쇠 - (깜작 놀라며) 엄마, 예예 범의게 물러 왼팔이 떨어젓나이다.

사도 - 엇지하여 범의게 물럿는지 바른대로 말하지 않으면 형틀 아래 곤장 귀신이 되리라.

사령들 - (우렁차게) 바른대로 아뢰라.

장쇠 - 엄마…

허씨 - (입속말로) 소…

장쇠 - 예예 소먹이려 갓다가 큰 범이 이렇게 얼룽, 얼룽한 범이 달려 나오기로 뛰다가 붓잡혀 이리 되엿나이다.

허씨 - 과연 소자의 말이 옳음을 무리한 어미도 짐작하나이다.

사도 - (불연이 소리 질러) 그때에 장화가 있어나냐?

장쇠 - (왈칵 놀라며) 예 있엇나이다. (잉잉 운다.)

허씨 - 어린 오라비라 범이 개 끓듯 하는 곳에 홀로 내여 놓기 무섭기에 같이 소 먹이려 내보낸 일이 있사옵고 장화는 그날 밤에 도라와 제 죄를 탄식하고 연못에 다시 나가 빠저 죽엇나이다.

사도 - 좌수, 안인 밤중에 장화로 하여곰 저 장쇠놈에게 말을 태워 외삼촌 집으로 가라 한 일이 있는기요?

좌수-(깜작 놀라며) 예 있사외다.

허씨-그 일은 그 전날 일이온대 가라 하엿으나 부령을 거역하고 가지 않 앗나이다.

사도-좌수, 그러한기요?

좌수-과연 그러하외다. (벌벌 떤다.)

사도-(생각하다가) 말과 일이 방불하나 내 처치할 터이니 너의들은 나가 있되 그 락태한 실물을 가저오라.

허씨-예 령대로 하오리다. (좌수, 허씨, 장쇠 퇴장)

사도-백성놈들이 수만 미욱한 놈들이구나. 이런 사건을 알지 못하고 소동 한단 말이지. 리방!

리방-예이

사도-장화와 홍련의 사건에 연하야 민가를 소동한 놈들을 죄다 알앗나?

리방-다는 몰라도 수십 놈 되나이다.

사도-그놈들을 죄다 황쇠, 족쇠로 가두엇다 감령에 처하야 죄다 목을 달 게 해라.

리방-예, 령대로 하오리다. (퇴장)

(불연이 밖에서 군중들의 고함이 터진다. "귀신이야! 원귀야!", "범이야! 범 이야!" 일동은 다 놀란다. 검은 보를 쓴 장화와 홍련이 태연이 들어오니 좌우는 놀라 물러서고 사도 변색하여진다. 두 처녀는 절하며)

사도-너이들이 분명이 사람이지?

장화-(검은 보를 벗으며) 소녀들은 분명이 원귀로 변성한 인간이로소이 다.

사도-응 너이들이 분명이 그러하면 너이들이 짖은 죄를 너이들이 아나냐? 바른대로 아뢰지 않으면 경문칠권을 읽어 즉이 타살 봉감하야 지옥 에 무치리라.

장화 - (울음 썩긴 어조로) 소녀 등이 천만 이외에 밝으신 사도를 만나오매 소녀 형제의 루명을 설원할가 바라옵더니 삿도 흉녀의 간특한 꾀에 빠질 줄 엇지 아랏스리까? (두 형제 슳이 운다.)

홍련 - 일월 같이 밝으신 삿도는 깊이 짐작하옵소서. 옛날에 순임금도 계모의 화를 입엇다 하옵거이와 소녀들의 뼈골에 맺인 원한을 삼척동자라도 다 아는 바이어늘 이제 사도 간악한 게집의 말을 고지 들으사오니 엇지 원통치 않으리요. 바라건대 사도는 소녀 집 로복들을 불려 무르시면 아는 도리 있사오리다.

장화 - 명철하신 사도는 백성들의 원정을 불상히 역이사 민간에서 량반들이 재물을 탐하야 선양한 사람들을 학정함을 낫낫치 삶이사 엄치 정배함으로써 잉금의 어지신 뜻을 백성들의게 아뢸진대 엇지 흉녀의 말을 고지 들을 줄 아라스리까? 사도는 소녀들의 원정을 삶이사 쥐를 잡아 튀한 동리 꾀돌이와 나의 동생을 해하려든 정백정과 무르시면 알 도리 있사오리다. 그리고 그 락태한 것을 반을 갈가 보면 사람이 분명할진댄 죽어도 원통치 않겟나이다. 그러치 않을진댄 소녀들이 인승이 되야 하로 밥비 대명천지에서 아부지의 용모를 보게 하옵시고 어머님 묘전에서 영혼을 모시게 하옵소서. 만일 그러치 못하오면 소녀 등은 즉시에 생불이 되야 철천지 한을 갚겟나이다.

사도 - 응 내 처리할 터이니 너이들은 잠시 나가있으라.

장화, 홍련 - (절하고 퇴장)

사도 - (긴 한숨을 내쉬며) 과연 괴상한 변이로구나. 리방!

리방 - (땀을 쏫으며) 예이

사도 - 배좌수 부처와 그의 아들 장쇠와 동리 꾀돌이란 놈과 정백정과 좌수의 집 로복들을 죄다 마조 대면 식혀라.

리방 - 령대로 하오리다. (퇴장)

사도 - 처리치 않으면 민란이란 말이지?… 응… 처리해야지. 뒷끝은 동란을 이르킨 너의놈들이 알리라. (결심한다.)

리방-(급히 들어오며) 좌수 집 로복들은 자원하야 산문 밖에 와 있사옵고, 죄수 부처와 그의 아들 장쇠도 다 산문 밖에 있나이다.

사도-잡아드러라.

리방-예이 (밖에 나가서) 드러라.

(배좌수 부처, 장쇠, 만수, 칠성이 드러와 꿀앉을 때에 꾀돌이와 정백정은 사령들이 잡아와 꿀어앉힌다.) 대령이요.

사도-너의 놈들이 조곰이라도 속임 있으면 형장 아래 혼백이 되리라. 꾀돌아! 네가 배좌수 집에서 쥐를 잡아 튀한 일이 있나냐?

꾀돌-(말문이 꽉 막혀 얼골이 밝게진다. 숨을 할닥거린다.)

사도-이놈, 어서 말해라.

꾀돌-(말을 먹으며) 예예 말하옵지요. 쥐를 잡아 튀한 일이 있읍니다.

사도-그 쥐를 누가 잡으라 하드냐?

꾀돌-장쇠 어미가 그랫소이다.

사도-그 쥐를 튀하여 어떻게 하드냐?

꾀돌-약에 쓰겠다 하옵듸다. 잡으면 돈을 더 주겟다 하고 지금도 못 받앗나이다.

사도-네가 쥐를 잡은 것을 누가 보앗느냐?

꾀돌-아모도 못 보앗읍니다.

허씨-(속 나앉으며) 그 쥐는 사촌 형의 창병에 쓰려고 잡혓읍니다.

만수-(숙 나앉으며) 그 쥐 사건을 제가 알지요.

사도-아는 대로 아뢰여라.

만수-저는 좌수 집 로복이온데 밤이 깊엇는데 꾀돌이를 식혀 쥐를 잡아 튀해서 아씨님들 별당으로 들어가는 것을 보앗지요. 그 다음 좌수님과 고하여 락태햇다구 죄명을 씨우고 장쇠로 하여곰 장화를 말을 태워 가는 것을 보고 무죄한 사람을 살리기 위하여 칠성이로 하여곰 뒤따루게 하여 장화를 살려냇소이다.

사도-응 그러면 네가 그 사연을 알고 백성들을 소동식혓단 말인냐?

만수 - 별 소동이 없어나 량반들이 종들만 구박함이 안이고, 선손인니, 후
　　　손인니 하여서 선양한 사람들을 죽인니 원정을 삿도님 전에 고하자
　　　했을 뿐이로소이다.

사도 - (격분해하며) 알만한 일이로구나. 네 이놈 칠성아, 네가 범의 껍질을
　　　쓰고 장화를 살렷다니 분명하냐?

칠성 - (석 나서며) 예 분명하우다.

사도 - 그 범 껍질은 어듸서 난 것인고?

칠성 - 팔월보름마다 우리 농군들이 사자노름을 놀던 것이지우.

사도 - 장화와 홍련의 사연을 아뢰여라.

칠성 - 만수 로인의 말슴이 과연 올수이다.

사도 - 너 정백정놈 웨 홍련을 죽이랴 햇느냐?

백정 - 좌수 집 마나님이 돈을 주겟다 하며 죽이라 합듸다. 안 죽이면 내
　　　목이 나라난다 하기에 목숨을 도모하기 위해서 그리햇소이다.

사도 - 응 그릿쿠나. 좌수, 이 요망한 년, 이 우직한 장쇠놈, 저놈들의 말이
　　　다 옳으냐?

좌수 - 전부 드르매 처음이로소이다.

허씨 - 명철하신 사도님, 소첩의 팔자가 굿어 남의 가문에 계모라 할지라도
　　　량반의 체면으로 엇지 그리 흉악한 즛을 햇사오리까? 이건 전혀 종
　　　놈들이 우리 양반들을 치욕하기 위한 허설이로소이다.

사도 - 이 죽일놈들, 즉이 타살할 터이다. 바른대로 말하라.

칠성 - (벌덕 이러나며) 여보 사도, 웨 우리 종들의 말은 겊은말이고 재산을
　　　위하여 선한 남의 자식들을 잡는 량반댁들의 말은 겊은말이 없으리
　　　란 말이우? 허, 또 앞서 관장 같은 공사로군. 그렇게 공사만 하시다
　　　간 이번 삿도도 짚가리에 올라앉아 기름동이나 짜오리다.

사도 - 이놈! 방정맞게. 네놈이 민요소동에 괴수로구나.

만수 - 사도님, 처분은 안전에 달렷게지만 세상에서 사실에 있는 일이야 엇
　　　지 막아내오리까? 사도님 인심이 천심이 안이오니까?

꾀돌-저는 있는 대로 말햇음니다. 살려주시옵소서. 八순 되는 로모가 게
　　　심니다. (애걸하며 운다.)

백정-있는 일만 말햇음니다. 살려주십시요.

(밖에서 백성들의 소리 요란하다. "저 사도도 그런 사도! 끄어내라! 끄어내
라! 귀신을 불러라!")

(사도 백성들의 소동을 듣고 겁을 내며)

사도-네 요망한 년, 다 허언일진댄 락태한 것을 갖어왔나냐?

허씨-예 가저왔나이다.

사도-리방, 저것이 무엇인가 보아라.

리방-(받아보고 어물거리며) 고기덩어리는 분명한데 머리도, 발도 없는
　　　육부치로소이다.

사도-그럼 그것을 반을 갈라보라.

(허씨 팍 꼬구라진다.)

(리방은 안칸으로 들어가서 반을 갈라가지고 나와서 떨며)

리방-쥐가 분명하외다.

통인-(받아서 사도의게 주며) 과연 복부에 쥐분이 가득하외다.

사도-(받아보고) 응? 과연 쥐가 분명하구나.

(좌수는 앞으로 꺽구려지고 허씨는 보들보들 떤다.)

사도-이 간득한 년아, 네 천고에 없은 불측한 죄를 짚여 백성들을 소동케
　　　하고도 방자이 공교한 말로 속이기로 내 너 말을 고지들을 바 있어
　　　무리득사하려 하엿드니, 이제 또 무슨 말을 꾸며 발명코자 하느냐?
　　　네 이년, 국법을 가벼이 역이고 재물을 탐하여 못할 짓을 하야 전실
　　　자식을 죽이려 햇으니 너는 타살하야 민간 회시를 식혀야 맛당하다.

좌수-(겨우 정신을 차리며) 소생의 무지한 죄는 성주 처분이언이와 비록
　　　하방의 용열한 우맹인들, 엇지 사실을 속히잇으리까? 미련한 소견에
　　　암연이 깨닭지 못하는 중, 더욱 전처의 유언을 있(잇)삽고, 흉계에 빳
　　　어 죽을 시 분명하오니 그 죄 만번 죽어도 사양치 안이하나이다. (울

며 떤다.)

사도-리방, 저 흉악한 년을 형틀에 올려라.

리방-사령, 저 흉악한 년을 형틀에 올려라.

사령들-예 (방울이 떨렁) (허씨를 형틀에 올려 묶는다.)

사도-너의들이 말한 바와 같이 장화와 홍련이 죽엇음이 적실하냐?

허씨-(악을 쓰며) 쥐던지, 사람이던지, 하늘이 무심하야 소첩이 죽기는 하지만, 과연 아뢰운 사연과 같이 되야 죽엇나이다.

좌수-사실을 밝히고 본즉, 악녀의 흉계에 빳어 두 형제가 애매한 죽엄이 되엿음이 와연하외다.

사도-저런 저 흉악한 년… (좌우는 다 격분해한다.) 리방! 장화와 홍련을 대령해라.

(밖에서 백성들이 떠든다. "장화야, 홍련아 원한을 풀어라." 장화와 홍련이 등장한다.)

리방-장화, 홍련 대령이요.

사도-너의들이 분명이 귀신이 안이고 사람일진대 아부지와 흉녀를 보라.

(허씨는 번득 보고 눈을 딱 감고 좌수는 까무려친다.)

장화와 홍련-(아부지의게 매여달이며) 아부지, 소녀들이 사람이 되야 다시 살아왓나이다. (울 때 아부지도 운다.)

좌수-이는 죄다 네 아부 우매한 탓이니 섧어 말고 세상에서 다시 잘 살아라.

사도-너 이 요망한 년, 장화와 홍련이 세상에 살앗음을 보나냐?

허씨-(할 수 없이 항복의 어조로) 소첩의 몸이 대대거족으로 문중이 쇠잔하고 가장이 별세하매 가세가 탕진하던 차 좌수의 간청에 이기지 못하와 후처가 되야 좌수의 가문에 아들을 다리고 들어와 본즉 후세에 암만해도 재물이 국법에 의하여 비로소 녀식들이지만 전실 소생들게 가겟기에 우직한 녀자의 생각이라 후세에 내 자식과 재산을 위하여 천고에 죄악을 짖엇사옵기에, 백번 죽어도 원이 없건이와, 첩의 아들 장쇠는 이 일로 천벌을 입어 이미 병신이 되엿사오니, 죄를 사하여 주옵소서.

장쇠-나의게는 식히는 대로 한 죄밖에는 없소이다. (운다.)

(밖에서 군중들이 떠든다. "흉악한 량반들을 죽이오! 죽이오!")

사도-(드르시고) 리방

리방-예이

사도-흉녀의 죄상은 만만불측하니 능지처참하야 후일을 증계하며 그 아들 장쇠는 목을 다라 죽이라. 그리고 장화와 홍련의 사변을 리용하야 민심을 소동식힌 배좌수의 종 만수라놈과 칠성이란 놈을 비롯하야 소동에 참가한 놈들은 죄다 옥중에 가두어두고 감령을 기다리라.

리방-예 령대로 하오리다. (사령들이 만수와 칠성이에게 황소, 족쇠를 채운다.)

사도-장화와 홍련이 듯느냐?

장화, 홍련-(읍하며) 분부 듯사옵니다.

사도-너의들게는 어떠한 원이 있나냐?

장화-명철하신 사도님꺼서 소녀들의 원정을 그와 같이 풀어주시니 더 설원이 없거니와, 소녀의 아부지는 흉녀의 간교에 빳어 흑백을 분별치 못하엿사오니 십분 용서하여 주시고 우리 집 종들은 천만 무죄한 사람들이로소이다.

사도-응 그러하냐? 좌수 들소. 아모리 분명치 못한들, 엇지 그 흉녀의 간계를 깨달지 못하고 애매한 자식들을 죽이랴 햇소? 맛당이 그 죄를 다스릴 것이로되 장화, 홍련 형제의 소원이 있고, 또 대대로 량반의 문족이라 그 죄를 사하니 일후로는 아라 처리하야 백성들게 소동이 없이하고 성상의 덕화를 넓이시요.

좌수-예 만번 하량하나이다.

홍련-또 한 가지 원이 있나이다.

사도-무슨 지원인고?

홍련-비로소 천한 종들이오나, 불측한 일이 없사옵고 죽어가는 소녀들을 살려 다시 세상을 보게 한 만수 아버니와 칠성의게는 아모러한 죄도 없사옵거늘, 엇지 형벌에 처하오리까? 악은 선을 익이지 못하는 줄 명철하신 사도는 짐작하소서. 만일 그리 못하실진대 소녀들은 다시 원귀가 되야 그들과 함끠 원쑤를 갚겟나이다.

사도-(더욱 놀라며) 응? 너의 말이 그럴 듯하나, 민심을 소동식혀 성상의 어진 덕화를 더렵펏으니 이는 천고에 없는 죄상이라. 그러나 너의들 원이 그러하다면 헤는 수 없고나. (긴 한숨을 쉬며) 리방! 배좌수 집 종 칠성이와 만수를 내여 놓고는 그 다음 놈들은 죄다 가두어두고 감령을 기다리라.

리방-예이

사도-정사 폐순

통인-사령

사령-예이

통인-정사 폐순. (방울이 떨렁, 사도청의 주름이 스르륵 나린다.)

리방-사령

사령-예이

리방-흉녀 허씨를 능지처참하야 민간으로 회시한 후 즉이 타살하고, 그의 아들 장쇠란 놈은 목을 다라 죽이고, 민심을 소동식힌 만수와 칠성이란 놈을 내여놓고 다른 놈들은 황쇠, 족쇠로 가두고 감령을 기다리라.

사령들-예이 (흉녀와 장쇠를 끌어내가고 만수와 칠성의게서 족쇠와 황쇠를 볏긴다.)

홍련-(칠성이와 만수 로인의게 매여달이며) 이것이 웬 일요? 무죄한 사람을 살려 원정을 풀개 한 당신들을 처벌이란 말이 웬일이유.

(밖에서 백성들의 함성이 높으다. "무죄한 사람들을 잡는 사도를 잡아내자.")

칠성-(눈물이 그렁그렁하여) 우리는 죽어도 선한 당신들을 살렷으니 잘 되엿수. 우리 종놈들에게도 원쑤 갚을 날이 있겟지우.

만수 - 옛날붙어 오늘까지 양반들을 위하여 선한 종들이 죽고 악한 량반들
이 살아오지 않소? 허나 어느 때든 세상에서 선은 악을 이길 날이
있을 것요. (허둥지둥한다.)

장화 - 우리 형제를 살인 선양한 당신들의 은혜는 다시 죽어 황천가서도 잊
지 않을 것입니다. 죽는 장화와 홍련을 살인 것은 천추만대의 선한
사람들의 옛말이 될 것입니다.

만수 - 옳습니다. 세상에서 어느 때던지 악은 선을 덮지 못할 것입니다.

(멀리 내다볼 때 원한의 음악이 높으며 막은 천천이 나린다.)

- 폐막 -

1956년 8月 15일 김해운
싸할린 섬 조선극단에서

토끼전

(연도미상)

이 희곡은 앞장과 뒷장이 두어 장씩 떨어져나간 상태로 발견되어 창작연대를 알수 없다. 다만 김해운이 연해주와 중앙아시아에서 활동할 때 쓴 희곡작품과 나중에 사할린으로 건너가서 활동할 때 쓴 작품들 간에 대략 필체가 달라지는 점, 이작품에 쓰인 단어와 문장의 표기법이 연해주나 타쉬켄트에서 창작한 작품보다 현대식 표기에 훨씬 더 가까워진 점, 희곡 내용 중 용왕이 토끼의 생간을 꺼내고자토끼의 배를 가르려는 장면에 무희들이 나와 칼춤을 추도록 설정되어 있는데 극장의 배우 겸 무용수로 활동하던 중년이 된 김해운의 아내 송 따찌야나가 극장에서 칼춤을 추는 모습이 담긴 사진이 남아있는 점 등으로 미루어 이 작품은 그가사할린에서 각색해서 무대에 올린 것으로 추정된다.

▌등장인물

1. 광리왕
2. 문어
3. 자라
4. 칼치
5. 붕어(명의)
6. 화공1, 2, 3
7. 토공
8. 어미토끼, 새끼토끼
9. 너구리
10. 응어 ····················· 50세
11. 순어 ····················· 50세
12. 제위(의사) ··········· 60세
13. 신하들, 화공들, 공(궁)녀들, 군졸들[1]

---

1) 이 원고는 첫 장과 둘째 장이 떨어져 나간 상태로 발견되어, 등장인물도 1~9번까지
   는 확인할 수 없다. 편의상 엮은이가 본문에서 자주 나오는 등장인물 일부를 취하여
   1~9번을 자의적으로 보충해 넣었다.

제 일 막

서막: 간막 앞에 관을 쓰고, 장옷을 입은 백발로인이 나타난다.

"여러분에게 토끼전을 간단히 소개하나이다. 토끼전은 춘향전, 심청전, 흥보와 놀보 등 조선 고전작품들 중에 하나이올시다. 토끼전에 나타나는 남해 광리왕은 리조 봉건군주로, 광묘궁 영덕전 만조백관은 바로 18세기의 리조 량반 통치층으로 묘사한 것이올시다.

이 작품의 특성은 동물우화를 작품화하였는데 그에 근거하여 해당한 시대의 인간생활을 반영한 것이올시다. 또한 해당한 사회조건 하에서 지배층의 폭행을 청천 백일하에 들어 내놓는 면에 있어 동물우화의 형식을 취하는 것도 극히 필요한 것이올시다.

토끼전은 인민의 설화에 근거된 것이올시다. 그 설화는 단편적인 것으로 남아 있는 것이 아니라 시기 시기마다 발전하여, 인민의 념원과 기대를 반영하는 높은 문학으로 승화된 것이올시다.

즉 토끼전이 이러한데 그것을 론하면… (정색하며) 천하엔 큰 바다가 넷이 있거늘: 동해, 서해, 남해, 북해라. 동해엔 광연왕, 서해엔 광덕왕, 남해엔 광리왕, 북해엔 광택왕이 있은 지라. 사해 룡왕 중 오직 남해 룡왕이 우연 득병하여 백약이 무효로 사경에 이른지라. 하루는 왕이 모든 신하를 모여 놓고 의논하기를: (목소리를 변하여) "가련토다! 과인의 한 몸이 죽어지면 북망산 깊은 곳에 백골이 진토되어 세상 영화와 부귀가 허사로 되리로다." 하고 통곡처 울거늘, 한 신하가 대령하여 아로되: "제가 명의를 모서 오겠나이다." 이는 몇 천 년 묵은 웅어(잉어)가 대령하였던 것입니다." (암전 후 막이 오른다.)

수중 경개

오색구름 깊은 곳에 광리왕의 광묘궁이 반공에 높이 솟아 있다. 백옥층게,
산호기둥, 황금기와, 야광주의 장식이 으리으리하다. 궁전 좌우엔 진주산
이 광채를 빛내고 있다. 사방에서 흥겨운 음악소리가 흘러나온다.

광리왕 - (병에 시달린 기색으로 옥탑에 앉아) 허…! 계계승승하던 왕가의
    기업을 영별하고 구천으로 돌아갈 일 가통하도다. 과인의 병세 이렇
    듯 위중하니, 경 등은 충성을 다하여 천하명의를 귶히 모시라!
신하일동 - 예이…! 충성을 다하겠나이다!
광리왕 - 문어 대장, 듣는가?!
문어 - 예이…! (천년 묵은 문어가 여듭 가달을 너털거리며) 대령이오!
광리왕 - 응어 대장, 명의 모시러 간 것이 아직 오지 않았는고?
문어 - (읍례하며) 아직 오지 않았나이다.
광리왕 - 허! 대사로구나! 그러면 과인의 백체가 북망산 진토로 되리란 말
    인가?
자라 - (목을 길게 빼여 례하면서) 대왕께옵서 소신에게 응어 장군을 마중
    할 것을 허가하시기를 바라나이다.
광리왕 - 어! 고맙도다. 그러면 별주부가 급히 다녀오라!
자라 - 예의! 령을 실행하겠나이다. (례한 후) 소신이 곳 돌아올 테니, 과히
    상심치 마옵소서. 소신은 물러가나이다. (퇴장)
광리왕 - 문어 대장!
문어 - 예의!
광리왕 - 과인이 아차 한 번 죽어지면 부귀영화가 간 곳 없다. 일시라도 과
    인을 위해 좌위가 즐겨 놀도록 하라!
문어 - 예의! 좌위는 대왕을 즐겁게 하라!
(밖에서 "예!" 음악소리와 함께 가재미 및 기타 어류의 형상으로 옷차림한
궁녀들이 등장하여 한창 춤 출 때 자라가 등장)

자라 - (긴 목을 빼여 들고) 명철하신 대왕께옵서 옥체 만강하시나이까? 신
하 별주부가 돌아왔나이다.

광리왕 - 별주부, 사연을 속히 알외라!

자라 - 잉어 대장께서 서행(서해) 룡국 오초강산 수역에서 이름난 천하 명의
를 모시고 정문 밖에 당도했나이다.

광리왕 - (희색이 만면하여) 그러면 그렇지…! 잉어 대장의 충성이 과연 지
극하도다. 원래 선조로부터 충성이 지극한지라. 어서 맞어들에라!

좌위 - 예! (음악으로 맞웅한다.)

잉어 - (등장) (은색이 영롱한 굵은 비늘들이 덮인 례복을 입었다.) (왕전에
굴신 사례한 다음) 폐하의 옥체 만강하시나이까? 조속히 귀환치 못
한 죄가 태산 같사오이다.

광리왕 - 대저, 명의를 모서 왔는고?

잉어 - 오나라와 촛나라 지경에 게신 명의를 모서 왔나이다.

광리왕 - 허허! 오초강산 먼먼 곳에 게신 천하 명의 붕어 선생 모섰거늘, 이
제 바이 살 길 찾았도다! 잉어 대장! 경의 충성 지극토다. 경의 사후
묘비에다 황금 대ㅅ자로 "만고 충신 잉어"라고 새겨 붙일 테라!

잉어 - (굴신 사례하면서) 대왕의 은해 백골난망이올시다.

광리왕 - 경들은 어서 속히 명의 선생을 수궁으로 모서라!

좌위 - 예! (자라, 문어, 웅어 퇴장. 음악 속에서 명의를 모시고 등장)

광리왕 - (자리에 일어 명의를 맞웅한다. 적갈색 비늘이 번쩍이는 편편한
체형으로 된 붕어가 등장) 선생은 천리를 멀다 아니하시고 루지에
왕림하시니 감사함을 마지 안나이다.

명의 - 황송한 말씀이올시다. 오초강산 벽지에서 허송세월하던 소인으로
천만 이외에 대왕이 명초하심을 듯사옵고 이처럼 대하오니 황공 감
개하오이다.

광리왕 - 과인이 신수 불길하여 우연 득병한지 벌써 수년이라, 명이 골수에
맺어 많은 약을 쓰되 추호의 효험이 없사와 살길이 막연하오니, 바

라건대 선생은 죽게 된 이 몸을 살려 영화를 누리게 하오. 연즉 선생의 은혜를 결초보은하오리다.

명의－(대왕을 간맥하면서 진단한다.) 술은 사람을 미치게 하는 광약이오, 색은 사람의 수명을 쫄게 하거늘, 대왕께선 주색을 과도히 하사 이 지경에 이르렀으니, 이는 자신지 발병이라. 누구를 원망하리요?! 이런 중병엔 화태(華陀)와 편작이 오더라도 살릴 바 없고 금강초 불사약과 인삼, 록용을 매일 장복해도 아모 유익 없소이다. 대왕의 병환이 완쾌하시긴 과연 어렵소이다.

광리왕－(깜짝 놀라며 주먹으로 땅을 치면서) 아이쿠, 원통하도다! 이 몸 아차 죽어지면 사오월 록음방초며, 팔구월 황국단풍이며, 동지섯달 설중매화며, 삼천궁녀 간 곳 없을 테니 이 어쩐단 말인가? (울음을 멈추고) 선생! 모쪼록 죽는 목숨 살려주소! (느껴운다.)

명의－(태연스럽게) 대왕의 병환은 심상치 않은 증세라. 온갖 병에 대증하여 화제한다면, 상한에는 시호탕이요, 음허 화동에는 보음익기전이요, 열병에는 승마갈근탕이요, 원기 부족증에는 륙미지황탕이요, 체증에는 양위탕이요, 각통에는 우슬탕이요, 안질에는 청간명목탕이요, 풍증에는 방풍통성산이라 허되, 이러한 명약들이 대왕의 병환에 당치 아니하옵고… 오직 효력 있는 약 한 가지가 있나이다.

광리왕－(호기심에 넘치는 기상으로) 선생! 그 약방문을 속히 알려주시오.

명의－그 약은 토끼의 생간인데, 더운 김에 진어해 장복하신다면 효험을 얻으리다.

광리왕－(의문을 가지면서) 왜 토끼의 생간이 과인의 병에 치효를 준단 말요?

명의－토끼라 하는 짐승은 천지개벽 이후에, 음양조화로 된 짐승이라. 병은 오행의 상극으로 고치고, 산생(相生)으로도 고치는 법이거늘, 산은 양이오, 물은 음인데 그 중에 간이란 것은 금, 목, 수, 화, 토 5행 중에 나무 기운으로 된 것이니, 만일 대왕의 병환에 토끼의 생간을 쓸진대 음양이 상합하는 것임으로 효과가 있으리다. 헌데, 제가 이미 서해 세계 위인의 증병 진찰을 약속한 바가 있길래 곳 하직하오니 용서하시기를 바라나이다. (례한다.)

광리왕 - 그렇다 하시니, 만류할 수 없소이다. (좌우 신하들께) 이리 오너라! 선생에게 례단을 삼가 드려라!

좌위 - 예! (례단을 드린다. 흥겨운 음악, 궁녀들의 무용, 명의가 하직, 사례, 퇴장)

광리왕 - 이리 오너라!

외성 - 예!

광리왕 - 만조백관을 모으라!

외성 - 예! 만조백관들 모으라우!

외성 - 예! (자라, 문어, 잉어 등등의 퇴장)

광리왕 - (정색하고 기침 짓은 다음) 경들은 과인의 말을 깊이 들으라!

일동 - 예! 받들어 모시겠나이다!

광리왕 - 과인의 병엔 백약이 무효하고, 오직 인간 토끼의 생간이 유효하다 하니, 누가 능히 인간에 나가 토끼를 사로잡아 오겠는고?

일동 - (대답이 없고 서로 눈치만 보고 있다.)

광리왕 - 허허! 이런 대환이 또 어듸 있는가? 궁중에 과인을 위해 몸을 희생할 충신이 없단 말인가?

일동 - (묵묵)

광리왕 - 토끼를 사로잡아 오는 자에겐 벼슬을 높이고, 수만금의 상을 베풀지라!

문어 - (상이란 말에 정신이 나서 가달을 너털면서) 신이 비록 재간은 없사오나, 인간에 나가 토끼를 사로잡아 오려 하나이다.

광리왕 - (희색이 만면하여) 경의 용맹을 과인이 아는 배라, 경이 충성을 다하여 토끼를 사로잡아 올진대, 그 공을 크게 갚으리라.

자라-(긴 목을 쭐였다 늘궜다 하면서) 신이 대왕께 엿줄 말씀 있나이다.

광리왕-그럼 말하소.

자라-문어 대장이 큰 공을 세우리라는 것을 이웃 나라에서 안다면 허리
　　꺾어질 지경 웃을 일이외다.

광리왕-그건 또 왜 그렇단 말가?

자라-(능글 능신하면서) 대왕께 알외기는 죄송하오나 대사를 성공하기 위
　　해 말씀드리나이다.

　　(문어를 꾸짖는 듯이 보면서) 이 어리석은 문어야! 네 아무리 기골이
　　장대하고 위풍이 약간 있다 해도 언변이 없고, 의사가 부족하니, 무
　　슨 공을 이룰 소냐? 또한 인간 사람 널 보면 잡아다가 요리, 조리
　　찢어내여 국화송이, 매화송이, 형형색색 아로새겨, 혼인잔치, 환갑잔
　　치 술안주에 쓸 터이니, 네 어찌 살아오랴!

문어-(노기등등하여 너펄면서) 네 이놈! (호통)

자라-(대왕에게 례하면서) 대왕께옵서 허락하신다면, 신이 인간에 나가
　　제갈량 같은 꾀와 소진 같은 웅변으로, 토끼를 잡아오기는 여반장이
　　올시다.

문어-(가로채면서) 네, 이 요망한 놈! 포대기에 싸인 어린애가 어른을 감
　　히 릉욕하니, 이는 범 모르는 하루 강아지인 셈이다. 또 네 모양을
　　볼작쇠면 기괴망측하고, 가소롭도다. 사면이 넙쩍해 나무 접시 같고,
　　뒷통수가 그리 적음 놈이 의사인들 무얼 가졌겠노?

자라-(미소하면서) 이놈! 넌 우물 안에 있는 개고리와 같다. 하나만 알고
　　둘은 몰으는 놈이야. 서자(오자서)의 겸인지용도 검광에 죽었었고, 초
　　패왕의 기개세도 해왕성(해하성)에 패했나니, 우직한 네 용맹이 내 지
　　혜를 당할 소냐? 문어야 나의 재조 들어봐라!

　　만경창파 깊은 물에
　　청천에 그름 뜨듯

광풍에 락엽 뜨듯
두리둥실 떠올라서
사족을 쭉으리고
긴 목을 뒤움치고
넙죽이 업드리면
둥굴둥굴 수박 같고
편편넙적 솥뚜깨라
나무 베는 초동이며
고기 낚는 어웅들이
무엇인지 몰라본다.

남모르게 변화무궁
륙지에 당도하여
토끼를 만나보면
잡을 묘게 신통하다
광무군과 이좌기가
초패왕을 유인하던
간사한 수단으로
산토끼를 잡아올 자
나 하나 뿐이로다.
문어야 어리섞다
네 어찌 나의 지혜
나의 묘략 따를 소냐?

일동 - 어! 참, 별주부의 웅변은 륙국을 종횡하던 소진이를 찜찔 듯 하도다.
광리왕 - (자라에게 치하하는 양으로, 술을 친히 부어 권하면서) 경의 지혜
　　　와 언변은 실로 놀랍도다. 경이 충성을 다하여 성공하면 자자손손이

부귀영화로 복락하오리다.

자라 - 령을 받드나이다. 폐하에게 간청할 바가 있나이다.

광리왕 - 어서 말씀하시오.

자라 - 알욀 말씀 다름 아니라, 소신은 수궁에 있사옵고, 토끼는 인간 산중
　　　에 있는지라 그 형상 알 길이 없사오니, 바라건대 화공을 불러 토끼
　　　형상 그리게 하옵소서.

광리왕 - 경의 말이 가장 옳으니 못할 바 없도다. (몸을 움즉이며) 화공들을
　　　대령하라!

외성 - 예! 화공들을 대령하라우!

(화공들이 등장)

잉어 - 화공들을 대령했나이다.

광리왕 - 화공들! 토끼화상 그려드려라!

화공들 - 예! (화공들이 지필묵을 분주히 가춘다.) (화공들은 제가끔 한 부
　　　분씩 그리면서 노래한다.)

화공1 - 천하명산 승지간에 경개 보던 눈 그리고
　　　두견 애무(앵무) 지저길 때 소리 듯던 귀 그렸소.

화공2 - 난초지초 온갖 향초 꽃 따먹던 입 그리고
　　　동지섯달 설한풍에 방풍하던 털 그렸소.

화공3 - 신롱씨의 백초약에 이슬 털던 꼴(꼬리) 그리고
　　　만학천봉 구름 속에 펄펄 뛰던 발 그렸소.

화공1 - 좌편은 청산이오, 우편은 록수로다!

광리왕 - (흥분에 넘치면서)
　　　록수청산 깊은 곳에, 게수나무 그늘 속에
　　　앙금 주춤 펄펄 뛰며, 두 눈은 도리 도리
　　　허리는 짤룩, 앞다리는 짤막, 뒷다리는 길쭉
　　　두 귀는 쫑긋, 꼬리는 몽탕, 허리는 짤막하여
　　　완연한 산토끼로다!

(잉어에게 향하여) 화공들의 재간을 찬양하여 시상하라!

잉어 - 예! 시상하겠나이다. (화공들에게 시상한다.) (그들은 퇴장)

광리왕 - (잉어에게) 잉어 대장! 별주부에게 천일주를 부어드리고 궁중 희락을 위해 즐기라!

잉어 - 예! 령을 받드나이다. (퇴장) (흥겨운 음악에 궁녀들의 춤이 벌어진다.) (옥소반에 주안을 들고 등장하여) 천일주올시다.

광리왕 - (자라에게 친히 술을 부어주면서) 별주부는 과인을 위하여 충성을 다하며, 토끼를 사로잡아 가지고 속히 도라오라!

자라 - (무릎 꿀고 두 손으로 공손히 술잔을 받으면서) 죄송만만이올시다. 소신이 토끼를 사로잡아 오지 못할진대, 백번 죽어도 애석할리 없겠나이다. 대왕을 위해 충성을 다하겠나이다.

광리왕 - 잉어 대장! 충성이 지극한 별주부를 위해 만조백관이 즐기게 하라!

잉어 - 예! 만조백관은 즐겁게 놀라! (궁녀, 만조백관이 춤추며, 별주부에게 토끼화상을 주며 떠들석할 때에)

- 막이 나린다. -

제 이 막

막샤: 자라가 왕께 하직하고 토끼화상 이리 첩첩, 저리 첩첩 개여 움으러진 목에 집어넣고, 만경창파 허위둥실 떠올라서 바람 부는 대로, 물결치는 대로, 흐르고 흘러 백계산간 들어가니 춘삼월 호시절에 초목군생 즐기는 때더라. 자라는 산천의 무한경을 사랑하며 백계를 따라 올라가다가 알지 못할 짐승들이 있음을 보고 화본과 대조하니 토끼가 분명한지라. 이때 자라

와 토끼 사이에 담판이 벌어지는데 그 상황의 세부분이 어떻게 경과되는
가? 자서히 살펴들 보시오!

막이 오르면: 좌우엔 절벽이오, 비탈엔 록음방초가 욱어져 있다. 폭포가 흐
르며, 남쪽으로 푸른 바다가 뵈인다.
흥겨운 음악소리가 들리며 토끼들이 노래하며 춤춘다.

　　　싸리순과 진달레꽃
　　　솜씨 있게 꺾어라
　　　에헤야 에헤야
　　　솜씨 있게 꺾어라

　　　한순 두순 싸리순
　　　솜씨 있게 꺾어라
　　　에헤야 에헤야
　　　솜씨 있게 꺾어라!

(이때 자라는 우편 절벽 비탈에 앉아 관중이 보기에 토끼화상을 보며, 토
끼가 방불하다는 것을 긍정하는 태돌 보인다. 토끼들이 흥겹게 춤출 때,
벽력같은 범의 소리가 들린다. 토끼들은 숲속에 숨는다. 이윽하여 큰 토끼
가 사면을 삶인다.)
큰 토끼 - 애들아! 겁나마라. 범은 지나갔다. 이놈의 세상에 무서운 놈들도
　　　많도다!
새끼 토끼 - 시장한데요. 무얼 먹었으면…
(이때에 자라가 천천히 걸어오면서)
자라 - 저 친구, 그대가 토선생이 아니신가?
토끼 - 누가 날 선생이라 부르는가?

자라-토선생! 놀래지 마소서. 난 본시 수중호걸이러니, 양계의 좋은 벗을
　　　얻고자 왔나이다. 오늘에야 산중호걸 만났도다. 기쁜 마음 그지없이
　　　청하노니, 선생은 아모커나 허락함을 아끼지 마소서.
(이때 다른 토끼들은 슬금슬금 숲속으로 사라진다.)
토끼-(저를 대접하여 청함을 듣고 노래로 대답)

　　　그 뉘라서 날 찾는고, 산이 높고 골 깊으며
　　　경개 좋은 이 강산에 날 찾는 이 그 뉘신고?
　　　수양산 백이숙제 곱이 캐자 날 찾는가?
　　　소부허유 영천수에 귀 씻자고 날 찾는가?
　　　부춘산 엄자릉이 밭 갈자고 날 찾는가?
　　　먼 산의 불탄 잔듸 개자추가 날 찾는가?
　　　석가여래 아미타불 설법하자 날 찾는가?
　　　안기생 적송자가 약 캐자고 날 찾는가?
　　　남양초당 제갈공명 해몽하자 날 찾는가?
　　　적벽강 소동파가 선유하자 날 찾는가?

　　　(말로) 그 뉘시오?
자라-토공의 성환은 들은지 오란지라 평생에 한 번 보길 원했드니, 오늘
　　　에야 호걸을 상봉하니, 후회막심이로소이다.
토끼-내 세상에 나서 사해를 주름잡으며, 인물구경도 많이 했으되, 그대
　　　같은 백색은 보던 바 처음이로다. 담구멍을 뚫다가 학치뼈가 빠졌는
　　　지 발은 어이 뭉툭하며, 량반 보고 욕하다가 상투를 잡혔는지 목은
　　　어이 기다라며, 기생방에 다니다가 한량패에 밟혔는지 등은 어이 넙
　　　적한가? (Пауза(잠시 중지)) 이것은 다 롱담이니 노여 듣지 마르시오.
　　　대관절, 성함은 뉘댁이라 하시오?
자라-내 성은 별이오, 호는 주부로다. 나의 등이 넓은 것은 물에 떠다녀도

까라앉지 않음이오, 발이 짧은 것은 륙지에 걸어다녀도 넘어지지 않음이오, 목이 긴 것은 먼 델 삷어 봄이오, 몸이 둥군 것은 행세를 둥글게 함이라. 그런고로 수중의 영웅이오, 수족의 어른이라. 세상에 문무겸전은 나뿐인가 하노라.

토끼- 허허! (웃고) 재담은 그만 하고 수궁이야기나 하시오.

자라- 토공께서 먼저 인간 자미나 이야기 하시오.

토끼- 내가 인간 자미를 말할진대, 별주부는 수궁으로 돌아갈 생각하지 않을 테야.

자라- 토공은 너무 자랑만 하지 말고 어서 이야기 하시오.

토끼- 그러면 말할 테니, 어듸 들어보소. (노래)

삼상풍경 좋은 곳에 산봉우리는 칼날 같이
하늘에 꽂였는데 배 산림수하여 앞에는
춘수만사택이오, 뒤에는 하운이 다기봉이라
명당에 터를 닦고 초당 한 간 지어내니
반간은 청풍이오, 반간은 명월이라
학이 울고 봉황이 날아든다.
뒷ㅅ산에서 약을 캐고 앞내에서 고기 낚아
입에 맞고 배부르니 이 아니 즐거운가?

추위가 지나가고 더위가 도라오니 사시를 짐작하고
날이 오고 달이 가니 광명천지 좋을세라
록수청산 깊은 곳에 만화방초 욱어지고
란봉과 공작새 서로 불러 화답하니
이봉, 저봉 풍악이오, 앵무 두견 꾀꼬리라
고이 울어 지저귀니 이곳 저곳 노래로다.

자라-허허! 과연 우숩은 일이외다. 그대 말은 모두 헛된 과장이라. 뉘가
　　　고지 들을손가? 난 토공에게 부닥친 어려움들을 잘 알고 있노라.
토끼-어려움! (놀래다가 바싹 다가서면서) 아, 그러면 별주부께서 나의 어
　　　려움들에 대해서 좀 말씀해보소서.
자라-그렇듯 간청하니, 토선생의 몇 가지 어려움을 이야기 할 테오. 귀담
　　　아 들으소서. (노래)

　　　동지섯달 엄동시절 백설은 휘날리고
　　　층암절벽 빙판되여, 만학천봉 막혔으니
　　　어듸 가서 접촉할가?
　　　이것이 첫재 어려움.

　　　북풍이 늠렬한데 돌구멍 찬 자리에
　　　먹을 것이 전혀 없어, 코구멍을 핧을 적에
　　　일신에 오한 나고, 사지가 곧아나서
　　　팔자타령 절로 나니
　　　이것이 둘째 어려움.

토끼-(노래로)

　　　그럴 리가 없사오니
　　　믿기가 어렵도다
　　　고생 없이 살아가니
　　　근심걱정 하지마소.

자라-다른 어려움 말할 테니, 참아가며 들어보소. (노래)

춘풍이 화창한데, 풀잎이나 먹으려고
산간으로 들어가니, 무심중 저 독수리
두 죽지를 옆에 끼고 살대같이 달려들 때
두 눈알에 불이 나고, 작은 몸이 송그라져
바위틈에 기여들 제 혼비백산 가련하다.
이것이 셋재 어려움.

오류월 삼복 중에, 산과 들엔 불이 나고
시내물이 끓을 적에 살에서는 기름이 나고
털끝마다 누린내라, 짜른 혀를 길게 빼고
급한 숨을 헐덕이며, 샘물가로 달려가니
그 형상이 오죽한가?
이것이 넷재 어려움.

토끼-(언짢게 여기면서) (노래)

여보, 여보, 별주부님
내 걱정을 하지마소.
좋은 노래 길게 해도
듣기 싫여 하는 거요.

자라-이보다 더 큰 어려움이 있나니, 또 한 번 들으시오. (노래)

알뜰이 고생하고, 산림으로 달아드니
얼숭덜숭 천근대호, 철사같이 모진 수염
위엄있게 거스리고, 웅그리고 가는 거동
에그 참말 무섭도다, 소리는 우뢰 같고

대구리는 왕산덩이, 터럭은 불빛이라.
칼날 같은 꼬리를 이리저리 두르면서
주흥 같은 입을 여니, 쓰레 같은 이빨이요,
용맹을 버럭 쓰며, 홰ㅅ불 같은 두 눈알을
번개 같이 휘돌리며, 톱날 같은 앞발톱을
엉 버리고 땅을 치면 천지가 캄캄하고
정신이 아득하리.

토끼 - (대경하여) 이에서 더 무서운 일 어듸가 또 있으랴!
자라 - 토선생! 이렇듯 곤궁할 제 그대가 무슨 기분으로 자연 경개를 구경
　　　하리오. 토선생에게는 아직도 많은 어려움이 있되, 그대가 듣기 슳
　　　여하니, 더 말치 않으려 하노라.
토끼 - (이마에 땀을 씻으면서) 에이, 별주부는 어찌도 인간 일을 그리도 잘
　　　아시는가?
자라 - 토공은 나를 어찌 알고 함부로 말하는가? 나는 수중 영웅이로소이다.
토끼 - (미안하여 마지아니면서) 별주부는 저의 말을 노여 생각지 마소서.
　　　진실로 공은 천하지사를 능통했나이다.
자라 - 허허! 그 외에도 아는 일이 무한하나 너무 지리한 듯 해 그만두나니,
　　　토공은 짐작하소서.
토끼 - 자! 그러면 별주부께서 수궁 이야기나 해주신다면 대단 감사하겠나
　　　이다.
자라 - (청을 챙챙이 하면서) 토선생을 위해선 못할 것 없소이다.
토끼 - 잘 듣겠사오니 이야기해 주소서.
자라 - 우리 수궁 이야기를 들어보소. 오색구름 깊은 곳에 대궐 같은 높은
　　　집이 반공에 솟았는데, 백옥으로 층게하고 호박으로 주초하여 산호
　　　기둥 대모란간 황금으로 기와하고 유리창과 수정렴에 야광주가 찬
　　　란하며 칠보로 방방이 깔았도다. 날마다 잔치하고 풍류로다.

부용 같은 미녀들이 쌍쌍이 춤을 추며 포도주와 벽농주와 천일주를 로자작 앵무배에 가득히 부어놓고 금강초 옥찬지 불사약을 호박반 유리상에 소복히 담아다가 앞앞이 권할 적에 심신이 상쾌해지도다.

토끼 – (한숨 쉬고 군입질하면서) 별주부는 그렇듯 좋은 곳을 버리고 웨 인간에 왔나이까?

자라 – 흥, (기침을 뚝 따고) 인간경치도 구경할 겸, 벗도 사귈 겸, 룡왕의 령도 실행할 겸 나왔나이다.

토끼 – 어떠한 벗을 사괴려고 하나이까?

자라 – 토선생처럼 진정하고, 리상이 관대한 벗을 사괴려고 하는 바, 아마 토선생이 나와 생사를 같이 할 벗인가 하노라.

토끼 – 천만 이외의 말씀이올시다. 저는 인간에서 권력도 없고, 공포에 싸워서 근근이 살아가는 자올시다.

자라 – 그렇길래 마음이 수정같이 맑고, 의지가 착할 것이요. 난 수중 영웅으로서 토선생 같이 선하고 불상한 벗을 구하여 행복을 꾸려주려 하나이다.

토끼 – (한숨 쉬며) 난 원래 팔자가 기박하여 산림처사로 온갖 천대를 받는 자라. 나에게 무슨 행복이 도라오며, 누가 날 구원하겠는가? 속담에 노루를 피해가면 범을 맞난다는데…

자라 – 그럴 리가 없나이다. 옛글에 했으되: "위대한 방위에 들지 말고 어지러운 나라에 살지 말라" 했나니 토공은 날 은인으로 믿고 나와 함께 수궁으로 갈 것을 결단하소서.

토끼 – 내가 수궁에 간들, 무슨 호사를 할가? 속언에 "팔자 도망은 독안에 들어가도 못한다." 했으니, 어찌 앞날의 영화를 기다릴 수 있으랴!

자라 – 지금 수부에서 사기를 닦지 못해 태자관을 구하는데 수궁 룡왕이 나에게 인간에서 토공처럼 문필이 능한 인물을 구하라는 령을 내렸나니, 선생은 두 생각하지 말고 저와 함께 수궁으로 향하소서.

토끼 – 나의 위풍과 기상이 큰 벼슬에 맞지 않은지라.

자라 - 천만부당한 말씀이올시다. 공의 상을 보니, 모색이 누릇누릇 횟뜩했 뜩해 금빛을 띠였도다. 이른바 금생여수라 물과 상생돼 수궁에 살 수 있고, 목이 길게 **빼**였나니 고향을 바라보고 타향살이할 기상이요, 하관이 **뾰**죽하니 우으로 구하면 거슬려져서 매사가 극난하되, 아래 로 구하면 순조로워 만사가 크게 길할 것이요, 두 귀가 히고 준수하 니 남의 말을 잘 들어 부귀하게 살 것이요, 미간이 탁 틔여 화려하니 룡문에 올라 이름을 빛낼 것이외다. 토공의 사지 백체는 수궁생활에 들어맞나니, 수궁으로 가기를 재촉하나이다. 하늘이 주는 복을 받지 않으면 도리혀 재앙을 입는 법이니, 토선생은 주저하지 마소서.

토끼 - (이마를 집고 묵상할 때 암전)

(불이 켜지면 배경은 여전하다. 토끼의 가정이 나타난다. 즉 어미, 새끼 셋, 큰 토끼, 별주부가 있다. 큰 토끼가 식구들과 석별하는 장면)

어미토끼 - (옷자락으로 눈물을 씃으면서) 당신이 떠나가시면 난 저 어린 것들을 더리고 어떻게 살며, 승냥이, 이리, 범, 주지[2] 같은 맹수들의 위험을 어떻게 면한단 말요.

토끼 - 마누라! 나도 그 사정 잘 아는 테요. 그러나 이 세상엔 빈부귀천이 너무나 심하고 우리 토끼 같은 자들에게 아무런 히망도 없는 것이 아니요? 그래 다행하게도 수중 영웅 별주부를 만나 그와 함께 수궁 에 나가보려 하오.

어미토끼 - 수궁이라고 어찌 그렇게 행복한 세상이겠소.

토끼 - 아니요. 별주부의 말씀에 의하면, 수궁엔 약한 잘 잡아먹는 강한 자 가 없고, 모두 다 평등하며 또한 나 같은 자에게도 당당한 벼슬도 준다했으니, 마누라는 상심치 마르시고 내가 갔다 오는 동안 어린

---

2) 상상의 동물로서 몸은 용이고 머리는 호랑이라는 설도 있고 짐승과 물고기를 합친 동물이라는 설도 있다.

것들을 더리고 잘 있소.

어미토끼-부귀공명이란 뜬구름 같다 했소. (귀ㅅ속말로 토끼의 소매를 잡
고) 별주부의 소김에 들지 말고 제 고향에서 제 힘으로 살도록 생각
하시오

별주부-(귀ㅅ속말 듯고) 흥! 대사에 게집이 빛이면, 길한 법이 없느니라.
장부일언이 중천금이라 했으니, 내가 어찌 헛된 말을 할 소냐? 이
세상에 행락을 갈망하는 자들이 많은지라, 만약 토공이 부인의 말에
유혹 돼 수궁에 가길 거절한다면, 다른 곳에서 다른 벗을 사괴고저
하노라!

(이때 욱어진 숲속에서 불시에 너구리가 나타난다.)

너구리-내가 너의들의 수작을 처음부터 대강 들었다. 이 우지한 토끼야,
내말 들어라! 저 망망대해를 건너온 자라는 흉하기 짝 없도다. 자라
가 사는 나라엔 빈부귀천, 약육강식 더욱 심하다. 그러니 너 토끼야,
죽을 곳으로 가지 마라!

(토끼, 토끼들의 식구가 놀래며 듣는다.)

자라-이 고약한 너구리야! 너도 승냥이 종족에 드는 놈이요, 남의 고기 먹
고 사는 놈이다. 네가 잡아먹을 것이 없어 걱정하는 셈이냐? 잘 자
라는 호박에 웨 손가락질 한단 말이냐?

너구리-토끼야! 수궁이 태평천하에 만인이 격양가를 부르는 세상이 아니
다. 자라에게 속혀서 가지 마라! (숲속에 숨긴다.)

자라-미친 놈! 토선생! 길한 일에 흉물이 빛이는 것이니, 저런 말 일절 듯
지 마시오.

어미토끼-(토끼 손을 잡으며) 수궁이 좋다는 말 믿기 어렵소이다. 천만 번
다시 생각해 보옵소서.

자라-이건 토공의 운명에 무서운 불행이 가해지는 것이야. 토공, 자고이
래로 진정한 벗의 충고를 거절하는 자가 잘되는 법이 없음을 아나이
까? 이 문란한 세상이 좋거던 그만두서요.

토끼-(대경하여 안해에게 꾸짖는 표정으로) 별주부 선생! 두문불출해 세상사가 어떻게 돌아감을 모르는 게집의 망영된 말에 노혀하지 마소서.

자라-내가 토공의 착한 마음을 이내 아는 바라. 게집의 말에 의하여 벗과 교제함을 그칠 수 없도다. 토선생! 저는 돌아갈 시간이 급하니, 먼저 바다가로 나가려 하노라!

토끼-제가 인차 나가겠으니, 선생은 절 기달려 주소서. (자라 바다가로 나간다.)

어미토끼-(울면서) 소녀로서 장부의 앞길을 막을 수 없나이다. 부듸 부탁하는 바는 대사를 긇히 처리하시고, 도라오시라는 것이외다.

새끼토끼들-(토끼의 옷자락을 붙잡으면서) 아버지! 가지 마시오! 우리는 무서워서 어떻게 산단 말이요. (느껴 운다.)

토끼-(울면서) 내가 목석이 아닐진대, 어찌 처자를 잊으리요. 마누라! 어린 것들을 거나리고, 조심 조심히 살아가시요. 긇이 도라오기만 기다리시요. (새끼토끼들, 어미토끼, 토끼가 운다.)

외성-(자라가) 어서 떠나갑시다.

토끼-울지들 말어라! 긇이 도라올 것이다. (마누라의 손을 잡고) 어린 것들과 함께 몸 무사히 지내시요. (천천히 바다가로)

어미토끼-(가는 쪽을 바라보면서) 생명이나 보전해왔으면… (느낀다. 애들도 운다.)

(폐막)

제 삼 막

서막:

토끼가 자라 등에 앉아 만경창파에 허위둥실 떠서 수궁에 도달하니 만조백관은 자라를 부러워하며 맞웅해 환영하나 자라를 믿고 온 불상한 토끼 신세가 어이 될까?

막이 오른다:

막이 오르면 수궁이 뵈워진다. 배경은 일막과 같다. 광리왕, 만조백관들, 수궁녀들. 음악

광리왕 - (이마에 손 언고 바라보다가 손을 떼고) 만조백관들 내말 들으라!
일동 - 예이! (읍하고 있다.)
광리왕 - (문어에게) 토끼 생간을 끄낼 백정들을 불러왔는고?
문어 - 예이! 수일 전에 다 준비됐나이다.
광리왕 - 문어 대장 들으라!
문어 - 예이!
광리왕 - 토끼 간을 진어할 옥소반, 호박반을 깨끗이 소제하고 있다가, 별주
　　　　부 오면 인차 토끼 간을 내여 올려라!
순어 - 예이! 령을 받드나이다.
광리왕 - 별주부가 아직 멀리 보이는고?
잉어 - (밖을 향해) 칼치야!
칼치 - (밖에서) 예이!
잉어 - 별주부가 아직 먼 곧에 보이는고?
칼치 - (밖에서) 인제는 성안에 당도했나이다.
잉어 - (광리왕께) 인제야 성안에 도착했나이다.

광리왕 - 어서 별주부를 성대히 맞아들이라!

잉어 - 예이! 령을 받드나이다. (일동을 향하여) 별주부를 성대히 맞아들이라오.

일동 - 예이! 령을 받드나이다. (음악소리와 함께 궁녀들, 신하들이 별주부 맞웅을 나갔다. 춤추며 맞웅해 등장. 춤출 때 별주부 무릎을 꿀고 왕께 절하니 춤이 중지.)

광리왕 - 별주부! 어서 속히 오르라!

별주부 - 예이! (갓가히 가 절한다.)

광리왕 - 별주부! 토끼를 사로잡아 왔는고?

별주부 - 예이! 사연을 알외겠나이다. 신이 왕명을 받아 오호와 삼강을 무사히 치내여 동해가에 득달하와 중산에 들어가 토끼를 만나 백가지로 꾀하며, 천가지로 달래여 간신이 등에 업고 지금에야 도라와 토끼를 객관에 머물게 하고 신이 급히 들어왔사오나 그간 대왕께옵소서 옥체 미령하심이 어떠하옵신지 하정에 황송하나이다.

광리왕 - (깃뻐 무릎을 치며) 경의 충성과 구변은 가히 남해 일국에 하나이니, 하늘이 과인을 도으사 경같은 신하를 내심이로다. 별주부의 지극한 충성으로 인간에 나가 토끼를 사로잡아 왔으니 이제 토끼 간을 내여 과인이 진어하면 과인의 병이 속히 낫으려니 이는 일국의 막대한 경사라. 만조백관 들으라! 별주부 충성이 높거늘 내가 그의 벼슬을 높이노니 별주부께 천일주를 부어 들이고 즐게 하라!

일동 - (읍하고) 예이! 령을 받드나이다. (음악에 마추워 처녀들이 춤추며, 한쪽으로는 천일주를 부어 들인다.)

별주부 - (술잔을 받어들고) 남해국 수덕 만세!

일동 - 남해국 수덕 만세!

광리왕 - 만조백관은 내말 들으라!

일동 - 예이! 령을 받드나이다.

광리왕 - 금일은 짐이 백관의 벼슬을 각각 높이니 그리 알어라!

일동-예이! 령을 받드나이다.

광리왕-자현대부 약방제조 겸 충훈부당사 별주부!

일동-(받어 외운다.) 자현대부 약방제조 겸 충훈부당사 별주부!

별주부-(왕께 절한 후) 남해국 수덕 만세!

일동-남해국 수덕 만세!

광리왕-리조판서에 잉어!

잉어-(절한 다음) 남해국 수덕 만세!

일동-남해국 수덕 만세! (절한다.)

광리왕-훈련대장에 문어!

문어-(절한 뒤에) 남해국 수덕 만세!

일동-남해국 수덕 만세!

광리왕-병조판서에 농어!

농어-남해국 수덕 만세!

일동-남해국 수덕 만세!

광리왕-대사간에 숭어!

숭어-남해국 수덕 만세!

일동-남해국 수덕 만세!

광리왕-포도대장에 칼치!

칼치-남해국 수덕 만세!

일동-남해국 수덕 만세!

광리왕-이와 가치 각각 벼슬을 높이니 그리 알라!

일동-남해국 수덕 만세!

광리왕-인제는 궁상각치우에 맞추어 토끼를 잡아들여라!

일동-예이! 궁상각치울에 맞추어 토끼를 잡아들이란다. (음악이 시작된
　　　다. 토끼를 다리고 등장. 토끼는 죽을 것을 몰으고 음악에 마춰 깃뻐
　　　하면서 등장. 사면을 삷이고 대왕께 읍한다.)

토끼-토공 대령이오.

광리왕 - 네 이놈! 어찌 돼 네가 수궁에 온 걸 아는고?

토끼 - 예이! 자서히는 모르오니 대강 아나이다. 별주부께서 대강 들었나이다.

광리왕 - 음… 그래, 별주부 너하고 뭐라 하든고?

토끼 - 수궁에 태사관될 인재가 없어 대왕께서 태사관될 인재를 구하라는 대왕의 령을 받은 별주부는 저를 만나 간신이 청하기에 대왕께 대령했나이다.

일동 - (웃는다.) 하하하!

토끼 - (웃는 것을 삵이다가 정색하면서) 대왕께옵서 저를 과히 릉멸히 보지 마르소서. 제게다 태사관 벼슬을 맡기면 제가 능히 감당하리이다.

광리왕 - 허허! 네 이놈! 산이 높은 줄만 알고, 바다가 깊은 것은 도모지 모르는구나! 이 어리석은 토끼야! 내 말 들으라!

토끼 - 예이! 령을 받드나이다.

광리왕 - 과인은 수국에 천승임금이오, 넌 산중에 적으마한 토끼라. 과인이 우연히 병을 얻어 신음한지 오랜지라. 네 간이 약이 된다 하기에 특별히 별주부를 보내여 너를 다려왔나니 넌 죽기를 사양치 마라!

토끼 - (크게 놀라) 아니… 대왕께옵서… 내 거저…

광리왕 - 너, 죽은 후에 네 시체를 비단으로 싸고, 백옥과 호박으로 관곽을 만들어 명당 대지에 장사할 것이고 만일 과인의 병이 쾌하면 맏당히 사당을 세워 네 공을 표하리니 네 죽는다 설워마라!

토끼 - (울음석인 음성, 속말로) 처자를 바리고, 자라에게 속히우고, 수궁벼슬 탐내 왔더니 내 죽는단 말 윈 말인가? 난 이미 죽거니와 나의 처자 나 오기 기다리겠구나… 아! 마누라! 아, 내 자식들아!

광리왕 - 네가 산중에 있다가 범이나 주지의 밥이 되기보다 얼마나 영광스러운 일이냐? 허니 너 죽은 다음 혼백이라도 과인을 원망치 말아라! 이리 오너라!

일동 - 예이!

광리왕 - 빨리 토끼의 배를 가르고, 생간을 내여들이라!

잉어 - (좌위를 향해) 어서 속히 토끼의 배를 갈라 생간을 내라오.

외성 - 예이! (벽력같은 소리)

토끼 -

(노래)

불상하다 불상하다

내 죽을 일이 불상하다

어이하리 어이하리

이내 신셀 어이하리

부귀공명 탐을 내여

천리 길을 찾어오니

벼슬이란 간데없고

수중고혼 되겠구나.

(말로)

내가 놀던 산천초목

맑고 푸른 시내ㅅ물

너와도 오늘날엔

영영 리별이로구나. (운다)

일동 - (서리 같은 칼을 들었다. 토끼 앞에 번쩍거린다. 한 텬에서 토끼를 동여맬 틀을 내다놓고) 어서 올라라! (칼을 번쩍거리니 토끼는 놀랜다.)

토끼 - (입속말로) 인젠 내게 날애가 있어도 살길이 바이 없다. 이 일을 어이하나.

일동 - (칼을 번쩍거리며 죽이려한다.)

토끼 - 대왕께옵서 저의 말을 들어보십시요.

광리왕 - 죽는 네놈에게 무슨 말이 있단 말이냐? 어서 속히 배를 가르고 생간을 내도록 하라!

일동 - 예이! (칼을 번쩍거리며 배를 가르려한다.)

토끼 - 대왕께옵소서, 소토가 비록 죽을지라도 한마듸 말씀을 알외고저 하나이다. 대왕은 천승의 임금이시요, 소토는 산중에 조고마한 짐승이라 만일 소토의 생간으로 대왕의 명이 십분지 일이라도 쾌할진재 소토 어찌 시양하오리까? 또는 소토 죽은 후에 안장하오며, 심지어 사당까지 세워주시겠다니 그 은혜가 하늘과 같이 높은지라!…

광리왕 - 너의 말이 아조 친찬할 말이다. 그러니 곱드리 죽기를 기다리는바라!

토끼 - 소토는 죽어도 아무 한이 없사오나 다만 애닯은 바는 소토가 비록 짐승이오나 심상한 즘승과는 다르오며 본래 방성 정기를 타고 세상에 나려와 날마다 아츰이면 옥 같은 이슬을 받어 마시고 주야로 기와요초를 뜯어먹으며 그 간이 진실로 명약이 되는지라!…

광리왕 - (명약이란 말에) 어서 속히 배를 가르고 생간을 들이라. (입을 다슨다.)

토끼 - 대왕께옵서 헤아려주소서. 세상 사람마다 소토를 만난즉 간을 달라 보채길래 그 괴로움을 견대지 못해 염통과 함께 끄어내여 청산록수 맑은 물에 여러번 싳어 고봉준령 깊은 곧에 감춰두옵고 다니옵다가 우연히 자라를 만나왔사오니 만일 대왕의 환후 이러한 줄 알았든들 어찌 가저오지 아니하였으리까? …(자라에게) 네 이놈! 별주부야! 네 임금을 위하는 정성이 있을진대, 이런 사정 반사를 날다려 하지 아니 했는뇨?

광리왕 - 네 이놈! 진실로 간사한 놈이로다. 천지간에 만물이 어이 간을 추립할 리치가 있느냐? 네 약은 꾀로 과인을 속히려드니 그 죄가 더욱 크다.

토끼 - (열정적으로) 대왕은 소토의 말씀을 다시 자서히 들으시고 구버 살피옵소서. 이제 만일 소토의 배를 갈라 간이 없사오면 대왕의 환후도 곤치지 못하옵고, 소토만 부질없이 죽을 따름이오니 다시 누구에게 간을 구하려 하시겠나이까? 그제는 후회막급하실 터이니 바라건대 대왕은 세 번 생각하옵소서.

광리왕-(토끼의 기색이 태연함을 보고 이상하여) 네 말과 같을진대 무슨 간을 출입하는 표적이 있는고?

토끼-(싱글벙글) 허허! 대왕께옵서 제가 낮낮이 알외여 들이겠나이다.

(노래)
하늘은 자시에 열려 하늘이요
땅은 축시에 열려 땅이옵고
사람은 인시에 생겨 사람이요
만물이 묘시에 나와 짐승이라
묘라는 글자는 소토의 별명이니
날짐승 길짐승 내력을 알외리다.

(말로) 생초를 밟지 않는 저 기린이도 소토만 못하옵고 주리피 좁쌀을 먹지 않은 저 봉황도 소토만 못하옵기로 소토는 금수의 은뜸이라 하나이다. 소토는 다른 짐승과 달라 간과 염통을 입으로 꼬어냈다도 넣엇나이다.

광리왕-(의심히) 네 입으로 간을 추립한다허니 네 혹 이즘이(요즘에) 있어 네 배ㅅ속에 간이 있는지 깨닭지 못할 듯 하니 급히 내여 나의 병을 고침이 어떠하뇨?

토끼-소토 비록 간을 능히 추립하오나 또한 정한 때가 있사오니 날마다 초하루 보름까지는 배ㅅ속에 넣어 일월정기 호흡하야 음양지기를 온전히 받사옵고 16일부터 30일까지는 줄기와 아울러 꺼내여 옥계

청류에 정히 싸서 창송록죽 욱어진 바위틈에 아무도 아지 못하게 감취두는 고로 세상 사람이 명약이라 하나이다. 금일은 하륙월 초순이오나 자라를 만날 때는 곳 오월하순이라… 만일 자라가 대왕의 병세 이러하심을 말했던들 수일 지체하야 가저왔을지니, 이는 모두 다 자라의 불찰이로소이다.

자라 - 네 이놈! 임금을 감히 속히려 드느냐? (대왕께) 대왕께옵서 저놈이 간싸한 말을 들으시지 마시옵고 속히 배를 갈라 간을 내 씀이 방책일가 하나이다.

토끼 - (성을 내여) 대왕께옵서 소토의 말슴을 믿지 못하실진대 저에게 대변, 소변, 간장 출입 공이 있음을 검사해보옵소서. (가슴을 헤치고) 제게다 검을 주시요. (양손을 내민다.) 임금들이 항상 신하들 말만 듣고, 백성 말은 못 듣기에 나라가 망하는 법이라! (손을 내들고) 어서 나에게 검을 주시요. (한 사람이 검을 빼서 배에 대이고) 자!… (배를 가르려 할 때)

광리왕 - (일어서며) 잠간 중지! (좌위에선 신하들이 칼을 빼았는다. 토끼 주저않는다.)

대왕 - 만일 제 말과 같을진대 공연한 배만 갈라 간이 없으면 저만 죽을 따름이오, 다시 누구를 다려 무르리요. 차라리 저를 살리고 간을 가저오게 함이 올토다. 좌위는 내 말을 들으라!

일동 - 예이! 령을 받드나이다.

광리왕 - 토공을 전상에 갓가히 모시여라!

일동 - 예이! 토공은 전상에 갓가히 오르라오.

토끼 - 저… (사양하며) 대왕께옵서 황송하나이다.

광리왕 - 토공은 내가 아까 함부로 한 말을 허물치 말고 어서 속히 갓가히 오르라!

토끼 - (사례하며)

광리왕 - (잉어에게) 토공에게 천일주를 부어드리라!

잉어-예이! (술을 부어 토끼에게 전한다.)

토끼-(받은 후) 대왕께옵소서 소토를 이같이 생각해주시니 제가 속히 인간에 나가 저의 간을 가저다 그 은혜를 갑겠나이다.

광리왕-과인은 수국에 처하고, 그댄 산중에 있으나 오늘 서로 산봉함은 이 또한 천재에 기이한 인연이라. 그댄 과인을 위하야 간을 갖어오면 어찌 그대의 두터운 은혜를 저바리리요. 맏당히 부귀를 가치 누릴지니 그댄 깊이 생각할지어다!

토끼-(웃음을 참으며) 대왕의 은혜 태산 같사오이다.

광리왕-응… 그러한고. 토공은 오늘 쉬고 내일 자라와 함께 인간에 나가도록 하소서.

토끼-예이!

광리왕-좌위는 토공을 즐기게 하라!

일동-예이! (궁녀들이 춤춘다. 토끼는 가운데서 웃는다.)

(폐막)

제 사 막

(파도소리, 새소리, 먼 곧에서 농부들의 소리)
막이 오르면 배경은 전 이막과 같다. 둥근 달이 동쪽에서 오른다.

토부인-(노래)

달아달아 밝은 달아
리태백이 놀던 달아

저기 저기 저 달 속에

게수나무 박혔으니

은도끼로 찍어내고

금도끼로 다듬어서

초가삼간 집을 짛고

우리 님을 모서다가

천년만년 살고지고

(말로)

동지섯달 설한풍에 휘날리고

몸엔 한전하고 사지가 곧아질 때

누가 당신을 위로하야 더운 물

한 목음이라도 대접할가?… (바다 쪽을 본다.)

비나이다 비나이다 하누님전 비나이다. 우리 낭군 무사히 집으로 돌려보내 주옵소서. (빈다.)

(밖에서 토아들과 딸들이 불시에)

토아들 - 어머니! (토아들, 딸 또한 처녀토끼를 다리고 등장)

토부인 - 웨 그리느냐? 또 어듸 주지가 있느냐?

토아들 - 어머니! 아니올시다. 저… (처녀토끼를 보고)

토부인 - 잘 다녀왔는가? 자넨 어듸로서부터 오는가?

처녀토끼 - (대답이 없다. 내외한다.)

토아들 - 어머니! 저 애는 주지와 범한테 어머니, 아버질 일어버리고 의지 없이 홀로 떠다니는 불상한 애라우.

토부인 - (한숨 쉰 다음) 부모를 여의고 홀로 떠다니면서 얼마나 고생했겠 늬? (자기 아들딸을 가르치며) 이 애들도 아버지를 리별하고 나 하나를 믿고 사는 처지다. 너와 똑같은 처지에 있다. 그러니 어듸 갈 생각 말고 우리와 함께 경중고락을 같이하자!

토처녀-(어머니 앞에 안겨 흐느껴 울며) 어머니! 저를 그같이 생각해 주시
　　　니 감사해요. 부모를 여의고 의지할 곳 없이 주야로 울고 세월을 보
　　　내옵더니 인젠 제가 의지할 곳 잦었나이다. (운다)

토부인-(달래며) 울지마라! 우리 같이 구차한 자들은 서로 생각하지 아니
　　　하면 누가 우릴 건저 줄 소냐? 너 배곯을 텐데 뭘 좀 먹어라.

토딸-어머니! 갖우어 주시요.

토부인-그럼 내가 가춰 놓을 터이니 지체 말고 인차 들어와 먹어라! (퇴장)

일동-예이!

토아들-어머니 음식 갖울 사의에 우린 노래도 부르고 춤도 추며 놀자!

일동-그리하자. (노래 부르며 춤춘다.) (노래)

　　　한순 두순 꺾어라
　　　어서 어서 꺾어라
　　　싸리순과 진달래꽃
　　　솜씨 있게 꺾어라
　　　에헤이 에헤야
　　　솜씨 있게 꺾어라!

　　　남의 고기 먹는 자들
　　　호의호식 하건만은
　　　우리들은 어이하여
　　　일하고야 먹고사나
　　　에헤이 에헤야
　　　손 빨리 놀려라!

토부인-(외성) 이 애들아! 인젠 들어와 먹어라!

일동-예이. (유쾌히 들어간다.)

(별주부와 토공 등장)

별주부-(샘치를 손으로 움켜먹고) 에-덥다.

토공-별주부! 나를 엎고 오느라고 수고하셨소. 하하! 아름다운 내 고향!
　　　자칫했드면 환고향도 못했을 걸. (숨을 화 드리끄스고) 아름다운 내
　　　고향! 잊지 못할 내 고향…!

별주부-토공께서는 너무 지체하지 마르시고 대왕의 령을 잊지 말사.

토공-하하하! (배를 쥐고 돌며 웃는다.) (토부인, 아들, 딸 달려 나온다.)

토부인-(달려와) 여보! 죽은 줄 알았더니 살아왔구마. (안기워 운다.)

아들딸-아버지! (운다)

토공-(부인에게) 그래, 그간 고생이나 없이 지냈소?

토부인-우린 일없소. 그래 수궁 벼슬이 어찌됐소?

토공-수궁 벼슬… 수궁 벼슬이 인간고생만 못합디다.

별주부-토공께서는 어서 속히 간을 가지고 수궁으로 가도록 할 사.

일동-간을?

토공-이놈! 이 어리석은 별주부야! 대저 오장륙부에 붙은 간을 어찌 출랍
　　　한다더냐? 나는 묘한 꾀로서 그믈을 벗어난 새요, 함정에서 뛰여난 범
　　　이로다. 만일 나의 지혜가 아니었드면 어찌 고향산천 다시 봤으랴!

별주부-토공께서는 너무 롱을 대지 마르시고 어서 간을 가지고 수궁으로
　　　돌아갈 사.

토공-이 어리석은 자라야! 너의 용왕의 병이 나와 무슨 관계있단 말야. 참
　　　으로 아무런 관계도 없도다. 네 이놈 자라야! 네가 공을 세우고 벼슬
　　　을 높이려고 산중에 사는 나를 꾀여 내려하니 네 죄가 막대하도다.

별주부-네 이놈! (달려든다.) 네가 감히 룡왕의 령을 거역하니 하늘인들
　　　어찌 무심하리!

너구리 - (불시에 숲속에서 나타나면서) 이 살지 무식한 자라야! 남 잡이 제 잡이라더니, 네가 오늘날 궁경에 빠졌구나! (또 숨는다.)

토공 - (토끼들이 자라를 결박한다.) 선참후계해도 애석치 않다. 허나 네 이 놈, 자라야! 너한테 내가 속히여 놀랜 일 생각하면… 네가 날 엎고 다닌 공으로 잔명을 살리니 넌 돌아가서 용왕께 그렇게 일러라!

별주부 - 예이! 거저 저의 목숨만 살려주소서. (애결한다.)

토공 - 첫재로: 량반 특권인 너의 일국 군신이 암둔하다. 둘재로는: 량반 지 배층들의 가혹한 착취성이 높아 인민들을 기만하야 죽이려하나 그 와 반면에 인민들은 결코 죽지 않으며, 설혹 죽음이 눈앞에 박도해 도 당황하지 않고 살길을 찾는다고 일러라!

별주부 - 예이! 령을 받드나이다.

토공 - (진주를 별주부에게 주며) 였다. 이것은 너의 룡왕이 내게 시상한 진 주 200개니 도루 갔다줘라! (아이들께) 저놈을 풀어 멀리 쫓아내라!

일동 - (풀어 쫓는다.) 어서 바삐 가라!

(자라 흘금흘금 퇴장)

일동 - 하하! (우슴이 터젓다.)

- 이하 한두 페이지 유실 -

부록 1

김해운이 쓴 다른 글 및 관련 글들

1. 김해운이 쓴 노래가사

넷 — 님

가사 김해운
음악 허철산

세월 – 빠르게 언제이런가
연못가에 꽃피면 또 봄이로다.
떠나가며 웃어도 심장은 울어
사년전에 네 모양 더욱 그립어

둥근 달이 저렇게 어즈러짐은
네 마음도 나처럼 앗갑아 하리
온다온다 기별이 몇 번이던이
생초목이 타질 듯 마음 졸린다.

푸른산도 철마다 빛을 자랑코
앞들판에 강물도 넘처흐른다
구름장도 재넘어 오고갓지만
님이 없는 홋몸이 탑을 쌓앗다.

出처: 『카자흐스탄 고려극장 1세대 배우 리장송 창가집』(1952~1955년)
(이 노래는 ≪카자흐스탄 고려극장≫ 배우 리장송이 1952년 9월 15일, 당시 극장이
있던 우스또베에서 필사한 것이다. 리장송(리 니꼴라이. 1915~1977)은 1932년에 창단
된 ≪원동 고려인극장≫에서 무대화가 방일추의 조수와 단역배우로 극장 일을 시작하
여 1971에는 ≪카자흐스탄 고려극장≫ 인민배우가 되었다. 성악가수로도 활동했으며
1959년에는 희곡 「토끼전」을 각색하여 무대에 올리기도 했다. 이 가요의 작곡가 허철
산은 1950~1960년대에 한때 고려극장에서 연극음악을 담당했었다.)

맞날 날이 올사록 넷님 새삼타
그날 밤에 건너던 강물 흐른다
둘이 밟던 자취는 창포가 우고
웃는 꽃도 달보고 동정을 준다.

카자흐스탄 고려극장 1세대 배우 리장송창가집(1952~1955년). 여기에
김해운이 지은 노래가사 「넷— 님」이 실려 있는데 이 가사는 1952년 9월
이전에 필사되었다.

깃븐 날

창공에 구름도 흩어지고 두만강 물결도 구비구비친다.
모란봉 송림도 바람 안고 녯 주인 왔다고 춤을 추네.

(후렴)
어허 좋다 얼시구 지화지 절시구
한많던 강산에 자유왔네.

동해의 바다에 붉은 군함 백두산 모란봉 승전고 울린다.
몽여라 사람들 붉은긔 아래루 아시아 동방에 해가 빛인다.

엑제의 채죽이 불러젓고 굶주린 백성이 풍년을 웨친다.
시들은 강산에 새움트고 움살림 떨치고 탐차며 뛰네.

쫓겻던 사람들 다시 오고 녯동무 안고서 돌아돌아친다.
향토에 자유를 평생 잡고 훗세긔 자손들 길러보세.

출처: 『카자흐스탄 고려극장 1세대 배우 리장송 창가집』(1952~1955년)
(이 노래는 김해운이 1945년 8월 15일, 우리나라 한반도가 일제로부터 해방되었다는
소식을 듣고는 크게 기뻐하며 가사를 쓰고 거기에 작곡가 김 윅또르에게 곡을 붙이게
하여 완성했다고 전해진다. 얼마 지나지 않아 이 노래는 ≪타쉬켄트 조선극장≫에서
불리게 되었고, 다시 얼마 지나지 않아 노래 「기쁜 날」은 평양에서도 불리며 유명해졌
다. 여기에 소개된 노래는 필사자가 1952년 8월 27일에 필사한 것이다. 이 노래가
매우 인기를 끌었고 널리 전파되었다는 사실은 리정희가 ≪레닌기치≫에 쓴 기사 「관
중이 늘쌍 기억하고 있는 배우부부」(1981년 2월 11일)에도 언급되어 있다. 이 노래를
작곡한 김 윅또르(1920~1986)는 독학으로 음악가의 길을 걸어간 작곡가로 ≪호레즘
주 고려극장≫, ≪타쉬켄트 조선극장≫, ≪카자흐스탄 고려극장≫에서 일하면서 다수
의 연극음악과 가요를 창작했다.)

기ㅅ쁜 날

가사 김해운

음악 김 윅또르

창공에 구름도 흩어지고 두만강 물결도 구비구비친다
남산에 구름도 바람 안고 넉뜨리 장단에 춤을 춘다

(후렴)
에헤 좋다 얼씨구 지화자 절씨구
한 많던 강산에 자유왓네
에헤 좋다 얼씨구 지화자 절씨구
삼천리 강산에 자유왓네

동해의 바다에 붉은 군함 백두산 모란봉 승전고 울린다
모혀라 사람들 붉은 긔 아래루 아시야 동방에 해가 빛인다

억제의 채죽이 불러젓고 굶주린 백성이 풍년을 웨친다
시들은 강산에 새움 트고 움 살림 떨치고 담차게 뛴다

쫓겟던 사람들 다시 오고 녯 동무 안고서 돌아돌아친다
향토에 자유를 평생 잡고 훗세긔 자손들 길려보세

출처: 『한철주 창가집』(1992년)
(이 창가집은 한철주가 오래 전에 써둔 가요필사집에다 1990년대에 들어와 당시 막
유행하던 한국의 가요들을 추가하여 1992년경에 완성한 것이다. 한철주(1921~2010년
경) 할머니는 젊은 시절부터 《타쉬켄트 조선극장》 및 《카자흐스탄 고려극장》 관계
자들과 깊이 교유했으며 특히 《타쉬켄트 조선극장》의 역사와 내막에 대해서 가장
잘 아는 사람으로 알려져 있었다.)

채란새

황막한 들 우에 지려는 저 달빛
님 없는 이 밤을 나 혼자 두고서
아!… 지는구나!

사라진 그림자 품에다 안고서,
님 없는 이 밤을 나 혼자 낡어서
아!… 외롭아라!

백운을 타고서 지나간 넷날에,
님 두고 가신 님 그림자 완연해
아!… 그립어라!

흘르는 강 우에 지새는 저 달은,
님 없는 이 밤을 나 혼자 붙잡고
아!… 새는구나!

출처: 『리 알렉산드르가 타쉬켄트 조선극장 1세대 배우 전명진에게 써준 창가집』(1945년)
(리정희가 말년의 김해운과 송 따찌야나 부부를 취재하고 ≪레닌기치≫에 쓴 신문기사
「관중이 늘쌍 기억하고 있는 배우부부」(1981년 2월 11일)에는 이 노래가사가 김해운이
쓴 시작품이라는 사실이 확인되어 있다. 한편 이 창가집은 리 알렉산드르라는 사람이
당시 ≪타쉬켄트 조선극장≫ 배우였던 전명진(1924~1996년경)의 부탁을 받고 1944년
9월부터 1945년 4월까지 장장 8개월에 걸쳐 184곡을 필사해준 창가집으로 아마도 현존
하는 고려인 창가집들 중 가장 오래 됐고 내용도 가장 풍부할 것이다. 전명진은 연해주
에서 채계화, 마숙경과 함께 3대 가수로 이름을 날렸던 가수 전순녀의 막내 동생이다.
그녀는 1950년 ≪타쉬켄트 조선극장≫이 해체된 뒤 카자흐스탄으로 건너갔으나 당시
고려인 문화예술계에 떠돌던 불미스러운 소문의 주인공으로 알려져 ≪카자흐스탄 고려
극장≫에서 배우로 받아주지 않은 탓에 카자흐스탄 알마틔에서 평생을 홀로 쓸쓸히
살다가 세상을 떠났다.)

채란새.

황막한 들 우에 제러돈 저 달빛,
님 없는 이 땅은 나혼자 두르서
아!... 지는구나!

사라진 그림자 품에다 안고서,
님 없는 이 땅을 나혼자 늙어서
아!... 외롬아라!

백년을 타러서 지나간 넷날에,
님 두고 가신님 그림자 완연해
아!... 그림여라!

흐르는 강우에 화색을 저 옳은,
님 없는 이 땅을 나혼자 볼적고
아!... 써릅구나!

────

처녀의 단꿈.

둥굴고 맑은 달이 낮 같이 빛이른,
일하고, 잠이든 고요한 바 밤에
첫 사랑에 기재된 신분장을 안고,
고은 처녀 잠들어 단꿈을 꿈어.
수점은 생각에 희망을 못 섰고,

리 알렉산드르가 타쉬켄트 조선극장 1세대 배우 전명진에게 써준 창가집(1945년). 김해운이 지은 노래가사 '채란새'가 수록되어 있다.

2. 김해주(김해운) 부른 노래

매화타령

건곤이 불로월장자 하니,
개명산천이 다시 밝아 -
화원이로다 엘화 매화로구나

잠자리 날애같은 한산 세모수
주름을 잘게 잘게 잡고
풀은 한돈 팔푼 에치 사구삼십륙

서른여섯 덩이 발라 입고
안동방골로 꽃노리가자
에 -하 에히홍 허리시구 매화로구나

출처: 『한철주 창가집』(1992년)
(필사자는 이 노래가사 앞에 수록한 '진주의 별'이란 노래 아래에 "이 노래는 1951년
소련연방 우즈베크공화국 뽈리뜨오드젤 꼴호즈에서 살 때 박영진(작곡가)의 부인께서
들은 노래"라고 기록하고 있다. 이로 미루어 김해주가 부른 이 노래는 1952~3년경에
김해운이 사할린에서 휴가를 얻어 타쉬켄트에 가서 지인들 집에서 장구를 치며 불렀던
노래들 중 하나였지 않을까 생각된다.)

하늘에 (별)들이 조으는데
...
...
...

...
...
...
...

매화 타령   김해주...를 노래

...
...
...

...
...
...
...
...
...

2 가을 바람에 연줄을 타고
  청산 ...

3 ...
  ...

1 ...
  ...

후렴 에히요 에헤 ...
   ...

한철주창가집(1992년). 김해주(김해운)가 부른 노래가 실려있다.

3. 연극 「동북선」에서 불린 노래들

극 《동북선》

오섯습니까? - 오섯습니까?
나를 보자고, 오섯습니까?

밉고, 곱기는 - 볼 타시요.
정들고, 않들기는, 말할 타시라.

왔다 가서요, 왔다 가서요 -
남자는 밤중에 왔다 가서요.

출처: 『리 알렉산드르가 타쉬켄트 조선극장 1세대 배우 전명진에게 써준 창가집』(1945년)
(희곡 「동북선」 1935년본에 실려 있는 노래다. 필사자가 노래제목을 '극 동북선'으로
달아놓은 것으로 보아 연극무대에서 이 노래를 듣고 필사한 것 같다.)

극 "동북선"에서 순선의 노래

음악 박영진

금강산 산봉에 진달래 꺾으려
락동강 밑에서 진주를 잡으려
얼사여 엄마여 내 손을 잡으소
얼사여 동무여 노래를 질러라

삼각산 밑에서 호랑이 운다고
부사신 밑에서 울음이 터젓네
얼사여 엄마여 내 손을 잡으소
얼사여 동무여 노래를 질러라

동해의 바다에 물결이 넘치니
압록강 연안에 웃음이 터젓네
얼사여 엄마여 내 손을 잡으소
얼사여 동무여 노래를 질러라

출처: 『한철주 창가집』(1992년)
(희곡 「동북선」 개정본에 나오는 노래다. 역시 연극무대에서 흘러나온 노래를 직접 들었거나 지인을 통해 듣고 필사했을 것이다. 이 노래의 작곡가 박영진(1907~1978)은 소비에트 고려인 음악의 창시자로 불린다. 그는 1945년 타쉬켄트 음악대학을 졸업하고 대학과 극장에서 일하면서 많은 연극음악과 교향곡 등을 작곡한 것으로 알려져 있다. 그런데 다른 자료들에 의하면 그가 이미 1941년 이전부터 왕성한 작곡활동을 해왔음을 확인할 수 있다.(엔. 뚜르쑤노와-누리모와 「쏘베트 고려음악 창시자」(≪고려일보≫ 1991년 1월 24일) ; 김남극 「우스베크쓰딴 호레슴주의 고려극단」(≪레닌기치≫ 1941년 1월 1일))

≪동북선≫ (기생의 놀애)

달아, 밝은 달아! 님의 창전 빛인 달아,
님 홀로 눕엇더냐? 어떤 불양잘 품엇더냐?
명월아! 본대루 일어 사생결단.

여듭시 되자 자동차 가니, 이번 가면 언제 와요?
하로, 잍흘 머나-먼 길 고장 없이 단녀오소?
길 가다 빵고나하면 다 온 줄 알렴.

출처: 『리 알렉산드르가 타쉬켄트 조선극장 1세대 배우 전명진에게 써준 창가집』(1945년)
(희곡 「동북선」 개정본에 등장하는 노래다. 역시 연극무대에서 이 노래를 듣고 필사한
것으로 보인다.)

앞선 기럭은 떨어 지고,
뒤, 섰선 기럭은 앞서 온다.
한 짜리씩, 두 짜리식 나래를 펴~고
점-점, 갓가히 닥아 드으나.
—

《동북선》 (기성의 소에). 나
달아, 밝은 달아! 님의 창전 빛인 달아,
님 홀로 늅었더냐? 어떤 붕양 잘 품엇더냐?
명월아! 본대로 일어 새상 걸단.

여듬이 되자 긔동차 가네, 이번 가면 언제 와요?
하로, 일홀 떠나-면 길 고장 없이 댄여 오소?
헌 가마 빵그녀하시면 다 온줄 알려오.
—

손수건. 나
젼일 네가 노에게 보낸 손수건,
붉은 안끔 봇사귀 내 마음에 않둘었다. 현상용용?
웨 붉은 안끔 붓이 네 마음에 않 둘었나?
안끔 붓이 떨어 지면, 겨울이 돌아 와.
젼일 네가 노에게 보낸 손수건,
푸른 솔봇사귀가 내 마음에 둘었다.
웨 푸른 솔붓사귀가 내 마음에 둘었나?

리 알렉산드르가 타쉬켄트 조선극장 1세대 배우 전명진에게 써준 창가집(1945년).
연극 '동북선'에서 불린 노래가 수록되어 있다.

고향설음가

아니 떠려지는 나의 걸음은
한숨의 내고향을 등에다 지고
한줄기 두망강을 건너섯도다.

떠오르는 슲은 마음 억지로 참고
흐르는 눈물을 빗쓰스면서
목적지 서비리야를 도달햇도다.

치운 바람 부려치면 눈보래칠 때
이곧에 와 작객한 후 고향에서는
달밝고 고요한 밤 문전에 서서

나의 고향 소식을 알녀고 하나
들리나니 바람부난 소래뿐이고
보이나니 반공중에 별들뿐이라.

먼촌에 짓는 개는 그림자 보고
나래치고 우는 닭기 슲이 울 때에
달은 어이 서산경에 기우러젓네.

출처: 『리 나제즈다 창가집』(1950~1953년)
(희곡 「동북선」 1935본에는 이 노래의 1절과 3절만 실려 있다. 그러나 무대에서는
마지막 절까지 불렸을 것으로 생각된다. 이 창가집에는 100여곡의 노래가 필사되어
있다.)

고향가

아니 떨어지는 나의 걸음은
눈물로 내 고향을 이별하고서
한줄기 두만강을 건너갔도다

슬픈 마음을 억지로 참고
앞길 덮은 눈물을 빗씻으면서
목적지 북간도에 도착했도다

추운 바람 불고 눈보라 칠 때
이곳에서 작별하는 고향의 설움
달 밝고 고요한 밤 문전에 서서

나의 고향 소식을 알려고 하나
보이나니 반공중에 뜬 달 뿐이오
들리나니 부는 바람 소리 뿐이라

먼촌의 개는 그림자 보고 짖고
홰를 치며 닭이 울어 동터 올 제
달은 어이 서산경에 기울어졌네

출처: 김병학, 한 야꼬브 『재소고려인의 노래를 찾아서I』(화남, 2007)
(이 가사는 카자흐스탄 고려인 한 야꼬브 작곡가가 2004~2005년에 구소련 고려인집성
촌을 돌아다니며 가요를 수집할 때 고려인 노인들이 연극「동북선」에서 불린 노래라며
불러준 노래를 정리한 것이다.)

4. 김해운이 쓴 시

(김해운이 쓴 시는 아래에 소개하는 산문시 외에도 ≪선봉≫신문(1934년 7월 13일자)에 실린 '어부의 놀애'라는 시가 있다. 그런데 현재 확인 가능한 이 신문의 사본이 선명하지 못해 내용과 철자를 정확히 판독해 옮겨 적기가 어려운 관계로 여기에 전문을 싣는 것을 생략한다.)

산문시

피는 피로

김해운

괴악한 미 제국주의자들이 피문은 발로
조선의 땅을 어지럽힌지도 어느덧 三년 세월…
과원에 능금 나무들도 폭격을 당해
이리 저리 쓰러졌으며
날새들도 앉을 곳 깃드릴 곳을 찾어
허공에서 헤매고 있다…
저녁이면 이 골목 저 골목에서 청아하게 들려나던
평화적 로력의 합창 소리,
아름답게 들려나던 바이요링 소리는
돌격의 구령소리로 전투의 행진곡으로 바뀌었다.

원쑤들은
三천만의 신성한 전통을 무지한 발로 짓밟는다
야수들 만행의 피흔적을 눈을 뜨고 어이 보리!
… 부상당한 인민투사를 전신주에 얽어매고
넓적한 그 가슴을 갈피갈피 찢어놓고 五각별을 새겨놓았다…

의분에 솟아나는 붉은 피!
이 어찌
나의 피가 아니랴?
이 어찌
우리의 피가 아니랴?…
… 옥순의 어머니는 빨찌산들이 있는 곳을 모른다고 반항하다가
그만 창에 찔려 쓰러졌다.
어머니의 가슴에 기여올라
젖 대신에 피를 삼키다가 죽은 조선의 어린이…
… 민주 녀맹원 경숙이는 미군놈한테 붙잡혀 모욕을 당하다가
백설 같은 하얀 살을 점점이 뜯기우고
참혹하게 희생되였다…

허지만 오늘날 ―
애국의 붉은 피가 스며든 三천리 강토 위에
분노의 장엄한 혈화가 충천의 기세로 솟아오르고 있다!
보라 ―
림진강 상류로부터 철원 ― 금화 ―고성에 이르기까지 이루어진
난공불락의 방어선에서
복수의 푸른 불길이 쏘아나오는 것을!
그 불길 앞에서 유 · 엔군 강도들이,
리승만 역도들이 쓰러지는 것을!
보라 ―
유망한 인민군 방어선 뒤에서 ―
무럭 무럭 자라나는 민주 건국의 장엄한 기세를!
밤을 낮으로 삼고 암혈과 땅 속에서 살면서도
날로 자라나는 창조적 로력의 빛나는 업적을 쌓아올리는
민주조선의 로동계급을!
민주조선의 근로농민을!
민주조선의 인텔리들을!

오늘 날—
루억 명 세계 평화 옹호자들이
평화를 위하여
전쟁을 반대하여
금성철벽으로 하늘에 닿을 듯 일어나거니—
조선의 애국투사들이
중국형제들의 원호 밑에—
구국의 거룩한 사명을 지켜,
세계 평화의 위업을 지켜,
피는 피로
죽엄은 죽엄으로…
원쑤를 죽치며 싸우고 있거니—
우리는 또다시 굳게 믿는다—
미제의 흉악한 계획이
엄엄한 조선천지에서 마사져 버릴 것을!
조선 인민의 필승의 대명절—
즐거운 그날이 돌아올 것을!

출처: 사할린 한인신문 ≪조선로동자≫(1953년 2월 3일)
(이 시는 당시 신문이 채택하고 있던 세로쓰기로 인쇄되어 있는데, 행간의 구분이 명확
하지 않은 부분들이 적지 않아 엮은이가 적절히 재배열해놓았다.)

부록 2

해제
소련의 우리말극장들과 김해운이 그린 무대예술의 궤적

김병학

　　김해운(1909.11.12~1981.11.16)은 고려극장의 탁월한 제1세대 극작가
이자 연출가이며 배우로서 고려극장의 전설이 된 연성용, 채영, 태장춘,
최봉도 등과 함께 극장 창단에 주도적으로 참여한 인물이다. 그의 아내
송 따찌야나(1913.12.2~1994.1.3) 역시 극장 창단 맴버로서 대단히 훌륭
한 배우로 이름을 날렸으며 그의 아들 김기봉(1929~2003년)은 무대공연
의 재치 있는 사회자이자 만담가로서 또 희극배우로서 모노 서커스 쇼까
지 펼치며 1970~1980년대에 고려극장의 진가를 한 층 드높인 인물이다.
또 기봉의 외동딸 따찌야나는 고려극장 아리랑 가무단에서 무희로 활약
했다. 고려극장 역사상 3대가 극장에 몸담은 예는 김해운 가족이 거의 유
일하다.

　　무엇보다도 김해운은 재소고려인 연극사에서 시기와 장소를 달리하여
분출된 세 번의 극장창단 사건에 결정적으로 관여한 사람이다. 두 번은
핵심 창단인물로 참여했고, 한 번은 이미 창단된 극장을 중흥시키는데 크
게 이바지했다. 그는 1932년 9월 9일 연해주 블라디보스토크에서 현 ≪카
자흐스탄 고려극장≫의 전신인 ≪원동 고려인극장≫1)이 창단될 때 주요

---

1) 이 극장의 정식명칭은 ≪원동변강 고려극장≫으로 불리고 있으나, 극장 창단 사흘
전과 하루 전에 ≪선봉≫신문에 실린 배우모집 광고에는 ≪원동 고려인극장≫으로
표기되어 있어 엮은이는 이를 따르기로 한다. ≪원동 고려인극장≫은 창단 이후부
터 강제이주 이전까지 원동 고려극단, 해삼시 고려극단, 해삼시 고려극장, 해삼시
조선극단, 원동 조선인극단, 해삼시 조선인 극장, 고려극장 등으로 일정한 규칙 없이
명칭이 수시로 바뀌었다.(≪선봉≫ 1932년 9월 6, 8일, 1934년 7월 13일, 1935년
1월 24일, 4월 4일, 7월 9일, 1936년 5월 6일, 9월 24일, 1937년 2월 27일, 8월

창단 맴버로 참여했고, 1937년 가을 고려인이 중앙아시아로 강제이주 되고나서 2년 후에는 우즈베키스탄 타쉬켄트 벡쩨미르에서 ≪타쉬켄트 조선극장≫을 조직, 창단했다.[2] 그리고 그 극장이 1950년에 해체되자 사할린으로 건너가 두 해 전에 창단된 ≪사할린 조선극장≫을 중흥시키는데 크게 이바지했다.[3]

그는 또 1932년 연해주 고려극장 주요 창단 인물들 중 극작가 채영과 함께 흔치 않은 한반도 이남지역 출신이기도 하다.[4] 그는 부산에서 태어나 고향에서 어린 시절을 보낸 뒤 블라디보스토크로 이주했고, 1937년에는 중앙아시아로 강제이주를 당했다. 그 후 1950년에는 머나먼 동쪽 사할린으로 건너갔으며 1976년 무렵에는 다시 카자흐스탄으로 옮겨가 여생을 마쳤다. 이렇듯 그의 생애는 역사적 질곡의 한 가운데에 있었으며 민족무대예술의 파도를 따라 동서방향으로 긴 삶의 궤적을 그렸다.

아쉽게도 지금까지, 그가 걸어간 범상치 않은 무대예술의 여정과 그가 남긴 작품들에 대해서는 거의 알려져 있지 않았다. 최근까지도 그의 모든 것이 희미한 베일에 휩싸여있었고 심지어는 그의 생몰연대마저 정확히

15일자 등 참조)

2) 리정희 「관중이 늘쌍 기억하고 있는 배우부부」(≪레닌기치≫ 1981년 2월 11일)

3) 연성용은 김해운이 김기철과 함께 ≪사할린 조선극장≫을 창단했다고 기록하고 있다. 극장 창단 연대로 보아 이는 사실과 맞지 않지만, 김해운이 이미 창단된 ≪사할린 조선극장≫을 중흥시킴으로써 실질적으로 극장을 창단한 인사 중 한 명이나 마찬가지라는 뜻으로 이해하면 될 것 같다.(연성용 회상록 『신들메를 졸라매며』(예루살렘, 1993) 28쪽)

4) 김해운과 채영 외에도 고려인 극장과 깊은 관련이 있는 한반도 출신 인물로는 김기철 등이 있다. 함경남도 단천에서 태어난 김기철은 사할린 조선극장장을 역임했고 그 이전에는 고려극장의 희곡을 쓰기도 했지만 1932년 연해주 고려극장의 창단에는 참여하지 않았다. 한편 ≪레닌기치≫는 채영의 부음을 전하는 기사(1981년 5월 23일)에 그가 블라디보스토크에서 태어났다고 쓰고 있으나 이는 오류가 확실하다. 고려인 합동문예작품집 『시월의 해빛』(알마아따 작가출판사, 1971)에 나오는 그의 약력이나 여러 증언들에 의하면 그가 경기도 이천에서 태어났음은 의심의 여지가 없는 듯하다.

기억하는 사람이 없었다.[5] 여기에는 몇 가지 그럴만한 이유가 있다.

첫째로 그가 강제이주 이후 카자흐스탄이 아닌 우즈베키스탄에서 연극인의 삶을 이어갔기 때문이다. 즉 연해주에서 시작된 우리 무대예술의 전통이 지금까지 이어져오고 있는 《카자흐스탄 고려극장》과 달리 그가 공들여 민족문화예술을 꽃피웠던 《타쉬켄트 조선극장》의 활무대는 오래 전에 역사의 뒤안길로 사라져버렸고, 따라서 반세기 이상을 최후의 모히칸족으로 남아 기억을 독점해온 카자흐스탄 고려인 무대예술계 측에서는 아무리 빛나는 민족문화예술의 발자취일지라도 카자흐스탄 경내를 벗어난 것은 시야에 잘 담아두려고 하지 않으며 설령 그것이 선명하게 포착된다 할지라도 애써 옆자리를 내어주려고 하지 않아 경계 밖의 의미 있는 기억들이 점차 퇴색해질 수밖에 없었던 것이다.

김해운은 카자흐스탄 크즐오르다로 이주되어 1939년 초반까지는 《크즐오르다 주립 고려극장》에서 활동한 것으로 보이지만[6] 이후 새로운 극장을 만들기 위해 우즈베키스탄으로 건너갔다. 그리고 1939년 가을에 동

---

5) 2007년 고려인 강제이주 70주년을 맞아 카자흐스탄 고려극장에서 펴낸 『고려극장의 역사』[Л. А. Ни, Г. В. Кан, Цой Ен Гын, 『История корейского театра』(Алматы 《Раритет》 2007)] 216~217쪽에도 고려극장의 발전에 큰 역할을 한 인물들의 약사에 김해운 가족을 비롯한 몇몇 가족의 생몰연대는 미확인된 채로 남아있다. 엮은이는 2016년 9월에야 김해운 가족의 먼 친척 되는 사람을 어렵게 알아내 그와 함께 김해운 부부의 묘지를 방문함으로써 김해운과 그의 아내 송 따찌야나의 묘비를 확인하고 거기에 씌어있는 생몰연대를 확인할 수 있었다. 재소고려인 신문 《레닌기치》(1981년 11월 18일자)에도 김해운에 대한 부고기사가 짤막하게 실려 있다.

6) 《크즐오르다 주립 고려극장》은 1939년 5월 12일에 장기 순회공연을 떠났는데 그때 준비한 공연목록 중에 김해운이 쓴 소형극 「숨은 원쑤」가 포함되어 있었다. 또 1939년 카자흐스탄 크즐오르다에서 극장의 주연 여배우들이 찍은 사진과 극장 공청원들이 찍은 사진에 김해운의 아내 송 따찌야나도 포함되어있다. 이것이 결정적인 증거는 될 수 없겠지만 적어도 김해운 부부가 그 시점까지는 《크즐오르다 주립 고려극장》에서 직간접적으로 활동하고 있었음을 추정하게 만들어주는 단서는 될 수 있을 것이다. 이 사진들은 '연보 및 화보'부분에 실어놓았다.(「크슬-오르다 고려극장의 순회」(《레닌기치》 1939년 5월 12일))

료들을 모아 ≪타쉬켄트 조선극장≫을 조직했다. 그 후 극장을 의욕적으로 운영하며 그는 고려인 문화예술사에 중요한 페이지를 써나갔지만, 나중에 여러 가지 여건이 악화되어 극장은 10여년 후에 해체되는 운명을 맞이했다. 이에 단원들은 뿔뿔이 흩어져 일부는 ≪카자흐스탄 고려극장≫[7]으로 들어가고 다른 일부는 ≪사할린 조선극장≫으로 건너가 계속 배우의 길을 걸어갔지만 또 다른 일부의 배우들은 연극무대에서 그냥 사라져 버렸다.

아마도 그때 극장을 그만둔 단원들은 무대에서 활동한 역사가 별로 길지 않아 김해운의 지도와 영향력 아래 전개되었을 자기의 무대인생을 특별히 기록으로 정리해서 남길 생각을 하지 못했을 것으로 보인다. 그리고 ≪카자흐스탄 고려극장≫으로 편입된 단원들은 자신들의 연기 인생을 자연스럽게 새 극장으로 순치시키거나 두 극장의 역사를 굳이 분리해 생각할 필요를 못 느껴 별도의 회상기나 증언을 남기지 않은 것 같다.[8] 또한 극장의 활동과 연극인들의 행적을 수시로 기록으로 남겨줄 모국어신문이 있었던 카자흐스탄과 달리 우즈베키스탄에는 그럴만한 언론매체가 없었

---

7) ≪카자흐스탄 고려극장≫은 강제이주 이후에 ≪크즐오르다 주립 고려음악희극극장≫, 1942년 1월에는 ≪딸듸꾸르간 주립 고려극장≫ 또는 ≪알마-아따주 고려드람극장≫, 1959년 5월 30일부터는 다시 ≪크즐오르다 주립 조선극장≫, 1962년 3월 22일에는 ≪조선음악희극극장≫, 1964년 1월에는 ≪공화국적 지위를 갖는 조선극장≫, 1968년 가을에는 ≪국립음악희극 조선극장≫ 등으로 지위가 변천되어왔다. 또 '고려'와 '조선', '극단'과 '극장'이라는 명칭도 혼재되어 쓰이곤 했다. 이 글에서는 이 극장의 지위를 특별히 구분하여 언급할 필요가 있는 경우를 제외하고는 현재 널리 통용되고 있는 ≪카자흐스탄 고려극장≫으로 통칭하기로 한다.
8) 우즈베키스탄 ≪타쉬켄트 조선극장≫에 대한 거의 유일하고도 유의미한 내용을 담고 있는 회상기로는 연성용이 남긴 『신들메를 졸라매며』(예루살렘, 1993)가 있다. 리정희의 신문기사 「관중이 늘쌍 기억하고 있는 배우부부」(≪레닌기치≫ 1981년 2월 11일) 등 신문에도 일부 관련내용이 있다. 그밖에 ≪타쉬켄트 조선극장≫의 몇몇 배우들이 남긴 짤막한 증언이나 당시 무대에 올려 졌던 연극과 가요 목록의 일부가 남아있다. 물론 당시 ≪타쉬켄트 조선극장≫은 ≪카자흐스탄 고려극장≫과 연극대본이나 가요들을 두루 공유했기 때문에 레퍼토리가 상당히 겹친다.

다. 더욱이 김해운은 ≪타쉬켄트 조선극장≫이 해체된 이후 머나먼 사할
린으로 건너갔다. 카자흐스탄과 우즈베키스탄 민족극장 단원들에게서 그
의 존재감과 행적은 자연스럽게 희미해질 수밖에 없었다.

둘째로는 태장춘, 연성용, 채영, 리길수 등과 같은 동료 극작가나 배우
들이 재소고려인 모국어신문인 ≪선봉≫과 그 후속신문인 ≪레닌기치≫
(현 ≪고려일보≫)에 왕성하게 기고를 하거나 별도의 회상기 등을 남겼
고, 또 신문에는 그들의 희곡과 연기에 대한 관객들의 반응이나 평론이
드물지 않게 기사화됨으로써 그들의 사생활과 행적, 인간성 등이 자연스
럽게 알려진데 반해 김해운은 자신을 언론에 거의 노출시키지 않은 데에
그 이유가 있다.[9] 당시 극장의 극작가들은 물론이고 심지어는 일반 배우
들조차 모국어 신문과 단행본에 드물지 않게 자기의 글을 남긴 것에 비하
면 김해운은 특이하게도 모국어신문 및 출판물과 가까이 지낸 흔적을 거
의 보여주지 않았다. 한편 ≪카자흐스탄 고려극장≫은 1982년에 극장창
립 50주년을 맞아 흩어진 극장의 과거 행적과 기억들을 모아 『소비에트
고려극장』[И. КИМ 『Совтский корейский театр』(Алма-Ата, Өнер,
1982)]이라는 기념비적인 책을 펴냈다. 기대할 것도 없이 거기에는 강제
이주 이전 김해운 행적의 극히 일부만 언급되고 말았다.

셋째로는 김해운의 가계에 후손과 친척이 적은 데다 유가족이 그의 행
적을 알리는데 적극적으로 나서지 않았기 때문이다. 그에게는 아들과 딸
이 하나씩 있었다. 아들 기봉은 부모의 우월한 유전자를 고스란히 물려받

---

9) 그가 신문에 남긴 기록으로는 연해주 블라디보스토크에서 발행된 ≪선봉≫신문
(1934년 7월 13일)에 「어부의 놀애」라는 시 한 편과 사할린에서 발행된 모국어신문
≪조선로동자≫(1953년 2월 3일)에 「피는 피로」라는 산문시 한 편이 있다. 한편
≪레닌기치≫신문을 보면 '해도'라는 이름으로 단편 이야기 「숨은 죄악」(1947년
10월 17일), 시 「로씨야 병정」(1948년 2월 22일), 시 「그날의 추억」(1948년 3월
1일), 시 「자유와 평화의 명절」(1948년 5월 1일), 시 「평화의 오일 노래」(1952년
5월 1일), 시 「금년 오일」(1956년 5월 1일), 시 「열길 솟은 물」(1956년 6월 27일)
등이 실려 있는데 혹시 '해도'라는 이름이 김해운의 필명일지도 모르겠다.

아 ≪사할린 조선극장≫과 ≪카자흐스탄 고려극장≫에서 독보적인 배우로 이름을 날렸고 기봉의 외동딸 따찌야나 역시 ≪카자흐스탄 고려극장≫ 아리랑 가무단에서 무희로 활동한 극장가문 출신이지만 그들은 부모나 조부모의 행적을 널리 알리는데 별로 성공하지 못했다.[10] 김해운의 딸 아브로라는 오래 전에 상크트 뻬쩨르부르그로 이주해 살고 있어 극장과는 아예 인연이 없었다. 유가족의 적극적인 노력에 의해 생전은 물론 사후에도 당사자의 행적이 어느 정도, 혹은 잘 조명된 극작가 태장춘이나 한진 등과 달리 김해운의 행적은 어둠에 묻힐 수밖에 없었다.

엮은이는 매우 빈약한 자료를 가지고 김해운의 생애를 서술해야 하는 어려움에 직면해있다. 나중에라도 그의 신상에 대한 자료들이 발굴되기를 기대하면서 간략하게나마 지금까지 접근 가능한 자료와 증언들을 토대로 그가 그린 무대인생의 궤적과 희곡에 대한 단상을 전개해보려고 한다.

1. 한반도와 연해주 시기(1909년 겨울~1937년 가을)

1) 식민지 소년의 비애와 첫 번째 ≪고려극장≫창설

김해운(金海雲)의 본명은 김해주이며 러시아식 이름은 김 블라지미르 (КИМ Владимир Дмитрийевич)다.[11] 그는 1909년 말 한반도 부산에서 태어났다.[12] 그 후 어느 시점에선가 연해주 블라디보스토크로 이주했

---

10) 아들 김기봉이 그나마 부모를 알리는데 성공한 것이 하나 있다면 ≪고려극장≫ 음악가 김 웍또르가 작곡한 노래 「기쁜 날」의 노래가사를 쓴 이가 부친임을 적극 알린 것이라 하겠다.

11) 묘비명이 '김해주'로 씌어있는 것으로 보아 이것이 김해운의 본명임은 확실하다. 드물기는 하지만, 묘비명에 필명이 들어가는 경우도 있는데 그것은 본명과 생몰연대가 한꺼번에 기록된 묘비의 정면이 아닌 뒷면에 보충의 의미로 들어가는 것이 정석이다. 강제이주 이전 ≪선봉≫신문에 실린 고려극장 관련기사에도 그의 이름이 김해주로 등장한다.(「원동 고려극단의 사업은 더욱 힘있게 진행되어 간다」 (≪선봉≫ 1934년 7월 13일자 2면))

12) 김해운의 고향에 대해서는 2006년에 재소고려인 한글문학평론가 정상진

는데, 그의 일부 희곡작품에 고향에 대한 기억이 선명하게 등장한다. 그는 고향에 대한 기억과 향수를 대표작 「동북선」(1935년 작)에 살짝(그러나 강렬하게) 남겨놓았고 희곡 「무죄인들의 노래」(1953년 후반~1956년 2월 사이 작)에는 조금 더 자세히 풀어놓았다. 특히 후자의 희곡은 사건이 전개되는 지리적 배경 자체가 부산이며, 부산과 그 주변지역 지리에 대한 묘사가 이루어지고 있다. 이는 김해운이 고향과 고향 사람들에 대한 특별한 애정과 인식이 어느 정도 자란 후에 고향을 떠났음을 직간접적으로 반영한 것으로 보인다. 이로 미루어 아마도 그가 10세 전후의 소년시절까지는 부산에서 살다가 연해주로 이주했지 않을까 생각된다.

당시 한반도에서 노령이나 간도로 이주한 사람들 대다수가 일제치하에서 자행된 수탈과 학정을 이기지 못하고 살 길을 찾아 떠난 경우이고, 일부는 일제에 조직적으로 저항하기 위해서 떠났던 만큼 김해운의 가족도 그 범주에서 크게 벗어나지는 않았을 것이다. 식민지 조국의 소년으로 자랐던 만큼 그의 대표작 「동북선」은 일제에 대한 들끓는 저항의식을 보여준다. 그렇지만 그가 해삼(海蔘. 블라디보스토크)에서 별 부침 없이 조선중학교에 다니고 연극계에 뛰어든 것으로 보아 그의 부모는 당시 대다수 한반도 이주민들처럼 생계나 더 나은 삶을 찾아 부산에서 해삼으로 이주했을 것 같다.[13) 아직까지 김해운의 가족사나 가계에 대해 알려진 바는 없지만, 그가 10세 후반의 나이에 홀로 고향을 떠나 연해주에서 생계를

(1918~2013)이 엮은이에게 증언해주었고 2010년경에는 김해운의 손녀 리 따찌야나도 확인해준 바 있다. 리 따찌야나는 2012년 무렵에 스페인으로 이민을 간 뒤 현재 연락이 끊긴 상태다.

13) ≪카자흐스탄 고려극장≫ 아리랑가무단 방 따마라(1942년생) 가수의 증언에 의하면, 조부 방지옥도 1920~30년대에 부산에서 블라디보스토크로 이주했다고 한다. 이 사례를 일반화하기는 어렵지만 당시 부산과 블라디보스토크는 해로를 통한 이동이 다른 지역보다 수월하여 이주가 활발했을 것임은 쉽게 추론할 수 있다.(≪카자흐스탄 고려극장≫ 아리랑가무단 방 따마라(1942년생) 가수의 증언」(2016년 4월))

꾸리며 문화예술 활동에 적극적으로 종사한다는 것은 사실상 불가능한 일이므로 해삼 이주전후에 그를 돌보아준 부모형제가 있었음은 거의 확실하다고 볼 수 있을 것 같다.

그는 블라디보스토크에 있는 제2호 9년제 조선중학교에 다녔다. 운이 좋게도, 그리고 재소고려인 문화예술사에 참으로 다행스럽게도 그 학교에는 뜻있는 젊은이들이 많았다. 그는 그 학교 학생이었던 연성용, 리길수, 최길춘 등과 함께 연극예술에 두각을 나타내기 시작했다. 그들은 조선중학 연예부를 결성해 활동했다.14) 이들은 1920년 무렵부터 한반도에서 들어와 공연하다 돌아가곤 했던 '조선신파숙청단'의 신파주의 연극에 큰 영향을 받았다. 하지만 연극이나 문화예술에 정통한 지식인과 지도자들이 신파주의식 연기를 참을 수 없어 했기 때문에 이들도 점차 사실주의에 입각한 연극을 연마해 나갔다.15) 또 블라디보스토크에는 드문드문 러시아 영화가 상영되곤 했는데 그때마다 그들은 영화배우의 연기를 흉내 내면서 배우의 꿈을 키워나갔다. 이들 연극단의 실력과 활약상은 곧 블라디보스토크 시내에 널리 알려졌고 스탈린구락부 연극단과 더불어 원동 고려인 연극계를 대표하는 집단이 되었다.

1928년 3월 16~17일 양일간에는 스탈린구락부에서 제1회 해삼위 고려인 예술경쟁대회가 열렸다. 이 대회는 젊은 고려인 연극 예술인들을 발굴하고 격려하기 위해 해삼현 공청회 간부회의가 주최하고 스탈린구락부와

---

14) 1982년 고려극장 창설 50주년을 맞아 극장의 역사를 정리해 책으로 낸 김 이오씨프는 김해운이 신한촌구락부 연예부에 속해있었다고 기록하고 있으나, 당시 김해운과 같이 활동했던 1세대 배우와 극작가들인 리길수와 연성용의 회상기에는 김해운이 9년제 조선중학교 연예부였다고 증언하고 있다. 두 가지 주장이 다 진실인데, 왜냐하면 당시 김해운을 비롯한 학생 연예부원들은 대개 스탈린구락부 연예부 활동도 동시에 하거나 학교 졸업 후 그곳으로 넘어가 활동했기 때문이다.(И. КИМ 『Совтский корейский театр』(Алма-Ата, Өнер, 1982) с. 7. ; 연성용 회상록 17쪽 ; 리길수 「회상 - 조선극장」 『오늘의 빛』(알마아따, 자수싁, 1990) 171쪽)
15) 연성용 회상록 21쪽

≪선봉≫신문사가 후원한, 고려인 문화사에 대단히 뜻깊은 첫 행사였다. 여기에는 9년제 조선학교 연예부, 소비에트 당학교 연예부, 스탈린구락부 연예부, 노동학원 연예부 등 총 4개 단체가 참가했다. 김해운은 연성용, 리길수, 최길춘, 염사일, 조일벽 등과 함께 9년제 조선학교를 대표하여 연성용이 쓴 희곡「승리와 사랑」을 무대에서 열연했다. 그때 소비에트 당학교 연예부는 희곡「사랑의 배면」을, 스탈린구락부 연예부는 「혈투」를, 노동학원 연예부는 「새벽종」을 무대에 올렸다. 심사결과 9년제 조선학교는 스탈린구락부 연예부에 이어 종합 2등을, 희곡부문에서는 연성용의 작품이 일등을 차지했다.[16] 이 대회는 재소고려인 문화사와 연극사에 대단히 중요한 행사였을 뿐만 아니라 김해운을 비롯한 청년학도들에게 연극예술에 대한 의욕을 고취시키고 전문성을 길러나가게 만든 획기적 사건이었다.

　김해운은 신한촌구락부 연예부에도 깊숙이 발을 담고 활동했다. 사실 당시 연극에 뜻을 두고 있던 학생들은 다들 신한촌구락부 연예부에서도 활동했는데, 그럴 수밖에 없었던 것이 학교 연예부는 재학 중에만 잠시 존재할 뿐 졸업하면 그만인지라 연속성을 가질 수 없었기 때문이었다. 신한촌구락부 연예부는 1924년에 만들어졌는데 극작가 태장춘을 비롯하여

---

16) 이 시점을 재소고려인 한글문학의 출발점으로 보는 견해가 있다. 재소고려인 한글문학의 시발점에 대해서는, 1. 선봉신문 창간일(1923년 3월 1일), 2. 연성용이 해삼위 예술경쟁대회에서 희곡「승리와 사랑」으로 일등상을 받은 시기(1928년 3월 26일), 3. 저명한 문사 포석 조명희가 한반도에서 소련으로 망명한 시기(1928년 7월)로 보는 3가지 관점이 있다.(「연해도 고려사회의 첫 시험 - 예술경쟁(藝術競爭)대회」(≪선봉≫ 1928년 3월 22일) ; 「만사람의 흥미와 갈채 속에서 진행된 해삼위 고려인 예술경쟁대회 경과」(≪선봉≫ 1928년 4월 1일) ; 우 블라지미르 「시월이 낳은 문학(머리말)」『씨르다리야의 곡조』(Издательство ≪Жазушы≫ Алма-Ата, 1975) 3~7쪽 ; 한진 「머리말」『오늘의 빛』(알마아따 ≪자수식≫, 1990) 3쪽 ; 리길수 「회상 - 조선극장」『오늘의 빛』172쪽 ; 연성용 회상록 17~18쪽 ; 정상진 『아무르만에서 부르는 백조의 노래』(지식산업사, 2005) 218쪽. 연성용과 정상진은 연성용이 일등상을 받은 시기를 1927년으로 잘못 기록하고 있는데 1928년으로 수정되는 것이 옳다.)

최봉도, 리길수, 김해운 등이 적극적으로 활약하였고 나중에는 리함덕도 합류하였다. 김해운은 천성적으로 배우 기질이 뛰어났지만 극작가로서의 자질도 곧 두각을 나타냈다. 연예부가 결성된 지 얼마 되지 않아 그는 태 장춘과 함께 시월혁명을 형상화한 첫 희곡 「Огонь(불)」을 썼다. 이 희곡 은 이 두 사람이 작가로서 첫발을 내딛는 작품이 되었다. 이 작품이 발표 되고 얼마 지나지 않아 김홍식은 희곡 「Колючая проволока」(쓰라린 지체)를 썼고 또 다른 작가는 「Овод」(쇠파리, 등에)란 희곡을 내놓는 등 신한촌구락부 연예부는 바야흐로 연극예술이 봄날처럼 꽃피고 있었다.[17] 그 외에도 이미 1927년에 연해주에서 국제노동구제위원회가 「도적」이라 는 조선영화를 처음 만들었는데 거기에 최봉도가 주인공 애순역으로 출 연함으로써 젊은 배우지망생들에게 의욕을 북돋아주었고[18] 1930년에는 연성용이 염사일과 함께 노동청년극장을 만들고 「황무지」라는 연극을 연 출하고 막을 내리기도 했다.[19]

이렇게 무대예술에 대한 고려인 청년들의 역량이 쌓이고 쌓여 분출할 시기를 찾던 중 드디어 재소고려인 역사에 기념비적인 사건이 터졌다. 1932년 9월 9일에 신한촌구락부 연예부와 제2호 9년제 조선중학교 연예 부가 주축이 되어 ≪원동 고려인극장≫을 창설한 것이다. 사실 원동 극 장관리국은 이전부터 해삼에 고려인 극장을 창설할 계획을 갖고 있던 터 라 한 해 전에도 ≪선봉≫신문에 배우모집 광고를 낸 바 있었다. 당시 극장 주임대리였던 문세준은 극장 창설 사흘과 하루를 앞두고 선봉신문 에 다음과 같이 긴급광고를 냈다.

17) И. КИМ 『Совтский корейский театр』(Алма-Ата, Өнер, 1982) с. 7.
18) ≪카자흐스탄 고려극장≫ 1세대 배우 최봉도가 배역을 맡은 연극목록(1981년. 추정)(이하 최봉도가 배역을 맡은 연극목록) ; 리길수 「회상-조선극장」『오늘의 빛』 172쪽
19) 연성용 회상록 20쪽

"원동 고려인 극장이 해삼에 조직된다. 이는 원동 극장관리국의 지도 아래에서 직업적으로 일하게 될 것이니 여긔에 참가하려는 뜻있는 동무들과 음악-악긔, 성악에 긔술 있는 동무들은 속히 청원을 제출하며, 특히 작년 광고에 의하여 임이 청원과 의력서까지 제출하고 기다리는 동무들은 속히 아래 지적하는 장소에 오아서 사업에 착수하여야 할 것이다. 생활비는 긔술에 따라 상당히 지출할 것이며 지금 관계에 있는 긔관이나 단체로붙어 나오는 일은 할 수 있는 것이다. 지금 모집인원은 남녀 20여명 가량이다. 그리고 상당한 보수가 있게 연극 각본을 모집하니 각본을 쓰는 동무들은 앞으로 계속하여 쓰며 특히 15주년 십월혁명 긔념에 적합한 각본을 쓰어 보내기를 바란다. 지금붙어 일에 착수함으로 극사로 지원하는 동무들의 오는 일을 가장 늦은 긔한—이달 20일까지 정한다."[20]

김해운, 채영 태장춘, 최봉도 등 극장의 역사에 길이 남을 1세대 젊은 배우들이 극장에 모여들었다. 한 해 뒤부터는 연성용의 주도로 리경희, 그리고 초대 인민배우가 된 김진과 리함덕 등이 입단했고 1935년 1월에는 박춘섭이, 그해 8월에는 리길수와 최길춘이 들어왔다.[21] 그때 부부 연극인으로 극장창단에 뛰어들거나 창단 직후에 부부의 연을 맺은 연극인들이 적지 않았다. 김해운과 송 따찌야나 부부는 그들의 전형이었다. 김

---

20) 문세준 「긴급광고」(≪선봉≫ 1932년 9월 6일, 8일)
21) 극장은 연성용과 리경희가 1932년에 모스크바로 유학을 떠난 다음에 조직되었다. (연성용 회상록 23, 25쪽) ; 박춘섭은 1935년 1월 1일에 입단했다.(「박춘섭 자서」 (1971년 5월 10일) ; 최길춘과 리길수는 4년에서 6년의 세월동안 모스크바 영화대학에서 공부하다 졸업하고 돌아와 1935년 8월에 입단했다.(「극예술계의 새 까드르들」(≪선봉≫ 1935년 8월 6일) ; 최봉도는 "1930년에 모스크바 영화대학에 입학하여 2년을 마치고 원동 조선극장에 와 지금까지 일"한다고 이야기하고 있는 것으로 보아 극장창단에 확실히 참여한 것으로 보인다.(「최봉도 자서」(1982년)) ; 그밖에 극장 최고의 배우 김진과 리함덕은 1934년에 입단한 것으로 알려져 있다. 그렇지만 고려인 연극계에서는 입단시기와 관계없이 ≪원동 고려인극장≫에 들어가 강제이주 이전까지 활동한 모든 1세대 연극인들을 창단 맴버로 인정하고 있다. 사실 극장은 창단된 지 두어 달 만에 파산상태에 빠졌다가 이듬해 복구되면서 인재들이 꾸준히 보강되었으므로 연해주시기에 입단해 활동한 모든 연극인을 창단 맴버로 보는 것이 타당하다고 본다.

해운 부부는 이미 1929년에 아들 기봉을 두고 있었으며 그런 연유로 기봉은 어머니와 나이차이가 15살밖에 나지 않았다.[22] 김해운 부부는 이른 나이에 자식을 둔 연극인 부부로 세인들 사이에 널리 알려졌다. 부부연극인으로는 극작가 연성용과 배우 리경희, 배우 김진과 배우 최봉도, 극작가 리길수와 배우 김 안또니나, 극작가 태장춘과 배우 리함덕, 배우 리장송과 배우 최혜숙 등 헤아릴 수 없이 많았다.

2) 고려인 무대예술사에 길이 남을 고전: 희곡 「동북선」

1935년은 재소고려인 연극사에서 봄꽃이 만개한 해였다. 1935년을 전후하여 배우들의 연기력이 전문적인 수준으로 향상되었고 이전에는 볼 수 없었던 다양하고 수준 높은 희곡들이 쏟아져 나왔다. 최초의 연극은 1932년 9월 극장 창단 당시 주임대리였던 문세준이 쓴 희곡 「불타는 집」과 「붉은 피」로 시작되었지만 곧 훈련과 실습을 거친 젊은 희곡작가들이 나타났다. 1933년에는 연성용의 「붉은 곡물수레」, 「장평동의 횃불」, 1934년에는 김기철의 「동변 빨치산」, 채영의 「동해의 기적」, 태장춘의 「밭지경」이 무대에 올랐다. 1935년 1월에는 채영의 「장한몽」과 연성용의 「풍파를 지나」가 공연되었고 「동해의 기적」, 「장평동의 횃불」, 「밭지경」이 다시 상연되었다. 또 희곡 「장평동의 횃불」, 「밭지경」, 「곡간 열쇠」, 「파종의 경종」, 「장한몽」은 곧 순회공연 길에 올랐다.[23] 그러나 아직은 극장이 아마추어적인 색깔을 완전히 벗겨낸 것은 아니었다. 날개를 달고 훨훨 날아가기 위해서는 정점에서 똬리를 틀고 앉아있는 마지막 매듭을 풀어야 했다. 그들은 아직 민족 고전을 무대에 올리지 못했던 것이다.

---

22) 몇 가지 직간접자료들에 의하면 김해운과 송 따찌야나가 공식적, 법적으로 부부의 연을 맺은 것은 1930년 말에서 1931년 2월 초 사이였던 것 같다.(리정희 「관중이 늘쌍 기억하고 있는 배우부부」(≪레닌기치≫ 1981년 2월 11일))
23) ≪선봉≫ 1935년 1월 21일 ; И. КИМ 『Совтский корейский театр』(Алма-Ата, Өнер, 1982) с. 7. ; 연성용 회상록 61쪽

고려극장 1세대 연극인과 평론가들은 극장이 1935년 9월에 「춘향전」 (리종림 각색, 연성용 연출)을 무대에 올린 것을 두고 고려극장이 아마추 어적인 옷을 완전히 벗고 전문극장으로 도약한 획기적 사건이라고 평가 한다. 그것은 당시 배우들 대부분이 원동에서 태어나 자란 까닭에 우리의 고전과 전통을 깊이 알 수 없었던 약점을 극복하고 마치 외국의 까다로운 걸작이나 다름없는 우리의 옛 명작을 나름 흡족하게 소화해서 자신 있게 무대에 올렸다는 자부심 때문이었다. 고국과 떨어져 살게 된 고려인의 특 성상 이는 이론의 여지가 없는 사실이다. 또 소비에트 문화예술 당국의 관점에서 보아도 어떤 한 소수민족이 자기만의 희유하고도 독특한 문학 작품을 각색하여 무대에 올려 훌륭히 연기한 것은 대단한 성공으로 평가 해줄 만한 것이었다. 「춘향전」 초연에서 배우 김진은 도령역, 리함덕은 춘향역, 최봉도는 춘향모역, 김 따찌야나는 향단역, 김해운은 방자역을 맡 아 열연했다. 이들은 모두 관객들로부터 열광을 자아냈으며 최고의 명배 우들이라는 찬사를 받았다. 이 맴버들은 후세대 배우들에게 고전 연기의 모범을 보여준 전설로 남았다. 또 극장은 민족고전 「춘향전」을 무대에 올 림으로써 비로소 러시아인과 타민족들 앞에 떳떳이 내세울 수 있는 자기 만의 얼굴, 자기만의 캐릭터를 갖게 되었다.

한편 희곡 자체의 완성도나 그 희곡이 품은 시대적 함의, 관객 흡인력, 연기 후에 고려인 문화예술에 미친 영향 등을 놓고 평가해본다면 「춘향전」 이외의 다른 희곡들에도 얼마든지 후한 점수를 줄 수 있을 것이다. 1935 년 당시 무대에 오른 연극들은 거의 모두 고려인 관객들에게 깊은 인상을 남겼지만 민족고전이라는 타이틀을 걸머쥔 「춘향전」의 인기와 명성에 밀 려 오랫동안 그늘에 가려진 측면이 있다. 그 시기에 무대예술의 도약이 이루어진 것은 아마도 연성용. 리경희, 최봉도, 리길수, 최길춘 같은 탁월 한 1세대 배우들이 극장 창단 전후에 연극을 공부하러 모스크바로 유학을 떠났다가 돌아온 것과도 관련이 있을 것이다. 그들은 유학을 떠났다가 극 장이 파산상태에 빠졌다는 소식을 듣고, 또 복구를 지시한 주당위원회의 뜻을 받들어 유학을 중도 포기하고 몇 해 뒤에 다시 고려극장으로 돌아왔다.[24] 유학기간이 그리 충분하지는 않았지만 그들은 분명 모스크바에서 선진 연극예술을 배우고 돌아와 극장을 혁신시켰을 것이다. 또 얼마 지나지 않아 김진, 리함덕, 박춘섭 같은 명배우들이 입단한 데에서도 공연예술 도약의 원인을 찾을 수 있을 것이다. 아무튼 1935년은 재소고려인 연극사에서 그동안 축적된 힘이 분출되어 무대예술이 찬란히 꽃핀 시기였다.

1935년 4월 18일자 ≪선봉≫신문은 희곡「동북선」이 오래지않아 상연될 예정이니 꼭 보러 오라는 좀 특이한 광고를 싣고 있다. 그때까지 다른 공연광고들에는 공연날짜가 확정되어 나오거나 단순히 공연된다는 문구만 실린 반면「동북선」에만 이런 유별난 광고문구가 보이는 것은 아마도 이 희곡을 미리 평가해본 극장 지도부의 들뜬 기대감이 반영된 결과였지 않을까 생각된다. 이처럼 미리 관객에게 관람을 독촉하는 예비광고를 실은 연극은「동북선」이후「춘향전」(1935년 9월 1일) 정도나 있고, 표를 미리 구입할 수도 있다는 매우 점잖은 광고까지 합해 봐도「심청전」(1936년 12월 21일) 정도나 추가될 수 있을 뿐이다. 「동북선」은 1935년 5월 12일에 처음 무대에 오른 것으로 보인다.[25]

「동북선」은 일제의 한반도 수탈과 학정을 고발한 전형적인 반일, 항일의식을 주제로 한 작품이다. 비슷한 시기에 무대에 오른 태장춘의「밭지경」, 채영의「동해의 기적」, 김기철의「동변 빨치산」, 연성용의「장평동의 횃불」, 「올림피크」등과 같은 선상에 있는 희곡이다.[26] 「동북선」은

----

24) ≪원동 고려인극장≫은 창단된 두어 달 만에 흐지부지되고 배우들이 흩어졌다가 한 해 뒤에 재건되다시피 했다. 연성용의 증언에 의하면 그때 그에게 극장을 다시 일으키라는 임무가 주어졌고 그래서 그가 흩어진 배우들을 모으려고 나서자 김진, 최봉도, 리경희, 리함덕, 김해운, 박춘섭, 김호남, 조정호 장길환, 공태규, 리장송, 진우 등이 적극 호응해 나서서 극장은 활기를 띠게 되었다고 한다.(연성용「극장과 나」(≪고려일보≫ 1992년 2월 12일) ; 연성용 회상록 25~26쪽)
25) ≪선봉≫신문 1935년 4월 18일자에는 연극「동북선」이 머지않아 상연될 거라는 광고가, 같은 해 5월 11일자에는 다음날인 12일에 상연된다는 광고가 실렸다.

함경북도 웅기 지경동을 배경으로 하고 있다. 한반도를 강탈한 일제는 1920년대에 러시아 침략의 발판을 마련하고자 청진에서 웅기까지 철도를 부설하게 되는데 이 과정에서 조선노동자들이 대거 동원되어 가혹하게 혹사당했다. 희곡 「동북선」은 바로 이 과정을 그리고 있다.

주인공 일호는 일제의 수탈정책에 편승하여 재산을 모은 오촌 아저씨 수만의 대척점에 서서 빚을 지고 착취만 당하는 일반 민초를 부친으로 둔 아들로 등장한다. 가난에 시달린 아버지는 아무리 노력해도 빚을 갚을 수 없자 결국 돈을 벌러 야반도주하여 중령으로 넘어간다. 그리고 얼마 후 일호의 집은 일제가 부설하는 동북철도가 지나가는 길목에 자리하고 있던 탓에 일거에 헐리고 일호의 가족은 길바닥으로 내쫓기는 신세가 된다. 이 과정에서 어머니가 죽고 일호는 부득불 오촌 아저씨 수만의 집에 들어가 머슴살이를 할 수밖에 없었다. 이미 그는 제 집에서 기거만 했을 뿐, 가족의 빚을 갚느라 열세 살 때부터 칠년 동안 머슴이나 진배없이 수만의 집에서 막일을 하고 있었다. 한편 일호에게는 이웃집에 사는 순선이라는 연인이 있었다. 순선의 부친 또한 수만에게 진 빚을 갚지 못해 일호 아버지보다 한해 전에 중령으로 돈을 벌러 떠난 뒤 소식이 없는 상태였다. 수만은 그들에게서 빚을 받을 수 없게 되자 순선이와 일호의 동생 정순을 집으로 데려가 하녀로 부렸는데, 결국 돈에 눈이 멀어 순선이를 기생집에 팔아넘기고 만다. 이에 분노하고 절망한 일호는 수만과 격렬하게 싸우고 집을 나가 동북철도를 닦는 노동자가 된다. 고된 철도닦이 목도질을 하면서 일호는 동료 은철로부터 학습과 교양을 받으며 일제의 학정과 그에 편

26) 여기에 열거한 항일 희곡들의 전체적인 흐름을 사회현상과 연결 지어 확인해보면 좋겠지만 「동북선」을 제외한 다른 희곡들은 제목만 전하는 관계로 아직까지는 비교 분석할 수 없는 상황이다.(연성용 회상록 62쪽 ; 정상진 회고록 246쪽) ; 한편 1935년 9월 25일에 열린 연해주 당위원회 지도부 회의에서는 희곡 「장평동의 햇불」, 「동북선」, 「장한몽」, 「춘향전」이 자주독립을 위한 고려인들의 투쟁과 삶을 반영한 희곡이라고 거론하고 있다.(ГАХК, Ф П -2, оп 1, д. 756, лл308-309)

승해 부와 권력을 차지한 주구들의 만행에 눈을 뜨게 된다. 철도가 다 부설되던 날, 조선 철도닦이 노동자들은 노도와 같은 분노로 파업을 일으켜 일제의 관리와 조선의 부역자들을 응징하고 일본의 열차가 동북선을 지나가는 것을 좌절시킨다. 이 과정에서 일호는 먼저 연인 순선을, 나중에는 하나밖에 없는 누이동생 정순을 잃지만, 일호가 사회적 불의에 항거하여 노동자들을 우렁차게 선동하는 장면으로 희곡은 끝을 맺는다.

희곡 「동북선」은 관객들에게 커다란 반향을 불러일으켰다. 당시 관객들의 심정을 절절하게 울린 고전 「춘향전」이나 그 이듬해 무대에 올라 관객의 마음을 사로잡은 「심청전」만큼이나 이 희곡도 깊고 오랜 여운을 남겼다. 그래서 「동북선」은 관객들의 성원에 힘입어 그 뒤로도 여러 차례 무대에 올랐고 강제이주 이후는 물론, 나중에 ≪사할린 조선극장≫에서까지 수차 공연되곤 했다. 당시 연극 「동북선」에서 특정 배역을 맡았던 연기자가 공연 중에 불렀거나 배경음악으로 흘러나왔던 노래들 중 일부가 지금도 고려인 노년층 사이에서 애창되고 있을 정도로 이 연극이 고려인들에게 미친 영향은 지대했다.[27] 연극에서 불린 노래가 최근까지 남아 전해지고 있는 사례로는 「춘향전」, 「심청전」, 「흥부전」, 「토끼전」, 「장한몽」, 「올림피크」, 「홍범도」 등 십여 편의 연극에서 불린 노래들 십여 곡밖에 되지 않는다.

강제이주 이후에는 「동북선」이 무대에 오르는데 어려움이 따랐다. 고려인 전체가 적성민족으로 낙인찍혀 강제이주 된 만큼 고려인 무대예술에도 많은 제약이 뒤따랐기 때문이다. 특히 「동북선」처럼 거시 정치사회적 현상을 다룬 작품은 무대에 올리기가 더욱 조심스러워져 검열기관의 철저한 검열을 받고서야 다시 무대에 오를 수 있었다.[28] 몇 차례 공연을

---

27) 이 노래들은 부록1에 수록해놓았다.
28) 1935년본 「동북선」 원고의 두 번째 장과 맨 뒷장에는 1939년 9월 29일과 30일에 각각 다른 두 명의 검열담당자가 희곡 「동북선」을 검열한 뒤 임시 상연을 허가한다는 내용의 러시아어 문장을 한글원고 위에 덧써놓았다.

거친 뒤에는 내용에도 상당한 수정이 가해져야 했다. 물론 시대와 사회적 여건이 달라진 탓에 저자가 자의적으로 내용을 첨삭했을 가능성도 없지는 않지만, 당시 소비에트 체제에서는 연극을 무대에 올릴 때 공산당의 지침에 따라 극장 지도부가 연극의 방향과 주요 얼개를 지정해주면 작가는 이에 충실히 따라야 했기 때문에 「동북선」처럼 정치사회적 파장이 큰 연극은 당연히 극장지도부의 지침 아래 내용이 가감되었을 것임이 분명하다. ≪타쉬켄트 조선극장≫에서는 1935년본 원본 「동북선」이 1939년 9월 말에 원고검열을 마치고 다시 무대에 올랐으며, 그 후 수정이 가해진 개정된 「동북선」은 1945년 8월 한반도가 해방을 맞이한 이후의 어느 시점에 완성되어 관객들과 만난 것 같다.[29] 물론 원본 「동북선」이 공연될 때에도 연출가의 의지에 따라 일부 내용이 수시로 가감되고, 불리는 노래도 상황과 여건에 따라 조금씩 바뀌기도 했다. 「동북선」은 1952년 봄에 ≪사할린 조선극장≫에서도 공연되었는데[30] 당연히 개정된 「동북선」이 무대에 올랐을 것이다.

---

29) 1935년본 「동북선」이 1939년 10월 이후에 ≪타쉬켄트 조선극장≫ 무대에 오른 사실은 원본에 적혀있는 원고검열 및 상연허가 날짜로 확인할 수 있다. 만일 이 연극이 상연허가를 받고 가까운 시일 내에 무대에 올려졌다면 ≪타쉬켄트 조선극장≫의 개막 정극으로 상연되었을 개연성이 있다. 보통 극장공연시즌은 9월에 시작되어 이듬해 6월에 끝나므로 이 연극이 1939년 10월에 공연되었다면 아마 그랬을 것이다. 한편 개정된 「동북선」은 1946~1950년 사이에 완성되어 ≪타쉬켄트 조선극장≫에서 상연된 것으로 보이는데, 이는 한반도 해방 이후에 역사의 전면에 등장하는 김일성이 내용 중에 살짝 언급되는 것으로 미루어 짐작할 수 있다.

30) ≪사할린 조선극장≫은 ≪조선로동자≫신문에 1952년 2월 초에 「동북선」을 비롯한 6편의 연극을 무대에 올릴 계획임을 밝혔고 1952년 3월 19일자 신문에는 「동북선」 공연광고를 싣기도 했다.(김기철 「조선극단의 금년도 창작제재안」(≪조선로동자≫(1952년 2월 3일) ; ≪조선로동자≫1952년 3월 19일자 광고) ; А. И. Краев, И. А. Цупенкова 「Корейсий передвижой」『Долгая дорога к большой сцене(Очерки истории театра на Сахалине)』(Южно-Сахалинск, Сахалинское книжное издательство, 2004) с. 96. ; И. А. Цупенкова 「Забытый театр(Из истории Сахалинского корейского драматического театра. 1948-1959 гг.)」『Вестник Сахалинского музея』(1997, № 4) с. 209.)

1935년 「동북선」 초연 당시 배역을 맡은 배우로는, 최봉도가 순선역을 맡았고[31] 박춘섭은 연락원의 역과 노름꾼 철우의 역을 맡았으며[32] 이듬해 2월 11일에는 리장송도 어떤 배역을 맡아 연기했다.[33] 강제이주 이후 ≪타쉬켄트 조선극장≫에서는 배우 리용수가 수만역을 맡아 열연했다.[34]

2. 우즈베키스탄 타쉬켄트 시기(1939년 ~ 1950년 가을)

1) 강제이주의 비극과 두 번째 ≪고려극장≫ 창설

≪원동 고려인극장≫은 중앙아시아로 강제이주 될 때 카자흐스탄 서부 도시 크즐오르다로만 이주된 ≪고려사범대학교≫나 ≪선봉≫신문사 등 다른 고려인 문화기관들과 달리 그곳과 우즈베키스탄으로 나뉘어 이주되었다.[35] 그 결과 1937년 말에 카자흐스탄에서는 ≪크즐오르다 주립 고려

---

31) 최봉도가 배역을 맡은 연극목록(1981년. 추정)
32) ≪카자흐스탄 고려극장≫ 1세대 배우 박춘섭이 배역을 맡은 연극목록(1978년. 추정)
33) 리장송은 「동북선」에 출연하여 연기를 했다는 기록을 남기고는 있는데 무슨 배역을 맡았는지에 대해서는 밝히지 않았다. 한편 ≪선봉≫신문 1936년 2월 6일자에는 같은 달 11일에 「동북선」을 공연한다는 광고를 싣고 있는데 리장송은 그해 2월 11일자 일기에 당일 동북선에 출연했다고 기록하고 있어 그날 「동북선」이 공연되었음이 증명된다.(≪선봉≫(1936년 2월 6일) ; ≪카자흐스탄 고려극장≫ 1세대 배우 『리장송의 일기』(1936년 2월 11일))
34) ≪카자흐스탄 고려극장≫ 1세대 배우 리용수가 배역을 맡은 연극목록(1961년). 여기에는 ≪타쉬켄트 조선극장≫에서 1950년까지 배우로 일할 때 상연된 연극 「동북선」에서 수만역을 맡았다고만 기록되어 있고 구체적인 연도는 적시되지 않았다.
35) 고려극장 1세대 배우 리함덕의 증언에 의하면 ≪원동 고려인극장≫ 단원들은 1937년 9월 26일에 강제이주 열차에 실려 10월 15일에 카자흐스탄 크즐오르다에 도착했다고 한다. 그런데 강제이주 당시 조선사범대학교 2학년 학생이었던 정상진은 극장이 조선사범, 선봉신문사 등과 함께 32개의 화물차량이 연결된 열차를 타고 1937년 9월 25일에 블라디보스토크에서 강제 이주되었고 그해 11월 초에 카자흐스탄 크즐오르다 주 잘라가스 초원에 도착했다고 증언하고 있어 도착시기에 차이를 보이고 있다. 아무튼 이주열차는 우즈베키스탄에도 이와 비슷한 시기에 도착했을

음악희극극장≫36)이, 우즈베키스탄에서는 ≪호레즘 주 고려극장≫37)이 따로 조직되었다. 물론 극장의 주요기반은 크즐오르다에 남았지만 이로써 극장은 두 개로 분리되었고 배우들의 운명도 서로 엇갈리게 되었다.38) 그리고 얼마 지나지 않아 타쉬켄트에 세 번째 극장이 들어섰다. 그런데 이 세 번째 극장의 탄생은 예기치 않은 역사의 손길이 개입해 관료적 명령으로 생겨난 두 개의 극장과는 달리 인구학적 기반에 바탕을 둔 건강한 민족문화예술에 대한 수요가 충분히 분출되어 만들어진 바람직한 문화현상이었던 것으로 보인다.

김해운은 1939년에 타쉬켄트 벡쩨미르에서 ≪타쉬켄트 조선극장≫을 재건하였다.39) 극작가 김기철, 김두칠, 작가 김증손, 배우 리봉은, 박운학, 리봉엽, 전명진, 리용수, 우가이 알렉산드르, 화가 유가이 알렉세이 등 많은 이들이 직접 단원으로 들어가거나 외부의 조력자로 남아 김해운이 극장을 운영하는데 많은 도움을 주었다. 한편 ≪카자흐스탄 고려극장≫에서 활동하던 극작가 연성용과 배우 리경희 부부는 ≪타쉬켄트 조선극장≫에서 카자흐 공화국 문화성을 통해 보낸 공식초청장을 받고 1941년 가을에 타쉬켄트로 자리를 옮겼다.40) 또 1942년 1월 13일에는 크즐오르다에 있던 ≪카자흐스탄 고려극장≫이 독소전쟁의 여파로 머나먼 동쪽에 소재한

것이다.(리함덕「잊지 못할 향단이들」(≪고려일보≫ 1992년 7월 22일) ; 정상진 「내가 직접 겪은 강제이주」(≪고려일보≫ 2007년 8월 24일) ; 정상진 회고록 246쪽)
36) 연해주에서 이주된 고려극장은 1937년 11월 29일 카자흐공화국 인민위원소베트의 결정으로 ≪고려음악희극극장≫으로 개편되었다.(Ким Сын Хва, 『Очерки по истории советских корейцев』(Алма-Ата, Издательство ≪Наука≫, 1965) с. 225.)
37) 윤 뾰뜨르「극장음악예술에 바친 일생」(≪레닌기치≫1980년 4월 10일)
38) 아. 꾸바쏘와「흡족한 마음으로」(≪고려일보≫ 1991년 6월 12일)
39) 연성용과 리정희는 김해운이 ≪타쉬켄트 조선극장≫을 조직하고 연출자로 일했다고 기록하고 있다.(연성용 회상록 27쪽 ; 리정희「관중이 늘쌍 기억하고 있는 배우 부부」(≪레닌기치≫ 1981년 2월 11일))
40) 연성용「극장과 나」(≪고려일보≫ 1992년 2월 12일)

고려인 최초강제이주지 우스또베로 이주했는데 그때 다수의 연극인들이 같이 가기를 거절하고 가까이에 있는 《타쉬켄트 조선극장》으로 넘어왔다.[41] 또 그해에 《호레즘 주 고려극장》에서 일하던 배우 리한수, 진창화, 김 안나, 리봉학과 작곡가 김 웍또르 및 배우 박 예까쩨리나 부부가 《타쉬켄트 조선극장》으로 들어왔으며[42] 그 후 순차적으로 장 드미뜨리와 한 올가 부부, 뗀 니꼴라이와 박 나제즈다 부부 등도 배우로 속속 입단했다. 소비에트 고려인음악의 창시자로 불리는 작곡가 박영진도 1945년에 타쉬켄트 음악대학을 졸업한 뒤 극장에서 여러 무대음악들을 작곡했다.[43] 당시 초대 극장장은 오현철이었고[44] 나중에 마지막 극장장은 홍봉기가 맡았다.[45]

초창기에는 김해운이 연출을 도맡다시피 했고 때때로 김기철이 연출에 도움을 주곤 했다.[46] 1941년 가을에 연성용이 들어온 뒤로부터는 김해운과 연성용 둘이서 연출을 담당하며 연극을 지휘, 감독했다.[47] 또 1946년

---

41) 1942년 이주당시 《카자흐스탄 고려극장》은 극장선택을 배우들 자율에 맡겼는데 다수의 배우들이 가까이에 있는 《타쉬켄트 조선극장》을 선택하는 바람에 우스또베로 이주한 단원들은 29명밖에 되지 않았다. 리함덕은 이 사실을 극장이 두 개로 분열된 사건으로 보고 있다.(리함덕 「잊지 못할 향단이들」(《고려일보》 1992년 7월 22일))

42) 《호레즘 주 고려극장》은 1940년 8월 30일부터 3개월간 사마르칸트 주와 타쉬켄트 주 등을 순회하면서 그 과정 중에 《타쉬켄트 조선극장》과 연합논의를 심도 있게 진행하였고 이듬해 통합을 이룸으로써 단원들이 모두 《타쉬켄트 조선극장》으로 넘어왔다.(김남극 「우스베크쓰딴 호레슴주의 고려극단」(《레닌기치》 1941년 1월 1일))

43) 엔. 뚜르쑤노와-누리모와 「쏘베트 고려음악 창시자」(《고려일보》 1991년 1월 24일)

44) 연성용 회상록 27쪽

45) 《카자흐스탄 고려극장》 2세대 배우 문 알렉산드르(1935년생)의 증언(2016년 10월 8일)(이하 '문 알렉산드르의 증언')

46) 문 알렉산드르의 증언(2016년 10월 14일)

47) 《타쉬켄트 조선극장》 배우 우가이 알렉산드르가 《카자흐스탄 고려극장》 배우 박 예까쩨리나에게 보낸 편지(1998년 1월 4일)(이하 우가이 알렉산드르가 박 예까쩨리나에게 보낸 편지) ; 연성용 회상록 27쪽

에는 오랫동안 ≪카자흐스탄 고려극장≫에서 예술지도원으로 일하던 최길춘이 ≪타쉬켄트 조선극장≫의 새로운 예술지도원으로 들어와 인재풀이 더욱 두터워졌다.[48]

≪타쉬켄트 조선극장≫은 초기에 ≪카자흐스탄 고려극장≫에 비해 인적, 물적 여건이 열악했다. 그렇지만 정도의 차이만 있었을 뿐 당시에 누구나 엄중하고 혹독한 상황에 처해 있었기 때문에 두 극장은(≪호레즘 주고려극장≫까지 더하면 세 극장은) 서로 도움을 주고받으며 공존을 모색해나갔다. 또 이 두 극장은 중앙아시아 고려인들의 눈으로 보면 단순히 행정적, 지리적 편의에 의해서만 나뉘었을 뿐 실상은 뿌리가 같은 하나의 극장이었고 극장 구성원들 역시 그렇게 생각하고 있었으므로 이 극장들은 쉽게 연극대본을 공유했고[49] 배우들 간 교류나 이동도 원활했다. 그런 이유로 어느 한 편에서 새로운 연극이 만들어지면 상대방도 곧 거기에 새로운 내용을 덧붙여 더 멋진 연극을 관객들 앞에 내놓곤 했다.

극장은 순회공연과 위문공연을 수없이 다녔다. 우즈베키스탄 고려인도 카자흐스탄 고려인들처럼 이곳저곳 흩어져 거주했으므로 극장단원들은 그들을 찾아 때때로 모래바람을 뚫고 까라꿈 사막을 지나야 했으며, 야외무대에서 횃불을 켜놓고 공연한 일도 수없이 많았다. 더욱이 1941년 6월 독소전쟁이 발발한 뒤로부터는 모든 여건이 어려워져 순회공연을 다닐 때 공연할 구락부조차 없어서 아무런 장비도 없는 꼴호즈의 학교강의실에 무대장치를 세우고 공연하는 일이 상례가 되었다.[50] 1942년에는 우즈

---

48) 「따스껜트주 고려극장의 새소식」(≪레닌기치≫ 1946년 5월 29일)
49) 다음과 같은 신문기사가 이를 잘 증명해주고 있다. "크슬-오르다 고려극장에서 받은 편지에 의하면 우스베크쓰딴 호레즘주 구를렌시에 조직된 고려극장에서는 조선인 로력자들에게 수용하기 위한 사업을 힘있게 전개하고 있다. 극장에서는 크슬-오르다 극장에 형제적 방조를 요구한다. 위선 크슬-오르다 극장에서 상연 중에 있는 각본들을 요구하는 바 그들에게 보내어주기 위한 여러 각본들은 벌서 등서가 필되엇다."(「우스베크쓰딴 고려극장」(≪레닌기치≫ 1938년 9월 18일))
50) 리정희 「관중이 늘쌍 기억하고 있는 배우부부」(≪레닌기치≫ 1981년 2월 11일)

베키스탄과 가까운 카자흐스탄 서부지역 크즐오르다에 있던 ≪카자흐스탄 고려극장≫이 먼 동부지역 우스또베로 이주하자 그 뒤로부터 순회공연지역을 크즐오르다 지대로까지 확장하기도 했다.[51] 또 1943년 11월에는 타쉬켄트 관개수로 건설공사장에 동원되어 추위를 무릅쓰고 여러 날 동안 위문공연을 펼친 바 있는데 그 공로를 인정받아 단원들이 우즈베크 공화국 표창을 받기도 했다.[52] 김해운과 송 따찌야나 부부는 그동안 극장예술에 공헌한 헌신적 노력을 인정받아 1946년 우즈베크 정부로부터 "로력영웅" 메달을 수여받았다.[53]

≪타쉬켄트 조선극장≫에서 일하는 동안 김해운은 연성용과 함께 수많은 연극을 무대에 올렸다. 그렇지만 유감스럽게도 극히 일부의 기록물 외에는 연극목록이 남아있지 않아 이 극장 공연예술의 흐름을 일별하기가 쉽지 않다. 남아있는 몇몇 자료들을 종합하여 당시 극장에서 무대에 올린 연극들을 나열해보면 「홍길동」(김기철 작), 「어둠에서의 상봉(Встреча в темнате)」(크노레 작),[54] 「마센까(Машенка)」(아피노게노브 작), 「홍범도」, 「올림피크」, 「동북선」, 「Разлом(갈라진 틈)」, 「종들」, 「생명수」,[55] 「흥부와 놀부」, 「심청전」, 「춘향전」, 「가리발지야에 대한 노래」, 「청춘과의 만남」,[56] 「나의 작품」, 「새 세기 처녀」,[57] 「춘희의 사랑」(1943년), 「불속의 조선」(1947년),[58] 「다 먹어리」,[59] 「죄 없는 죄인들」(오쓰뜨롭쓰끼

51) 「따스껜트 조선극단은 크즐−오르다를 순회」(≪레닌기치≫ 1946년 11월 7일)
52) 연성용 회상록 50~51쪽
53) 리정희 「관중이 늘쌍 기억하고 있는 배우부부」(≪레닌기치≫ 1981년 2월 11일)
54) 리정희의 같은 글 ; 리용수가 배역을 맡은 연극목록(1961년)
55) 리용수가 배역을 맡은 연극목록(1961년)
56) ≪카자흐스탄 고려극장≫ 1세대 음악가 김 웝또르가 무대음악을 담당한 연극목록 (1982~1986년 사이)
57) 우가이 알렉산드르가 박 예까쩨리나에게 보낸 편지(1998년 1월 4일)
58) 연성용 회상록 61쪽
59) 이 작품은 1세대 배우 겸 극작가 진우가 쓴 음악희곡인데 1938년 무렵 ≪호레즘주 고려극장≫에서 공연되었고, 그 후 ≪타쉬켄트 조선극장≫에서도 몇 차례 공연된 것으로 알려져 있다. 이 희곡의 내용도 남아있다.(윤 뽀뜨르 「극장음악예술에

작),[60] 「예고르 블리초브」, 「누르혼」[61] 등이 있다. 하지만 이미 언급했듯이 같은 시기에 ≪카자흐스탄 고려극장≫에서 무대에 올린 연극들 상당수가 이 목록에 포함될 것이므로 공연예술의 흐름은 이 두 극장이 어느 정도는 비슷했을 것이다.

극장 무대에는 우리말로 번역된 외국희곡들도 다수 올려졌다. 이는 극장에 모국어 작품 레퍼토리가 충분치 않아서 그런 면도 있지만, 그보다는 극장의 본질과 사명이 삶의 다양한 이면을 보여주는 국내외의 여러 훌륭한 작품을 시연하여 관객들을 다양하고도 새로운 세계로 인도함으로써 대중을 계몽하고 견인하는 데에 있었기 때문이다. 민족극장이 번역희곡을 차별할 이유가 없었고. 오히려 이를 통해 극장자체의 역량과 기반이 더 튼튼해질 수 있었다. 더욱이 다민족국가 소련에 사는 고려인들에게 민족극장이 연극을 통해서라도 고려인 너머의 세계를 알리는 것은 정녕 보람된 일이었다. 김해운은 1947년 ≪카자흐스탄 고려극장≫ 무대에 오른 바 있는 「깊은 뿌리」(데. 고우, 아. 듀쑈 작)라는 번역 희곡에 애착을 갖고 여러 차례 연극무대에 올린 흔적을 남기고 있다.[62] 번역자가 알려지지 않은 이 희곡은 2년 뒤에 ≪사할린 조선극장≫에서도 공연된 바 있다.[63]

한편 김해운은 배우의 길도 충실히 가고 있었다. 그의 연기력은 연해주 거주 시기에도 탁월했지만 강제이주 이후에도 비교할 대상을 찾지 못할 정도로 두드러졌다. 연극 「춘향전」만 예로 들어보더라도, 강제이주 이후에 ≪카자흐스탄 고려극장≫에서는 여전히 리함덕과 김진이 춘향역과 도령역을 맡아 연기했지만 ≪타쉬켄트 조선극장≫에서는 송 따찌야나와 리

바친 일생」(≪레닌기치≫1980년 4월 10일) ;『유가이 콘스탄틴 창가집』(1960년대. 추정))

60) 문 알렉산드르의 증언(2016년 10월 8일)

61) 「따스껜트주 고려극장의 새소식」(≪레닌기치≫ 1946년 5월 29일)

62) 이 희곡은 김해운이 쓴 희곡들과 함께 발견된 우리말 번역희곡이다. 여기에는 김해운이 붉은 색연필로 수정해 놓은 흔적이 곳곳에 남아있다.

63) 김기철 「싸할린 조선극단의 발전」(≪레닌기치≫ 1949년 8월 10일)

경희가 춘향역을, 리춘백이 도령역을, 방자역은 예전 그대로 김해운이 맡아 관객을 맞이했다. 그런데 ≪타쉬켄트 조선극장≫에서는 김해운이 방자역을 어찌나 실감나게 잘 연기했던지 관객들은 연극 「춘향전」이라는 소리만 들으면 즉각 방자 김해운을 떠올렸고, 사람들은 "연극 「춘향전」을 보러 다닌다."라는 말 대신 "방자를 보러 다닌다."라고 이야기할 정도였다.[64] 물론 춘향역을 맡아 열연한 송 따찌야나도 결코 남편에게 뒤지지 않을 연기력을 보여주어, 관객들은 그녀가 거리로 나가기만 하면 곧바로 알아보고 '우리 춘향이!'라고 부르며 반겼다.[65] 당시 춘향역을 맡은 송 따찌야나는 작품의 사상을 손상하지 않으면서 현대에 부합하는 형상을 창조하는데 주력하였다. 그녀가 창조한 춘향은 열녀이자 악에 대치하여 나선 강한 여성이었다. 송 따찌야나는 이 형상을 통해 여자가 절개를 지켜야 할 뿐만 아니라 정의를 위해서도 싸워야 한다는 사색을 두드러지게 보여주었다는 평가를 받았다.[66] 이렇듯 김해운과 송 따찌야나 부부는 연극배우로서 타고난 재능을 지녔고 그 재능을 관객들과 아낌없이 나누었다.

하지만 ≪타쉬켄트 조선극장≫은 점차 여건이 열악해지며 쇠락의 기미를 보이기 시작했다. 거기에는 극장 지도부의 불화와 반목도 한 몫을 했다.[67] ≪카자흐스탄 고려극장≫의 경우에도 강제이주 초기에는 ≪타쉬

---

64) 문 알렉산드르의 증언(2016년 10월 8일)
65) 『고려극장의 역사』[История корейского театра] 216, 267쪽
66) 리정희 「관중이 늘쌍 기억하고 있는 배우부부」(≪레닌기치≫ 1981년 2월 11일)
67) 문 알렉산드르의 증언(2016년 10월 8일, 14일). 물론 이것이 극장해체의 직접적인 원인이 되지는 않았을 것이다. 소련연방 우즈베크공화국의 정치적 지향과 문화예술정책, 민족정책, 국가재정 상황 등 외부적이고 거시적인 현상이 사실상 ≪타쉬켄트 조선극장≫의 운명을 판가름했을 것이다. 나중에라도 이에 대한 자료가 입수되어 분석할 기회가 생기기를 기대한다.
한편 연성용의 회상록을 제외하면 ≪타쉬켄트 조선극장≫의 역사에 대해 어느 정도 자세히 증언해줄 수 인물은 ≪카자흐스탄 고려극장≫ 2세대 배우 문 알렉산드르 밖에 없는 것 같다. 2016년 10월 현재 ≪카자흐스탄 고려극장≫에 생존해 있는 2세대 배우는 총 4명[문 알렉산드르(남우), 박 마이야(여우), 림 로자(여우), 박 나제즈다(여무용수. 배우)]인데 엮은이가 접촉해본 결과 문 알렉산드르 배우를

켄트 조선극장≫과 별반 차이가 없어, 극장지도부가 극장을 잘 이끌지 못한다는 혹독한 비판을 받곤 했었지만 1946년에 조정구가 극장장으로 들어간 뒤부터는 체계가 잡히고 안정이 되었다. 그러나 ≪타쉬켄트 조선극장≫은 지도부의 불화와 반목이 그치질 않았다. 자연스럽게 배우들도 지도부와의 연고에 따라 패거리가 형성되었다. 바야흐로 창설 10여년 만에 극장은 해체수순으로 접어들었다. 이를 지켜본 ≪카자흐스탄 고려극장≫의 극장장 조정구는 ≪타쉬켄트 조선극장≫의 장기적 전망이 어둡다고 판단하고 극장해체에 적극적으로 개입했다.[68] 때마침 ≪카자흐스탄 고려극장≫은 인재난에 시달리고 있던 터였다.[69] 조정구는 재능 있는 인재들을 데려가 ≪카자흐스탄 고려극장≫이나마 잘 발전시키고자 했던 것이다.

1950년 가을에 극장이 해체되자 그곳 주민들은 부모를 잃은 것처럼 슬피 울었다고 한다. 극작가, 연출가, 배우들은 뿔뿔이 흩어졌다. 그들 중 일부는 ≪카자흐스탄 고려극장≫으로 넘어갔고, 일부는 1948년에 설립된 ≪사할린 조선극장≫으로 건너갔으며, 또 다른 일부는 그냥 우즈베키스탄에 남았다. 우즈베키스탄에 남은 연극인들은 극장해체 이후 부유한 고려인 꼴호즈에서 클럽형태로 재건된 소극장에서 일하거나 아예 연극 일을 그만두었다. 한편 ≪카자흐스탄 고려극장≫이나 ≪사할린 조선극장≫으로 건너가 본업을 이어나간 연극인들의 면면을 살펴보면 인재를 구하고자 ≪타쉬켄트 조선극장≫ 해체에 적극 개입했던 조정구 극장장의 뜻대로 사태가 수습되지만은 않았음이 분명하다. 극장의 핵심인재들 다수가

제외한 다른 분들은 ≪타쉬켄트 조선극장≫의 역사와 내막에 대해서 별로 아는 바가 없었다. 한편 이들 중 박 나제즈다는 ≪타쉬켄트 조선극장≫에서 김해운과 같이 연기활동을 해본 유일한 생존자다. 이 분의 말씀에 의하면 김해운은 단연 탁월한 배우이자 연출가였으며 연극의 모든 부분에서 뛰어난 사람이었다고 한다.

68) 문 알렉산드르의 증언(2016년 10월 14일)
69) 조정구는 배우들이 부족한 것이 극단의 난관이라고 고백하고, 배우 12명, 음악대원 5명이 더 필요하다고 말하고 있다.(조정구「우스또베 조선극단의 새 상연계획」(≪레닌기치≫ 1948년 3월 14일))

카자흐스탄이 아닌 사할린으로 건너갔기 때문이다. 당시 우스또베에 있던 ≪카자흐스탄 딸듸꾸르간주 주립 고려극장≫으로 넘어간 이들은 극작가 연성용과 배우 리경희를 비롯하여 진우, 진창범, 진창화 3형제, 리용수, 리봉은, 박운학, 뗀 니꼴라이, 박 나제즈다. 장 드미뜨리, 한 올가, 김 윅또르, 박 예까쩨리나 등이었다. 반면 ≪사할린 조선극장≫으로 건너간 이들은 ≪타쉬켄트 조선극장≫에서 명배우로 이름을 날렸던 김해운, 송 따찌야나, 리한수, 박 빠벨, 리 니꼴라이 와씰리예비츠[70] 등이었고, 뛰어난 연출가이자 극작가이며 번역가였던 예술지도원 최길춘,[71] 배우 손병

---

70) 문 알렉산드르의 증언(2016년 10월 8일, 14일). 여기에 등장하는 배우 리 니꼴라이 와씰리예비츠는 ≪카자흐스탄 고려극장≫ 인민배우인 리 니꼴라이 뻬뜨로비치(리장송) 배우와는 다른 사람이다. 한편 사할린에서 나온 관련 자료들은 1951년에 타쉬켄트 극장예술대학 조선배우과 졸업생 8명이 먼저, 그리고 그 후에 14명(최길춘, 전명진, 최혜숙, 김 마리야, 김 따찌야나, 박 소피야, 정인묵, 고가이 효도르, 리 알렉세이, 유가이 블라지미르, 유가이 니꼴라이, 고가이 올가, 도스킨 아. 리용수)이 ≪사할린 조선극장≫으로 건너왔다고 기록하고 있으나 이것은 분명한 오류다. 오스뜨롭스키 명칭 타쉬켄트 극장대학 조선배우과는 그보다 9년 후인 1960년 여름에 첫 졸업생을 배출했으며 졸업생 16명은 모두 ≪카자흐스탄 고려극장≫으로 들어갔다. 위에 나열된 인물들은 1950년에 ≪카자흐스탄 고려극장≫으로 넘어간 이들, 사할린으로 건너간 이들, 그보다 10년 후에 조선배우 학과를 졸업한 이들로 뒤섞여 있다. 엮은이는 2016년 9월에, 조선배우과 첫 졸업생인 친언니 박 소피야와 함께 1960년에 ≪카자흐스탄 고려극장≫에 배우로 들어간 박 마이야 원로배우한테서 이 사실을 직접 확인했고, 역시 그 16명의 졸업생 중 유일한 생존자인 문 알렉산드르 배우한테서도 확인했다. ≪레닌기치≫에도 이 사실 일부가 기록되어 있다.(「극장음악예술에 바친 일생」, 「젊은 배우의 자랑찬 로정」(≪레닌기치≫ 1980년 4월 10일) 참조). 즉 사할린에서 나온 다음과 같은 자료들은 사실과 맞지 않다. (Государственный архив Сахалинской области(ГАСО). Ф. 60. Оп. 1. Д. 52. ; И. А. Цупенкова 「Забытый театр(Из истории Сахалинского корейск ого драматического театра. 1948−1959 гг.)」 『Вестник Сахалинского музея』 (1997, № 4) с. 209. ; А. И. Краев, И. А. Цупенкова 「Корейсий передвижой」 『Долгая дорога к большой сцене(Очерки истории театра на Сахалине)』(Ю жно−Сахалинск, Сахалинское книжное издательство, 2004) с. 96.)

71) 최길춘은 1946년 초반까지 ≪카자흐스탄 고려극장≫에서 예술지도원으로 일하다 타쉬켄트로 넘어왔는데 그의 인상 깊은 활동에 대해서는 김진이 쓴 일기 등에

호 등도 이들과 함께 사할린으로 건너갔다.[72]

≪타쉬켄트 조선극장≫은 사라졌으나 극장이 있었던 자리 인근 도로 버스정류장에는 언제부턴가 ≪조선극장≫이라는 명칭이 붙었다. 이 '≪조선극장≫버스정류장'이란 명칭은 지금도 그곳 주민들 사이에서 불리고 있다.

2) 우즈베키스탄 고려인들이 흘린 땀방울: 희곡 「생활」

언급했듯이 ≪타쉬켄트 조선극장≫과 ≪카자흐스탄 고려극장≫은 다수의 연극대본을 공유했기 때문에 이 두 극장이 무대에 올린 연극 레퍼토리들은 크게 차이가 나지 않았다. 그들은 본디 뿌리가 같고 새로운 환경에서도 비슷한 처지에 놓여있었기 때문에 서로 다른 극장이라는 의식을 가질 수가 없었다. 더욱이 이 두 극장에는 늘 대본이 부족했기 때문에 대본의 상호교류와 공유에 적극적일 수밖에 없었다. 그렇지만 다른 한편으로는 이 두 극장은 엄연히 다른 나라에서 따로 존재하는 극장이었기 때문에 각 극장마다 자기만의 지향점과 독자성이 있었고 따라서 서로 공유하거나 교환할 수 없는 부분들이 존재했다. 연극대본 또한 마찬가지였다. 특정 지역의 독특한 시공간적, 사회문화적 현상을 반영한 어떤 희곡작품은 본질적으로 다른 지역에 자리한 극장에서는 무대에 올릴 수 있는 것이 아니었다.

기록이 남아 있다.(≪카자흐스탄 고려극장≫ 인민배우 김진의 일기(1942년 12월 12일) ; Письмо художественного руководителя корейского театра Цой Гир Чуна в Алма-Атинский обком Компартии Казахстана и облисполком(1943))

72) 1950년에 ≪사할린 조선극장≫으로 건너간 ≪타쉬켄트 조선극장≫ 배우들은 10여명이었다. 그로부터 5년 후 ≪사할린 조선극장≫은 모스크바 및 타쉬켄트 영화, 음악, 극장대학을 졸업한 예술 간부들을 초빙해서 창작적 활동의 범위를 넓혔다. (최길춘 「주 조선극단 창립 10주년과 우즈베끼쓰딴 순회공연」(≪조선로동자≫ 1958년 10월 3일))

이런 의미에서 김해운이 1948년에 쓴 희곡「생활」은 ≪타쉬켄트 조선극장≫에서만 공연했을 것으로 추정된다. 지금까지 확인된 바로는 이 희곡이 ≪카자흐스탄 고려극장≫의 연극공연 목록에 들어가 있지 않고, 내용을 살펴봐도 카자흐스탄이 아닌 우즈베키스탄 고려인 꼴호즈의 생활만을 다루고 있기 때문에 이 작품이 우즈베키스탄 경외로 나가지 않았음은 거의 확실할 것이다. 내용 일부도 주요 등장인물 중 한 명이 자기의 실패와 부끄러움을 감추기 위해 도망가 숨어살려고 한 곳이 카자흐스탄으로 설정되어 있다. 이처럼 카자흐스탄 고려인들의 새 조국을 변방으로 취급하고 있는 연극은 당연히 그곳 고려인 관객들에게 받아들여지지 않았을 것이다.

희곡「생활」은 강제이주 이후 소련정부의 경제정책에 고려인들이 적극 호응하여 농업생산에 열성적으로 뛰어들던 시기의 꼴호즈 생활상을 풍경화처럼 생생하게 보여주고 있다. 하지만 이 희곡은 단순히 꼴호즈의 외면적인 생활만을 다루지는 않는다. 김해운은 한 가정에서 벌어지는 젊은 부부간의 미묘한 심리변화와 그들을 둘러싼 가족과 지인들 간의 갈등과 그 갈등의 해소까지 매우 섬세하게 다루고 있다. 제목 그대로 이 희곡은 생활인들의 내면과 외면 모두에서 생겨나는 아픔과 상처가 건강하고 바람직한 생활을 통해 치유되는 과정을 심도 있게 잘 보여준다. 등장인물들에 대한 심리묘사도 탁월하고 당시의 사회적 현상도 잘 포착해 적절히 배열한 희곡으로 김해운의 작가적 역량이 돋보이는 작품이다.

내용은 이렇게 전개된다. 남편의 외도로 마음이 만신창이가 된 정숙은 시어머니와 일부 남녀동료의 위로에 힘입어 다시 일어서서 꼴호즈의 농업생산에 적극적으로 뛰어든다. 그런데 정숙은 초기에 자기를 동정하고 선의를 베풀어주던 꼴호즈 지도부와 임원들의 시기와 질투에 곧바로 맞닥뜨리게 된다. 그들은 타성에 젖어있었고 적당히 비도덕적이고 적당히 부패해있었으며 여성의 능력을 과소평가하고 있었다. 무엇보다도 그들은 원칙을 지키며 도전해오는 한 여성을 용납할 수가 없었다. 하지만 정숙은 갖가지 편견과 난관을 이겨내고 꼴호즈의 생산성을 현저하게 드높였으며 그 공로로 노력영웅 메달까지 받는다.

아마도 이 연극은 소련정부의 경제개발정책에 고려인들을 적극 동참시키기 위해 당과 정부의 문화선전정책에 따라 극장 지도부에서 기획한 연극이었을 것이다. 당시 고려인들은 적성민족으로 분류되어 거주이동의 자유가 제한되고 징집도 안 되는 형편이었지만, 그럼에도 불구하고 농업생산 분야에서 국가에 현저한 공헌을 하고 있었다. 정부도 이를 인정하고 고려인들을 독려했으며 이에 화답이라도 하듯이 고려인 노력영웅들이 우후죽순처럼 쏟아져 나왔다. 그 당시 고려인들은 소련정권에 두 가지 상반된 감정을 가지고 있었을 것이다. 한편으로는 차별과 박해로 인한 절망과 두려움이 자리 잡고 있었고, 다른 한편으로는 정당한 노력을 인정해주는 소비에트정부에 대한 믿음이 조금씩 자라고 있었을 것이다. 연극은 당연히 긍정적인 면만 다루고 있다. 이는 당시 상황에서 고려인 인텔리들이 취할 수 있는 유일한 방향이었고 소련에 뼈를 묻으며 살아야 할 일반 고려인들에게도 바람직한 지남이었을 것이다.

이 연극이 언제 무대에 올려 졌는지는 정확히 알 수 없다. 다만 김해운이 이 원고를 1948년 10월 7일에 재등서한 것으로 보아 그해나 그 이듬해, 어쩌면 그보다 한 해 전에 공연되었을 지도 모르겠다. 아무튼 1948년 전후에는 무대에 올랐을 것으로 추정된다.

3. 러시아 사할린 시기(1950년 가을~1976년 무렵)

1) 편안함을 물리친 도전정신과 세 번째 창건된 ≪조선극장≫의 중흥

김해운이 청춘시절의 정열을 쏟아 부은 ≪타쉬켄트 조선극장≫이 1950년에 들어와 완전히 문을 닫을 상황에 처하자 단원들은 절박한 마음으로 ≪카자흐스탄 고려극장≫과 연합하는 문제를 논의했다.[73] 그리고 연성용을 필두로 한 일단의 연극인들은 ≪카자흐스탄 고려극장≫으로 건너가기로 결정했다.

김해운은 ≪사할린 조선극장≫을 선택했고 명배우로 이름을 날렸던 몇몇 동료들도 그와 함께 사할린으로 떠났다.[74] 당시 ≪타쉬켄트 조선극장≫에서 직접 일했는지는 확인되지 않았지만 소설가이자 노래가사 작사자로 이름을 날린 김증손, 강제이주 이전 연해주에서 소학교 교원으로 일하면서 초기에 극장 일에 관여한 바 있는 조일벽 등도 사할린이나 연해주로 건너가 사할린에서 발행되는 우리말 신문 ≪조선로동자≫에 드문드문 연극 평이나 연극관련 기사를 싣곤 했다. 5년 뒤에는 모스크바와 타쉬켄트에서 영화, 음악, 극장대학을 졸업한 정인묵, 김 그리고리 등 5명의 전문가들이 ≪사할린 조선극장≫에 입단했다.

사할린에서는 1945년 12월 25일에 조선악단이, 1947년 3월 1일에는 조선극단이 창립되었다. 그동안 조선극단은 「아리랑」, 「조선사람은 죽지않엇다」, 「길이 아니면 가지말어라」, 「춘향」 등의 연극을 상연하였다. 또 조선극단은 1948년에 배우들을 보충하여 남한 농민들의 유혈적 투쟁을 보여주는 「하의도」, 남한 여성들의 학대의 생활을 반영한 「참담한 희생」, 북한에서의 토지개혁을 그린 「들꽃」을 상연했고 기타 3종의 음악연주회를 열기도 하였다. 특히 조선극단이 1947년에 선보인 연극 「춘향」은 시월혁명 30주년을 기념하여 상연한 것으로 국가위원회와 일반사회계로부터 호평을 받았다. 그 결과 1948년 하반기에 조선극단은 국립극단으로 승격되는 경사를 맞이했다.[75] 사할린 주정부는 1948년 5월에 조선극장 설립을 결정했고 같은 해 8월 27일에 ≪사할린 조선극장≫의 출범을 명령

---

73) 연성용 회상록 27쪽
74) 물론 이들은 명목상으로는 사할린 한인들을 소비에트식으로 교양하라는 당의 지시를 받고 떠났다. 그들이 사할린으로 떠난 정확한 시기는 아직 알 수 없으나, ≪카자흐스탄 고려극장≫행을 선택한 연성용 극작가 일행이 1950년 늦가을에 극장에 들어간 것으로 미루어보아 김해운 일행도 1950년 늦가을이나 초겨울에 ≪사할린 조선극장≫으로 들어갔을 것으로 추정된다.
75) 김기철 「싸할린 조선극단의 발전」(≪레닌기치≫ 1949년 8월 10일)

했다.76) 그리고 그 무렵에 탁월한 제1세대 산문작가이자 극작가이며 ≪레닌기치≫ 기자였던 김기철이 극장장으로 부임했다. 김기철은 국립극단 승격식을 맞아 1949년 1월 25일에 면모를 일신하여 연극 「홍길동」을 무대에 올렸는데 이 연극공연은 사할린 한인들로부터 남사할린 개벽이후 첫 사변이란 평판을 얻었다. 극장은 1949년 하반기에 「홍길동」, 「적들」, 「흥부와 놀부」, 「깊은 뿌리」, 「태양을 찾는 사람들」, 「백두산」 등 장편 6편을 준비하여 앞의 3편은 동년 8월에 이미 공연하였고 곧 「깊은 뿌리」를 무대에 올리고자 전력을 다하고 있었다.77)

늘 그렇듯이 창단 초기 극장의 상황은 열악했고 희곡작가, 배우, 연출가 등 모든 것이 부족했다. 그리하여 극장은 1946년부터 1949년까지 북한에서 파견노무자로 사할린에 들어왔다가 돌아가지 않고 정착한 이들 중에서 여러 명의 배우들을 충원하였다.78) 당시 소련정권하 사할린 당국은 사할린 거주 전체 한인들 중 다수를 차지하고 있던 토박이 사할린 한인들을 배우로 뽑지 않았다. 그들 중에는 전문연극인이 없어서 그랬다는 구실을 댔지만 사실은 그들 대부분이 한반도 이남지역 출신인데다 소련 국적을 갖고 있지 않아서 제외시켰던 것이다. 자연스럽게 ≪사할린 조선극장≫ 구성원들은 초창기 극단과 악단에서 활동하던 일부의 기존배우들

---

76) ГАСО. Ф. 362. Оп. 1. Д. 9. Л. 1. ; И. А. Цупенкова 「Забытый театр (Из истории Сахалинского корейского драматического театра. 1948–1959 гг.)」 『Вестник Сахалинского музея』(1997, № 4) с. 208.

77) 김기철 「싸할린 조선극단의 발전」(≪레닌기치≫ 1949년 8월 10일)

78) 1946년부터 1949년까지 북한에서 파견된 파견노무자들은 총 2만 6천 명이었고 그들 중 되돌아간 이들은 1만 4천 5백 명이었다. 1만 명 이상이 사할린에 남게 되었던 것이다.(А. Т. Кузин 『Дальневосточные корейцы: жизнь и трагеди я судьбы』(Южно–Сахалинск, 1993) с. 261. ; И. А. Цупенкова 「Забытый театр(Из истории Сахалинского корейского драматического театра. 1948–1959 гг.)」 『Вестник Сахалинского музея』(1997, № 4) с. 209. ; А. И. Краев, И. А. Цупенкова 「Корейсий передвижой」 『Долгая дорога к большой сцене(Очерки истории театра на Сахалине)』(Южно–Сахалинс к, Сахалинское книжное издательство, 2004) сс. 94–95.)

위에 한반도 이북지역 출신 배우들과 1950년에 ≪타쉬켄트 조선극장≫에서 건너온 연극인들로 조합되었다.[79]

　김해운은 그곳에서 배우 겸 연출가 겸 극작가로 활동했다. 그의 아내 송 따찌야나 역시 배우로 일하면서 널리 이름을 날렸다. 이들 부부는 연출과 연기부문에서 곧 우수성을 인정받아 여러 차례 상을 받았는데, 1953년 2월 4일에 연극 「파괴」(보리쓰 라브레녜브 작)를 무대에 올려 연출을 담당했던 김해운과 연기를 했던 송 따찌야나가 주 예술부 상을 받은 것도 그중 하나다.[80] 1958년 5월에는 블라디보스토크에서 원동 연극경연대회가 열렸는데 그때 ≪사할린 조선극장≫은 김해운이 연출한 연극 「흥부와 놀부」를 무대에 올렸다. 이 대회에서 이 연극은 1급증서(우수상)를 받았고 연출가 김해운, 화가 유인정, 배우 박 빠벨, 송 따찌야나, 리한수, 박인숙, 서용운, 박춘배 등도 개별적으로 1급증서(우수상)를 받았다.[81] 김해운·송 따찌야나 부부는 연극무대에서 자주 부부 역을 연기하기도 했다. 김해운은 늘 입버릇처럼 "배우는 춤도 추고 노래도 부르고 형상도 창조할 줄 알아야 하오."라고 말했고 송 따찌야나는 "집에 돌아오면 음식을 끓이면서, 빨래를 하면서 역을 련습하고 또 극장에 나가면 전문무용가 못지않게 춤을 추려고 그것을 배웠지요."라고 말하며 당시를 회고하곤 했다.[82]

　한편 김해운의 아들 기봉도 극장에서 두각을 나타내기 시작했다. 김기봉은 부모의 우월한 유전자를 모두 물려받았지만 연극보다는 가무에 더 출중했다. 당시 ≪사할린 조선극장≫은 사할린에 있던 다른 어느 극장들

79) 아나톨리 쿠진 저, 문준일·강정하 역 『사할린 한인사』(한국외국어대학교 지식출판원, 2014) 183쪽
80) 김기철 「극 「파괴」를 상연하고 주 예술부 상장을 받았다」(≪조선로동자≫ 1953년 2월 8일)
81) 최길춘 「조선극단 창립 10주년과 우즈베끼쓰딴 순회공연」(≪조선로동자≫ 1958년 10월 3일) ; 리정희 「관중이 늘쌍 기억하고 있는 배우부부」(≪레닌기치≫ 1981년 2월 11일)
82) 리정희의 같은 글

보다 오지나 험지로 순회공연을 더 많이 다니며 특히 가무로 관객들을 즐
겁게 해주었는데 그때 가수로 활동했던 김기봉은 상모돌리기로 명성이
자자한 서봉기, 장구춤으로 이름난 김춘수와 함께 ≪사할린 조선극장≫
3대 인기배우 중 한 명으로 각광을 받았다. 극장은 이들을 데리고 사할린
전역을 누볐는데 1952년 한 해만 해도 어업공장에서 200회 이상, 광산에
서 80회, 벌목장에서 25회의 순회공연을 소화해냈다.[83] 그 무렵 극장은
보통 한 해에 300여회의 공연을 이행했는데 그중 200여회가 순회공연이
었다.[84] 1956년부터는 사할린 경내를 벗어나 연해주지역으로 순회공연을
나가기 시작했다.[85]

　　1958년 가을 ≪사할린 조선극장≫은 극장창립 10주년을 기념하여 중
앙아시아 순회공연을 떠났다. 극장은 이듬 해 3월까지 거의 반년동안 고
려인들이 사는 중앙아시아 지역 70여 곳을 순회하며 그동안 자신들이 갈
고 닦은 기량을 마음껏 보여주었다. 순회기간동안 180여회의 공연을 했으
며 4만 5천 여 명의 관객을 객석으로 불러들였다. 특히 연극「승냥이」,
「래일은 우리의 날」,「량반전」,「장화와 홍련」이 관객들로부터 호평을
받았다. 1959년 2월 17일에는 당시 카자흐스탄 우스또베에 있던 ≪딸듸
꾸르간주 주립 고려극장≫(현 ≪카자흐스탄 고려극장≫)으로 찾아가 합
동공연을 펼치며 서로를 격려하기도 했다. 그때 ≪사할린 조선극단≫은
「승냥이」,「래일은 우리의 날」,「장화와 홍련」을 선보였고 ≪딸듸꾸르간
주 주립 고려극장≫은「폭풍」과「크레믈리 종소리」의 일부를 보여주었
다. 그리고 나서 이 두 극장은 배우들의 연기, 연출, 무대장치 등에 대한

83) И. А. Цупенкова 「Забытый театр(Из истории Сахалинского корейского
　　драматического театра. 1948-1959 гг.)」『Вестник Сахалинского музея』
　　(1997, № 4) с. 210.
84) ГАСО. Ф. 60. Оп. 1. Д. 52.
85) И. А. Цупенкова 「Забытый театр (Из истории Сахалинского корейского
　　драматического театра. 1948-1959 гг.)」『Вестник Сахалинского музея』
　　(1997, № 4) с. 211.

분석적 토론을 전개하며 서로를 격려했다.[86] 반년에 걸친 순회공연은 단원들에게 큰 보람과 성과를 안겨주었으며 사할린으로 돌아가서도 단원들은 대대적인 환영을 받았다.

그런데 얼마 지나지 않아 극장은 뜻밖의 나락으로 떨어지고 만다. 1959년 7월 1일 사할린 주당국이 일순간에 극장의 폐쇄를 명했던 것이다. 가무단은 주 필하모닉으로 들어가 살아남았지만 연극배우들은 한순간에 직장을 잃고 말았다.[87] 이는 순전히 정치적인 결정이었다. 소련정권은 1945년 사할린에서 일본군을 몰아낸 이래 그곳 한인들에게 꾸준히 러시아 동화정책을 펴왔다. 이를 위해 중앙아시아 각계각층의 고려인 전문가와 지도자들, 특히 교육자들을 사할린으로 파견하여 한인들을 소련식으로 교육시켰다. 10여 년간 진행해온 동화정책이 본 괘도에 올랐다고 판단되자 주정부는 이렇듯 한순간에 극장의 폐쇄를 명령했던 것이다. 그 시기를 전후하여 조선어 학교와 조선사범대학 등을 앞서거니 뒷서거니 문을 닫은 것과 같은 정책의 연장선상에 있었다. 다행히 ≪사할린 조선극장≫은 한 달 후인 1959년 8월 1일에 재조직되어 ≪조선문화회관≫에서 활동했지만 가무단은 이미 주 필하모닉으로 떨어져나가고 없는 상태였다. 하지만 이마저도 1962년 11월 24일에 문을 닫음으로써 사할린에서 한인 무대예술은 완전히 명맥이 끊기고 말았다.[88] ≪조선문화회관≫에서 극단을 만들어 활동하던 다수의 극작가와 배우와 연출가들은 뿔뿔이 흩어졌다.[89]

---

86) 최길춘 「순회공연에서 돌아와서」(≪조선로동자≫ 1959년 3월 24일)

87) И. А. Цупенкова 「Забытый театр(Из истории Сахалинского корейского драматического театра. 1948-1959 гг.)」『Вестник Сахалинского музея』 (1997. № 4) с. 212.

88) А. Т. Кузин 『Сахалинские корейцы: история и современность (Документы и материалы 1880-2005)』(Южно-Сахалинск, Сахалинское обласное книжное издательство, 2006) сс. 215, 244, 246.

89) 극장이 완전히 폐쇄되자 리 니꼴라이 와씰리예비츠는 크즐오르다에 있던 ≪카자흐스탄 고려극장≫으로 건너가 연기 인생을 이어갔으나 얼마 지나지 않아 젊고 유능한 후배 배우들의 연기력을 도저히 따라갈 수 없을 것 같다며 그만두고 사할린으로

이들 중 김해운의 아들 기봉만 거의 유일하게 이와 같은 역경을 이겨내고 무대인생을 이어나갔다. 그는 모스크바 국립극장 스튜디오(연구소)로 가서 무대예술을 공부하고 사할린으로 되돌아가 가무연기자와 진행자가 되어 진가를 보여주기 시작했다.[90] 그리고 '아무르 재즈 오케스트라단' 사회자로 화려하게 부활했다. 이 오케스트라단은 소련 전역을 순회하면서 공연을 펼쳤다.

극장 폐쇄 이후 김해운과 송 따찌야나가 어떤 활동을 했는지는 전혀 알려지지 않았다. 다만 1976년까지 26년의 세월을 사할린에 남아있었다는 것만은 확실하다. 연극배우는 물론 무용수로도 이름을 날렸던 송 따찌야나는 아마도 사할린 주 필하모닉이나 ≪조선문화회관≫ 같은 데서 연기 인생을 이어갔을 가능성도 있지만 아직까지 확인된 바는 없다. 김해운 역시 오래 전부터 연기 외에 가무에도 탁월한 만능배우로 널리 알려져 있었으므로 무대 활동을 완전히 중단했을 것 같지는 않지만 이후 행적은 베일에 싸여 있다.

김해운은 지금까지 고려인들이 애창하는 몇몇 가요를 작사했을 뿐만 아니라 직접 노래와 춤을 시연하는 데에도 월등한 기량을 보여주었었다. 다음과 같은 전설적인 실화가 전해지고 있다. 1950년에 김해운이 사할린으로 건너간 지 2~3년 후에 휴가를 얻어 장구를 매고 타쉬켄트로 찾아갔다고 한다. 그리고는 지인들 집에서 장구를 치며 노래를 불렀는데 어찌나도 사람들을 흥겹게 만들어주었던지 사람들이 너도나도 자기 집으로 초청하여 놀았다. 심지어는 어린 아이들까지 몰려들어 넋을 잃고 구경할 정도로 그의 가무는 대인기였다. 나중에는 사람들이 서로 자기 집으로 초청하려고 하여 다툼이 생기자 아예 순번을 정해서 김해운을 부르고 숙식을 제공하며 1달여를 그렇게 놀았다고 한다.[91] 재소고려인들이 써서 남긴

되돌아갔다고 한다.(문 알렉산드르의 증언(2016년 10월 8일)
90) Газета ≪Советский Сахалин≫ 1955. 21 августа
91) 문 알렉산드르의 증언(2016년 10월 8일)

창가집 필사본들을 보면 김해운이 작사한 노래들 외에도 '김해주(김해운)가 부른 노래'까지 등장하는 것으로 보아 그의 음악적 소질은 단연 탁월했던 것 같다.[92] 실제로 그는 이미 1936년 하바롭스크에서 열린 제2차 변강예술경기대회에 참가하여 우리 민요 「농부가」를 불러 관중들로부터 대환영을 받았으며 노래 「자연의 군악」을 부른 오채옥과 함께 우수상을 받은 바도 있다.[93]

2) 창작하거나 각색한 희곡들:
「향촌」, 「기후조」, 「무죄인들의 노래」, 「장화와 홍련」, 「토끼전」

정도의 차이만 있을 뿐 어느 사회나 그 사회가 지향하는 특정한 이념이나 가치가 있지만 소련은 특별히 사회주의 이념으로 경도된 사회였다. 작가들은 국가와 사회가 예술에 요구하는 바를 충실히 따라야 했으며, 인민 앞에 선전선동의 전위대로 나서야 하는 무대예술에는 그 같은 요구가 더욱 심했다. 당의 지침을 충실히 전달하고 단원들을 감독하는 극장의 당 기율부나 지도자들은 내부회의나 언론을 통해 수시로 그런 문제를 지적하여 주의를 환기시키곤 했었다.

> …… 그런데 극단의 사상적 로선과 창작사업은 아직 전련맹 볼셰비크 공산당 중앙위원회가 사상문제에 관하여 쏘련극장 앞에 제기한 그 과업을 원만히 수행하지 못한다. 극단의 주요 결점은 연예목록이 원만치 못한 그것이다. 전련맹 볼셰비크 공산당 중앙위원회는 一九四六년 八월 二十六일에 채택한 『극장들에서의 연예목록과 또는 그의 개선책에 대하여』라는 결정에 쏘베트 사회생활, 쏘베트 사람에게 대한 현명하고 충분한 문예작품을 창작함에 전심갈력하라고 극단지도자들에게 지시하였다. 쏘련극장들은 사람의 의식에 남어있는 저주로운 자본주의 사회의 습성과 더부

---

92) 한철주 창가집(1992년)
93) 「원동변강 직업동맹의 주최로 진행된 제2차 변강적 예술경기대회는 끝낫다」(≪선봉≫ 1936년 10월 9일)

러 무자비하게 싸호며, 몰락되어가는 부르죠아문화를 과감하게 공격하며, 맑쓰주의-레닌주의의 사상적 무기로써 공산주의사회 건설을 성과 있게 조장하고 있다.

쏘련극장의 전체활동의 적절한 기초를 이루는 이 모든 과업들을 우리 주내 조선극단에서 원만치 못하게 수행한다는 것을 지적해야 될 것이다. 극단은 지금까지 쏘련에서의 사회주의 건설에 대한 연극, 소박한 쏘베트 사람들 즉 로동자, 농민, 인테리들에게 대한 연극을 한번도 상연하지 않었다. ......94)

고전을 다룬 희곡도 예외가 될 순 없었지만, 특히 「동북선」처럼 정치사회적 현상을 다룬 희곡들은 국가의 정치적 지향에 따라 왜곡과 부침을 거듭할 수밖에 없었다. 더구나 그가 사할린으로 건너간 시기는 우리나라에 한국전쟁이 시작된 해였다. 당시 소련의 문화예술은 소련의 위성국가였던 북한체제를 옹호하고 선전하는데 초점을 맞추고 있었고 따라서 고려인이나 한인들은 그러한 국가정책에 앞장서서 모범답안을 보여주어야 할 형편에 처해있었다. 그가 쓴 희곡들은 이념적 시련을 겪을 수밖에 없었다. 이건 비단 김해운 뿐만 아니라 당시대를 살았던 모든 고려인 인텔리, 그리고 전 소련 지식인들이 처했던 상황이었다.

김해운은 사할린에서 중단편 희곡 몇 편을 창작하고 대표작 「장화와 홍련」을 각색해서 무대에 올렸다. 그가 1953년에 쓴 가장 짧은 소형극 음악희곡 「향촌」은 종전 직후 살아서 고향에 돌아간 북한 인민군 연인을 주요 소재로 다루고 있다. 또 그 시기는 스탈린 개인숭배가 불길처럼 번져가던 때였는데, 그 정점에서 쓴 희곡 「무죄인들의 노래」는 사회주의체제의 우월성에 대한 선전과 개인숭배현상을 충실히 반영하고 있다.

1954년에 쓴 희곡 「기후조」는 그가 《타쉬켄트 조선극장》에서 쓴 희곡 「생활」의 연장선상에 있다. 배경과 인물과 전체적인 내용은 완전히 사

---

94) 한 이완 「싸할린주 조선극장 사업에 관하여」(《조선로동자》 1951년 1월 10일)

할린으로 바뀌었지만 주제는 「생활」과 마찬가지로 국가경제 정책에 적극 호응하여 성실히 일할 것을 호소하는 내용으로 이루어져 있다. 성실히 땀 흘려 일하지 않고 철새(기후조)처럼 허영에 들떠 한 순간에 부를 걸머쥐려는 박군칠 일당이 결국 파산하여 돌아오며 후회하는 것으로 이 희곡은 끝을 맺고 있다.[95] 희곡 「기후조」가 김해운이 이전 타쉬켄트에서 썼던 희곡 「생활」과 차이 나는 점이 있다면, 무대상연 시간의 제약 때문에 그랬는지는 모르겠지만, 주인공들의 내면을 다루는 심리묘사가 거의 생략됐다는 점이다.

희곡 「무죄인들의 노래」는 내용이 상당히 특이하다. 배경은 한반도 이남지역, 특히 부산을 중심으로 하고 있으며 매우 기이한 인물들을 주인공으로 등장시키고 있다. 주인공 경삼, 성칠, 미친 여인은 공산주의와 스탈린 사상에 경도된 인물로 한반도 남부지역을 유랑하다 경찰서에 잡혀 들어가 경찰과 언쟁을 벌인다. 이 특이한 인물들은 갖가지 기지와 해학과 풍자와 비꼼을 유감없이 발휘하여 미국에 예속되어 있는 한반도 이남의 정체를 비웃고 사회주의와 스탈린을 찬양한다. 풍자와 해학과 반어사용이 너무 여유롭고 능란해서 이 현상을 뒤집어보면 당시 소련체제에서 자행된 스탈린 개인숭배를 역으로 비꼬는 것이 아닌가 생각될 정도다. 물론 작가의 숨은 의도를 속단하기는 어렵다. 한편 이 희곡에는 한반도 남부지역, 특히 부산과 그 주변지역에 대한 지리적 묘사가 등장한다. 이로 미루어 판단해보건대, 김해운이 부산에서 연해주로 건너간 시기가 아마도 고향에 대한 정서가 충분히 무르익은 소년시기 이후였지 않을까 생각된다.

---

95) 희곡 「기후조」(1954년)에는 다음과 같은 대사가 나온다. "그런데 내일 저녁에 회의는 꼭 하게 되는가? 그리고 조선극단에서 와서 "향촌"이란 연극을 출연하게 되는지?". 이로 미루어 소형극 음악희곡 「향촌」(1953년)은 희곡 「기후조」보다 먼저 나왔다는 것과, ≪사할린 조선극장≫에서 공연되었음이 거의 확실하다는 것을 알 수 있다. 또 이 대사는 「향촌」과 「기후조」가 창작된 시기의 간극이 그리 크지 않았음을 시사하고 있다.

그가 사할린에서 창작하거나 각색한 희곡 중 대표작은 단연 「장화와 홍련」(1956년 각색, 1957년 공연)이다.[96] 당시 극장 총감독이었던 김 그리고리는 1957년 새해 첫날 신문에 다음과 같이 들뜬 기대감을 표현하고 있다. "… 다음으로 극단 꼴렉찌브는 관중들이 오래'동안 기대하던 새 연극 ≪장화와 홍련≫을 금년에 비로소 내여놓게 될 것이다. …"[97] 김해운은 우리 옛이야기 「장화홍련전」을 비교적 충실히 극화하여 전개하고 있다.[98] 중간 중간에 극적인 요소를 가미해서 관객과 교감을 가지려고 시도했음은 물론이고, 당시 소비에트 사상이나 근대적 관념에 맞지 않는 낡은 사상이나 미신적 요소들은 논리적 개연성이 있는 내용으로 대치하였다. 예를 들면, 호랑이가 장쇠를 징벌하는 내용이나 장화의 혼령이 사또 앞에 나타나는 부분, 죽어버린 장화와 홍련이 다시 태어나는 이야기 등 전근대적이고 비과학적인 부분들을 과학적이고 합리적으로 설명 가능한 내용으로 개정하였다. 이 희곡은 관객들에게 상당한 인기를 끌었으며 김해운 자신도 이 작품을 대표작 중 하나로 여겼던 것 같다.

연극이 무대에 올려 진 후 사할린 한인신문 ≪조선로동자≫에는 즉각 소감문과 평론이 실렸다. 김낙기는 여기서 이 희곡의 성공과 문제점을 다음과 같이 지적했다

　　…… 관중들은 이 연극에서 리조 봉건시대에 인민들이 얼마나 질곡 속에서 살아왔는가를 여실이 보게 된다. 이 연극은 예'적 조선사회에서 흔히 있었던 악질 게모와 선량한 전실 소생들과의 사이에서 벌어지는 갈등을 보여주며 그와 동시에 정의의 편에 선 자가 승리하고야 만다는 것을

---

96) А. И. Краев, И. А. Цупенкова 「Корейсий передвижой」『Долгая дорога к большой сцене(Очерки истории театра на Сахалине)』(Южно –Сахалинск, Сахалинское книжное издательство, 2004) с. 96.

97) 김 그리고리 「새해의 공연 예제」(≪조선로동자≫ 1957년 1월 1일)

98) 김해운은 리근영이 주해한 『장화홍련전』(평양, 국립출판사, 1954)을 기본 텍스트로 삼아 각색하였다.

보여준다. …… 이같이 연극은 성과적으로 상연되었으나 사실과 상용될 수 없는 부분적 결점도 있었다. 즉 계모와 전실 소생 간의 관계가 너무나 로골화되면서 자연스럽지 못한 것, 종들과 주인 간의 갈등이 약하게 표현된 것, 대화가 중복되는 폐단 등이 있다. …… 그러나 일부의 결점들이 있음에도 불구하고 연극 장화와 홍련은 우리 관중에게 잘 알려지며 그들의 흥미를 환기시킬 것은 의심 없다.[99]

희곡 「토끼전」은 쓰인 연대를 확인할 수 없는 작품이다. 다른 작품들은 모두 원고에 저작연도가 표기되어 있거나 내용과 문맥으로 미루어 쓰인 연도를 어느 정도 가늠할 수 있는데 반해 이 희곡원고는 앞장과 뒷장이 각각 한두 장씩 떨어져 나간 상태로 발견되어 연대를 확인할 단서가 없다. 다만 김해운이 연해주와 중앙아시아에서 활동할 때 쓴 희곡작품과 나중에 사할린으로 건너가 활동할 때 쓴 작품들 간에 대략 필체가 달라지는 점, 이 작품에 쓰인 단어와 문장의 표기법이 연해주나 타쉬켄트에서 창작한 작품보다 현대식 표기에 훨씬 더 가까워진 점, 희곡 내용 중 용왕이 토끼의 생간을 꺼내고자 토끼의 배를 가르려는 장면에는 무희들이 나와 칼춤을 추도록 설정되어 있는데 그의 아내인 중년의 송 따찌야나가 극장에서 칼춤을 추는 모습이 담긴 사진이 남아있는 점 등으로 미루어 이 작품은 그가 사할린에서 각색해 무대에 올린 것으로 추정될 뿐이다. 희곡 「토끼전」은 1959년에 리장송이 각색하여 ≪카자흐스탄 고려극장≫에서 무대에 올렸고, 1981년에는 한진이 각색하여 「토끼의 모험」이라는 제목으로 무대에 올린 바도 있다.[100]

---

99) 김낙기 「연극 장화와 홍련」(≪조선로동자≫ 1957년 5월 7일)
100) 한진의 작품은 내용이 온전히 전해지고 있지만 리장송의 작품은 제목만 남아 있다. 한진 작 「토끼의 모험」은 『한진희곡집』(알마아따, ≪사수쇡≫출판사, 1988)과 『한진전집』(서울, 인터북스, 2011)에 실려 있다.

김해운의 작품들을 일별해보면, 작품마다 전혀 다른 주제를 다루고 있고 시대적, 사회적, 지리적 배경이 다 다르기 때문에, 일괄적으로 평가하기는 매우 어렵지만 전체적으로 두어 가지 두드러진 특징이 발견된다.

　첫째로 우리나라나 러시아 및 다른 나라의 속담과 격언, 경구들이 적지 않게 등장하고 또 적절하게 잘 활용되고 있다는 점이다. 러시아어 성구에 익숙하지 않은 이들에게는 쉽게 드러나지 않겠지만, 김해운 희곡들에는 특히 러시아어 속담이나 관용구들이 주의 깊게 사용되고 있는데 마치 우리 고유의 것처럼 문장 속에 잘 녹아들어가 있어 전혀 어색함이 느껴지지 않고 오히려 내용에 맛과 멋을 더해주는 것 같다. "산은 마조 만나지 못하지만 사람은 만날 때가 있소다.", "산이 있으면 그림자가 있고 해가 지면 달이 뜰 때가 있다."(1935년본 「동북선」), "조용한 못에 귀신이 쮄다.", "곁을 치면 복판이 운다."(「생활」) "묏돝(멧돼지) 잡으려 갓다가 집돝(집돼지) 잃엇단 말을 모르세요?"(「기후조」) "애시에 굽은 나무가 커서도 구불단다."(「장화와 홍련」) 등과 같이 멋진 국내외 성구들을 우리는 김해운 희곡들에서 쉽게 발견할 수 있다.

　둘째는 방언과 토속어 사용이 돋보인다는 점이다. 연해주에서 쓴 희곡에는 연해주 고려인들이 쓰던 토속어, 우즈베키스탄에서 쓴 작품에는 중앙아시아 고려인들이 새롭게 맞닥뜨린 상황에서 사용하게 된 사회주의적 용어와 단어들, 사할린에서 창작한 연극대본들에는 거기 사는 한인들이 일상에서 사용하던 입말들이 잘 수용되어 있다. 그가 희곡을 쓸 때 현장과 현실에 매우 충실했다는 뜻이다. 심지어 희곡 「동북선」에는 일제치하 한반도에서 당시 일인들이 쓰던 일본말까지 우리식 발음으로 실려 있다. 덕분에 우리는 부족한대로 강제이주 이전 연해주와 강제이주 이후의 중앙아시아와 1950년대 사할린 한인들이 쓰던 날것의 언어생활을 다소나마 접촉해볼 수 있게 되었다.

　셋째로 대부분의 희곡작가들이 어느 정도는 그랬겠지만, 특히 김해운은 1930년대 연해주 고려인 어문학계와 출판계에서 확립된 우리말 정서

법과 문법규칙에 큰 주의를 기울이지 않았던 것 같다. 연해주에서는 이미 1920년대 말부터 한글맞춤법을 통일하기 위한 구체적인 노력이 있었던 바 계봉우 같은 어문학자들과 선봉신문사 같은 출판기관 관계자들이 몇 차례 모여 토론하고 합의한 결과 1930년 무렵부터는 사실상 『오창환 문전』이 연해주 고려인 언론출판계에서 유용한 통일안으로 널리 쓰이기 시작했다.[101] 그때 확립된 규칙은 시대상을 반영하며 조금씩 변해오기는 했지만 전체적인 틀과 원칙은 구소련 해체시기까지 신문과 출판물에 그대로 지켜져 왔다. 다행인지 불행인지 김해운은 언론출판계와 별 관계없이 독자적으로 육필원고를 남겨 결과적으로 그 안에 토속어나 당시의 구수한 표현법이 보존될 수 있었다.

4. 카자흐스탄 알마틔 시기(1976년 말~1981년 겨울)
– 대를 이은 극장가문, 그리고 마무리

26년을 살면서 사실상 사할린에 정착한 김해운은 1976년 말 무렵에 돌연 카자흐스탄으로 이주하게 된다. 그가 ≪사할린 조선극장≫에서 활동하던 시기에 대를 이어 연극과 가무에 두각을 나타냈던 아들 김기봉(КИМ Пётр Владимирович)이 ≪카자흐스탄 고려극장≫의 초대를 받아 중앙아시아로 건너간 데에 그 원인이 있었다. 김기봉은 청년시절부터 ≪사할린 조선극장≫에서 가무와 진행자로 명성을 얻었고 극장이 폐쇄된 뒤로는 연해주에 기반을 둔 '아무르 재즈 오케스트라단'의 사회자가 되어 소련 전역을 누비며 순회공연을 다녔었다. 당시에 러시아인이 아닌 고려인

---

101) 연해주에서는 이미 1929년 5월에 블라디보스토크에서 고려문전 회의가 열렸고, 1930년 1월에는 하바롭스크에서 같은 회의가 열려 이 회의에 참가한 계봉우, 강채정, 이광, 김시종 같은 어문학자, 선봉신문사 및 기타 출판기관 관계자들이 한글 정서법에 대한 토의를 하고 의견접근을 보았다.(원동변강 인민교육부 과학방법 쏘베트 『오창환문전』(1930년경))

(또는 한인)이 거의 러시아인으로만 구성된 수준 높은 오케스트라단의 사회자가 된다는 것은 누구도 상상하기 어려운 일이었다.[102] 김기봉의 재능은 그만큼 독보적이었다. 그런데 승승장구하던 그는 1970년대 초반에 불미스런 일에 연루되어 몇 달간 교도소에 복역하는 신세가 되고 말았다. 출소한 후로는 다시 그 오케스트라단의 사회를 맡을 수도 없었고 유사한 다른 직장을 찾기도 어려웠다. 연기자 인생을 접어야 할 판이었다. 그러던 중 그는 ≪카자흐스탄 고려극장≫으로부터 일해 달라는 제안을 받았다.

김해운 부부는 그때 아들의 뒤를 따라 카자흐스탄으로 이주했다.[103] 이후 아들 기봉은 ≪카자흐스탄 고려극장≫의 사회자, 만담가, 모노 서커스 쇼 시연자가 되어 관객들에게 열렬한 사랑을 받았다. 그의 연기 인생은 중앙아시아에서 다시 찬란히 꽃피었다. 하지만 김해운 부부는 이미 사할

---

102) ≪카자흐스탄 고려극장≫에서 오랫동안 지휘자로 일했던 작곡가 한 야꼬브의 증언에 의하면 그가 투르크메니스탄에서 군 복무하던 시기(1964~1967년)의 중반인 1965년 무렵에 '아무르 재즈 오케스트라단'이 그곳까지 찾아와서 순회공연을 했다고 한다. 한 야꼬브는 이 연주단의 사회자가 고려인이라 너무 신기하고 반가워 통성명을 했는데 그가 바로 김기봉이었다. 그리고 이들은 1976년 무렵에 ≪카자흐스탄 고려극장≫에서 다시 만났다.(≪카자흐스탄 고려극장≫ 지휘자 한 야꼬브(1943년생)의 증언」(2016년 8월 17일))

103) ≪카자흐스탄 고려극장≫에서 무대그림을 그렸던 화가 문 빅또르의 증언에 의하면, 그는 1976~1977년 무렵에 극장에서 제공해주는 아파트를 수령할 극장단원 대기자들 중 제2순번이었고 입단한 지 얼마 안 된 김기봉이 1순번이었다고 한다. 그런데 문 빅또르에게는 당장 모시고 살아야 할 노모가 있어서 극장지도부가 김기봉에게 양해를 구하고 문 빅또르에게 아파트를 먼저 제공하기로 합의했다. 하지만 막상 집이 나오자 문 빅또르는 그것이 마음에 걸려 다시 김기봉에게 양보하였다. 김기봉은 문 빅또르에게 고마움을 표하며 입주한지 얼마 안 되어 가장 먼저 그를 집으로 초대했다. 그래서 그 집에 가보니 이미 김기봉의 부모가 거기에 와 있었다고 한다.(≪카자흐스탄 고려극장≫ 4대 주임화가 문 빅또르(1951년생)의 증언(2016년 8월 20일)) ; 1960~1970년대 ≪카자흐스탄 고려극장≫ 아리랑 가무단원이었던 장 젤리나와 김 림마도 김해운 부부가 아들을 따라 카자흐스탄 알마틔로 건너온 것이 1976년 후반에서 1977년 초였다고 증언한다.(≪카자흐스탄 고려극장≫ 아리랑가무단 장 젤리나(1953년생) 무용수 및 김 림마(1946년생) 무용수의 증언」(2016년 10월 2일, 18일))

린에서 은퇴한 몸이라 ≪카자흐스탄 고려극장≫과 실질적인 관련을 맺지는 않고 비교적 조용히 노년을 보냈다. 다만 송 따찌야나는 극장의 요청으로 드문드문 극장에 찾아가 젊은 가무단 무희들에게 칼춤과 한산춤 같은 우리의 전통춤을 추는 요령을 지도해주었고[104] 김해운은 가끔씩 극장에 나가 원로로써 극장의 제반활동에 도움을 주곤 했다.[105]

한편 김기봉에게는 외동딸 따찌야나가 있었는데 그녀도 성년이 되자 고려극장 아리랑 가무단에 들어갔다. 이로서 김해운 가족은 삼대가 극장에 몸담은 귀중한 가문이 되었다. 이는 고려극장 역사에 매우 드물고도 특별한 사건이었다. 따찌야나는 아리랑 가무단에서 오래도록 무희로 일하다가 소련이 해체된 뒤 생활이 곤궁해지고 극장도 파산상태에 이르자 생계를 위해 극장을 나왔다.

카자흐스탄 알마틔로 이주해 살던 김해운 가족의 사생활을 살짝 엿볼수 있는 재미있는 에피소드가 하나 전하고 있다. 김해운 부자는 술을 즐겼다. 그들이 음주로 사회적 물의를 일으키지는 않았지만 송 따찌야나는 늘 그것이 불만이었다. 오래 전부터 남편과 아들에게 누차 절주를 하소연했지만 전혀 말발이 먹히지 않았다. 그러던 중 김해운이 고희를 맞아 조촐한 잔치를 차렸고, 초대한 친척과 지인들이 모두 다녀갔다. 그런데 가장 먼저 나타나 큰절을 올려야 할 외아들은 밤이 늦도록 나타나지 않았다. 밤 12시가 지나자 김해운 부부는 할 수 없이 자리를 파하고 잠자리에

---

104) 카자흐스탄으로 이주한 송 따찌야나는 아들 김기봉과 함께 아리랑 가무단의 젊은 단원들에게 춤추는 동작을 지도해주었는데 특히 그녀는 음악희곡 「농촌유희」를 준비하는 과정에서 한산춤과 칼춤 추는 법을 가르쳐주었다고 한다.(≪카자흐스탄 고려극장≫ 아리랑가무단 장 젤리나(1953년생) 무용수 및 김 림마(1946년생) 무용수의 증언」(2016년 10월 2일, 18일)). 장 젤리나는 1970년대에 ≪카자흐스탄 고려극장≫ 아리랑가무단 무희로 활동했고 그의 부모 장 드미뜨리와 한 올가는 ≪타쉬켄트 조선극장≫과 ≪카자흐스탄 고려극장≫에서 가무단 나팔수와 무용수로 활약했던 극장가문 출신이다. 김 림마는 1960년대에 아리랑 가무단 무용수로 들어간 이래 지금까지 활동하고 있으며 현재 고려인 중 유일한 인민안무가다.
105) 리정희 「관중이 늘쌍 기억하고 있는 배우부부」(≪레닌기치≫ 1981년 2월 11일)

들었다. 한편 기봉은 그날따라 지인을 만나 술을 마시고 밤이 늦어서야 집으로 돌아가 잠들었다가 다음 날 아침에야 전날이 부친 생신이었음을 떠올리고 부랴부랴 부모 방으로 들어가 큰절을 올렸다.

며칠 뒤 송 따찌야나는 남편과 아들을 불러놓고 만약 절주하지 않으면 부부의 연과 모자의 연을 끊겠다고 단단히 엄포를 놓았다. 그러자 김해운 부자는 손이 닳도록 빌면서 절주를 맹세했다. 한동안 송 따찌야나가 간절히 바라왔던 가정의 평화가 이루어졌다. 그렇게 한 달쯤 지났을까, 의심스러운 낌새가 살며시 집안을 에워싸기 시작했다. 아파트 구석구석을 다 뒤져봐도 술병은 보이지 않는데 남편과 아들의 행동에는 무언가 미심쩍은 데가 있었다. 며칠 동안 두 남자의 움직임을 주의 깊게 관찰해보았더니, 그들은 화장실 변기의 물 내리는 통 안에 술병을 숨겨놓고는 몰래 들어가 한두 잔씩 마시고 나오곤 했던 것이다. 사랑하는 남편과 아들의 음주습관을 도저히 고칠 수 없다고 판단한 송 따찌야나는 그들이 집안에서 술 마시는 것을 다시 허용했고 그들은 한동안 묶였던 금주령에서 해방되어 음주의 자유를 되찾았다.[106]

이렇듯 김해운은 늘그막에 카자흐스탄으로 돌아가 음주와 가무를 즐기며 여유롭게 말년을 보냈다. 배우와 연출가와 극작가로서 무대예술의 모든 방면에 뛰어났던 김해운의 천성이 그랬던 것이다. 하지만 김해운의 카자흐스탄에서의 말년은 길게 가지 못했다. 그는 병을 얻어 앓다가 1981년 겨울 초입에 세상을 등졌다. 재소고려인신문 《레닌기치》(1981년 11월 18일자 4면)에는 다음과 같이 짤막하게 2개의 부고기사가 실렸다.

공화국간 공동신문 〈레닌기치〉 행정당국, 당단체, 직맹단체와 사원 일동은 카사흐공화국 국립조선극장 창시자 중 한 사람이며 극작가, 배우였던 년금생 김해운이 장기 중환 끝에 11월 16일에 사망하였음과 관련하여 고인의 유가족과 친척들에게 심심한 애도의 뜻을 표하는 바이다.

---

106) 문 알렉산드르와 최 따찌야나(고려극장 4세대 배우)의 증언(2016년 10월 14일)

카사흐공화국 국립조선극장 행정당국, 당단체, 직맹단체와 배우일동은 본극장 창시자들 중 한 사람이며 극작가, 배우로 다년간 사업하던 김해운이 장기 중환 끝에 11월 16일 72세를 일기로 별세하였음과 관련하여 고인의 유가족과 친척들에게 심심한 애도의 뜻을 표하는 바이다.

송 따찌야나는 남편보다 10여 년을 더 살다가 1994년 1월에 한편으로는 보람되고 한편으로는 수고로웠던 지상의 삶을 마감했다. 그의 아들 기봉 또한 장수하지 못하고 2003년에 흙으로 돌아갔다. 1990년대에 생계를 위해 극장을 나와 다른 일을 찾아 전전하던 기봉의 외동딸 따찌야나는 2012년경에 스페인으로 이민을 떠났다. 이로써 삼대를 이어온 극장가문은 고려인 극장이 현존하고 있는 카자흐스탄에서 완전히 자취를 감추었다. 아니 임무를 완수했다고 하는 것이 옳은 표현일 것이다.

참고문헌

서적 및 출판물

• 고송무 『쏘련의 한인들(고려사람)』 (1989)
• 김 겐나지 『흐르는 강물처럼 -사진으로 보는 고려극장 66년』 (카자흐스탄 국립고려극장, 1999)
• 김병학 「재소고려인 정신문화의 쌍두마차 고려일보와 고려극장」 『황무지에서 지켜낸 민족혼』 (한국이민사박물관, 2014)
• 김병학 『한진전집』 (인터북스, 2011)
• 김병학, 한 야꼬브 『재소고려인의 노래를 찾아서 I, II』 (화남, 2007)
• 김필영 『소비에트 중앙아시아 고려인문학사(1937 -1991)』 (강남대학교 출판부, 2004)
• 리길수 「회상 - 조선극장」 『오늘의 빛』 (알마아따 ≪자수싁≫, 1990)
• 리근영 주해 『장화홍련전』 (평양, 국립출판사, 1954)
• 『시월의 해빛』 (알마아따 작가출판사, 1971)
• 『씨르다리야의 곡조』 (Алма-Ата, Издательство ≪Жазушы≫, 1975)
• 아나톨리 쿠진 저, 문준일·강정하 역 『사할린 한인사』 (한국외국어대학교 지식출판원, 2014)
• 연성용 회상록 『신들메를 졸라매며』 (예루살렘, 1993)
• 원동변강 인민교육부 과학방법 쏘베트 『오창환문전』 (1930)
• 정상진 회고록 『아무르만에서 부르는 백조의 노래』 (지식산업사, 2005)
• 조규익 『CIS 지역 고려인사회 소인예술단과 전문예술단의 한글문학』 (글누림, 2013)
• 한진 「머리말」 『오늘의 빛』 (알마아따 ≪자수싁≫, 1990)
• 한진 『한진희곡집』 (알마아따, 사수싁출판사, 1988)

• А. Т. Кузин 『Дальневосточные корейцы: жизнь и трагедия судьбы』 (Южно -Сахалинск, 1993)
• А. Т. Кузин 『Сахалинские корейцы: история и современность (Документы и материалы 1880 -2005)』 (Южно -Сахалинск, Сахалинско

е обласное книжное издательство, 2006)

- А. И. Краев, И. А. Цупенкова「Корейсий передвижой」『Долгая дор
  ога к большой сцене(Очерки истории театра на Сахалине)』(Южно-
  Сахалинск, Сахалинское книжное издательство, 2004)

- И. А. Цупенкова「Забытый театр(Из истории Сахалинского корейс
  кого драматического театра. 1948-1959 гг.)」『Вестник Сахалинско
  го музея』(1997. № 4)

- И. КИМ『Совтский корейский театр』(Алма-Ата, Өнер, 1982)

- Ким Сын Хва『Очерки по истории советских корейцев』(Алма-Ата,
  Издательство ≪Наука≫, 1965)

- Л. А. Ни, Г. В. Кан, Цой Ен Гын, 『История корейского театра』
  (Алматы ≪Раритет≫, 2007) [『고려극장의 역사』]

신문
- 「극예술게의 새 까드르들」(≪선봉≫ 1935년 8월 6일)
- 김해운「어부의 놀애」(≪선봉≫ 1934년 7월 13일)
- 「만사람의 흥미와 갈채 속에서 진행된 해삼위 고려인 예술경쟁대회 경과」
  (≪선봉≫ 1928년 4월 1일)
- 문세준「긴급광고」(≪선봉≫ 1932년 9월 6일, 8일)
- 「연해도 고려사회의 첫 시험 - 예술경쟁(藝術競爭)대회」(≪선봉≫ 1928
  년 3월 22일)
- 「원동 고려극단의 사업은 더욱 힘있게 진행되어 간다」(≪선봉≫ 1934년
  7월 13일)
- 「원동변강 직업동맹의 주최로 진행된 제2차 변강적 예술경긔대회는 끝낫
  다」(≪선봉≫ 1936년 10월 9일)

- 김기철「싸할린 조선극단의 발전」(≪레닌기치≫ 1949년 8월 10일)
- 김남극「우스베크쓰딴 호레슴주의 고려극단」(≪레닌기치≫ 1941년 1월
  1일)

- 「따스껜트 조선극단은 크즐-오르다를 순회」(≪레닌기치≫ 1946년 11월 7일)
- 「따스껜트주 고려극장의 새소식」(≪레닌기치≫ 1946년 5월 29일)
- ≪레닌기치≫ 1981년 11월 18일자 김해운의 부고기사
- 리정희 「관중이 늘쌍 기억하고 있는 배우부부」(≪레닌기치≫ 1981년 2월 11일)
- 「우스베크쓰딴 고려극장」(≪레닌기치≫ 1938년 9월 18일)
- 윤 뾰뜨르 「극장음악예술에 바친 일생」(≪레닌기치≫1980년 4월 10일)
- 조정구 「우스또베 조선극단의 새 상연계획」(≪레닌기치≫ 1948년 3월 14일)
- 「채영」(≪레닌기치≫ 1981년 5월 23일)
- 「크슬-오르다 고려극장의 순회」(≪레닌기치≫ 1939년 5월 12일)

- 리함덕 「잊지 못할 향단이들」(≪고려일보≫ 1992년 7월 22일)
- 아. 꾸바쏘와 「흡족한 마음으로」(≪고려일보≫ 1991년 6월 12일)
- 엔. 뚜르쑤노와-누릐모와 「쏘베트 고려음악 창시자」(≪고려일보≫ 1991년 1월 24일)
- 연성용 「극장과 나」(≪고려일보≫ 1992년 2월 12일)
- 정상진 「내가 직접 겪은 강제이주」(≪고려일보≫ 2007년 8월 24일)

- 김기철 「극 「파괴」를 상연하고 주 예술부 상장을 받앗다」(≪조선로동자≫ 1953년 2월 8일)
- 김낙기 「연극 장화와 홍련」(≪조선로동자≫ 1957년 5월 7일)
- 김해운 「산문시 - 피는 피로」(≪조선로동자≫ 1953년 2월 3일)
- 최길춘 「순회공연에서 돌아와서」(≪조선로동자≫ 1959년 3월 24일)
- 최길춘 「조선극단 창립 10주년과 우즈베끼쓰딴 순회공연」(≪조선로동자≫ 1958년 10월 3일)
- 한 이완 「싸할린주 조선극장 사업에 관하여」(≪조선로동자≫ 1951년 1월 10일)

- Газета ≪Советский Сахалин≫ 1955. 21 августа

증언

- ≪카자흐스탄 고려극장≫ 2세대 배우 문 알렉산드르(1935년생)의 증언 (2016년 10월 8일, 14일)
- ≪카자흐스탄 고려극장≫ 4대 주임화가 문 빅또르(1951년생)의 증언 (2016년 8월 20일)
- ≪카자흐스탄 고려극장≫ 아리랑가무단 김 림마(1946년생) 안무가의 증언 (2016년 10월 2일, 18일)
- ≪카자흐스탄 고려극장≫ 아리랑가무단 방 따마라(1942년생) 가수의 증언 (2016년 4월)
- ≪카자흐스탄 고려극장≫ 아리랑가무단 장 젤리나(1953년생) 안무가의 증언 (2016년 10월 2일, 18일)
- ≪카자흐스탄 고려극장≫ 지휘자 한 야꼬브(1943년생)의 증언 (2016년 8월 17일)

육필원고

- ≪카자흐스탄 고려극장≫ 1세대 배우 박춘섭이 배역을 맡은 연극목록 (1978년. 추정)
- ≪카자흐스탄 고려극장≫ 1세대 배우 리용수가 배역을 맡은 연극목록 (1961년)
- ≪카자흐스탄 고려극장≫ 1세대 배우 최봉도가 배역을 맡은 연극목록 (1981년. 추정)
- ≪카자흐스탄 고려극장≫ 1세대 음악가 김 웍또르가 무대음악을 담당한 연극목록 (1982~1986년 사이)
- ≪카자흐스탄 고려극장≫ 1세대 배우 박춘섭의 자서 (1971년 5월 10일)
- ≪카자흐스탄 고려극장≫ 1세대 배우 리장송의 일기 (1936~1939년)
- ≪카자흐스탄 고려극장≫ 1세대 배우 최봉도의 자서 (1982년)
- ≪카자흐스탄 고려극장≫ 인민배우 김진의 일기 (1942년 12월 12일)
- ≪타쉬켄트 조선극장≫ 배우 우가이 알렉산드르가 ≪카자흐스탄 고려극장≫ 배우 박 예까쩨리나에게 보낸 편지 (1998년 1월 4일)

- 리 나제즈다 창가집 (1950~1953년)
- 리 알렉산드르가 ≪타쉬켄트 조선극장≫ 1세대 배우 전명진에게 써준 창가집 (1945년)
- 유가이 콘스틴틴 창가집 (1960년대. 추정)
- ≪카자흐스탄 고려극장≫ 1세대 배우 리장송 창가집 (1952년)
- ≪타쉬켄트 조선극장≫ 1세대 배우 전명진 창가집 (1945년)
- 한철주 창가집 (1992년)

문서자료
- 『카자흐스탄 한인사(고문서 자료 제1집)』 (알마아타 한국교육원, 1998)
- Государственный архив Сахалинской области. Ф. 362. Оп. 1. Д. 9. Л. 1.
- Государственный архив Сахалинской области. Ф. 60. Оп. 1. Д. 52.
- ГАХК, Ф П -2, оп 1, д. 756, лл308 -309
- Письмо художественного руководителя корейского театра Цой Г ир Чуна в Алма -Атинский обком Компартии Казахстана и облис полком(1943)

김해운이 창작하거나 각색한 희곡작품목록, 기타 창작품

1. 희곡

	제목	창작연도	첫 공연시기	공연극장	비고
1	Огонь (불)	1930년 경			태장춘과 공동창작. 제목만 전함
2	동북선	1935년 봄	1935년 5월 12일	원동 고려인극장, 타쉬켄트 조선극장	김해운의 대표작. 이후 여러 해 동안 공연됨
3	숨은 원쑤	연도미상	1939년 5월 이전	크즐오르다 고려극장	소형극. 제목만 전함
4	생활	1948년 10월 7일 재등서		타쉬켄트 조선극장(추정)	
5	동북선 (개정본)	1945년 9월~1950년 사이	1945년 9월 이후	타쉬켄트 조선극장	
			1952년 봄	사할린 조선극장	타쉬켄트 조선극장에서 공연된 개정본이 재개정된 것으로 보임
6	향촌	1953년	1953년(추정)	사할린 조선극장	소형극. 음악희곡
7	기후조	1954년		사할린 조선극장 (추정)	
8	무죄인들의 노래	1953년 후반~1956년 2월 사이		사할린 조선극장 (추정)	
9	장화와 홍련	1956년 8월 15일	1957년 4월말~5월초	사할린 조선극장	≪조선로동자≫(1956년 5월 7일)에 평론이 실림
10	토끼전	연도미상		사할린 조선극장 (추정)	

2. 기타 창작품

1. 시 「어부의 놀애」(1934년 7월 13일)
2. 노래가사 「채란새」(1945년 4월 이전)
3. 노래가사 「기쁜 날」(1945년 8월 경)
4. 노래가사 「넷- 님」(1952년 9월 이전)
5. 산문시 「피는 피로」(1953년 2월 3일)
6. 시 「처녀총각」(연도미상. 제목만 전함)

연보 및 화보

김해운 연보

- 김해운(金海雲)은 1909년 11월 12일 한반도 부산에서 태어났다. 본명은 김해주이며 러시아식 이름은 김 블라지미르(КИМ Владимир Дмитрийевич)다. 가족사항에 대해서는 전혀 알려진 바 없다. 다만 그가 창작한 몇몇 희곡작품에 고향 부산에 대한 추억을 얼마간 묘사해놓고 있는 것으로 보아 적어도 10살 무렵의 소년시절까지는 부산에서 자랐을 것으로 생각된다.

- 1920년 전후에 노령 연해주 블라디보스토크(해삼)로 이주한 듯하다. 그리고 블라디보스토크에 있는 제2호 9년제 조선중학교를 다녔다. 그 학교에는 연성용, 리길수, 최길춘 등 연극에 뜻있는 젊은이들이 많아 그들과 함께 교류하며 연극예술에 두각을 나타내기 시작했다. 김해운은 그들과 함께 조선중학 연예부를 결성해 활동했다.

- 1928년 3월 16~17일 양일간 스탈린구락부에서 제1회 해삼위 고려인 예술경쟁대회가 열렸다. 이 대회는 젊은 고려인 연극 예술인들을 발굴하고 격려하기 위해 해삼현 공청회 간부회의가 주최하고 스탈린구락부와 ≪선봉≫신문사가 후원했다. 여기에 9년제 조선학교 연예부, 소비에트 당학교 연예부, 스탈린구락부 연예부, 노동학원 연예부 등 총 4개 단체가 참가했는데 김해운은 연성용, 리길수, 최길춘, 염사일, 조일벽 등과 함께 9년제 조선학교를 대표하여 연성용이 쓴 희곡「승리와 사랑」을 무대에서 열연했다. 심사결과 9년제 조선학교가 스탈린구락부 연예부에 이어 종합 2등을, 희곡부문에서는 연성용의 작품이 일등을 차지했다. 이는 그가 전문연극인의 길을 가는데 결정적 영향을 미친 것으로 보인다.

- 1928년 무렵에 송 따찌야나와 부부의 연을 맺고 이듬해 아들 기봉을 낳

았다. 그런데 이들이 공식적, 법적으로 부부가 된 것은 1930년 말에서 1931년 2월 초 사이였던 것으로 보인다. 송 따찌야나는 1913년 12월 2일 연해주에서 태어났으며 남편 김해운과 함께 평생 연극인으로 살았다.

- 1929~1930년 무렵에 신한촌 구락부 연예부에 들어가 활동하며 극작가 태장춘과 함께 시월혁명을 형상화한 첫 희곡 「Огонь(불)」을 썼다. 이 희곡은 이 두 사람에게 작가로서 첫발을 내딛게 하는 작품이 되었다.
- 1932년 9월 9일 《원동 고려인극장》이 설립되었다. 그는 배우인 아내 송 따찌야나, 극작가 채영, 태장춘, 배우 최봉도 등과 함께 창단 맴버로 참여했다.
- 1935년 5월 12일 그가 창작한 희곡 「동북선」이 연극으로 상연되었다. 같은 해 4월 18일자 《선봉》신문에 상연예정 광고가 실린 것으로 보아 늦어도 3월 이전에는 희곡을 완성했을 것으로 보인다. 반일, 항일투쟁을 형상화한 이 희곡은 관객들에게 큰 반향을 불러일으켰으며, 김해운의 대표작이 되었다. 이 희곡은 그 뒤로도 여러 해에 걸쳐 여러 차례 무대에 올랐다.
- 1936년 9월 24~29일, 하바롭스크에서 열린 제2차 변강예술경기대회에 참가하여 민요 「농부가」를 불러 관중들로부터 대환영을 받았으며 노래 「자연의 군악」을 부른 오채옥과 함께 우수상을 받았다.
- 1937년 9월 26일(또는 25일)에 블라디보스토크에서 강제이주열차에 실려 중앙아시아로 이주되었다. 고려극장 단원들을 실은 이주열차가 카자흐스탄 크즐오르다에 도착한 시기는 10월 15일(또는 11월 초)이었다. 당시 고려인을 대표하는 학술, 언론, 문화기관이 모두 카자흐스탄 서부 도시 크즐오르다로 이주된데 비해 유독 극장단원들만 그곳과 우즈베키스탄으로 나뉘어 이주되었다. 김해운은 크즐오르다로 이주된 것으로 보인다.
- 1939년 《타쉬켄트 조선극장》을 조직하였다. 극장설립 시기는 정확히 알 수 없지만, 원래 극장시즌이 9월에 시작되어 이듬해 6월에 끝나는 것으로 미루어 이 극장도 1939년 9월에서 10월 사이에 개막됐을 것으

로 생각된다. 극장을 조직, 창단한 김해운은 연출을 도맡아 극장을 이끌면서 배우로도 적극 활동하였다.

- 1939년 가을, 당국의 엄격한 검열을 받고 연극 「동북선」을 다시 무대에 올렸다. 공연시점으로 보아 「동북선」은 극장의 정극 개막작품이었을 것으로 추정된다. 이 연극은 1935년 연해주에서 초연되었을 때에도 그랬지만 그 후로도 극중에서 배우들이 불렀거나 배경음악으로 흘러나온 노래들이 큰 인기를 끌어 그중 일부가 지금까지도 고려인 노년층에서 불리고 있다. 1945년 9월 이후에는 일부 내용을 개정한 「동북선」 개정본을 무대에 올렸다.

- 1941년 6월에서 1945년 5월 사이, 즉 독소전쟁시기에 이 극장은 연극 「춘향전」을 자주 상연했다. 그때 김해운은 늘 방자역을 맡아 연기했는데 관객들이 "극장에 방자를 보러 간다."라고 이야기할 정도로 인기를 끌었다. 그의 아내 송 따찌야나는 춘향역을 연기했는데 그녀 역시 관객들이 거리에서 만나기만 하면 "우리 춘향이!"라고 반겨 맞을 정도로 뛰어난 연기력을 보여주었다.

- 1942년 1월에 크즐오르다에 있던 ≪카자흐스탄 고려극장≫이 동부지역 우스또베로 이주하였는데 그때 다수의 연극인들이 같이 가지 않고 남았다가 ≪타쉬켄트 조선극장≫으로 들어왔다. 같은 해 ≪호레즘 주 고려극장≫이 해체되자 그곳의 단원들도 ≪타쉬켄트 조선극장≫으로 들어왔다.

- 1945년 8월 15일 우리나라 한반도가 일제로부터 해방되자 크게 기뻐하며 노래가사 「기쁜 날」을 쓰고 작곡가 김 웍또르에게 곡을 붙이게 하여 관중들 앞에 선보였다. 이 노래는 널리 유행했고 나중에 평양에서도 불리게 되면서 더욱 유명해졌다.

- 1948년 희곡 「생활」을 썼다. 강제이주 이후 고려인들이 절망과 어려움을 이기고 국가의 계획경제정책에 적극 호응하여 농업생산에 박차를 가하던 시기의 생활상을 묘사한 작품이다. 이 희곡에는 젊은 부부의 외면적인 생활뿐만 아니라 그들이 생활 속에서 갈등하고 해결과 치유의 길

을 모색해나가는 내면세계도 섬세하게 잘 묘사되어 있다. 이 희곡이 무대에 오른 것도 이 시기였을 것으로 추정된다.

- 1950년 가을 ≪타쉬켄트 조선극장≫이 해체되었다. 그러자 극작가 연성용을 필두로 한 다수의 연극인들은 ≪카자흐스탄 고려극장≫으로 돌아갔고, 김해운은 아내 송 따찌야나, 최길춘, 리한수, 박 빠벨, 리 니꼴라이 등 10여명의 연극인들과 함께 ≪사할린 조선극장≫으로 건너갔다. 그는 ≪사할린 조선극장≫에서도 여전히 배우 겸 연출가 겸 극작가로 활동했다.
- 1952년 봄, 개정된 희곡 「동북선」을 ≪사할린 조선극장≫ 무대에 올렸다.
- 1953년 2월 4일 연극 「파괴」를 무대에 올려 주 예술부로부터 연출상을 받았고 아내 송 따찌야나는 연기상을 받았다. 한편 이 무렵부터 외아들 기봉도 극장에서 두각을 나타내기 시작했다. 기봉은 처음에 가수로 연기 인생을 시작하여 곧 서봉기, 김춘수와 함께 극장 가무단 3대 인기연예인 중 한 명이 되었다. 그는 나중에는 모스크바로 가서 공부하고 돌아와 '아무르 재즈 오케스트라단'의 사회자가 되어 소련 전역을 순회했다.
- 창작활동도 게을리 하지 않아 소형극 음악희곡 「향촌」(1953년), 희곡 「기후조」(1954년), 「무죄인들의 노래」(1953년후반~1956년 2월 이전), 「토끼전」(연대 미상) 등을 쓰거나 각색해서 무대에 올렸다.
- 1956년 8월에 장화홍련전을 「장화와 홍련」이라는 제목으로 각색하였다. 이 희곡은 1957년에 연극무대에 올랐으며 그의 대표작 중 하나가 되었다.
- 1958년 5월 ≪사할린 조선극장≫은 블라디보스토크에서 열린 원동 연극경연대회에 참가하여 김해운이 연출한 연극 「흥부와 놀부」를 무대에 올려 우수상을 받았다. 김해운은 연출가로서, 송 따찌야나는 배우로서 다른 단원들과 함께 개별적으로도 우수상을 받았다.
- 1958년 10월부터 이듬해 3월까지 거의 반년동안 ≪사할린 조선극장≫은 중앙아시아 지역으로 순회공연을 떠났다. 그동안 극장은 중앙아시아 지역 70여 곳을 순회하며 180여 회의 공연을 펼쳤으며 4만 5천여 명의

관객을 동원하였다. 김해운의 대표작 「장화와 홍련」이 「승냥이」, 「래일은 우리의 날」, 「량반전」 등과 함께 주요 상연목록으로 무대에 올랐다. 1959년 2월 17일에는 카자흐스탄 동부 도시 우스또베에 있던 ≪카자흐스탄 고려극장≫(당시 지위와 명칭은 ≪딸듸꾸르간주 주립 고려극장≫)으로 찾아가 합동공연을 펼치고 연극 전반에 대한 분석적 토론을 벌였다.

• 1959년 7월 1일 사할린 주당국의 명령으로 ≪사할린 조선극장≫이 폐쇄되었다. 가무단은 주 필하모닉으로 소속을 옮겨 살아남았지만 극단은 폐쇄되었다. 다행히 한 달 후에 ≪조선문화회관≫에서 극단이 재조직되어 다시 활동을 이어갔지만 이마저도 1962년 11월 24일에 문을 닫았다. 이로써 사할린 한인들의 무대예술은 완전히 명맥이 끊기고 말았다. 이후 김해운과 송 따찌야나가 무슨 활동을 했는지는 전혀 알려지지 않았다. 다만 그의 아들 기봉은 극장이 폐쇄된 후 거의 유일하게 재기하여 '아무르 재즈 오케스트라단'의 진행자로 명성을 날렸다.

• 1976년 후반에 카자흐스탄 알마틔로 이주하였다. 아들 기봉이 ≪카자흐스탄 고려극장≫의 초대를 받아 자리를 옮기자 함께 이주했던 것이다. 기봉은 ≪카자흐스탄 고려극장≫에서 사회자, 만담가, 무용수, 모노 서커스 쇼 시연자가 되어 명성을 날렸다. 김해운과 송 따찌야나는 이미 사할린에서 은퇴했기 때문에 극장에서 직접 일하지는 않았다. 다만 송 따찌야나는 극장의 요청을 받고 드문드문 극장에 나가 후배 무희들에게 칼춤과 한산춤을 추는 요령을 지도해주었고 김해운은 원로로써 극장사업에 도움을 주곤 했다. 기봉의 외동딸 따찌야나도 극장 아리랑 가무단 무용수로 들어갔다. 이로써 김해운 집안은 3대가 극장에 몸담은 거의 유일한 가문이 되었다.

• 1981년 11월 16일 72세를 일기로 사망했다. 아내 송 따찌야나는 1994년 1월 3일에 사망했고 아들 기봉은 2003년에 세상을 떠났다. 기봉의 외동딸 따찌야나는 소련이 무너지고 생활형편이 어려워지자 극장을 나와 다른 직장을 전전하다가 2012년 무렵에 스페인으로 이민을 떠났다.

해삼위 고려인 예술경쟁대회에 참가한 9년제 조선학교 연예부원들. 윗줄 오른쪽이 김해운, 그 왼편으로는 리길수, 연성용, 한 사람 건너는 조일벽이고 아랫줄 오른쪽은 염사일, 한 사람 건너는 최길춘이다.(1928년 3월 16일 블라디보스토크).
사진출처: История корейского театра (Алматы ≪Раритет≫, 2007)

해삼시 고려극단배우 및 부인일동. 앞줄 왼쪽부터 손병호, 한 사람 건너 리함덕, 한 사람 건너 송 따찌야나(김해운 아내), 맨 오른쪽은 화가 방일추이고, 둘째 줄은 연성용, 채영, 전 워뜨르(극장장), 정후검, 한 사람 건너 맨 오른쪽은 태장춘이고, 셋째 줄은 오철암, 한 사람 건너 강 게오르기, 최길춘, 한 사람 건너 김진, 최봉도, 한 사람 건너 김 따찌야나, 리동빈, 오른쪽 끝은 공태규이며, 맨 뒷줄은 진우, 한 사람 건너 박춘섭, 리길수, 리장송, 김해운이다.(1935년 9월 25일 소왕령 청도공원에서)

창단 초기 고려극단 단원들. 앞줄 오른쪽은 유일한 희극배우 정후겸이고 그
옆에 앉은 이가 김해운이다. 둘째 줄 왼쪽부터는 연성용, 최봉도, 리경희, 채영,
셋째 줄은 김진, 세 사람 건너 조정호, 그 오른쪽 뒤가 진우이고, 김진 오른쪽
뒤에 선 이는 공태규이다.(1934년 블라디보스토크 신한촌구락부).
사진출처: 김진, 최봉도 유가족

고려극장 주연여배우들. 앞줄 오른쪽이 김해운의 아내 송 따찌야나다. 둘째 줄 왼쪽부터는 전명진, 리경희, 최봉도. 뒷줄은 김 따찌야나, 리함덕, 김 안또니나다.(1939년 카자흐스탄 크즐오르다)

고려극장 공청원들. 아랫줄 왼쪽이 김해운의 아내 송 따찌야나, 그 옆은 리함덕이다. 둘째 줄 왼쪽부터는 리길수, 박춘섭, 정후검, 태장춘, 최길춘. 뒷줄 왼쪽은 리장송이다.(1939년 카자흐스탄 크즐오르다)

음악희곡 '농민유희'의 한 장면에 출연하여 춤을 추는 김해운과 송 따찌야나 부부

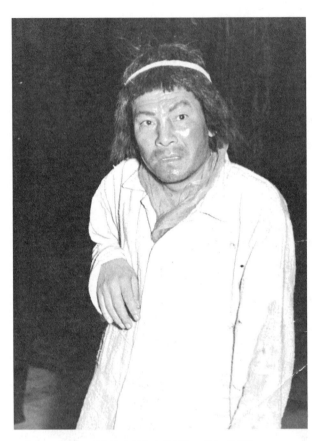

어느 연극에 출연하여 열연하고 있는 김해운

칼춤을 추는 송 따찌야나. 이 춤은 연극 '토끼전'에서 용왕이 토끼의 간을 꺼내고자 배를 가르려는 장면에 자주 등장하곤 했다.

태장춘의 희곡 '홍범도'에서 남장하고 출연한 송 따찌야나. 연극 '홍범도'는 1950년대 중반 사할린 조선극장에서 공연되었다. 이 사진은 1989년 8월 29일자 레닌기치의 홍범도 관련기사에 실리기도 했다.

어느 연극에서 분장하고 나온 김해운

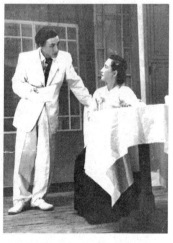

연극 '항쟁의 노래'(림하 작) 제2막에서 열연하고 있는 송 따찌야나. 이 연극은 1954년 7월 초에 사할린 조선극장에서 공연되었다.

물동이 춤을 추는 송 따찌야나(맨 오른쪽)

연극 '조선의 노래'(에쓰. 보르센꼬 작)에서 주인공 안옥순 역을 맡아 열연하는 송 따찌야나. 1956년 3월 하순에 사할린 조선극장에서 공연되었다.

김해운이 일하던 사할린 조선극장이 중앙아시아로 순회공연 나와 카자흐스탄 딸듸꾸르간 주립조선극장(현 카자흐스탄 고려극장)을 방문해 합동사진을 찍었다.(1959년 2월 17일)

러시아인 동료들과 함께 한 김해운의 아들 김기봉. 그는 가수와 무용수와 사회자 등으로 이름을 날렸다.

고려극장 아리랑가무단에서 사회를 보는 희극배우 김기봉.(1970년대 말 카자흐스탄 고려극장)
사진출처: 안 빅토르

김기봉 희극배우가 코믹한 연기를 하고 있다.
사진출처: История корейского театра (Алматы ≪Раритет≫, 2007)

선봉신문(1934년 7월 13일)에 실린 고려극단
및 열성단원들에 대한 기사. 사진은 위로부터
연성용, 리경희, 진우, 방일추, 김해운(김해주)
이다.

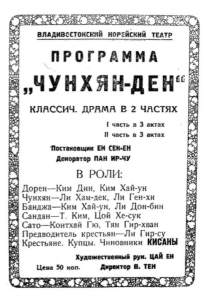

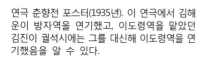

연극 춘향전 포스터(1935년). 이 연극에서 김해
운이 방자역을 연기했고, 이도령역을 맡았던
김진이 궐석시에는 그를 대신해 이도령역을 연
기했음을 알 수 있다.

관중이 늘쌍 기억하고있는 배우부부

현재 년금생활을 하면서도 알마아따국립조선극장의 사업을 도와주고 있는 김해운과 송 따찌아나 부부는 일생을 내려오면서 우리의 한가한 시간을 꽃피워주고 생활을 아름답게 이룰 창조하여 준 사람들이다.

얼마전에 김해운과 송 따찌아나는 풍무의 생일잔치에서 낯선 늙은이 한분이 그들을 유심히 뜷어보는것을 감촉하였다. 그가 어쩌나 달뜰히 이쪽을 쳐다보았던지 어색한 감도 났다. 늙은이는 한참만에야

—참, 늙어서 눈이 어두운지 꼭 보아온 분들 같은데 기억되지 않습니다—하고 말을 건넸다.

—뭐, 그렇게 애써 생각지 마시오, 령감, 전쟁시기 방자와 춘향이요—하고 곁에 앉았던 사람이 말참견 하였다.

—아, 그렇군.

삼십오년전에 따스껜트조선극장에서 일하면서 춘향의 꼭 보는 역을 담당하였던 송 따찌아나와 방자역을 리행한 김해운은 사람들의 기억속에 이토록 생동히 살아있다.

전쟁시기 배우들은 순회공연을 다니면서 때로는 구락부도 없어서 꼴호스의 학교강실에 무대라고 이름만 가졌고 포장도 아무런 장치도 없는곳에 무대장치를 세우고 연극을 노는것이 상례였다.

그리고 그때는 배우들에게 있어서 상연시간이란 따로 없었다. 특히 꼴호스나 쏩호스는 해가 떨어지고 땅거미 들 때면 연극을 시작하군 하였다.

시기가 복잡하고 준엄할수록 사람들에게는 고무의 말들, 노래와 춤, 연극이 요구된다. 배우들은 자기들이 하는 일도 비록 적으나마 승리를 앞당기는것이라고 믿었다.

연극상연은 끝났으나 이튿날 아침 또 일찍부터 전야로 나갈 사람들이지만 관람자들은 오래동안 박수속에서 자리를 뜨지 않았다. 문록 누구인가 심통을 큰 무대우로 불라오더니 관중을 향하여 이렇게 말하였다.

—동무들, 나는 오늘 사실 피곤하여 연극구경을 그만두다가 왔는데 배우동무들이 우리에게 들려준 말들은 얼마나 고무적이고 열정적인지 막 새 힘이 나는 것 같습니다. 조국전쟁이 승리할 때까지 더 열성적으로 로력할것을 약속하면서 앞으로 배우동무들이 종종 우리를 찾아주기를 바랍니다.

전쟁시기 배우단원 김기철의 《흥길동》, 크노레의 《어둠에서의 상봉》, 《춘향선》 등 연극을 무대에 올려놓았다.

그 당시 춘향역을 맡은 송 따찌아나는 작품의 사상을 손상하지 않고 현대에 부합되는 형상을 창조하는데 주력을 들였다. 그가 창조한 춘향은 월녀이면서 익을 대치하여 나선 강한 녀성이였다. 그 어떤 시련도 고문도 의지가 굳은 사람의 절개는 얺지 못한다. 배우는 이 형상을 통하여 녀자의 절개뿐만아니라 정의를 위하여 싸워야 한다는 사색을 두드러지게 보여주었으며 인간사랑은 곧 조국애를 이룬다는것을 일러주었다.

1946년에 조국은 이들의 헌신적로력을 높이 평가하여 두분에게 《로력영웅》메달을 수여하였다.

김해운은 1932년 블라지워쓰또크조선극장 창시자중 한 사람이며 그후 1939년에 따스껜트에 조선극장을 조직하였다. 그리고 그는 위대한 조국전쟁이 끝난후 당의 지시를 받고 큰 써힐린으로 새 집단을 무으러 떠났다.

일본제국주의 억압밑에서 해방된 써힐린사람들은 새로 조직된 극장을 반가히 맞이하였다. 배우들앞에 나선 난관은 한두가지가 아니였지만 열성만은 충분하였다. 극장 건물도 제대로 없었으며 무대장치도 많이 아니였고 원만한 전문지식을 소유한 음악가, 가수, 우뭉가도 부족되였다. 그러나 가장 어려운것은 연극배우로서 에쓰뜨라다콘체르트에 참가하는것이였다.

—딩신은 배우요, 배우는 춤도 추고 노래도 부르고 형상도 창조할줄 알아야 하오—김해운은 배우들에게 늘 이렇게 입버릇처럼 말해왔다. 그가 한 말속에 새로운 사색이 담긴것은 아니지만 한 사람이 여러가지 배우로 등장하기는 쉽지 않았다.

—집에 돌아오면 음식을 끓이면서, 빨래를 하면서 역을 련습하고 또 극장에 나가면 전문무용가 못지 않게 춤을 추려고 그것을 배웠지요—송 따찌아나는 그때를 회고하면서 말하였다.

김해운은 극장 예술지도원으로 사업하면서 배우, 연출가, 극작가의 사업도 겸하였다.

1958년에 블라지워쓰또크에서 원동의 십여개 극장집단의 참가하에 《원동극장의 봄》 경연이 있었다. 여기에서 김해운은 연극 《흥부와 놀부》의 연출에 대하여 첫상을 수여받았으며 송 따찌아나는 우수한 려리행에 대한 상을 받았다.

관중은 무대에 나타나는 모든 사람에게서 재능과 열정, 무한한 애정을 요구한다. 개인의 감정도, 사색도, 개체생활도 무대의 요구에 순종시킬술 이는 사람만이 진실한 극장예술, 미를 창조할수 있다.

김해운과 송 따찌야나는 바로 그런 배우들이다. 이들이 창조한 형상은 아직도 관람자들의 인상속에 남아있으며 앞으로도 오래오래 남아있을것이다.

김해운은 쏘련조선극장예술발전에 일생을 이 바지하면서 여러편의 단막희곡을 집필하고 시련도 창작하였는바 그중에는 소월극 《숨은 원쑤》, 항춘』, 희곡《통북선》, 시편 피는 피로』, 《처녀측각》, 《재란새》 등이 있다. 그중 현재 민요로 인민들속에 퍼려진 김 웟또르가 작곡하고 김해운이 쓴 《기쁨날》이 가장 인기를 끌고있으며 널리 선파되였다.

진실한 예술은 언제나 살아있다.

요즘 금혼식을 쇤 배우부부에게 만수무강과 새 배우세대량성에 적극 참가할것을 축원한다.

리정희
장만숭 촬영

카자흐스탄 알마틔시 릐스꿀로브 거리 중앙 묘역에 있는 김해운(김해주)과 송 따찌야나 부부의 묘. 김해운 묘의 덮개석에 한글로 '김해주 묘'라고 새겨져 있다.

카자흐스탄 알마틔시 릐스꿀로브 거리 중앙 묘역에 있는 김해운(김해주)의 묘비

카자흐스탄 알마틔시 릐스꿀로브 거리 중앙 묘역에 있는 송 따찌야나의 묘비

| 엮은이 소개 |

김병학

김병학은 1965년 전남 신안에서 태어났다. 1992년에 카자흐스탄으로 건너가 우스
또베 광주한글학교교사, 알아마타고려천산한글학교장, 아바이명칭 알마틔대학교
한국어과 강사, 재소고려인신문 고려일보 기자, 카자흐스탄 한국문화센터 소장을
역임했으며 최근에 귀국했다. 펴낸 책으로 시집『천산에 올라』,『광야에서 부르는
노래』, 에세이집『카자흐스탄의 고려인들 사이에서』, 역서로 번역시집『모쁘르마
을에 대한 추억』,『황금천막에서 부르는 노래』,『초원의 페이지를 넘기며』, 고려
인 관련 편찬서로『재소고려인의 노래를 찾아서1,2』,『한진전집』,『경천아일록』
등이 있다.

숭 실 대 학 교
한국문학과예술연구소
학 술 자 료 총 서 04

김해운 희곡집

초판 인쇄 2017년 2월 5일
초판 발행 2017년 2월 15일

엮 은 이| 김병학
펴 낸 이| 하운근
펴 낸 곳| 學古房

주   소| 경기도 고양시 덕양구 통일로 140 삼송테크노밸리 A동 B224
전   화| (02)353-9908 편집부(02)356-9903
팩   스| (02)6959-8234
홈페이지| http://hakgobang.co.kr
전자우편| hakgobang@naver.com, hakgobang@chol.com
등록번호| 제311-1994-000001호

ISBN   978-89-6071-645-2   94810
        978-89-6071-237-9   94080 (세트)

값 : 30,000원

이 도서의 국립중앙도서관 출판예정도서목록(CIP)은 서지정보유통지원시스템 홈페
이지(http://seoji.nl.go.kr)와 국가자료공동목록시스템(http://www.nl.go.kr/kolisnet)
에서 이용하실 수 있습니다. (CIP제어번호 : CIP2017003107)

■ 파본은 교환해 드립니다.